Eine Weihnachts tragödie

und andere Fälle

Agatha Christie

Eine Weihnachts tragödie

und andere Fälle

Weltbild

Inhaltsverzeichnis

Agatha Christie

Heirat an Weihnachten

Aus dem Englischen von
Hans Erik Hausner

Heirat an Weihnachten

Agatha Christie heiratet

»Ich finde es nicht richtig, meine liebe Agatha, dass du auch am Sonntag im Lazarett arbeitest«, sagte eine ältere Freundin meiner Mutter. »Sonntag ist der Tag des Herrn. Du solltest die Sonntage frei haben.«

»Und wer, meinst du, sollte den Männern ihre Verbände erneuern, sie waschen, ihnen die Becken reichen, ihre Betten machen und ihnen zu essen geben, wenn niemand am Sonntag arbeiten würde?«, gab ich zurück. »Sie könnten ja schließlich kaum vierundzwanzig Stunden ohne diese Dienstleistungen auskommen, nicht wahr?«

»Ach du liebe Zeit, daran habe ich nicht gedacht. Aber irgendeine Einteilung sollte es doch geben!«

Drei Tage vor Weihnachten bekam Archie plötzlich Urlaub. Ich fuhr mit Mutter nach London, um ihn zu treffen. Ich spielte, glaube ich, mit dem Gedanken, ihn zu heiraten. Das taten jetzt viele junge Menschen.

»Ich begreife das nicht«, sagte ich, »während um uns herum die Menschen sterben, wie kann man da bedächtig dahinleben und immer nur an die Zukunft denken?«

Mutter nickte. »Du hast Recht«, erwiderte sie. »Man sollte wirklich nicht jedem Risiko aus dem Weg gehen und ausschließlich an die Zukunft denken.«

Ich sprach es nicht aus, aber die Wahrscheinlichkeit, dass Archie sein Leben verlieren würde, war doch recht hoch. Die Verlustlisten überraschten und erschreckten die Leute. Viele

meiner Freunde waren Soldaten gewesen und sofort einge-
zogen worden. Fast jeden Tag las man in der Zeitung, dass
jemand, den man gekannt hatte, gefallen war.

Es war erst drei Monate her, dass Archie und ich uns gesehen hatten – drei Monate, die wir, so schien es mir, in einer
anderen Zeitdimension durchschritten hatten. Völlig neue
Erfahrungen hatten mich geprägt: der Tod meiner Freunde,
Ungewissheit und ein verändertes Lebensgefühl. Auch Archie
hatte neue Erfahrungen gesammelt, wenngleich auf einer anderen Ebene. Tod und Niederlage, Rückzug und Angst hatten
ihn verändert. Die Folge war, dass wir uns fast wie Fremde
begegneten.

Es war, als müssten wir wieder ganz von vorn anfangen.
Der Unterschied zwischen uns beiden machte sich sofort
bemerkbar. Seine betonte Lässigkeit, sein frivoles Gehaben
störten mich. Ich war zu jung, um zu begreifen, dass es für
ihn keine andere Möglichkeit gab, seinem neuen Leben die
Stirn zu bieten. Ich wiederum war ernster und empfindsamer
geworden und hatte jene Unbeschwertheit einer glücklichen
Mädchenzeit weitgehend abgelegt. Es war, als bemühten wir
uns vergeblich, einander näherzukommen, als entdeckten wir
bestürzt, dass wir vergessen hatten, wie wir das anstellen sollten.

In einem Punkt zeigte er sich entschlossen – das machte er
von Anfang an klar: Heiraten kam nicht in Frage. »Das wäre
völlig falsch«, sagte er. »Auch meine Freunde denken so. Man
darf nichts übereilen. Du kriegst eine Kugel ab, es erwischt
dich, und du lässt eine junge Witwe zurück. Am Ende ist auch
noch ein Kind unterwegs – nein, nein, das wäre egoistisch und
falsch.«

Ich widersprach ihm auf das heftigste. Aber es gehörte zu
Archies Charakterzügen, dass er immer restlos von bestimmten Ideen überzeugt war. Er war immer ganz sicher, dass er

etwas tun müsse und es auch tun würde. Damit will ich nicht sagen, dass er nie seine Meinung änderte – doch, das tat er, und zuweilen recht plötzlich. Er konnte sogar von einem Extrem ins andere fallen und erklärte von diesem Augenblick an Schwarz für Weiß und Weiß für Schwarz. Worauf er dann von der Richtigkeit seines neuen Standpunkts ebenso restlos überzeugt war wie zuvor von dem gegenteiligen. Ich beugte mich seinem Willen, und wir machten uns daran, die wenigen Tage, die uns vergönnt waren, zu genießen.

Ein paar Tage London, und dann sollte ich mit ihm nach Clifton hinunterfahren und Weihnachten mit ihm im Hause seines Stiefvaters und seiner Mutter verbringen. Das war ein durchaus vernünftiges Arrangement, aber noch bevor wir nach Clifton abreisten, hatten wir einen richtigen Streit. Einen lächerlichen, aber deshalb nicht weniger erbittert geführten Streit.

Am Morgen unserer Abreise erschien Archie mit einem Geschenk für mich im Hotel. Es war ein prachtvolles Reisenecessaire, ein Stück, mit dem jede Millionärin, ohne sich schämen zu müssen, im Ritz hätte absteigen können. Hätte er mir einen Ring gebracht, ein Armband, wie teuer auch immer, ich würde keinen Einwand erhoben, würde das Geschenk freudig und stolz entgegengenommen haben; aber aus irgendeinem Grund revoltierte ich gegen das Necessaire. Ich hielt es für eine absurde Extravaganz, für etwas, das ich nie verwenden würde. Ich wollte es nicht haben, sagte ich, und er müsste es zurücktragen. Er war böse, ich war böse. Ich zwang ihn, es zurückzutragen. Eine Stunde später kam er wieder, und wir versöhnten uns. Wir verstanden nicht, was über uns gekommen war. Wie hatten wir so töricht sein können? Er gab zu, dass es ein dummes Geschenk gewesen war. Ich gab zu, dass es unhöflich von mir gewesen war, das zu sagen. Aber der Streit und die darauf folgende Versöhnung führten dazu, dass wir uns jetzt noch näher standen als zuvor.

Mutter kehrte nach Devon zurück, und Archie und ich fuhren nach Clifton. Meine zukünftige Schwiegermutter ließ weiterhin ihren Charme spielen, wenn auch in etwas übertrieben irischer Manier. Ihr anderer Sohn Campbell sagte mir einmal: »Mutter ist eine sehr gefährliche Frau.« Damals verstand ich das nicht, aber heute glaube ich zu wissen, was er meinte. Die überströmende Zuneigung, die sie für einen Menschen aufbrachte, konnte von einem Moment zum andern ins Gegenteil umschlagen. Heute gefiel es ihr, ihre zukünftige Schwiegertochter zu lieben; morgen würde sie ihr alles Böse wünschen.

Es war eine anstrengende Fahrt nach Bristol: In den Zügen herrschten chaotische Zustände, und sie hatten stundenlange Verspätungen. Aber schließlich kamen wir doch an und wurden äußerst herzlich willkommen geheißen. Erschöpft von den Aufregungen des Tages und der Fahrt ging ich zu Bett.

Es mag eine halbe Stunde, vielleicht auch eine Stunde später gewesen sein, ich schlief noch nicht, als es an der Tür klopfte. Ich stand auf und öffnete. Es war Archie. Er kam herein, schloss die Tür hinter sich und sagte schroff: »Ich habe es mir überlegt. Wir müssen heiraten. Sofort. Morgen werden wir heiraten.«

»Aber du hast doch gesagt …«

»Kümmere dich nicht darum, was ich gesagt habe. Du hattest Recht, und ich hatte Unrecht. Natürlich ist es das einzig Vernünftige. Es bleiben uns noch zwei Tage, bis ich zurück muss.«

»Ja, aber …« Es gab so vieles, was ich hätte sagen wollen, aber nicht herausbrachte. Ich habe schon immer darunter gelitten, dass ich gerade dann nicht reden kann, wenn ich etwas klar sagen will.

»Das wird alles schrecklich kompliziert werden«, sagte ich mit schwacher Stimme. Ich sah schon jetzt die hunderterlei

Schwierigkeiten, die Archie nicht sah. Archie hatte immer nur das Wesentliche im Auge. Noch gestern hatte er es für einen Wahnsinn gehalten, im Krieg zu heiraten; heute war er felsenfest davon überzeugt, dass es das einzig Richtige für uns war. Die technischen Schwierigkeiten, die es zu überwinden galt, die verletzten Gefühle unserer engsten Verwandten, das alles berührte ihn überhaupt nicht. Wir gerieten uns in die Haare. Wir stritten uns fast so heftig, wie wir es vor vierundzwanzig Stunden getan hatten, diesmal natürlich mit umgekehrten Vorzeichen. Dass er auch diesmal Recht behielt, brauche ich nicht zu betonen.

»Aber ich glaube, man kann gar nicht so schnell heiraten«, sagte ich zweifelnd. »Es ist sehr schwierig.«

»Natürlich können wir«, erwiderte Archie fröhlich. »Wir können uns eine Sondergenehmigung verschaffen – vom Erzbischof von Canterbury.«

»Ist das nicht sehr teuer?«

»Es wird ein bisschen was kosten. Aber wir werden das schon schaffen. Es bleibt uns sowieso nichts anderes übrig. Morgen ist ja schon Heiligabend. Also, bist du einverstanden?«

Ich nickte. Er ging, und ich konnte die halbe Nacht nicht schlafen. Ich machte mir Sorgen. Was würde Mutter dazu sagen? Was würde Madge dazu sagen? Was würde Archies Mutter dazu sagen? Warum hatte Archie sich nicht in London für unsere Heirat entschieden, wo alles leicht und einfach gewesen wäre? Na ja. Erschöpft schlief ich ein.

Viele meiner Befürchtungen bewahrheiteten sich am nächsten Morgen. Zuerst mussten wir es Peg beibringen. Sie brach sofort in hysterische Tränen aus und zog sich ins Bett zurück.

»Dass mein eigener Sohn mir das antun muss!«, seufzte sie.

»Archie«, sagte ich, »wir sollten es besser lassen. Deine Mutter ist ganz außer sich.«

»Ist mir doch egal, ob sie außer sich ist oder nicht«, gab

Archie zurück. »Wir sind seit zwei Jahren verlobt. Sie hat genug Zeit gehabt, sich an den Gedanken zu gewöhnen.«

»Sie scheint es schrecklich schwer zu nehmen.«

»Mich so aufzuregen!«, schluchzte Peg. Sie lag, ein in Eau de Cologne getränktes Taschentuch auf der Stirn, in ihrem verdunkelten Schlafzimmer. Archie und ich standen da wie zwei begossene Pudel. Archies Stiefvater erlöste uns. Er holte uns ins Wohnzimmer hinunter und sagte: »Ich finde, ihr macht es genau richtig. Sorgt euch nicht wegen Peg. Sie verliert immer die Fassung, wenn sie von etwas überrascht wird. Sie hat dich sehr gern, Agatha, und sie wird sich sehr darüber freuen, sobald sie sich wieder beruhigt hat. Aber erwartet nicht von ihr, dass sie sich schon heute freut. Und jetzt geht los und veranlasst alles Nötige. Es bleibt euch nicht allzu viel Zeit. Und vergesst nicht: Ich bin sicher, ich bin ganz sicher, dass ihr es richtig macht.«

Obwohl ich den Tag ziemlich beklommen und besorgt begonnen hatte, war ich schon zwei Stunden später voller Kampfeslust. Es gab enorme Schwierigkeiten zu überwinden, und je geringer unsere Aussicht wurde, noch heute heiraten zu können, desto fester waren wir entschlossen, es doch zu schaffen.

Zuerst fragte Archie einen seiner früheren Religionslehrer um Rat. Angeblich wäre eine Sondergenehmigung von *Doctor's Commons,* dem für Ehe- und Testamentsangelegenheiten zuständigen Gerichtshof, für fünfundzwanzig Pfund zu bekommen, wurde uns gesagt. Weder Archie noch ich besaßen fünfundzwanzig Pfund, aber das störte uns nicht weiter; sicher würden wir uns das Geld von jemandem leihen können. Das Schwierige war, dass man persönlich diese Erlaubnis einholen musste und dass man sie am Weihnachtstag nicht ausgestellt bekam. Mit der Sondergenehmigung war es also Essig. Dann gingen wir auf ein Standesamt. Auch hier wurden wir abgewiesen. Man muss sich vierzehn Tage vor der Zeremonie anmelden. Die Zeit verging. Aber ein freundlicher Beamter, mit dem wir bisher noch nicht gesprochen hatten, wusste Rat. »Mein lieber Freund«, sagte er zu Archie, »Sie haben doch hier Ihren Wohnsitz, nicht wahr? Ich meine, Ihre Mutter und Ihr Stiefvater wohnen hier?«

»Ja«, antwortete Archie.

»Sie haben also einen Koffer hier, Sie haben einen Teil Ihrer Kleidung, Ihrer Sachen hier, nicht wahr?«

»Ja.«

»Dann brauchen Sie keine vierzehn Tage zu warten. Sie können eine ganz gewöhnliche Heiratserlaubnis kaufen und in Ihrer Pfarrkirche noch heute Nachmittag heiraten.« Die Eheerlaubnis kostete acht Pfund. Die hatten wir. Was dann kam, war eine einzige Hetzerei.

Wir suchten den Vikar der Kirche am Ende der Straße. Er war nicht dort. Wir fanden ihn im Haus eines Freundes. Überrascht erklärte er sich bereit, die Zeremonie vorzunehmen. Wir sausten zu Peg zurück, um uns mit einer Kleinigkeit zu stärken. Mit Peg selbst war nichts anzufangen: »Ich will nichts hören«, rief sie, »ich will nichts hören!«, und versperrte ihre Tür.

Wir hatten keine Zeit zu verlieren. Wir eilten zur Kirche – es war die Emmanuelkirche, glaube ich. Dann stellte sich heraus, dass wir einen zweiten Zeugen brauchten. Ich stürzte auf die Straße hinaus und wollte schon den erstbesten Fremden in die Kirche lotsen, als ganz zufällig ein Mädchen vorbeikam, das ich kannte. Ich hatte vor zwei Jahren ein paar Tage bei ihr in Clifton gewohnt. Yvonne Bush war zwar einigermaßen überrascht, erklärte sich aber bereit, als impromptu Brautjungfer und Zeugin zu fungieren. Wir liefen in die Kirche zurück. Der Organist stimmte den Hochzeitsmarsch an.

Noch selten hatte sich eine Braut weniger um ihr Aussehen

gekümmert als ich, ging es mir durch den Kopf, als die Zeremonie begann. Kein weißes Kleid, keinen Schleier, nicht einmal eine besonders hübsche Bluse. Ich trug ein ganz gewöhnliches Kostüm mit einem kleinen purpurfarbenen Samthut, und ich hatte nicht einmal Zeit gehabt, mir das Gesicht oder die Hände zu waschen. Wir mussten beide darüber lachen.

Die Zeremonie ging ordnungsgemäß zu Ende – und wir nahmen die nächste Hürde in Angriff. Da Peg immer noch nicht ansprechbar war, beschlossen wir nach Torquay zu fahren, dort im Grandhotel abzusteigen und den Weihnachtsabend mit meiner Mutter zu verbringen. Aber zuerst musste ich sie natürlich anrufen und ihr mitteilen, was geschehen war. Es war sehr schwer durchzukommen und das Ergebnis meiner Bemühungen nicht gerade überwältigend. Meine Schwester war da und reagierte sehr ungehalten auf meine Mitteilung.

»Mutter so zu überrumpeln! Du weißt doch, wie schwach ihr Herz ist! Du bist wirklich gefühllos!«

Wir stiegen in den Zug – er war gestoßen voll – und kamen gegen Mitternacht in Torquay an. Ich fühlte mich nicht ganz frei von Schuld. Die Menschen, die uns am nächsten standen, waren böse auf uns. Wir hatten so viel Unruhe in ihr Leben gebracht. Ich glaube nicht, dass Archie meine Gefühle teilte, und wenn, würde es ihn nicht weiter beunruhigt haben. Sehr bedauerlich, dass die Leute sich so aufregen, würde er gesagt haben, was war denn schon dabei? Wir hatten das einzig Richtige getan – er war dessen ganz sicher. Nur eines machte ihn nervös. Das zeigte sich, als wir in den Zug stiegen und er plötzlich, wie ein Zauberkünstler, einen zweiten Koffer hervorzog. »Ich hoffe«, wandte er sich an seine junge Braut, »ich hoffe, du bist nicht böse deswegen.«

»Archie! Es ist das Reisenecessaire!«

»Ja. Ich habe es nicht zurückgetragen. Es macht dir doch nichts aus, nicht wahr?«

»Natürlich nicht. Ich bin froh, dass du es mir wieder schenkst.«

War unser Hochzeitstag ein einziger Kampf gegen eine ganze Reihe von Krisen gewesen, so gestaltete sich der Weihnachtstag wohltuend und friedlich. Alle hatten Zeit gehabt, über ihren Schock hinwegzukommen. Madge war liebevoll und hatte ihren Ärger vom Vortag völlig vergessen; Mutter hatte sich von ihrer Herzattacke erholt und sonnte sich in unserem Glück. Auch Peg, so hoffte ich, war wieder auf den Beinen. (Archie versicherte mir, dass ich daran nicht zweifeln müsse.) Und so genossen wir den Weihnachtstag in vollen Zügen. Am nächsten Tag fuhr ich mit Archie nach London und verabschiedete mich von ihm, als er sich wieder nach Frankreich einschiffte. Ich sollte ihn sechs lange Monate nicht wiedersehen.

Agatha Christie

Eine Weihnachtstragödie

Aus dem Englischen von
Maria Meinert

Eine Weihnachtstragödie

»Ich möchte eine Beschwerde vorbringen«, erklärte Sir Henry Clithering.

Mit zwinkernden Augen blickte er sich im Kreise um. Colonel Bantry saß mit ausgestreckten Beinen im Sessel und starrte mit gerunzelter Stirn auf den Kaminsims. Seine Frau blätterte in einem Blumenkatalog. Dr. Lloyd blickte mit offener Bewunderung auf Jane Helier, und diese betrachtete nachdenklich ihre rosafarbenen polierten Fingernägel. Nur Miss Marple saß kerzengerade auf ihrem Stuhl und zwinkerte Sir Henry ebenfalls mit ihren blauen Augen zu.

»Eine Beschwerde?«, murmelte sie.

»Eine sehr ernste Beschwerde. Wir sind hier heute Abend sechs Personen; drei Vertreter jeden Geschlechts, und ich protestiere im Namen der unterdrückten männlichen Wesen. Wir haben drei Geschichten gehört, die alle von den Männern erzählt wurden. Ich erkläre hiermit feierlich, dass die Damen nicht ihren angemessenen Teil zur Unterhaltung beigetragen haben.«

»Oho!«, erwiderte Mrs Bantry empört. »Das möchte ich bestreiten. Wir haben mit größtem Verständnis zugehört. Außerdem haben wir ein geziemendes Wesen an den Tag gelegt, das sich davor scheut, die Blicke aller auf sich zu ziehen!«

»Eine ausgezeichnete Entschuldigung«, bemerkte Sir Henry, »aber wir lassen sie nicht gelten. Ich bin überzeugt, dass eine der Damen ein besonders geschätztes Geheimnis in petto hat. Wie ist es, Miss Marple, mit der ›Merkwürdigen Begebenheit mit der Putzfrau‹ oder der ›Mysteriösen Angelegenheit bei der

Mütterversammlung‹? Sie und St. Mary Mead dürfen mich nicht enttäuschen.«

Kopfschüttelnd erwiderte Miss Marple:

»Ich habe nicht viel erlebt, Sir Henry. Natürlich haben wir unsere kleinen rätselhaften Angelegenheiten, aber die würden Sie nicht interessieren.«

»Und wie steht's mit Ihnen, Miss Helier?«, fragte Colonel Bantry. »Sie müssen doch sicher interessante Erlebnisse gehabt haben.«

»Ja, wirklich«, stimmte Dr. Lloyd zu.

»Ich?«, fragte Jane. »Sie meinen, dass ich Ihnen jetzt etwas von mir erzähle?«

»Oder irgendetwas, das einem Ihrer Freunde passiert ist«, ergänzte Sir Henry.

»Oh!«, sagte Jane vage. »Ich glaube, ich habe gar nichts Besonderes erlebt – jedenfalls nicht so etwas. Blumen natürlich und seltsame Botschaften – aber das sind einfach Männergeschichten, nicht wahr? Ich glaube nicht –« Sie brach gedankenverloren ab.

»Ich sehe schon, wir müssen auf die kleinen Angelegenheiten zurückkommen«, meinte Sir Henry. »Also beginnen Sie, Miss Marple.«

»Sie belieben wohl zu scherzen, Sir Henry. Aber wenn ich so darüber nachdenke, fällt mir tatsächlich eine Begebenheit ein – Begebenheit ist allerdings nicht der richtige Ausdruck, es handelt sich um etwas viel Ernsteres: um eine Tragödie. Und ich war gewissermaßen darin verwickelt. Aber was ich getan habe, hat mich nie gereut – niemals. Doch ist es nicht in St. Mary Mead geschehen.«

»Da bin ich aber enttäuscht«, meinte Sir Henry. »Aber ich werde versuchen, mich damit abzufinden. Ich wusste ja, dass wir uns auf Sie verlassen können.«

Er setzte sich voller Erwartung in seinem Sessel zurecht.

»Ich hoffe, dass ich es Ihnen richtig schildern kann«, sagte sie ein wenig vorsichtig. »Ich neige etwas zur Weitschweifigkeit. Ohne es zu wissen, verliert man oft den Faden, und es ist so schwer, sich an die richtige Reihenfolge zu erinnern. Sie müssen Geduld mit mir haben, wenn ich mich als eine schlechte Erzählerin entpuppe. Außerdem ist es schon so lange her.

Wie gesagt, die Geschichte spielte sich nicht in St. Mary Mead, sondern in einem Thermalbad ab.«

»Unfreundliche Plätze«, schob Colonel Bantry ein, »absolut scheußlich! Man muss früh aus den Federn und dieses widerliche Wasser trinken. Alte Frauen sitzen massenweise herum, mit ihren tausend kleinen Gebrechen und ihrem endlosen Geschwätz. Mein Gott, wenn ich bloß daran denke –«

»Das ist leider wahr«, stimmte Miss Marple ihm zu. »Ich selbst –«

»Meine liebe Miss Marple«, rief der Colonel entsetzt. »Ich habe natürlich nicht für eine Sekunde –«

Rosa angehaucht brachte sie ihn mit einer kleinen Geste zum Schweigen.

»Aber es ist wahr, Colonel. Nur möchte ich noch etwas hinzufügen. Was war es doch gleich? Ach so, ja. Es wird, wie Sie sagen, viel gelästert. Und die Menschen urteilen sehr hart darüber – besonders junge Menschen. Mein Neffe, der Bücher schreibt – und, wie ich glaube, sehr gescheite –, hat äußerst sarkastische Bemerkungen gemacht über Leute, die ohne jeglichen Beweis den guten Ruf anderer vernichten.

Hierzu möchte ich bemerken, dass die jungen Leute oft nicht nachdenken oder die Tatsachen prüfen. An dem Getratsche ist nämlich meistens sehr viel Wahres dran! Und wenn die jungen Leute der Sache einmal auf den Grund gingen, würden sie die Entdeckung machen, dass es in neun von zehn Fällen stimmt. Und darum regen sich die Leute auch so darüber auf.«

»Die göttliche Eingebung, wie?«, sagte Sir Henry ironisch.

»O nein, durchaus nicht. Es handelt sich in Wirklichkeit um praktische Erfahrungen. Wenn Sie einem Ägyptologen einen dieser merkwürdigen kleinen Käfer zeigen, kann er Ihnen, wie ich gehört habe, aus dem Gefühl heraus sagen, welcher Periode er angehört oder ob es eine Imitation aus Birmingham ist. Aber er kann nicht immer bestimmte Gründe dafür angeben. Er weiß es eben. Er hat sich ein Leben lang mit solchen Dingen beschäftigt.

Ebenso haben die von meinem Neffen als ›nutzlos‹ bezeichneten Frauen sehr viel freie Zeit, und sie interessieren sich in der Hauptsache für Menschen. Und auf diese Weise werden sie sozusagen Sachverständige auf diesem Gebiet. Nun, diese jungen Leute heutzutage – sie reden sehr frei über Dinge, die in meiner Jugend nicht erwähnt wurden; auf der anderen Seite aber sind sie sehr naiv. Sie glauben an alles und jeden. Und wenn man sie noch so sanft zu warnen versucht, wird einem gesagt, man sei viktorianisch – und damit ist die Sache erledigt.

Nun muss ich bekennen, dass ich auch etwas empfindlich bin, und gedankenlose Bemerkungen haben mich schon oft aufs tiefste verletzt. Ich weiß, Männer interessieren sich nicht für häusliche Angelegenheiten, aber ich muss doch kurz mein Hausmädchen Ethel erwähnen – ein sehr hübsches Mädchen und in jeder Weise gefällig. Nun, sobald ich sie sah, wusste ich, dass sie der gleiche Typ wie Annie Webb war. Wenn sich die Gelegenheit ergab, würde sie Mein und Dein nicht unterscheiden können. Daher ließ ich sie am Ende des Monats gehen und schrieb ihr ins Zeugnis, dass sie ehrlich und bescheiden sei. Aber unter vier Augen warnte ich die alte Mrs Edwards davor, sie zu nehmen. Mein Neffe Raymond war entsetzt und erklärte mir, er habe noch nie so etwas Schändliches – ja, Schändliches – gehört. Na, sie ging dann zu Lady

Ashton, die zu warnen ich mich nicht verpflichtet fühlte. Und was geschah? Alle Spitzen wurden von ihrer Unterwäsche abgeschnitten und zwei Diamantbroschen gestohlen – und das Mädchen schlich sich mitten in der Nacht davon, und seitdem hat man nichts mehr von ihr gehört!«

Miss Marple hielt inne, holte tief Atem und fuhr dann fort.

»Sie werden sicher denken, dies alles hat nichts zu tun mit dem, was sich in dem Kurort ereignete – aber indirekt ist es doch so. Denn es ist eine Erklärung dafür, warum ich nicht den geringsten Zweifel daran in meinem Herzen hatte – gleich als ich die beiden Sanders zusammen sah –, dass er beabsichtigte, sie umzubringen.«

»Was sagen Sie da?«, fragte Sir Henry erstaunt.

»Ich sage, Sir Henry, dass ich durchaus nicht im Zweifel war. Mr Sanders war ein stattlicher, gut aussehender Mann von sehr herzlichem Wesen und bei allen recht beliebt. Und niemand hätte netter zu seiner Frau sein können als er. Aber ich wusste Bescheid! Er hatte die Absicht, sie aus dem Weg zu räumen.«

»Aber meine liebe Miss Marple –«

»Ja, ich weiß. Mein Neffe Raymond West würde mir dasselbe sagen, nämlich, dass ich nicht den geringsten Beweis hätte. Aber ich muss dabei an Walter Hones denken, den Wirt des *Grünen Mannes*. Als er eines Abends mit seiner Frau nach Hause ging, fiel sie in den Fluss – und er ließ sich das Versicherungsgeld auszahlen! Ich könnte noch ein paar Leute anführen, die bis heute ungestraft herumlaufen – sogar einen aus unseren Kreisen. Verbrachte die Sommerferien in der Schweiz, um mit seiner Frau Kletterpartien zu machen. Ich bat sie vorher, nicht mitzufahren; das arme Geschöpf wurde nicht einmal zornig mit mir, wie man es hätte erwarten können – sie lachte nur. Es erschien ihr komisch, dass eine merkwürdige Alte wie ich so etwas über ihren Harry sagen sollte.

Na, und dann gab es eben einen Unfall – und Harry ist jetzt mit einer anderen Frau verheiratet. Aber was konnte ich tun? Ich wusste es zwar, hatte aber keine Beweise.«

»Oh! Miss Marple«, rief Mrs Bantry. »Das ist doch wohl nicht möglich!«

»Meine Liebe, solche Dinge passieren alle Tage. Und Männer sind dieser Versuchung besonders ausgesetzt, da sie so viel stärker sind. Es ist ja so leicht, wenn es wie ein Unfall aussieht. Wie gesagt, bei den Sanders hatte ich denselben Eindruck. Wir fuhren mit der Straßenbahn. Da unten alles voll war, mussten wir nach oben klettern. Dann standen wir alle drei auf, um auszusteigen, und Mr Sanders verlor das Gleichgewicht und fiel heftig gegen seine Frau, die kopfüber nach unten stürzte. Glücklicherweise war der Schaffner ein starker junger Mann und fing sie geschickt auf.«

»Das war aber doch bestimmt ein Zufall.«

»Natürlich war es ein Zufall – nichts hätte zufälliger aussehen können. Aber Mr Sanders war, wie er mir erzählt hatte, in der Handelsmarine gewesen, und wenn jemand auf einem schwankenden Schiff das Gleichgewicht bewahren kann, verliert er es nicht gleich in einer Elektrischen, zumal wenn eine alte Frau wie ich fest auf den Füßen steht. Das kann mir keiner weismachen.«

»Jedenfalls dürfen wir annehmen, dass Ihnen die Sache auf der Stelle sonnenklar war, nicht wahr, Miss Marple?«, meinte Sir Henry.

Die alte Dame nickte.

»Ich war ziemlich sicher, und ein anderer Zwischenfall, als wir später die Straße überquerten, bestätigte meinen Eindruck. Nun frage ich Sie, Sir Henry, was konnte ich machen? Hier war eine nette, zufriedene, glückliche kleine Frau, die in Kürze ermordet werden sollte.«

»Meine liebe gnädige Frau, ich bin einfach sprachlos.«

»Seien Sie nicht so ironisch. Wie die meisten Leute heutzutage neigen Sie zu der Ansicht, dass so etwas nicht möglich ist. Aber es verhielt sich so, und ich wusste es. Leider ist man in seiner Handlungsweise so sehr behindert. Ich konnte zum Beispiel nicht zur Polizei gehen. Und die junge Frau zu warnen wäre völlig nutzlos gewesen; denn ich konnte sehen, dass sie diesen Mann liebte. Also bemühte ich mich darum, so viel wie möglich über sie in Erfahrung zu bringen. Man hat reichlich Gelegenheit dazu, wenn man am Feuer sitzt und Handarbeiten macht. Mrs Sanders, Gladys hieß sie mit Vornamen, redete nur zu gern. Allem Anschein nach waren sie noch nicht lange verheiratet. Ihr Mann hatte Aussicht, bald in den Besitz eines Vermögens zu kommen. Aber im Augenblick waren sie ziemlich schlecht dran. Ja, sie lebten von ihrem kleinen Einkommen. Diese Geschichte ist nicht neu. Sie bedauerte es sehr, dass sie ihr Kapital nicht anrühren konnte. Anscheinend hatte irgendjemand irgendwo etwas Verstand gehabt! Aber ich bekam heraus, dass sie das Geld testamentarisch einer anderen Person vermachen konnte. Und sie und ihr Mann hatten gleich nach der Hochzeit jeder ein Testament zugunsten des anderen gemacht. Sehr rührend. Natürlich, wenn Jacks Angelegenheit in Ordnung kam – das war der Refrain, den man den ganzen Tag hörte, und inzwischen waren sie so arm wie Kirchenmäuse, hatten sogar ein Zimmer im oberen Stockwerk, wo die Dienstboten alle schliefen – wie gefährlich, falls ein Feuer ausbrach! Obgleich zufälligerweise gerade hinter ihrem Fenster eine Feuertreppe hinabführte. Ich erkundigte mich vorsichtig danach, ob auch ein Balkon vorhanden sei – sehr gefährlich, so ein Balkon. Ein Stoß genügt!

Ich nahm ihr das Versprechen ab, nicht auf den Balkon zu treten, unter dem Vorwand, dass ich einen Traum gehabt hätte. Das machte einen tiefen Eindruck auf sie – manchmal kann man durch Aberglauben sehr viel erreichen. Sie war ein blonder Typ mit käsiger Gesichtsfarbe und einer unordentlichen Haarrolle im Nacken. Sehr leichtgläubig. Sie erzählte, was ich ihr gesagt hatte, ihrem Mann, und es fiel mir auf, dass er mich ein paar Mal recht merkwürdig anschaute. Er war nicht leichtgläubig, und er wusste, dass ich auch in der Straßenbahn gewesen war.

Aber ich war in Sorge – in schrecklicher Sorge –, weil ich nicht wusste, wie ich ihn an der Ausführung seines Planes hindern konnte. Für den Augenblick wäre es mir natürlich möglich gewesen. Ich hätte ihm nur mit ein paar Worten anzudeuten brauchen, dass ich Verdacht gegen ihn schöpfte. Aber dann hätte er seinen Plan einfach auf später verschoben. Nein, ich gelangte allmählich zu der Überzeugung, dass nur ein kühner Schritt sie retten konnte – man musste ihm eine Falle stellen. Wenn man ihn dazu bringen konnte, einen Anschlag auf ihr Leben zu machen nach einem von mir entworfenen Plan – nun, dann vermochte man ihn zu entlarven, und sie war gezwungen, der Wahrheit ins Auge zu sehen, wie schwer der Schock für sie auch sein mochte.«

»Ich bin sprachlos«, erklärte Dr. Lloyd. »Was für einen Plan hätten Sie da bloß in Anwendung gebracht?«

»Keine Angst, ich hätte schon einen gefunden«, erwiderte Miss Marple. »Aber der Mann war zu schlau für mich. Er wartete nicht. Wahrscheinlich ahnte er, dass ich misstrauisch war. Also schlug er zu, bevor ich sicher sein konnte. Er wusste, dass ich bei einem Unfall Verdacht schöpfen würde. So machte er gleich einen Mord daraus.«

Alle im Kreise schnappten nach Luft. Miss Marple nickte und fuhr mit grimmiger Miene fort:

»Ich befürchte, ich bin ein wenig unvermittelt damit herausgeplatzt, und ich will versuchen, Ihnen der Reihe nach alles zu erzählen. Stets verspüre ich eine gewisse Bitterkeit – es will mir scheinen, als hätte ich es irgendwie verhindern sollen.

Aber das Schicksal hat es vielleicht nicht anders gewollt. Auf jeden Fall habe ich getan, was in meinen Kräften stand.

Es lag ein seltsam unheimliches Gefühl in der Luft. Etwas schien auf uns allen zu lasten. Eine Ahnung von nahem Unheil. Zunächst war da einmal die Geschichte mit George, dem Portier. Er war jahrelang dort gewesen und kannte jeden. Dann bekam er Bronchitis und eine Lungenentzündung und starb am vierten Tag. Schrecklich traurig. Ein wirklicher Schlag für alle. Noch dazu vier Tage vor Weihnachten! Dann bekam eines der Hausmädchen – ein so nettes Geschöpf – eine Blutvergiftung am Finger und starb tatsächlich innerhalb von vierundzwanzig Stunden.

Ich war gerade mit Miss Trollope und der alten Mrs Carpenter im Salon, und Mrs Carpenter war geradezu dämonisch – sie schien sich regelrecht daran zu weiden.

›Hören Sie auf mich‹, sagte sie. ›Dies ist noch nicht das Ende. Sie kennen doch das Sprichwort? Aller guten Dinge sind drei. Das habe ich immer wieder erlebt. Wir werden noch einen Todesfall haben. Ganz ohne Zweifel. Und wir brauchen nicht lange zu warten. Aller guten Dinge sind drei.‹

Bei diesen Worten, die sie, mit dem Kopf nickend, beim Geklapper ihrer Stricknadeln hervorbrachte, blickte ich zufällig auf, und da stand Mr Sanders im Türrahmen. Einen Augenblick lang war er nicht auf der Hut, und ich sah die nackte Wahrheit in seinen Augen. Bis zu meiner letzten Stunde glaube ich, dass es die Worte dieser grässlichen Mrs Carpenter waren, die den Plan bei ihm auslösten. Ich konnte ganz deutlich sehen, welche Gedanken sich hinter seiner Stirn verbargen.

In seiner jovialen Art lächelnd, trat er ins Zimmer.

›Kann ich für die Damen irgendwelche Weihnachtseinkäufe erledigen?‹, fragte er. ›Ich gehe nämlich gleich in den Ort.‹

Lachend und schwatzend blieb er noch eine Weile und ging dann hinaus. Voller Unruhe fragte ich sofort:

›Wo ist Mrs Sanders eigentlich? Weiß es jemand?‹

Miss Trollope erwiderte, sie sei zu ihren Freunden, den Mortimers, gegangen, um Bridge zu spielen, und das beruhigte mich im Augenblick ein wenig. Aber ich war immer noch sehr besorgt und unschlüssig, ob ich etwas unternehmen sollte. Eine halbe Stunde später ging ich auf mein Zimmer. Auf der Treppe begegnete ich meinem Arzt, Dr. Coles, und da ich ihn sowieso wegen meines Rheumatismus um Rat fragen wollte, nahm ich ihn mit in mein Zimmer. Dort erwähnte er mir gegenüber (im Vertrauen, sagte er) den Tod des armen Hausmädchens Mary. Der Geschäftsführer wünsche nicht, dass es sich herumspräche, sagte er, und ich solle es daher für mich behalten. Natürlich erwähnte ich nicht, dass wir alle während der letzten Stunde – von dem Augenblick an, als das arme Mädchen seinen letzten Atemzug getan hatte – von nichts anderem mehr geredet hatten. So etwas ist doch immer gleich bekannt, und ein Mann von seiner Erfahrung hätte das wissen müssen. Aber Dr. Coles war von jeher ein schlichter, naiver Mann, der glaubte, was er glauben wollte, und gerade das beunruhigte mich eine Sekunde später. Als er sich verabschiedete, erwähnte er, dass Sanders ihn gebeten habe, sich seine Frau mal anzusehen, sie fühle sich schlecht; irgendetwas stimme nicht mit ihr.

Und am selben Tage hatte mir Gladys Sanders selber erzählt, dass sie in allerbester Verfassung wäre, wofür sie sehr dankbar sei.

Sehen Sie? Mein ganzer Verdacht gegen diesen Mann kehrte hundertfach zurück. Er traf Vorbereitungen – aber wofür? Dr. Coles war gegangen, ehe ich mich entschließen konnte, ob ich mit ihm reden sollte oder nicht. Und ich hätte auch nicht recht gewusst, wie ich mich ausdrücken sollte. Als ich aus meinem Zimmer trat, kam Sanders selbst die Treppe vom nächsten Stockwerk herunter. Er trug Straßenkleidung und fragte mich abermals, ob er mir in der Stadt etwas besorgen könne. Ich musste mich sehr beherrschen, um nicht unhöflich zu ihm zu sein! Dann ging ich in die Diele und bestellte mir Tee. Es ging schon auf halb sechs zu, wie ich mich entsinne.

Um Viertel vor sieben, als Mr Sanders hereinkam, war ich immer noch in der Diele. Er hatte zwei Herren bei sich, und alle drei waren in ziemlich gehobener Stimmung. Mr Sanders ließ seine beiden Freunde stehen und kam sofort zu dem Tisch, an dem ich mit Miss Trollope saß. Er bat uns um Rat wegen eines Weihnachtsgeschenks für seine Frau. Es war eine Abendhandtasche.

›Meine Damen‹, erklärte er, ›ich bin nur ein rauer Seemann. Was weiß ich schon von diesen Dingen? Ich habe mir drei zur Auswahl schicken lassen und wäre Ihnen für Ihren sachkundigen Rat sehr dankbar.‹

Wir versicherten ihm natürlich, dass es uns ein Vergnügen sein werde, und er fragte uns, ob es uns etwas ausmache, mit ihm nach oben zu gehen, da seine Frau jede Minute kommen könne und sonst die Taschen sehen würde. Also gingen wir mit ihm hinauf. Niemals werde ich die nächsten Minuten vergessen – mich überläuft jetzt noch eine Gänsehaut.

Mr Sanders öffnete die Tür zum Schlafzimmer und drehte das Licht an. Ich weiß nicht, wer von uns sie zuerst sah …

Mrs Sanders lag mit dem Gesicht nach unten auf dem Boden – tot. Ich war zuerst bei ihr, kniete nieder, nahm ihre Hand und fühlte nach dem Puls, aber es war sinnlos, denn der Arm war schon kalt und steif. Unmittelbar neben ihrem Kopf lag ein mit Sand gefüllter Strumpf – offensichtlich die Waffe, mit der sie niedergeschlagen worden war. Miss Trollope, dieses törichte Geschöpf, stand an der Tür und jammerte zum Steinerweichen. Mit dem Schrei ›Meine Frau, meine Frau!‹ stürzte Mr Sanders an ihre Seite. Ich hinderte ihn daran, sie zu berühren; denn ich war überzeugt, dass er der Täter war, und glaubte, er wolle vielleicht etwas fortnehmen und verstecken.

›Es darf nichts angerührt werden‹, erklärte ich. ›Reißen Sie sich zusammen, Mr Sanders. Miss Trollope, bitten gehen Sie nach unten und holen Sie den Geschäftsführer.‹

Ich selbst verharrte kniend bei der Leiche, da ich nicht die Absicht hatte, Sanders mit ihr allein zu lassen. Allerdings muss ich zugeben, dass der Mann ein wunderbarer Schauspieler war. Er schien bestürzt, verwirrt und über alle Maßen verängstigt.

Sehr bald erschien der Geschäftsführer. Er inspizierte in aller Eile den Raum, dann drängte er uns alle hinaus, schloss die Tür ab und nahm den Schlüssel mit, als er ging, um die Polizei anzurufen. Es schien eine Ewigkeit zu dauern, bis sie kam (später erfuhren wir, dass die Leitung nicht in Ordnung gewesen war). Der Geschäftsführer musste jemanden zur Post schicken, und das Kurhotel liegt ziemlich weit von der Stadt entfernt, fast am Rande des Moores. Inzwischen fiel Mrs Carpenter uns allen sehr auf die Nerven. Sie war so zufrieden, dass ihre Prophezeiung sich so schnell erfüllt hatte. Sanders lief stöhnend und händeringend in den Garten hinaus, und in seinen Zügen malte sich tiefster Kummer ab.

Endlich kam die Polizei. Mit dem Geschäftsführer und Mr Sanders gingen sie nach oben, und später ließen sie mich holen. Als ich kam, saß der Inspektor an einem Tisch und schrieb. Er sah intelligent aus und war mir sehr sympathisch.

›Miss Jane Marple?‹, fragte er.

›Ja.‹

›Wie ich höre, gnädige Frau, waren Sie zugegen, als die Leiche gefunden wurde.‹

Ich bestätigte das und schilderte genau, was vorgefallen war. Ich glaube, der arme Mann war sichtlich erleichtert, dass er jemanden gefunden hatte, der seine Fragen zusammenhän-

gend beantworten konnte, nachdem er sich vorher mit Sanders und Emily Trollope abgequält hatte. Wie ich hörte, war
Emily Trollope ja vollständig aus der Fassung geraten – was
auch nicht anders zu erwarten war von diesem törichten Geschöpf! Meine liebe Mutter hat mir immer eingeschärft, dass
eine Dame sich in der Öffentlichkeit stets zusammennehmen
müsse, wie sehr sie sich auch in ihren eigenen vier Wänden
gehen lassen mochte.«

»Ein bewundernswerter Grundsatz«, bemerkte Sir Henry
mit ernster Miene.

»Als ich mit meiner Schildung zu Ende war, sagte der Inspektor zu mir: ›Vielen Dank, gnädige Frau. Nun muss ich Sie
leider bemühen, sich die Leiche noch einmal anzusehen. Hat
sie genau so gelegen, als Sie das Zimmer betraten? Ist sie von
niemandem berührt worden?‹

Ich erklärte ihm, dass ich Mr Sanders daran gehindert
hätte, und der Inspektor nickte beifällig.

›Der Herr scheint furchtbar erregt zu sein‹, bemerkte er.

›Das scheint er wohl – ja‹, erwiderte ich.

Ich glaube nicht, dass ich das Wort ›scheint‹ besonders betont habe. Dennoch warf der Inspektor mir einen ziemlich
scharfen Blick zu.

›Wir können also annehmen, dass die Leiche sich in genau
derselben Stellung befindet wie am Anfang, wie?‹ fragte er.

›Ja, abgesehen von dem Hut‹, entgegnete ich.

Der Inspektor blickte mich erstaunt an.

›Was ist mit dem Hut?‹

Ich setzte ihm auseinander, dass die arme Gladys den Hut
zuerst auf dem Kopf gehabt habe, während er jetzt neben
ihr liege, und ich sprach die Vermutung aus, dass die Polizei
ihn wohl entfernt habe. Doch der Inspektor verneinte diese
Tatsache ganz entschieden. Nichts sei bisher angerührt oder
bewegt worden. Mit gerunzelter Stirn blickte er auf die arme

hingestreckte Gestalt hinab. Gladys trug Straßenkleidung – einen weiten dunkelroten Tweedmantel mit grauem Pelzkragen. Der Hut, ein billiges Stück aus rotem Filz, lag gerade neben ihrem Kopf. Eine Weile stand der Inspektor grübelnd da. Dann kam ihm plötzlich ein Gedanke.

›Können Sie sich ganz zufällig daran erinnern, gnädige Frau, ob die Verstorbene gewöhnlich Ohrringe trug?‹

Nun habe ich, Gott sei Dank, eine recht gute Beobachtungsgabe, und ich entsann mich sofort, dass ich gerade unter dem Hutrand einen Schimmer von Perlen gesehen habe, obgleich ich in dem Augenblick keine besondere Notiz davon genommen hatte. Seine Frage konnte ich also bejahen.

›Dann ist die Sache ja klar‹, meinte er. ›Der Schmuckkasten der Dame ist geplündert worden – nicht, dass sie etwas Wertvolles besaß, soweit ich unterrichtet bin –, und die Ringe hat man ihr von den Fingern gezogen. Der Mörder muss also die Ohrringe vergessen und sie geholt haben, nachdem der Mord entdeckt war. Ein hartgesottener Bursche! Oder vielleicht‹ – bei diesen Worten starrte er im Zimmer umher und sagte langsam: ›Vielleicht hatte er sich im Zimmer versteckt und war die ganze Zeit über hier.‹

Doch ich verwarf die Idee. Ich selbst, erklärte ich ihm, hätte unter das Bett geschaut, und der Geschäftsführer habe die Türen des Kleiderschranks geöffnet. Und sonst gebe es keine Versteckplätze im Zimmer, wo ein Mann sich verbergen könne. Allerdings sei das Hutfach mitten im Kleiderschrank verschlossen gewesen, aber da es nicht sehr tief und außerdem mit Regalen versehen sei, habe sich kein Mann darin verstecken können.

Der Inspektor nickte langsam, während ich dies alles erklärte.

›Ich glaube Ihnen, gnädige Frau. Dann muss er eben, wie ich schon sagte, noch einmal zurückgekommen sein. Ein wirklich abgebrühter Geselle.‹

›Aber der Geschäftsführer hat doch die Tür abgeschlossen und den Schlüssel mitgenommen!‹

›Das hat nichts zu bedeuten. Der Dieb hat den Balkon und die Feuertreppe benutzt. Wahrscheinlich haben Sie ihn sogar bei der Arbeit gestört. Da ist er einfach zum Fenster hinausgeschlüpft und, als Sie alle fort waren, wieder zurückgekehrt, um mit seiner Arbeit fortzufahren.‹

›Sind Sie sicher‹, fragte ich, ›dass es ein Dieb war?‹

Er erwiderte ziemlich trocken:

›Na, es sieht doch ganz danach aus, nicht wahr?‹

Aber etwas in seinem Ton gab mir eine gewisse Befriedigung. Ich hatte das Gefühl, dass er Mr Sanders in seiner Rolle als trauernder Witwer nicht allzu ernst nehmen würde.

Ich gebe unumwunden zu, dass ich von dieser fixen Idee ganz besessen war. Dass dieser Sanders seine Frau umbringen wollte, stand für mich durchaus fest. Was ich jedoch nicht mit einkalkuliert hatte, war dieses seltsame und phantastische Etwas, das man als Koinzidenz bezeichnet. Meine Ansichten über Mr Sanders – davon war ich überzeugt – waren absolut richtig. Der Mann war ein Schurke. Aber obgleich sein geheuchelter Kummer mich nicht für eine Sekunde täuschte, so hatte ich doch empfunden, als wir zuerst ins Zimmer traten, dass seine Überraschung und Verwirrung außerordentlich echt schienen – absolut natürlich. Ich muss gestehen, dass mich nach meiner Unterhaltung mit dem Inspektor ein seltsamer Zweifel beschlich. Denn wenn Sanders diese furchtbare Tat begangen hatte, konnte ich mir keinen stichhaltigen Grund vorstellen, warum er sich über die Feuertreppe zurückschleichen sollte, um seiner Frau die Ohrringe fortzunehmen. Das wäre durchaus nicht klug gewesen, und Sanders war ein sehr kluger Mann – darum hielt ich ihn ja für so gefährlich.«

Miss Marple blickte sich im Kreise ihrer Zuhörer um.

»Sie wissen vielleicht schon, worauf ich hinauswill. In dieser Welt geschieht oft genug das, was man am wenigsten erwartet. Ich war eben sicher, und das hatte mich wohl so blind gemacht. Das Resultat war für mich ein großer Schock. Denn es wurde einwandfrei bewiesen, dass Mr Sanders unter keinen Umständen das Verbrechen begangen haben konnte ...«

Ein Laut der Überraschung kam von Mrs Bantrys Lippen. Miss Marple wandte sich ihr zu.

»Ich weiß, meine Liebe, das haben Sie nach dem Anfang meiner Geschichte nicht erwartet. Auch ich hatte es nicht erwartet. Aber an den Tatsachen lässt sich nicht rütteln, und wenn die Beweise ergeben, dass man Unrecht hat, muss man sich bescheiden und wieder von vorn anfangen. Dass Mr Sanders im Grunde genommen ein Mörder war, wusste ich – von dieser festen Überzeugung ließ ich mich durch nichts abbringen.

Und nun möchten Sie wohl gern hören, wie sich alles zugetragen hat. Wie Sie bereits wissen, verbrachte Mrs Sanders den Nachmittag bei ihren Freunden, den Mortimers, wo sie Bridge spielte. Um Viertel nach sechs etwa ging sie von dort weg. Von dem Haus ihrer Freunde bis zum Kurhotel brauchte man ungefähr eine Viertelstunde – oder noch weniger, wenn man sich beeilte. Sie musste also um halb sieben zurückgekehrt sein. Da niemand sie hereinkommen sah, ist anzunehmen, dass sie die Seitentür benutzt hat und geradewegs auf ihr Zimmer gegangen ist. Sie hat sich dann wohl umgezogen (die Sachen, die sie nachmittags getragen hatte – der rehfarbene Mantel und der Rock – hingen im Schrank) und war offenbar auf dem Sprung, wieder auszugehen, als das Unglück sich ereignete. Wahrscheinlich, so sagt man, hat sie gar nicht gemerkt, wer sie niedergeschlagen hat. Der Sandsack soll ja eine sehr wirksame Waffe sein. Demnach muss der Angreifer im Zimmer verborgen gewesen sein, möglicherweise in dem anderen Schrank, den sie nicht geöffnet hatte.

Nun zu Mr Sanders. Er ging, wie gesagt, gegen halb sechs aus – oder ein wenig später. Dann besuchte er verschiedene Läden und betrat gegen sechs Uhr das Grand Spa Hotel, wo er zwei Freunde traf – dieselben, mit denen er später zum Kurhotel zurückkehrte. Sie spielten zusammen Billard und tranken mehrere Glas Whisky dabei. Diese beiden Männer waren tatsächlich die ganze Zeit von sechs Uhr an mit ihm zusammen. Sie begleiteten ihn zum Hotel, und er verließ sie erst, als er zu mir und Miss Trollope an den Tisch kam. Das war etwa um Viertel vor sieben; wie ich bereits erwähnte, muss seine Frau um diese Zeit schon tot gewesen sein.

Ich gestehe, dass ich selbst mit diesen beiden Freunden gesprochen habe. Ich mochte sie nicht leiden. Sie waren weder angenehm noch gebildet. Doch über eines war ich mir klar: Sie sprachen die volle Wahrheit, als sie sagten, Mr Sanders sei während der ganzen Zeit in ihrer Gesellschaft gewesen. Eine Kleinigkeit ist vielleicht noch zu erwähnen. Während des Bridgespiels wurde Mrs Sanders offenbar ans Telefon gerufen. Ein Mr Littleworth wollte sie sprechen. Hinterher schien sie freudig erregt zu sein und machte, nebenbei bemerkt, ein paar schlimme Spielfehler. Sie brach bedeutend früher auf, als ihre Freunde erwartet hatten.

Mr Sanders wurde gefragt, ob ihm der Name Littleworth bekannt sei und ob dieser Mann zu den Freunden seiner Frau zähle, aber er erklärte, er habe den Namen noch nie gehört. Und das schien mir durch das Verhalten seiner Frau bestätigt – ihr bedeutete der Name Littleworth anscheinend zuerst auch nichts. Dennoch kam sie lächelnd, aber doch etwas verwirrt vom Telefon zurück. Daraus muss man schließen, dass der Betreffende nicht seinen richtigen Namen genannt hat, und das erweckt an sich schon ein gewisses Misstrauen, nicht wahr?

Jedenfalls war dies das Problem, das sich uns präsentierte: die Einbrechergeschichte, die ziemlich unwahrscheinlich war –

oder aber die Theorie, dass Mrs Sanders im Begriff stand, auszugehen und sich mit jemandem zu treffen. Ist dieser Jemand über die Feuertreppe in ihr Zimmer gekommen? Hat es einen Streit gegeben? Oder hat er sie aus dem Hinterhalt überfallen?«

Miss Marple hielt inne.

»Nun?«, meinte Sir Henry. »Wie lautet die Antwort?«

»Ob einer unter Ihnen sie wohl erraten kann?«

»Ich kann nicht gut raten«, erklärte Mrs Bantry. »Es ist schade, dass Sanders ein so tadelloses Alibi hatte. Aber wenn es Ihnen genügte, muss es schon in Ordnung gewesen sein.«

Jane Helier bewegte ihr schönes Haupt und wollte wissen: »Warum war das Hutfach verschlossen?«

»Eine sehr kluge Frage, meine Liebe«, antwortete Miss Marple strahlend. »Darüber habe ich mich im Stillen auch gewundert. Allerdings war die Erklärung ganz einfach. Es enthielt ein Paar handgearbeitete Pantoffeln und einige Taschentücher, die die junge Frau für ihren Mann zu Weihnachten bestickt hatte. Darum hatte sie das Fach abgeschlossen. Den Schlüssel fand man in ihrer Handtasche.«

»Oh!«, meinte Jane. »Dann ist es doch nicht so interessant.«

»O ja, aber sehr«, erwiderte Miss Marple. »Es ist das einzig wirklich Interessante an der Sache – das Einzige, was die Pläne des Mörders vereitelte.«

Jeder starrte die alte Dame an.

»Ich selbst habe es zwei Tage lang nicht erkannt«, sagte Miss Marple. »Ich zerbrach mir immer und immer wieder den Kopf, und dann auf einmal kam die Erleuchtung über mich. Ich ging sofort zum Inspektor und bat ihn, etwas auszuprobieren, was er dann auch tat.«

»Worum haben Sie ihn gebeten?«

»Ich bat ihn, der armen Frau den Hut aufzusetzen – und das ging nicht. Der Hut passte nicht. Es war nämlich nicht ihr Hut.«

Mrs Bantry rief ganz erstaunt:

»Aber er saß doch zuerst auf ihrem Kopf.«

»Nicht auf ihrem Kopf –«

Miss Marple wartete einen Augenblick, um ihren Worten Gewicht zu verleihen, und fuhr dann fort:

»Wir nahmen als selbstverständlich an, dass es sich um die Leiche der armen Gladys handelte. Aber wir haben uns nie das Gesicht angesehen. Wie Sie sich erinnern, lag sie mit dem Gesicht nach unten, und der Hut verdeckte alles.«

»Aber sie wurde doch getötet?«

»Ja, später. In dem Augenblick, als wir die Polizei anriefen, war Gladys noch quicklebendig.«

»Meinen Sie etwa, es war jemand anders, die vorgab, Gladys zu sein? Aber als Sie sie anfassten –«

»Es war eine Leiche. Darüber besteht nicht der geringste Zweifel«, sagte Miss Marple ernst.

»Aber zum Kuckuck noch mal«, mischte sich Colonel Bantry ein, »Leichen fallen einem doch nicht einfach so in den Schoß. Was hat man denn nachher mit der ersten Leiche gemacht?«

»Mr Sanders hat sie zurückgetragen«, erwiderte Miss Marple. »Es war ein böser, aber sehr kluger Plan. Unsere Unterhaltung im Salon hat ihn darauf gebracht. Die Leiche des armen Hausmädchens Mary – warum sollte er sie nicht gebrauchen? Sie müssen bedenken, dass das Zimmer der Sanders oben im Dienstbotenflügel lag. Marys Zimmer befand sich nur zwei Türen weiter, und der Leichenbestatter würde erst später am Abend kommen – damit rechnete Mr Sanders. Er trug also die Leiche über den Balkon (um fünf Uhr war es schon dunkel), zog ihr ein Kleid seiner Frau und ihren weiten roten Mantel an. Und dann entdeckte er, dass das Hutfach abgeschlossen war! Was tun? Es blieb ihm nichts anderes übrig, als einen Hut des Mädchens zu holen. Das würde niemandem auffallen. Er legte den Sandsack neben sie auf den Boden und ging dann fort, um sich ein Alibi zu beschaffen.

Unter dem Namen Littleworth rief er seine Frau an. Ich weiß nicht, was er ihr erzählt hat. Aber sie war eine leichtgläubige Frau, wie ich vorhin schon sagte. Auf alle Fälle veranlasste er sie, das Bridgespiel früher abzubrechen und nicht ins Kurhotel zurückzukehren. Er verabredete sich mit ihr im Park des Hotels, nahe der Feuertreppe, um sieben Uhr.

Er selbst kehrte mit seinen Freunden ins Hotel zurück und richtete es so ein, dass Miss Trollope und ich gemeinsam mit ihm die Leiche entdeckten. Er tat sogar so, als wolle er sie umdrehen – und ausgerechnet ich hielt ihn davon zurück! Dann schickte man nach der Polizei, und er taumelte in den Park hinaus.

Es hatte ihn natürlich niemand gefragt, wo er sich nach dem Verbrechen aufgehalten habe. Er traf sich mit seiner Frau, ging mit ihr die Feuertreppe hinauf, und sie betraten das Zimmer. Vielleicht hatte er ihr gegenüber schon etwas von der Leiche erwähnt. Sie beugte sich über die am Boden liegende Gestalt, und er nahm den Sandsack und schlug zu ... mein Gott, es macht mich jetzt noch krank, wenn ich nur daran denke! Dann zog er ihr rasch den Mantel und den Rock aus, hängte die Sachen in den Schrank und zog ihr die Sachen der anderen Leiche an.

Doch der Hut wollte nicht passen. Mary hatte kurz geschnittenes Haar und Gladys Sanders eine dicke Haarrolle. Er war gezwungen, ihn neben die Leiche zu legen, und hoffte, dass niemand es bemerken würde. Dann trug er die Leiche der armen Mary in ihr Zimmer zurück und legte sie wieder schicklich auf das Bett.«

»Es erscheint unglaublich«, bemerkte Dr. Lloyd. »Dieses Risiko, das er auf sich nahm. Die Polizei hätte ja bloß zu früh einzutreffen brauchen.«

»Sie müssen bedenken, dass die Telefonleitung nicht in Ordnung war«, erinnerte ihn Miss Marple. »Dafür war natürlich er verantwortlich. Er konnte es sich nicht leisten, dass die Polizei zu früh erschien. Als sie dann endlich kam, brachte sie noch eine Weile im Büro des Geschäftsführers zu. Die größte Gefahr bestand darin, dass jemand merken würde, dass Gladys erst vor einer halben Stunde das Zeitliche gesegnet hatte. Aber er verließ sich darauf, dass die Leute, die das Verbrechen zuerst entdeckten, keine Fachkenntnisse auf diesem Gebiet besaßen.«

Dr. Lloyd nickte.

»Man nahm wahrscheinlich an, dass das Verbrechen gegen Viertel vor sieben begangen worden sei«, meinte er. »In Wirklichkeit geschah es um sieben oder ein paar Minuten nach sieben. Frühestens um halb acht hat dann der Polizeiarzt die Leiche untersucht. Da konnte er es unmöglich merken.«

»Aber ich bin diejenige, die es hätte merken sollen«, erwiderte Miss Marple. »Ich habe die Hand der armen Frau angefasst, und sie war eiskalt. Und kurz darauf sprach der Inspektor davon, dass der Mord gerade vor unserer Ankunft begangen worden sein müsse – und ich habe nichts bemerkt!«

»Meiner Ansicht nach haben Sie sehr viel bemerkt, Miss Marple«, sagte Sir Henry. »Es muss vor meiner Zeit passiert sein. Ich kann mich überhaupt nicht entsinnen, dass ich je davon gehört habe. Was geschah dann?«

»Sanders wurde gehängt«, entgegnete Miss Marple lebhaft. »Und das geschah ihm recht. Ich habe es niemals bereut, dass ich dazu beigetragen habe, diesen Mann vor den Richter zu bringen.«

Ihre strengen Züge wurden weicher.

»Aber ich habe mir oft bittere Vorwürfe gemacht, dass ich es versäumte, dieser armen Frau das Leben zu retten. Würde sie aber auf mich gehört haben? Wahrscheinlich hätte sie meine

Warnungen für Hirngespinste einer alten Frau gehalten. Wer weiß? Auf jeden Fall liebte sie diesen Schurken und vertraute ihm. Sie hat ihn nie durchschaut.«

»Nun«, meinte Jane Helier, »dann war ja so weit alles in Ordnung. In bester Ordnung. Ich wollte –« Sie brach ab.

Miss Marple blickte auf die berühmte, die schöne, die erfolgreiche Jane Helier und nickte sanft mit dem Kopf.

»Ich verstehe, liebes Kind«, sagte sie sehr leise. »Ich verstehe.«

Agatha Christie

Die Stecknadel

Aus dem Englischen von
Maria Meinert

Die Stecknadel

Miss Politt nahm den Türklopfer und pochte wohlerzogen an die Tür des kleinen Hauses. Nach einer diskreten Pause klopfte sie nochmals. Das Paket unter ihrem Arm verrutschte ein wenig, und sie schob es wieder in die richtige Lage. Im Inneren des Päckchens befand sich Mrs Spenlows neues grünes Winterkleid, fertig zur Anprobe. An Miss Politts linker Hand baumelte ein Beutel aus schwarzer Seide, in dem ein Maßband, ein Nadelkissen und eine große, gut zu handhabende Schere steckten.

Miss Politt war groß und hager, mit einer scharf geschnittenen Nase, aufgeworfenen Lippen und spärlichem, eisengrauem Haar. Sie zögerte, ehe sie ein drittes Mal zum Türklopfer griff. Als sie einen Blick die Straße hinuntersandte, sah sie eine rasch näher kommende Gestalt. Miss Hartnell, fünfundfünfzig, stets frohgemut, mit einer Haut wie ein Lederapfel, rief in gewohnt dröhnendem Bass: »Guten Tag, Miss Politt!«

»Guten Tag, Miss Hartnell!«, gab die Schneiderin zurück. Ihre Stimme war äußerst dünn, ihre Sprechweise geziert. Sie hatte ihre berufliche Laufbahn als hochherrschaftliche Zofe begonnen. »Entschuldigen Sie«, fuhr sie fort, »aber Sie wissen wohl nicht zufällig, ob Mrs Spenlow vielleicht ausgegangen ist?«

»Keine blasse Ahnung«, erwiderte Miss Hartnell.

»Es ist ein bisschen dumm, wissen Sie. Ich sollte heute Nachmittag zur Anprobe zu Mrs Spenlow kommen, um halb vier, sagte sie.«

Miss Hartnell schaute auf ihre Armbanduhr. »Jetzt ist es kurz nach halb.«

»Ja. Ich habe dreimal geklopft, aber es rührt sich niemand. Deshalb überlege ich mir, ob Mrs Spenlow vielleicht ausgegangen ist und den Termin vergessen hat. In der Regel vergisst sie allerdings ihre Termine nicht, und sie möchte das Kleid übermorgen anziehen.«

Miss Hartnell trat durch das Gartentor und schritt den Weg hinauf zu Miss Politt, die immer noch vor der Tür des Häuschens stand.

»Wieso macht Gladys nicht auf?«, fragte sie. »Ach, nein, natürlich, wir haben ja Donnerstag – das ist Gladys' freier Tag. Ich nehme an, Mrs Spenlow macht ein Nickerchen. Vermutlich haben Sie mit dem Ding hier nicht genug Krach gemacht.«

Sie packte den Türklopfer und trommelte ein ohrenbetäubendes Rat-a-tat-tat, während sie gleichzeitig mit der Faust gegen die Tür hämmerte.

»Hallo, da drinnen!« rief sie mit Stentorstimme.

Nichts rührte sich.

»Ach«, murmelte Miss Politt, »wahrscheinlich hat es Mrs Spenlow doch vergessen und ist ausgegangen. Ich komme ein andermal vorbei.«

Sie machte Anstalten zu gehen.

»Blödsinn«, erklärte Miss Hartnell mit Entschiedenheit. »Sie kann nicht ausgegangen sein. Da hätte ich sie getroffen. Ich schaue mal eben hier durch das Fenster. Mal sehen, ob ein Lebenszeichen zu entdecken ist.«

Sie lachte auf ihre gewohnt herzhafte Art, um anzuzeigen, dass dies ein Scherz war, und warf einen flüchtigen Blick durch die Scheibe, die am nächsten war – flüchtig deshalb, weil sie sehr wohl wusste, dass das nach vorn hinaus liegende Zimmer selten benutzt wurde. Mr und Mrs Spenlow zogen es vor, sich im kleinen Salon aufzuhalten, der nach hinten hinaus ging.

Doch mochte der Blick auch flüchtig sein, er erfüllte seinen Zweck. Zeichen von Leben allerdings entdeckte Miss Hartnell keine; im Gegenteil, sie erblickte durch das Fenster Mrs Spenlow, die auf dem Kaminvorleger lag – tot.

»Natürlich«, erklärte Miss Hartnell, wenn sie später die Geschichte erzählte, »behielt ich einen kühlen Kopf. Diese Politt, diese Person, hätte ja keine blasse Ahnung gehabt, was sie tun sollte. ›Auf keinen Fall dürfen wir den Kopf verlieren‹, sagte ich zu ihr. ›Sie bleiben hier, und ich hole Constable Palk.‹ Sie jammerte, dass sie nicht allein zurückbleiben wollte, aber darauf achtete ich gar nicht. Mit solchen Leuten muss man energisch umgehen. Ich habe immer festgestellt, dass sie es genießen, Getue zu machen. Ich wollte also gerade losmarschieren, als genau in diesem Moment Mr Spenlow um die Ecke kam.« Hier legte Miss Hartnell eine viel sagende Pause ein. Sie gab ihrem jeweiligen Zuhörer Gelegenheit, atemlos zu fragen: »Und was machte er für ein Gesicht?«

»Offen gesagt«, pflegte Miss Hartnell darauf fortzufahren, »*ich* hatte ihn sofort in Verdacht! Er war viel zu gelassen. Er schien nicht im Geringsten überrascht. Und Sie können sagen, was Sie wollen, es ist einfach unnatürlich, dass ein Mann, wenn er hört, dass seine Frau tot ist, keinerlei Gefühle zeigt.«

Da stimmten alle zu.

Auch die Polizei. So verdächtig fand sie Mr Spenlows gleichmütige Gelassenheit, dass sie schleunigst nachforschten, wie sich die finanziellen Verhältnisse des Herrn nach dem Tode seiner Gattin gestalteten. Als sie entdeckten, dass Mrs Spenlow der betuchte Ehepartner gewesen war und dass ihr Vermögen laut Testament, das kurz nach der Eheschließung gemacht worden war, ihrem Mann zufallen sollte, vertiefte sich der Verdacht der Polizei weiter.

Miss Marple, die alte Jungfer mit dem lieben Gesicht – und der, wie einige Leute behaupten, bösen Zunge –, die in dem

Haus neben dem Pfarrhaus wohnte, wurde sehr früh schon vernommen – innerhalb einer halben Stunde nach Entdeckung des Verbrechens. Sie wurde von Constable Palk aufgesucht, der mit amtlicher Miene in einem Notizbuch blätterte.

»Wenn Sie nichts dagegen haben, Madam, ich hätte da ein paar Fragen an Sie.«

»In Zusammenhang mit der Ermordung von Mrs Spenlow?«, fragte Miss Marple.

Palk war verdutzt. »Darf ich fragen, Madam, wie Ihnen das zu Ohren gekommen ist?«

»Der Fisch«, antwortete Miss Marple.

Diese Erwiderung war Palk durchaus verständlich. Er vermutete ganz richtig, dass der Lieferbursche des Fischhändlers Miss Marple die Neuigkeit zusammen mit ihrem Abendessen überbracht hatte.

»Sie lag im Wohnzimmer auf dem Boden«, fuhr Miss Marple freundlich fort. »Erdrosselt – möglicherweise mit einem sehr schmalen Gürtel. Aber was es auch gewesen ist, es lag nicht mehr am Tatort.«

Palks Miene war zornig. »Wie dieser Fred nur immer gleich alles weiß, was –«

Miss Marple bremste geschickt den einsetzenden Redestrom. Sie sagte: »Sie haben eine Nadel in Ihrer Uniformjacke stecken.«

Verblüfft sah Palk an sich hinunter. »Nun«, versetzte er, »es heißt ja: ›Nadel, die am Boden lag, bringt dir Glück den ganzen Tag.‹«

»Ich hoffe, das wird sich bewahrheiten. Also, was soll ich Ihnen für Auskünfte geben?«

Palk räusperte sich, machte ein wichtigtuerisches Gesicht und steckte die Nase in sein Notizbuch.

»Mr Arthur Spenlow, der Ehegatte der Toten, machte vor mir folgende Aussage: Mr Spenlow erklärt, dass er um vierzehn Uhr dreißig von Miss Marple angerufen wurde, die ihn bat, um fünfzehn Uhr fünfzehn zu ihr zu kommen, da sie ihn dringend um einen Rat bitten wollte. Ist das richtig, Madam?«

»Ganz und gar nicht«, erwiderte Miss Marple.

»Sie haben Mr Spenlow nicht um vierzehn Uhr dreißig angerufen?«

»Weder um vierzehn Uhr dreißig noch zu einer anderen Zeit.«

»Aha«, sagte Constable Palk und lutschte mit erheblicher Befriedigung an seinem Schnurrbart.

»Was hat Mr Spenlow sonst noch gesagt?«

»Mr Spenlow erklärte, er wäre wie gewünscht hierhergekommen. Er hätte sein eigenes Haus um fünfzehn Uhr zehn verlassen. Bei seiner Ankunft hier hätte ihm das Mädchen mitgeteilt, Miss Marple wäre nicht zu Hause.«

»Das stimmt«, stellte Miss Marple fest. »Er war tatsächlich hier, aber ich war bei einer Besprechung im Frauenverein.«

»Aha«, sagte Palk wieder.

Miss Marple rief: »Sagen Sie, verdächtigen Sie etwa Mr Spenlow?«

»Das kann ich in diesem Stadium nicht sagen, aber mir scheint, dass da jemand – ich will keine Namen nennen – ganz raffiniert sein wollte.«

»Mr Spenlow?«, meinte Miss Marple nachdenklich.

Sie mochte Mr Spenlow. Er war ein kleiner, schmächtiger Mann, steif und konventionell in seinem Gebaren, der Inbegriff der Ehrbarkeit. Es schien merkwürdig, dass er aufs Land gezogen war, wo er doch so offensichtlich sein Leben lang in Städten gelebt hatte. Miss Marple hatte er den Grund anvertraut. Er sagte: »Schon als Junge hatte ich die feste Absicht, eines Tages aufs Land zu ziehen und meinen eigenen Garten zu haben. Ich habe Blumen immer geliebt. Meine Frau, wissen Sie, hatte ein Blumengeschäft. Dort bin ich ihr zum ersten

Mal begegnet.« Eine nüchterne Erklärung, doch sie zauberte eine Vorstellung von Romantik. Eine jüngere, hübschere Mrs Spenlow vor einem Hintergrund von Blumen.

Die verstorbene Mrs Spenlow hatte als junges Mädchen zunächst als Zimmermädchen in einem großen Haus gearbeitet. Diesen Posten hatte sie aufgegeben, um den Gärtnergehilfen zu heiraten, und mit ihm zusammen hatte sie in London ein Blumengeschäft aufgemacht. Das Geschäft blühte; nicht so der Gärtner, der binnen kurzem dahinwelkte und starb.

Die Witwe führte das Geschäft weiter und vergrößerte es in anspruchsvollem Rahmen. Es florierte. Dann verkaufte sie den Laden zu einem stattlichen Preis und schiffte sich zum zweiten Mal im Hafen der Ehe ein – mit Mr Spenlow, einem Juwelier mittleren Alters, der ein kleines Geschäft geerbt hatte, das er mühsam über Wasser hielt. Nicht lange danach verkauften sie das Geschäft und zogen nach St. Mary Mead.

Mrs Spenlow war eine wohlhabende Frau. Die Gewinne aus ihrem Blumengeschäft hatte sie angelegt – ›beraten von den Stimmen aus dem Jenseits‹, wie sie jedem erklärte, der es wissen wollte. Die Stimmen aus dem Jenseits hatten sie mit unerwartetem geschäftlichen Scharfblick beraten.

Alle ihre Vermögensanlagen erwiesen sich als lukrativ, manche in geradezu atemberaubender Weise. Aber statt dass nun Mrs Spenlow eisern an ihrem Glauben an den Spiritismus festgehalten hätte, drehte sie Medien und Geistersitzungen schnöde den Rücken und ergab sich kurz, aber heftig einer obskuren, leicht indisch angehauchten Religion, die ihre Grundlage in diversen Atemübungen hatte. Nach ihrer Ankunft in St. Mary Mead jedoch war sie in den Schoß der Kirche von England zurückgekehrt. Sie war häufig im Pfarrhaus und zeigte sich als eifrige Kirchgängerin. Sie kaufte in den Dorfgeschäften, nahm Anteil an lokalen Ereignissen und gehörte dem örtlichen Bridge-Klub an.

Ein eintöniges, alltägliches Dasein. Und – plötzlich – Mord.

Oberst Melchett, der Polizeichef, hatte Inspektor Slack zu sich zitiert.

Slack war ein Mann von Entschiedenheit. Hatte er sich einmal eine Meinung gebildet, so war er sicher. Und sicher war er jetzt.

»Der Ehemann war's, Sir«, sagte er.

»Glauben Sie?«

»Ich bin ganz sicher. Man braucht ihn ja nur anzusehen. Eindeutig schuldig. Nicht einmal hat er auch nur eine Spur von Kummer oder Erregung gezeigt. Als er zum Haus zurückkam, wusste er schon, dass sie tot war.«

»Hätte er dann nicht wenigstens versucht, die Rolle des gramgebeugten Ehemanns zu spielen?«

»Der nicht, Sir. Zu selbstgefällig. Manche Männer können nicht schauspielern. Zu steif.«

»Gibt es vielleicht eine andere Frau in seinem Leben?«, fragte Oberst Melchett.

»Bis jetzt haben wir keine Spur gefunden. Das heißt, er ist natürlich von der raffinierten Sorte. Der würde seine Spuren schon verwischen. Meiner Meinung nach hatte er einfach genug von seiner Frau. Sie hatte das Geld, und ich kann mir vorstellen, dass das Zusammenleben mit ihr nicht einfach war – dauernd hatte sie's mit einem anderen ›ismus‹. Er beschloss kaltblütig, sie zu beseitigen und ruhig und behaglich allein zu leben.«

»Ja, so könnte es wohl sein.«

»Verlassen Sie sich darauf, so war es. Hat seinen Plan sorgfältig ausgearbeitet. Gab vor, einen Anruf erhalten zu haben –«

»Es hat sich kein Anruf feststellen lassen?«, unterbrach Melchett.

»Nein, Sir. Das bedeutet entweder, dass er lügt, oder dass der Anruf von einer öffentlichen Telefonzelle aus getätigt wurde. Im Dorf gibt es nur zwei Zellen – die eine am Bahnhof, die andere im Postamt. Auf dem Postamt war's eindeutig nicht. Mrs Blade sieht jeden, der kommt. Am Bahnhof kann's gewesen sein. Da läuft um vierzehn Uhr siebenundzwanzig ein Zug ein, und um die Zeit geht's dann ein bisschen lebhafter zu. Aber der springende Punkt ist, dass er behauptet, Miss Marple hätte ihn angerufen, und das ist nun wirklich nicht wahr. Der Anruf kam nicht aus ihrem Haus, und sie selbst war im Frauenverein.«

»Sie lassen nicht die Möglichkeit außer Acht, dass der Ehemann absichtlich weggelockt wurde – von jemandem, der Mrs Spenlow töten wollte?«

»Sie denken an den jungen Ted Gerard, nicht wahr, Sir? Den hab ich mir schon vorgenommen – aber da stehen wir vor einem Mangel an Motiv. Der Junge hat nichts zu gewinnen.«

»Aber er ist ein unerquicklicher Bursche. Er hat immerhin schon eine Unterschlagung auf dem Kerbholz, die nicht von schlechten Eltern ist.«

»Ich will ja nicht sagen, dass er's nicht faustdick hinter den Ohren hat. Aber trotzdem – er ist zu seinem Chef gegangen und hat ihm die Unterschlagung gestanden. Und seine Arbeitgeber hatten nichts davon gemerkt.«

»Einer von der *Moralischen Aufrüstung*«, bemerkte Melchett.

»Ja, Sir. Wurde bekehrt und beschloss, den Pfad der Tugend einzuschlagen, und beichtet, dass er das Geld gestohlen hat. Ich will nicht sagen, dass das nicht auch Gerissenheit gewesen sein kann. Kann sein, er hatte Angst, man verdächtige ihn, und entschloss sich deshalb, den reuigen Sünder zu spielen.«

»Sie sind ein skeptischer Mensch, Slack«, stellte Colonel Melchett fest. »Haben Sie schon einmal mit Miss Marple gesprochen?«

»Was hat *sie* denn mit der Sache zu tun, Sir?«

»Ach, nichts. Aber ihr kommt immer alles Mögliche zu Ohren. Gehen Sie doch mal bei ihr vorbei und plaudern Sie ein wenig mit ihr. Sie ist eine sehr gescheite alte Dame.«

Slack wechselte das Thema. »Eines wollte ich Sie noch fragen, Sir. Wegen dieser Stellung im Haushalt, die die Verstorbene in ihrer Jugend einmal hatte – bei Sir Robert Abercrombie. Da wurde damals dieser Juwelenraub verübt – Smaragde – ein Vermögen wert. Die Täter sind nie erwischt worden. Ich hab den Fall nachgeschlagen – muss zu der Zeit passiert sein, als die Spenlow dort angestellt war. Sie wird da allerdings noch blutjung gewesen sein. Sie halten es wohl nicht für möglich, dass sie in die Sache verwickelt war, wie, Sir? Spenlow war so ein kleiner mickriger Juwelier – genau der richtige Hehler.«

Melchett schüttelte den Kopf. »Ich glaube nicht, dass da etwas dran ist. Sie kannte ja Spenlow damals noch gar nicht. Ich erinnere mich an den Fall. In Polizeikreisen war man der Auffassung, dass einer der Söhne des Hauses die Hände mit im Spiel hatte – Jim Abercrombie, ein schrecklicher junger Verschwender. Er steckte bis zum Hals in Schulden, und kurz nach dem Raub wurden sie alle bezahlt. Irgendeine reiche Frau stecke dahinter, hieß es damals, aber ich weiß nicht … Der alte Abercrombie war ein bisschen sehr zurückhaltend in der Sache – er versuchte, die Polizei zurückzupfeifen.«

»Es war nur ein Gedanke, Sir«, sagte Slack.

Miss Marple empfing Inspektor Slack mit Genugtuung, besonders als sie hörte, dass er von Colonel Melchett geschickt worden war.

»Wirklich, wirklich, das ist sehr gütig von Oberst Melchett. Ich wusste gar nicht, dass er sich meiner noch erinnert.«

»Er erinnert sich Ihrer sogar sehr gut. Er sagte, was Sie vom

Tun und Treiben in St. Mary Mead nicht wissen, lohnt sich nicht zu wissen.«

»Das ist zu gütig von ihm, aber ich weiß wirklich gar nichts. Über diese Mordgeschichte, meine ich.«

»Sie wissen aber doch, was darüber geredet wird.«

»Oh, natürlich – aber es wäre doch wohl nicht angebracht, nur müßiges Gerede zu wiederholen?«

Bemüht, sich jovial zu geben, sagte Slack: »Das ist kein amtliches Gespräch, wissen Sie. Es ist sozusagen ein Gespräch unter vier Augen.«

»Sie wollen also wirklich wissen, was die Leute reden? Ob nun etwas Wahres dran ist oder nicht?«

»So etwa.«

»Nun, es wird natürlich sehr viel geklatscht und gemutmaßt. Und im Grund sind die Meinungen in zwei Lager gespalten, verstehen Sie. Zunächst einmal sind da die Leute, die der Ansicht sind, dass der Ehemann es getan hat. Ein Ehemann oder eine Ehefrau ist ja in gewisser Weise der nächstliegende Verdächtige, meinen Sie nicht auch?«

»Vielleicht«, gab der Inspektor vorsichtig zurück.

»Die Nähe, wissen Sie. Und so häufig kommt der finanzielle Gesichtspunkt hinzu. Wie ich höre, hatte Mrs Spenlow in dieser Ehe das Geld, und somit profitiert Mr Spenlow tatsächlich von ihrem Tod. In dieser schlechten Welt sind die übelsten Verdächtigungen ja leider häufig berechtigt.«

»Ja, er erbt ein hübsches Sümmchen.«

»Eben. Da schiene es ganz einleuchtend, nicht wahr, dass er sie erdrosselt, sich durch die Hintertür aus dem Haus schleicht, quer über die Wiesen zu mir kommt, nach mir fragt und vorgibt, ich hätte ihn angerufen; dass er dann wieder nach Hause geht, wo seine Frau tot im Wohnzimmer liegt, und hofft, das Verbrechen würde einem Landstreicher oder Einbrecher angelastet werden.«

Der Inspektor nickte. »Wenn man den finanziellen Gesichtspunkt bedenkt – und wenn sie in letzter Zeit Streit gehabt haben sollten –«

»Oh, aber das war nicht der Fall«, unterbrach Miss Marple ihn.

»Sie wissen das mit Sicherheit?«

»Das ganze Dorf hätte es gewusst, wenn sie Streit gehabt hätten! Das Dienstmädchen, Gladys Brent – sie hätte es überall herumerzählt.«

»Es könnte ja sein, dass sie nichts davon wusste«, widersprach der Inspektor lahm und erntete als Antwort ein mitleidiges Lächeln.

»Und dann«, fuhr Miss Marple fort, »haben wir die andere Seite. Ted Gerard. Ein gut aussehender junger Mann. Ich fürchte, man lässt sich von einer angenehmen äußeren Erscheinung stärker beeinflussen, als man sollte. Unser vorletzter Vikar – die Wirkung war direkt magisch! Alle jungen Mädchen kamen plötzlich zur Kirche – zum Abendgottesdienst *und* zur Morgenandacht. Und viele ältere Frauen legten ein ungewöhnliches Interesse an der Gemeindearbeit an den Tag – ach, und die Hausschuhe und Schals, die ihm gehandarbeitet wurden! Es war peinlich für den jungen Mann. – Also, wo war ich? Ach ja, bei diesem jungen Mann, Ted Gerard. Natürlich wurde über ihn getuschelt. Er hat sie ja so häufig besucht. Mrs Spenlow hat mir allerdings selbst erzählt, dass er dieser sogenannten Oxfort Group angehört. Eine religiöse Sekte. Diese Leute sind durchaus aufrichtig, glaube ich, und Mrs Spenlow war sehr beeindruckt von der Sache.«

Miss Marple holte Atem und fuhr fort: »Und ich bin sicher, es gibt einen Anlass zu vermuten, dass da mehr dahintersteckte, aber Sie wissen ja, wie die Leute sind. Eine ganze Menge Leute sind überzeugt davon, dass Mrs Spenlow in den jungen Mann vernarrt war und dass sie ihm viel Geld geliehen hatte. Und es stimmt wirklich, dass er an dem fraglichen Tag am Bahnhof gesehen wurde. Im Zug – dem Zug, der um vierzehn Uhr siebenundzwanzig aus London kommt. Aber es wäre doch ein Kinderspiel für ihn gewesen, auf der anderen Seite aus dem Zug zu springen und drüben über die Gleise zu laufen und über den Zaun zu springen. Er hätte nur an der Hecke entlangzulaufen brauchen und hätte auf diese Weise den Bahnhofseingang meiden können. Kein Mensch hätte ihn dann auf dem Weg zum Häuschen von Mrs Spenlow gesehen. Und die Leute zerreißen sich natürlich die Mäuler darüber, wie Mrs Spenlow angezogen war.«

»Wie sie angezogen war?«

»Ja. Sie trug einen Morgenrock. Kein Kleid.« Miss Marple errötete. »Es gibt sicher Leute, wissen Sie, die der Meinung sind, so etwas ließe tief blicken.«

»Finden Sie auch, dass es tief blicken lässt?«

»Aber nein! Ich nicht. Ich bin der Meinung, es war völlig natürlich.«

»Sie finden, es war natürlich?«

»Unter den Umständen, ja.« Miss Marples Blick war kühl und nachdenklich.

»Das liefert uns vielleicht ein weiteres Motiv für den Ehemann«, sagte Inspektor Slack. »Eifersucht.«

»Aber nein, Mr Spenlow hat überhaupt keine Neigung zur Eifersucht. Er ist kein misstrauischer Mensch. Wenn seine Frau ihn verlassen und auf dem Nadelkissen ein Briefchen hinterlassen hätte, so wäre er vor Überraschung aus allen Wolken gefallen.«

Der gespannte Blick, mit dem sie ihn ansah, verwirrte Inspektor Slack. Er hatte das Gefühl, dass hinter ihrem ganzen Gerede die Absicht steckte, ihm einen Hinweis zu geben, den er nicht verstand.

Jetzt fragte sie mit einigem Nachdruck: »Haben *Sie* denn

keine Anhaltspunkte gefunden, Inspektor – am Tatort, meine ich?«

»Heutzutage hinterlassen die Täter keine Fingerabdrücke und Zigarettenstummel mehr, Miss Marple.«

»Aber hier, glaube ich, handelt es sich um ein altmodisches Verbrechen«, meinte sie.

»Was wollen Sie damit sagen?«, fragte er scharf.

»Wissen Sie«, gab Miss Marple bedächtig zurück, »ich glaube, Constable Palk könnte Ihnen weiterhelfen. Er war der Erste am Tatort.«

Mr Spenlow saß in einem Liegestuhl. Sein Gesicht zeigte ratlose Verwirrung. Mit seiner dünnen, pedantischen Stimme sagte er: »Es ist natürlich möglich, dass ich es mir nur eingebildet habe. Mein Gehör ist nicht mehr das, was es einmal war. Aber ich glaube, deutlich gehört zu haben, wie ein kleiner Junge hinter mir herrief: ›Na, wo steckt Dr. Crippen?‹ Es – es vermittelte mir den Eindruck, dass er meinte, ich – ich hätte meine Frau getötet.«

Miss Marple erwiderte: »Das war zweifellos der Eindruck, den er vermitteln wollte.«

»Aber wie kann der Junge auf einen so hässlichen Gedanken gekommen sein?«

Miss Marple hüstelte. »Er hat wahrscheinlich das Gerade der Erwachsenen gehörte.«

»Sie – Sie meinen wirklich, dass andere Leute das auch glauben?«

»Bestimmt die Hälfte der Einwohner von St. Mary Mead.«

»Aber – meine liebe Miss Marple – was kann die Leute auf einen solchen Gedanken gebracht haben? Ich war meiner Frau aufrichtig zugetan. Zwar konnte sie sich für das Landleben leider nicht in dem Maße erwärmen, wie ich gehofft hatte, aber vollkommene Übereinstimmung in jedem Bereich ist ein

Ding der Unmöglichkeit. Glauben Sie mir, ihr Verlust ist mir sehr schmerzhaft.«

»Wahrscheinlich. Aber, verzeihen Sie mir, wenn ich es offen sage, Sie machen nicht den Eindruck.«

Mr Spenlow richtete seine schmächtige Gestalt zu ihrer vollen Höhe auf.

»Meine liebe Miss Marple, vor vielen Jahren las ich von einem chinesischen Philosophen, der, als ihm der Tod seine innig geliebte Gattin von der Seite riss, weiterhin mit aller Gelassenheit auf der Straße einen Gong schlug – das ist ein gebräuchlicher chinesischer Zeitvertreib, glaube ich –, ganz wie immer. Die Bewohner der Stadt waren tief beeindruckt von seiner tapferen Haltung.«

»Aber«, entgegnete Miss Marple, »die Leute von St. Mary Mead reagieren eben anders. Chinesische Philosophie hat für sie keine Gültigkeit.«

»Aber Sie verstehen mich?«

Miss Marple nickte. »Mein Onkel Henry«, erklärte sie, »war ein ungewöhnlich beherrschter Mann. Sein Motto lautete: Zeig niemals Gefühle! Auch er liebte Blumen sehr.«

»Ich habe mir überlegt«, bemerkte Mr Spenlow beinahe mit Eifer, »dass ich mir vielleicht an der Westseite des Hauses eine Pergola bauen könnte. Mit rosa Heckenrosen und Glyzinien vielleicht. Und es gibt da so eine weiße, sternenähnliche Blume, deren Name mir im Augenblick nicht einfällt –«

In dem Ton, den sie ihrem dreijährigen Großneffen gegenüber anschlug, sagte Miss Marple: »Ich habe einen sehr schönen Katalog mit Abbildungen da. Vielleicht haben Sie Lust, ihn sich anzusehen – ich muss jetzt noch ins Dorf hinauf.«

Während Mr Spenlow selig mit seinem Katalog im Garten zurückblieb, eilte Miss Marple in ihr Zimmer hinauf, packte hastig ein Kleid in braunes Papier und ging aus dem Haus. Geschwinden Schrittes marschierte sie zum Postamt. Miss Politt, die Schneiderin, wohnte direkt über dem Postamt.

Doch Miss Marple trat nicht gleich durch die Tür, um die Treppe hinaufzugehen. Es war gerade halb drei Uhr, und eben, mit einer Minute Verspätung, hielt vor der Tür zum Postamt der Bus nach Much Benham. Es war eines der besonderen Tagesereignisse in St. Mary Mead. Mit Paketen beladen eilte das Fräulein von der Post aus der Tür. Es waren Pakete, die mit ihrem Ladengeschäft zu tun hatten. Im Postamt nämlich konnte man auch Süßigkeiten, billige Bücher und Spielzeug kaufen.

An die vier Minuten stand Miss Marple allein im Postamt.

Erst als das Postfräulein wieder zurückkehrte, ging Miss Marple nach oben und erklärte Miss Politt, dass sie gern ihr altes graues Seidenkleid ändern lassen würde. Es sollte etwas modischer werden, wenn das möglich war. Miss Politt versprach zu sehen, was sich da tun ließe.

Der Polizeichef war sehr erstaunt, als ihm Miss Marple gemeldet wurde. Unter Entschuldigungen trat sie ein.

»Verzeihen Sie – verzeihen Sie vielmals die Störung. Ich weiß, Sie haben viel zu tun. Aber Sie waren immer so entgegenkommend, Oberst Melchett, und ich hielt es einfach für besser, mich direkt an Sie zu wenden und nicht an Inspektor Slack. Schon deshalb, weil ich Palk keinesfalls Ungelegenheiten bereiten möchte. Genau genommen, hätte er ja wohl überhaupt nichts anrühren dürfen.«

Oberst Melchett war einigermaßen verwirrt.

»Palk?«, echote er. »Das ist der Polizeibeamte von St. Mary Mead, nicht wahr? Was hat er denn angestellt?«

»Er hat eine Stecknadel vom Boden aufgehoben. Er steckte sie sich an sein Jackett. Und mir schoss damals der Gedanke durch den Kopf, dass er sie wahrscheinlich in Mrs Spenlows Haus gefunden hatte.«

»Gewiss, gewiss. Aber, lieber Gott, was ist schon eine Stecknadel? Er hat die Nadel tatsächlich unmittelbar neben der Leiche von Mrs Spenlow gefunden. Gestern berichtete er Slack davon. Ich vermute, dazu haben Sie ihn veranlasst, wie? Selbstverständlich hätte er in dem Haus nichts anrühren sollen, aber wie ich schon sagte – was ist eine Stecknadel? Es war eine ganz gewöhnliche Nadel. Solche Dinger hat wahrscheinlich jede Frau in ihrem Nähkasten.«

»Nein, Oberst Melchett, da täuschen Sie sich. Für ein Männerauge sah sie vielleicht aus wie eine gewöhnliche Nadel, aber es war eine ganz besondere Nadel, eine sehr dünne Stecknadel. Man kauft diese Nadeln immer in größeren Mengen. Im Allgemeinen werden sie von Schneiderinnen verwendet.«

Melchett starrte sie an, und ein schwacher Schimmer des Begreifens blitzte in seinen Augen auf. Miss Marple nickte mehrmals voller Eifer.

»Ja, ganz recht. Es ist doch so offenkundig. Sie hatte ihren Morgenrock an, weil sie ihr neues Kleid anprobieren wollte. Sie ging ins vordere Zimmer, und Miss Politt sagte, sie müsste Maß nehmen und legte ihr das Maßband um den Hals. Sie brauchte es nur noch über Kreuz zu legen und fest zusammenzuziehen. Das soll ganz leicht sein, habe ich gehört. Und danach ist sie wieder nach draußen gegangen, hat die Tür zugezogen und hat geklopft, als wäre sie gerade erst gekommen. Aber die Stecknadel verrät, dass sie schon vorher im Haus gewesen war.«

»Dann hat also auch Miss Politt Mr Spenlow angerufen?«

»Ja. Vom Postamt aus. Um halb drei – genau zu der Zeit, wo der Bus kommt und das Postamt leer ist.«

»Aber, meine liebe Miss Marple«, sagte Oberst Melchett, »warum denn? Um Himmels willen, warum denn? Für einen Mord braucht man ein Motiv.«

»Ja, sehen Sie, Oberst Melchett, ich glaube nach allem,

was ich gehört habe, dass das Verbrechen seinen Ursprung in der Vergangenheit hat. Die Geschichte erinnert mich an meine beiden Vettern Antony und Gordon. Ganz gleich, was Antony anpackte, es gelang immer. Bei dem armen Gordon war es genau umgekehrt. Rennpferde lahmten plötzlich, die Aktien fielen, Grundstücke sanken im Wert. Meiner Ansicht nach haben die beiden Frauen damals gemeinsame Sache gemacht.«

»Gemeinsame Sache? Wobei?«

»Bei dem Juwelenraub. Es ist schon lange her. Es handelte sich um äußerst wertvolle Smaragde, habe ich mir sagen lassen. Die Zofe und das Hausmädchen. Eine Frage nämlich wurde nie gestellt und nie geklärt – wie kam es, dass das Hausmädchen und der Gärtnergehilfe, als sie heirateten, genug Geld hatten, um ein Blumengeschäft aufzumachen?

Die Antwort lautet: Sie richtete sich den Laden mit ihrem Anteil an der Beute ein. Alles, was sie anfasste, glückte und gedieh. Geld brachte mehr Geld. Aber die andere, die Zofe, muss eine unglückliche Hand gehabt haben. Sie sank immer tiefer und landete schließlich als Dorfschneiderin in St. Mary Mead. Dann trafen die beiden wieder zusammen. Anfangs war alles in Ordnung, vermute ich. Bis Mr Ted Gerard auf der Bildfläche auftauchte.

Mrs Spenlow nämlich litt bereits unter Gewissensbissen und fing an zu frömmeln. Zweifellos drängte dieser junge Mann sie, für ihre Tat ›einzustehen‹ und ›ihr Gewissen zu erleichtern‹. Ich bin ziemlich sicher, dass sie innerlich schon so weit war, das zu tun. Aber Miss Politt wollte davon nichts wissen. Sie sah nur eines – dass sie womöglich für einen Diebstahl, den sie vor Jahren verübt hatte, ins Gefängnis wandern würde. Sie entschloss sich deshalb, dem Hin und Her ein Ende zu machen. Ich habe das Gefühl, wissen Sie, sie war immer schon eine ziemlich schlechte Person. Ich glaube, sie hätte mit keiner Wimper gezuckt, wenn dieser nette, dumme Mr Spenlow aufgehängt worden wäre.«

»Wir können – äh – Ihre Theorie bis zu einem gewissen Punkt nachprüfen«, meinte Oberst Melchett nachdenklich. »Wir können feststellen, ob diese Politt mit der Zofe bei den Abercrombies identisch ist, aber –«

»Die Sache wird keine Schwierigkeiten machen«, versicherte ihm Miss Marple beruhigend. »So, wie ich Miss Politt kenne, wird sie auf der Stelle klein beigeben, wenn sie mit der Wahrheit konfrontiert wird. Und außerdem habe ich ihr Maßband. Ich – äh – nahm es gestern mit, als ich zur Anprobe bei ihr war. Wenn sie den Verlust bemerkt und glaubt, die Polizei hätte es an sich genommen – sie ist eine ziemlich dumme Person. Sie wird denken, dass das Maßband ein Beweis gegen sie ist.«

Aufmunternd lächelte sie Oberst Melchett zu. »Sie werden keine Scherereien haben, glauben Sie mir.«

Genau den gleichen Ton hatte seine Lieblingstante damals angeschlagen, als sie ihm versichert hatte, dass er bei der Aufnahmeprüfung für Sandhurst bestimmt nicht durchfallen würde.

Und er war nicht durchgefallen.

Agatha Christie

Hercule Poirots Weihnachten

Aus dem Englischen von
Unbekannt

Hercule Poirots Weihnachten

22. Dezember

Stephen schlug den Mantelkragen hoch, während er eilig über den Bahnsteig ging. Dichter Nebel hüllte den Bahnhof ein. Schwere Lokomotiven zischten und stießen Rauchwolken in die raue, kalte Luft. Alles war schmutzig und voll von Ruß.

»Ein trübsinniges Land«, murmelte Stephen angewidert vor sich hin, »und eine trostlose Stadt!«

Seine erste Begeisterung über London, mit seinen Restaurants, seinen Geschäften und den gut angezogenen, hübschen Frauen, hatte sich gelegt. Nun kam ihm die Stadt nur noch wie ein nassglänzender Rinnstein vor, unansehnlich, schmutzig braun.

Zu Hause, in Südafrika. Er wurde plötzlich von einem heftigen Heimweh gepackt. Sonnenschein, blauer Himmel, Gärten voller Blumen – blaue Blumen –, Pelargonien, bunte Winden, die sich an jedem noch so ärmlichen Blockhaus rankten …

Und hier – Schmutz, Ruß und endlose, riesige Menschenmassen, Gedränge, Bewegung, Hektik. Geschäftige Ameisen, die ständig in ihrem Ameisenhaufen herumwimmelten. Sekundenlang dachte er: Wäre ich doch nie hergekommen!

Dann aber fiel ihm der Grund seines Hierseins wieder ein. Hart pressten sich seine Lippen aufeinander. Nein, zum Teufel, er konnte nicht mehr zurück. Jahrelang hatte er diesen Vorsatz nun ausgebrütet. Was er vorhatte, war seit langem zum Entschluss gereift, und er würde ihn jetzt durchführen.

Dieses vorübergehende Zögern, diese plötzliche innere

Frage: »Wozu? Lohnt es sich überhaupt? Warum die Vergangenheit wieder aufwühlen, warum nicht alles vergeben und vergessen sein lassen?« – das war Schwäche. Er war doch kein kleiner Junge mehr, den die Stimmung des Augenblicks einmal hierhin und dann wieder dorthin treiben konnte, sondern ein Mann von vierzig Jahren, bewusst und seiner selbst sicher. Er würde den Plan ausführen, um dessentwillen er nach England gekommen war.

Er stieg in den Zug und suchte einen Platz. Die Gepäckträger hatte er entschieden abgewiesen und trug seinen Koffer selber. Der Zug war sehr voll. Kein Wunder, drei Tage vor Weihnachten. Stephen sah missmutig in die besetzten Abteile.

Menschen. Unfassbare Massen von Menschen. Und alle sahen so – wie hieß das Wort? – so grau, so verwaschen aus. Sie hatten keine eigenen Gesichter, sondern glichen einer dem anderen, wie Kaninchen oder Schafe. Manche schwatzten und lachten. Andere, dicke Männer mittleren Alters, unterhielten sich knurrend, um nicht zu sagen: grunzend wie Schweine. Und sogar die jungen Mädchen, schlanke Geschöpfe mit ovalen Gesichtern und rot geschminkten Lippen, wirkten entsetzlich gleichförmig.

Er dachte plötzlich sehnsüchtig an das weite, offene Grasland zu Hause, an die sonnenwarme, einsame Landschaft …

Doch dann hielt er den Atem an, als er in ein neues Abteil blickte. Dieses Mädchen war anders. Schwarzes Haar, gebräunte, gesunde Haut, Augen, in denen die Tiefe und Dunkelheit der Nacht lag – die schwermütigen, stolzen Augen des Südens. Irgendwie mutete es ganz verkehrt an, dass das Mädchen inmitten dieser grauen Menschen saß und in das nasskalte, graue Mittelengland fuhr. Sie hätte auf einem Balkon sitzen sollen, eine Rose zwischen den Lippen, ein Stück schwarze Spitze um den schönen Kopf geschlungen, und Staub und Hitze hätte sich rings um sie mit Blutgeruch vermischen müssen – die Atmosphäre der Stierkampfarena –, aber in einen englischen Drittklasswagen gehörte sie nie und nimmer.

Er war ein guter Beobachter. Die Ärmlichkeit ihres dünnen schwarzen Mäntelchens, die billige Qualität der Baumwollhandschuhe und der Schuhe entgingen ihm ebenso wenig wie die schäbige Eleganz der feuerroten Handtasche. Trotzdem empfand er ihre Erscheinung als auffallend schön. Sie war hübsch, zart und exotisch.

Was um alles in der Welt tat sie in diesem Land der Nebelschwaden, kalten Winde und emsigen Ameisen?

Ich muss herausbekommen, wer sie ist und was sie hier tut, dachte er. Ich muss es unbedingt wissen.

Pilar saß eng in die Fensterecke gedrückt und dachte, wie eigenartig dieses England doch rieche. Das war ihr bis dahin am meisten aufgefallen an England – dieser merkwürdige Geruch. Es roch nicht nach Knoblauch, auch nicht nach Staub und kaum nach Parfüm. In diesem Eisenbahnwagen zum Beispiel roch es nach abgestandener, kalter Luft – wie in allen Zügen –, und zu dem Geruch nach Seife gesellte sich noch ein anderer, weit unangenehmerer, der offensichtlich aus dem Pelzkragen der dicken Frau neben ihr aufstieg. Pilar schnupperte unauffällig und atmete den Geruch von Mottenkugeln ein. Wie konnte man sich nur mit so etwas parfümieren, dachte sie erstaunt.

Ein Pfeifsignal, eine schrille Stimme, die irgendeinen Befehl schrie, und der Zug rollte langsam aus der Halle. Nun war sie also unterwegs.

Ihr Herz klopfte schneller. Würde alles gut gehen? Würde sie erreichen, was sie sich vorgenommen hatte? Sicher! Ganz sicher! Sie hatte doch alles so sorgfältig überlegt. Sie war auf jede Möglichkeit vorbereitet. O ja, sie würde, sie musste Erfolg haben!

Pilars schön geschwungene Lippen verzogen sich plötzlich. Mit einem Schlag wurde der Mund grausam. Grausam und lüstern – wie der eines Kindes oder einer jungen Katze –, ein Mund, der nur seine eigenen Begierden kannte und der nichts von Mitleid wusste.

Sie betrachtete die Menschen ringsum mit der Neugier eines Kindes. Komisch sahen sie alle aus, diese Engländer. Begütert, erfolgreich, jedenfalls nach ihren Schuhen und Kleidern zu schließen. Zweifellos war England ein sehr reiches Land, das hatte sie ja immer sagen hören. Aber fröhlich waren diese Leute nicht, ganz und gar nicht fröhlich.

Im Seitengang stand ein hübscher Mann. Pilar fand ihn ausgesprochen hübsch. Sein tief braunes Gesicht mit der scharf geschnittenen Nase und die breiten Schultern gefielen ihr. Viel rascher als jede junge Engländerin so etwas bemerkt hätte, waren Pilar die bewundernden Blicke des Mannes aufgefallen, ohne dass sie je direkt in seine Richtung sah.

Nicht, dass diese Tatsache sie sonderlich erregt hätte. Sie kam aus einem Land, wo Männer Frauen unverhohlen bewundernd betrachten dürfen. Sie fragte sich, ob er wohl Engländer sei.

Nein, dazu ist er viel zu lebendig, zu real, entschied sie. Andererseits ist er fast blond. Wahrscheinlich ein Amerikaner. Tatsächlich erinnerte er sie an einige der Helden aus Wildwestfilmen.

Ein Kellner schob sich durch den Seitengang.

»Erstes Mittagessen! Bitte Platz zu nehmen zum ersten Mittagessen!«

Die sieben Mitreisenden aus Pilars Coup, die alle Karten für das erste Mittagessen hatten, erhoben sich wie ein Mann, und plötzlich war das Abteil leer und still.

Als Erstes schob Pilar das Fenster zu, das von einer kriegerisch aussehenden grauhaarigen Dame einige Zentimeter geöffnet worden war. Dann kuschelte sie sich behaglich in die Fensterecke und ließ die nördlichen Vorstädte Londons an sich vorbeiziehen. Als die Tür zu ihrem Abteil aufging, brauchte sie nicht einmal den Kopf zu wenden, um zu wissen, dass nun der Mann aus dem Korridor hereingekommen war, um sie anzusprechen.

Sie fuhr fort, gedankenverloren aus dem Fenster zu sehen.

»Soll ich es vielleicht herunterlassen?«, fragte Stephen.

Pilar antwortete mit damenhafter Zurückhaltung: »Im Gegenteil. Ich habe es eben erst zugemacht.«

Sie sprach fließend Englisch, aber mit einem leichten Akzent.

Während des Schweigens, das nun eintrat, dachte Stephen: eine süße Stimme. Sonne liegt darin, die Wärme einer Sommernacht.

Pilar dachte: Ich mag seine Stimme. Eine kraftvolle, schöne Stimme. Er sieht überhaupt gut aus – außerordentlich gut sogar.

»Der Zug ist ziemlich überfüllt«, sagte Stephen.

»Allerdings. Die Leute fahren aus London fort, wahrscheinlich weil es dort so schwarz ist.«

Pilar war nicht in dem Glauben erzogen worden, mit unbekannten Männern zu sprechen sei ein Verbrechen. Sie konnte sehr gut auf sich aufpassen, aber ein strenger Sittenkodex war ihr fremd.

Wäre Stephen in England aufgewachsen, dann hätte er sich vermutlich bei diesem Gespräch mit einer jungen Frau denkbar unbehaglich gefühlt. Aber Stephen war ein liebenswürdiger Mensch, und so fand er es durchaus natürlich, dass man miteinander redete, wenn man Lust dazu hatte.

Er lächelte verständnisinnig. »London ist eine grässliche Stadt, oder finden Sie das vielleicht nicht?«

»O doch! Ich mag sie gar nicht.« Pilar sah ihn an. »Sie sind kein Engländer, nicht wahr?«

»Ich bin Brite, aber aus Südafrika.«

»Ach so. Das erklärt alles.«

»Und Sie kommen auch aus dem Ausland?«

Pilar nickte. »Ich komme aus Spanien.«

»Aus Spanien?« Stephen war sehr interessiert. »Dann sind Sie also Spanierin?«

»Halb und halb. Meine Mutter war Engländerin. Deshalb spreche ich Englisch.«

»Wie steht es mit dem Krieg in Spanien?«

»Es ist schrecklich, sehr, sehr traurig. So viele Zerstörungen überall.«

»Auf welcher Seite stehen Sie?«

Pilars politische Anschauungen schienen reichlich unklar zu sein. In dem Dorf, aus welchem sie komme, erklärte sie, habe sich niemand viel um den Krieg gekümmert. »Er spielt sich nicht in unserer Nähe ab, wissen Sie. Der Bürgermeister ist natürlich ein Regierungsbeamter, und der Pfarrer ist für General Franco, aber die meisten Leute haben mit ihren Weinbergen und den Feldern zu tun und zerbrechen sich nicht den Kopf über solche Fragen.«

»Also haben Sie keine direkten Kampfhandlungen erlebt?«

»Daheim nicht. Aber dann fuhr ich im Auto durch das Land, und dort sah ich viele Zerstörungen. Und eine Bombe kam herunter, direkt auf ein anderes Auto, und eine zweite fiel in ein Wohnhaus. Es war alles sehr aufregend.«

Stephen lächelte verstohlen.

»Aufregend ist es Ihnen vorgekommen?«

»Ja, aber auch ärgerlich. Weil ich doch vorwärtskommen wollte, und dann wurde der Chauffeur meines Wagens getötet.«

»Und hat Sie das nicht sehr bekümmert?«

Pilars große dunkle Augen weiteten sich erstaunt. »Jeder muss einmal sterben. Wenn es so schnell geschieht, aus heiterem Himmel – bums! –, dann ist das ein ebenso schöner Tod wie jeder andere. Eine Zeit lang lebt man, und dann ist man tot. Das ist der Lauf der Welt.«

Stephen lachte. »Pazifistin sind Sie also nicht.«

»Ich bin keine – was?« Das Wort war noch nicht in Pilars Vokabular gedrungen.

»Sie vergeben Ihren Feinden nicht, Señorita?«

Pilar schüttelte den Kopf. »Ich habe keine Feinde, aber wenn ich welche hätte ...«

Er betrachtete sie, von neuem gefesselt von dem grausam emporgezogenen Mund.

»Wenn ich einen Feind hätte, der mich hasste und den ich hassen würde, dann würde ich ihm die Gurgel durchschneiden – so!« Sie unterstrich ihren Gedanken mit einer beredten Bewegung.

Diese schnelle, erbarmungslose Geste ließ Stephen sekundenlang zurückfahren. »Sie sind eine blutrünstige junge Frau.«

»Was würden denn Sie einem Feind antun?«, fragte Pilar sachlich.

Er sah sie verblüfft an, musste dann lachen und sagte: »Ich weiß es nicht ... Ich weiß es wirklich nicht.«

Pilar blickte ihn missbilligend an. »Aber das müssen Sie doch wissen.«

Er hörte zu lachen auf, holte tief Atem und sagte leise: »Ja. Ich weiß es ...«

Dann wechselte er rasch das Thema und fragte obenhin: »Was hat Sie denn nach England geführt?«

»Ich besuche meine englischen Verwandten«, antwortete Pilar, nun wieder etwas zurückhaltender.

Stephen lehnte sich in seinem Sitz zurück und stellte sich vor, wer ihre Verwandten wohl sein mochten und wie sich dieses heißblütige Geschöpf inmitten eines steifen englischen Familienkreises beim Weihnachtsfest ausnehmen werde.

»Südafrika muss schön sein«, sagte Pilar plötzlich.

Er begann von Südafrika zu erzählen. Sie hörte ihm freudig gespannt zu wie ein Kind, dem man Märchen erzählt. Ihre naiven, aber scharfsinnigen Fragen amüsierten ihn, und er machte sich einen Spaß daraus, seine Schilderungen bunt und packend zu gestalten.

Die Rückkehr der eigentlichen Platzinhaber des Abteils bereitete ihrer Unterhaltung ein Ende. Stephen erhob sich, lächelte ihr zu und trat wieder in den Seitengang hinaus.

Als er etwas später unter die Abteiltür treten musste, um einer alten Dame Platz zu machen, fielen seine Blicke zufällig auf das Etikett an Pilars fremdländisch anmutendem Strohkoffer. Schnell und interessiert las er den Namen: Miss Pilar Estravados. Doch als er auch die Adresse gelesen hatte, weiteten sich seine Augen in ungläubigem Erstaunen – Gorston Hall, Longdale, Addlesfield.

Er starrte das Mädchen an, als hätte er es noch nie gesehen. Verblüffung, Verärgerung, Misstrauen spiegelten sich in seinen Augen.

Während er draußen im Korridor eine Zigarette rauchte, war seine Stirne tief gerunzelt...

Im großen, in den Farben Blau und Gold gehaltenen Wohnzimmer von Gorston Hall saßen Alfred Lee und Lydia, seine Frau, und machten Pläne für Weihnachten. Alfred war ein etwas vierschrötiger Mann mittleren Alters mit einem angenehmen Gesicht und sanften braunen Augen. Seine Stimme klang ruhig und sicher, und er sprach überlegen und deutlich. Gerade jetzt war sein Kopf tief zwischen die Schultern gezogen, und das gab seiner Haltung etwas unbeweglich Starres. Lydia sah aus wie ein edles, kraftvolles Rennpferd. Sie war erstaunlich schlank, und ihre Bewegungen hatten eine nervöse Grazie. Schön konnte man ihr hageres Gesicht nicht nennen, aber es wirkte distinguiert, und ihre Stimme war bezaubernd.

»Vater besteht darauf«, sagte Alfred eben, »und da kann man gar nichts machen.«

Lydia wollte auffahren, beherrschte sich aber. »Musst du ihm denn immer nachgeben?«, fragte sie.

»Er ist ein sehr alter Mann, meine Liebe …«

»Ja, ich weiß! Ich weiß!«

»Er nimmt es für selbstverständlich, dass alles nach seinem Willen geht.«

»Begreiflich! Es war ja immer so«, erwiderte Lydia trocken. »Aber früher oder später wirst du doch einmal Widerstand leisten müssen, Alfred.«

»Was willst du damit sagen, Lydia?«

Sie zuckte die zarten Schultern und versuchte ihre Worte sehr sorgfältig zu wählen. »Nun, dein Vater hat manchmal recht tyrannische Anwandlungen. Und je älter er wird, desto herrschsüchtiger wird er. Wo soll das enden? Schon jetzt schreibt er uns unser Leben vor. Wir können nie von uns aus etwas beschließen, und wenn wir es trotzdem einmal tun, regt er sich auf.«

»Vater ist eben gewohnt, immer der Erste zu sein. Er ist sehr gut zu uns, vergiss das nicht.« Alfred sagte dies mit harter Unnachgiebigkeit.

»Finanziell, meinst du?«, fragte Lydia ruhig.

»Ja. Er selber ist ziemlich anspruchslos; aber noch nie hat er uns das Geld vorgeworfen, das wir ausgeben. Du darfst an Kleidern oder Einrichtungen für dieses Haus anschaffen, was du nur willst, und die Rechnungen werden anstandslos bezahlt. Erst letzte Woche hat er uns den neuen Wagen gekauft.«

»Ich gebe zu, dass er in Gelddingen sehr großzügig ist. Aber er erwartet, dass wir uns wie seine Sklaven benehmen.«

»Sklaven?«

»Jawohl, so sagte ich. Du bist sein Sklave, Alfred. Wenn wir eine Reise planen und dein Vater plötzlich wünscht, dass wir hierbleiben sollen, dann sagst du alles ab und bleibst. Wenn ihn aber zufällig die Laune packt, uns wegzuschicken, dann gehen wir. Es gibt für uns kein eigenes Leben, keine Unabhängigkeit.«

»Bitte, Lydia, red nicht so!«, sagte Alfred verzweifelt. »Es ist wirklich undankbar. Mein Vater hat alles für uns getan.«

Lydia unterdrückte die Antwort, die schon auf ihren Lippen lag, und zuckte nur wieder die schmalen Schultern.

»Vater hat dich nämlich wirklich sehr gern, Lydia …«

Klar kam die Antwort: »Ich kann ihn nicht ausstehen.«

»Lydia! Wie kannst du das sagen! Es ist so lieblos. Wenn Vater das wüsste.«

»Dein Vater weiß ganz genau, dass ich ihn nicht mag. Ich glaube, es amüsiert ihn.«

»Nein, da irrst du dich, ganz bestimmt! Er hat mir oft gesagt, wie reizend du immer zu ihm seist.«

»Natürlich bin ich höflich zu ihm, werde es immer sein. Meine ehrlichen Gefühle sage ich nur dir. Ich kann deinen Vater nicht ausstehen, Alfred. Für mich ist er ein alter, tyrannischer, böser Mann. Dich schüchtert er einfach ein und erwartet dafür noch deine Kindesliebe. Schon vor Jahren hättest du dich dagegen auflehnen sollen.«

»Das genügt, Lydia.«, sagte Alfred scharf. »Bitte, red nicht mehr in diesem Ton weiter.«

Sie seufzte. »Verzeih, vielleicht habe ich Unrecht. Also, sprechen wir von den Weihnachtsvorbereitungen. Glaubst du, dass dein Bruder David wirklich kommt?«

»Warum nicht?«

Sie wiegte zweifelnd den Kopf hin und her. »David ist ein komischer Kauz. Er hat so sehr an eurer Mutter gehangen – und jetzt mag er das Haus nicht mehr leiden.«

»David ist Vater immer auf die Nerven gegangen«, sagte Alfred, »mit seiner Musik und seinen Träumereien. Dabei war Vater sicher manchmal zu streng mit ihm. Aber ich glaube, dass Hilda und David dennoch kommen werden. Wegen Weihnachten, weißt du?«

»Friede und den Menschen ein Wohlgefallen.«, zitierte Lydia ironisch. »Wir werden ja sehen. Magdalene und George kommen jedenfalls, wahrscheinlich morgen, haben sie geschrieben. Ich fürchte, Magdalene wird sich entsetzlich langweilen.«

»Warum mein Bruder ein Mädchen heiraten musste, das zwanzig Jahre jünger ist als er«, warf Alfred ein wenig gereizt ein, »wird mir ewig ein Rätsel bleiben. George ist und bleibt ein Narr.«

»Aber er macht Karriere«, sagte Lydia. »Seine Wähler lieben ihn. Ich glaube, dass Magdalene ihm bei seiner politischen Arbeit ziemlich viel hilft.«

»Ich mag sie nicht sonderlich«, murmelte Alfred. »Sie sieht sehr gut aus, aber manchmal werde ich das Gefühl nicht los, sie sei wie eine jener Birnen mit der rosigen Haut und dem flaumigen Schimmer ...« Er brach ab.

»Die innen dann faul sind?«, beendete Lydia seinen Satz fragend. »Komisch, dass du das sagst. Du bist doch sonst so umgänglich und sagst nie etwas Abfälliges über jemanden. Manchmal regt mich das förmlich auf, weil mich dünkt, du seist nicht – wie soll ich mich ausdrücken –, nicht misstrauisch, nicht weltgewandt genug!«

Ihr Gatte lächelte. »Die Welt, glaube ich, ist immer so, wie man sie selber sieht.«

»Nein«, antwortete Lydia scharf. »Das Böse lebt nicht nur in unseren Gedanken. Das Böse existiert. Du scheinst das nicht zu wissen – ich weiß es! Ich fühle es, habe es immer gefühlt – in diesem Haus ...« Sie biss sich auf die Lippen und wandte sich ab.

Doch ehe Alfred etwas antworten konnte, hob sie warnend die Hand und sah über seine Schulter. Hinter Alfred stand ein dunkler Mann mit glatt rasiertem Gesicht in ehrerbietiger Haltung.

»Was gibt's, Horbury?«, fragte Lydia kurz.

Horbury sprach sehr leise, so dass es eher ein Murmeln war.

»Mr Lee hat mir aufgetragen, Ihnen auszurichten, Madame, dass noch zwei weitere Gäste zum Weihnachtsfest kommen, und Sie zu bitten, Zimmer für sie bereitmachen zu lassen.«

»Zwei weitere Gäste?«

»Jawohl, Madame – ein Herr und eine junge Dame.«

»Eine junge Dame?«, fragte Alfred verwundert.

»So hat es mir Mr Lee aufgetragen«, bestätigte Horbury.

»Ich gehe zu ihm hinauf«, sagte Lydia schnell.

Doch eine kleine, kaum wahrnehmbare Bewegung von Horbury, die Andeutung eines Schritts nach vorn, hielt sie auf.

»Verzeihung, Madame, aber Mr Lee hält gerade sein Nachmittagsschläfchen. Er wünschte ausdrücklich, nicht gestört zu werden.«

»Ach so«, fiel Alfred ein, »dann werden wir ihn selbstverständlich nicht wecken.«

»Danke, Sir.« Horbury ging hinaus.

»Wie ich den Kerl hasse!«, brach Lydia aus. »Schleicht durch das Haus wie eine Katze. Nie hört man ihn kommen oder gehen.«

»Mir ist er auch nicht sympathisch, aber er versteht seinen Beruf. Es ist gar nicht so leicht, einen guten Diener und Krankenpfleger zu finden. Und Vater hat ihn gern, das ist die Hauptsache.«

»Das ist die Hauptsache, sehr richtig! Aber wer kann die junge Dame sein, Alfred?«

»Keine Ahnung. Ich kann es mir wirklich nicht vorstellen.«

Eine Weile blickten sich die beiden schweigend an. Dann

kräuselten sich Lydias ausdrucksvolle Lippen ein wenig. »Weißt du, was ich glaube, Alfred? Vermutlich hat sich dein Vater in letzter Zeit ziemlich gelangweilt, und nun plant er irgendeine Weihnachtsüberraschung für sich.«

»Indem er zwei Fremde zu einem Familienfest einlädt?«

»Nun, die Einzelheiten kenne ich nicht, aber ich habe das Gefühl, dass dein Vater Abwechslung sucht.«

»Hoffentlich macht ihm die Sache dann auch wirklich Spaß«, sagte Alfred ernst. »Armer alter Mann, und erst noch invalide – nach dem abenteuerlichen Leben, das er früher geführt hat.«

»Nach dem abenteuerlichen Leben, das er früher geführt hat«, wiederholte Lydia langsam. Die Pause, die sie vor dem Eigenschaftswort machte, gab dem Satz eine besondere, düstere Bedeutung. Alfred schien das zu spüren, denn er errötete und sah unglücklich aus.

Sie rief plötzlich unbeherrscht: »Wie er jemals einen Sohn wie dich haben konnte, ist mir schleierhaft! Ihr seid zwei vollkommen entgegengesetzte Pole! Und dabei fasziniert er dich, du verehrst ihn!«

Alfred war nun wirklich verärgert. »Du gehst ein bisschen zu weit, Lydia. Es ist natürlich, dass ein Sohn seinen Vater liebt. Unnatürlich wäre nur, wenn er das nicht täte.«

»Dann sind die meisten Mitglieder dieser Familie unnatürlich«, sagte Lydia langsam. »Ach, entschuldige, jetzt habe ich deine Gefühle verletzt, ich weiß! Das wollte ich nicht, Alfred, bitte glaub mir das. Ich bewundere dich sehr um deiner, deiner Treue willen. Treue ist sehr selten in unseren Tagen. Vielleicht bin ich eifersüchtig! Man sagt doch, Frauen seien immer auf ihre Schwiegermütter eifersüchtig – warum nicht auch auf ihre Schwiegerväter?«

Er legte zärtlich den Arm um sie. »Deine Zunge geht wieder einmal mit dir durch, Liebling. Du hast weiß Gott keine Ursache, eifersüchtig zu sein.«

Sie küsste ihn schnell und reuevoll auf das Ohrläppchen. Es war eine zarte Liebkosung.

»Ich weiß, Alfred. Und dennoch glaube ich, dass ich auf deine Mutter nie eifersüchtig gewesen wäre. Ich wünschte, ich hätte sie gekannt.«

Er seufzte. »Sie war eine arme Kreatur.«

Seine Frau sah ihn groß an. »So hast du sie gesehen, als eine arme Kreatur. Seltsam.«

»Ich habe sie fast nur krank gekannt«, sagte er verträumt. »Sie hat viel geweint.« Er schüttelte den Kopf. »Nein, sie hatte keinen Mut.«

Noch immer sah sie ihn voll an und murmelte leise: »Merkwürdig…«

Aber als er sich ihr fragend zuwandte, wechselte sie das Thema. »Wenn wir also nicht erfahren dürfen, wer unsere geheimnisvollen Gäste sind, dann gehe ich hinaus und mache meine Gartenarbeit fertig.«

»Es ist sehr kalt, Liebling, der Wind ist eisig.«

»Ich werde mich warm anziehen.«

Alfred sah ihr nach, als sie hinausging, blieb eine Weile reglos stehen, in tiefes Nachdenken versunken, und trat dann an das große Fenster. Eine Terrasse zog sich an der Längsseite des Hauses hin. Nach ein, zwei Minuten erschien Lydia, in einen dicken Wollmantel gehüllt, einen flachen Korb in der Hand, und machte sich an einer kleinen, viereckigen Grube zu schaffen. Ihr Mann sah ihr einen Augenblick zu. Dann verließ auch er das Zimmer, holte sich einen Mantel und ging seinerseits durch eine Seitentür auf die Terrasse hinaus. Während er zu Lydia hinüberging, kam er an zahlreichen steinumrandeten Erdvertiefungen vorbei, lauter kleinen Miniaturgärten, die alle das Werk von Lydias geschickten Händen waren.

Einer davon stellte eine Wüstenlandschaft dar: gelber Sand, ein kleiner Palmenhain, eine Kamelkarawane mit zwei winzigen arabischen Treibern. Aus Plastilin waren Lehmhütten nachgebildet worden. Dann gab es einen italienischen Garten mit Terrassen und kunstvollen Blumenbeeten, in denen eine ganze Blütenpracht aus Siegellack-Blumen leuchtete. Ein anderer der kleinen Gärten zeigte eine Polarlandschaft mit grünen Glasstücken als Eisberge und Gruppen von Pinguinen. Auch ein japanischer Garten fehlte nicht: Kleine, verkrüppelte Bäumchen standen darin, Glasscheiben stellten Teiche dar, über die sich Brücken schwangen, von Lydia ebenfalls aus Plastilin angefertigt.

Alfred sah ihr zu. Sie hatte in die kleine Grube blaues Papier gelegt und es mit Glas bedeckt. Ringsum ragten Felsblöcke auf. In diesem Augenblick schüttete sie groben Schotter aus, um ein Ufer daraus zu bilden. Zwischen den großen Steinen standen ein paar kleine Kaktuspflanzen.

»Ja, genauso habe ich es mir vorgestellt, ganz genauso«, murmelte Lydia vor sich hin.

»Was stellt dein neuestes Kunstwerk dar?«, fragte Alfred.

Sie erschrak, denn sie hatte ihn nicht kommen hören.

»Das? Das Tote Meer, Alfred. Gefällt es dir?«

»Ist es nicht ein wenig zu dürr und unfruchtbar? Ich meine, sollte die Vegetation nicht etwas reicher sein?«

Sie schüttelte den Kopf. »Nein, so stelle ich mir das Tote Meer vor – wirklich tot, weißt du.«

Schritte auf der Terrasse. Ein älterer, weißhaariger Butler kam leicht gebeugt auf sie zu.

»Mrs George Lee ist am Telefon, Madam. Sie lässt fragen, ob es Ihnen passen würde, wenn sie und Mr George mit dem Fünf-Uhr-zwanzig-Zug kämen.«

»Ja, sagen Sie ihr, das sei uns sehr recht.«

Der Butler verschwand. Lydia sah ihm mit einem fast liebevollen Blick nach. »Guter alter Tressilian. Ich weiß nicht, was wir ohne ihn täten.«

»Ja«, stimmte ihr Alfred bei, »er ist noch einer von der alten Schule. Vierzig Jahre ist er nun schon bei uns, und ich glaube, er liebt uns alle, jeden Einzelnen.«

Lydia nickte. »Ich glaube, er würde sich um Ehre und Seligkeit lügen, wenn es darum ginge, jemanden der Familie zu schützen.«

»Das würde er«, sagte Alfred leise, »ich glaube, das würde er wirklich.«

Lydia ebnete ihren Kieselsteinstrand und sagte dann: »So, jetzt ist es bereit.«

»Bereit? Wofür?«, fragte Alfred erstaunt.

»Für Weihnachten, du Dummer«, lachte sie. »Für unser gefühlvolles Familienfest.«

David las den Brief. Darauf ballte er erst das Blatt Papier zu einem Klumpen zusammen und warf es weg, dann holte er den Knäuel wieder, glättete den Bogen sorgfältig und las ihn noch einmal durch.

Seine Frau, Hilda, sah ihm wortlos zu. Sie bemerkte den zuckenden Muskel (oder war es ein Nerv?) an seiner Schläfe, das leise Zittern der langen, ausdrucksvollen Hände und die nervöse Angespanntheit seines Körpers. Als er wieder einmal die Strähne blonden Haars aus der Stirn strich und zu ihr hinübersah, war sie ruhig und gefasst.

»Hilda, was sollen wir tun?«

Hilda zögerte lange, ehe sie antwortete. Sie hatte den Hilferuf vernommen, und sie wusste, wie abhängig David von ihr war, immer schon, seit dem Tag ihrer Hochzeit, sie wusste, dass sie seinen letzten Entschluss maßgeblich beeinflussen konnte. Aber gerade deshalb scheute sie davor zurück, irgendetwas Endgültiges zu sagen.

Ihre Stimme klang weich und zärtlich, als ob sie zu einem Kind spräche.

»Das kommt ganz darauf an, wie dir zumute ist, David.«

Hilda war eine stattliche Frau, nicht schön, aber irgendwie anziehend. Sie erinnerte an die Frauenbilder niederländischer Meister. Ihre Stimme war warm und voll. Sie wirkte kräftig, ruhig und verfügte über jene vitale Sicherheit, die schwache Menschen unweigerlich anzieht. Eine etwas zu dicke, nicht große Frau mittleren Alters, nicht intelligent, nicht charmant, aber dennoch jemand, den man unmöglich übersehen konnte. Hilda Lee hatte Kraft!

David stand auf und begann im Zimmer auf und ab zu gehen. Sein Haar wies noch keinen grauen Schimmer auf, und sein Gesicht wirkte unwahrscheinlich knabenhaft.

»Du weißt, wie mir zumute ist, Hilda, du musst es wissen«, sagte er ernst.

»Ich bin nicht so sicher.«

»Aber ich habe es dir doch oft und oft gesagt. Wie ich alles hasse – dieses Haus und die Landschaft und alles. Es bringt nur das alte Elend wieder zurück. Ich war keine Stunde glücklich dort, keine einzige. Wenn ich daran denke – wie sehr sie litt – meine Mutter.«

Seine Frau nickte ihm beruhigend zu.

»Sie war so lieb, Hilda, und so geduldig. Wie sie dalag, oft mit großen Schmerzen, immer geduldig, immer ergeben. Und wenn ich an meinen Vater denke.« Sein Gesicht verdunkelte sich. »Wie elend er sie machte, wie er sie demütigte, indem er mit seinen Liebesabenteuern prahlte, wie er sie dauernd betrog und es nicht einmal zu verbergen suchte!«

»Sie hätte es nicht auf sich nehmen, sie hätte ihn verlassen sollen«, sagte Hilda.

»Dazu war sie zu gut«, wies er sie mit leisem Tadel zurecht. »Sie hielt es für ihre Pflicht, auszuharren. Außerdem – dort war ihr Zuhause. Wohin hätte sie gehen sollen?«

»Sie hätte sich ein eigenes Leben aufbauen können.«

»Zu jener Zeit? Ausgeschlossen!«, erwiderte er gereizt. »Das verstehst du nicht. Frauen benahmen sich damals anders. Sie nahmen ihre Last auf sich, sie ertrugen vieles mit Geduld. Und dann hatte sie auf uns Rücksicht zu nehmen. Wenn sie sich von Vater hätte scheiden lassen, was wäre geschehen? Vermutlich hätte er sofort wieder geheiratet, und daraus wäre vielleicht eine zweite Familie entstanden. Damit wären *unsere* Interessen wahrscheinlich aufs Spiel gesetzt worden, und auch das musste Mutter damals in Erwägung ziehen.«

Hilda blieb stumm.

»Nein, sie tat das Richtige. Sie war eine Heilige. Sie trug ihr bitteres Los ohne Klagen – bis zum Ende.«

»Doch wohl nicht ganz, ohne zu klagen, David«, wandte Hilda ein. »Sonst könntest du nicht so viel von ihren Leiden wissen.«

Sein Gesicht erhellte sich, und er sagte weich: »Ja, sie hat mir manches anvertraut. Weil sie wusste, wie sehr ich sie liebte. Und als sie starb …« Er unterbrach sich. Seine Hand fuhr durch sein Haar. »Hilda, es war entsetzlich! Dieses Leid! Sie war noch jung, sie hätte nicht sterben müssen. Er brachte sie um – mein Vater! Er war schuld an ihrem Tod, er hat ihr das Herz gebrochen. Damals fasste ich den Entschluss, nie wieder in seinem Haus zu wohnen. Ich lief fort – fort von allem.«

»Das war sehr gut«, stimmte sie ihm bei. »Du hast ganz Recht gehabt«

»Vater wollte mich in die Werke stecken. Das hätte für mich bedeutet, zu Hause leben zu müssen. Ich hätte es nicht ertragen. Ich begreife nicht, dass Alfred es aushalten kann – wie er es all die Jahre aushalten konnte.«

»Hat er sich denn nie dagegen aufgelehnt?«, fragte Hilda interessiert. »Du hast mir doch einmal erzählt, dass er eine andere Laufbahn aufgeben musste.«

»Ja, Alfred wollte zur Armee. Das hat Vater übrigens auch

arrangiert. Alfred, als Ältester, sollte in irgendein Kavalleriere-
giment eintreten. Harry und ich sollten in die Fabrik kommen
und George eine politische Karriere einschlagen.«

»Und dann kam doch alles anders?«

»Ja. Harry brannte durch. Er war immer ein Wildfang.
Machte Schulden und war dauernd in Schwierigkeiten. Schließlich lief er eines Tages mit ein paar hundert Pfund, die nicht
ihm gehörten, davon und hinterließ nur die Mitteilung, dass
ein Bürostuhl nichts für ihn sei und dass er sich jetzt die Welt
anschauen wolle.«

»Und seither habt ihr nichts mehr von ihm gehört?«

»O doch«, lachte David, »sehr oft sogar. Er telegrafierte aus
allen vier Himmelsrichtungen um Geld. Hat es übrigens auch
immer bekommen.«

»Und Alfred?«

»Vater zwang ihn, den Militärdienst aufzugeben und in die
Fabrik einzutreten«

»War Alfred unglücklich darüber?«

»Anfangs schon, sehr sogar. Er war verzweifelt. Aber Vater
hat Alfred immer um den Finger wickeln können, auch heute
noch, glaube ich.«

»Und du bist ihm davongelaufen.«

»Jawohl. Ich fuhr nach London und stürzte mich ins Kunst-
studium. Vater hat mir zwar sehr deutlich zu verstehen gegeben, dass er mir für solche Kinkerlitzchen höchstens eine
kleine Zuwendung zu seinen Lebzeiten geben werde, dass ich
aber nach seinem Tod leer ausginge. Seit jener Auseinandersetzung sah ich ihn nie mehr. Trotzdem habe ich nie etwas bereut. Ich weiß zwar, dass ich nie ein großer Maler sein werde;
aber wir sind doch hier glücklich, in unserem Haus, wo wir
alles haben, was man zum Leben braucht. Und wenn ich sterben sollte, fällt dir meine Lebensversicherung zu.« Er schwieg
eine Weile. Dann schlug er mit der Hand auf den Brief. »Und

jetzt – das! Vater, der mich bittet, mit meiner Frau bei ihm Weihnachten zu feiern, damit wir alle wieder einmal beisammen seien, eine geeinte Familie. Was bezweckt er nur damit?«

»Muss er denn etwas damit bezwecken?«, fragte Hilda. »Kann es nicht nur heißen, dass dein Vater älter wird und langsam sentimentale Anwandlungen seiner Familie gegenüber verspürt? Das kommt manchmal vor, weißt du.«

»Vielleicht«, antwortete David zögernd. »Er ist alt und allein. Du möchtest, dass ich hingehe, nicht wahr, Hilda?«

»Nun, ich fände es hart, einer solchen Bitte nicht zu entsprechen. Ich bin altmodisch und glaube an die Weihnachtsbotschaft von Frieden und Versöhnung auf Erden.«

»Nach allem, was ich dir erzählt habe?«

»Ich weiß, Lieber, ich weiß. Aber das liegt doch nun lange zurück. Es sollte jetzt vergeben und vergessen sein.«

»Ich kann nicht vergessen.«

»Weil du nicht vergessen willst, David. Habe ich nicht Recht?«

Sein Mund verzog sich zu einer harten Linie.

»So sind wir Lees. Wir erinnern uns jahrelang an etwas, grübeln darüber nach, halten das Gedächtnis frisch.«

Nun schwang auch in Hildas Stimme leichte Ungeduld mit.

»Und ist das eine so erhebende Eigenschaft, auf die man stolz sein kann? Ich finde nicht.«

Er sah sie nachdenklich und verschlossen an. Dann sagte er lauernd: »Dann misst du also der Treue – der Treue gegenüber einem Andenken – keinen großen Wert bei?«

»Ich glaube an die Gegenwart, nicht an die Vergangenheit. Wenn wir versuchen, die Vergangenheit lebendig zu erhalten, dann muss das mit Verzerrung enden, da wir sie in übertriebenen Umrissen, aus einer falschen Perspektive sehen.«

»O nein! Ich erinnere mich an jedes Wort, an jedes Ereignis aus jenen Tagen, ganz klar und deutlich«, stieß David erregt hervor.

»Ja, aber das solltest du eben nicht, Lieber, weil es nicht natürlich ist. Du denkst mit der Urteilsfähigkeit eines Knaben statt mit der Reife eines Mannes daran zurück.«

Hilda stockte. Sie fühlte, dass es unklug war, noch weiter zu reden, und doch ging es hier um Dinge, die sie schon so lange hatte aussprechen wollen.

»Ich glaube«, fuhr sie nach einer Weile fort, »dass du deinen Vater für einen Teufel hältst! Du verzerrst sein Bild zu einer Art Abbild alles Bösen. Wenn du ihn jetzt wiedersiehst, wirst du erkennen, dass er ganz einfach ein Mann ist – ein Mann vielleicht, mit dem seine Leidenschaften oft durchgingen, ein Mann, dessen Leben beileibe nicht makellos verlaufen ist, aber eben doch einfach ein Mann – nicht ein unmenschliches Ungeheuer.«

»Das verstehst du eben nicht. Wie er meine Mutter behandelt hat.«

»Es gibt eine Art von Unterwürfigkeit, von Schwäche, die die niedrigsten Instinkte in einem Mann wecken, wo Entschlossenheit und Mut einen ganz anderen Menschen aus ihm machen könnten.«

»Willst du damit sagen, dass es Mutters Schuld war!?«

»Nein, natürlich nicht! Ich bin überzeugt, dass dein Vater sie sehr schlecht behandelt hat. Aber eine Ehe ist etwas sehr Seltsames, und ich bezweifle, dass ein Außenstehender, selbst ein Kind dieser Ehe, das Recht hat, über sie zu urteilen. Außerdem kann all dein Hass deiner armen Mutter nicht mehr helfen. Das alles ist vorüber. Geblieben ist nur ein alter Mann, der nicht mehr ganz gesund ist und der dich um deinen Besuch zu Weihnachten bittet.«

»Und du willst, dass ich hingehe?«

Hilda dachte sekundenlang erst nach; dann sagte sie entschlossen: »Ja. Ich möchte, dass du hingehst und diesem Gespenst ein für alle Mal den Garaus machst.«

George Lee, Abgeordneter von Westeringham, war ein korpulenter Mann von einundvierzig Jahren. Seine hellblauen Augen standen leicht vor und trugen immer einen lauernden Ausdruck. Er hatte massige Kiefer, und seine Redeweise war ebenso langsam wie pedantisch.

Eben sagte er bedeutungsvoll: »Ich hab dir gesagt, Magdalene, dass ich es für meine Pflicht halte, hinzugehen.«

Seine Frau, eine gertenschlanke, platinblonde Erscheinung mit gezupften Augenbrauen in dem ovalen Gesicht, zuckte ungeduldig die Achseln. Sie konnte, wenn sie wollte, eine völlig ausdruckslose Miene zeigen, und das tat sie eben jetzt. »Liebling, es wird ganz und gar grässlich werden.«

»Außerdem«, überging George Lee ihren Einwurf, »können wir dadurch allerhand sparen. Weihnachten ist immer eine teure Zeit. Die Dienstboten können wir mit einem Trinkgeld abfertigen.«

»Wie du meinst. Weihnachten ist so oder so schließlich immer und überall langweilig.«

»Natürlich erwarten sie ein Weihnachtsessen«, fuhr George fort. »Ein anständiges Stück Braten muss genügen; kein Truthahn.«

»Wer? Die Dienstboten? O George, hör doch auf! Immer machst du dir Sorgen wegen des Geldes.«

»Jemand muss sie sich schließlich machen.«

»Gut, aber doch nicht in einer so kleinlichen und lächerlichen Weise. Warum verlangst du nicht einfach mehr Geld von deinem Vater?«

»Sein monatlicher Zuschuss ist sehr anständig.«

Magdalene sah ihn an. Ihre hellbraunen Augen blickten plötzlich wach und scharf, und das Gesicht war nicht mehr ausdruckslos.

»Er ist enorm reich, George. Millionär oder noch reicher!«

»Doppelter Millionär, wenn nicht mehr.«

»Wie ist er bloß zu so viel Geld gekommen?«, seufzte Magdalene neiderfüllt. »In Südafrika?«

»Er hat in jungen Jahren dort unten ein Vermögen verdient – hauptsächlich mit Diamanten. Und als er nach England zurückkam, investierte er sein Geld sehr klug, so dass sich sein Vermögen noch verdoppelte oder verdreifachte.«

»Und was wird damit, wenn er einmal stirbt?«

»Darüber hat Vater noch nie gesprochen. Und offen danach fragen kann man schließlich nicht. Ich vermute, dass der Großteil des Geldes an Alfred und mich fallen wird – an Alfred wahrscheinlich mehr als an mich. David wird bestimmt nicht viel bekommen. Vater hat ihm seinerzeit gedroht, er werde ihn enterben, wenn er ernstlich bei seiner Malerei, oder was er treibt, bleiben wolle; aber David kümmerte sich nicht darum.«

»Dumm von ihm!«, sagte Magdalene verächtlich.

»Und dann meine Schwester Jennifer. Sie ging mit einem Ausländer, mit einem spanischen Künstler, einem von Davids Freunden, durch. Vor einem Jahr ist sie gestorben, hat aber eine Tochter hinterlassen, soviel ich weiß. Vielleicht wird Vater dieser Enkelin auch etwas vermachen, aber bestimmt nicht viel. Ja, und dann natürlich Harry …« Er stockte leicht verlegen.

»Harry? Wer ist Harry?«, fragte Magdalene erstaunt.

»Mein – hm – mein Bruder.«

»Ich wusste nicht, dass du noch einen Bruder hast!«

»Nun, er ist nicht gerade eine Ehre für die Familie, meine Liebe. Wir sprechen nicht von ihm. Er hat sich unglaublich benommen. Nachdem wir nun schon seit einigen Jahren nichts mehr von ihm gehört haben, kann man wohl annehmen, dass er gestorben ist.«

Magdalene lachte plötzlich hell auf. Auf Georges fragendes Stirnrunzeln antwortete sie: »Ich musste nur eben daran denken, wie komisch es ist, dass du – du, George – einen verrufenen Bruder haben sollst! Du bist so ungemein respektabel!«

»Das will ich hoffen«, erwiderte er kalt.

Sie kniff die Augen zusammen: »Dein Vater ist nicht, ist kein sehr achtbarer Mann, George, nicht wahr?«

»Ich bitte dich, Magdalene!«

»Manchmal sagt er Dinge, die mir ziemlich wider den Strich gehen, das kannst du mir glauben.«

»Magdalene! Wirklich! Denkt Lydia auch so wie du?«

»Mit Lydia redet er ganz anders«, fuhr Magdalene gereizt auf. »Sie verschont er mit seinen sonderbaren Bemerkungen, obwohl ich nicht einsehe, weshalb!«

George sah sie rasch an und blickte sofort wieder weg.

»Nun«, sagte er ausweichend, »wir müssen nachsichtig sein. Vater wird alt, und seine Gesundheit ist auch nicht die beste.«

»Ist er wirklich sehr krank?«, fragte sie.

»Das möchte ich nicht sagen. Er ist ungemein zäh. Aber wenn er nun einmal zu Weihnachten seine Familie um sich sehen will, dann finde ich, dass wir seiner Bitte entsprechen sollten. Es könnte doch sein letztes Weihnachtsfest sein.«

»Sagst du, George«, fiel sie scharf ein, »aber ich glaube, dass er noch Jahre zu leben hat.«

Verwirrt, beinahe erschrocken, stotterte George: »Ja, ja, natürlich. Bestimmt kann er noch lange leben.«

»Na, dann werden wir wohl gehen müssen«, murmelte Magdalene verstimmt. »Es wird qualvoll sein. Alfred ist wortkarg und stumpf, und Lydia sieht auf mich herab. Doch, das tut sie. Und dann hasse ich diesen grässlichen Diener.«

»Den alten Tressilian?«

»Nein, Horbury. Der ewig im Haus herumschleicht und schnüffelt. Ich kann dir nicht sagen, wie sehr mir das auf die Nerven geht. Aber wir werden eben hinfahren. Ich möchte den alten Mann nicht beleidigen.«

»Siehst du. Und wegen des Weihnachtsessens für die Dienstboten –«

»Das hat jetzt Zeit, George. Ich werde Lydia anrufen und ihr sagen, dass wir morgen um fünf Uhr zwanzig ankommen.«

Magdalene ging schnell aus dem Zimmer. Nachdem sie telefoniert hatte, setzte sie sich vor ihren Schreibtisch und kramte in den vielen kleinen Schubladen herum. Aus jeder einzelnen zog sie Rechnungen – ganze Berge von Rechnungen. Erst versuchte sie, die verschiedenen Formulare und Blätter zu ordnen; doch bald gab sie das mit einem ungeduldigen Seufzer auf und warf die Papiere wieder in ihre Fächer zurück. Sie fuhr sich mit der Hand über das platinblonde Haar.

»Was um alles in der Welt soll ich nur tun?«, murmelte sie.

Im ersten Stock von Gorston Hall führte ein langer Korridor zu dem großen Raum oberhalb des Haupteingangs. Es war ein unwahrscheinlich reich und altmodisch eingerichtetes Zimmer. Die schweren Brokattapeten, die riesigen Lederfauteuils, die großen, mit Drachenmustern verzierten Vasen und die Bronzeskulpturen, alles mutete großartig, kostbar und stabil an.

Im größten und imposantesten aller Stühle, einem alten Großvaterlehnstuhl, saß ein magerer alter Mann. Seine langen, klauenartigen Hände lagen auf den Armlehnen. Ein Stock mit Goldknauf stand neben ihm. Bekleidet war er mit einem alten, abgeschabten Schlafrock, und dazu trug er bestickte Pantoffeln. Über dem gelblichen Gesicht leuchteten schlohweiße Haare.

Eine armselige, unbedeutende Erscheinung, mochte man im ersten Moment denken. Aber die stolze Adlernase, die dunklen, lebhaften Augen mussten einen Beobachter bald eines Besseren belehren. In diesem Menschen waren Feuer, Leben und Kraft. Der alte Simeon Lee kicherte plötzlich amüsiert vor sich hin.

»Sie haben es Mrs Alfred also ausgerichtet?«

Horbury stand neben dem Lehnstuhl. Er antwortete in seinem weichen, ehrerbietigen Tonfall: »Jawohl, Sir.«

»Ganz genau so, wie ich es Ihnen aufgetragen habe? Hören Sie: genau so?«

»Gewiss, ich habe bestimmt keinen Fehler gemacht.«

»Nein, Sie machen keine Fehler. Ich würde es Ihnen auch nicht raten. Und? Was sagte sie, Horbury? Was sagte Mrs Alfred?«

Ruhig, ungerührt wiederholte Horbury, welchen Effekt seine Botschaft ausgelöst hatte. Der alte Mann lachte und rieb sich vergnügt die Hände.

»Großartig! Nun werden sie sich den ganzen Nachmittag die Köpfe zerbrochen haben. Ausgezeichnet! Jetzt können sie heraufkommen.«

Horbury machte kehrt und ging lautlos zur Tür. Als der alte Mann ihm noch etwas sagen wollte, war er bereits im Korridor verschwunden.

»Der Kerl bewegt sich wie eine Katze«, brummte Simeon Lee. »Man weiß nie, ob er noch da ist oder schon draußen.«

Er saß still in seinem Stuhl und strich sich über die Wange, bis ein Klopfen ertönte und Alfred und Lydia eintraten.

»Ach, da seid ihr ja! Komm, Lydia, meine Beste, setz dich zu mir. Was für rosige Wangen du hast.«

»Ich war draußen, in der Kälte. Da brennt einem nachher das ganze Gesicht.«

»Wie geht's dir, Vater?«, fragte Alfred. »Hast du gut geschlafen?«

»Sehr gut, sehr gut. Ich habe von alten Zeiten geträumt, von meinem Leben, bevor ich eine Stütze der Gesellschaft wurde und mich häuslich niederließ.«

Er lachte laut auf. Seine Schwiegertochter verzog den Mund zu einem höflich-aufmerksamen Lächeln.

»Vater, was bedeutet das, dass zwei weitere Gäste zum Fest kommen?«, fragte Alfred.

»Ja, richtig! Das muss ich euch ja erklären. Es soll ein grandioses Weihnachtsfest werden. Also: George und Magdalene kommen. Armer George, korrekt, steif, und doch nur ein aufgeblasener Ballon. Immerhin ist er mein Sohn. Seine Wähler lieben ihn, weil sie wahrscheinlich denken, er sei ehrlich. Noch nie war ein Lee wirklich ehrlich. Mit Ausnahme von dir, mein Junge, selbstverständlich mit Ausnahme von dir.«

»Und David?«, fragte Lydia.

»David? Ich bin gespannt, ihn nach all den Jahren wiederzusehen. Er war ein exaltiertes Kind. Ich frage mich, wie seine Frau aussieht. Jedenfalls hat er nicht ein Mädchen geheiratet, das zwanzig Jahre jünger ist als er, wie dieser Narr George.«

»Hilda hat einen sehr netten Brief geschrieben«, schaltete sich Lydia hier ein, »und eben kam ein Telegramm, das ihre Ankunft für morgen Nachmittag bestätigt.«

Ihr Schwiegervater sah sie scharf und durchdringend an. Dann lachte er. »Dich werde ich nie aus der Fassung bringen können, Lydia. Ich meine das als Kompliment. Du bist sehr wohlerzogen, und Erziehung ist wichtig, das weiß ich. Aber Vererbung ist geheimnisvoller. Nur eines meiner Kinder ist mir wirklich nachgeraten, nur eines von der ganzen Brut.«

Seine Augen funkelten.

»Erratet jetzt, wer noch kommt. Dreimal dürft ihr raten, aber ich wette, dass ihr nicht draufkommt.«

Er sah von einem zum anderen. Alfred runzelte die Stirn. »Horbury sagte, dass du eine junge Dame erwartest.«

»Und das beunruhigt euch jetzt, wie? Pilar wird gleich hier sein. Ich habe bereits den Wagen geschickt, damit man sie vom Bahnhof abholt.«

»Pilar?«, fragte Alfred scharf.

»Ja, Pilar Estravados – Jennifers Tochter. Meine Enkelin. Ich bin so neugierig, wie sie aussieht.«

»Um Himmels willen, Vater, du hast mir nie gesagt…«

»Um dir die Überraschung nicht zu verderben, lieber Sohn«, erwiderte der alte Lee mit einem bösen Grinsen. »Ich weiß schon kaum mehr, wie es ist, wenn junges Blut unter diesem Dach lebt. Ihn, Estravados, habe ich nie gesehen. Ob die Kleine wohl ihm nachschlägt oder ihrer Mutter?«

»Hältst du es wirklich für klug«, begann Alfred wieder, »angesichts der Umstände –«

Der alte Mann unterbrach ihn.

»Sicherheit! Sicherheit! Du suchst immer und überall zuerst nach Sicherheit, Alfred. Das war nie meine Art. Das Mädchen ist mein Großkind, das einzige unserer Familie! Mir ist es völlig einerlei, was ihr Vater war oder tat. Sie ist mein Fleisch und Blut. Und sie wird hier in meinem Haus leben.«

»Sie soll hier leben?«, fragte Lydia verblüfft.

Er streifte sie mit einem Blick. »Hast du etwas dagegen einzuwenden?«

Sie schüttelte den Kopf und sagte lächelnd: »Ich könnte doch nicht gut Einwände dagegen erheben, dass du sie in dein eigenes Haus einlädst. Nein, ich dachte eigentlich eher an sie. Ob sie hier glücklich sein wird…«

Der alte Simeon richtete sich etwas auf.

»Sie hat keinen roten Heller. Also wird sie mir dankbar sein.«

Lydia zuckte die Achseln.

»Du siehst«, wandte sich Simeon wieder an seinen Sohn, »es wird ein großes Weihnachtsfest werden. All meine Kinder um mich versammelt – alle. Und jetzt, Alfred, rate, wer der andere Gast sein wird.«

Alfred sah ihn verwirrt an.

»Herrschaft, Junge! *Alle* meine Kinder! Kommst du nicht drauf? Harry, natürlich, dein Bruder Harry!«

Alfred wich das Blut aus dem Gesicht.

»Harry? Nein«, stammelte er. »Wir dachten, er sei tot.«

»O nein! Der nicht!«

»Und du lässt ihn heimkommen? Nach allem, was er …«

»Der verlorene Sohn, wie? Ganz richtig. Das gemästete Kalb. Wir müssen ein gemästetes Kalb für ihn schlachten, Alfred. Er muss eine großartige Begrüßung haben!«

»Er hat uns schändlich behandelt. Er hat —«

»Du brauchst mir seine Untaten nicht aufzuzählen. Eine lange Liste, ich weiß. Aber Weihnachten, weißt du, ist das Fest der Versöhnung, und darum werden wir den Verlorenen zu Hause willkommen heißen.«

Alfred erhob sich. »Das war ein ziemlicher Schock«, murmelte er. »Ich hätte mir nie träumen lassen, dass Harry jemals hierher zurückkäme.«

Simeon lehnte sich vor.

»Du hast Harry nie leiden können, nicht wahr?«, fragte er sanft.

»Nach allem, was er dir angetan hat …«

Simeon lachte. »Nun, was vorbei ist, ist vorbei. Das ist der Sinn der Weihnachtsbotschaft, wie, Lydia?«

Lydia war ebenfalls blass geworden. Sie sagte trocken: »Du scheinst dieses Jahr viel über Christfest und Weihnachtsbotschaft nachgedacht zu haben.«

»Ich will meine Familie um mich haben. Friede und Vergebung auf Erden. Ich bin ein alter Mann. Gehst du auch schon, meine Liebe?«

Alfred war aus dem Zimmer gestürzt. Lydia zögerte noch, ehe sie ihm folgte. Simeon deutete mit dem Kopf zur Tür.

»Es hat ihn aufgeregt. Er und Harry haben sich nie vertragen. Harry hat Alfred immer ausgelacht. Nannte ihn immer Herr Langsam-aber-Sicher.«

Lydia öffnete den Mund; doch als sie den gierigen, gespannten Ausdruck auf dem Gesicht des alten Mannes sah, schwieg sie. Ihre Selbstbeherrschung ärgerte ihn sichtlich. Diese Tatsache gab ihr die Überlegenheit, leichthin zu sagen: »Der Hase und der Igel. Nun, der Igel gewinnt den Lauf.«

»Nicht immer«, kicherte der Alte. »Nicht immer, meine liebe Lydia.«

Sie lächelte. »Entschuldige, aber ich sollte Alfred nachgehen. Plötzliche Aufregungen machen ihn immer ganz krank.«

Simeon kicherte. »Ja, der arme Alfred liebt weder Überraschungen noch Veränderungen. Er war von jeher ein langweiliger Mensch!«

»Alfred ist dir sehr ergeben.«

»Und das kommt dir komisch vor, nicht wahr?«

»Manchmal«, sagte Lydia langsam, »kommt es mir wirklich komisch vor.«

Damit verließ sie den Raum; Simeon Lee sah ihr nach. Er lachte leise und schien sehr zufrieden zu sein. »Das wird ein Hauptspaß«, sagte er. »Ein Hauptspaß! Dieses Weihnachtsfest wird mir gefallen!«

Er stand mühsam von seinem Stuhl auf und humpelte mit Hilfe des Stocks durch das Zimmer. Vor einem großen Safe in einer Ecke blieb er stehen und drehte am Kombinationsschloss. Die Tür öffnete sich. Er griff mit zitternden Händen ins Innere des Safes, zog einen Lederbeutel heraus, öffnete ihn und ließ eine Unmenge ungeschliffener Diamanten durch seine Finger gleiten.

»Nun, meine Schönen. Immer noch die gleichen, meine alten Freunde! Das war eine glückliche Zeit – eine sehr glückliche Zeit! Euch wird man nicht schleifen und schneiden, Freunde. Ihr werdet nicht um Frauenhälse hängen, an ihren Fingern kleben oder in ihren Ohren stecken. Ihr gehört *mir*. *Meine* alten Freunde. Wir wissen allerhand voneinander, ihr und ich. Ich sei alt, sagen sie, und krank. Aber mit mir ist es noch lange nicht aus. Noch viel Leben in dem alten Hund. Und noch viel Freude aus diesem Leben herauszuholen. Noch viel Freude!«

23. Dezember

Tressilian ging zur Eingangstür. Es war auf eine äußerst aufdringliche und ungehörige Art geläutet worden, und jetzt eben, ehe er noch die Eingangshalle hatte durchqueren können, erklang das durchdringende Schrillen schon wieder.

Tressilian ärgerte sich. So unhöflich, ungeduldig läutete man nicht an der Haustür seines Herrn. Wenn es vielleicht wieder eine Gruppe dieser Weihnachtssänger war, dann wollte er ihnen seinen Standpunkt deutlich klar machen.

Durch die Milchglasscheibe sah er eine Silhouette – einen großen Mann mit einem Schlapphut. Er öffnete. Wie er gedacht hatte: ein unordentlich gekleideter, auffälliger Fremder – grässlich schreiender Anzug –, ein aufdringlicher Bettler.

»Donnerwetter! Das ist doch Tressilian!«, rief der Fremde. »Wie geht es Ihnen, Tressilian?«

Tressilian starrte ihn an, holte tief Atem, starrte noch einmal. Diese scharf geschnittene, arrogante Wangen- und Kinnpartie, die schmale Nase, die vergnügten Augen ...

»Mr Harry«, stieß er hervor.

Harry Lee lachte. »Habe ich Sie erschreckt? Warum? Ich werde doch erwartet, oder etwa nicht?«

»Doch, Sir. Natürlich, Sir.«

»Also! Weshalb dann diese Überraschung?« Harry Lee trat ein paar Schritte zurück und sah sich das Haus, einen soliden, aber phantasielosen Ziegelbau, von außen an.

»Immer noch der alte Gräuel«, sagte er, »aber es steht jedenfalls noch, das ist die Hauptsache. Wie geht's meinem Vater?«

»Er ist leicht invalid, Sir. Muss das Zimmer hüten und kann sich nicht bewegen. Aber den Umständen entsprechend, geht es ihm sehr gut.«

»Der alte Halunke!« Harry Lee trat ein und überließ Tressilian seinen Schal und den theatralischen Hut.

»Und mein lieber Bruder Alfred? Geht es ihm auch gut? Freut er sich, mich zu sehen?«

»Ich glaube schon, Sir.«

»Na, ich nicht. Im Gegenteil! Wahrscheinlich hat er Zustände gekriegt, als er hörte, dass ich komme. Wir haben uns nie ausstehen können. Lesen Sie manchmal die Bibel, Tressilian?«

»Gewiss, von Zeit zu Zeit lese ich darin.«

»Dann kennen Sie doch die Geschichte vom verlorenen Sohn. Der brave Bruder freute sich gar nicht darüber, dass der andere zurückkam, erinnern Sie sich? Der brave Stubenhocker Alfred freut sich bestimmt auch nicht über meine Rückkehr.«

Tressilian sah wortlos zu Boden. Sein steifer Rücken drückte Protest aus. Harry schlug ihm auf die Achsel.

»Los, alter Knabe. Das gemästete Kalb erwartet mich! Führen Sie mich sofort zu ihm.«

»Wollen Sie mir bitte zuerst ins Wohnzimmer folgen, Mr Harry. Ich weiß nicht, wo die Herrschaften alle sind. Man konnte Ihnen den Wagen nicht entgegenschicken, weil niemand Ihre genaue Ankunftszeit wusste.«

Harry blickte sich nach allen Seiten um.

»Alle alten Schaustücke noch am alten Platz«, stellte er fest. »Ich glaube, es hat sich überhaupt nichts verändert, seit ich vor zwanzig Jahren fortging.«

Er trat ins Wohnzimmer. Der alte Diener murmelte: »Ich werde nun Mr oder Mrs Alfred suchen gehen«, und entfernte sich eilig.

Harry Lee hatte ein paar Schritte getan, als er plötzlich wie angewurzelt stehen blieb. Fassungslos und ungläubig starrte er die Gestalt an, die dort auf dem Fenstersims saß. Seine Augen überflogen das schwarze Haar und die gebräunte Haut.

»Allmächtiger!«, stieß er endlich hervor. »Sind Sie vielleicht die siebente und schönste Frau meines Vaters?«

Die Gestalt glitt von ihrem Sitz und trat auf ihn zu.

»Ich bin Pilar Estravados«, stellte sie sich vor. »Und du musst mein Onkel Harry sein, Mutters Bruder.«

»Dann bist du also Jennys Tochter?«

Pilar überhörte diese Frage. »Warum hast du mich gefragt, ob ich die siebente Frau deines Vaters sei? Hatte er wirklich sechs Frauen?«

Harry lachte. »Nein, ich glaube, er hatte nur eine – offiziell wenigstens. Nun, Pilar, es ist wirklich kaum zu glauben, so etwas Blühendes wie du in diesem Mausoleum anzutreffen.«

»Diesem Maus… was?«

»In diesem Wachsfigurenkabinett. Ich habe dieses Haus immer grässlich gefunden; aber heute kommt es mir lausiger vor denn je.«

»O nein«, wandte Pilar hier entschieden, wenn auch mit einer fast ehrfürchtig gedämpften Stimme ein, »es ist sehr schön hier. Die Möbel aus schwerem Holz und die Teppiche – dicke, weiche Teppiche überall – und die vielen, vielen Ornamente. Alles ist von so guter Qualität und so kostbar.«

»Das stimmt allerdings.« Er sah sie belustigt an. »Trotzdem finde ich es sehr witzig, dich hier inmitten –«

Er brach ab, denn Lydia hatte eben das Zimmer betreten.

»Guten Tag, Harry. Ich bin Lydia – Alfreds Frau.«

»Guten Tag, Lydia.« Er schüttelte ihr die Hand, wobei er ihr intelligentes, ausdrucksvolles Gesicht mit einem kurzen Blick musterte und gleichzeitig befriedigt wahrnahm, wie elegant sie sich bewegte. Nur wenige Frauen wussten sich so zu bewegen. Lydia ihrerseits versuchte schnell, sich über den Eindruck

97

klar zu werden, den er ihr machte. Er sieht angeberisch aus, aber nicht abstoßend. Trotzdem würde ich ihm nicht von hier bis da trauen, dachte sie. Laut sagte sie lächelnd: »Nun, wie sieht es hier nach so vielen Jahren aus? Sehr verändert?«

»Ziemlich unverändert.« Er sah sich um. »Dieses Zimmer wurde umgestellt.«

»O ja, verschiedentlich, und zwar durch mich.«

Er lachte ihr mit einem plötzlichen, koboldartigen Grinsen zu, das sie an den alten Mann im oberen Stock erinnerte.

»Es hat jetzt viel mehr Klasse. Man hat mir ja seinerzeit berichtet, der gute alte Alfred habe ein Mädchen geheiratet, dessen Vorfahren mit dem Eroberer herüberkamen.«

Lydia lächelte. »Ja, ich glaube. Aber sie haben sich enorm vermehrt seit jenen Tagen.«

»Und wie geht es Alfred?«, fragte Harry. »Ist er immer noch der gleiche Reaktionär?«

»Ich habe keine Ahnung, ob du ihn verändert finden wirst.«

»Und was machen all die anderen? Sind sie über ganz England verstreut?«

»Nein – sie werden zu Weihnachten alle hier sein.«

Harry riss die Augen weit auf. »Was? Ein richtiggehender Familientag? Früher war er doch gar nicht sentimental. Hat sich nie einen Deut um seine Familie gekümmert. Er muss sich sehr verändert haben.«

»Vielleicht.« Lydias Stimme klang trocken.

Pilar hörte wortlos und interessiert zu.

»Und George? Noch immer ein alter Geizkragen? Wie der sich aufregen konnte, wenn er einmal einen halben Penny von seinem Taschengeld hergeben musste.«

»George ist Parlamentsmitglied, Abgeordneter für Westeringham.«

Harry warf den Kopf zurück und lachte schallend.

»Unser Dickerchen im Parlament? Das ist ja komisch!«

Sein hemmungsloses Lachen klang fast brutal und schien den Raum zu sprengen. Pilar hielt den Atem an, und auch Lydia zuckte leicht zusammen.

Dann, als Harry eine Bewegung hinter sich hörte, brach seine laute Heiterkeit jäh ab. Alfred stand hinter seinem Bruder und musterte ihn mit einem eigentümlichen Gesichtsausdruck.

Zuerst starrte Harry ihn bewegungslos an; doch dann überflog ein Lächeln sein Gesicht. Er trat einen Schritt vor.

»Nein, so etwas! Das ist ja Alfred!«

Alfred nickte. »Hallo, Harry«, sagte er steif.

Wie absurd, dachte Lydia. Da stehen sie sich gegenüber wie zwei Hunde, die sich beschnüffeln.

Pilars Augen waren weit aufgerissen. Wie blöd sich die beiden anstarren, dachte sie. Warum küssen sie sich nicht? Ach nein, das tun Engländer ja nicht. Aber sie könnten doch irgendetwas reden. Warum sehen sie einander nur an?

Harry brach schließlich das Schweigen. »Ein komisches Gefühl, wieder da zu sein, wirklich.«

»Begreiflich. Es sind ja auch ein paar Jahre vergangen, seit du – seit du von hier fortgingst «

Harry fuhr sich mit dem Zeigefinger übers Kinn – eine Bewegung, die bei ihm immer auf Kampfbereitschaft schließen ließ.

»Ja«, sagte er. »Ich bin froh, dass ich …«, er machte eine Pause, um dem Wort größeren Nachdruck zu verleihen, »heimgekommen bin.«

»Ich bin wahrscheinlich ein sehr verworfener Mensch gewesen«, sagte Simeon Lee. Er lehnte sich in seinem Stuhl zurück und strich sich mit einem Finger über das herausfordernd vorgereckte Kinn. Vor ihm brannte und tanzte das Feuer im Kamin. Pilar saß daneben und schützte ihr Gesicht mit einem

99

kleinen Papierfächer vor der Glut. Manchmal fächelte sie sich damit Luft zu. Simeon beobachtete ihre weiche, anmutige Handbewegung mit großer Genugtuung. Mehr zu sich selber als zu der jungen Frau meinte er dann: »Jawohl, ein schlechter Mensch. Oder was meinst du dazu, Pilar?«

Pilar zuckte die Achseln. »Alle Männer sind schlecht, sagen die Nonnen, und deshalb müssen sie für sie beten.«

»Aber ich bin noch viel schlechter gewesen als die meisten anderen.« Simeon lachte. »Ich bereue es nicht, weißt du. Nichts bereue ich. Es hat mir Spaß gemacht – jede Minute habe ich genossen. Man sagt, im Alter bereue man manches. Das ist Quatsch! Ich bereue nichts, und dabei habe ich wie gesagt so ziemlich alle Sünden begangen. Ich habe betrogen, gestohlen und gelogen. Herrgott, ja! Und Frauen – immer Frauen! Jemand hat mir kürzlich von einem Araberscheich erzählt, der vierzig Söhne als Leibwache hatte – alle ungefähr gleichaltrig. Vierzig! Ich weiß zwar nicht, ob ich es auf vierzig brächte, aber ich könnte ebenfalls eine ganz anständige Leibwache zusammenstellen, wenn ich alle meine Unehelichen um mich versammelte. Nun, Pilar? Was sagst du dazu? Bist du entsetzt?«

»Nein, warum sollte ich entsetzt sein?«, fragte Pilar verwundert. »Männer sind immer hinter den Frauen her. Mein Vater auch. Deshalb sind doch Frauen oft so unglücklich und gehen in die Kirche, um zu beten.«

Der alte Simeon runzelte die Stirne. »Ich habe Adelaide unglücklich gemacht«, murmelte er. »Gott, war das eine Frau! Rosig, gesund und hübsch, als ich sie heiratete. Und später? Immer jammernd und weinend. Es macht einen Mann verrückt, wenn seine Frau dauernd weint. Sie hatte keinen Mut, das war es. Wenn sie mir nur ein einziges Mal widersprochen hätte. Aber sie hat immer nachgegeben, immer. Als ich sie heiratete, glaubte ich, dass ich sesshaft werden, eine Familie gründen, mein altes Leben vergessen könnte …«

Er verstummte und starrte in das Feuer.

»Eine Familie gründen! Und was für eine Familie!« Er stieß ein schrilles, verächtliches Lachen aus. »Schau sie dir an! Nicht *ein* Kind dabei, das mir gleicht! Haben sie eigentlich nichts von meinem Blut mitbekommen? Nicht ein wirklicher Sohn unter all den ehelich und unehelich geborenen! Alfred zum Beispiel – um Himmels willen! Ich habe so genug von ihm! Wenn er mich mit seinen treuen Hundeaugen ansieht, immer bereit, mir gehorsam zu sein! Dieser Trottel! Seine Frau – Lydia mag ich gern. Lydia ist gescheit, aber sie kann mich nicht ausstehen, ganz und gar nicht ausstehen. Sie findet sich nur wegen Alfred mit mir ab.«

Er sah auf das Mädchen hinab. »Pilar, merk dir eins: Nichts ist so aufreizend wie Ergebenheit.«

Sie lächelte ihn an. Ihre junge, lebensvolle Weiblichkeit gefiel ihm.

»Und George?«, fuhr er fort. »Was ist George? Ein fetter Stockfisch! Ein aufgeblasener Windbeutel! Keinen Verstand, keinen Mut und knauserig in Geldsachen! David ist ein Narr und ein Träumer, immer gewesen. Ein Muttersöhnchen. Das einzige Vernünftige, was er jemals getan hat, ist, dass er diese energische, zuverlässige Frau geheiratet hat.« Er schlug plötzlich mit der Hand auf die Armlehne. »Harry ist noch der Beste! Der arme alte Harry, der Schandfleck der Familie! Aber er ist wenigstens lebendig!«

Pilar nickte. »Ja, er ist nett. Er lacht, und dabei wirft er den Kopf so zurück… O ja, ich mag ihn auch sehr gern.«

Der alte Mann sah sie an. »So, du magst ihn gern? Harry hat immer Glück bei den Frauen, darin schlägt er mir nach.« Er kicherte. »Ich habe ein gutes Leben gehabt – ein sehr gutes Leben. Von allem habe ich bekommen.«

»In Spanien haben wir ein Sprichwort, das heißt: Nimm dir, was du willst, und bezahle dafür, sagt Gott.«

»Das ist ausgezeichnet.« Simeon Lee horchte ihren Worten nach. »Nimm dir, was du willst. Das habe ich mein Leben lang getan, genommen, was ich wollte.«

»Und hast du dafür bezahlt?« Pilars Stimme klang plötzlich hell und eindringlich.

Simeon fuhr auf und starrte sie an. »Was sagst du da?«

»Ich fragte: Hast du dafür bezahlt, Großvater?«

»Das weiß ich nicht«, antwortete der alte Mann zögernd. Dann schlug er wieder mit der Hand auf die Armlehne. »Wie kommst du dazu, mich das zu fragen?«

»Ich habe eben darüber nachgedacht«, sagte Pilar sanft.

»Du kleiner Teufelsbraten!«

»Aber du hast mich trotzdem gern, Großvater, nicht wahr?«

»Ja, ich habe dich gern, ich sitze gern hier mit dir. Ich habe lange niemand so Junges und Schönes mehr um mich gehabt. Es tut mir gut, und es wärmt meine alten Knochen. Du bist mein Fleisch und Blut. Das rechne ich Jennifer hoch an. Sie war noch die Beste von allen.«

Pilar lächelte weich, aber undurchdringlich.

»Dabei kannst du mich nicht etwa hinters Licht fuhren, kleine Katze. Ich weiß genau, weshalb du so geduldig hier sitzt und mir zuhörst. Geld! Immer geht es um Geld! Oder willst du mir vielleicht weismachen, dass du deinen alten Großvater liebst?«

»Nein, das nicht. Aber ich mag dich gern. Das musst du mir glauben, denn es ist wahr. Wahrscheinlich warst du ein skrupelloser Mann, aber sogar das gefällt mir. Und du hast Interessantes erlebt, du bist viel gereist und hast ein Abenteuerleben geführt. Wenn ich ein Mann wäre, wollte ich genauso leben.«

Simeon nickte. »Jawohl, das würdest du vermutlich. Wir hätten Zigeunerblut in uns, sagt man. In meinen Söhnen, mit Ausnahme von Harry, scheint es nicht mehr wirksam zu sein;

aber ich glaube, in dir ist es wieder lebendig geworden. Man muss nur warten können. Ich habe einmal fünfzehn Jahre lang gewartet, um mit einem Mann, der mich gekränkt hatte, eine Rechnung zu begleichen. Das ist ein weiteres Merkmal von uns Lees – dass wir nichts vergessen! Wir rächen alles Böse, und wenn es Jahre dauert. Jenen Mann habe ich nach fünfzehn Jahren gefasst – und ich habe ihn zertreten, ruiniert, ausgelöscht. Das war in Südafrika. Ein großartiges Land!«

»Bist du noch einmal dort gewesen?«

»Ja, die fünf Jahre nach meiner Heirat verbrachte ich noch unten. Nachher bin ich nie mehr zurückgefahren.« Seine Stimme wurde leiser. »Wart, ich will dir was zeigen.«

Er stand mühsam auf, nahm seinen Stock und humpelte an den Safe, öffnete ihn und winkte sie zu sich.

»Da! Schau dir die an! Spüre sie! Lass sie durch deine Finger laufen!« Er lachte über ihr erstauntes Gesicht. »Das sind Diamanten, Kind! Diamanten!«

Pilars Augen weiteten sich. »Aber das sind ja nur kleine Kieselsteine!«

»Es sind ungeschliffene Diamanten. So findet man sie.«

»Und wenn sie geschliffen würden, würden sie funkeln und blitzen wie richtige Diamanten? Nein! Das glaube ich nicht!«

Er amüsierte sich königlich. »Trotzdem ist es wahr. Und diese Hand voll Kieselsteine ist viele tausend Pfund wert.«

Pilar wiederholte seine Worte, stockend, mit Pausen dazwischen.

»Ist … viele … tausend … Pfund … wert?«

»Sagen wir neun- oder zehntausend mindestens. Es sind große Steine, weißt du.«

»Warum verkaufst du sie dann nicht?«

»Weil ich sie gerne hier behalte. Ich brauche kein Geld.«

»Ah! Darum!« Pilar schien tief beeindruckt zu sein. »Und warum lässt du sie nicht schleifen, damit sie schön werden?«

»Weil sie mir so besser gefallen.« Sein Gesicht verdüsterte sich plötzlich. Er wandte sich um und sprach wie zu sich selber weiter. »Weil sie mir alles zurückbringen, wenn ich sie berühre – die helle Sonne, den Geruch der weiten Weiden, die Rinderherden, den alten Eb, die Freunde, die Abende …«

Es wurde leise an die Türe geklopft.

»Schnell, leg sie zurück und schlag die Tür zu!«, zischelte Simeon. Dann rief er: »Herein!«

Horbury trat ein und meldete ehrerbietig: »Der Tee, Sir.«

Hilda sagte: »Ach, da bist du, David. Ich hab dich überall gesucht. Aber hier wollen wir nicht bleiben. Es ist scheußlich kalt hier drinnen.«

David antwortete ihr nicht sofort. Er stand vor einem tiefen Fauteuil mit verblichenem Bezug. Plötzlich stieß er hervor: »Das ist ihr Stuhl – hier saß sie immer, in diesem Stuhl. Nur der Satin ist ein wenig verschossen.«

Hilda runzelte leicht die Stirn.

»Ich verstehe. Aber komm jetzt, David. Es ist kalt hier.«

Doch David schien sie nicht zu hören. Er sah sich um.

»Ja, hier saß sie meistens. Ich weiß noch, wie ich auf jenem Schemel dort saß, wenn sie mir vorlas. *Jack, der Riesentöter* – ja, das war es, das hat sie mir vorgelesen, als ich etwa sechs Jahre alt war.«

Hilda schob ihre Hand unter seinen Arm.

»Komm jetzt wieder ins Wohnzimmer, Lieber. In diesem Zimmer ist ja nicht einmal eine Heizung.«

Er wandte sich gehorsam um, aber sie fühlte, dass er am ganzen Leib zitterte. »Genau wie damals«, murmelte er, »genau wie damals. Als wäre die Zeit stillgestanden …«

Hilda war besorgt; aber sie sprach fröhlich und entschlossen weiter. »Wo nur die anderen alle stecken? Es muss doch schon Teezeit sein.«

David machte sich frei und öffnete die Tür zu einem anderen Zimmer. »Da drinnen war ein Klavier. Ja, da steht es noch. Ob es auch noch klingt?«

Er setzte sich davor, öffnete den Deckel und spielte eine Tonleiter. »Tatsächlich! Es scheint sogar gestimmt worden zu sein.« Er begann zu spielen. Sein Anschlag war weich und voll.

»Was spielst du da?«, fragte Hilda. »Es kommt mir bekannt vor, aber ich weiß nicht, was es ist.«

»Ich habe es seit vielen Jahren nicht mehr gespielt. Sie hat es besonders geliebt. Eines von Mendelssohns Liedern ohne Worte.«

Die süße, fast zu süße Melodie flutete durch den Raum.

Plötzlich ließ David die Hände in schrillem Missakkord auf die Tasten fallen. Er stand auf. Sein Gesicht war totenblass, und er zitterte.

»David!«, sagte Hilda beschwörend. »David!«

»Lass nur, es ist nichts – wirklich nicht.«

Die Türglocke schrillte. Tressilian stand in der Küche von seinem Stuhl auf und ging gemessenen Schritts zum Eingang.

Die Glocke schrillte noch einmal. Tressilian runzelte die Stirn. Durch die Milchglasscheibe erblickte er die Silhouette eines Mannes im Schlapphut. Tressilian fuhr sich mit der Hand über die Augen. Es war gespenstisch. Alles schien sich zweimal abzuspielen. Das hatte er doch bereits einmal erlebt, bestimmt…

Er schob den Riegel zurück und öffnete die Türe. Da zerbrach der Zauber. Der Mann sagte laut und deutlich:

»Wohnt hier Mr Simeon Lee? Ich möchte ihn sprechen.« Seine Stimme rief eine Erinnerung in Tressilian wach. Sie glich derjenigen seines Herrn, als dieser in alten Tagen nach England zurückgekommen war.

Er schüttelte zweifelnd den Kopf. »Mr Lee ist invalide, Sir. Er empfängt nicht oft Besuche. Wenn Sie –«

Der Fremde unterbrach ihn, indem er einen Briefumschlag hervorzog und dem Butler aushändigte. »Geben Sie das bitte Mr Lee.«

Simeon Lee entnahm dem Umschlag einen einfachen Bogen Papier. Er sah erstaunt aus, aber er lächelte.

»Das ist ja herrlich«, sagte er. Und zum Butler gewandt:

»Führen Sie Mr Farr sofort herauf, Tressilian. Eben habe ich an Ebenezer Farr gedacht. Er war mein Geschäftspartner unten in Kimberley. Und jetzt taucht plötzlich sein Sohn hier auf.«

Tressilian verschwand und meldete kurze Zeit später Mr Farr.

Stephen Farr trat nervös ein, versuchte das aber durch ein betont forsches Gehabe zu verstecken. Sein leichter Südafrika-Akzent klang noch deutlicher durch als zuvor.

»Ich freue mich, Sie zu sehen«, rief ihm Simeon Lee entgegen. »Also Sie sind Ebs Sohn?«

Stephen lachte verlegen. »Mein erster Besuch im Mutterland. Vater hat mir immer gesagt, ich sollte Sie aufsuchen, wenn ich einmal herüberkäme.«

»Bravo! Darf ich bekannt machen? Meine Enkelin – Pilar Estravados.«

»Sehr erfreut«, sagte Pilar unbefangen.

Raffinierte kleine Hexe, dachte Farr. Sie ist überrascht, mich wiederzusehen, aber sie kann es großartig verbergen.

Er sagte bedeutungsvoll: »Ich bin glücklich, Ihre Bekanntschaft zu machen, Miss Estravados.«

»Setzen Sie sich, und erzählen Sie mir von sich«, befahl der alte Lee. »Bleiben Sie lange in England?«

»Nun, ich werde mir Zeit lassen, wenn ich jetzt schon mal hier bin.« Er lachte und warf den Kopf zurück.

»Da haben Sie Recht. Sie müssen vorerst eine Weile bei uns bleiben.«

»Aber Sir, ich kann doch nicht einfach so hereinschneien. Es ist schließlich Weihnachten und …«

»Sie werden Weihnachten bei uns verbringen – wenn Sie nichts anderes vorhaben. Nein? Gut, dann ist das abgemacht. Pilar! Geh und sag Lydia, dass wir noch einen weiteren Gast haben. Sie soll heraufkommen.«

Pilar ging. Stephen sah ihr nach. Simeon beobachtete es mit diebischem Vergnügen.

Bald waren die beiden Männer in ein Gespräch über Südafrika vertieft. Lydia trat ein paar Minuten später ein.

»Das ist Stephen Farr, der Sohn meines alten Freundes Ebenezer Farr. Er wird über Weihnachten bei uns bleiben. Bitte lass ihm ein Zimmer richten.«

Lydia lächelte. »Selbstverständlich, gerne.« Sie betrachtete den Fremden, seine bronzefarbene Haut, die blauen Augen und den leicht nach hinten geworfenen Kopf.

»Meine Schwiegertochter«, stellte Simeon vor.

»Es ist mir gar nicht recht, dass ich derart ins Haus platze«, sagte Stephen, »mitten in ein Familienfest –«

»Sie gehören zur Familie, mein Lieber«, unterbrach der alte Lee seine Entschuldigungen, »merken Sie sich das.«

»Sie sind zu gütig, Sir.«

Pilar war wieder hereingekommen. Sie ließ sich gelassen neben dem Feuer nieder und nahm ihren Fächer auf. Geschmeidig bewegte sie ihn aus dem Handgelenk hin und her. Ihre Augen waren niedergeschlagen, und sie sah sehr sittsam aus.

24. *Dezember*

»Willst du wirklich, dass ich hierbleibe, Vater?«, fragte Harry. Er warf den Kopf zurück. »Ich stochere hier nämlich in einem Wespennest herum, weißt du.«

»Inwiefern?«, fragte Simeon Lee scharf.

»Bruder Alfred«, antwortete Harry, »mein lieber Bruder Alfred missbilligt meine Anwesenheit.«

»Soll er doch, zum Teufel«, schnaubte Simeon. »Ich bin hier Herr im Haus!«

»Trotzdem, alter Herr. Du bist irgendwie von Alfred abhängig. Ich will ihn nicht aufbringen.«

»Du wirst tun, was ich dir befehle!«

Harry gähnte. »Ich weiß auch gar nicht, ob ich es aushalten werde, ein häusliches Leben zu führen. Kommt einen Menschen ziemlich hart an, wenn er bis dahin dauernd in der Welt herumgestoßen worden ist.«

»Du solltest heiraten und dich sesshaft machen.«

»Wen sollte ich heiraten? Schade, dass man nicht seine Nichte heiraten kann. Die kleine Pilar ist bezaubernd.«

»Das hast du also doch bemerkt?«

»Apropos: sesshaft werden. Unser dicker George scheint gar keine schlechte Wahl getroffen zu haben, was? Wo kommt seine Frau her? Was war sie früher?«

»Was weiß denn ich«, brummte der Alte. »Ich glaube, George hat sie bei einer Modenschau als Mannequin entdeckt. Sie behauptet, ihr Vater sei ein pensionierter Marineoffizier.«

»Wahrscheinlich zweiter Maat auf einem Küstendampfer«, grinste Harry. »George könnte noch seine Wunder mit ihr erleben, wenn er nicht vorsichtig ist!«

Simeon zuckte die Achseln. Dann griff er plötzlich nach der Klingel, die auf dem Tisch neben ihm stand. Horbury erschien augenblicklich.

»Bitten Sie Mr Alfred, sofort herzukommen!«

Sobald der Diener verschwunden war, fragte Harry gedehnt: »Horcht der Bursche eigentlich an der Tür?«

Wieder hob Simeon die Schultern und ließ sie fallen.

Alfred kam eilends herein. Als er seinen Bruder sah, zuckte er leicht zusammen.

»Setz dich, Alfred«, befahl der Alte. »Wir müssen unseren Haushalt ein wenig umorganisieren, nachdem wir nun zwei Familienmitglieder mehr haben werden. Pilar bleibt selbstverständlich jetzt bei uns, und auch Harry hat sich entschlossen, daheim zu bleiben.«

»Harry wird hier wohnen?«, fragte Alfred starr.

»Ja, warum nicht, alter Knabe?«, lachte Harry.

Alfred fuhr herum und sah ihn zornig an. »Mich dünkt, das solltest du selber spüren!«

»Ich bedaure unendlich, aber ich spüre gar nichts.«

»Nach allem, was geschehen ist? Nach deinem schandbaren Verhalten? Nach dem Skandal?«

»Aber, aber, das ist doch längst vergangen, Bruderherz!«

»Du hast dich Vater gegenüber abscheulich benommen!«

»Nun hör mich mal an, Alfred! Das geht nur Vater etwas an, nicht wahr? Wenn er bereit ist, mir zu vergeben –«

»Jawohl, dazu bin ich bereit«, mischte sich Simeon ein. »Harry ist mein Sohn, und er wird hierbleiben, weil ich es will.« Er legte Harry liebevoll die Hand auf die Schulter. »Ich habe Harry sehr gerne!«

Alfred stand auf und ging aus dem Zimmer. Er war totenblass. Harry erhob sich ebenfalls und ging ihm lachend nach. Simeon kicherte vor sich hin. Dann schreckte er zusammen und sah sich um. »Wer zum Teufel ist da? Ach, Sie sind es, Horbury! Schleichen Sie doch nicht so herum!«

»Verzeihen Sie, Sir.«

»Schon gut. Übrigens habe ich Aufträge für Sie. Ich wünsche, dass nach dem Mittagessen alle zu mir kommen. Alle, verstanden? Und noch etwas: Sie werden die Herrschaften heraufführen, und sobald Sie ungefähr in der Mitte des Korridors angekommen sind, werden Sie sich irgendwie bemerkbar machen, husten, etwas rufen, was Sie wollen. Ist das klar?«

»Gewiss, Sir.« Horbury ging die Treppe hinunter. Dort sagte er zu Tressilian: »Wenn Sie mich fragen – das wird ein schönes Weihnachtsfest werden!«

»Was wollen Sie damit sagen?«, fragte der alte Diener scharf.

»Na, warten Sie's ab. Heute ist Heiliger Abend. Aber die Stimmung im Haus ist gar nicht danach.«

Als sie ins Zimmer kamen, war Simeon gerade am Telefon; er winkte ihnen, einzutreten.

»Setzt euch! Ich bin gleich fertig.« Dann telefonierte er weiter: »Ist dort Charlton? Hier spricht Simeon Lee. Ja, nicht wahr? Ja. Nein, ich möchte nur, dass Sie ein neues Testament für mich aufsetzen. Jawohl, die Verhältnisse haben sich geändert, so dass mein erstes Testament überholt ist. Nein, nein, so eilt es auch wieder nicht. Weihnachten will ich Ihnen doch nicht verderben. Sagen wir, am zweiten Weihnachtstag, ja? Oder am Tag danach, wie Sie wollen. Kommen Sie zu mir, dann besprechen wir alles. Nein, keine Angst, ich werde nicht vorher sterben.«

Er legte den Hörer auf und sah seine Familie, alle acht Anwesenden, der Reihe nach an. Dann lachte er und sagte:

»Ihr seht alle so verdattert aus! Was ist denn los?«

»Du hast uns rufen lassen, Vater –«, begann Alfred, doch Simeon unterbrach ihn sofort.

»Ja, richtig. Aber es ist eigentlich nichts Wichtiges. Ich bin nur müde und möchte nach dem Abendessen allein sein. Ich will früh zu Bett gehen, damit ich morgen zum Fest ganz frisch bin. Eine großartige Einrichtung, Weihnachten. Fördert das Zusammengehörigkeitsgefühl, nicht wahr, Magdalene?«

Magdalene Lee fuhr zusammen. Ihr dümmlicher kleiner Mund klappte auf und schloss sich wieder. Dann sagte sie: »O ja.«

Simeons Augen schweiften zu George.

»Ich will zwar nicht von unerfreulichen Dingen reden, aber ich fürchte, George, dass ich deinen Zuschuss ein wenig werde beschneiden müssen. Mein Haushalt wird mich in Zukunft etwas teuer zu stehen kommen.«

George wurde dunkelrot. »Aber Vater! Das kannst du doch nicht tun!«

»Ach, glaubst du?«, fragte Simeon sanft.

»Meine Auslagen sind sehr groß. Ich weiß schon jetzt manchmal kaum, wie ich mit meinem Geld zurechtkommen soll. Ich muss mich an allen Ecken und Enden einschränken.«

»Überlass die Sparsamkeit doch deiner Frau«, riet der alte Lee lächelnd. »Frauen sind so geschickt im Sparen. Ihnen fallen oft Sparmöglichkeiten ein, die ein Mann einfach übersieht. Zum Beispiel könnte sie ihre Kleider selber machen. Meine Frau hat alles selber gemacht, war sehr geschickt in allen Handarbeiten – eine gute Frau war sie, wirklich, nur langweilig –«

David sprang auf. »Meine Mutter –«

»Setz dich!«, sagte Simeon barsch. »Deine Mutter hatte ein Hasenherz und ein Hühnerhirn. Und ich glaube, beides hat sie euch allen vererbt.« Er erhob sich plötzlich. Auf seinen Wangen bildeten sich rote Flecken, und seine Stimme klang nun laut und schrill. »Keiner von euch ist einen Penny wert! Keiner! Ich habe so genug von euch allen! Schwächlinge seid ihr – alberne Schwächlinge! Pilar ist mehr wert als zwei von euch zusammengenommen. Ich schwöre zu Gott, dass ich irgendwo auf der Welt einen besseren Sohn habe, auch wenn er vielleicht nicht im rechten Ehebett geboren ist.«

»Jetzt ist es genug, Vater!«, rief Harry.

Er war aufgesprungen, und über sein sonst heiteres Gesicht legte sich Zornesröte.

»Das alles gilt ebenso gut für dich!«, schnauzte Simeon ihn

an. »Was hast du denn jemals getan? Mich dauernd um Geld angewinselt! Mich aus allen vier Himmelsrichtungen angebettelt! Ich sag euch noch einmal: Ich habe genug von euch allen! Hinaus!«

Der alte Lee sank in seinen Stuhl zurück. Langsam, eines nach dem anderen, verließen seine Kinder das Zimmer. George war rot und entsetzt, Magdalene sah erschrocken aus, David war leichenblass und zitterte, Harry trug den Kopf hoch, und Alfred schob sich wie ein Traumwandler Schritt für Schritt vorwärts. Lydia folgte ihm, sicher, gefasst, wie immer. Nur Hilda blieb auf der Schwelle stehen und ging dann zu ihrem Schwiegervater zurück. Die Art, wie sie ruhig und unbeweglich dicht vor seinem Sessel stehen blieb, hatte etwas Drohendes.

»Als dein Brief kam«, sagte sie, »habe ich wirklich geglaubt, was darin stand: dass du zu Weihnachten deine Familie um dich haben wolltest. Und darum habe ich David überredet, herzukommen. Aber du willst deine Kinder nur hierhaben, um sie alle bei den Ohren zu nehmen, nicht wahr? Weiß Gott, was dir daran Spaß macht.«

Simeon kicherte. »Ich habe eben von jeher einen ganz besonderen Sinn für Humor gehabt. Ich verlange gar nicht, dass man ihn versteht! *Ich* amüsiere mich!«

Da sie nichts erwiderte, begann Simeon sich plötzlich unbehaglich zu fühlen.

»Nun, was sagst du dazu?«, fragte er scharf.

»Ich fürchte …« Dann stockte sie.

»Was fürchtest du? Mich?«

»Nein, ich fürchte *für* dich«, entgegnete sie. Wie ein Richter, der eben ein Urteil gefällt hatte, wandte sie sich um und schritt langsam, schwer aus dem Zimmer.

Simeon starrte die Tür an, durch die sie verschwunden war. Dann stand er auf und ging zu seinem Safe hinüber. Er murmelte: »Sehen wir uns lieber meine Schönen an.«

Um ungefähr ein Viertel vor acht Uhr klingelte es an der Tür. Tressilian öffnete. Als er in die Küche zurückkam, stand dort Horbury, der Kaffeetassen von einem Servierbrett nahm.

»Wer war das?«, fragte Horbury.

»Polizeiinspektor Sugden – Mensch, passen Sie doch auf?«

Aber schon hatte Horbury eine der Tassen fallen lassen, sie zersplitterte auf dem Boden.

»Sehen Sie sich das an«, jammerte Tressilian. »Elf Jahre lang haben wir dieses Service nun schon, immer habe ich es abgewaschen, und nie ist eine Tasse zerbrochen! Und kaum rühren Sie etwas an, wovon Sie überhaupt die Finger lassen sollen, und schon passiert's.«

»Es tut mir außerordentlich leid, Mr Tressilian«, entschuldigte sich der andere. Große Schweißtropfen standen ihm auf der Stirn. »Ich weiß gar nicht, wie das geschehen konnte. Sagten Sie, ein Polizeiinspektor habe vorhin geläutet?«

»Ja – Mr Sugden.«

Der Diener befeuchtete seine bleichen Lippen. »Was … was wollte er?«

»Er sammelt für das Polizeiwaisenhaus. Ich habe das Sammelbuch Mr Lee hinaufgebracht, aber er hat mir befohlen, Mr Sugden zu ihm zu schicken und Sherry bereitzustellen.«

»Nichts als Bettelei um diese Jahreszeit«, bemerkte Horbury. »Der alte Teufel ist freigebig, das muss man sagen, trotz seiner anderen Schwächen!«

»Mr Lee war von jeher sehr großzügig«, antwortete Tressilian würdevoll.

Horbury nickte. »Jawohl, das ist seine beste Seite. Nun, ich gehe jetzt.«

»Ins Kino?«

»Wahrscheinlich. *Bye-bye*, Mr Tressilian.«

Er verschwand durch die Tür, die in den Aufenthaltsraum der Dienstboten führte.

Tressilian sah auf die Wanduhr. Dann ging er ins Speisezimmer und legte auf jede Serviette ein Brötchen. Nach einem letzten prüfenden Blick über die lange Tafel trat er zum Gong und läutete.

Während der letzte Ton verklang, kam Inspektor Sugden die Treppe herunter. Er war ein großer, gut aussehender Mann, trug einen eng geknöpften blauen Anzug und bewegte sich etwas wichtigtuerisch.

»Ich glaube, wir bekommen Frost heute Nacht«, sagte er leutselig. »Glücklicherweise, denn das Wetter war ja unnatürlich warm in der letzten Zeit.«

Tressilian bemerkte, dass die Feuchtigkeit seinen Rheumatismus fördere, worauf der Inspektor feststellte, Rheumatismus sei eine sehr schmerzhafte Sache, und dann mit einem freundlichen Gruß ging.

Der alte Butler sperrte die Haustür hinter ihm wieder ab und ging langsam in die Halle zurück. Er fuhr sich mit der Hand über die Augen und seufzte. Doch als er Lydia ins Wohnzimmer gehen sah, richtete er sich steif auf. George Lee kam eben die Treppe herunter. Sobald der letzte Gast, Magdalene, im Wohnzimmer verschwunden war, trat Tressilian ein und murmelte:

»Das Nachtessen ist serviert.«

Tressilian war in seiner Art ein Kenner von Damenmode. Wenn er, die Weinflasche in der Hand, jeweils um den Tisch ging und die Gläser nachfüllte, betrachtete und kritisierte er insgeheim die Kleider der Damen. Mrs Alfred trug ihr neues weiß-schwarzes Taftkleid mit den großen Blumen. Ein sehr auffälliger Stoff, aber sie konnte ihn tragen. Mrs George trug ein Designerkleid, dessen war er ganz sicher. Musste eine Menge Geld gekostet haben. Mrs David … nun, sie war eine reizende Frau, aber sie verstand es wirklich nicht, sich anzuziehen. Bei ihrer Figur wäre schwarzer Samt eventuell noch angegangen; doch sie trug einen bunten, vorwiegend knallroten Stoff, und das war entschieden eine Geschmacklosigkeit. Miss Pilar konnte tragen, was sie wollte, sie sah in allem bezaubernd aus. Immerhin war ihr weißes, leichtes Kleidchen doch wohl ein bisschen gar zu billig. Nun – dem würde Mr Lee ja in Zukunft abhelfen! Er war ja förmlich verliebt in seine Enkelin. So waren ältere Herren nun einmal: Ein junges, frisches Gesicht verhexte sie!

»Weißwein oder Rotwein?«, flüsterte Tressilian Mrs George ins Ohr. Dabei beobachtete er aus dem Augenwinkel, wie Walter, der zweite Diener, schon wieder das Gemüse vor der Bratensauce servierte – nach allem, was er ihm eingeschärft hatte!

Tressilian reichte das Souffle herum. Nun, da sein Interesse an den Kleidern der Damen und Walters Ungeschicklichkeiten abgeflaut war, fiel ihm erst auf, wie still heute Abend jedermann war. Das heißt, nicht eigentlich still. Der südafrikanische Herr zum Beispiel redete für drei, und auch die anderen Herrschaften sprachen miteinander, aber alles wirkte so krampfhaft. Es herrschte eine seltsame Atmosphäre.

Mr Alfred sah richtiggehend krank aus, als hätte er einen Schock gehabt. Er stocherte auf seinem Teller herum, ohne zu essen. Seine Frau machte sich sichtlich Sorgen um ihn. Sie sah ihn dauernd an – unauffällig natürlich. Mr George war sehr rot im Gesicht. Er verschlang sein Essen, ohne überhaupt wahrzunehmen, was er aß. Mrs George aß wie ein Vögelchen. Miss Pilar hingegen schien es herrlich zu schmecken, und sie unterhielt sich großartig mit dem Südafrikaner. Er war offensichtlich in sie verliebt. Die beiden schien nichts zu bedrücken.

Mr David? Tressilian tat er leid. Er glich so sehr seiner Mutter, und er sah noch so jung aus. Aber ein Nervenbündel. Da – jetzt hatte er sogar sein Glas umgeworfen. Tressilian trocknete schnell auf und stellte ein neues Glas hin. Mr David schien gar nichts von dem Zwischenfall bemerkt zu haben, sondern starrte mit leichenblassem Gesicht vor sich hin.

Übrigens komisch, wie bleich Horbury vorhin geworden war, als er hörte, dass ein Polizeiinspektor ins Haus gekommen sei. Fast als ob –

Tressilian wurde jäh aus seinen Überlegungen gerissen. Walter hatte eine Birne von der Platte fallen lassen, die er eben herumreichte. Diener nannte sich so etwas. Stallburschen sollten diese Jungen werden.

Da – Mrs Alfred war aufgestanden. Sie glitt um den Tisch. Wirklich eine elegante Erscheinung in dem extravaganten Taftkleid. Eine schöne und bezaubernde Frau.

Tressilian servierte den Herren Portwein und verließ dann das Speisezimmer. Gleich darauf trug er das Tablett mit dem Kaffee ins Wohnzimmer. Die vier Damen saßen schweigsam und eher gezwungen beisammen.

Als Tressilian wieder herauskam, hörte er, wie die Tür zum Speisezimmer geöffnet wurde. David Lee trat in die Halle und ging hinüber ins Wohnzimmer.

In der Küche setzte sich Tressilian müde auf einen Stuhl. Er war bedrückt. Heiliger Abend, und all diese Spannung und Unrast. Es gefiel ihm ganz und gar nicht. Nach einer Weile erhob er sich mühsam, um im Wohnzimmer die Kaffeetassen abzuräumen. Der Raum war jetzt leer. Nur Lydia stand, halb versteckt durch den Vorhang, am Fenster vorn und sah in die Nacht hinaus. Nebenan wurde Klavier gespielt.

Aber warum spielte Mr David den »Totenmarsch«? Denn das klang gedämpft herüber, ein Trauermarsch. Irgendetwas Bedrohliches entwickelte sich, ganz bestimmt. Tressilian schüttelte betrübt den Kopf und ging langsam mit dem Kaffeegeschirr hinaus.

Erst als er wieder in der Küche stand, hörte er den Lärm von oben: ein Splittern von Porzellan, umstürzende Möbel-

stücke, eine ganze Reihe von schweren Stößen und krachen-
den Geräuschen.

»Allmächtiger!«, dachte Tressilian. »Was um Gottes willen
treibt denn der alte Herr? Was ist da oben los?«

Und dann ertönte ein Schrei – hell und schrill –, ein ent-
setzliches, angsterfülltes Aufheulen, das in einem erstickten
Gurgeln erstarb.

Tressilian blieb einen Augenblick wie gelähmt stehen; aber
dann rannte er in die Halle hinaus und die Treppe empor. Andere stießen zu ihm. Der fürchterliche Schrei schien im ganzen
Haus gehört worden zu sein. Alles hastete die geschwungene
Treppe hinauf, an der großen Nische vorbei, in der weiße,
unheimliche Statuen leuchteten, und durch den langen Korridor auf Simeon Lees Zimmertür zu. Mr Farr und Mrs David
standen bereits dort. Sie lehnte sich gegen die Wand, und er
versuchte, die Klinke herunterzudrücken.

»Die Tür ist abgeschlossen«, flüsterte er. »Abgeschlossen.«
Harry Lee drängte sich vor, schob ihn beiseite und versuchte
seinerseits, die Tür zu öffnen. »Vater!«, schrie er. »Vater! Lass
uns doch hinein!«

Er hob die Hand, und alle horchten bewegungslos; es kam
keine Antwort. Kein Laut drang aus dem Zimmer.

Die Türglocke schrillte, aber es achtete niemand darauf.

Stephen Farr sagte: »Wir werden die Tür aufbrechen müssen. Anders kommen wir nicht hinein.«

»Das wird nicht so leicht sein«, keuchte Harry. »Diese Türen
sind sehr solid. Komm, Alfred!«

Sie warfen sich gegen das feste Holz, stießen, mühten sich
ab; schließlich holte man eine schwere Eichenbank als Prell-
bock. Endlich gab die Tür nach und brach aus den Angeln.

Während mindestens einer Minute standen alle dicht ge-
drängt und starrten ins Zimmer. Was sie sahen, prägte sich
allen tief ins Gedächtnis ein.

Es musste ein erbitterter Kampf stattgefunden haben. Schwere Möbel waren umgeworfen. Porzellanvasen lagen in Scherben auf dem Boden. In der Mitte des Teppichs vor dem hell flackernden Feuer lag Simeon Lee in einer großen Blutlache. Blut war im ganzen Raum herum verspritzt. Das Zimmer glich einem Schlachthaus.

Jemand seufzte tief, und dann ertönten nacheinander zwei Stimmen. Eigentümlicherweise sprachen beide Zitate aus.

David Lee sagte: »Die Mühlen Gottes mahlen langsam.« Und Lydia flüsterte zitternd: »Wer konnte denken, dass der alte Mann noch so viel Blut in sich gehabt ... ?«

Inspektor Sugden hatte schon dreimal geläutet. Nun setzte er verzweifelt den Türklopfer in Bewegung. Nach langer Zeit erschien endlich ein völlig verstörter Walter und öffnete ihm.

»Ach«, sagte er nur und schien erleichtert zu sein. »Ich wollte eben die Polizei anrufen.«

»Weswegen?«, fragte Inspektor Sugden scharf.

»Der alte Mr Lee«, flüsterte Walter. »Jemand hat ihn erledigt.«

Sugden stieß den Diener beiseite und rannte die Treppe hinauf. Er betrat das Zimmer, ohne dass jemand seine Anwesenheit bemerkt hätte. Im Moment seines Eintretens sah er, dass Pilar sich bückte und etwas vom Boden aufhob. Auch nahm er sofort wahr, dass David Lee die Hände vors Gesicht geschlagen hatte. Die anderen standen in einer Gruppe beisammen. Nur Alfred Lee war totenblass neben den Leichnam des Vaters getreten und sah auf ihn hinunter.

George Lee befahl wichtigtuerisch: »Es darf nichts berührt werden, merkt euch das, nichts! Bis die Polizei kommt.«

»Erlauben Sie«, sagte Sugden und drängte sich höflich an den Damen vorbei.

»Ach! Inspektor Sugden?«, sagte Alfred, der ihn kannte. »Sie waren aber rasch hier!«

»Jawohl, Mr Lee!« Sugden verschwendete keine Zeit mit Erklärungen. »Was ist geschehen?«

»Mein Vater ist getötet, ermordet worden«, antwortete Alfred erstickt.

Magdalene begann plötzlich hysterisch zu schluchzen.

Inspektor Sugden bat mit einer Handbewegung um Ruhe. »Ich bitte alle Anwesenden, außer Mr George Lee, das Zimmer zu verlassen.«

Wortlos wandten sich alle zum Gehen, willenlos wie Schafe. Sugden hielt Pilar zurück.

»Verzeihen Sie, Miss«, sagte er freundlich. »Es darf nichts berührt oder von der Stelle gerückt werden.«

Sie starrte ihn an. Stephen Farr sagte ungeduldig:

»Das ist wohl klar! Das weiß Miss Estravados!«

Inspektor Sugden fuhr im gleichen liebenswürdigen Ton fort: »Sie hoben doch eben etwas vom Boden auf.«

Pilar riss die Augen auf. »Ich?«, fragte sie ungläubig.

»Ja. Sie. Ich habe Sie dabei beobachtet. Bitte, geben Sie's mir.«

Langsam öffnete Pilar die Hand. Sie hatte ein kleines Gummistück und einen winzigen hölzernen Gegenstand darin verborgen gehalten. Sugden nahm beides an sich, steckte es in einen Umschlag und ließ diesen in seiner Brusttasche verschwinden. »Danke«, sagte er höflich und wandte sich um.

Stephen Farr sah ihn respektvoll an. Es war, als ob er den hübschen jungen Polizeiinspektor bis dahin unterschätzt hätte. Dann gingen auch er und Pilar langsam hinaus. Hinter sich hörten sie die sachlichen Worte des Inspektors: »Und jetzt, bitte …«

»Es geht doch nichts über ein Kaminfeuer«, sagte Colonel Johnson, als er einen neuen Buchenklotz in die Flammen legte und seinen Stuhl näher zum flackernden Feuer zog. »Bitte, bedienen Sie sich«, forderte er seinen Gast auf, indem er auf die Flasche wies, die auf dem Tischchen stand.

Nun, Colonel Johnson, Polizeichef von Middleshire, mochte ein Kaminfeuer für das höchste der Gefühle halten, aber Hercule Poirot, sein Gast, war der Meinung, eine gute Zentralheizung, die einem auch den Rücken und nicht nur die Schuhsohlen wärmt, sei weit angenehmer.

»Ja, das war ein eigenartiger Fall, die Sache mit Cartwright«, bemerkte der Gastgeber nachdenklich. »Ein erstaunlicher Mann, charmant, gute Manieren… Tatsächlich, wir haben ihm doch alle aus der Hand gefressen, als er neu hierherkam. Und dann das! Einmalig! Nikotin als Gift ist wirklich selten – glücklicherweise!«

»Es gab eine Zeit, da taten Sie jegliche Art von Giftmord als unenglisch ab«, warf Hercule Poirot ein. »Teufelei von Ausländern, unsportlich.«

»Nun, das kann ich heute nicht mehr sagen«, meinte der Colonel. »Wir haben ziemlich viele Arsenmorde – vielleicht mehr, als angenommen. Überhaupt sind Giftmorde immer eine unangenehme Sache. Die Zeugen widersprechen sich meistens, die Ärzte sind übervorsichtig in ihren Aussagen, und man weiß manchmal kaum, wie man den Fall vor ein Geschworenengericht bringen soll. Nein, wenn schon Mord, dann irgendetwas Klares, etwas, das keine Zweifel über die Todesursache offen lässt!«

Poirot nickte. »Also die Schusswunde, die durchschnittene Kehle, der eingeschlagene Schädel? Ziehen Sie solche Tatsachen vor?«

»Vorziehen ist wohl nicht das richtige Wort. Bitte, glauben Sie ja nicht, dass ich Mordfälle liebe. Ich möchte, wenn möglich, nie mehr einen behandeln müssen. Nun, während Ihres Aufenthalts bei mir dürften wir wohl sicher sein. Weihnachten – Friede auf Erden. Liebet einander und all das, wissen Sie.«

Hercule Poirot lehnte sich in seinem Lehnstuhl zurück und betrachtete seinen Gastgeber nachdenklich.

»Sie glauben also«, murmelte er nach einer Weile, »dass die Weihnachtszeit keine Saison für Morde sei?«

»Ja, das glaube ich.« Johnson war leicht aus dem Konzept gebracht. »Eben, wie ich sagte, wegen der allgemeinen Versöhnlichkeit und so ...«

»Die Engländer sind so sentimental«, bemerkte Poirot leise.

»Na und?«, fragte Johnson hochmütig. »Wir sind eben traditionsbewusst. Wem schadet das?«

»Niemandem. Es ist im Gegenteil sehr sympathisch. Aber wenn wir es nüchtern betrachten: Ist Weihnachten nicht auch das Fest der Freude? Pflegt man zu Weihnachten nicht reichlich zu essen und zu trinken? Sich vielleicht zu überessen? Nun, der übervolle Magen führt zu Magenverstimmung und die Magenverstimmung zu Reizbarkeit.«

»Verbrechen«, warf der Colonel ein, »werden nicht aus Reizbarkeit begangen.«

»Ich bin nicht so sicher. Und noch was: Weihnachten ist das Fest der Versöhnung, sagten Sie. Alte Streitigkeiten werden vergessen und vergeben, Menschen, die sich nicht mehr vertragen haben, sind bereit, sich wieder gut zu sein – wenn auch vielleicht nur vorübergehend.«

Johnson nickte. »Man begräbt die Kriegsbeile.«

»Und Familien«, fuhr Poirot unbeirrt fort, »die jahrelang getrennt waren oder sich das Jahr hindurch nie sahen, vereinigen sich wieder. Das, mein Freund, führt zu Spannungen, glauben Sie mir. Menschen, die keineswegs nett voneinander denken, geben sich Mühe, nett zu scheinen. Deshalb ist Weihnachten auch eine Zeit der Heuchelei, gut gemeinter Heuchelei, in der besten Absicht, *c'est entendu*, aber eben doch Heuchelei!« Er lächelte Johnson strahlend an. »Wohlverstanden, *mon cher*, das ist meine Ansicht! Ich versuche Ihnen begreiflich zu machen, dass es unter diesen Umständen – seelische Spannung und körperliche *malaise* – durchaus möglich ist, dass Abneigungen, die bisher gering, Zwistigkeiten, die bisher ziemlich bedeutungslos waren, plötzlich viel ernsteren Charakter annehmen. Das Resultat dieser vorgespiegelten Versöhnlichkeit und Großmütigkeit muss früher oder später zur Explosion von Hassgefühlen und Rachsucht führen, die viel intensiver sind, als sie es das ganze Jahr hindurch waren. Wenn Sie den Strom natürlicher Regungen eindämmen, *mon ami*, dann muss dieser Damm einmal brechen, und dann gibt's eine Überschwemmung!«

Colonel Johnson sah seinen Gast zweifelnd an.

»Ich weiß nie, wann Sie ernsthaft reden und wann Sie mich auf den Arm zu nehmen versuchen«, brummte er.

Poirot lächelte. »Ich meine es nicht ernst, ganz und gar nicht. Trotzdem ist es wahr: Künstlich gezüchtete und erzeugte Stimmungen führen zwangsläufig zu bestimmten Reaktionen.«

Colonel Johnsons Diener erschien unter der Tür.

»Inspektor Sugden ist am Telefon, Sir.«

»Ja, ich komme.« Mit einer Entschuldigung Poirot gegenüber ging Johnson hinaus, kam aber schon nach kaum drei Minuten wieder zurück. Er sah ernst und verstört aus.

»Der Teufel hol's!«, stieß er hervor. »Ein Mord! Am Heiligen Abend – ein Mord!«

Poirot hob erstaunt die Augenbrauen. »Sind Sie ganz sicher? Ich meine, dass es Mord ist?«

»Wie? Ach so. Ja, es ist gar nichts anderes möglich. Ein absolut klarer Fall. Mord – und ein sehr brutaler dazu!«

»Wer ist das Opfer?«

»Der alte Simeon Lee, einer der reichsten Männer dieser Gegend. Machte in Südafrika ein Vermögen. Mit Gold, nein, mit Diamanten, wenn ich nicht irre. Und außerdem verdiente er Unsummen mit technischen Verbesserungen der Bergbaumaschinen – irgendetwas, das er selber erfunden hat, soviel ich weiß. Man sagt, dass er mindestens doppelter Millionär sei.«

»Und war er sehr beliebt?«

»Ich glaube nicht, dass jemand ihn liebte«, erwiderte Johnson langsam. »Ein eigentümlicher Kauz. Er war seit Jahren invalide. Ich selber habe ihn nicht näher gekannt, aber er war zweifellos eine der auffallendsten Erscheinungen weit und breit.«

»So dass dieser Fall also ziemlich Staub aufwirbeln wird?«

»Allerdings! Ich muss sofort nach Longdale hinüber.«

Poirot stellte die unausgesprochene Frage von sich aus. »Möchten Sie, dass ich Sie begleite?«

Johnson sagte ein wenig betreten: »Nun, ich darf es Ihnen wirklich kaum zumuten. Aber Sie wissen ja, wie das ist: Inspektor Sugden ist ein guter Polizist, genau, sorgfältig, durch und durch verlässlich, nur – Fantasie hat er nicht viel. Da Sie zufällig hier sind, würde ich natürlich gerne von Ihrer Ansicht und Ihrem Rat profitieren.«

Er hatte vor lauter Verlegenheit fast abgehackt gesprochen. Poirot erwiderte schnell:

»Ich komme mit Begeisterung. Sie können auf meine Mithilfe rechnen. Aber wir dürfen den guten Inspektor nicht beleidigen. Das ist sein Fall – nicht der meine. Ich werde lediglich als sachverständiger Beobachter fungieren.«

»Sie sind wirklich ein Freund, Poirot«, sagte Johnson warm.

Ein Polizist öffnete ihnen die Eingangstür und salutierte stramm. Hinter ihm kam Inspektor Sugden durch die Halle.

»Ich bin froh, Sie hier zu sehen, Sir. Wollen wir in den Raum gleich links gehen – Mr Lees Arbeitszimmer? Ich möchte den Fall kurz mit Ihnen durchgehen. Das Ganze ist eine scheußliche Sache.«

Er führte die beiden Herren in ein kleines Zimmer auf der linken Seite der Halle. Ein großer, mit Papieren bedeckter Schreibtisch nahm die Mitte des Raums ein; die Wände waren von Bücherschränken verdeckt.

Der Colonel stellte vor: »Sugden, das ist Hercule Poirot, von dem Sie bestimmt schon gehört haben. Er war zufällig bei mir. Inspektor Sugden.«

Poirot machte eine kleine Verbeugung und betrachtete den andern. Er sah einen groß gewachsenen Mann mit breiten Schultern, militärischem Gehabe, einer schmalen, langen Nase, kühner Kinnpartie und einem großen, dichten braunen Schnurrbart. Sugden starrte Hercule Poirot an, Herkule Poirot starrte fasziniert Sugdens Schnurrbart an.

»Gewiss habe ich schon von Ihnen gehört, Mr Poirot«, sagte der Inspektor. »Sie waren doch vor einigen Jahren hier in England, nicht wahr? Der Fall von Sir Bartholemew Strange. Giftmord, Nikotin. Nicht in meinem Distrikt, aber natürlich weiß ich davon.«

»Also, Sugden, was ist hier passiert?«, unterbrach ihn sein Vorgesetzter. »Ein ganz klarer Fall, sagten Sie.«

»Jawohl, Sir, Mord, ganz ohne Zweifel. Mr Lees Kehle ist durchschnitten und die Halsschlagader dabei verletzt worden, stellte der Arzt fest. Aber irgendetwas stimmt bei der Sache nicht. Die Umstände liegen folgendermaßen: Heute Nachmittag um fünf Uhr erhielt ich im Addlesfielder Polizeibüro einen Anruf von Mr Lee. Er schien verwirrt, bat mich, um acht Uhr abends vorbeizukommen und dem Butler zu sagen, ich sammelte für irgendeine unserer Wohltätigkeitsinstitutionen.«

»Er suchte also nach einem plausiblen Grund, um Sie ins Haus zu bekommen?«

»Jawohl, Sir. Nun, Mr Lee ist eine so wichtige Persönlichkeit, dass ich natürlich zu kommen versprach. Kurz vor acht war ich hier und sagte, ich käme für die Sammlung zugunsten des Polizeiwaisenhauses. Der Butler meldete mich an und führte mich dann in das Zimmer von Mr Lee im ersten Stock, das direkt über dem Speisezimmer liegt.«

Sugden machte eine Pause, holte Atem und fuhr dann mit seinem Rapport fort.

»Mr Lee saß in einem Lehnstuhl vor dem Kamin. Er trug einen Schlafrock. Mr Lee bot mir dicht neben sich Platz an und sagte dann ziemlich zögernd, dass er mir einen Diebstahl zu melden habe. Er habe Grund, anzunehmen, dass Diamanten – ungeschliffene Diamanten, sagte er, wenn ich mich recht erinnere – im Wert von mehreren Tausend Pfund aus seinem Safe entwendet worden seien.«

»Diamanten?«, warf der Colonel ein.

»Jawohl, Sir. Ich stellte ihm ein paar sachliche Fragen, aber er beantwortete sie unsicher, ausweichend. Schließlich sagte er: ›Sehen Sie, Inspektor, ich könnte mich ja auch irren.‹ – ›Wieso?‹, fragte ich. ›Entweder sind die Diamanten verschwunden; oder sie sind nicht verschwunden.‹ Darauf antwortete er: ›Die Diamanten sind verschwunden, aber es könnte sich dabei ja auch um einen dummen Scherz handeln.‹ Das habe ich nicht begriffen. Und er fuhr fort: ›Soweit ich es beurteilen kann, können nur zwei Menschen die Steine genommen haben. Eine dieser Personen dürfte es wirklich aus Jux getan haben. Wenn aber die andere Person sie haben sollte, dann liegt ein Diebstahl vor. Ich bitte Sie nun, Inspektor, in einer Stunde, oder sagen wir um Viertel nach neun, wieder herzukommen. Dann werde ich in der Lage sein, Ihnen mit Bestimmtheit zu sagen, ob man mich bestohlen hat oder nicht.‹ Darauf versprach ich ihm wiederzukommen und ging.«

Colonel Johnson sah Poirot groß an. »Merkwürdig – sehr sonderbar, nicht wahr, Poirot?«

»Darf ich wissen, welche Schlussfolgerungen Sie selber aus alldem ziehen, Inspektor?«, fragte Poirot.

Sugden rieb sich nachdenklich das Kinn, während er vorsichtig antwortete: »Nun, mir kamen viele Gedanken in den Sinn, aber eines steht für mich ganz fest: dass niemand an einen Scherz gedacht hat und dass die Diamanten tatsächlich gestohlen worden sind; nur war sich der alte Herr noch nicht im Klaren, wer der Täter sein könnte. Ich vermute, dass von den beiden Personen, die er erwähnte, eine der Dienerschaft und eine der Familie angehört.«

Poirot nickte anerkennend. »*Très bien!* Das würde seine undurchsichtige Haltung erklären.«

»Deshalb wahrscheinlich auch seine Bitte, ich möchte später noch einmal zurückkommen. Er wollte in der Zwischenzeit mit der betreffenden Person reden und ihr sagen, dass er bereits mit der Polizei Kontakt aufgenommen habe, eine Untersuchung aber noch aufhalten könne, sofern die Steine sofort zurückgegeben würden.«

»Und wenn der oder die Schuldige leugnete?«, warf Colonel Johnson ein.

»In diesem Fall wollte er die ganze Sache der Polizei übergeben, Sir.«

»Das hätte er doch von Anfang an tun können, ohne Sie herzubestellen.«

»Nein, Sir«, wandte der Inspektor eifrig ein. »Das hätte wie eine leere Drohung ausgesehen und wäre nicht halb so überzeugend gewesen. Die schuldige Person hätte sich vielleicht gesagt: ›Der Alte wird die Polizei doch nicht rufen, es sind ja bloße Vermutungen!‹ Aber wenn ihm nun der alte Herr sagen konnte, dass er bereits mit der Polizei gesprochen, dass der Inspektor eben fortgegangen sei, und wenn der Butler das noch bestätigte, falls der Dieb ihn danach fragte – dann musste das den Täter überzeugen, dass Mr Lee handeln würde, und dann hätte es ihn vermutlich bewogen, die Diamanten zurückzugeben.«

»Hm – ja. Das hat etwas für sich«, brummte Colonel Johnson. »Haben Sie eine Ahnung, Sugden, wer dieses Familienmitglied sein könnte?«

»Nein, Sir.«

»Keinerlei Anhaltspunkte?«

»Nein, Sir.«

Johnson schüttelte den Kopf. Dann sagte er verdrießlich: »Schön, dann fahren Sie fort.«

»Ich kam also um genau neun Uhr fünfzehn wieder her. Im Moment, wo ich läuten wollte, hörte ich von innen einen Schrei und dann ein gedämpftes Rufen und Rennen. Ich läutete wiederholt und benützte sogar den Türklopfer. Es dauerte mindestens drei Minuten, wenn nicht vier, bis mir jemand öffnete. Der Diener zitterte am ganzen Leib und sah aus, als werde er ohnmächtig zusammenbrechen. Er stammelte, Mr Lee sei ermordet worden. Ich rannte die Treppe hinauf. Mr Lees Zimmer war in einem unbeschreiblichen Zustand. Es hatte dort ganz offensichtlich ein schwerer Kampf stattgefunden. Mr Lee lag vor dem Kaminfeuer – mit durchgeschnittener Kehle in einer Blutlache.«

»Selbstmord ist also ausgeschlossen?«, fragte der Colonel scharf.

»Ausgeschlossen, Sir. Erstens: die umgeworfenen Stühle und Tische, die zerbrochenen Vasen und Statuetten, und zweitens: das Fehlen irgendeines Messers oder Rasiermessers, mit welchem das Verbrechen begangen wurde.«

»Ja, das ist aufschlussreich. War jemand im Zimmer?«

»Fast die ganze Familie, Sir. Alle standen beisammen.«

Colonel Johnson sah den Inspektor scharf an. »Irgendeinen Verdacht, Sugden?«

»Es ist eine schlimme Sache, Sir«, antwortete der Inspektor bedächtig. »Es sieht aus, als müsse jemand von ihnen es getan haben. Ich kann mir nicht vorstellen, wie irgendein Fremder hereinkommen, den Mord begehen und rechtzeitig wieder hätte fliehen können.«

»Waren die Fenster offen oder geschlossen?«

»Es sind zwei Fenster in dem Zimmer, Sir. Eines war geschlossen und verriegelt. Das andere stand einen Spaltbreit offen, war aber durch einen Sicherheitsriegel gehalten. Ich habe sofort versucht, es zu öffnen, aber es steckte fest, wurde seit Jahren nicht weiter geöffnet, glaube ich. Außerdem ist die Hauswand sehr glatt, kein Efeu, keine Kletterpflanzen. Ich glaube nicht, dass jemand auf diesem Weg fliehen konnte.«

»Wie viele Türen hat das Zimmer?«

»Nur eine. Und die war von innen abgesperrt. Als die Hausbewohner den Schrei des alten Herrn hörten und hinaufrannten, mussten sie zuerst die Tür aufbrechen.«

»Und? Wer war im Zimmer?« Gespannt stieß Johnson diese Frage hervor.

»Niemand, Sir. Niemand außer dem alten Mann, den man fünf Minuten zuvor getötet hatte.«

Colonel Johnson starrte Sugden sekundenlang fassungslos an. Dann überstürzten sich seine Worte. »Wollen Sie mir vielleicht weismachen, Inspektor, dass hier einer jener blödsinnigen Fälle vorliegt, die sonst nur in Kriminalromanen vorkommen, wo jemand in einem verschlossenen Raum durch irgendwelche übernatürlichen Mächte umgebracht wird?«

Ein kaum wahrnehmbares Lächeln brachte Sugdens Schnurrbart leise zum Zittern.

»Ich glaube, gar so geheimnisvoll ist es nicht, Sir.«

»Also Selbstmord! Es *muss* Selbstmord sein!«

»Wo ist dann die Waffe, das Instrument, Sir?«

»Und wie wäre Ihr Mörder entkommen? Durchs Fenster?«

Sugden schüttelte den Kopf. »Nein Sir, ich könnte beschwören, dass er das nicht getan hat.«

»Aber die Tür war von innen abgesperrt?«

Der Inspektor nickte.

Er zog einen Schlüssel aus der Tasche und legte ihn auf den Tisch. »Fingerabdrücke sind keine darauf«, gab er bekannt. »Aber sehen Sie sich bitte diesen Schlüssel einmal durchs Vergrößerungsglas an.«

Poirot und der Colonel beugten sich beide vor und unterzogen den Schlüssel einer eingehenden Prüfung.

»Bei Gott!«, rief Johnson plötzlich. »Jetzt verstehe ich! Diese leichten Kratzer am Bart! Sehen Sie sie, Poirot?«

»Gewiss sehe ich sie. Das bedeutet, dass der Schlüssel von außen gedreht wurde, nicht wahr? Mittels irgendeines Instruments, das durch das Schlüsselloch gesteckt wurde und den Bart fassen konnte. Dazu könnte unter Umständen schon eine Pinzette genügen.«

Der Inspektor nickte.

»Und das alles«, fuhr Poirot fort, »damit der Tod wie ein Selbstmord aussehen sollte, nachdem die Tür abgesperrt und niemand im Zimmer war?«

»Das war vermutlich die Absicht, Mr Poirot.«

Poirot schüttelte den Kopf. »Aber die Unordnung im Zimmer. Der Mörder hätte doch bestimmt zuallererst die Spuren eines Kampfs verwischt.«

»Dazu blieb ihm gar keine Zeit, Mr Poirot«, erklärte Inspektor Sugden. »Das ist der springende Punkt – er hatte keine Zeit. Nehmen wir an, dass er den alten Herrn überraschen wollte. Das gelang ihm nicht. Es fand ein Kampf statt – ein Kampf, den man im Zimmer unterhalb genau hören musste. Und mehr noch: Der alte Herr rief um Hilfe. Alles rannte die Treppe hinauf. Da blieb dem Mörder wirklich nur noch knapp

Zeit, aus dem Zimmer zu schlüpfen und den Schlüssel von außen umzudrehen.«

»Das stimmt«, gab Poirot zu. »So mag sich Ihr Mörder benommen haben. Aber warum, warum in aller Welt ließ er die Waffe nicht liegen? Denn wo keine Waffe ist, kann kein Selbstmord stattgefunden haben. Das ist ein sehr verhängnisvolles Versehen.«

Inspektor Sugden sagte barsch: »Verbrecher machen meistens irgendeinen Fehler. Das erfahren wir immer wieder.«

Poirot seufzte leise. Dann murmelte er: »Und trotz dieses Fehlers ist er entwischt, der Verbrecher.«

»Ich glaube nicht, dass er wirklich entkommen ist.«

»Sie glauben, dass er sich noch in diesem Haus befindet?«

»Ich wüsste nicht, wo er sonst sein könnte. Das Verbrechen ist hier im Haus geschehen.«

»Aber *tout de même*«, beharrte Poirot liebenswürdig, »er ist insofern entwischt, als Sie nicht wissen, wer er ist.«

Inspektor Sugden sagte fest, aber ebenso höflich: »Ich habe das Gefühl, dass wir das sehr bald wissen werden. Wir haben noch niemand verhört.«

»Hören Sie, Sugden«, mischte sich Johnson nun wieder ins Gespräch, »etwas will mir nicht in den Kopf: Wer immer den Schlüssel von außen im Schloss drehte, muss genau gewusst haben, wie man das macht. Das heißt, er muss sozusagen Einbrechererfahrung haben, denn diese Spezialwerkzeuge sind gar nicht leicht zu handhaben.«

»Sie denken an einen Berufsverbrecher, Sir?«

»Genau das denke ich.«

»Es sieht wirklich so aus«, gab Sugden zu. »Ich habe mich auch schon gefragt, ob vielleicht unter dem Personal ein professioneller Dieb sei. Das würde das Verschwinden der Diamanten erklären, und der Mord wäre dann lediglich eine logische Folge. Aber diese Theorie greift nicht. Von den acht Angestellten sind sechs Frauen, von denen fünf schon vier Jahre und länger im Haus sind. Dann ist da ein Butler und ein Diener. Der Butler ist seit fast vierzig Jahren in der Familie – ein Rekord, möchte ich sagen. Der Diener ist ein Einheimischer, Sohn des Gärtners und hier aufgewachsen. Ich wüsste nicht, wie und wo er sich Einbrecherkenntnisse hätte aneignen können. Und dann ist noch ein weiterer Diener da, der persönliche Kammerdiener des alten Herrn. Er ist verhältnismäßig neu hier, aber er war nicht im Haus – ist es übrigens noch jetzt nicht –, sondern ist kurz vor acht Uhr ausgegangen.«

»Haben Sie eine Liste der derzeitigen Bewohner des Hauses?«

»Jawohl, Sir. Ich habe den Butler nach den Namen gefragt.« Er zog sein Notizbuch hervor. »Soll ich sie Ihnen vorlesen?«

»Bitte, Sugden.«

»Mr und Mrs Alfred Lee. Mr George Lee, Abgeordneter, und seine Frau. Mr Harry Lee. Mr und Mrs David Lee. Miss –«, der Inspektor machte eine kleine Pause und nahm dann das Wort sorgfältig in Angriff, »Pilar –«, wieder ein Anlauf, »Estravados. Mr Stephen Farr. Dann die Dienerschaft: Edward Tressilian, Butler. Walter Champion, Diener. Emily Reeves, Köchin. Queenie Jones, Küchenmädchen. Gladys Spent, erstes Hausmädchen. Grace Best, zweites Hausmädchen. Beatrice Moscombe, drittes Hausmädchen. Joan Kench, Haushalthilfe. Dann Sydney Horbury, Kammerdiener.«

»Und wo befanden sich die Herrschaften Lee alle zur Zeit des Mordes?«

»Das weiß ich nicht im Detail. Wie ich schon sagte, habe ich noch niemanden verhört. Laut Tressilian waren die Herren noch im Speisezimmer, die Damen bereits ins Wohnzimmer gegangen. Tressilian hatte den Kaffee serviert. Er sagt aus, dass er eben in die Küche zurückgekommen war, als er den Lärm von oben hörte, dem fast unmittelbar der Schrei folgte. Er ist dann mit und hinter den anderen die Treppe hinaufgerannt.«

»Wer von der Familie wohnt hier im Haus, und wer ist nur besuchsweise da?«, fragte Colonel Johnson.

»Mr und Mrs Alfred Lee wohnen ständig hier. Alle andern kamen nur zu Besuch.«

»Und wo befinden sie sich jetzt?«

»Ich bat sie, im Wohnzimmer zu bleiben, bis ich bereit sei, ihre Aussagen aufzunehmen.«

»Gut. Dann wollen wir jetzt hinaufgehen und den Tatort inspizieren.«

Als sie das Zimmer betraten, in welchem der Mord stattgefunden hatte, pfiff der Colonel leise durch die Zähne.

»Ziemlich scheußlich«, murmelte er.

Er blieb lange stehen und betrachtete die umgestürzten Stühle, die Scherben und die blutbefleckten Trümmer. Ein magerer älterer Mann erhob sich nächst der Leiche von den Knien und nickte kurz.

»Abend, Johnson«, sagte er. »Nettes Schlachthaus, wie?«

»Das kann man wohl sagen! Wie lautet Ihr Befund, Doktor?« Der Arzt zuckte die Achseln und lächelte. »Den wissenschaftlichen Ausdruck dafür werde ich Ihnen bei der gerichtlichen Totenschau sagen. Es ist ein klarer Fall: Gurgel durchgeschnitten, wie bei einem Schwein. Hat sich binnen weniger Minuten zu Tod geblutet. Keine Waffe vorhanden.« Poirot ging zu den Fenstern. Wie der Inspektor gesagt hatte, war das eine geschlossen und verriegelt. Das andere stand wenige Zentimeter offen, war aber durch einen starken Sicherheitsriegel in dieser Position fixiert.

»Der Butler behauptet, dass dieses Fenster bei keiner Witterung ganz geschlossen werde«, erklärte Sugden. »Für den Fall, dass Regen hereinpeitschen würde, ist der Linoleumbelag darunter angebracht worden, obwohl das überhängende Dach so ziemlich jedes Unwetter abhält.«

Poirot nickte. Er trat wieder zum Leichnam und blickte auf den alten Mann hinunter.

Die Lippen hatten sich von dem blutleeren Zahnfleisch zurückgezogen, so dass es aussah, als ob Simeon Lee die Zähne fletschte. Die Finger waren gebogen wie Vogelklauen.

»Er scheint kein kräftiger Mann gewesen zu sein«, sagte Poirot.

»Nun, er war trotzdem sehr widerstandsfähig«, widersprach der Arzt. »Er hat ein paar Krankheiten überstanden, die den meisten Menschen zum Verhängnis geworden wären.«

»Ich meinte es nicht in diesem Sinn. Ich wollte sagen, dass er physisch kein Riese gewesen ist.«

»Das stimmt, gewiss. Er war ziemlich zart gebaut.«

Poirot wandte sich ab und beugte sich forschend über einen umgestürzten Stuhl, einen schweren Mahagonisessel. Daneben stand ein Mahagonitisch mit den Scherben einer großen Porzellanlampe. Zwei kleinere Stühle waren ebenfalls umgeworfen, Splitter einer zerbrochenen Flasche und zweier Gläser lagen herum, ferner ein unversehrt gebliebener gläserner Briefbeschwerer, Bücher, eine zertrümmerte große japanische Vase und die Bronzestatuette eines nackten jungen Mädchens.

Poirot beugte sich über all diese Zeugen eines heftigen Kampfs, ohne jedoch irgendetwas zu berühren. Er hob erstaunt die Augenbrauen.

Colonel Johnson bemerkte das. »Fällt Ihnen etwas Besonderes auf, Poirot?«

Hercule Poirot seufzte. »Ein so schwächlicher alter Mann und doch all dies Durcheinander«, murmelte er. Johnson sah ihn erstaunt an. Dann fragte er den Inspektor: »Sind Fingerabdrücke vorhanden?«

»Viele, Sir, überall im Zimmer.«

»Und am Safe?«

»Nur diejenigen des alten Herrn.«

Johnson wandte sich an den Arzt.

»Wie steht es mit Blutflecken? Wer immer ihn umgebracht hat, muss doch Blut an sich haben, oder nicht?«

»Nicht unbedingt«, antwortete der Arzt zögernd. »Die Blutung erfolgte fast ausschließlich durch die Halsschlagader, und die pulsiert weniger stark als etwa eine Arterie.«

Poirot warf plötzlich ein: »Und darum ist das viele Blut verwunderlich, sehr verwunderlich.«

»Können Sie daraus irgendwelche Schlüsse ziehen?«, fragte Sugden schüchtern und sehr respektvoll.

Poirot sah ihn an und schüttelte betrübt den Kopf. »Irgendetwas, Heftigkeit, übergroße Gewalt –« Er unterbrach sich und dachte lange nach, ehe er weitersprach. »Ja, das ist es: brutale Gewalt! Und dann das Blut. Es ist hier – wie soll ich mich ausdrücken? – es ist hier zu viel Blut. Blut auf den Stühlen, auf den Tischen, auf den Teppichen. Ein Blutgericht? Ein Blutopfer? Vielleicht. Dieser zerbrechliche alte Mann, so mager, so eingeschrumpft und vertrocknet und doch vor seinem Sterben so viel Blut in ihm »

Er verstummte. Sugden, der ihn mit großen, erstaunten Augen ansah, flüsterte fast ehrfürchtig:

»Seltsam – genau das hat sie auch gesagt – die Dame.«

»Welche Dame?«, fragte Poirot scharf. »Was hat sie gesagt?«

»Mrs Lee – Mrs Alfred Lee. Stand dort an der Türe und murmelte es halblaut. Ich wusste nicht, was sie damit meinte.«

»Was murmelte sie?«

»Irgendetwas, dass niemand gedacht hätte, dass der alte Herr noch so viel Blut in sich hätte.«

»Wer konnte denken, dass der alte Mann noch so viel Blut in sich gehabt?«, zitierte Poirot leise. »Die Worte der Lady Macbeth. Eigenartig, dass sie das sagte.«

Alfred Lee und seine Frau traten in das kleine Arbeitszimmer, wo Poirot, Sugden und der Colonel warteten. Colonel Johnson ging ihnen entgegen.

»Guten Abend, Mr Lee. Wir sind uns noch nie begegnet, aber Sie werden vermutlich wissen, dass ich Polizeichef der Grafschaft bin. Johnson ist mein Name. Ich kann Ihnen nicht sagen, wie sehr mich der Vorfall hier erschüttert.«

Alfred, dessen braune Augen an die eines traurigen Hundes erinnerten, sagte heiser: »Ich danke Ihnen. Es ist entsetzlich! Entsetzlich! Meine Frau.«

Lydias Stimme klang ruhig.

»Es war ein furchtbarer Schock für meinen Mann – für uns alle –, aber für ihn ganz besonders.«

Sie legte die Hand auf Alfreds Schulter.

»Bitte, setzen Sie sich, Mrs Lee«, sagte Johnson. »Darf ich Ihnen Monsieur Hercule Poirot vorstellen?«

Poirot verbeugte sich. Seine Augen huschten interessiert zwischen den Ehegatten hin und her.

Lydia drückte Alfred sanft auf einen Stuhl nieder. »Setz dich, Alfred!«

Alfred gehorchte wortlos. »Hercule Poirot? Wer?« Er fuhr sich benommen über die Stirn.

»Colonel Johnson wird dich vieles fragen wollen, Alfred«, sagte Lydia Lee beherrscht.

Der Colonel warf ihr einen bewundernden Blick zu. Er war froh, dass Mrs Alfred Lee sich als vernünftige, gefasste Frau herausstellte.

»Ja, natürlich ... gewiss, natürlich ...«, stammelte Alfred.

Der Schock hat ihn vollkommen erledigt, dachte Johnson. Hoffentlich wird er sich zusammennehmen.

Laut sagte er: »Ich habe hier eine Liste mit den Namen aller heute Abend im Haus Anwesenden. Würden Sie mir bestätigen, dass sie stimmt, Mr Lee?«

Er gab Sugden einen Wink, worauf dieser noch einmal sein Notizbuch hervorzog und sämtliche Namen herunterlas.

Die Sachlichkeit, mit welcher hier vorgegangen wurde, schien Alfred Lee zu beruhigen. Er hatte seine Selbstbeherrschung wiedergefunden, und seine Augen blickten nicht mehr verstört und gehetzt. Als Sugden geendet hatte, nickte er zustimmend.

»Die Liste ist korrekt.«

»Würden Sie mir Ihre Gäste näher schildern? Die Ehepaare George Lee und David Lee sind vermutlich Verwandte?«

»Es sind meine beiden jüngeren Brüder und ihre Frauen.«

»Sie sind nur zu Besuch hier?«

»Ja, sie kamen zur Weihnachtsfeier her.«

»Mr Harry Lee ist ebenfalls ein Bruder?«

»Ja.«

»Und die beiden anderen Gäste? Miss Estravados und Mr Farr?«

»Miss Estravados ist meine Nichte. Mr Farr ist der Sohn des ehemaligen Geschäftspartners meines Vaters in Südafrika.«

»Also ein alter Freund?«

»Nein, wir haben ihn erst jetzt kennen gelernt«, warf Lydia ein.

»Ach so? Aber Sie haben ihn über Weihnachten eingeladen?«

Alfred zögerte und sah seine Frau hilflos an. Sie antwortete klar und ruhig auf die Frage. »Mr Farr tauchte gestern recht unerwartet auf. Er war zufällig in der Gegend und wollte meinem Schwiegervater einen Besuch machen. Als mein Schwiegervater begriff, dass es sich um den Sohn eines alten Freundes und Geschäftspartners handelte, beharrte er darauf, dass Mr Farr Weihnachten mit uns verbringen sollte.«

»Ich verstehe. Soweit also die Familie. Was nun die Dienerschaft betrifft, Mrs Lee, vertrauen Sie allen Ihren Angestellten?«

Lydia dachte eine Weile nach, ehe sie antwortete. »Ja. Ich

bin sicher, dass sie alle durchaus vertrauenswürdig sind. Die meisten sind seit Jahren im Haus. Tressilian, der alte Butler, sogar schon seit der Kindheit meines Mannes. Die einzigen, die noch nicht lange hier sind, sind Joan, die Haushalthilfe, und der persönliche Kammerdiener und Pfleger meines Schwiegervaters.«

»Und was halten Sie von den beiden?«

»Joan ist nicht übermäßig intelligent. Das ist das Schlimmste, was man von ihr sagen kann. Horbury kenne ich eigentlich kaum. Er ist seit etwas über einem Jahr hier. Seiner Arbeit scheint er zuverlässig nachzukommen, denn mein Schwiegervater war sehr zufrieden mit ihm.«

»Aber Sie, Madame, sind nicht dieser Ansicht?«, warf Poirot hier blitzschnell ein.

Lydia zuckte die Achseln. »Ich habe nichts mit Horbury zu tun.«

»Immerhin sind Sie die Hausherrin, Madame, und die Dienerschaft untersteht Ihrem Befehl.«

»Gewiss, aber Horbury war ausschließlich zur Bedienung meines Schwiegervaters da und unterstand mir in keiner Weise.«

»Ach so.«

Colonel Johnson wurde leicht ungeduldig. »Wir kommen nun zu den Ereignissen des heutigen Abends. Ich fürchte, dass dies für Sie schmerzlich ist, Mr Lee, aber ich bitte Sie, mir genau zu schildern, was eigentlich geschah.«

Alfred nickte wortlos.

»Wann sahen Sie zum Beispiel Ihren Vater zum letzten Mal?«, fuhr Johnson rasch fort.

Alfreds Gesicht verzog sich schmerzlich, und er antwortete sehr leise: »Nach dem Tee. Ich war kurze Zeit bei ihm. Dann sagte ich ihm gute Nacht und verließ ihn um – wie spät mag es gewesen sein? Ungefähr um ein Viertel vor sechs.«

»Sie sagten ihm gute Nacht?«, warf Poirot fragend ein. »Setzten Sie denn voraus, dass Sie Ihren Vater heute Abend nicht mehr sehen würden?«

»Ja. Mein Vater speiste sehr leicht am Abend, und sein Nachtessen wurde ihm um sieben Uhr auf seinem Zimmer serviert. Danach pflegte er oft gleich zu Bett zu gehen; manchmal saß er noch eine Weile in seinem Stuhl, aber er wollte niemanden von der Familie sehen, wenn er nicht ausdrücklich nach jemandem schickte.«

»Tat er das öfter?«

»Es kam vor, wenn er Lust darauf hatte.«

»Aber es war nicht eigentlich üblich?«

»Nein.«

»Bitte, fahren Sie fort, Mr Lee.«

»Wir aßen um acht Uhr. Das Essen war vorüber, und meine Frau war mit den anderen Frauen ins Wohnzimmer gegangen.« Seine Stimme schwankte, und seine Augen starrten wieder gehetzt aus dem fahlen Gesicht. »Wir waren am Tisch sitzen geblieben. Plötzlich hörten wir von oben einen entsetzlichen Lärm. Fallende Stühle, das Splittern von Holz, Glas und Porzellan und dann – mein Gott!« Er schauerte zusammen – »Ich höre es noch jetzt, dann schrie mein Vater! Ein grauenvoller, lang gezogener Schrei, der Schrei eines Menschen in höchster Todesangst.«

Er verbarg sein Gesicht in den zitternden Händen. Lydia zog ihn beruhigend am Ärmel. Colonel Johnson fragte behutsam: »Und dann?«

»Ich glaube – wahrscheinlich waren wir sekundenlang einfach wie gelähmt«, sagte Alfred mit erstickter Stimme. »Aber dann sprangen wir auf, rannten zur Tür hinaus und die Treppe zu Vaters Zimmer hinauf. Die Tür war verschlossen. Wir konnten nicht hinein. Mit vereinten Kräften mussten wir sie erst aufbrechen. Und dann, als wir ins Zimmer traten, sahen wir…«

Seine Stimme erstarb.

»Das genügt, Mr Lee«, sagte Johnson schnell. »Bitte, gehen wir noch ein paar Minuten zurück, also zu dem Zeitpunkt, als Sie noch im Speisezimmer saßen. Wer war mit Ihnen dort, als der Schrei ertönte?«

»Wer? Nun, wir alle. Nein, warten Sie. Mein Bruder war bei mir, mein Bruder Harry.«

»Sonst niemand?«

»Nein.«

»Wo waren denn die anderen Herren?«

Alfred runzelte die Stirne und bemühte sich, nachzudenken. »Wo waren sie? Es scheint alles so weit zurückzuliegen. Jahre zurück. Wie war es? Ja, richtig, George war zum Telefon gegangen. Wir begannen Familienangelegenheiten zu besprechen, und Mr Farr sagte, dass er uns dabei nicht stören wollte, und empfahl sich, sehr liebenswürdig und taktvoll.«

»Und Ihr Bruder David?«

»David? War er nicht da? Nein, natürlich nicht. Ich weiß wirklich nicht, wann er aus dem Zimmer ging.«

»Sie hatten also Familienangelegenheiten zu diskutieren?«, wiederholte Poirot fragend.

»J-ja, ja, gewiss.«

»Heißt das, dass Sie eine Auseinandersetzung mit *einem* Mitglied Ihrer Familie hatten?«

»Was wollen Sie damit sagen?« Lydias Frage kam rasch.

Poirot wandte sich ihr fast heftig zu. »Madame, Ihr Gatte sagt aus, dass Mr Farr sich entfernte, weil Familienangelegenheiten besprochen werden sollten. Es kann sich jedoch nicht um einen Familienrat gehandelt haben, nachdem sowohl Mr David als auch Mr George nicht anwesend waren. Also war es eine Auseinandersetzung zwischen nur zwei Mitgliedern der Familie, nicht wahr?«

»Mein Schwager Harry war jahrelang verreist gewesen. Es

139

ist wohl natürlich, dass er und mein Mann sich manches zu sagen hatten.«

»Ach, ich verstehe. So war das.«

Sie warf ihm einen schnellen Blick zu und schlug dann die Augen nieder.

»Nun, das scheint ja klar zu sein«, stellte Johnson fest. »Bemerkten Sie, ob außer Ihnen noch jemand die Treppe zum Zimmer Ihres Vaters hinaufrannte?«

»Ich – ich weiß nicht. Ich glaube schon. Wir kamen alle aus den verschiedensten Richtungen. Aber ich habe nichts klar erfasst – ich war so aufgeregt. Dieser entsetzliche Schrei …«

Colonel Johnson ging schnell zu einem anderen Thema über. »Danke, Mr Lee. Nun ist da noch ein Punkt: Wenn ich recht unterrichtet bin, besaß Ihr Vater einige sehr wertvolle Diamanten.«

Alfred sah ihn erstaunt an. »Ja, das stimmt.«

»Wo pflegte er die aufzubewahren?«

»In dem Safe in seinem Zimmer.«

»Können Sie mir die Steine beschreiben?«

»Es waren rohe Diamanten, also ungeschliffene Steine.«

»Warum bewahrte Ihr Vater sie in seinem Zimmer auf?«

»Sie waren sein Steckenpferd. Er hatte die Steine aus Südafrika mitgebracht. Nicht, um sie schleifen zu lassen, sondern einfach, um sie zu besitzen. Ein Hobby, wie ich schon sagte.«

»Ich verstehe«, sagte Johnson, aber aus seinem Ton ging klar hervor, dass er gar nichts begriff. »Und waren diese Steine sehr wertvoll?«

»Mein Vater schätzte sie auf ungefähr zehntausend Pfund.«

»Also waren sie sogar ungemein wertvoll. Merkwürdige Idee, sie im Schlafzimmer aufzubewahren.«

Wieder griff Lydia in das Gespräch ein. »Mein Schwiegervater war in mancher Hinsicht ein merkwürdiger Mann,

Colonel Johnson. Seine Ansichten und Ideen waren oft sehr unkonventionell. Er liebte es, diese Steine zu berühren.«

»Vielleicht erinnerten sie ihn an die Vergangenheit«, warf Poirot ein.

Sie sah ihn bewundernd an. »Ja«, sagte sie, »das taten sie wahrscheinlich.«

»Waren diese Diamanten versichert?«, fragte Johnson.

»Ich glaube nicht.«

Johnson beugte sich vor und fragte ruhig: »Wissen Sie, Mr Lee, dass diese Steine gestohlen worden sind?«

»Was?« Alfred Lee starrte ihn an.

»Hat Ihr Vater Ihnen gegenüber ihr Verschwinden nicht erwähnt?«

»Mit keinem Wort!«

»Sie wussten also nicht, dass er Inspektor Sugden hatte kommen lassen, um ihm den Verlust zu melden?«

»Ich hatte nicht die leiseste Ahnung von alldem!«

Der Colonel ließ seinen Blick zu Lydia gleiten.

»Und Sie, Mrs Lee?«

Lydia schüttelte den Kopf. »Auch ich habe nichts davon gewusst.«

»Sie waren also beide der Meinung, dass die Steine sich noch im Safe befänden.«

»Ja.«

Nach einigem Zögern fragte sie: »Ist er darum umgebracht worden? Der Steine wegen?«

»Das herauszufinden wird jetzt unsere Aufgabe sein«, antwortete Colonel Johnson. »Wüssten Sie, Mrs Lee, wer von den Hausbewohnern einen solchen Diebstahl hätte bewerkstelligen können?«

»Nein, keine Ahnung. Ich glaube, dass alle Dienstboten ehrlich sind. Außerdem wäre es für sie äußerst schwierig gewesen, jemals an diesen Safe zu kommen. Mein Schwiegervater hat sein Zimmer nie verlassen. Er kam nie die Treppe herunter.«

»Wer räumte sein Zimmer auf?«

»Horbury. Er machte das Bett und staubte ab. Das zweite Hausmädchen besorgte nur den Kamin und feuerte morgens an, alles andere erledigte Horbury.«

»Dann hätte also Horbury am leichtesten den Safe öffnen können?«, fragte Poirot.

»Ja.«

»Glauben Sie, dass er es war, der die Diamanten stahl?«

»Es ist möglich. Wahrscheinlich. Er hatte die beste Gelegenheit dazu. Ach! Ich weiß nicht, was ich denken soll!«

Colonel Johnson ließ sich nicht verwirren. »Ihr Mann hat uns vorhin die Begebenheiten des Abends geschildert. Würden Sie das nun auch tun, Mrs Lee? Wann sahen Sie Ihren Schwiegervater zuletzt?«

»Wir waren heute Nachmittag vor dem Tee alle in seinem Zimmer. Damals habe ich ihn zum letzten Mal gesehen.«

»Sie haben ihm nicht mehr gute Nacht gewünscht?«

»Nein.«

»Sind Sie sonst für gewöhnlich noch zu ihm gegangen, um ihm gute Nacht zu sagen?«, fragte Poirot.

»Nein«, sagte Lydia scharf.

Der Colonel fuhr fort: »Wo waren Sie, als das Verbrechen stattfand?«

»Im Wohnzimmer.«

»Hörten Sie den Lärm?«

»Ich glaube, dass ich etwas Schweres fallen hörte. Das Zimmer meines Schwiegervaters liegt über dem Speisezimmer, nicht über dem Wohnzimmer, das hat die Geräusche gedämpft.«

»Aber den Schrei haben Sie auch gehört?«

Lydia zuckte zusammen. »Ja, den hörte ich. Es war scheuß-

lich – wie eine Seele im Fegefeuer. Ich wusste sofort, dass irgendetwas Grässliches geschehen sein musste. Ich rannte hinaus und folgte meinem Mann und Harry die Treppe hinauf.«

»Wer war zu jener Zeit außer Ihnen im Wohnzimmer?«

Lydia dachte nach.

»Das – das weiß ich tatsächlich nicht. David war nebenan
und spielte Mendelssohn. Ich glaube, Hilda war zu ihm hin-
übergegangen.«

»Und die beiden anderen Damen?«

»Magdalene ging telefonieren«, antwortete Lydia langsam,
»aber ich kann mich nicht erinnern, ob sie zurückkam oder
nicht. Und wo Pilar war, weiß ich ebenfalls nicht.«

»Sie könnten also ebenso gut ganz allein im Wohnzimmer
gewesen sein«, stellte Poirot sanft fest.

»Ja. Ja, das war ich wahrscheinlich auch.«

»Nun zu den Diamanten«, sagte Johnson. »Diese Sache müssen wir besonders sorgfältig untersuchen. Kennen Sie das Kombinationsschloss am Safe Ihres Schwiegervaters, Mrs Lee? Es
scheint ein ziemlich altmodisches Modell zu sein.«

»Er hat das Kennwort in einem kleinen Notizbuch notiert,
das er immer in der Tasche seines Schlafrocks trug.«

»Gut. Wir werden das sofort prüfen. Aber vielleicht sollten wir zuerst die übrigen Herrschaften verhören, damit die
Damen zu Bett gehen können.«

Lydia erhob sich sofort.

»Komm, Alfred.« Und zu den Herren gewandt: »Ich werde
sie Ihnen schicken.«

»Einen nach dem anderen, wenn ich bitten darf, Mrs Lee.«

»Gewiss.« Sie ging auf die Tür zu. Alfred folgte ihr.

Plötzlich drehte er sich jäh um.

»Natürlich!«, sagte er. Er kam rasch auf Poirot zu. »Sie sind
Hercule Poirot. Wo habe ich bloß meine Gedanken gehabt?
Dass ich das nicht sofort erfasste.« Er sprach schnell, mit leiser,

erregter Stimme. »Sie kommen wie vom Himmel geschickt. Sie müssen die Wahrheit herausfinden, Mr Poirot. Scheuen Sie keine Ausgaben, ich komme für alles auf! Aber finden Sie die Wahrheit! Mein armer Vater! Getötet! Mit äußerster Brutalität getötet! Sie *müssen* den Täter finden, Mr Poirot! Mein Vater soll gerächt werden!«

Poirot erwiderte: »Ich versichere Ihnen, Monsieur Lee, dass ich tun werde, was in meinen Kräften steht, um Colonel Johnson und Inspektor Sugden behilflich zu sein.«

»Ich möchte aber, dass Sie in meinem Auftrag arbeiten!«, stieß Alfred erregt hervor. »Mein Vater muss gerächt werden!« Er begann heftig zu zittern. Lydia kam zurück und nahm ihn beim Arm. »Komm, Alfred. Wir müssen jetzt die anderen rufen.«

Sie sah Poirot fest in die Augen, aber diese Augen wussten ihre Geheimnisse zu wahren. Ihr Blick schwankte nicht.

Poirot sagte leise: »Wer konnte denken, dass der alte Mann …«

Sie fiel ihm ins Wort.

»Nein! Sagen Sie das nicht!«

»*Sie* haben es gesagt, Madame«, gab Poirot sanft zu bedenken.

»Ich weiß«, flüsterte sie. »Ich erinnere mich. Es war – so grauenvoll.«

Dann verließ sie mit ihrem Mann eilends den Raum.

George Lee war ernst und steif-korrekt.

»Eine entsetzliche Sache«, sagte er und schüttelte den Kopf. »Eine ganz und gar scheußliche Sache. Ich kann mir nur denken, dass es – hm – die Tat eines Wahnsinnigen gewesen ist.«

Colonel Johnson hörte ihn höflich an.

»Das ist also Ihre Ansicht?«

»Ja, allerdings. Ein blutrünstiger Verrückter. Vielleicht aus einem Irrenhaus der Umgebung entflohen.«

»Und wie, glauben Sie, hätte dieser Verrückte Zutritt zu diesem Haus erlangen können, Mr Lee?«, fragte hier Inspektor Sugden.

George schüttelte den Kopf. »Es ist Sache der Polizei, das herauszubekommen«, bemerkte er kühl.

»Wir haben sofort das ganze Haus inspiziert«, verteidigte sich Sugden eifrig. »Alle Fenster waren geschlossen und verriegelt. Der Nebeneingang und die Vordertür waren zugesperrt. Niemand hätte durch die Küchentür kommen können, ohne vom Personal bemerkt zu werden.«

»Das ist doch Unsinn!«, schrie George Lee. »Vielleicht wollen Sie auch noch behaupten, dass mein Vater gar nicht ermordet worden ist!«

»Doch, er wurde ermordet, daran ist nicht zu zweifeln«, gab Sugden ruhig zur Antwort.

Colonel Johnson räusperte sich und übernahm die Leitung des Verhörs wieder.

»Wo waren Sie im Augenblick des Mordes, Mr Lee?«

»Im Speisezimmer. Es war kurz nach dem Nachtessen. Nein, ich glaube, ich war in diesem Zimmer hier. Ich hatte eben ein Telefongespräch beendet.«

»Sie haben telefoniert?«

»Ja. Ich habe einem Mitarbeiter in Westeringham etwas Dringendes mitteilen müssen.«

»Und nachdem Ihr Gespräch beendet war, hörten Sie den Schrei?«

George Lee zuckte leicht zusammen. »Ja, scheußlich. Er fuhr mir durch Mark und Bein. Und dann erstarb er in einem Gurgeln oder erstickten Keuchen.« Er zog ein Taschentuch hervor und wischte sich die feuchtglänzende Stirne ab. »Scheußliche Sache«, murmelte er.

»Und dann liefen Sie also die Treppe hinauf?«

»Ja.«

»Haben Sie Ihre Brüder, Mr Alfred und Mr Harry, dabei gesehen?«

»Nein, sie müssen kurz vor mir hinaufgerannt sein.«

»Wann haben Sie Ihren Vater zum letzten Mal gesprochen?«

»Heute Nachmittag. Wir waren alle bei ihm.«

»Nach diesem Beisammensein sahen Sie ihn nicht mehr?«

»Nein.«

Der Colonel machte eine Pause, dann fragte er:

»Wussten Sie, dass Ihr Vater eine Reihe wertvoller ungeschliffener Diamanten im Safe seines Schlafzimmers aufbewahrte?«

George Lee nickte.

»Ein äußerst unvorsichtiger Zustand«, sagte er hochtrabend. »Das habe ich ihm auch wiederholt klargemacht. Er hätte um dieser Steine willen ermordet werden können – ich meine – ich wollte sagen –«

Colonel Johnson unterbrach ihn. »Wissen Sie, dass diese Diamanten verschwunden sind?«

George blieb der Mund offen stehen. Seine vortretenden Augen glotzten.

»Dann ist er also tatsächlich der Steine wegen ermordet worden?«

Der Colonel antwortete langsam:

»Er hatte den Verlust entdeckt und ihn wenige Stunden vor seinem Tod der Polizei gemeldet.«

»Ja, aber – dann begreife ich nicht –«, stotterte George. Und Hercule Poirot sagte freundlich: »Wir auch nicht, wir begreifen es auch nicht.«

Harry Lee trat schwungvoll ins Zimmer, Poirot betrachtete ihn stirnrunzelnd. Diesen Mann hatte er doch schon irgendwo gesehen. Diese lange, schmale Nase, das hochmütige Hochwerfen des Kopfes, das scharfe Profil …

Es fiel ihm auch auf, dass Harry trotz seines forschen Auftretens nervös war. Er versuchte das hinter unbefangener Sicherheit zu verbergen, aber Poirot spürte die dahinter liegende Angst.

»Nun, meine Herren, was kann ich für Sie tun?«

»Wir wären Ihnen sehr verbunden«, antwortete Johnson, »wenn Sie uns die Ereignisse des heutigen Abends aufklären helfen könnten.«

Harry Lee schüttelte bedauernd den Kopf.

»Ich weiß leider von gar nichts. Die ganze Sache ist ziemlich scheußlich, und sie ist so unerwartet gekommen.«

»Sie sind erst kürzlich vom Ausland zurückgekehrt, nicht wahr, Monsieur Lee?«, fragte Poirot.

Harry fuhr herum. »Jawohl. Vor einer Woche in London an Land gegangen.«

»Und waren Sie lange abwesend?«

Harry Lee reckte das Kinn vor und lachte.

»Sie sollen lieber gleich die ganze Wahrheit erfahren – sonst erzählt sie Ihnen irgendein anderer! Ich bin der verlorene Sohn, meine Herren! Es sind bald zwanzig Jahre her, seit ich dieses Haus verließ.«

»Aber jetzt sind Sie zurückgekehrt. Würden Sie uns sagen, warum?«, fragte Poirot.

Mit der gleichen Unbefangenheit antwortete Harry sofort: »Es ist wie im guten, alten Gleichnis. Die Treber, die die Säue essen – oder nicht essen, ich habe vergessen, wie es genau heißt –, waren mir verleidet. Und da dachte ich, dass ein gemästetes Kalb eine angenehme Abwechslung wäre. Fast gleichzeitig bekam ich einen Brief meines Vaters, in dem er mich heimzukommen bat. Ich gehorchte seinem Befehl, und da bin ich. Das ist alles.«

»Sind Sie auf kurzen oder längeren Besuch hier?«

»Ich bin für immer heimgekommen«, sagte Harry Lee knapp.

»War Ihr Vater damit einverstanden?«

»Der alte Herr war hocherfreut!« Harry lachte wieder, und um seine Augen bildeten sich vergnügte Fältchen. »Scheußlich langweilig für ihn, dieses Leben mit Alfred. Alfred ist ein trostlos steifer Knabe – sehr anständig natürlich –, aber kein unterhaltsamer Gesprächspartner. Mein Vater dagegen war in jungen Jahren ein ziemlicher Windbeutel, und darum sagte ihm meine Art mehr zu.«

»Und Ihr Bruder, Ihre Schwägerin – haben sie sich auch darüber gefreut, Sie künftig im Haus zu haben?«

Diese Frage stellte Poirot mit einem leichten Heben der Augenbrauen.

»Alfred? Alfred tobte. Wie Lydia reagierte, weiß ich nicht. Wahrscheinlich hat sie sich Alfreds wegen geärgert. Aber wir werden uns großartig verstehen. Lydia gefällt mir. *Ich* hätte sie heiraten sollen. Aber Alfred ist eine ganz andere Währung.« Er lachte laut auf. »Alfred war von jeher eifersüchtig auf mich. Er war immer der brave, gehorsame, unterwürfige Sohn. Und was hat er schließlich dafür bekommen? Was der brave Stubenhocker einer Familie immer zu bekommen pflegt: einen Tritt in den Hintern. Glauben Sie mir, meine Herren, Tugend lohnt sich nicht.« Er sah seine Zuhörer der Reihe nach an. »Hoffentlich entsetzt Sie meine Offenheit nicht, aber das ist die Wahrheit. Sie werden ja die Schmutzwäsche des Hauses Lee doch über kurz oder lang am hellen Tageslicht ausbreiten, also kann ich meine persönliche geradeso gut jetzt und hier zur Schau stellen. Ich bin nicht besonders verzweifelt über den Tod meines Vaters. Schließlich habe ich ihn nie mehr gesehen, seit ich ein ganz junger Bursche war. Aber er war trotz allem mein Vater, und jetzt ist er ermordet worden. Mir liegt daran, dass sein Tod gerächt wird.« Er strich sich übers Kinn. »Wir sind eine ziemlich rachsüchtige Familie. Keiner der Lees vergisst leicht. Ich möchte sicher sein, dass der Mörder meines Vaters gefasst und gehängt wird.«

»Wir werden tun, was in unseren Kräften steht«, sagte Sugden.

»Falls nicht, würde ich die Vergeltung selber in die Hand nehmen«, gab Harry Lee scharf zurück.

»Haben Sie einen Verdacht, wer der Täter sein könnte, Mr Lee?«, fragte Colonel Johnson schnell.

Harry schüttelte den Kopf.

»Nein«, antwortete er langsam, »nein, das habe ich nicht. Wissen Sie, irgendwie ist es ein Schlag. Ich habe lange darüber nachgedacht – und mich dünkt, dass niemand von draußen als Täter in Frage kommen kann.«

»Aha«, warf Sugden hier kopfnickend ein.

»Und wenn ich Recht habe, dann hat ihn einer der Hausbewohner umgebracht! Aber wer zum Teufel? Ein Dienstbote doch bestimmt nicht. Tressilian ist seit ewigen Zeiten hier. Der halbidiotische Diener? Kaum. Horbury? Ein kaltschnäuziger Kerl, aber Tressilian sagte mir, dass er ins Kino gegangen sei. Und wer bleibt dann? Wenn man Stephen Farr ausscheidet – und warum sollte Farr eigens von Südafrika hergekommen sein, um einen vollkommen Fremden umzubringen? Dann bleibt nur noch die Familie, und da kann ich mir um die Welt nicht vorstellen, wer von uns in Frage käme. Alfred? Er vergötterte unsern Vater. George? Viel zu feig dazu. David? Nein. David war von jeher ein Träumer. Der wird ohnmächtig, wenn er sich nur in den Finger schneidet. Und die Frauen? Keine von ihnen würde hingehen und einem alten Mann die Kehle durchschneiden. Wer also tat es? Ich will verdammt sein, wenn ich es weiß.«

Colonel Johnson räusperte sich – eine sozusagen amtliche Angewohnheit von ihm – und stellte seine stereotype Frage: »Wann haben Sie Ihren Vater zum letzten Mal gesehen?«

»Nach dem Tee. Er hatte eben Streit mit Alfred gehabt – wegen mir. Der alte Mann hatte eine diebische Freude an dem Krach. Er liebte es, seine Umgebung zu verärgern. Meiner Ansicht nach hatte er nur darum meine Ankunft vor den anderen verborgen gehalten. Er wollte sehen, wie sie in die Luft gingen, wenn ich plötzlich hier auftauchte. Und nur darum hat er auch davon gesprochen, sein Testament zu ändern.«

Poirot hob den Kopf und murmelte:

»Ihr Vater hat also sein Testament erwähnt?«

»Ja. Vor uns allen. Und dabei hat er uns beobachtet wie eine lauernde Katze, um zu sehen, wie wir reagierten. Er rief seinen Anwalt an und bat ihn, nach Weihnachten in dieser Sache zu ihm zu kommen.«

»Welche Änderungen wollte er vornehmen lassen?«

Harry Lee grinste.

»Das hat er uns nicht gesagt, der alte Fuchs! Ich nehme an – oder sagen wir lieber: ich hoffte –, dass sie zugunsten meiner Wenigkeit ausgehen würden. Ich vermute, dass ich aus allen früheren Testamenten gestrichen worden war und jetzt wieder aufgenommen werden sollte. Ziemlich ärgerlich für die anderen. Und Pilar, die er sehr gern mochte, hätte sicher auch etwas bekommen sollen. Haben Sie sie schon gesehen? Meine spanische Nichte, ein bezauberndes Geschöpf, mit aller Wärme des Südens und mit all seiner Grausamkeit. Ich wollte, ich wäre nicht bloß ihr Onkel.«

»Ihr Vater hatte sie lieb gewonnen?«

Harry nickte. »Sie verstand es, den alten Herrn zu nehmen. Sass lange hier bei ihm. Ich wette, dass sie ganz genau wusste, was sie damit bezweckte. Nun, jetzt ist er tot. Kein Testament kann mehr zu Pilars Gunsten abgeändert werden – zu meinen auch nicht, leider!«

Er grübelte sekundenlang über etwas nach und fuhr dann in verändertem Ton fort: »Aber ich bin vom Thema abgewichen. Sie fragten mich, wann ich Vater zuletzt gesehen habe? Wie gesagt, nach dem Tee, ungefähr kurz nach sechs. Der alte Mann war sehr vergnügt, wenn auch ein wenig müde. Ich ging bald und ließ ihn mit Horbury allein. Dann habe ich ihn nicht mehr gesehen.«

»Wo waren Sie, als der Mord geschah?«

»Im Speisezimmer, mit Bruder Alfred. Wir waren mitten in einer ziemlich scharfen Auseinandersetzung, als wir den Lärm von oben hörten. Es tönte, als würden zehn Männer miteinander ringen. Und dann schrie der arme alte Vater. Ein Aufkreischen, als ob ein Schwein abgestochen würde. Dieser Schrei schien Alfred vollständig zu lähmen Er blieb wie angewurzelt sitzen. Ich rüttelte ihn wach und rannte mit ihm die Treppe hinauf. Die Tür zu Vaters Zimmer war verschlossen. Wir mussten sie aufbrechen. Ziemlich mühsame Sache. Wie zum Teufel konnte die Tür überhaupt verschlossen sein? Es war niemand in dem Zimmer außer Vater, und ich kann mir nicht denken, dass jemand durch die Fenster entflohen ist!«

»Die Tür war von außen versperrt worden«, sagte Sugden.

»Was?« Harry starrte ihn an. »Ich könnte doch schwören, dass der Schlüssel innen steckte.«

»Das haben Sie also bemerkt?«, murmelte Poirot.

Harry Lee sah ihn scharf an. »Ich bemerke manches, das ist so meine Art.« Dann flogen seine Augen von einem zum andern. »Haben Sie mich sonst noch etwas zu fragen, meine Herren?«

Johnson schüttelte den Kopf.

»Danke, Mr Lee, im Augenblick nicht. Würden Sie bitte das nächste Familienmitglied hereinschicken?«

»Natürlich.« Harry verließ das Zimmer, ohne sich noch einmal umzusehen.

»Was halten Sie von ihm, Sugden?«, fragte Johnson.

151

Der Inspektor hob zweifelnd die Schultern und ließ sie wieder fallen.

»Er hat Angst vor irgendetwas. Ich frage mich, warum?«

Magdalene Lee hielt auf der Schwelle effektvoll inne, um sich mit der langen, schmalen Hand über das platinblonde Haar zu streichen. Sie trug ein eng anliegendes blattgrünes Samtkleid, das ihre schlanke Figur voll zur Geltung brachte. Sie sah sehr jung und ein wenig verängstigt aus.

Die drei Männer waren sekundenlang von ihrem Anblick wie gefesselt. Johnsons Augen sprachen von überraschter Bewunderung, während Sugden eher den Ausdruck eines Menschen zeigte, der gerne ungehindert mit seiner Arbeit vorwärts kommen möchte. Hercule Poirot hingegen leuchtete die Anerkennung förmlich aus dem Gesicht – wie Magdalene sofort bemerkte –, aber sie galt nicht so sehr ihrer Schönheit als vielmehr dem geschickten Gebrauch, den sie davon zu machen verstand.

Joli mannequin, la petite. Mais elle a les yeux durs, dachte Hercule Poirot.

Colonel Johnson dachte: Sieht verdammt gut aus, das Mädchen. George Lee wird es nicht leicht mit ihr haben, wenn er nicht gut aufpasst. Sie weiß, was Männer anzieht.

Inspektor Sugden dachte: Eitle, leerköpfige Person! Hoffentlich haben wir nicht lange mit ihr zu tun!

»Bitte nehmen Sie doch Platz, Mrs George Lee?«

Sie setzte sich mit einem warmen, dankbaren Lächeln, das ungefähr besagte: Sie sind zwar ein Polizist, aber doch letzten Endes ein *Mann* und also gar nicht so furchterregend.

Ein wenig galt dieses Lächeln auch Poirot. Ausländer waren doch so ritterlich Frauen gegenüber. Inspektor Sugden schien sie nicht zu beachten. Mit reizender Verzweiflung rang sie die Hände und murmelte: »Es ist alles so schrecklich. Ich habe furchtbare Angst.«

»Aber, aber, Mrs Lee«, sagte Johnson kurz, jedoch nicht unfreundlich. »Es war ein Schock für Sie alle, aber jetzt ist er vorüber. Wir möchten Ihren Bericht über das hören, was sich heute Abend zugetragen hat.«

»Ich weiß von nichts«, rief sie, »wirklich nicht!«

Die Augen des Colonels verengten sich plötzlich. »Nein, natürlich nicht«, sagte er langsam.

»Wir sind erst gestern angekommen. George hat mich gezwungen, mit ihm hier Weihnachten zu feiern. Wären wir bloß nicht hergekommen. Ich werde es nie vergessen können. Ich kenne Georges Familie fast nicht. Mr Lee habe ich nur ein- oder zweimal gesehen – bei unserer Hochzeit und später noch einmal. Alfred und Lydia kenne ich etwas besser, aber im Grunde genommen sind sie alle Fremde für mich.«

Wieder der große, erschrockene Kinderblick, und wieder dachte Hercule Poirot voll Bewunderung: *Elle joue très bien la comedie, cette petite …*

»Gewiss, gewiss«, erwiderte Johnson. »Nun sagen Sie mir, wann Sie Ihren Schwiegervater zum letzten Mal sahen – ich meine, lebend sahen.«

»Heute Nachmittag. Es war scheußlich.«

»Scheußlich? Warum?«

»Alle waren so wütend. Nein, George nicht. Zu ihm hatte sein Vater nichts gesagt … aber alle anderen.«

»Was ist denn geschehen?«

»Nun, als wir hinaufkamen – er hatte nach uns schicken lassen –, war er am Telefon und sprach mit einem Anwalt über sein Testament. Und dann sagte er Alfred, er sähe so verärgert aus. Das war bestimmt nur wegen Harrys Heimkehr. Das regte Alfred so auf. Wissen Sie, Harry hat einmal etwas Schreckliches getan! Und dann redete er von seiner Frau – sie ist seit vielen Jahren tot –, sie habe das Gehirn eines Huhns gehabt, sagte er, und dann sprang David auf und starrte ihn an, als ob er ihn umbringen wollte – oh!« Sie brach plötzlich ab. »Ich wollte damit nicht sagen, das habe ich nicht damit gemeint!«

»Ich verstehe, es war nur eine Redensart«, beruhigte sie Johnson.

»Mr Lee sagte, er wolle niemanden von uns mehr sehen an diesem Abend, und dann gingen wir alle wieder hinaus. Hilda, Davids Frau, blieb kurz zurück und versuchte, ihn wieder zu beruhigen und – nun, das ist eigentlich alles.«

»Und wo waren Sie um die Zeit, da der Mord geschah?«

»Ich? Warten Sie. Wahrscheinlich im Wohnzimmer.«

»Sind Sie nicht ganz sicher?«

Magdalenes Augen begannen zu zucken und wurden sofort durch die Lider bedeckt.

»Wie dumm ich doch bin! Ich war ja zum Telefon gegangen. Ich bin so durcheinander.«

»Sie haben also telefoniert? In diesem Zimmer?«

»Ja, das ist das einzige Telefon im Haus, außer demjenigen im Zimmer meines Schwiegervaters.«

Sugden warf eine Frage ein. »War noch jemand in diesem Zimmer?«

Ihre Augen weiteten sich. »Nein, ich war ganz allein.«

»Wie lange waren Sie hier?«

»Ziemlich lang. Am Abend dauert es endlos lang, bis man eine Verbindung bekommt.«

»Sie führten also ein Auswärtsgespräch?«

»Ja, mit Westeringham.«

»Und dann?«

»Dann ertönte ein fürchterlicher Schrei – und alle rannten –, und die Tür war verschlossen und musste eingedrückt werden. O Gott! Es war wie ein Albtraum! Ich werde ihn nie, nie vergessen können!«

»Doch, doch.« Colonel Johnsons Ton war von mechanischer

Tröstlichkeit. Dann fragte er weiter: »Wussten Sie, dass Ihr Schwiegervater eine Reihe wertvoller Diamanten in seinem Safe aufbewahrte?«

»Nein, wirklich?« Ihre Überraschung schien ehrlich zu sein. »Echte Diamanten?«

»Diamanten im Wert von zehntausend Pfund«, warf Hercule Poirot ein.

»Nein!« Es klang wie ein ersticktes Flüstern und drückte pure weibliche Begierde aus.

»Ich glaube, das ist alles für den Augenblick. Wir müssen Sie nicht länger belästigen, Mrs Lee.«

Sie stand auf, lächelte erst Johnson, dann Poirot zu – das Lächeln eines kleinen, dankbaren Mädchens – und ging hocherhobenen Hauptes aus dem Zimmer.

Colonel Johnson rief ihr nach: »Würden Sie bitte Ihren Schwager, Mr David Lee, hereinschicken?« Nachdem er die Tür hinter ihr zugemacht hatte, trat er an den Tisch zurück.

»So, jetzt kommen wir den Dingen schon etwas näher, meinen Sie nicht auch? Halten wir fest: George Lee hat telefoniert, als der Schrei ertönte. Seine Frau hat auch telefoniert, als der Schrei ertönte. Da stimmt doch etwas ganz und gar nicht.« Er sah Sugden fragend an. »Nun, was halten Sie davon, Sugden?«

»Ich möchte nicht abfällig von der Dame reden«, sagte Sugden langsam, »aber mich dünkt, dass sie zwar von der Sorte ist, die einem Mann das Geld aus den Taschen ziehen kann, dass sie aber nicht hingehen würde und einem Mann die Gurgel durchzuschneiden vermöchte. Das liegt nicht auf ihrer Linie.«

»Das kann man nie wissen, *mon vieux*«, wandte Poirot leise ein.

Colonel Johnson drehte sich zu ihm um.

»Und Sie, Poirot, was denken Sie von der Sache?«

Hercule Poirot strich über die Löschblattunterlage vor sich und wischte ein winziges Stäubchen von einem Kerzenhalter.

»Ich denke, dass der Charakter des Herrn Simeon Lee selig langsam Form anzunehmen beginnt, und ich glaube, dass darin der springende Punkt des ganzen Falles liegt – im Charakter des Toten.«

Sugden sah ihn erstaunt an. »Ich verstehe nicht ganz, Mr Poirot. Was hat der Charakter des Verstorbenen mit diesem Mord zu tun?«

»Der Charakter des Opfers hat immer mit seiner Ermordung zu tun«, sagte Poirot nachdenklich. »Das klare, offene Wesen Desdemonas war die direkte Ursache ihres Todes. Eine misstrauische Frau hätte Jagos Ränke durchschaut und vereitelt. Marats Hautausschlag führte zu seinem Tod im Bad. Und Mercutios zorniges Temperament führte zu seinem Ende durch eine Degenspitze.«

»Was meinen Sie damit, Poirot?«

»Ich will damit sagen, dass die besonderen Eigenarten von Simeon Lee in anderen Menschen besondere Kräfte in Bewegung brachten und dass diese Kräfte schließlich seinen Tod verursachten.«

»Also setzen Sie voraus, dass die Diamanten nichts damit zu tun hatten?«

Poirot lächelte über die unverhohlene Verblüffung, die Johnsons Gesicht widerspiegelte.

»*Mon cher,* auch dass Simeon Lee ungeschliffene Diamanten im Wert von zehntausend Pfund in seinem Safe aufbewahrte, gehört zu den Absonderlichkeiten seines Charakters. Ein normaler Mensch hätte das nicht getan.«

»Das ist sehr richtig, Mr Poirot«, nickte Sugden heftig Zustimmung. Er schien endlich zu begreifen, worauf Poirot hinauswollte. »Sonderbar, das war er, der alte Mr Lee. Er hat diese Steine nur hier aufbewahrt, damit er sie herausnehmen und betasten konnte, weil ihm das die Erinnerung an frühere Zeiten zurückbrachte. Glauben Sie mir, nur deshalb hat er sie nie schleifen lassen.«

»Ganz richtig«, rief Poirot eifrig. »Ich bewundere Ihren Scharfsinn, Inspektor.«

Sugden quittierte dieses Kompliment mit einem etwas unsicheren Blick, aber Colonel Johnson unterbrach das Gespräch.

»Da ist etwas anderes, Poirot, das mir aufgefallen ist.«

»Ich weiß, *mais oui,* ich weiß, was Sie meinen. Mrs George Lee hat ziemlich rückhaltlos von dieser Familienzusammenkunft geplaudert, nicht wahr? Sie schildert – ach, so naiv! –, wie böse Alfred auf seinen Vater war und dass David aussah, als wollte er den alten Herrn umbringen. Diese beiden Behauptungen können stimmen. Für uns sind sie Anlass zu weiteren Überlegungen. Warum hat Simeon Lee seine Familie zusammenrufen lassen? Warum just in dem Augenblick, da er mit seinem Anwalt telefonierte? Das kann doch kein Zufall gewesen sein. *Parbleu,* er wollte, dass sie dieses Gespräch hören sollten. Der arme Alte! Seit er an seinen Stuhl gefesselt ist, langweilt er sich und denkt sich immer neue Zerstreuungen für sich aus. Es amüsiert ihn, die menschliche Geldgier zu kitzeln und alle mit ihr verbundenen Leidenschaften und Neidgefühle wachzurufen. Aber daraus ergibt sich eine neue Perspektive. Wenn ihm daran lag, in seinen Kindern Neid und Gier zu wecken, dann hat er bestimmt keines von ihnen verschont und also ganz sicher auch auf Mr George seine Pfeile abgeschossen. Darüber schweigt sich seine Frau geflissentlich aus. Auch sie selber hat er vielleicht mit seinen merkwürdigen Liebenswürdigkeiten bedacht. Wir werden hoffentlich von anderen erfahren, was Simeon Lee seinem Sohn George und dessen Frau zu sagen hatte …«

Er schwieg, denn die Tür öffnete sich, und David Lee trat ins Zimmer.

David Lee hatte sich in der Hand. Er war ruhig – fast unnatürlich ruhig. Er trat an den Tisch; schob sich einen Stuhl zurecht, setzte sich und sah Colonel Johnson ernst und fragend an.

»Bitte? Was wollen Sie von mir wissen?«

»Wenn ich recht unterrichtet bin, Mr Lee, so fand im Zimmer Ihres Vaters heute Nachmittag so etwas wie ein Familienrat statt, nicht wahr?«, leitete Johnson das Gespräch ein.

»Jawohl, aber es war ein zwangloses Beisammensein, kein Familienrat.«

»Und wie verlief dieses Beisammensein?«

David antwortete ruhig.

»Mein Vater war schlechter Laune. Er war ein alter Mann und hatte das Recht auf Nachsicht, das ist klar. Heute hatte er uns wohl nur kommen lassen, um uns die Leviten zu lesen.«

»Erinnern Sie sich, was er sagte?«

»Eigentlich lauter konfuses Zeug. Er warf uns vor, Versager zu sein – alle zusammen –, und in unserer ganzen Familie sei nicht ein einziger wirklicher Mann. Er sagte, Pilar – das ist meine spanische Nichte – sei mehr wert als zwei von uns. Und –« Hier unterbrach sich David.

»Bitte, die genauen Worte, wenn es Ihnen möglich ist, Mr Lee«, bat Poirot.

»Er wurde fast grob«, sprach David zögernd weiter, »und sagte, er hoffe, dass er irgendwo in der Welt bessere Söhne habe – selbst wenn sie vielleicht nicht im rechten Ehebett geboren seien.«

Seine empfindsamen Züge widerspiegelten den Abscheu, mit welchem er diese Worte wiederholte. Inspektor Sugden blickte auf und schien plötzlich sehr interessiert. Er fragte: »Hat Ihr Vater auch Ihrem Bruder George etwas gesagt?«

»George? Das weiß ich nicht mehr. O doch, ich glaube, er stellte ihm in Aussicht, seinen Monatszuschuss zu kürzen. George war außer sich, wurde rot wie ein Puter und stotterte, er könne unmöglich mit weniger auskommen. Aber Vater sagte ihm sehr kühl, er werde es gleichwohl müssen. Er habe ja eine Frau, die ihm beim Sparen helfen könne. Eine höhnische Bemerkung. George war von jeher knauserig, und er rechnet heute noch mit jedem Penny – aber Magdalene ist ziemlich verschwenderisch und hat einen teuren Geschmack.«

»So dass also auch sie, Mrs George Lee, sehr unangenehm berührt war?«, fragte Poirot.

»Ja.«

»Und dann«, sagte Poirot, »kam Ihr Vater auf Ihre verstorbene Mutter zu sprechen.«

Das Blut schoss David in Wellen ins Gesicht. Seine Hände umklammerten die Tischkante und zitterten merklich.

»Ja. In beleidigenden Worten!«, stieß er hervor.

»Was sagte er?«, fragte Colonel Johnson.

»Ich weiß es nicht mehr«, gab David kurz zurück. »Irgendwelche verächtlichen Bemerkungen.«

»Ihre Mutter ist vor einigen Jahren gestorben, nicht wahr?«, fragte Poirot behutsam.

»Sie starb, als ich ein Kind war.«

»Und sie war vielleicht nicht sehr glücklich in ihrem Leben?«

David lachte bitter auf. »Wie hätte sie mit einem Mann wie meinem Vater glücklich sein können? Meine Mutter war eine Heilige. Sie hat sich nie beklagt. Sie starb an gebrochenem Herzen.«

»Und war Ihr Vater sehr betrübt über ihren Tod?«, fragte Poirot weiter.

»Das weiß ich nicht«, sagte David, »ich verließ dieses Haus.« Nach einer Pause fuhr er fort: »Vielleicht wissen Sie nicht, dass ich meinen Vater zwanzig Jahre lang nicht gesehen hatte, bis ich nun zu diesem Besuch hierher kam. Ich kann Ihnen also gar nichts über seine Gewohnheiten, seine Feinde oder Freunde sagen.«

»Wussten Sie, dass Ihr Vater eine Menge wertvoller Diamanten im Safe seines Schlafzimmers aufbewahrte?«, fragte Johnson.

»In seinem Schlafzimmer?«, fragte David uninteressiert. »Eine komische Idee.«

»Würden Sie uns bitte noch genau sagen, was Sie selber heute Abend alles taten, wo Sie sich aufhielten.«

»Ich? Nun, ich stand sofort nach dem Essen auf. Mich langweilen diese Plaudereien beim Port. Außerdem bemerkte ich, dass Harry und Alfred in gereizter Stimmung waren, und ich hasse Auseinandersetzungen. Ich ging ins Musikzimmer und spielte Klavier.«

»Das Musikzimmer liegt direkt neben dem Wohnzimmer, wenn ich nicht irre«, warf Poirot ein.

»Ja. Ich spielte, bis – bis es geschah.«

»Und was hörten Sie?«

»Einen gedämpften Lärm, stürzende Möbel und dann einen grässlichen Schrei.« Er verkrampfte seine Hände. »Wie eine Seele im Fegefeuer. Gott, es war entsetzlich.«

Johnson fragte: »Waren Sie allein im Musikzimmer?«

»Wie bitte? Nein, meine Frau, Hilda, war bei mir. Sie war aus dem Wohnzimmer gekommen. Wir gingen mit den anderen die Treppe hinauf.« Nervös und fröstelnd fügte er noch bei: »Und was wir dort gesehen haben, muss ich Ihnen wohl nicht wiederholen.«

»Nein, gewiss nicht, durchaus nicht notwendig«, beeilte sich Johnson zu versichern. »Ich danke Ihnen, Mr Lee, das ist alles. Eine Frage noch: Können Sie sich vorstellen, wer Ihrem Vater nach dem Leben hätte trachten können?«

»Sicher eine ganze Reihe von Leuten«, antwortete David kalt, »aber jemand Bestimmtes wüsste ich nicht.«

Dann ging er rasch aus dem Zimmer und zog die Tür geräuschvoll hinter sich ins Schloss.

Colonel Johnson hatte kaum Zeit für sein obligates Räuspern gefunden, als die Tür wieder aufging und Hilda Lee eintrat.

Hercule Poirot betrachtete sie interessiert. Er dachte bei sich, dass die Brüder Lee in der Wahl ihrer Frauen einen eigenartig verschiedenen Geschmack bekundet hatten. Die wache Intelligenz und windhundartige Grazie Lydias, die berechnend-verführerische Anmut Magdalenes, und nun die beruhigende, sichere Kraft Hildas. Sie war jünger, als ihre unvorteilhafte Frisur und Kleidung vermuten ließen, das erkannte er sofort. Ihr Haar wies keinen grauen Schimmer auf, und die klaren Haselnussaugen leuchteten wie freundliche, warme Sterne aus dem rundlichen Gesicht. Sie war eine charmante, anziehende Frau.

Colonel Johnson sprach in den nettesten Tönen.

»... ein Schlag für Sie alle gewesen sein«, sagte er eben. »Ihr Gatte hat mir erzählt, Mrs Lee, dass dies Ihr erster Besuch in Gorston Hall ist.« Sie nickte.

»Haben Sie Ihren Schwiegervater früher schon kennen gelernt?«

»Nein«, antwortete sie mit ihrer ruhigen, angenehmen Stimme, »wir haben geheiratet, bald nachdem David sein Vaterhaus verlassen hatte. Er wollte nichts mehr mit seiner Familie zu tun haben, und bis jetzt haben wir auch niemanden von ihnen gesehen.«

»Und wie kam es nun zu Ihrem gegenwärtigen Besuch?«

»Mein Schwiegervater schrieb an David, er fühle sein Alter und möchte alle seine Kinder zu Weihnachten um sich versammelt sehen.«

»Und Ihr Mann kam dieser Bitte gerne nach?«

»Dass er die Einladung annahm, ist leider meine Schuld! Ich – ich habe die Situation gründlich missverstanden!«

»Was meinen Sie damit, Mrs Lee?«, warf hier Poirot ein.

»Bitte, erklären Sie sich deutlicher, es könnte für uns von großer Wichtigkeit sein.«

Sie wandte sich ihm sofort zu.

»Ich hatte zu jenem Zeitpunkt meinen Schwiegervater noch nie gesehen, und deshalb konnte ich nicht wissen, was er mit dieser Einladung bezweckte. Ich stellte mir vor, dass ein alter Mann tatsächlich Versöhnung mit seinen Kindern suchte.«

»Und welches war sein wirklicher Beweggrund, Madame?«

Hilda zögerte eine Sekunde und sagte dann langsam:

»Jetzt steht für mich fest – absolut und ohne Zweifel –, dass mein Schwiegervater nicht Frieden stiften, sondern Unfrieden schüren wollte. Es machte ihm Spaß, an die niedrigsten Instinkte des Menschen zu appellieren. Er war erfüllt von einer wie soll ich sagen? – von einer teuflischen Freude am Bösen, und er wollte, dass sich alle Familienmitglieder untereinander verfeinden sollten.«

»Und ist ihm das gelungen?«, fragte Johnson scharf.

»O ja, das ist ihm gelungen.«

»Man hat uns erzählt, Madame«, sagte Poirot, »dass es heute Nachmittag zu einer ziemlich heftigen Auseinandersetzung kam. Würden Sie uns die so wahrheitsgetreu wie nur möglich schildern?«

Sie dachte eine Weile nach.

»Als wir sein Zimmer betraten, war mein Schwiegervater am Telefon und sprach mit einem Anwalt. Er bat diesen Mr Charlton – oder lautet der Name anders? –, er möchte zu ihm kommen, da er ein neues Testament aufsetzen wollte. Das alte sei nicht mehr zweckentsprechend.«

»Denken Sie gründlich nach, Madame, und sagen Sie uns, ob Sie glauben, dass Ihr Schwiegervater *wollte,* dass Sie alle dieses Gespräch hören sollten, oder ob Sie es in diesem Augenblick nur zufällig mitbekamen.«

»Ich bin fast sicher, dass er wollte, wir sollten es hören.«

»In der Absicht, Zweifel zwischen Ihnen zu säen?«

»Ja.«

»So dass er vielleicht gar nicht beabsichtigte, sein Testament zu ändern?«

Darüber dachte sie sekundenlang nach.

»Doch, ich glaube, diese Bemerkung war echt«, sagte sie schließlich. »Wahrscheinlich wollte er ein neues Testament aufsetzen – aber er freute sich darüber, diese Absicht vor allen zu unterstreichen.«

»Madame«, sagte Poirot feierlich, »ich bin nicht offiziell hier, und meine Fragen entsprechen vielleicht nicht denjenigen, die ein englischer Kriminalbeamter Ihnen stellen würde. Aber ich wüsste gerne, ob Sie sich Gedanken darüber machten, wie dieses neue Testament ausgefallen wäre. Verstehen Sie mich bitte recht, ich frage nicht, ob Sie das *wissen,* sondern nur, wie Sie darüber denken. Frauen bilden sich im Allgemeinen sehr schnell eine eigene Meinung, *Dieu merci!*«

Hilda Lee lächelte ihn an.

»Nun, meine persönliche Meinung kann ich Ihnen sagen. Die Schwester meines Mannes, Jennifer, heiratete einen Spanier, Juan Estravados. Ihre Tochter, Pilar, ist vor wenigen Tagen hier angekommen. Sie ist ein reizendes Mädchen, und vor allen Dingen ist sie das einzige Enkelkind in der Familie. Der alte Mr Lee war begeistert von ihr und liebte sie heiß. Meiner Ansicht nach wollte er ihr testamentarisch eine größere Summe vermachen, nachdem er sie bis dato in seinem letzten Willen kaum oder gar nicht bedacht hatte.«

»Kannten Sie Ihre Schwägerin?«

»Nein. Ihr Mann starb unter tragischen Umständen bald nach ihrer Hochzeit. Jennifer selber starb vor einem Jahr. Pilar blieb als Vollwaise zurück. Deshalb hatte Mr Lee sie eingeladen, künftig bei ihm hier in England zu leben.«

»Und haben die übrigen Familienmitglieder die neue Hausgenossin gerne willkommen geheißen?«

»Ich glaube, dass alle sie gut leiden können«, sagte Hilda ruhig. »Es ist beglückend, einen jungen, lebensvollen Menschen im Haus zu haben.«

»Und Pilar, scheint es ihr hier zu gefallen?«

»Ich weiß nicht recht. Es muss ihr doch recht kalt und fremd vorkommen. Das Mädchen ist im Süden, in Spanien, aufgewachsen.«

»Gerade jetzt dürfte es ja in Spanien auch nicht angenehm sein«, bemerkte Johnson sachlich. »Und nun möchten wir Ihren Bericht der heutigen Auseinandersetzung hören, Mrs Lee.«

»Entschuldigen Sie«, murmelte Poirot, »ich bin vom Thema abgewichen!«

»Nachdem mein Schwiegervater sein Telefongespräch beendet hatte, sah er uns alle an und bemerkte lachend, wir sähen so verdattert aus. Dann sagte er, er sei müde und werde früh zu Bett gehen. Es solle niemand mehr heraufkommen heute Abend. Er wolle zu Weihnachten ausgeruht und frisch sein, oder so ähnlich.« Hier machte sie eine Pause und dachte angestrengt nach. »Und dann sagte er irgendetwas wie – es sei wichtig, dass eine große Familie zusammen Weihnachten feiere, und dann sprach er von Geldsachen. Er betonte, dass ihn die Führung seines Haushalts in Zukunft bedeutend mehr kosten werde, und stellte George und Magdalene in Aussicht, dass sie sparsamer werden müssten. Magdalene sagte er, sie könnte sich ihre Kleider selber machen. Eine reichlich altväterische Idee, finde ich, und ich verstehe, dass Magdalene sich über diesen Vorschlag aufregte. Aber er hob besonders hervor, wie geschickt seine Frau mit Nadel und Faden gewesen sei.«

»Hat er seine Frau noch sonst wie erwähnt?«, fragte Poirot. Hilda errötete.

»Er machte eine verächtliche Bemerkung über ihre Intelligenz. Mein Mann hat seine Mutter abgöttisch geliebt, und diese Anspielung brachte ihn sehr auf. Und dann schrie Mr Lee uns plötzlich alle an. Ich verstehe natürlich, was ihn so sehr erregte –«

»Was denn?«, fiel ihr hier Poirot ins Wort.

Sie richtete ihren ruhigen Blick auf ihn.

»Er war enttäuscht, dass er keine Enkel hatte, die den Namen Lee weitertragen konnten. Ich glaube, dass das seit langem in ihm bohrte, und plötzlich konnte er nicht mehr an sich halten. Er schrie seine Söhne an, sie seien alle alte Waschweiber. Das ungefähr war der Sinn seiner Worte. Er tat mir leid, weil ich fühlte, wie tief sein Stolz durch das Fehlen einer Nachkommenschaft verletzt war. Und dann gingen wir alle aus dem Zimmer.«

»Damals haben Sie ihn also zum letzten Mal gesehen?«

Sie nickte.

»Wo hielten Sie sich auf, als der Mord geschah?«

»Ich war mit meinem Mann im Musikzimmer. Er spielte für mich.«

»Und dann?«

»Dann hörten wir, dass oben Möbelstücke umfielen und Porzellan zersplitterte – einen schrecklichen Lärm. Und dann der grauenvolle Schrei, als man ihm die Kehle durchschnitt.«

»War der Schrei so grauenvoll?«, fragte Poirot. »Erinnerte er Sie –«, er besann sich eine Weile, »an eine Seele im Fegefeuer?«

»Es war viel ärger. Mir schien, es schreie jemand, der überhaupt keine Seele hat. Unmenschlich, wie ein Tier.«

»So also beurteilten Sie ihn, Madame?« Poirot sah sie ernst an.

Sie hob verwirrt die Hand, wollte etwas erwidern, und schlug dann wortlos die Augen nieder.

Pilar trat mit der wachen Aufmerksamkeit eines Tieres ein, das irgendwo eine Falle wittert. Sie sah nicht so sehr ängstlich als vielmehr sehr misstrauisch von einem zum andern.

Colonel Johnson schob ihr einen Stuhl zurecht.

»Sie verstehen Englisch, nicht wahr, Miss Estravados?«

Pilar riss die Augen auf.

»Natürlich! Meine Mutter war Engländerin. Und ich selber fühle mich sehr englisch.«

Johnson betrachtete ihr glänzendes schwarzes Haar, die dunklen, stolzen Augen und vollen roten Lippen und musste lächeln. Sehr englisch. Kein überzeugendes Eigenschaftswort, wenn man es auf Pilar Estravados anwandte. »Mr Lee war Ihr Großvater, nicht wahr? Er ließ Sie aus Spanien kommen, und Sie sind vor einigen Tagen hier eingetroffen.«

Pilar nickte. »Ja, das stimmt. Ich hatte einige Abenteuer zu bestehen, ehe ich aus Spanien fortkam. Eine Bombe fiel auf unseren Wagen, und der Chauffeur wurde getötet. Wo sein Kopf gewesen war, sah man nur noch Blut. Und weil ich nicht Auto fahren kann, musste ich zu Fuß weitergehen. Ich hasse es zu gehen! Meine Füße waren ganz wund.«

»Nun, Sie sind jedenfalls glücklich hier angekommen«, lächelte Colonel Johnson. »Hatte Ihnen Ihre Mutter viel von Ihrem Großvater erzählt?«

Pilar nickte strahlend. »O ja, sie sagte oft, er sei ein alter Teufel.«

Hercule Poirot hob amüsiert die Augenbrauen.

»Und wie gefiel er Ihnen, Mademoiselle, als Sie ihn kennen lernten?«

»Er war natürlich alt, sehr alt und vertrocknet, und er musste immer im Stuhl sitzen. Aber ich mochte ihn gern. Ich glaube, dass er in jungen Jahren sehr gut aussah, so wie Sie«, und damit sah sie Inspektor Sugden unverhohlen und naiv bewundernd an. Der Polizeibeamte wurde feuerrot.

Colonel Johnson unterdrückte ein Lachen. Es kam sehr selten vor, dass der stoische Inspektor vor Verlegenheit errötete.

»Nur ist er natürlich nie so groß gewesen wie Sie«, fügte Pilar bedauernd hinzu.

Hercule Poirot seufzte leise. »Sie mögen also große Männer, Señorita?«

»O ja«, gab Pilar begeistert zu, »Männer müssen groß sein und breite Schultern haben und viel, viel Kraft!«

»Waren Sie oft bei Ihrem Großvater, seit Sie hier sind?«, lenkte Johnson das Gespräch wieder in offiziellere Bahnen.

»Ja, ich saß viel bei ihm. Er erzählte mir manches – wie durchtrieben er gewesen sei und was er in Südafrika alles getan hat.«

»Sprach er jemals von den Diamanten, die er in seinem Safe hatte?«

»Er hat sie mir sogar gezeigt. Aber sie sahen gar nicht wie Diamanten aus. Nur wie Kieselsteine, hässliche Kieselsteine.«

»Er hat sie Ihnen gezeigt?«, fragte Sugden scharf »Hat er Ihnen vielleicht einen davon geschenkt?«

Pilar schüttelte den Kopf.

»Nein. Aber ich dachte, dass er mir vielleicht einmal einen schenken würde, wenn ich recht nett zu ihm wäre und oft bei ihm säße. Alte Herren haben junge Mädchen nämlich sehr gerne.«

»Wissen Sie, dass diese Diamanten gestohlen worden sind?«

Pilar starrte Colonel Johnson an. »Gestohlen?«

»Ja. Wissen Sie, wer sie genommen haben könnte?«

»Gewiss«, sagte Pilar kopfnickend. »Sicher Horbury.«

»Wie kommen Sie darauf?«

»Weil er ein Diebesgesicht hat. Er schielt immer so aus den Augenwinkeln, schleicht herum und horcht an den Türen. Er kommt mir vor wie eine Katze, und alle Katzen stehlen.«

»Hm«, räusperte sich Johnson, »lassen wir das vorläufig. Man hat uns gesagt, dass die ganze Familie am Nachmittag bei Ihrem Großvater versammelt war und dass dabei einige – einige gereizte Worte fielen.«

Pilar lächelte.

»Das ist wahr, es war sehr lustig. Großvater machte sie so wütend.«

»Und das gefiel Ihnen?«

»Ja! Ich mag es, wenn Leute wütend werden. Aber hier in England ist das ganz anders als in Spanien. In Spanien ziehen die Leute die Messer und fluchen und schreien; aber hier werden sie nur rot im Gesicht und verkneifen den Mund.«

»Können Sie sich erinnern, was Ihr Großvater sagte?«

Pilar schien an ihrem Erinnerungsvermögen zu zweifeln.

»Ich bin nicht sicher. Großvater warf ihnen vor, keine Enkelkinder auf die Welt gesetzt zu haben. Ich sei ihm lieber als alle anderen. Er hatte mich sehr gern.«

»Sprach er von einem Testament?«

»Testament? Nein, ich glaube nicht.«

»Und was geschah dann?«

»Dann gingen alle aus dem Zimmer, außer Hilda, die Dicke, Davids Frau, die blieb zurück. David sah komisch aus. Er zitterte und war so weiß, dass ich dachte, er werde sich erbrechen müssen.«

»Und dann?«

»Später war ich mit Stephen zusammen. Wir legten Platten auf und tanzten.«

»Stephen Farr?«

»Ja. Er kommt aus Südafrika und ist der Sohn von Großvaters Freund. Stephen ist auch sehr gut aussehend, groß und braun, und er hat nette Augen.«

»Wo waren Sie, als der Mord geschah?«

»Wo ich war? Ich war mit Lydia ins Wohnzimmer gegangen. Dann ging ich in mein Zimmer, um mich zu pudern. Ich wollte wieder mit Stephen tanzen. Aber da hörte ich weit entfernt einen Schrei, alles rannte, und ich lief hinterdrein. Man versuchte Großvaters Zimmertür einzuschlagen. Harry hat es dann schließlich mit Stephen fertiggebracht. Sie sind beide große, starke Männer. Und dann – krach! – gab die Tür nach, und wir sahen alle ins Zimmer. Was für ein Anblick! Alles zerschmettert und über den Haufen geworfen, und Großvater in einer Blutlache. Seine Gurgel war durchgeschnitten – so« – sie beschrieb mit einer dramatischen Gebärde an ihrem eigenen Hals, was sie gesehen hatte – »bis unter sein Ohr!«

Sie unterbrach sich, und es war offensichtlich, dass sie ihre eigene Schilderung genossen hatte.

Johnson fragte: »Ist Ihnen beim Anblick des Bluts nicht übel geworden?«

»Nein, warum? Es fließt gewöhnlich Blut, wenn jemand umgebracht wird. Da war wirklich viel Blut – überall.«

»Hat jemand etwas gesagt in diesem Augenblick?«, fragte Poirot.

»David sagte etwas so Komisches – was war es nur? Ach ja. Die Mühlen Gottes –« Sie wiederholte jedes Wort mit pathetischem Nachdruck. »Die Mühlen Gottes. – Was heißt das überhaupt? In Mühlen wird doch Mehl gemahlen, oder nicht?«

»Sie können jetzt gehen, Miss Estravados«, schnitt Colonel Johnson weitere Fragen ab.

Pilar erhob sich sofort. Sie bedachte jeden der drei Männer mit einem bezaubernden Lächeln.

»Gut, dann gehe ich«, sagte sie folgsam und verschwand.

»Die Mühlen Gottes mahlen langsam, aber sehr fein«, murmelte Johnson. »Und das hat David Lee gesagt!«

Colonel Johnson sah erst auf, als sich die Tür wieder öffnete. Im ersten Moment glaubte er, dass Harry Lee zurückgekom-

169

men sei; doch als Stephen Farr näher trat, bemerkte er seinen Irrtum.

Stephen Farr setzte sich. Seine kühlen, intelligenten Blicke schweiften von einem der drei Männer zum anderen. Dann sagte er: »Ich werde Ihnen leider nicht viel wertvolle Auskünfte geben können, aber bitte fragen Sie mich, was Sie wollen. Vielleicht sollte ich Ihnen zuerst erklären, wer ich bin. Mein Vater, Ebenezer Farr, war Simeon Lees Geschäftspartner in Südafrika, doch diese Zusammenarbeit liegt nun schon vierzig Jahre zurück. Mein Vater erzählte mir viel von Simeon Lee – eine wie große Persönlichkeit er gewesen sei und was sie beide gemeinsam erreichten und erlebten. Mein Vater hatte mir eingeschärft, den alten Lee unbedingt zu besuchen, wenn ich einmal nach England kommen sollte. ›Wenn zwei Männer so vieles zusammen erlebt haben wie Simeon Lee und ich, dann verlieren sie sich auch nach Jahren nie aus den Augen‹, sagte mein Vater immer. Nun, er starb vor zwei Jahren, und als ich jetzt zum ersten Mal nach England kam, wollte ich Vaters Rat befolgen und Mr Lee aufsuchen.« Er lächelte, als er fortfuhr. »Ich war richtig nervös, als ich hier ankam, aber das war ganz überflüssig. Mr Lee empfing mich sehr herzlich und bestand darauf, dass ich Weihnachten mit ihm und seiner Familie verbringen solle.« Seltsam scheu und verlegen fügte er noch bei: »Es waren überhaupt alle sehr nett zu mir – Mr und Mrs Alfred Lee hätten nicht zuvorkommender sein können. Es tut mir unendlich leid für sie, dass dies alles geschehen ist.«

»Seit wann sind Sie hier, Mr Farr?«

»Seit gestern.«

»Haben Sie den alten Mr Lee heute gesehen?«

»Ja, heute früh plauderten wir zusammen. Er war bei guter Laune und wollte tausend Sachen von allen möglichen Leuten und Dingen wissen.«

»Und seither haben Sie ihn nicht mehr gesehen?«

»Nein.«

»Erwähnte er die ungeschliffenen Diamanten, die er in seinem Safe aufbewahrte?«

»Nein.« Ehe noch jemand etwas sagen konnte, fragte er: »Soll damit gesagt sein, dass hier ein Raubmord vorliegt?«

»Das wissen wir noch nicht«, sagte Johnson zurückhaltend. »Um auf die Ereignisse des heutigen Abends zurückzukommen – wollen Sie uns genau sagen, was Sie taten und wo Sie sich aufhielten?«

»Gerne. Nachdem die Damen das Speisezimmer verlassen hatten, trank ich noch ein Glas Portwein. Aber ich spürte, dass die Lees Familienangelegenheiten zu besprechen hatten; um sie nicht zu stören, entschuldigte ich mich und ging.« Stephen Farr lehnte sich in seinem Stuhl zurück. Sein Zeigefinger streichelte gedankenverloren sein Kinn. Ein wenig stockend und hölzern fuhr er fort: »Dann … Ich betrat ein großes Zimmer mit einem Parkettboden, wahrscheinlich eine Art Tanzsaal. Jedenfalls steht ein Plattenspieler drin, und daneben hatte es Tanzplatten. Ich legte eine dieser Platten auf.«

»Wäre es also möglich«, fiel Poirot ein, »dass Sie auf jemanden gewartet haben?«

Ein leises Lächeln kräuselte Stephen Farrs Lippen.

»Das war durchaus möglich, gewiss. Man hofft ja immer.«

Nun lachte er wirklich.

»Señorita Estravados ist sehr schön«, sagte Poirot.

»Sie ist das Schönste und Beste, was ich bisher in England gesehen habe«, gab Stephen unumwunden zu.

»Und kam Miss Estravados auch in diesen Tanzsaal?«, fragte Colonel Johnson.

Stephen schüttelte den Kopf.

»Ich war noch dort, als ich ein Gepolter hörte, stürzte in die Halle hinaus und rannte mit den anderen die Treppe hinauf. Dann half ich Harry Lee, die Tür einzudrücken.«

»Mehr haben Sie uns nicht zu sagen?«

»Leider nein.«

Hercule Poirot neigte sich leicht nach vorn und sagte leise: »Ich glaube, Mr Farr, dass Sie uns noch eine ganze Menge erklären könnten, wenn Sie wollten.«

Farr fragte scharf: »Inwiefern, bitte?«

»Sie können uns, was sehr wichtig für den Fall ist, zum Beispiel den Charakter von Mr Lee schildern. Sie sagten, dass Ihr Vater oft von ihm sprach. Wie stellte er Ihnen seinen alten Freund vor?«

»Ich begreife, worauf Sie hinauswollen«, sagte Farr langsam. »Sie möchten herausbekommen, welche Art Mann Simeon Lee in jungen Jahren war, nicht wahr? Nun – soll ich ganz ehrlich sein?«

»Ich bitte Sie darum.«

»Also erstens glaube ich nicht, dass Simeon Lee ein hochmoralisches Mitglied der menschlichen Gesellschaft war. Damit soll nicht gesagt sein, dass er ein Gauner war, aber seine Lebensweise näherte sich dem Ungesetzlichen doch manchmal recht bedenklich. Andererseits hatte er viel Charme und war wirklich großzügig. Er half jedem, der sich in Not an ihn wandte. Er trank, wenn auch nicht übermäßig, hatte Glück bei den Frauen und war ein humorbegabter Mensch. Aber daneben war er eigenartig rachsüchtig. Man sagt, ein Elefant vergesse nichts, und genauso scheint Simeon Lee gewesen zu sein. Mein Vater erzählte mir, dass er in einigen Fällen jahrelang wartete, bis er einen Feind packen und erledigen konnte.«

Inspektor Sugden fragte lauernd: »Haben Sie eine Ahnung, Mr Farr, ob jemand, dem er übel mitgespielt hatte, noch in Südafrika lebt? Ob ein Streit aus der Vergangenheit mit diesem Mord in Verbindung gebracht werden kann?«

Stephen Farr schüttelte den Kopf.

»Er hatte Feinde, das ist klar. Aber ich weiß von keinem besonderen Fall. Außerdem –« Seine Augen verengten sich plötzlich. »Außerdem hat mir Tressilian gesagt, dass heute Abend kein Fremder im Haus war oder sich dem Haus auch nur genähert hat.«

»Mit Ausnahme von Ihnen, Mr Farr«, sagte Hercule Poirot. Stephen fuhr herum und starrte ihn an.

»Ach, so ist das? Verdächtiger Fremder innerhalb der Tore. Nun, Sie werden wenig Glück haben mit Ihrer Theorie. Es gibt keine längst vergessene Geschichte von Streitigkeiten zwischen Simeon Lee und Ebenezer Farr, die nun Ebs Sohn hier rächen wollte. Ich bin, wie ich Ihnen bereits sagte, aus purer Neugierde hergekommen. Und ein Plattenspieler ist wahrscheinlich ein ebenso guter Zeuge wie jeder andere. Ich habe dauernd neue Platten aufgelegt, und das muss jemand gehört haben. Eine Plattenlänge hätte mir niemals erlaubt, die Treppe hinaufzurennen, den endlosen Korridor entlangzusausen und dem alten Mann die Gurgel durchzuschneiden, mich dann vom Blut zu reinigen und wieder im Saal zu sein, ehe die anderen herbeistürzten. Der Verdacht ist grotesk!«

»Niemand hat Sie verdächtigt, Mr Farr«, beschwichtigte ihn Johnson.

»So? Jedenfalls hat mir Mr Hercule Poirots Ton nicht gefallen.«

»Das tut mir unendlich leid«, sagte Poirot und sah Farr versöhnlich lächelnd an.

»Danke, Mr Farr, das ist im Augenblick alles«, schnitt Colonel Johnson mögliche weitere Auseinandersetzungen ab. »Sie werden, bitte, dieses Haus vorläufig nicht verlassen.«

Stephen Farr nickte. Er stand auf und ging mit weitausholenden Schritten aus dem Zimmer.

Sobald sich die Tür hinter ihm geschlossen hatte, sagte Johnson: »Da geht X, der große Unbekannte. Seine Erklärun-

173

gen klingen zwar durchaus glaubwürdig, aber er ist doch ein schwarzes Schaf. Er *könnte* diese Diamanten gestohlen haben, und er *könnte* mit irgendeiner erfundenen Geschichte hier aufgetaucht sein, um sich Zutritt zu dem Haus zu verschaffen. Nehmen Sie ihm die Fingerabdrücke, Sugden, und forschen Sie nach, ob er bekannt ist.«

»Ich habe Stephen Farrs Fingerabdrücke bereits«, sagte der Inspektor mit einem kleinen Lächeln.

»Sehr gut. Sie übersehen wirklich nichts. Ich überlasse Ihnen, die gemachten Aussagen zu überprüfen.«

Sugden zählte an den Fingern auf. »Die erwähnten Telefongespräche und ihre genaue Zeit feststellen. Horbury kontrollieren, wann er das Haus verließ und wer ihn fortgehen sah. Feststellen, wer hier ein und aus ging. Dienerschaft verhören. Finanzlage der einzelnen Familienmitglieder auskundschaften. Den Anwalt aufsuchen und bezüglich des Testaments befragen. Das Haus nach der Mordwaffe, blutbefleckten Kleidungsstücken und natürlich nach den eventuell versteckten Diamanten durchsuchen.«

Sugden sah plötzlich verärgert aus. »Dieses Haus wird übrigens gar nicht leicht zu durchsuchen sein, Sir. Noch nie habe ich so viel Zierrat und Krimskrams beisammen gesehen wie hier.«

»Ja, Verstecke gibt es hier sicherlich eine Menge«, stimmte Poirot ihm bei.

»Und Sie haben also keine Anregungen zu machen, Poirot?«, fragte Johnson enttäuscht. Er sah aus wie ein Mann, dessen Hund soeben bei einem seiner Kunststücke versagt hat.

»Wenn Sie gestatten, möchte ich eine eigene Linie einschlagen.«

»Aber natürlich«, sagte Johnson, und fast gleichzeitig fragte Sugden ein wenig misstrauisch:

»Was für eine Linie, Mr Poirot?«

»Ich möchte noch ein paarmal mit den Mitgliedern der Familie Lee plaudern.«

»Sie noch einmal gründlich verhören?«, fragte Johnson.

»Nein, nein, nicht verhören – mit ihnen plaudern.«

»Wozu?« Sugden schien nicht zu begreifen.

Hercule Poirot machte eine elegante, ausdrucksvolle Handbewegung.

»In harmlosen Gesprächen vernimmt man gar manches. Wenn ein Mensch viel spricht, kann er die Wahrheit nicht verbergen.«

»Glauben Sie denn, dass jemand von ihnen lügt?«

Poirot seufzte. »*Mon cher,* jedermann lügt. Es ist aufschlussreich, die harmlosen Lügen von den wichtigen zu trennen.«

Aus Colonel Johnson brach es plötzlich hervor:

»Es ist einfach unglaublich! Es ist ein ganz besonders grausamer und brutaler Mord geschehen – und wen können wir als Täter verdächtigen? Alfred Lee und seine Frau – beide reizende, gepflegte, ruhige Menschen. George Lee, der Parlamentsmitglied und ein Muster an Ehrbarkeit ist. Seine Frau? Eine belanglose Modepuppe. David Lee scheint ein weichherziger Mensch zu sein, und wir wissen von seinem Bruder Harry, dass er den Anblick von Blut nicht erträgt. Seine Frau ist eine nette, vernünftige Person – weder aufregend noch auffallend. Bleiben die spanische Nichte und der Mann aus Südafrika. Spanische Frauen haben wohl ein ungezügeltes Temperament, aber ich kann mir nicht vorstellen, dass dieses bezaubernde Geschöpf dem alten Mann kaltblütig die Kehle durchgeschnitten haben soll. Umso mehr, als sie alles Interesse daran gehabt haben dürfte, ihn jedenfalls bis nach der Abfassung eines neuen Testaments am Leben zu wissen. Stephen Farr – das wäre möglich –, er könnte ein Gauner sein. Vielleicht hat der alte Mann den Verlust der Steine entdeckt, und Farr schnitt ihm die Kehle durch, um ihn zum Schweigen zu bringen. Das wäre durchaus möglich, denn der Plattenspieler ist kein überzeugendes Alibi.«

Poirot schüttelte den Kopf. »Lieber Freund, vergleichen Sie doch mal das Äußere von Monsieur Farr und Simeon Lee. Wenn Farr entschlossen gewesen wäre, den alten Herrn umzubringen, dann hätte er das binnen einer Minute tun können, ohne dass Mr Lee sich dagegen groß zur Wehr hätte setzen können. Wer sollte glauben, dass der gebrechliche, alte Mann und dieses Prachtexemplar körperlicher Kraft miteinander rangen und Stühle umwarfen, Tische zu Fall brachten und Porzellan zertrümmerten? Diese Vorstellung ist ganz einfach fantastisch!«

Colonel Johnsons Pupillen verengten sich. »Dann glauben Sie also, dass ein schwächlicher Mann den alten Simeon Lee ermordet hat?«

»Oder eine Frau«, sagte Inspektor Sugden.

Colonel Johnson sah auf die Uhr.

»Somit wäre ich hier so ziemlich fertig«, sagte er müde. »Sie haben nun das Weitere in der Hand, Sugden. Ach, doch, noch etwas. Ich möchte diesen Butler sprechen. Ich weiß, dass Sie ihn bereits verhört haben, aber es wäre immerhin wichtig, von ihm zu erfahren, wo sich jedermann aufhielt, als der Mord geschah.«

Tressilian trat bedächtig ein. Johnson bot ihm einen Platz an. »Danke, Sir, ich werde mich gerne setzen«, murmelte der alte Diener. »Ich fühle mich nicht sehr wohl – gar nicht wohl. Meine Beine, Sir, und mein Kopf.«

»Kein Wunder, nach allen Schrecken, die Sie erleben mussten«, sagte Poirot freundlich.

Der Butler schauerte zusammen. »Eine solche – grässliche Untat, in diesem Haus. Wo alles sonst so ruhig seinen Gang genommen hat.«

»Es war also ein sehr geordnetes Haus, nicht wahr?«, fragte Poirot. »Aber kein sehr glückliches?«

»Das möchte ich nicht sagen, Sir.«

»Früher, als noch die ganze Familie beisammen war – war das Leben hier glücklicher?«

Tressilian zögerte mit der Antwort. »Es war vielleicht nicht sehr harmonisch …«

»Die verstorbene Mrs Lee war oft krank, nicht wahr?«

»Ja, Sir, sie war sehr bedauernswert.«

»Haben ihre Kinder sie sehr geliebt?«

»Mr David war seiner Mutter sehr ergeben, fast eher wie eine Tochter als wie ein Sohn. Nachdem Mrs Lee gestorben war, hielt er das Leben hier nicht mehr aus und ging fort.«

»Und Mr Harry?«, fragte Poirot. »Wie war Mr Harry?«

»Immer ein wenig wild und ungebärdig, Sir, aber gutherzig. Du liebe Zeit, ich bin doch so erschrocken, als die Türglocke so ungeduldig geläutet wurde und als dann ein fremder Mann vor dem Haus stand, der mit Mr Harrys Stimme sagte: ›Hallo, Tressilian! Noch immer hier?‹ Ganz unverändert.«

Poirot sah den alten Diener verständnisvoll an.

»Ja, das muss ein eigentümliches Gefühl für Sie gewesen sein.«

Tressilians Wangen liefen rot an.

»Manchmal kommt es mir vor, Sir, als sei die Vergangenheit gar nicht vergangen. Darüber hat man in London einmal ein Theaterstück gespielt, und es ist etwas Wahres daran, wirklich, Sir. Plötzlich überkommt einen das Gefühl, als hätte man alles schon einmal getan und erlebt. Wenn ich die Tür aufmache, weil geklingelt wurde, und Mr Harry oder Mr Farr oder jemand draußen steht – dann denke ich: Aber das habe ich doch schon einmal erlebt.«

»Das ist ja sehr interessant«, murmelte Poirot.

Tressilian sah ihn dankbar an.

Johnson, ungeduldig geworden, räusperte sich und übernahm wieder die Führung des Gesprächs.

»Ich möchte gewisse Zeitangaben genau überprüfen«, sagte er. »Wenn ich recht unterrichtet bin, befanden sich nur Mr Alfred und Mr Harry im Speisezimmer, als der Lärm von oben ertönte. Ist das richtig?«

»Das weiß ich wirklich nicht, Sir. Als ich den Kaffee servierte, waren noch alle Herren im Speisezimmer – aber das kann eine Viertelstunde vorher gewesen sein.«

»Mr George Lee war am Telefon. Können Sie das bestätigen?«

»Jemand hat telefoniert, ja, Sir. Wenn man den Hörer abhebt, schlägt die Glocke in der Küche ganz leise an. Ich erinnere mich, das gehört zu haben, aber ich achtete nicht weiter darauf.«

»Sie wissen nicht, wann genau es gewesen ist?«

»Nein, Sir. Es war, nachdem ich den Herren den Kaffee hineingebracht hatte, mehr weiß ich nicht.«

»Wissen Sie, wo sich die Damen aufhielten? Ich meine, zum erwähnten Zeitpunkt?«

»Mrs Alfred war im Wohnzimmer, als ich das Kaffeegeschirr abräumen wollte. Das war eine oder zwei Minuten, ehe ich den Schrei hörte. Sie stand dicht beim Fenster, hatte den Vorhang etwas zurückgezogen und sah hinaus.«

»Von den anderen Damen war niemand in dem Zimmer?«

»Nein, Sir, und ich könnte nicht sagen, wo sie alle waren.«

»Wissen Sie, wo sich die übrigen Herrschaften befanden?«

»Mr David war, glaube ich, im Musikzimmer und spielte Klavier.«

»Hörten Sie ihn spielen?«

»Ja, Sir.« Der alte Mann schauerte zusammen. »Später dachte ich, dass es wie ein Vorzeichen gewesen sei. Er spielte einen Trauermarsch. Ich weiß noch, dass es mich ganz kalt überlief.«

»Das ist allerdings seltsam«, bemerkte Poirot.

»Nun zu dem Kammerdiener, diesem Horbury«, fuhr Johnson unbeirrt fort. »Können Sie beschwören, dass er das Haus um acht Uhr verließ?«

»Gewiss, Sir. Er ging, kurz nachdem Mr Sugden gekommen war. Das weiß ich genau, weil er nämlich eine Kaffeetasse zerschlug, eine von den Worcestertassen. Elf Jahre lang habe ich sie abgewaschen, und nie ist eine kaputtgegangen, bis heute Abend.«

»Was hat Horbury mit den Kaffeetassen zu tun?«, fragte Poirot.

»Das ist es ja gerade, Sir, er hatte gar nichts mit ihnen zu schaffen. Er hatte nur eine aufgehoben, um sie anzusehen, und als ich sagte, Mr Sugden sei gekommen, ließ er sie fallen.«

»Sagten Sie wirklich nur ›Mr Sugden‹, oder erwähnten Sie die Polizei?«

Tressilian sah ihn erstaunt an. »Nun, da ich darüber nachdenke, glaube ich, dass ich sagte, der Polizeiinspektor habe eben geläutet.«

»Und daraufhin ließ Horbury die Tasse fallen«, beendete Poirot den Satz.

»Das ist allerdings aufschlussreich«, bemerkte Johnson gespannt. »Hat Horbury irgendwelche Fragen über den Besuch des Inspektors gestellt?«

»Ja, Sir. Er fragte, was er hier wollen könne. Ich antwortete wahrheitsgemäß, dass er für das Polizeiwaisenhaus sammle und zum alten Herrn hinaufgegangen sei.«

»Schien diese Erklärung Horbury zu beruhigen?«

»Ja, wenn ich es mir recht überlege. Ja, er war ganz bestimmt sofort wieder der Alte. Sagte, Mr Lee, der alte Teufel, sei sehr freigebig – so respektlos drückte er sich aus –, und dann ging er weg.«

»Durch welche Tür verließ er das Haus?«

»Durch die, welche zum Angestelltenzimmer führt.«

»Das stimmt, Sir«, warf Sugden ein. »Er ging durch die Küche, das haben die Köchin und das Küchenmädchen bestätigt, und dann durch die Hintertür.«

»Nun, Tressilian, sagen Sie uns bitte, ob Horbury ins Haus zurückkommen konnte, ohne dass er gesehen wurde.«

Der alte Mann schüttelte den Kopf.

»Ich wüsste nicht, wie, Sir. Die Türen sind alle von innen verschlossen.«

»Und wenn er einen Schlüssel hätte?«

»Die Türen werden auch verriegelt.«

»Wie kommt er denn herein, wenn er zurückkommt?«

»Er hat einen Schlüssel zur Hintertüre, Sir, wie alle Dienstboten.«

»Er *könnte* also auf diesem Weg zurückgekommen sein?«

»Nicht, ohne durch die Küche zu gehen, Sir. Und in der Küche war bis ungefähr ein Viertel vor zehn immer jemand.«

Colonel Johnson stand auf.

»Nun, das scheint schlüssig. Danke, Tressilian.«

Der alte Mann erhob sich, machte eine kleine Verbeugung und verließ das Zimmer. Aber nach kaum zwei Minuten kam er zurück.

»Horbury ist eben heimgekommen, Sir. Möchten Sie ihn noch sprechen?«

»Ja, gerne, schicken Sie ihn sofort herein.«

Sydney Horbury wirkte keineswegs sympathisch, als er das Zimmer betrat. Er blieb in der Nähe der Tür stehen, rieb sich die Hände und sah rasch und forschend von einem der drei Gesichter zum anderen. Sein Benehmen war unterwürfig und glatt zugleich.

»Sie sind der Kammerdiener des verstorbenen Mr Lee?«, fragte Johnson.

»Ja, Sir. Ist es nicht schrecklich? Man hätte mich mit einer

Feder zu Boden werfen können, als Gladys mir die Sache erzählt hat. Der arme alte Herr –«

»Bitte, beantworten Sie nur meine Fragen.« Johnson war nicht gewillt, die Sitzung noch mehr in die Länge zu ziehen. »Wann sind Sie heute Abend ausgegangen, und wo waren Sie?«

»Ich habe das Haus kurz vor acht Uhr verlassen, Sir, und ich war im *Superb,* fünf Minuten von hier entfernt. ›Liebe in Sevilla‹ hieß der Film, Sir.«

»Hat jemand Sie dort gesehen?«

»Das Fräulein an der Kasse, Sir, sie kennt mich. Auch der Platzanweiser kennt mich. Und außerdem – hm – war ich mit einer jungen Dame im Kino. Wir hatten uns verabredet.«

»Ach, wirklich? Wie heißt die junge Dame?«

»Doris Buckle, Sir. Sie arbeitet in der Molkerei, Markham Road 23.«

»Gut, wir werden dem nachgehen. Sind Sie gleich heimgekommen?«

»Ich habe erst meine Begleiterin nach Hause gebracht. Dann kam ich sofort heim. Sie werden feststellen, dass das alles wahr ist, Sir, und dass ich nichts mit alldem zu tun habe. Ich war –«

»Niemand beschuldigt Sie, etwas damit zu tun zu haben«, unterbrach ihn Johnson schroff.

»Nein, Sir, natürlich nicht. Aber es ist sehr unangenehm, wenn in einem Haus ein Mord passiert.«

»Niemand hat behauptet, dass es angenehm sei. Wie lange waren Sie in Mr Lees Diensten?«

»Etwas über ein Jahr, Sir.«

»Waren Sie zufrieden mit Ihrer Stellung?«

»Ja, Sir, sehr zufrieden. Die Entlohnung war gut. Mr Lee war wohl manchmal schwierig, aber schließlich habe ich Übung im Umgang mit alten kranken Menschen.«

»Inspektor Sugden wird notieren, wo und bei wem Sie früher angestellt waren. Was ich vor allem wissen möchte, ist: Wann haben Sie den Verstorbenen zuletzt gesehen?«

»Um ungefähr halb acht, Sir. Mr Lee bekam immer um sieben ein leichtes Nachtessen in seinem Zimmer serviert, und dann machte ich ihn bereit zum Schlafengehen. Danach saß er meist noch vor dem Kaminfeuer, bis er müde war und zu Bett ging.«

»Um wie viel Uhr tat er das gewöhnlich?«

»Das war ganz verschieden, Sir. Oft ging er schon um acht Uhr schlafen – wenn er sehr müde war. Aber es kam auch vor, dass er bis elf Uhr und später sitzen blieb.«

»Und dann läutete er nach Ihnen, und Sie halfen ihm ins Bett?«

»Ja, Sir.«

»Aber heute waren Sie zum Beispiel ausgegangen. Hatten Sie freitags abends immer frei?«

»Ja, Freitag hatte ich abends immer Ausgang.«

»Was geschah, wenn Mr Lee zu Bett gehen wollte?«

»Dann läutete er, und entweder Tressilian oder Walter halfen ihm.«

»Er war also nicht ganz hilflos? Er konnte herumgehen?«

»Ja, Sir, aber nur sehr mühsam. Er litt an rheumatoider Arthritis. Es ging ihm an manchen Tagen viel besser als an anderen.«

»Ging er tagsüber nie in ein anderes Zimmer?«

»Nein, Sir. Er zog es vor, in seinem Zimmer zu bleiben. Mr Lee stellte keine großen persönlichen Ansprüche. Der Raum war groß, sehr luftig und hell.«

»Also hatte Mr Lee um sieben wie immer zu Abend gegessen?«

»Ja, Sir. Ich holte das Tablett und stellte Sherry und zwei Gläser auf seinen Schreibtisch. So hatte es Mr Lee befohlen.«

»War das üblich?«

»Manchmal schon. In der Regel suchte niemand von der Familie den alten Herrn auf, ohne dazu aufgefordert worden zu sein. Meist wollte er abends allein sein, aber es kam vor, dass er Mr Alfred oder Mrs Alfred oder beide bat, nach dem Nachtessen noch zu ihm zu kommen.«

»Aber heute Abend war das also nicht der Fall? Das heißt, er hatte, soviel Sie wissen, niemand um einen Besuch gebeten?«

»Ich jedenfalls habe niemandem eine solche Bitte ausgerichtet, Sir.«

»Also erwartete er niemanden von der Familie?«

»Er kann natürlich persönlich jemanden um einen Besuch gebeten haben.«

»Selbstverständlich.«

»Ich sah nach, ob alles in Ordnung sei, wünschte Mr Lee eine gute Nacht und verließ das Zimmer.«

»Haben Sie noch Holz auf das Feuer gelegt, ehe Sie gingen?«, fragte Poirot.

Der Diener zögerte. »Das war nicht notwendig, Sir. Es brannte ziemlich stark.«

»Könnte Mr Lee selber Holz nachgelegt haben?«

»Nein, Sir. Vermutlich hat das Mr Harry getan.«

»War Mr Harry bei seinem Vater, als Sie vor dem Nachtessen zu Mr Lee hinaufgingen?«

»Ja, Sir. Er ging, als ich kam.«

»Wie war die Stimmung der beiden Herren, sofern Sie das beurteilen können?«

»Mr Harry schien gut gelaunt zu sein, Sir. Er trug den Kopf sehr hoch und lachte.«

»Und der alte Herr?«

»Er war still und ziemlich nachdenklich.«

»So? Nun möchte ich noch etwas wissen, Horbury: Was wissen Sie von den Diamanten in Mr Lees Safe?«

»Diamanten, Sir? Ich habe nie Diamanten gesehen.«

»Mr Lee bewahrte eine Reihe ungeschliffener Diamanten hier auf. Sie müssen doch gesehen haben, dass er sie in Händen hielt oder betrachtete.«

»Diese kleinen Kieselsteine, Sir? Ja, die habe ich ein paar Mal in seinen Händen gesehen. Aber ich wusste nicht, dass es Diamanten waren. Erst gestern hat er sie der ausländischen jungen Dame gezeigt – oder war es vorgestern?«

»Diese Steine sind gestohlen worden«, sagte Colonel Johnson plötzlich laut und scharf.

»Sie werden doch nicht denken, Sir, dass ich etwas damit zu tun habe?«, fuhr Horbury fort.

»Ich habe nichts Derartiges erwähnt«, antwortete Johnson kurz. »Nun, können Sie uns noch irgendwelche Auskünfte über die Sache geben?«

»Über die Diamanten, Sir? Oder den Mord?«

»Beides.«

Horbury dachte nach. Seine Zunge fuhr über die blassen Lippen. Als er nach einer Weile wieder aufsah, blickten seine Augen ziemlich verängstigt.

»Ich glaube nicht, Sir.«

»Kann nichts, was Sie vielleicht im Lauf des Tags gehört haben, aufschlussreich sein für uns?«, fragte Poirot sanft.

Die Lider des Dieners begannen zu zucken.

»Nein, Sir, ich glaube nicht. Höchstens vielleicht. – Es gab eine Auseinandersetzung zwischen Mr Lee und einigen Familienmitgliedern.«

»Welchen Mitgliedern der Familie?«

»Es handelte sich um die Heimkehr von Mr Harry Lee, die Mr Alfred Lee gar nicht zu passen schien. Darüber hatte er mit seinem Vater einen Wortwechsel – das war aber auch alles. Der alte Herr warf ihm keineswegs vor, die Diamanten genommen zu haben, und ich bin überzeugt, dass Mr Alfred niemals so etwas getan hätte.«

Poirot fragte sehr schnell: »Dieser Streit fand statt, *nachdem* Mr Lee den Verlust der Diamanten entdeckt hatte, nicht wahr?«

»Ja, Sir.«

Poirot beugte sich vor. »Ich glaubte, Horbury, dass Sie keine Ahnung vom Verschwinden der Diamanten hatten, dass Sie erst jetzt, durch uns, davon gehört hatten. Wie also können Sie wissen, dass Mr Lee den Diebstahl entdeckte, *bevor* er mit seinem Sohn sprach?«

Horbury wurde tiefrot.

»Zwecklos, zu lügen«, sagte Sugden. »Heraus damit! Wann haben Sie vom Verschwinden der Steine erfahren?«

»Ich hörte ihn mit jemandem telefonieren«, antwortete Horbury dumpf. »Ich war vor der Tür und konnte nur ein, zwei Worte deutlich verstehen.«

»Und was genau haben Sie verstanden?«, fragte Poirot übertrieben freundlich.

»Ich hörte die Worte ›Raub‹ und ›Diamanten‹ und dass er sagte: ›Ich weiß nicht, wen ich verdächtigen soll‹ – und dann etwas von heute Abend um acht Uhr.«

Inspektor Sugden nickte.

»Er hatte mit mir gesprochen, mein Bester. Ungefähr um zehn Minuten nach fünf, stimmt's?«

»Jawohl, Sir.«

»Und als Sie nachher sein Zimmer betraten, war Mr Lee da sehr aufgeregt?«

»Nicht sehr. Er sah eher bekümmert aus.«

»So bekümmert, dass Ihnen ein wenig mulmig zumute wurde, wie?«

»Hören Sie, Mr Sugden, so dürfen Sie mir nicht kommen. Ich habe diese Diamanten nie auch nur angerührt, und Sie können mir nicht das Gegenteil beweisen. Ich bin kein Dieb!«

Inspektor Sugden antwortete ungerührt:

»Das werden wir ja sehen.« Er sah den Colonel fragend an, nahm dessen Nicken wahr und fuhr fort: »Das ist alles, Horbury. Ich brauche Sie heute Abend nicht mehr.«

Horbury verschwand erleichtert.

»Das war fabelhaft, Mr Poirot«, sagte Sugden bewundernd. »So glatt habe ich noch nie jemanden in eine Falle gehen sehen. Ob er ein Dieb ist oder nicht – jedenfalls ist er ein erstklassiger Lügner.«

»Kein sehr einnehmender Mensch«, stellte Poirot fest.

»Ein ekelhafter Kerl«, stimmte Johnson zu. »Die Frage ist jetzt: Was können wir mit seiner Aussage anfangen?«

Sugden fasste die Sachlage kurz zusammen. »Meiner Ansicht nach gibt es drei Möglichkeiten, Sir. Erstens: Horbury ist ein Dieb *und* ein Mörder. Zweitens: Horbury ist wohl ein Dieb, aber *kein* Mörder. Drittens: Horbury ist unschuldig. Zu Punkt eins: Er hörte das Telefongespräch und wusste, dass der Diebstahl entdeckt worden war. Aus dem Verhalten des alten Herrn glaubte er schließen zu können, dass er verdächtigt wurde. Fasste rasch einen Entschluss. Ging um acht Uhr ostentativ aus und besorgte sich ein Alibi. Einfache Sache, aus einem Kino wegzuschleichen und unbemerkt hierher zurückzukommen. Allerdings muss er des Mädchens ganz sicher sein, dass sie ihn nicht verrät. Ich werde morgen ja sehen, was ich aus ihr herausbekomme.«

»Und wie sollte er ins Haus gekommen sein?«, fragte Poirot.

»Das ist schon schwieriger«, gab Sugden zu. »Aber auch das hätte sich bewerkstelligen lassen. Wenn ihm zum Beispiel eine der Angestellten die Seitentüre aufschloss.«

Poirot hob zweifelnd die Augenbrauen.

»Damit hätte er sein Leben gleich zwei Frauen in die Hand gegeben? *Eine* Frau bedeutet schon ein großes Risiko, aber *zwei* – *eh bien,* meiner Meinung nach würde das an Selbstmord grenzen!«

»Gewisse Verbrecher glauben eben, ihnen könne gar nichts passieren«, sagte Sugden. »Zu Punkt zwei: Horbury erwischte diese Diamanten, brachte sie heute Abend aus dem Haus und übergab sie einem Komplizen. Das wäre an sich einfach und möglich. Aber in diesem Fall müssen wir annehmen, dass jemand anders den alten Herrn heute Abend umbrachte, jemand, der von dem Diamantendiebstahl keine Ahnung hatte. Das ist ebenfalls möglich, aber reichlich unwahrscheinlich. Punkt drei: Horbury ist unschuldig. Irgendjemand anders stahl die Diamanten und ermordete Mr Lee. Das sind die drei Möglichkeiten. Welche den Tatsachen entspricht, werden wir jetzt herausfinden müssen.«

Colonel Johnson gähnte, sah wieder auf seine Uhr und stand auf.

»Nun, ich glaube, jetzt wollen wir schlafen gehen. Sehen wir uns noch vorher den Safe an. Es wäre verrückt, wenn diese verdammten Steine die ganze Zeit friedlich dort dringelegen hätten.«

Aber die verdammten Diamanten lagen nicht im Safe. Die Herren fanden das Kennwort zum Kombinationsschloss im Notizbuch des Toten. Im Safe lag nur ein leerer Wildlederbeutel. Unter all den Papieren, die der Kassenschrank enthielt, war einzig das vor fünfzehn Jahren abgefasste Testament von Bedeutung.

Abgesehen von verschiedenen Vergabungen und Legaten, lautete der Verteiler sehr einfach. Alfred Lee war Erbe der Hälfte des väterlichen Vermögens. Die andere Hälfte sollte zu gleichen Teilen an die übrigen Kinder gehen, also an Harry, George, David und Jennifer.

Hercule Poirot spazierte in der hellen Vormittagssonne des Weihnachtstags durch den Garten von Gorston Hall. Hier, an der Südseite des weitläufigen Hauses, war eine große, von geschnittenen Eibenhecken eingefasste Terrasse. Poirot bewunderte die Miniaturgärtchen, die überall zwischen den Steinplatten und Pflanzen angelegt worden waren.

»*C'est bien imaginé, ça*«, murmelte er vor sich hin.

In der Ferne konnte er zwei Gestalten sehen, die sich einem kunstvoll angelegten Teich näherten. Pilar war leicht zu erkennen, und im ersten Augenblick glaubte Poirot, dass die andere Figur Stephen Farr sei; aber dann sah er, dass Pilars Begleiter Harry Lee war. Er schien sich sehr eifrig seiner hübschen Nichte zu widmen. Manchmal warf er den Kopf zurück und lachte, dann beugte er sich wieder zu ihr hinunter.

»Ein Mensch, der bestimmt nicht tief trauert«, sagte Poirot laut zu sich selber.

Ein Geräusch hinter ihm ließ ihn herumfahren. Magdalene Lee stand da und sah ebenfalls den beiden sich entfernenden Gestalten nach. Dann wandte sie den Kopf und lächelte Poirot betörend an.

»Es ist ein so herrlich sonniger Tag, dass man kaum an die Gräuel der vergangenen Nacht zu glauben vermag, nicht wahr, Mr Poirot?«

»Ja, tatsächlich, Madame.«

Magdalene seufzte.

»Ich war noch nie in eine solche Tragödie verwickelt. Ich bin – ich bin wirklich kaum erst erwachsen. Wahrscheinlich blieb ich zu lange ein Kind. Das ist immer verhängnisvoll.« Sie seufzte wieder. »Pilar ist so ungewöhnlich gefasst. Das macht wohl das spanische Blut. Es ist alles so merkwürdig, nicht wahr?«

»Was finden Sie merkwürdig, Madame?«

»Die Art und Weise, wie sie hier auftauchte, sozusagen aus heiterem Himmel.«

»Man hat mir gesagt, dass Mr Lee längere Zeit nach ihr suchen ließ. Er hat mit dem Konsulat in Madrid Kontakt aufgenommen und mit dem Vizekonsul von Aliquara, wo Pilars Mutter gestorben ist.«

»Er hat ein großes Geheimnis aus alldem gemacht«, sagte Magdalene. »Alfred hat nichts davon gewusst. Auch Lydia nicht.«

»Ach?«

Magdalene trat etwas näher an Poirot heran. Er konnte das feine Parfüm riechen, das sie verwendete.

»Wissen Sie, Mr Poirot, es gibt da irgendeine Geschichte mit Estravados, Jennifers Mann. Er starb sehr bald nach ihrer Heirat, und zwar unter besonderen Umständen. Alfred und Lydia wissen davon. Ich glaube, es war etwas ziemlich Unerquickliches.«

»Das«, sagte Poirot, »ist wirklich traurig.«

»Mein Mann findet – und ich bin durchaus seiner Ansicht –, dass die Familie ein wenig eingehender über die Abkunft des Mädchens unterrichtet werden sollte. Schließlich war ihr Vater ein Verbrecher.«

Sie hielt inne, aber Hercule Poirot sagte kein Wort. Er schien in die Schönheit der winterlichen Landschaft um Gorston Hall versunken zu sein.

»Ich werde das Gefühl nicht los«, fuhr Magdalene fort, »dass die Art, wie mein Schwiegervater ermordet wurde, sehr bedeutungsvoll ist. Dieser Mord war so ganz unenglisch.«

Hercule Poirot wandte sich ihr langsam zu. Seine klugen Augen trafen die ihrigen mit dem Ausdruck erstaunter Frage.

»Ach, eher von spanischer Art, meinen Sie?«

»Nun, sie *sind* grausam, oder nicht?« Magdalenes Worte

hatten etwas Kindisch-Naives. »All diese Stierkämpfe und so.«

»Wollen Sie damit sagen, dass Sie glauben, Señorita Estravados habe ihrem Großvater die Kehle durchgeschnitten?« Hercule Poirot stellte diese Frage mit amüsiertem Lächeln.

»Aber nein, Monsieur Poirot.« Magdalene war entsetzt. »Ich habe nichts Derartiges gesagt. Wirklich nicht.«

»Nein, das haben Sie vielleicht wirklich nicht.«

»Aber ich glaube, dass sie eine verdächtige Erscheinung ist. Schon nur die Art, wie sie heimlich etwas vom Boden auf hob gestern Abend.«

Poirots Stimme klang plötzlich ganz anders. Scharf fragte er: »Sie hat gestern Abend etwas vom Boden aufgehoben?«

Magdalene nickte. Ihr kindlicher Mund verzog sich böse.

»Ja, kaum dass wir das Zimmer betreten hatten. Erst sah sie sich schnell um, ob niemand sie dabei beobachtete, und dann stürzte sie sich darauf. Aber dieser Inspektor hatte es gesehen, glücklicherweise, möchte ich sagen, und zwang sie, das Ding herauszugeben.«

»Was hatte sie denn aufgehoben, wissen Sie das, Madame?«

»Nein, ich stand nicht nahe genug, um es zu sehen.« Das klang ehrlich bedauernd. »Irgendetwas sehr Kleines.«

Poirot runzelte die Stirn. »Das ist interessant«, murmelte er.

»Ja, und deshalb fand ich, dass man Ihnen diese Sache mitteilen sollte«, sagte Magdalene schnell. »Schließlich wissen wir überhaupt nichts von Pilars Erziehung und von dem Leben, das sie bis dahin geführt hat. Alfred ist immer so vertrauensvoll, und der lieben Lydia ist so was gleichgültig.« Dann schien ihr etwas einzufallen. »Ich sollte Lydia wohl fragen, ob ich nicht etwas helfen kann. Es sind sicher viele Briefe zu schreiben.«

Sie verabschiedete sich mit einem befriedigten Lächeln.

Poirot blieb gedankenverloren auf der Terrasse stehen.

Dort traf ihn Inspektor Sugden, der düsterer Stimmung zu sein schien.

»Guten Morgen, Mr Poirot. ›Fröhliche Weihnacht‹ scheint hier nicht der richtige Gruß zu sein, nicht wahr?«

»*Mon cher collègue,* fröhlich sehen Sie allerdings nicht gerade aus. Haben Sie gute Fortschritte gemacht?«

»Ich habe verschiedene Punkte klargestellt. Horburys Alibi ist wasserdicht. Der Platzanweiser des Kinos sah ihn mit dem Mädchen hineingehen und am Schluss des Films wieder herauskommen, und er ist ziemlich sicher, dass Horbury das Kino während der Vorstellung nie verließ. Das Mädchen schwört, dass er immer neben ihr gesessen habe.«

»Nun, dann ist zu diesem Punkt nicht mehr viel zu sagen«, stellte Poirot nachdenklich fest.

Doch der zynische Sugden sagte: »Bei jungen Mädchen kann man nie wissen, Sir. Lügen sich für einen Mann ins tiefste Fegefeuer.«

»Das spricht für sie«, lächelte Poirot.

»Eine ausländische Art, die Dinge zu betrachten«, brummte Sugden. »Und eine, die den Zielen der Gerechtigkeit zuwiderläuft.«

»Gerechtigkeit ist eine seltsame Sache«, sagte Hercule Poirot. »Haben Sie jemals darüber nachgedacht?«

Sugden sah ihn groß an. »Sie sind ein komischer Mensch, Mr Poirot.«

»Gar nicht. Ich folge nur einem logischen Gedankengang. Aber wir wollen uns auf keine Diskussion einlassen, nicht wahr? Ihrer Ansicht nach hat also das Fräulein vom Milchgeschäft nicht die Wahrheit gesagt?«

Sugden schüttelte den Kopf.

»Nein, so ist es nicht. Ich glaube sogar, dass sie nicht gelogen hat. Sie ist ein harmloses Geschöpf, und ich hätte es bestimmt sofort gemerkt, wenn sie geflunkert hätte.«

»Sie haben große Erfahrung.«

»Jawohl, Mr Poirot. Nachdem man sein Leben lang Aussagen aufgenommen hat, weiß man, wann jemand lügt und wann nicht. Nein, ich bin überzeugt, dass das Mädchen die Wahrheit sagte, und daraus ergibt sich also, dass Horbury den alten Mann nicht umgebracht hat und dass wir den Mörder im Familienkreis zu suchen haben.« Er holte tief Atem. »Jemand von ihnen hat es getan, Mr Poirot. Aber wer?«

»Haben Sie keine neuen Anhaltspunkte?«

»Doch. Mit den Telefongesprächen hatte ich sogar ziemlich Glück. Mr George Lee ließ sich um zwei Minuten vor neun mit Westeringham verbinden. Das Gespräch dauerte sechs Minuten.«

»Aha!«

»Sehr richtig! Ferner wurde kein anderes Gespräch angemeldet – weder nach Westeringham noch anderswohin.«

»Interessant«, sagte Poirot anerkennend. »Mr George Lee gab an, dass er eben fertig war mit seinem Telefonat, als er den Lärm von oben hörte; aber er muss also mindestens zehn Minuten vorher damit fertig gewesen sein. Wo war er während dieser zehn Minuten? Mrs George Lee behauptet, ebenfalls telefoniert zu haben – in Wahrheit wurde kein zweiter Anruf vermittelt. Wo war sie also?«

»Sie haben eben mit ihr gesprochen, Mr Poirot.« Sugdens Feststellung enthielt eine Frage.

Doch Poirot antwortete: »Sie irren sich.«

»Wie bitte?«

»Ich habe nicht mit ihr gesprochen – sie hat mit mir gesprochen.«

Erst wollte Sugden diese feine Unterscheidung ungeduldig beiseiteschieben, aber plötzlich begriff er ihre Bedeutung.

»Ach so? Was hatte sie Ihnen zu erzählen?«

»Sie wollte Verschiedenes festgehalten wissen: die unenglische Art des Mordes an Mr Lee; die möglicherweise recht zweifelhafte Abkunft väterlicherseits von Miss Estravados; die Tatsache, dass Miss Estravados etwas vom Boden aufhob, als sie das Zimmer des Toten betrat.«

»So? Das hat sie Ihnen erzählt?«, sagte Sugden interessiert.

»Ja. Was hat die Señorita eigentlich aufgehoben?«

Sugden seufzte.

»Ich werde es Ihnen zeigen. Solche Dinge pflegen in Kriminalromanen das ganze Geheimnis schlagartig zu enthüllen. Wenn Sie daraus klug werden, dann gebe ich meinen Beruf auf.«

Sugden zog einen Briefumschlag aus der Tasche und schüttelte den Inhalt auf die Handfläche. Ein verstohlenes Lächeln überflog sein Gesicht.

»Hier, bitte. Können Sie sich darauf einen Reim machen?«

Auf der breiten Handfläche des Inspektors lagen ein dreieckiges Stück roten Gummis und ein kleiner Holznagel. Sugdens Heiterkeit vertiefte sich, als Poirot die beiden Gegenstände stirnrunzelnd betrachtete.

»Nun, Mr Poirot? Können Sie damit etwas anfangen?«

»Dieser kleine Gummifetzen könnte aus einer Toilettentasche geschnitten worden sein.«

»Wurde er auch, und zwar aus einem Beutel, der in Mr Lees Zimmer hing. Vielleicht hat Mr Lee das sogar selber getan. Aber warum? Horbury kann darüber gar keine Auskunft geben. Und wo der kleine Holzdübel herkommt, ist gänzlich schleierhaft.«

»Das ist allerdings seltsam«, sagte Poirot leise.

»Sie können die Sachen behalten, wenn Sie wollen«, bot Sugden ihm freundlich an. »Ich brauche sie nicht mehr.«

»*Mon ami,* ich will Sie nicht berauben.«

»Diese Dinge sagen Ihnen also gar nichts?«

»Ich muss gestehen – nein, gar nichts.«

»Großartig.«, sagte Sugden ironisch und schob den Umschlag in seine Tasche zurück. »Wir kommen wirklich vorwärts.«

»Mrs George Lee erzählte mir, dass die junge Dame sich rasch bückte und die beiden Gegenstände verstohlen an sich nahm. Können Sie das bestätigen?«

Sugden überlegte sich diese Frage.

»N-nein«, antwortete er schließlich zögernd, »das möchte ich nicht behaupten. Sie sah dabei nicht schuldbewusst aus, gar nicht, aber sie griff irgendwie – sozusagen zielbewusst ruhig nach ihnen – wenn Sie verstehen, wie ich es meine. Und sie wusste nicht, dass ich ihr dabei zusah. Davon bin ich überzeugt, denn sie fuhr zusammen, als ich sie stellte.«

Poirot dachte über diese Feststellung nach.

»Dann haben die beiden Sachen eben doch eine Bedeutung. Aber welche? Das kleine Stück Gummi ist ganz frisch. Es scheint zu gar nichts benützt worden zu sein. Was kann es also bedeuten? Und trotzdem ist ...«

Sugden unterbrach ihn ungeduldig.

»Nun, Sie können sich darüber den Kopf zerbrechen, wenn Sie Lust dazu haben, Mr Poirot. Ich habe anderes zu tun.«

»Wie weit sind Sie denn mit der Klärung des Falls?«, fragte Poirot.

Sugden zog sein Notizbuch hervor.

»Halten wir mal die Tatsachen fest. Vor allem wollen wir die Leute ausscheiden, die den Mord nicht begangen haben können.«

»Und das sind?«

»Alfred und Harry Lee. Sie haben ein unanfechtbares Alibi, ebenso Mrs Alfred Lee, die Tressilian kaum eine Minute vor dem Spektakel im ersten Stock noch im Wohnzimmer sah. Von den anderen habe ich mir eine Liste aufgestellt.«

Er reichte Poirot sein Notizbuch.

Zum Zeitpunkt des Mordes waren:

George Lee	?
Mrs George Lee	?
David Lee	im Musikzimmer und spielte Klavier (bestätigt durch seine Frau)
Mrs David Lee	im Musikzimmer (bestätigt durch ihren Mann)
Miss Estravados	in ihrem Schlafzimmer (unbestätigt)
Stephen Farr	im großen Saal und hörte Schallplatten (bestätigt durch drei Angestellte, die in ihrem Aufenthaltsraum die Musik hören konnten)

Poirot gab Sugden die Liste zurück.

»Was folgern Sie daraus?«

»Daraus ergibt sich, dass George Lee den alten Mann hätte töten können. Mrs George Lee hätte ihn töten können. Pilar Estravados hätte ihn töten können. Und entweder Mr oder Mrs David Lee, aber nicht beide, hätten ihn töten können.«

»Sie glauben also nicht an dieses Alibi?«

Inspektor Sugden schüttelte energisch den Kopf.

»Nicht um die Welt. Mann und Frau – glücklich verheiratet. Sie haben möglicherweise beide mit der Sache zu tun. Wenn aber nur einer von ihnen die Tat beging, dann ist der andere bereit, Meineide auf dieses Alibi zu schwören. Ich sehe die Sache folgendermaßen: Jemand hat im Musikzimmer Klavier gespielt – es kann David Lee gewesen sein, der ja nachgewiesenermaßen sehr musikalisch ist; aber nichts beweist, dass auch seine Frau im Musikzimmer war. Umgekehrt könnte Hilda Lee Klavier gespielt haben, während David die Treppe hinaufschlich und seinen Vater ermordete. Nein, dieser Fall liegt ganz anders als derjenige der beiden Brüder im Speisezimmer.

Alfred und Harry Lee können sich nicht ausstehen und würden sich demnach nicht gegenseitig durch falsche Aussagen schützen.«

»Und wie steht es mit Stephen Farr?«

»Auch er ist verdächtig, weil sein Plattenspieler-Alibi doch ein bisschen fadenscheinig ist. Andererseits ist gerade ein solches Alibi manchmal glaubwürdiger als ein sozusagen unumstößliches, das in zehn von hundert Fällen ja doch konstruiert worden ist.«

Poirot neigte gedankenvoll den Kopf.

»Ich verstehe, wie Sie es meinen. Es ist das Alibi eines Menschen, der nicht ahnte, dass er vielleicht jemals eines brauchen werde.«

»Genau das meine ich. Und außerdem glaube ich nicht, dass ein Fremder in diese Sache verwickelt ist.«

»Da stimme ich Ihnen bei«, warf Poirot schnell ein. »Das Ganze ist eine Familienangelegenheit. Gift, das im Blut arbeitet – Gefühle, die tief sitzen. Ich glaube, hier spielen Hass und Wissen mit.« Er machte eine vielsagende Handbewegung. »Ich weiß nicht – es ist alles sehr schwierig.«

Inspektor Sugden hatte respektvoll gewartet, war aber von Poirots Gedankengängen nicht sonderlich beeindruckt.

»Sicherlich, Mr Poirot«, sagte er höflich. »Aber wir werden schon dahinterkommen, verlassen Sie sich drauf. Wir haben jetzt die *Möglichkeiten* festgestellt. George, Magdalene, David und Hilda Lee – Pilar Estravados – und fügen wir noch bei: Stephen Farr. Jetzt kommen wir zum Motiv. Wer hatte einen Grund, den alten Mr Lee aus dem Weg zu räumen?

Auch dabei können wir ein paar Leute von vornherein ausschalten. Miss Estravados zum Beispiel. Wenn ich recht verstanden habe, bekommt sie nach dem jetzt vorliegenden Testament überhaupt nichts. Wäre Simeon Lee vor seiner Tochter Jennifer gestorben, hätte diese ihren Anteil erhalten, und von ihr wäre er vielleicht auf Pilar übergegangen; aber da Jennifer Estravados ihrem Vater im Tod voranging, fällt ihr Erbteil den übrigen Geschwistern zu. Also lag es durchaus im Interesse von Miss Estravados, den alten Herrn am Leben zu wissen. Nachdem er sie sehr freundlich aufgenommen hatte, ist anzunehmen, dass er sie in einem neuen Testament bedacht hätte. Also hatte sie durch seinen Tod nichts zu gewinnen und alles zu verlieren. Sind Sie damit einverstanden?«

»Vollkommen.«

»Natürlich könnte sie ihm im Verlauf eines Streits die Kehle durchgeschnitten haben, aber das erscheint mir sehr unglaubwürdig. Erstens war sie dem alten Herrn zugetan, und zweitens lebte sie noch nicht lange genug im Haus, um irgendeinen Hass auf ihn zu haben. Aus all diesen Erwägungen dünkt es mich sehr unwahrscheinlich, dass Miss Estravados etwas mit dem Verbrechen zu tun hat – es sei denn, man will geltend machen, einem Menschen die Gurgel durchzuschneiden sei eine sehr unenglische Art zu morden, wie Ihre Freundin Magdalene Lee sich ausdrückte.«

»Nennen Sie sie nicht meine Freundin«, fuhr Poirot auf.

»Oder soll ich von *Ihrer* Freundin Pilar sprechen, die Sie so schön finden?«

Er erlebte das Vergnügen, mit anzusehen, wie der gute Inspektor wieder sichtlich verlegen wurde und tiefrot anlief. Poirot betrachtete ihn mit diebischer Schadenfreude. Dabei klang eine Spur ehrlichen Neids in seiner Stimme mit, als er sagte: »Es stimmt übrigens, dass Ihr Schnurrbart prachtvoll ist. Sagen Sie, benützen Sie eine Spezialpomade?«

»Pomade? Allmächtiger! Nein! Ich tue gar nichts zu seiner Pflege. Er wächst von selber.«

Poirot seufzte.

»Ein Geschenk der Natur.« Er zupfte an seinem eigenen üppigen schwarzen Schnurrbart und seufzte wieder. »Man kann die teuersten Salben verwenden«, murmelte er, »das Nachfärben bekommt den Haaren einfach nicht.«

Inspektor Sugden schien für diese Fragen männlicher Schönheitspflege kein Interesse aufzubringen. Er fuhr unbeirrt fort: »Was den Grund für diesen Mord anbelangt, so glaube ich, dass wir auch Stephen Farr ausschließen können. Es ist möglich, dass zwischen dem alten Mr Lee und Farrs Vater irgendwelche Zwistigkeiten bestanden hatten, unter denen der alte Farr litt – aber mir kommt das nicht sehr wahrscheinlich vor. Farr war zu ruhig und sicher, als er davon sprach, und ich glaube nicht, dass er diese Sicherheit nur spielte. Nein, auf dieser Linie werden wir keine Fortschritte erzielen.«

»Das kommt mir auch so vor«, stimmte Poirot ihm zu.

»Und noch eine Person hatte allen Grund, den alten Lee am Leben erhalten zu wollen – sein Sohn Harry. Zugegeben, er ist Nutznießer des Testaments, aber ich bin überzeugt, dass er nicht wusste, dass sein Vater ihm etwas hinterlassen werde. Jedenfalls hat er es bestimmt nicht wissen können. Es scheint im Gegenteil die Meinung vorgeherrscht zu haben, Harry habe durch sein Durchbrennen die Erbschaft verspielt. Aber jetzt schien er wieder in Gnaden aufgenommen zu werden. Es lag also in seinem Interesse, dass sein Vater ein neues Testament verfassen wollte, und er wäre doch nicht so verrückt gewesen, den alten Herrn vorher zu töten. Außerdem wissen wir ja, dass er es gar nicht hätte tun können. Sehen Sie, Mr Poirot, wir kommen ganz gut vorwärts. Wir können eine ganze Reihe Leute aus der Liste der Verdächtigen streichen.«

»Allerdings. Bald wird überhaupt niemand mehr übrig sein.«

»So weit sind wir denn doch noch nicht. Es bleiben uns George Lee und seine Frau, David Lee und Hilda Lee. Sie alle gewinnen durch den Tod Simeon Lees, und George Lee soll sehr geldgierig sein. Und sein Vater hatte gedroht, ihm seinen

Zuschuss zu kürzen. Also hatte George Lee Grund *und* Möglichkeit für den Mord.«

»Weiter bitte!«

»Mrs George Lee. Ebenfalls gierig auf Geld wie eine Katze auf Sahne. Und ich könnte wetten, dass sie gerade jetzt bis über die Ohren in Schulden steckt. Sie war eifersüchtig auf die kleine Spanierin, weil sie bemerkte, dass der alte Herr die Kleine gern mochte. Als sie hörte, dass der Schwiegervater nach einem Anwalt verlangte, schlug sie schnell zu. Das sind schwerwiegende Verdachtsmomente.«

»Sicherlich.«

»Bleiben David Lee und seine Frau. Sie figurieren im Testament als Erben; aber ich glaube nicht, dass das Geldmotiv bei ihnen sonderlich ins Gewicht fällt.«

»Nein?«

»Nein. David Lee scheint ein Träumer zu sein – kein geschäftstüchtiger Mensch. Aber er ist – nun, er ist ein sonderbarer Kauz. Meiner Ansicht nach hätte der Täter drei Motive haben können: den Diamantendiebstahl – das Testament – puren, klaren Hass.«

»Ach, so sehen Sie die Dinge?«

»Gewiss, und zwar von Anfang an. *Wenn* David Lee seinen Vater ermordet hat, dann bestimmt nicht des Geldes wegen. Und wenn er der Täter war, dann würde das diesen ungemein blutigen Mord erklären.«

Poirot sah ihn anerkennend an.

»Richtig. Ich fragte mich, ob Sie das in Erwägung ziehen würden. *So viel Blut* – sagte Mrs Alfred. Es erinnert einen an uralte Rituale, an Blutopfer, daran, dass sich die Menschen mit dem Blut der Geopferten beschmierten.«

Sugden runzelte die Stirn.

»Wollen Sie damit sagen, dass der Täter verrückt gewesen sein muss?«

»*Mon cher,* es schlummern tiefe, verborgene Instinkte in den Menschen, von denen sie oft selber keine Ahnung haben. Blutrausch, Rachegefühle …«

»David Lee scheint ein ruhiger, harmloser Mensch zu sein«, wandte Sugden zweifelnd ein.

»Sie übersehen die psychologische Seite dieser Sache«, sagte Poirot. »David Lee ist ein Träumer, lebt fast ausschließlich in der Vergangenheit, und in ihm ist die Erinnerung an seine Mutter noch ungewöhnlich lebendig. Er vermied jahrelang ein Zusammentreffen mit seinem Vater, dem er die schlechte Behandlung seiner Mutter nie verziehen hat. Nun kam er nach Hause, um sich mit seinem Vater auszusöhnen – dies einmal vorausgesetzt. Aber er *konnte nicht* verzeihen und vergessen. Wir wissen nur eines: dass David Lee angesichts des Leichnams seines Vaters irgendwie befriedigt und beruhigt sagte: ›Gottes Mühlen mahlen langsam.‹ Vergeltung! Zahltag! Das Böse getilgt durch Blut!«

Sugden schauderte ein wenig.

»Hören Sie auf, Mr Poirot«, sagte er. »Es überläuft mich kalt. Aber es könnte sich sehr wohl verhalten, wie Sie sagen. In diesem Fall weiß Mrs David Lee Bescheid, ist aber entschlossen, ihren Mann zu schützen. Das traue ich ihr ohne weiteres zu, aber dass sie eine Mörderin sein sollte – kann ich mir nicht vorstellen. Sie ist eine so gemütvolle, einfache Frau.«

»Ach, *so* kommt sie Ihnen vor?« Poirot sah den Inspektor eigentümlich forschend an.

»Ja, ich meine – sie ist so häuslich, wenn Sie verstehen, was ich meine.«

»Gewiss, ich verstehe sehr gut.«

Sugden wurde sichtlich verwirrt.

»Mr Poirot, Sie haben Ihre eigenen Ansichten über den Fall! Bitte, sagen Sie sie geradeheraus.«

»Gewiss habe ich verschiedene Ideen, aber sie sind alle noch recht verschwommen. Wir wollen lieber zuerst Ihre Aufstellung durchgehen. Also: halb vier Famillenzusammenkunft. Familie ist Zeuge des Telefongesprächs mit dem Anwalt. Dann beschimpft der alte Mann so ziemlich seine ganze Familie und wirft sie hinaus, worauf sie alle wie begossene Pudel gehen.« Poirot sah auf. »Hilda Lee blieb doch zurück.«

»Ja, aber nicht für lange. Um sechs Uhr hatte Alfred Lee eine Auseinandersetzung mit seinem Vater – eine unangenehme Auseinandersetzung. Harry soll wieder in den Familienkreis aufgenommen werden, worüber Alfred keineswegs erbaut ist. Damit *wäre* Alfred natürlich der Hauptverdächtige, weil er ein zwingendes Motiv für den Mord gehabt hätte. Aber weiter: Dann kommt Harry Lee. Er ist bester Laune, denn er hat den alten Mann für sich einzunehmen vermocht. Aber *vor* diesen beiden Unterredungen hat der alte Simeon Lee das Verschwinden der Diamanten entdeckt und mit mir telefoniert. Seinen beiden Söhnen sagt er nichts von seinem Verlust. Warum? Meiner Ansicht nach deshalb, weil er genau wusste, dass keiner von beiden mit dem Diebstahl zu tun haben konnte. Wie ich schon einmal sagte, glaube ich, dass der alte Mann Horbury und eine zweite Person verdächtigte und dass er ganz genau wusste, was er tun wollte. Erinnern Sie sich, dass er ausdrücklich verlangte, es sollte niemand mehr zu ihm hinaufkommen an jenem Abend. Und warum? Weil er zwei Dinge vorhatte: Erstens erwartete er meinen Besuch und zweitens denjenigen der anderen verdächtigen Person. *Jemanden* hatte er gebeten, nach dem Abendessen sofort zu ihm zu kommen. Aber wen? Es könnte George Lee gewesen sein, doch wahrscheinlicher dünkt mich Mrs George Lee. Und da betritt nun auch wieder Pilar Estravados die Bildfläche. Ihr hatte der alte Mr Lee die Diamanten gezeigt und ihr gesagt, wie wertvoll sie seien. Wissen wir eigentlich, ob das Mädchen keine Diebin ist? Bedenken Sie, wie undurchsichtig das Geheimnis um ihren

Vater ist. Vielleicht war er ein Berufsverbrecher und endete deshalb im Gefängnis.«

»Und so betritt, wie Sie sagen, Pilar Estravados wieder die Bildfläche«, murmelte Poirot langsam.

»Jawohl – als Diebin. Dann *könnte* sie den Kopf verloren und ihren Großvater angegriffen haben – als sie merkte, dass ihr Diebstahl entdeckt worden war.«

»Gewiss, das wäre möglich.«

Inspektor Sugden sah Poirot scharf an.

»Aber Sie selber glauben nicht daran, nicht wahr? So erklären Sie mir doch endlich, was *Sie* von der Sache halten.«

»Sehen Sie, ich komme immer wieder auf das eine zurück. Auf den Charakter des Verstorbenen. Was war Simeon Lee für ein Mensch?«

»Das ist nun wirklich kein Geheimnis«, antwortete Sugden erstaunt.

»Dann klären Sie mich bitte auf. Sagen Sie mir, was man hier in der Gegend von ihm hielt.«

Inspektor Sugden fuhr sich nachdenklich mit dem Finger übers Kinn. Er sah ziemlich bestürzt aus.

»Ich selber bin kein Hiesiger. Ich komme aus Reeveshire, aus der nächsten Grafschaft. Aber natürlich war Mr Lee auch bei uns bekannt. Was ich über ihn weiß, weiß ich vom Hörensagen.«

»Ja? Und was wissen Sie also vom Hörensagen?«

»Nun, es heißt, dass er ein gerissener Kauz war, dass ihn so leicht niemand übers Ohr hauen konnte. Aber er war großzügig in Geldsachen, freigebig, sagen die Leute. Mich wundert nur, wie Mr George Lee so geizig sein kann als Sohn dieses Vaters.«

»Ach? Aber sehen Sie, es scheinen sich in dieser Familie zwei grundverschiedene Typen entwickelt zu haben. Alfred, George und David gleichen – wenigstens oberflächlich betrachtet – ihrer Mutter. Ich habe mir heute früh die Bilder in der Familiengalerie angesehen.«

»Er war jähzornig«, fuhr Sugden fort, »und hatte in Bezug auf Frauenaffären einen schlechten Ruf – wenigstens in seinen jüngeren Jahren. Aber sogar in diesen Fällen benahm er sich anständig. Wenn sich Folgen einstellten, zahlte er großzügig und sah zu, dass das Mädchen verheiratet wurde. Er mag ein Schürzenjäger gewesen sein, aber gemein war er nicht. Seine Frau soll er schlecht behandelt haben, dauernd anderen nach-gelaufen sein, und sie sei an gebrochenem Herzen gestorben, sagen die Leute. Das ist so eine Redensart, aber ich glaube, dass die arme Frau wirklich sehr unglücklich war. Sie war im-mer krank, und man hat sie nicht viel gesehen. Er war ganz bestimmt ein merkwürdiger Mensch, der alte Lee. Auch rach-süchtig soll er gewesen sein. Man erzählt sich, dass er einen Hieb immer zurückzahlte, auch wenn er manchmal jahrelang auf seine Rache warten musste.«

»Die Mühlen Gottes mahlen langsam, aber sehr fein«, mur-melte Poirot vor sich hin.

»Die Mühlen des Teufels, müsste man da eher sagen«, warf Sugden hart ein. »Göttliches war bestimmt nichts an Simeon Lee. Er war von der Art, die ihre Seele dem Teufel verkauft und sich noch freut über den Handel. Und stolz war er auch, stolz wie Luzifer!«

»Stolz wie Luzifer!«, wiederholte Poirot. »Das ist sehr auf-schlussreich, was Sie da sagen.«

Inspektor Sugden sah ihn verwundert an.

»Sie wollen doch nicht etwa andeuten, er sei umgebracht worden, weil er stolz war?«

»Ich meine, Stolz ist eine Eigenschaft, die sich vererbt. Simeon Lee kann seinen Stolz den Söhnen vererbt haben …«

Er brach ab. Hilda Lee war aus dem Haus getreten und sah die Terrasse entlang.

»Ich habe Sie gesucht, Mr Poirot.«

Inspektor Sugden hatte sich mit einer Entschuldigung verabschiedet und ging ins Haus zurück. Hilda sah ihm nach und sagte: »Ich habe nicht gewusst, dass er bei Ihnen war. Ich glaubte, er sei mit Pilar im Garten. Ein schöner Mann, der Inspektor, und sehr rücksichtsvoll.«

Ihre Stimme klang weich und angenehm beruhigend. Sie wandte sich wieder Poirot zu.

»Mr Poirot, Sie müssen mir helfen.«

»Es wird mir ein Vergnügen sein, Madame.«

»Sie sind ein kluger Mensch, Mr Poirot, das habe ich gestern Abend gespürt. Es gibt vieles, was Sie wahrscheinlich mit Leichtigkeit herausbekommen werden, und ich möchte, dass Sie meinen Mann verstehen.«

»Ja, Madame?«

»Inspektor Sugden würde ich gewisse Dinge nicht gerne anvertrauen. Er könnte sie nicht begreifen. Aber Sie werden Verständnis dafür haben.«

Poirot verbeugte sich. »Ich fühle mich geehrt, Madame.«

Hilda Lee fuhr ganz ruhig fort: »Seit vielen Jahren, eigentlich seit wir verheiratet sind, ist mein Mann ein seelischer Krüppel – wenn ich mich so ausdrücken kann. Sehen Sie, eine körperliche Krankheit tut weh und quält einen; aber Fleischwunden heilen, Knochen wachsen wieder zusammen, und selbst wenn vielleicht eine gewisse Schwäche zurückbleibt oder eine Narbe, so ist man doch nach einiger Zeit wieder gesund. Mein Mann aber hat im empfindlichsten Alter eine schwere *seelische* Krankheit durchgemacht. Er sah seine über alles geliebte Mutter sterben. Für diesen Tod glaubte er moralisch seinen Vater verantwortlich machen zu müssen, und von dieser Zwangsvorstellung hat er sich nie mehr befreien können. Der Hass auf seinen Vater blieb immer lebendig. Ich habe ihn überredet – ich, Mr Poirot! –, zum Weihnachtsfest hierherzufahren, damit er sich mit seinem Vater aussöhnen solle. Das wünschte ich um seinetwillen, damit diese seelische Wunde endlich heilen könnte. Jetzt weiß ich, dass unser Kommen ein Fehler war. Simeon Lee fand Vergnügen daran, in dieser Wunde herumzustochern. Und das war ein sehr gefährliches Unterfangen.«

»Wollen Sie mir zu verstehen geben, Madame, dass Ihr Gatte seinen Vater umgebracht hat?«

»Ich sage Ihnen, Mr Poirot, dass er das sehr leicht hätte tun können. Und ich sage Ihnen weiter, dass er es *nicht* tat! Im Augenblick, da Simeon Lee ermordet wurde, saß sein Sohn im Musiksalon und spielte einen Trauermarsch. Der Wunsch zu töten lebte in seinem Herzen, kroch in seine Finger und erstarb in einer Flut von Tönen – das ist die Wahrheit.«

Poirot blieb eine Minute lang in Gedanken versunken stehen. Dann sagte er: »Und wie beurteilen Sie, Madame, das tragische Leben und Sterben der Mutter Ihres Gatten?«

»Ich habe Lebenserfahrung genug, um zu wissen, dass man nie nach äußeren Umständen urteilen soll«, antwortete Hilda Lee klar und überlegt. »Allem Anschein nach war Simeon Lee durchaus im Unrecht und behandelte seine Frau abscheulich. Aber gleichzeitig glaube ich, dass es eine Art von Schwächlichkeit, eine Veranlagung zum Leiden und Dulden gibt, die die schlimmsten Instinkte in einem Mann wachrufen kann – jedenfalls in einem Mann, wie mein Schwiegervater einer war. Simeon Lee hätte, glaube ich, Mut und Charakterfestigkeit bewundert. Geduld und Tränen irritierten ihn.«

Poirot nickte.

»Ihr Mann sagte uns gestern Abend: ›Meine Mutter hat sich nie beklagt.‹ Ist das wahr?«

Ungeduldig erwiderte Hilda Lee: »Nein, das ist natürlich nicht wahr! Sie beklagte sich dauernd bei David. Die ganze Last ihres Unglücks legte sie auf seine Schultern. Und er war zu jung, viel zu jung, um alles tragen zu können, was sie ihm aufbürdete.«

Poirot sah sie nachdenklich an. Sie errötete unter seinen Blicken und nagte an ihrer Lippe.

»Ich verstehe«, sagte Poirot.

»Was verstehen Sie?«, fragte sie scharf.

»Ich verstehe, dass Sie Ihrem Gatten in erster Linie Mutter sein mussten, wo Sie es vorgezogen hätten, seine Frau zu sein.«

Sie wandte sich ab.

In diesem Augenblick kam David Lee über die Terrasse. Seine Stimme klang hell und fröhlich, als er rief:

»Hilda, ist heute nicht ein herrlicher Tag? Fast wie Frühling mitten im Winter.«

Er kam näher. Eine blonde Locke fiel ihm in die Stirn, seine blauen Augen leuchteten. Er sah erstaunlich jung und knabenhaft aus. So unbeschwert strahlend und heiter sah er aus, dass Poirot den Atem anhielt.

»Komm, wir wollen zum See hinuntergehen, Hilda«, sagte David. Er lächelte sie an, legte den Arm um ihre Schulter, und die beiden entfernten sich.

Poirot sah ihnen nach und bemerkte, dass Hilda sich plötzlich umwandte und ihm einen Blick zuwarf. Es lag eine bange Frage in diesem Blick – oder war es sogar Angst? Langsam ging Poirot bis ans andere Ende der Terrasse.

Ich sage ja immer, dass ich ein richtiger Beichtvater bin! Und da im Allgemeinen Frauen häufiger zur Beichte gehen, werden heute Morgen hauptsächlich Frauen zu mir kommen. Ich frage mich, wer die nächste sein wird, dachte Poirot.

Kaum hatte er am Ende der Terrasse kehrtgemacht, um langsam zurückzugehen, sah er diese Frage bereits beantwortet. Lydia Lee kam ihm entgegen.

»Guten Morgen, Mr Poirot. Tressilian sagte mir, dass ich Sie mit Harry hier finden würde, aber ich bin froh, dass Sie allein sind. Mein Mann redet ständig von Ihnen. Er möchte Sie dringend sehen.«

»Ach? Soll ich zu ihm hineingehen?«

»Nicht im Augenblick. Er hat heute Nacht kaum geschlafen. Ich musste ihm schließlich ein Schlafmittel geben. Jetzt schläft er noch, und ich möchte ihn nicht wecken.«

»Das verstehe ich sehr gut. Sie haben vollkommen Recht. Ich habe schon gestern Abend bemerkt, wie tief Ihr Gatte erschüttert war.«

Sie sah ihn ernst an.

»Sehen Sie, Monsieur Poirot, er *liebte* seinen Vater wirklich, mehr als die anderen.« Poirot nickte.

»Haben Sie – hat der Inspektor – bereits eine Ahnung, wer diesen grauenvollen Mord begangen haben könnte?«

»Wir haben verschiedene Ideen, Madame«, gab Poirot ausweichend zurück, »aber nur davon, wer die Tat *nicht* verübt haben kann.«

»Es ist alles wie ein Albtraum – fantastisch –, ich kann nicht fassen, dass es wirklich sein soll«, sagte Lydia nervös. Plötzlich sah sie Poirot aufmerksam an. »Was ist mit Horbury? War er wirklich im Kino, wie er angab?«

»Ja, Madame. Seine Aussage wurde genau überprüft. Er hat die Wahrheit gesagt.«

Lydia zupfte an einem Eibenästchen. Sie wurde blasser.

»Aber das ist ja entsetzlich!«, stieß sie plötzlich hervor. »Dann – dann bleibt ja nur die Familie.«

»Sehr richtig.«

»Monsieur Poirot, das kann ich nicht fassen!«

»Madame, das können Sie sehr wohl fassen.«

Sie schien protestieren zu wollen; aber plötzlich begann sie reumütig zu lächeln.

»Jeder Mensch neigt zu Heuchelei«, sagte sie leise.

»Gewiss, Madame. Und wenn Sie sich entschließen können, mir gegenüber ganz offen zu sein, dann müssen Sie zugeben, dass Sie es durchaus natürlich fänden, wenn ein Mitglied Ihrer Familie den alten Mr Lee ermordet haben sollte.«

»Das ist nun wirklich eine ungewöhnliche Feststellung, Monsieur Poirot«, sagte Lydia steif.

»Gewiss. Aber Ihr Schwiegervater war ein sehr ungewöhnlicher Mensch.«

»Armer alter Mann! Jetzt tut er mir leid. Solange er lebte, hat er mich unsagbar geärgert.«

»Das kann ich mir lebhaft vorstellen«, murmelte Poirot.

Er neigte sich über einen der kleinen Ziergärten.

»Reizend. Ganz bezaubernd ausgedacht.«

»Ich freue mich, dass sie Ihnen gefallen«, sagte Lydia. »Mein Steckenpferd, wissen Sie. Finden Sie den arktischen mit den Pinguinen und dem Eis auch hübsch?«

»Sehr hübsch! Und das hier – was stellt das dar?«

»Das Tote Meer – soll es werden! Es ist noch nicht ganz fertig. Aber das hier ist Piana auf Korsika. Dort sind die Felsen ganz rot, wissen Sie, und das sieht zusammen mit dem blauen Meer wundervoll aus. Aber ich mag auch meine Wüstenlandschaft gern. Gefällt sie Ihnen nicht?«

Sie führte ihn plaudernd immer weiter.

Als sie das Ende der Terrasse erreicht hatten, sah sie auf ihre Armbanduhr.

»Ich werde jetzt hinaufgehen und sehen, ob Alfred erwacht ist.«

Als sie gegangen war, schlenderte Poirot über die Terrasse zurück und machte erst vor dem Toten Meer halt. Lange sah er interessiert darauf hinunter. Dann bückte er sich und ließ ein paar der Kieselsteinchen durch seine Finger rinnen. Plötzlich stutzte er. Er hielt die Steine dicht vor seine Augen. »*Sapristi!*«, sagte er. »Das ist allerdings eine Überraschung! Was zum Kuckuck bedeutet das?«

26. Dezember

Colonel Johnson und Sugden starrten Poirot ungläubig an. Der ließ kleine Kieselsteine sorgfältig in eine Schachtel rinnen und schob sie dann dem Colonel zu.

»Jawohl, es sind die Diamanten«, sagte er abschließend.

»Und Sie fanden sie – wo? Im Garten?«

»In einem der kleinen Gärten, die Mrs Alfred Lee dort anlegt.«

»Mrs Alfred?« Sugden schüttelte den Kopf. »Kommt mir unwahrscheinlich vor.«

»Sie zweifeln daran, dass Mrs Alfred ihrem Schwiegervater die Kehle durchgeschnitten haben soll, nicht wahr?«

»Dass sie das nicht tat, wissen wir bereits«, sagte Sugden schnell. »Ich meine, es ist nicht wahrscheinlich, dass sie die Diamanten gestohlen hat.«

»Nein, wie eine Diebin sieht sie allerdings nicht aus«, gab Poirot zu. »Jemand anderer könnte sie dort versteckt haben. Denn in diesem besonderen Garten – er stellt das Tote Meer dar – liegen Kieselsteine von ähnlicher Größe und Form.«

»Glauben Sie, dass sie das bewusst so arrangierte, mit voller Absicht?«, fragte Sugden.

Colonel Johnson meldete sich nun überzeugt und mit Wärme zu Wort.

»Das glaube ich nicht. Keine Sekunde lang. Warum sollte sie die Diamanten an sich genommen haben?«

»Nun, was den Grund anbelangt –«, begann Sugden langsam, aber Poirot kam ihm zuvor.

»Auf diese Frage gibt es eine mögliche Antwort. Sie nahm

die Diamanten an sich, um damit einen Mordgrund zu konstruieren. Das heißt: Sie wusste, dass ein Mord geplant war, obwohl sie selber nichts damit zu tun hatte.«

»Das klingt reichlich unglaubwürdig«, widersprach Johnson. »Damit stempeln Sie sie zur Komplizin. Aber wessen Komplizin könnte sie sein? Doch nur diejenige ihres Mannes. Und da wir ja wissen, dass auch er nichts mit dem Mord zu tun haben kann, fällt Ihre Theorie endgültig ins Wasser.« Sugden fuhr sich nachdenklich übers Kinn.

»Jawohl«, sagte er, »das stimmt. Wenn also Mrs Lee die Diamanten genommen hat – und das ist noch ein großes Wenn! –, dann liegt hier ganz einfach Diebstahl vor, und in diesem Fall könnte sie natürlich diesen kleinen Garten eigens dafür angelegt haben, die Steine vorläufig dort zu verstecken, bis der Tumult sich ein wenig legen würde. Eine andere Möglichkeit wäre auch ein zufälliges Zusammentreffen. Der Garten mit den ähnlichen Kieselsteinen könnte den Dieb angeregt haben, seine Beute dort zu verstecken.«

»Gewiss, das wäre sogar sehr gut möglich«, pflichtete Poirot ihm bei. »*Einen* Zufall bin ich immer bereit in Rechnung zu ziehen.«

Inspektor Sugden schüttelte den Kopf. »Mrs Lee ist eine sehr nette Frau. Es ist einfach unmöglich, dass sie in eine solche Affäre verwickelt ist. Wobei ich freilich zugeben muss, dass man so etwas nie wissen kann.«

»Mag nun bezüglich der Diamanten geschehen sein, was will – dass Mrs Lydia Lee irgendwie mit dem Mord in Zusammenhang stehen soll, ist meines Erachtens unmöglich. Der Butler sah sie im Wohnzimmer, als der Mord passierte.« Colonel Johnson sprach fest und sah Poirot herausfordernd an.

»Das habe ich nicht vergessen«, sagte Poirot ruhig.

Der Colonel wandte sich wieder dem Inspektor zu. »Also

fahren wir fort. Haben Sie etwas zu rapportieren? Etwas Neues geschehen?«

»Ja, Sir. Ich habe einige Auskünfte eingeholt. Zuerst über Horbury. Es gibt tatsächlich etwas in seinem Leben, weswegen er Angst vor der Polizei hat.«

»Aha! Diebstähle, wie?«

»Nein, Sir. Erpressung. Man konnte ihm allerdings nichts beweisen, aber ich vermute, dass er ein, zwei solche Sachen auf dem Kerbholz hat. Und weil ihn ein schlechtes Gewissen drückt, ist ihm der Schreck so mächtig in die Glieder gefahren, als Tressilian ihm vorgestern Abend sagte, ein Polizeiinspektor habe beim alten Herrn vorgesprochen.«

»Mhm«, knurrte Johnson. »Soweit Horbury. Was sonst?« Der Inspektor hüstelte verlegen.

»Mrs George Lee, Sir. Wir haben Informationen eingeholt über ihr Leben, bevor sie mit Mr Lee verheiratet war. Lebte mit einem Kommandanten Jones zusammen. Galt als seine Tochter – war aber nicht seine Tochter. Und das gäbe ihr, abgesehen vom Geldmotiv, einen weiteren Grund zu morden. Vielleicht fürchtete sie, dass ihr Schwiegervater etwas Konkretes über sie wusste und es ihrem Mann hinterbringen wollte. Jedenfalls ist ihre Behauptung, telefoniert zu haben, ebenso merkwürdig wie unwahr.«

Sugden wagte einen Vorschlag. »Wäre es nicht gut, Sir, wenn wir das Ehepaar herbitten und diese Telefonsache aufklären würden?«

»Gute Idee«, sagte Colonel Johnson und klingelte. Tressilian erschien sofort.

»Bitten Sie Mr und Mrs George Lee, hierherzukommen.«

»Gerne, Sir.« Als der alte Mann sich zum Gehen wandte, hielt ihn Poirot auf.

»Ist das Datum auf dem Kalender seit dem Mord nicht geändert worden?«

Tressilian wandte sich ihm zu.

»Auf welchem Kalender, Sir?«

»Auf dem dort drüben an der Wand.«

Die drei Herren saßen wieder im kleinen Arbeitszimmer Alfred Lees. Der fragliche Kalender war ein Abreißkalender mit einem Blatt für jeden Tag und ziemlich großen Zahlen.

Tressilian blickte kurzsichtig zur Wand hinüber und schlurfte dann einige Schritte näher an den Kalender heran.

Verwundert sagte er: »Verzeihen Sie, Sir, aber die Blätter wurden abgerissen. Heute ist der Sechsundzwanzigste.«

»Richtig, entschuldigen Sie. Wer hat wohl die Blätter abgerissen?«

»Mr Lee, Sir, jeden Morgen. Mr Alfred ist ein sehr ordentlicher Mensch.«

»Ich verstehe. Danke, Tressilian.«

Der alte Diener verschwand. Sugden sah Poirot entgeistert an.

»Stimmt etwas nicht mit diesem Kalender, Mr Poirot? Ist mir vielleicht ein wichtiges Indiz entgangen?«

Poirot zuckte die Achseln. »Der Kalender ist völlig unwichtig. Ich habe nur eben ein kleines Experiment gemacht.«

Colonel Johnson sagte: »Morgen findet die gerichtliche Totenschau statt. Natürlich wird das ganze Verfahren vertagt.«

»Jawohl, Sir«, meldete Sugden, »ich habe mit dem Leichenbeschauer gesprochen und alles geordnet.«

George Lee und seine Frau traten ein.

»Guten Morgen«, begrüßte sie Colonel Johnson und bot ihnen Platz an. »Ich habe verschiedene Fragen bezüglich einer Sache an Sie beide zu richten, über die ich mir nicht klar werden konnte.«

Er nickte Sugden kaum merklich zu, worauf der Inspektor die Befragung einleitete.

»Es handelt sich um die Telefonate am Mordabend. Sie haben, wenn ich mich recht erinnere, mit Westeringham telefoniert, nicht wahr, Mr Lee?«

»Stimmt«, erwiderte George kühl. »Und zwar mit einem Wahlagenten. Ich kann Ihnen seinen Namen nennen und –«

Inspektor Sugden hob abwehrend die Hand, um einen Wortschwall zu unterbinden.

»Gut, in Ordnung, Mr Lee. Dieser Punkt steht gar nicht zur Diskussion. Sie bekamen diese Verbindung um genau acht Uhr neunundfünfzig.«

»Nun … Ich – hm – könnte das nicht so genau sagen.«

»Aber wir können es! Solche Angaben werden immer sehr sorgfältig überprüft. Acht Uhr neunundfünfzig wurden Sie mit Westeringham verbunden, und um neun Uhr vier war Ihr Gespräch beendet. Ihr Vater, Mr Lee, wurde um neun Uhr fünfzehn ermordet. Ich muss Sie also noch einmal bitten, uns zu sagen, wo Sie sich zu diesem Zeitpunkt aufhielten.«

»Das habe ich Ihnen doch bereits gesagt! Ich war am Telefon!«

»Nein, Mr Lee – das waren Sie *nicht!*«

»Ach, Unsinn! Sie müssen sich irren. Bitte, vielleicht hatte ich mein Gespräch eben beendet und überlegte mir einen zweiten Anruf. Ich meine, ich überlegte, ob er – hm – die Auslagen wert sei, als ich den Lärm von oben hörte.«

»Sie würden sich doch wohl einen Anruf nicht zehn Minuten lang überlegen.«

George lief rot an. Er sprach fast stotternd.

»Was meinen Sie damit? Was zum Teufel soll das heißen? Unverschämtheit! Zweifeln Sie vielleicht an meinen Worten? An den Worten eines Menschen in meiner Position? Ich …

Warum sollte ich Ihnen überhaupt über jede Minute meiner Zeit Rechenschaft ablegen?«

Inspektor Sugden antwortete mit einer Gelassenheit, die Hercule Poirots Bewunderung erregte.

»Weil das so üblich ist.«

George wandte sich dem Colonel zu.

»Colonel Johnson!«, stieß er wütend hervor. »Können Sie diese... dieses unerhörte Benehmen dulden?«

»In einem Mordfall, Mr Lee«, beschwichtigte Johnson, »müssen solche Fragen gestellt und – beantwortet werden.«

»Ich habe sie ja beantwortet! Nachdem ich mein erstes Gespräch beendet hatte, überlegte ich mir einen zweiten Anruf.«

»Waren Sie in diesem Zimmer hier, als der Lärm losging?«

»Jawohl... Ja, ich war hier drinnen.«

Johnson wandte sich Magdalene zu.

»Sie haben ausgesagt, Mrs Lee, dass Sie zum fraglichen Zeitpunkt telefoniert hätten und dass Sie allein in diesem Zimmer gewesen seien.«

Magdalene war verwirrt. Sie sah erst George von der Seite an, dann Sugden und schließlich Johnson.

»Ich war so schrecklich aufgeregt, dass ich... Ich weiß wirklich nicht mehr, was ich sagte.«

»Wir haben alles genau aufgeschrieben«, bemerkte Sugden sarkastisch.

Nun setzte sie alle Hebel in Bewegung, um den steifen Inspektor zu betören: weit aufgerissene, angsterfüllte Kinderaugen, einen bebenden Mund – aber sie begegnete nur der kalten Unnahbarkeit eines Mannes von strenger Rechtschaffenheit, der außerdem auf ihren Typ nicht ansprach.

Sie stammelte: »Doch... ich habe telefoniert. Ja, ich weiß nur nicht mehr genau – wann –« Sie brach jäh ab.

George hatte sich ihr zugewandt und schrie:

»Was soll das alles? Wo hast du telefoniert? In diesem Zimmer jedenfalls nicht!«

Sugden sagte ungerührt: »Ich bin der Meinung, Mrs Lee, dass Sie gar nicht telefoniert haben. Wo waren Sie in diesem Fall, und was haben Sie getan?«

Magdalene sah erst wie geistesabwesend vor sich hin und brach dann in Tränen aus.

»George«, schluchzte sie, »sie sollen mich nicht einschüchtern! Du weißt, dass ich mich an gar nichts erinnern kann, wenn man mich erschreckt und mich mit Fragen in die Enge treibt. Ich ... ich wusste an jenem Abend überhaupt nicht, was ich sagte, und ... und ich war so aufgeregt ... und sie waren scheußlich zu mir!«

Sie sprang auf und rannte weinend aus dem Zimmer.

Auch George Lee fuhr von seinem Sitz auf.

»Was fällt Ihnen ein?«, stammelte er. »Wie können Sie meine Frau derart erschrecken? Sie ist sehr empfindsam. Es ist eine Schande, wie Sie sie behandeln! Ich werde die unmenschlichen Methoden der britischen Polizei vor dem Parlament zur Sprache bringen. Es ist eine Schande!«

Er ging aus dem Zimmer und schmetterte die Tür ins Schloss. Inspektor Sugden warf den Kopf zurück und lachte.

»Die hätten wir nicht schlecht erwischt! Jetzt werden wir ja sehen.«

Johnson runzelte die Stirn.

»Eine seltsame Sache, das. Sieht ziemlich unklar aus. Wir müssen noch weitere Angaben aus ihr herausbekommen.«

»Oh, sie wird in ein paar Minuten wieder zurückkommen«, versicherte Sugden leichthin. »Sobald sie sich eine plausible Antwort zurechtgelegt hat. Nicht wahr, Mr Poirot?«

Poirot, der reglos dagesessen hatte, schien aus tiefen Träumen aufzuschrecken.

»*Pardon?*«

»Ich sagte, sie werde bald zurückkommen.«

»Vermutlich – ja, möglicherweise – gewiss.«

Sugden sah ihn erstaunt an.

»Was ist los, Mr Poirot? Haben Sie ein Gespenst gesehen?«

Langsam antwortete Poirot: »Wissen Sie, dass ich diese Frage nicht unbedingt verneinen kann?«

Colonel Johnson wurde ungeduldig.

»Nun, Sugden, sonst noch etwas?«

»Ich habe versucht, die Reihenfolge, in welcher die Leute im Mordzimmer erschienen, zu rekonstruieren. Es ist ganz klar, wie sich alles abgespielt hat. Nachdem das Opfer den Todesschrei ausgestoßen hatte, schlüpfte der Mörder aus dem Zimmer, sperrte die Tür mit Hilfe einer Pinzette oder etwas Ähnlichem von außen zu und verwandelte sich Sekunden später in jemanden, der wie alle anderen dem Tatort entgegenrannte. Leider lässt sich nicht mehr mit Bestimmtheit feststellen, wer wen gesehen hat; in diesem Punkt haben die Beteiligten keine klare Erinnerung mehr. Tressilian sagt, dass er Harry und Alfred Lee die Halle, vom Speisezimmer herkommend, durchqueren und die Treppe hinaufrennen sah. Soweit ich begriffen habe, ist Miss Estravados erst spät am Tatort erschienen – als eine der letzten. Es scheint nach allen Aussagen, dass Farr, Mrs George und Mrs David die ersten waren. Alle drei behaupten, einen von ihnen vor sich gesehen zu haben. Das macht ja die Untersuchung so schwierig, dass man nie genau unterscheiden kann zwischen vorsätzlicher Lüge und ehrlicher Verschwommenheit der Erinnerung. Dass alle rannten, steht fest – aber in welcher Reihenfolge sie die Treppe hinaufrannten, ist nicht leicht herauszubekommen.«

»Und scheint Ihnen das so wichtig zu sein?«, fragte Poirot langsam.

»Ja, wegen der Zeitfrage. Die Zeit war unglaublich knapp.«

»Ich stimme Ihnen bei, dass in diesem Fall die Zeitfrage eminent wichtig ist.«

»Und um alles noch zu erschweren, gibt es in diesem Haus zwei Treppen. Einmal die Haupttreppe, die von der Halle hinaufführt und von den Türen des Speisezimmers und des Wohnzimmers ungefähr gleich weit entfernt liegt. Dann ist noch eine Treppe am anderen Ende des Hauses. Stephen Farr hat sie benützt. Miss Estravados kam ebenfalls aus der Richtung dieser zweiten Treppe gestürzt. Ihr Zimmer liegt in deren unmittelbarer Nähe. Alle anderen geben an, über die Haupttreppe nach oben gelaufen zu sein.«

»Das ist allerdings verwirrend«, sagte Poirot.

Die Tür wurde aufgestoßen, und Magdalene Lee trat hastig ein. Sie atmete heftig, und ihre Wangen waren gerötet. Sie kam schnell an den Tisch und sagte:

»Mein Mann glaubt, dass ich mich hingelegt habe; aber ich bin leise aus dem Zimmer geschlüpft.« Sie sah Colonel Johnson aus großen, verzweifelten Augen an. »Wenn ich Ihnen nun die Wahrheit sage, werden Sie sie für sich behalten, nicht wahr? Ich meine … Sie müssen nicht alles publik machen?«

»Sofern es nicht mit dem Verbrechen zusammenhängt …«

»Aber gar nicht! Es handelt sich um – etwas ganz Privates – um eine …« Magdalenes Augen schimmerten feucht. »Ich vertraue Ihnen, Colonel Johnson, ich weiß, dass man Ihnen vertrauen darf. Sehen Sie, es war so: Jemand …« Sie stockte.

»Ja, Mrs Lee?«

»Ich wollte vorgestern wirklich mit jemandem telefonieren. Einem … einem Freund von mir. Aber ich wollte nicht, dass George davon wusste. Das war sicherlich nicht recht von mir. Nach dem Abendessen ging ich zum Telefon, weil ich glaubte, dass George noch im Speisezimmer war. Aber als ich mich dem Arbeitszimmer näherte, hörte ich meinen Mann telefonieren. Ich musste also warten.«

»Wo haben Sie gewartet, Mrs Lee?«, fragte Poirot.

»Hinter der Treppe ist eine kleine Garderobe. Der Raum ist ziemlich dunkel. Dort schlüpfte ich hinein, weil ich von diesem Versteck aus gleichzeitig gesehen hätte, wenn George das Arbeitszimmer verließ. Aber er kam nicht heraus, und dann ging der Lärm oben los, und alle rannten die Treppe hinauf.«

»Ihr Mann hat also dieses Zimmer nicht verlassen, bis der Schrei oben ertönte?«

»Nein.«

»Und Sie selber haben die Zeit von neun Uhr bis neun Uhr fünfzehn wartend in dieser Garderobe verbracht?«, fragte Johnson.

»Ja! Aber das konnte ich doch nicht sagen! Man hätte mich gefragt, was ich dort zu suchen hatte, verstehen Sie? Und alles hätte so … so komisch ausgesehen für mich, begreifen Sie?«

»Ja, es mutet tatsächlich etwas komisch an«, gab Johnson trocken zu.

»Ich bin so erleichtert, dass ich Ihnen nun die Wahrheit gesagt habe.« Sie lächelte ihn verführerisch an. »Sie werden meinem Mann nichts davon erzählen, nicht wahr? Nein, natürlich nicht! Ich weiß, dass man Ihnen vertrauen kann – Ihnen allen!«

Sie bedachte alle Anwesenden mit einem letzten flehentlichen Blick und schwebte dann aus dem Zimmer.

Colonel Johnson räusperte sich energisch.

»Nun – es *könnte* so gewesen sein! Klingt ganz plausibel. Andererseits …«

»Könnte es auch *nicht* so gewesen sein!«, fiel ihm Sugden ins Wort. »Das ist es ja gerade! Wir wissen es nicht.«

Lydia Lee befand sich, halb verborgen durch die schweren Gardinen, am Fenster und sah in den Garten hinaus. Ein Laut hinter ihr ließ sie herumfahren. Hercule Poirot stand unter der Tür.

»Mr Poirot! Sie haben mich erschreckt!«

»Das tut mir leid, Madame.«

»Ich dachte, es sei Horbury.«

Poirot nickte. »Ja, er geht tatsächlich sehr leise im Haus herum, dieser Mann, wie eine Katze oder ein – Dieb.«

Er sah sie aufmerksam an. Sie schnitt eine kleine, verächtliche Grimasse, als sie sagte: »Ich habe nie etwas mit diesem Menschen anfangen können. Mir ist es recht, wenn wir ihn möglichst bald loswerden.«

»Das wird allerdings nur von Vorteil für Sie sein.«

Sie sah ihn forschend an.

»Wieso? Liegt etwas gegen ihn vor?«

»Nun, er ist ein Mensch, der Geheimnisse sammelt und sie dann zu seinen Gunsten ausbeutet.«

»Glauben Sie, dass er etwas über den Mord weiß«, fragte sie. Poirot zuckte die Achseln.

»Er hat leise Füße und lange Ohren. Vielleicht hat er irgendetwas gehört oder gesehen, das er für sich behält.«

»Und womit er einen von uns erpressen könnte?«

»Das liegt im Bereich der Möglichkeit, Madame. Aber ich bin nicht hergekommen, um Ihnen das zu sagen.«

»Sondern?«

»Ich habe mit Mr Alfred gesprochen«, sagte Poirot langsam, »und er hat mir einen Vorschlag gemacht, den ich gerne mit Ihnen besprochen hätte, ehe ich ihn annehme oder ablehne. Aber dann war ich so entzückt über das Bild, das Sie abgaben – Ihr reizendes Kleid gegen das tiefe Rot der Vorhänge –, dass ich stehen blieb, um Sie zu bewundern.«

»Wirklich, Mr Poirot! Müssen wir unsere Zeit mit Komplimenten verlieren?«

»Verzeihen Sie, Madame. Aber so wenige Engländerinnen verstehen sich auf *la toilette*. Das Kleid, das Sie am ersten Abend trugen, mit diesem extravaganten, aber einfachen Muster, stand Ihnen überaus gut.«

Lydia fragte ungeduldig: »Worüber wollten Sie mit mir sprechen, Mr Poirot?«

Nun wurde auch Poirot ernst.

»Ihr Gatte, Madame, hat mich gebeten, diesen Fall zu untersuchen. Er will, dass ich hierbleibe, in Ihrem Hause wohne und mein Äußerstes tue, um diesen Mord aufzuklären.«

»Ja, und?«

»Ich möchte eine Einladung nicht annehmen, ehe nicht die Dame des Hauses ihr Einverständnis dazu gegeben hat.«

»Selbstverständlich bin ich mit dem Wunsch meines Mannes einverstanden«, sagte sie kühl.

»Gewiss, Madame, aber ich brauche mehr als das. Wollen Sie, dass ich herkomme?«

»Gewiss, warum nicht?«

»Ich will mich klarer ausdrücken. Wünschen Sie, dass die Wahrheit an den Tag kommt?«

»Natürlich.«

Poirot seufzte.

»Müssen Sie mir so konventionell antworten?«

»Ich bin eine eher konventionelle Natur.« Sie nagte an ihrer Unterlippe. Erst schien sie zu zögern, aber dann sagte sie: »Vielleicht ist Offenheit wirklich das Beste. Ich verstehe Ihre Situation sehr gut, und sie ist keineswegs angenehm. Mein Schwiegervater ist grausam ermordet worden, und sofern man nicht den Hauptverdächtigen – Horbury – dieses Mordes überführen kann – und es hat den Anschein, dass dies nicht der Fall sein wird –, dann muss jemand von unserer Familie der Täter sein. Diesen Jemand der Gerechtigkeit auszuliefern heißt also Schande über unsere Familie zu bringen. Und wenn ich ganz ehrlich sein soll, muss ich sagen, dass ich das allerdings nicht wünsche.«

»Sie würden also den Mörder lieber ungestraft entwischen lassen?«

»Wahrscheinlich laufen viele unbestrafte Mörder auf der Welt herum.«

»Gewiss, da haben Sie Recht.«

»Würde da einer mehr eine Rolle spielen?«

Poirot sah sie nachdenklich an.

»Und die anderen Familienmitglieder? Die Unschuldigen?«

Sie horchte auf. »Ja, was ist mit ihnen?«

»Wenn Ihre Hoffnungen sich erfüllen würden, käme die Wahrheit nie an den Tag. Alle stünden gleicherweise unter dem Schatten des Verdachts, der Zweifel …«

»Daran habe ich nicht gedacht«, murmelte sie unsicher.

»Niemand würde je erfahren, wer der Schuldige war.« Leise fügte er bei: »Es sei denn, dass *Sie* ihn bereits kennen.«

»Sie haben kein Recht, so was zu sagen!«, schrie sie auf. »Es ist nicht wahr! Ach! Wenn es doch irgendein Fremder wäre, der nicht zur Familie gehörte!«

»Oder beides zusammen.«

»Was meinen Sie damit?«, fragte sie verblüfft.

»Es könnte ein Familienmitglied und trotzdem ein Fremder sein. Verstehen Sie nicht? Nun, das ist so eine Idee, die Hercule Poirots Gehirn entsprungen ist.« Er sah sie ernst an. »Madame, was soll ich also Ihrem Gatten antworten?«

Lydia hob die Hände und ließ sie mit einer müden, hilflosen Gebärde wieder fallen. »Sie müssen natürlich annehmen.«

Pilar stand mitten im Musikzimmer. Sie hielt sich sehr gerade, und ihre Augen huschten von einer Seite zur anderen wie die eines in die Enge getriebenen Tiers.

»Ich will fort von hier.«

»Das wollen nicht nur Sie«, sagte Stephen Farr freundlich. »Aber man wird uns nicht fortlassen, mein Kind.«

»Die Polizei? Es ist gar nicht angenehm, mit der Polizei zu

tun zu haben. Anständigen Menschen sollte das nicht passieren.«

»Wie zum Beispiel Ihnen, nicht wahr?«, lächelte Farr.

»Nein, ich meine Lydia und Alfred, David, George und Hilda und … doch, auch Magdalene.«

Stephen zündete sich eine Zigarette an. Er rauchte eine Weile, ohne etwas zu sagen. Doch dann fragte er: »Eine Ausnahme? Weshalb?«

»Wieso, bitte?«

»Warum zählen Sie Bruder Harry nicht auf?«

Pilar lachte und zeigte dabei ihre schönen, ebenmäßigen Zähne.

»Oh, Harry ist etwas anderes! Ich glaube, der ist es gewohnt, mit der Polizei in Konflikt zu geraten.«

»Vielleicht haben Sie Recht. Jedenfalls fällt er zu sehr aus dem Rahmen. Mögen Sie Ihre englischen Verwandten, Pilar?«

Pilar musste sich die Antwort erst überlegen.

»Sie sind nett – alle sind sehr nett«, sagte sie zögernd. »Aber sie lachen nie, sie sind nicht fröhlich.«

»Meine Liebe, in diesem Haus ist eben ein Mord geschehen.«

»J-ja-a«, murmelte Pilar.

»Ein Mord«, fuhr Stephen belehrend fort, »ist denn doch nichts ganz so Alltägliches, wie Ihre Nonchalance auszudrücken scheint. Mag man in Spanien darüber denken, wie man will – in England nimmt man Morde verteufelt ernst.«

»Sie lachen mich aus!«

»Bestimmt nicht! Mir ist gar nicht lächerlich zumute.«

Pilar betrachtete sein gebräuntes Gesicht. »Sie möchten auch weg von hier, nicht wahr? Und der hübsche, große Polizist lässt Sie nicht gehen.«

»Ich habe ihn nicht darum gebeten, aber wahrscheinlich würde er es mir verbieten. Man muss jetzt jeden Schritt überlegen und sehr vorsichtig sein.«

»Ja, und das ist so mühsam«, stellte Pilar fest.

»Es ist mehr als nur mühsam, meine Liebe. Und dann schnüffelt auch noch dieser Ausländer überall herum. Ich halte ihn zwar nicht für besonders gescheit, aber er macht mich nervös.«

Pilar runzelte plötzlich die Stirn.

»Mein Großvater war sehr, sehr reich, nicht wahr? Wer bekommt jetzt das viele Geld? Alfred und die anderen?«

»Das hängt von seinem Testament ab.«

»Er könnte mir auch etwas hinterlassen haben«, überlegte Pilar, »aber ich halte das nicht für wahrscheinlich.«

»Machen Sie sich keine Sorgen«, tröstete Stephen sie fast liebevoll. »Sie gehören zur Familie. Man wird sich um Sie kümmern müssen.«

Mit einem Seufzer sagte Pilar: »Ich gehöre hierher. Komisch ist das. Und dann ist es doch wieder nicht komisch.«

»Ja, für Sie ist es bestimmt nicht nur lustig.«

Wieder seufzte Pilar tief auf. Dann fragte sie:

»Wollen wir Platten auflegen und tanzen?«

Stephen sah sie zweifelnd an.

»Das würde sich nicht gut ausnehmen. In einem Trauerhaus tanzt man nicht.«

Pilars große Augen wurden noch größer.

»Aber ich bin gar nicht traurig! Ich kannte meinen Großvater ja kaum, obwohl ich ihn gernhatte. Ich will nicht weinen und unglücklich sein, weil er jetzt tot ist. Etwas vorzuheucheln ist so dumm!«

»Sie sind ein Schatz!«, sagte Stephen Farr begeistert.

»Wenn wir den Plattenspieler ganz leise stellen«, fuhr sie schmeichelnd fort, »dann würde es keinen großen Lärm machen, und niemand könnte es hören.«

»Also, kommen Sie, Sie Verführerin!«

Sie lachte vergnügt, rannte aus dem Zimmer und zum

Tanzsaal am anderen Ende des Hauses. Doch als sie den Seitenkorridor erreichte, der zur Gartentür führte, blieb sie wie angewurzelt stehen. Stephen, der ihr folgte, blieb ebenfalls stehen.

Hercule Poirot hatte ein Bild von der Wand genommen und betrachtete es eingehend beim hellen Tageslicht, das durch die Fenstertür hereinflutete. Er blickte auf, sah die beiden und lächelte ihnen zu.

»Sie kommen wie gerufen! Ich studiere etwas sehr Wichtiges: das Gesicht von Simeon Lee als junger Mann.«

»Ach? Ist das mein Großvater?«

Sie sah das Bild lange an. Dann sagte sie verwundert:

»So verändert – ganz verändert … Jetzt war er so alt, so verrunzelt. Hier sieht er aus wie Harry – wie Harry vor etwa zehn Jahren ausgesehen haben dürfte.«

Hercule Poirot nickte.

»Jawohl, Mademoiselle. Harry Lee gleicht seinem Vater am meisten. Und hier«, er führte sie ein paar Schritte die Galerie entlang, »hier ist Ihre Großmutter. Ein längliches, sanftes Gesicht – sehr blondes Haar, milde blaue Augen.«

»Wie David!«, rief Pilar.

»Auch Alfred sieht ihr ähnlich«, bemerkte Stephen.

»Vererbung ist eine interessante Sache«, sagte Poirot. »Mr Lee und seine Frau waren grundverschiedene Typen. Im Großen und Ganzen schlugen alle Kinder dieser Ehe der Mutter nach. Sehen Sie hier, Mademoiselle.«

Er zeigte auf das Porträt eines ungefähr neunzehnjährigen Mädchens mit goldschimmerndem Haar und lachenden großen blauen Augen. Die Züge glichen denen von Simeon Lees verstorbener Frau, aber es war eine heitere Lebhaftigkeit in ihnen, die die der stillen Dulderin wohl nie gehabt hatten.

»Oh!«, stieß Pilar hervor. Ihre Wangen erröteten. Sie griff

nach einer langen Goldkette, die sie um den Hals trug, zog ein Medaillon hervor und zeigte es Poirot. Dasselbe lachende Jungmädchengesicht sah ihm daraus entgegen.

»Meine Mutter«, flüsterte Pilar.

Poirot nickte. In der anderen Seite des Medaillons steckte das Bild eines hübschen jungen Mannes mit schwarzem Haar und dunkelblauen Augen.

»Mein Vater! Ist er nicht wunderschön?«

»Doch, gewiss. Spanier haben aber im Allgemeinen keine blauen Augen, nicht wahr, Mademoiselle?«

»Die aus dem Norden manchmal schon. Übrigens war die Mutter meines Vaters Irin.«

»Spanisches, englisches, irisches und ein Schuss Zigeunerblut«, zählte Poirot lachend auf. »Mit dieser erblichen Belastung könnten Sie sich viele Feinde schaffen, Señorita!«

Stephen Farr grinste. »Sie würde einem Feind kurzerhand die Gurgel durchschneiden, hat sie mir im Zug anvertraut.« Er brach erschrocken ab.

Hercule Poirot versuchte das Gespräch in unverfänglichere Bahnen zu lenken. »Oh, Mademoiselle! Ich muss Sie noch um etwas bitten. Würden Sie mir bitte Ihren Pass aushändigen? Reine Formsache. Inspektor Sugden braucht ihn … Polizeivorschriften, wissen Sie – lästig und dumm, gewiss, aber notwendig für einen Ausländer in diesem Land. Und dem Gesetz nach sind Sie natürlich Ausländerin.«

Pilar hob die Augenbrauen. »Meinen Pass? Ja, ich werde ihn gleich holen. Er liegt in meinem Zimmer.«

Poirot folgte ihr und entschuldigte sich immer wieder. »Es tut mir sehr leid, Ihnen diese Mühe zu bereiten. Wirklich, sehr, sehr leid.«

Sie waren am Ende des langen Korridors angekommen. Von dort führte die zweite Treppe in den oberen Stock. Pilar nahm sie mit wenigen Schritten, Poirot und Farr folgten langsamer nach. Pilars Zimmer lag am Ende der Treppe. Sie machte die Tür auf und rief: »Ich bringe den Pass sofort.«

Poirot und Stephen warteten. Der junge Mann sagte sehr kleinlaut: »Verdammt blöd von mir, das zu sagen – vorhin. Sie hat es aber gar nicht bemerkt, oder doch?«

Poirot gab keine Antwort. Er hielt den Kopf leicht zur Seite geneigt und schien auf etwas zu horchen.

»Die Engländer sind Freiluftfanatiker«, sagte er nach einigen Augenblicken. »Und diese Eigenart scheint Miss Estravados geerbt zu haben.«

Stephen sah ihn erstaunt an.

»Weil sie heute, an einem ausgesprochen eisigen Wintertag – im Gegensatz zum gestrigen milden Sonnenwetter – das Fenster aufreißt, wie gerade eben. Seltsam, dieser Hunger nach frischer Luft.«

Plötzlich hörte man drinnen einen spanischen Ausruf, und Pilar tauchte mit einem ärgerlichen Lachen wieder auf.

»Bin ich dumm!«, rief sie. »Dumm und ungeschickt! Mein Köfferchen steht auf dem Fensterbrett, und ich durchstöberte es so schnell und passte nicht auf, so dass mir der Pass zum Fenster hinausgefallen ist. Er liegt drunten in einem Blumenbeet. Ich hole ihn sofort.«

Stephen wollte ihr diesen Gang abnehmen, aber sie hielt ihn entschieden davon ab.

»Nein, gehen Sie nur inzwischen mit Mr Poirot ins Wohnzimmer! Ich bringe ihn dorthin.«

Doch Poirot sagte am oberen Ende der Haupttreppe plötzlich: »Bleiben wir noch einen Augenblick hier. Ich möchte Sie im Mordzimmer etwas fragen.«

Sie gingen den Korridor entlang, der zu Simeon Lees Zimmer führte. Als sie an der Nische vorbeikamen, in welcher zwei Marmornymphen in viktorianischer Wohlanständigkeit ängstlich ihre wallenden Gewänder festhielten, murmelte Stephen Farr: »Scheußlich bei Tageslicht! Neulich abends glaubte ich, es seien drei solche Weiber da drinnen, aber glücklicherweise sind es nur zwei.«

»Ja, dem heutigen Geschmack entsprechen sie nicht mehr«, sagte Poirot. »Aber seinerzeit haben sie bestimmt eine Menge Geld gekostet. Übrigens sehen sie nachts besser aus.«

»Allerdings, da sieht man nur undeutliche Konturen.«

»Nachts sind alle Katzen grau«, lautete Poirots Antwort.

Im Mordzimmer fanden sie Inspektor Sugden, vor dem Safe kniend und den Kassenschrank mit einer Lupe untersuchend. Er blickte auf, als sie eintraten.

»Wurde mit dem dazugehörigen Schlüssel geöffnet«, stellte er fest. »Und zwar von jemandem, der das Kennwort wusste.«

Poirot trat neben ihn, flüsterte ihm etwas ins Ohr, worauf der Inspektor nickte und rasch aus dem Zimmer ging.

Poirot wandte sich wieder Stephen Farr zu, der reglos den Armstuhl anstarrte, in welchem Simeon Lee immer gesessen hatte. Auf seiner Stirn, die in tiefen Falten lag, traten die Adern deutlich hervor. Poirot betrachtete ihn eine ganze Weile, ehe er sagte: »Erinnerungen, nicht wahr?«

»Noch vor zwei Tagen«, flüsterte Farr, »saß er da und lebte, und heute …« Er schüttelte sich. »Sie wollten mich etwas fragen, Mr Poirot.«

»Ach, richtig. Sie waren, wenn ich nicht irre, der Erste am Tatort vorgestern Nacht »

»So? Ich weiß es nicht mehr. Nein, ich glaube, eine der Damen war noch vor mir oben.«

»Welche der Damen?«

»Georges oder Davids Frau, eine von beiden. Sie waren jedenfalls beide sofort da.«

»Sie selber hörten den Schrei nicht?«

»Nein, ich glaube nicht. Ich kann mich nicht genau erinnern. Jemand schrie wohl auf, aber das kann von unten gekommen sein.«

»Einen Laut wie *den* haben Sie also nicht gehört?«

Poirot warf den Kopf zurück und stieß plötzlich einen gellenden Schrei aus. Das kam so unerwartet, dass Stephen einen Schritt zurück machte und beinahe gestolpert wäre. Ärgerlich stieß er hervor: »Um Himmels willen! Wollen Sie das ganze Haus erschrecken? Nein, ich habe keinen auch nur annähernd ähnlichen Laut gehört. Jetzt wird wieder alles gelaufen kommen und denken, es sei ein zweiter Mord geschehen!«

Poirot sah betreten vor sich hin. »Natürlich… Wie dumm von mir! Gehen wir.«

Er eilte aus dem Zimmer. Lydia und Alfred standen unten an der Treppe und sahen hinauf – George kam gerade aus der Bibliothek, und Pilar stürzte ebenfalls daher, den Pass in der Hand.

»Es ist nichts geschehen, nichts«, rief Poirot. »Bitte, regen Sie sich nicht auf. Ich habe nur ein kleines Experiment gemacht.«

Alfred sah verärgert, George empört aus, und Poirot überließ Stephen die Erklärungen. Er selber eilte durch den Korridor ans andere Ende des Hauses.

Dort trat Sugden ruhig aus Pilars Zimmer.

»*Eh bien?*«, fragte Poirot gespannt.

Der Inspektor schüttelte den Kopf. »Keinen Laut.«

Er sah Poirot bewundernd an und nickte.

»Dann nehmen Sie also an, Mr Poirot?«, fragte Alfred.

Die Hand, mit welcher er sich über das Gesicht fuhr, zitterte ein wenig. Seine milden braunen Augen glühten in einem ganz neuen, ungewohnten Fieber, und er stotterte leicht, wenn er sprach. Lydia, die stumm neben ihm stand, sah ihn besorgt an.

»Sie wissen nicht … Sie k-können nicht w-wissen – was mir das b-bedeutet! Der Mörder meines V-Vaters m-muss gefunden werden!«

»Wenn Sie sich wirklich, wie Sie mir sagen, die Sache lange und gründlich überlegt haben – ja, dann nehme ich an. Aber wohlverstanden, Mr Lee: Dann gibt es kein Zurück mehr. Ich bin kein Spürhund, den man auf eine Fährte setzt und plötzlich zurückpfeift, wenn man die Spur lieber nicht weiterverfolgen möchte.«

»Das ist selbstverständlich! Es ist alles b-bereit. Ihr Z-Zimmer – alles. Bleiben Sie, solange Sie wollen.«

»Es wird nicht allzu lange sein«, sagte Poirot ernst.

»Wie? Was sagen Sie da?«

»Ich sage, es werde nicht lange dauern. Es ist ein so beschränkter Kreis, dass es unmöglich lange dauern kann, bis die Wahrheit zutage tritt.« Er sah Alfred an. »Ich glaube sogar, dass das Ende der Untersuchungen naht.«

Alfred starrte ihn an. »Unmöglich!«, keuchte er.

»Doch, doch. Die Tatsachen weisen alle mehr oder weniger deutlich in eine bestimmte Richtung. Es brauchen nur noch einige Nebensächlichkeiten geklärt zu werden, und dann wird die Wahrheit klar vor uns liegen.«

Alfred lachte ungläubig.

»Heißt das – dass Sie sie bereits kennen?«

»Ja, Mr Lee«, lächelte Poirot zurück, »ich kenne sie.«

Alfred wandte sich plötzlich ab. »Mein Vater … mein Vater«, stieß er unterdrückt hervor.

»Ich möchte Sie noch um zwei Dinge bitten«, sagte Poirot fast hart. »Erstens möchte ich, dass Sie das Porträt Ihres Vaters, das ihn als jungen Mann darstellt, in dem Schlafzimmer aufhängen lassen, das Sie mir zur Verfügung stellen wollen.«

Alfred und Lydia sahen ihn starr an.

»Das Bild meines Vaters?«, stammelte Alfred. »Weshalb?«

Mit einer Handbewegung erklärte Poirot:

»Es wird mich – wie soll ich sagen? – inspirieren.«

»Wollen Sie vielleicht dieses Verbrechen mit Hellseherei lösen, Monsieur Poirot?«, fragte Lydia höhnisch.

»Nennen wir es so, Madame: Ich will nicht nur die physischen Augen dabei benützen, sondern auch die geistigen.«

Sie zuckte die Achseln.

»Ferner möchte ich die wahren Umstände kennen lernen, unter welchen der Gatte Ihrer Schwester, Juan Estravados, starb.«

»Ist das notwendig?«, fragte Lydia.

Doch Alfred beantwortete die Frage bereits.

»Juan Estravados tötete im Verlauf eines Streits um eine andere Frau einen Mann in einem Kaffeehaus.«

»Wie brachte er ihn um?«

Alfred sah Lydia bittend an.

»Er erstach ihn«, fuhr Lydia gleichmütig fort. »Juan Estravados wurde nicht zum Tod verurteilt, weil er zu seiner Tat herausgefordert worden war. Er bekam eine Zuchthausstrafe und starb im Gefängnis.«

»Weiß seine Tochter davon?«

»Ich glaube nicht.«

»Nein, Jennifer sagte ihr nichts davon«, murmelte Alfred.

Plötzlich fuhr Lydia auf. »Sie glauben doch nicht etwa, dass Pilar … Das wäre Unsinn!«

Poirot überhörte diesen Einwurf.

»Nun, Mr Lee, würden Sie mir vielleicht auch nähere Einzelheiten über Ihren Bruder Harry anvertrauen?«

»Was wollen Sie wissen?«

»Soviel ich begriffen habe, wird er irgendwie als Schandfleck der Familie angesehen. Warum?«

Alfreds Gesicht bekam wieder etwas Farbe.

»Er stahl einmal eine große Summe Geld, indem er den Namen meines Vaters auf einem Scheck fälschte. Natürlich hat mein Vater ihn nicht dafür zur Rechenschaft gezogen. Harry war immer ein Tunichtgut. Überall auf der ganzen Welt ist er in Schwierigkeiten geraten. Immer musste er telegrafieren, man solle ihm Geld schicken, weil er in einer Klemme steckte. Er hat auch einige Gefängnisstrafen abgesessen.«

»Das weißt du nicht bestimmt, Alfred«, wies Lydia ihn zurecht.

Aber er fegte ihren Einwand mit einer Handbewegung beiseite. »Harry ist ein Lump! War immer einer!«

»Sie scheinen Ihren Bruder nicht zu mögen«, stellte Poirot fest.

»Er hat meinen Vater ausgenützt – auf schändliche Weise!«

Lydia seufzte kurz und ungeduldig auf. Poirot hörte es und warf ihr einen scharfen Blick zu.

»Wenn doch wenigstens diese Diamanten gefunden werden könnten«, sagte sie. »Mich dünkt, dort liegt die Lösung des ganzen Falls.«

»Sie sind gefunden worden, Madame. Und zwar in Ihrem kleinen Garten, der das Tote Meer darstellt.«

»Sie sind … In meinem Garten? Wie seltsam!«

»Nicht wahr, Madame?«

27. Dezember

»Das ging ja schmerzloser, als ich fürchtete«, sagte Alfred Lee mit einem Seufzer. Sie waren alle soeben von der gerichtlichen Totenschau zurückgekommen. Mr Charlton, ein altvätterischer Rechtsanwalt mit forschenden blauen Augen, war mit ihnen dort gewesen und hatte sie nun nach Gorston Hall zurückbegleitet.

»Ich sagte Ihnen ja, dass dieses Prozedere eine reine Form-

sache sei – reine Formsache. Die Vertagung war vorauszusehen, weil die Polizei vorerst noch weitere Untersuchungen
anstellen muss.«

George Lee war gereizt.

»Ekelhaft ist das alles, einfach ekelhaft. Eine scheußliche
Situation, in die wir da geraten sind. Ich persönlich bin fest
davon überzeugt, dass das Verbrechen von einem Irrsinni-
gen begangen wurde, der sich irgendwie Zugang zum Haus
verschaffen konnte. Dieser Sugden ist ja halsstarrig wie ein
Maulesel! Colonel Johnson müsste Scotland Yard beiziehen.
Die Ortspolizei ist doch hilflos. Zu dickköpfig! Was ist zum
Beispiel mit diesem Horbury los? Ich höre, dass seine Vergangenheit äußerst dunkel sein soll; aber die Polizei unternimmt
überhaupt nichts gegen ihn!«

»Ich – eh – glaube, dass dieser Horbury ein einwandfreies
Alibi für die fragliche Zeit hat, und deshalb – eh – muss die
Polizei seinen Angaben glauben«, versuchte Charlton zu be-
ruhigen.

»Muss sie? Warum muss sie?«, schäumte George. »Wenn
ich die Polizei wäre, dann würde ein solches Alibi mit größter
Vorsicht aufgenommen! Es ist doch klar, dass ein Verbrecher
sich immer ein Alibi besorgt. Aber die Pflicht der Polizei ist
es, dieses Alibi zu widerlegen – das heißt, wenn sie fähig ist!«

»Nun, nun«, sagte Charlton, »ich glaube, dass es nicht unsere Sache ist, uns in das Vorgehen der Polizei einzumischen.
Im Allgemeinen sind doch sehr tüchtige Leute dabei.«

George schüttelte ärgerlich den Kopf.

»Scotland Yard müsste verständigt werden! Inspektor Sugden mag ein gewissenhafter Beamter sein, aber eine Leuchte
ist er bestimmt nicht.«

»Doch, Sugden ist ein sehr guter Polizist«, widersprach ihm
Charlton. »Er ist vielleicht keiner von der schnellen Sorte, aber
er erreicht sein Ziel, glauben Sie mir.«

»Ich bin überzeugt, dass die Polizei alles in ihren Kräften
Stehende tut«, sagte Lydia. »Mr Charlton, möchten Sie einen
Sherry?«

Mr Charlton lehnte höflIch dankend ab. Er räusperte sich
und schritt dann zur Testamentseröffnung. Er las dieses Doku-
ment mit sichtlichem Behagen, wobei er bei den dunkleren
Formulierungen etwas länger verweilte und die besonders
raffinierten juristischen Passagen genießerisch auszukosten
schien. Als er geendet hatte, nahm er seine Brille ab, putzte sie
umständlich und sah sich dann in der Runde um. Harry Lee
sprach als Erster.

»Diese juristischen Formulierungen sind schwer zu verstehen. Können Sie uns das alles nicht klar und deutlich
sagen?«

»Aber das vorliegende ist ein durchaus einfaches Testament.«

»Mein Gott«, seufzte Harry, »wie sieht denn ein komplizier-
tes aus?«

Mr Charlton warf ihm einen eiskalten Blick zu. Dann führte
er aus:

»Die Hauptvergabungen sind denkbar leicht zu verstehen.
Die Hälfte des Vermögens fällt an Mr Alfred Lee. Der Rest
wird zwischen den übrigen Kinder aufgeteilt.«

Harry lachte hämisch. »Alfred, wie gewöhnlich! Das halbe
Vermögen meines Vaters! Du hast Schwein, Alfred.«

Alfred lief rot an. Lydia sagte scharf:

»Alfred war seinem Vater ein guter und ergebener Sohn.
Seit Jahren hat er die Werke geleitet und die ganze Verantwortung getragen.«

»O ja, Alfred war immer ein Mustersöhnchen!«

»Du kannst von Glück sagen, dass Vater dir überhaupt etwas hinterlasssen hat«, fauchte Alfred den Bruder an.

Harry warf den Kopf zurück und lachte.

»Du hättest lieber gesehen, wenn ich leer ausgegangen wäre, wie? Du hast mich nie ausstehen können!«

Mr Charlton hüstelte. Er war solche unerquicklichen Szenen nach einer Testamentseröffnung gewohnt – nur zu sehr gewohnt –, und ihm lag daran, mit seinen Verpflichtungen zu Ende zu kommen, bevor die endlosen Familienstreitereien begannen.

»Ja, das ist, glaube ich, alles, was ich Ihnen –«, murmelte er.

»Und was ist mit Pilar?«, fragte Harry laut.

Mr Charlton räusperte sich wieder, diesmal wie entschuldigend. »Eh, Miss Estravados – eh – ist in dem Testament nicht erwähnt.«

»Bekommt sie nicht den Anteil ihrer Mutter?«

»Señora Estravados«, erklärte Charlton, »hätte natürlich ihren Teil der Erbschaft bezogen; aber da sie gestorben ist, fällt ihr Anteil der Erbmasse zu und wird unter die übrigen Kinder verteilt.«

Pilar fragte mit ihrer warmen südländischen Stimme: »Dann bekomme ich also nichts?«

Schnell fiel Lydia ein. »Liebes, darüber wird die Familie sich bestimmt einigen.«

»Du wirst hierher zu Alfred ziehen – nicht, Alfred?«, sagte George. »Schließlich – hm – bist du unsere Nichte, und es ist unsere Pflicht, für dich zu sorgen.«

»Auch bei uns wird sie immer gerne willkommen sein«, sagte Hilda Lee.

Aber Harry ließ nicht locker. »Sie muss ihren eigenen Anteil bekommen. Wir sollten ihr Jennifers Erbteil aushändigen.«

Mr Charlton murmelte: »Ich muss nun – eh – wirklich gehen, Mr Lee. Auf Wiedersehen, Mrs Lee – wenn ich für Sie etwas tun kann – jederzeit, gerne …«

Er verließ eilends den Raum, in welchem, seiner Erfahrung

gemäß, nun alle Voraussetzungen für einen Familienkrach gegeben waren.

Kaum war die Tür zu, erhob Lydia ihre klare, helle Stimme.

»Ich stimme Harry bei. Pilar hat das Recht auf einen festen Anteil. Dieses Testament wurde vor Jennifers Tod abgefasst.«

»Unsinn!«, fuhr George auf. »Eine sehr ungesetzliche und nachlässige Denkweise, Lydia! Gesetz ist Gesetz, und wir müssen uns ihm fügen.«

»Es ist natürlich ein Pech für Pilar, und das tut uns sehr leid«, mischte sich nun auch Magdalene ein, »aber George hat Recht. Gesetz ist Gesetz.«

Lydia stand auf. Sie nahm Pilar bei der Hand.

»Das alles muss sehr unangenehm sein für dich«, sagte sie freundlich. »Willst du uns bitte allein lassen, solange wir diese Fragen erörtern?«

Sie ging mit der jungen Frau bis zur Tür. »Sei ganz ruhig, Pilar«, sagte sie. »Überlass die Sache nur mir.« Pilar ging langsam aus dem Zimmer. Lydia schloss die Tür hinter ihr und ging zu den anderen zurück.

Einige Sekunden lang herrschte Stille im Raum. Alle schienen Atem zu schöpfen. Aber im nächsten Augenblick war der Kampf wieder in vollem Gange.

»Du bist eben von jeher ein Geizkragen gewesen, George«, sagte Harry.

Und George schrie zurück: »Jedenfalls war ich nie ein Schmarotzer und ein Lump!«

»Du bist genauso gut ein Schmarotzer wie ich! Du hast all die Jahre ausschließlich von Vaters Zuschuss gelebt.«

»Du scheinst zu vergessen, dass meine verantwortungsvolle und exponierte Stellung –«

»Verantwortungsvoll – meiner Seel! Du bist ein künstlich aufgeblähter Luftballon, weiter nichts!«

Magdalene schrie empört: »Wie wagst du, so etwas zu sagen!«

Hildas Stimme, ruhig wie immer, durchdrang den Lärm. »Können wir die Sache nicht vielleicht in Ruhe besprechen?«

Lydia warf ihr einen dankbaren Blick zu.

Plötzlich fuhr David heftig aus seiner Reglosigkeit auf.

»Diese Streiterei über Geld ist überhaupt ekelhaft!«

Magdalene zischte ihn giftig an. »Welche Edelmütigkeit! Willst du vielleicht sogar deine Erbschaft ausschlagen? Du brauchst das Geld ebenso gut wie wir andern auch. Deine Weltfremdheit ist bloß eine lächerliche Pose!«

»Die Erbschaft ausschlagen?«, flüsterte David. »Ob ich das tun sollte?«

»Nein, das wirst du natürlich nicht tun«, sagte Hilda fest und bestimmt. »Müssen wir uns denn alle so kindisch benehmen? Alfred, du bist jetzt das Familienoberhaupt …«

Alfred schien aus tiefen Träumen aufzufahren.

»Wie bitte? Wenn alle gleichzeitig schreien und auf mich einreden – das verwirrt mich.«

»Hilda hat Recht, wir benehmen uns wie gierige, ungezogene Kinder«, sagte Lydia. »Versuchen wir doch, die Probleme ruhig und wenn möglich eines nach dem anderen zu besprechen. Du bist der Älteste, Alfred. Was, meinst du, sollen wir in Bezug auf Pilar tun?«

»Natürlich müssen wir ihr hier ein Heim schaffen und ihr einen monatlichen Zuschuss gewähren. Auf das Geld ihrer Mutter hat sie meiner Ansicht nach keinerlei rechtlichen Anspruch. Sie ist keine Lee, vergiss das nicht. Sie ist spanische Staatsbürgerin.«

»Keinen rechtlichen Anspruch – das mag stimmen«, wandte Lydia ein. »Aber ich finde, dass sie einen moralischen Anspruch auf dieses Erbteil hat. Euer Vater hat seiner Tochter genauso viel hinterlassen wie George, David und Harry, und das, obgleich sie gegen seinen Willen einen Spanier geheiratet hatte. Jennifer ist erst letztes Jahr gestorben. Ich bin überzeugt, dass er Mr Charlton nur deshalb herzukommen bat, weil er in einem neuen Testament wenigstens den Vermögensanteil Jennifers auf Pilar übertragen lassen wollte. Vielleicht hätte er dem Mädchen sogar noch mehr hinterlassen. Sie war sein einziges Enkelkind, das dürft ihr nicht vergessen. Das Mindeste, was wir also tun können, ist eine Ungerechtigkeit gutzumachen, die euer Vater selber gutzumachen gewillt war.«

»Bravo, Lydia!«, rief Alfred warm. »Du hast doch vollkommen Recht. Ich bin einverstanden, dass Pilar Jennifers Anteil an Vaters Vermögen bekommen muss.«

»Und du, Harry?«, fragte Lydia.

»Du weißt, dass ich einverstanden bin. Ich finde, Lydia hat die Sachlage sehr klar geschildert, und ich muss sagen, dass ich sie dafür bewundere.«

»George?«

George war krebsrot und zitterte förmlich vor Aufregung. »Nein! Ich bin dagegen! Das Ganze ist eine unerhörte Zumutung. Gebt ihr ein Heim und ein anständiges Taschengeld. Das ist mehr als genug für sie.«

»Er hat ganz Recht«, piepste Magdalene dazwischen. »Es wäre ungeheuerlich, wenn er eurem Vorschlag zustimmen würde. Wenn man bedenkt, dass George der Einzige der Familie ist, der jemals etwas getan hat in der Welt, dann ist es ohnehin eine Schande, dass sein Vater ihm nicht mehr hinterlassen hat.«

»David?«

»Oh, ihr habt bestimmt Recht«, murmelte David unsicher. »Es ist nur so grässlich, dass so viel Streit und hässliche Worte um diese Sache entstehen müssen.«

»Ich stimme dir auch bei, Lydia, dein Vorschlag ist nur gerecht«, sagte Hilda.

Harry sah sich im Kreis um.

»Also, dann ist ja alles klar. Alfred. David und ich sind dafür – George ist dagegen. Die Ja-Stimmen haben die Mehrheit.«

»Es handelt sich hier nicht um Ja- oder Nein-Stimmen«, fuhr George ihn gehässig an. »Mein Anteil an Vaters Vermögen ist ganz und ungeteilt mein Eigentum. Ich werde keinem Menschen einen Penny davon geben.«

»Allerdings nicht!« Ein triumphierender Aufschrei Magdalenes.

Nun sprach Lydia schärfer.

»Bitte, das ist eure Sache. Dann wird Jennifers Anteil eben von uns anderen aufgebracht.«

Sie sah sich um, und die Brüder, außer George, nickten Zustimmung.

Harry sagte: »Da Alfred den Löwenanteil geerbt hat, könnte er in diesem Fall auch den größeren Teil zahlen.«

Und Alfred gab höhnisch zurück: »Ich merke, dass deine anfängliche Großzügigkeit bereits erheblich ins Wanken gerät.«

»Fangt jetzt nicht wieder an!«, fuhr Hilda dazwischen. »Lydia soll Pilar sagen, dass wir einen Entschluss gefasst haben. Die Einzelheiten können wir nachher besprechen.« Und in der Hoffnung, die gereizten Gemüter vom Thema abzulenken, fragte sie: »Wo steckt eigentlich Mr Farr? Und Mr Poirot?«

»Wir haben Mr Poirot ins Dorf mitgenommen, als wir zur Totenschau fuhren«, sagte Alfred. »Er hatte eine wichtige Besorgung zu machen.«

»Wer ist denn da draußen im Garten? Mr Farr oder Inspektor Sugden?«, rief Lydia.

Die Ablenkungsmanöver der beiden Frauen waren erfolgreich. Der Familienrat wurde aufgehoben. Lydia zog Hilda ein wenig beiseite. »Danke, Hilda, es war lieb von dir, mir den Rücken zu stärken. Du bist wirklich ein Trost in all dem Durcheinander.«

»Merkwürdig, wie Geld die Menschen aufregen kann«, sagte Hilda nachdenklich.

Die anderen waren hinausgegangen, und die beiden Frauen blieben allein zurück.

»Ja – sogar Harry, obwohl der Vorschlag von ihm ausging. Und mein armer Alfred ist so englisch, dass er nicht zusehen kann, wie Lee'sches Geld an eine spanische Staatsbürgerin fällt.«

Hilda lächelte.

»Sind wir Frauen wirklich so viel idealistischer?«

Lydia antwortete mit einem Zucken ihrer schmalen Schultern: »Vielleicht. Und dann ist dieses Geld ja nicht *unseres*. Das ergibt einen großen Unterschied.«

»Ein eigenartiges Mädchen, diese Pilar«, sagte Hilda. »Was mag wohl aus ihr werden?«

Lydia seufzte.

»Ich bin froh, dass sie nun unabhängig sein wird. Hier zu leben, selbst mit einem anständigen Taschengeld, wäre bestimmt nicht die Erfüllung ihrer Träume. Sie ist zu stolz dazu und zu – zu fremd.« Gedankenverloren fügte sie noch bei: »Ich habe einmal einen wunderschönen Lapislazuli aus Ägypten mitgebracht. Dort, inmitten von Sonne und Sand, war seine Farbe herrlich – ein leuchtendes, warmes Blau. Aber kaum war ich wieder zu Hause, begann seine Farbe dumpf zu werden, und das Blau war wie erloschen.«

»Ich verstehe – ja«, sagte Hilda leise.

»Ich bin so froh, dass ich dich und David endlich kennen lernte«, lächelte Lydia. »Ich bin glücklich, dass ihr hergekommen seid.«

»Wie oft habe ich in diesen letzten Tagen gewünscht, wir wären nicht hier!«

»Das glaube ich dir. Aber weißt du, Hilda, der Schock hat David weniger arg mitgenommen, als ich gedacht hätte. Ich meine, er ist nicht so empfindsam, dass ihn diese Sache völlig aus dem Gleichgewicht hätte bringen können. Und tatsächlich dünkt mich, er lebe seit dem Mord förmlich auf ...«

Hilda sah sie fast erschrocken an.

»Du hast das also auch bemerkt? Es ist schrecklich ... aber es ist wirklich so, wie du sagst!«

Sie schwieg und dachte darüber nach, was ihr Mann erst in der vergangenen Nacht gesagt hatte.

»Hilda, erinnerst du dich an die Szene in *Tosca,* wenn Scarpia tot ist und Tosca ihm zu Häupten und Füßen Kerzen anzündet? Dort sagt sie: *Jetzt* kann ich ihm verzeihen! Genauso empfinde ich jetzt für Vater. All die Jahre konnte ich ihm nicht verzeihen, obwohl ich es wirklich wollte, aber jetzt trage ich ihm nichts mehr nach. Aller Hass ist wie weggewischt. Und mir ist, als sei eine Riesenlast von meinen Schultern genommen worden.«

Und sie hatte, von plötzlicher Angst erfasst, gefragt: »Weil er tot ist?«

Worauf er rasch und abwehrend geantwortet hatte: »Nein, nein, nicht weil er tot ist, sondern weil mein kindischer, dummer Hass gegen ihn tot ist.«

An dieses Gespräch musste Hilda jetzt denken. Am liebsten hätte sie es der Frau neben ihr mitgeteilt; aber irgendwie fühlte sie, dass es klüger sei, dies nicht zu tun. Sie folgte Lydia hinaus in die Halle. Dort stand Magdalene mit einem kleinen Päckchen in der Hand. Sie fuhr zusammen, als sie die beiden kommen sah.

»Das muss der wichtige Einkauf von Mr Poirot sein«, rief sie. »Ich habe gesehen, wie er es eben hier niederlegte. Was ist da wohl drin?«

Sie sah von einer zur anderen und kicherte verlegen, aber ihre Augen hatten einen wachen und ängstlichen Ausdruck, der die affektierte Fröhlichkeit ihrer Worte Lügen strafte.

Lydia hob nur ein wenig die Augenbrauen und sagte dann kühl: »Ich muss mir vor dem Lunch noch die Hände waschen.«

Magdalene bemühte sich zwar, ihre erzwungene Heiterkeit beizubehalten, aber es gelang ihr nicht ganz, den verzweifelten Unterton aus ihrer Stimme zu verbannen.

»Ich *muss* hineinschauen!«, kicherte sie.

Sie öffnete das Papier und stieß einen hohen Schrei aus. Lydia blieb stehen, Hilda auch, und beide Frauen starrten verblüfft auf den Gegenstand in Magdalenes Hand.

»Ein falscher Schnurrbart«, brachte Magdalene endlich hervor.

»Wozu – ich frage euch –«

»Will er sich maskieren?«, fragte Hilda erstaunt. »Aber …«

»Aber Mr Poirot hat ja selber einen sehr schönen Schnurrbart«, beendete Lydia den Satz.

Magdalene schlug das Papier wieder zu. »Verrückt, so etwas! Wozu kauft sich Mr Poirot einen falschen Schnurrbart?«

Pilar durchquerte langsam die Halle, als Stephen Farr eben vom Garten hereintrat.

»Nun? Ist der Familienrat beendet? Hat die Testamentsverlesung stattgefunden?«, fragte er.

Pilar atmete heftig. »Ich bekomme nichts – gar nichts! Das Testament ist vor vielen Jahren geschrieben worden. Mein Großvater hat Mutter Geld hinterlassen, aber weil sie nun tot ist, fällt alles den anderen zu.«

»Das ist allerdings Pech für Sie«, sagte Stephen.

»Wenn der alte Mann am Leben geblieben wäre, hätte er sicher ein anderes Testament gemacht. Dann hätte er mir auch Geld hinterlassen – viel Geld! Vielleicht hätte er mir mit der Zeit überhaupt sein ganzes Vermögen vermacht!«

Nun lächelte Stephen. »Das wäre auch wieder nicht ganz gerecht gewesen.«

»Warum nicht? Er hätte mich eben am liebsten gehabt, das ist alles.« Sie sah düster vor sich hin. »Die Welt ist Frauen gegenüber sehr grausam. Sie müssen versuchen, zu Geld zu kommen, solange sie jung sind. Wenn sie alt und hässlich werden, gibt ihnen niemand mehr etwas.«

»Machen Sie sich jetzt keine Sorgen darüber, hübsche Pilar! Die Lees sind verpflichtet, für Sie zu sorgen.«

»Schon, aber sehr amüsant wird das nicht werden«, sagte sie.

»Nein, wahrscheinlich nicht«, antwortete er langsam. »Ich kann mir nicht vorstellen, dass Sie hier leben sollen, Pilar. Wollen Sie nicht lieber nach Südafrika kommen? Dort ist Sonne und Weite. Allerdings auch harte Arbeit. Arbeiten Sie gern?«

»Ich weiß es nicht«, sagte sie zögernd.

»Oder würden Sie lieber den ganzen Tag auf einem Balkon sitzen? Und fürchterlich dick werden und drei Doppelkinne bekommen?«

Pilar musste lachen.

»So gefallen Sie mir besser. Ich habe Sie zum Lachen gebracht!«

»Ich habe gedacht, dass ich heuer zu Weihnachten viel lachen würde. In Büchern steht, wie lustig englische Weihnachten sind. Man isst brennende Rosinen und Plumpudding, der in Flammen aufgetragen wird, und man bekommt einen Julklapp und –«

»Aber meine Liebe, das gilt nur für Weihnachten, die nicht durch einen Mord belastet wurden! Kommen Sie. Lydia hat mir gestern ihre Vorratskammer gezeigt.«

Er führte sie zu einem kleinen Raum, der kaum viel größer war als ein großer Wandkasten.

»Sehen Sie, alle die Büchsen mit Gebäck und eingemachten Früchten, Orangen, Datteln und Nüssen. Und hier …«

»Oh!«, rief Pilar aus. »Die sind hübsch, diese Gold- und Silberkugeln!«

»Die sollten an einem Baum hängen mit den Geschenken für die Dienerschaft. Und diese kleinen Schneemänner mit den glitzernden Eiskristallen, die sollten beim Essen auf dem Tisch stehen. Und hier sind Ballons in allen Farben, die wir aufgeblasen hätten.«

Pilars Augen strahlten. »Ach, blasen wir doch einen auf? Lydia würde es bestimmt erlauben. Ich habe Ballons so gern!«

»Sie sind ein Baby! – Also gut! Welchen wollen Sie haben?«

»Den roten natürlich!«

Sie wählten je einen Ballon aus und bliesen sie nun mit geblähten Backen zu bunten Kugeln auf. Dann schnürten sie die Enden sorgfältig zu und warfen die Ballons in die Luft, um sie, sobald sie bis auf Reichweite niedergeschwebt waren, mit leichten Stößen wieder höhersteigen zu lassen.

»In der Halle draußen hätten wir viel mehr Platz«, sagte Pilar. Als sie dort mitten im schönsten Spielen waren, erschien Hercule Poirot. Er sah ihnen nachsichtig lächelnd zu.

»Soso, Sie spielen *les jeux d'enfants!* Hübsch ist das.«

»Der rote ist meiner«, erklärte Pilar atemlos. »Er ist viel größer als seiner. Wenn wir sie draußen fliegen lassen würden, stiege meiner bis in den Himmel hinauf«

»Also gut, lassen wir sie fliegen«, schlug Stephen vor. »Dann dürfen wir uns etwas dabei wünschen.«

Pilar war begeistert. Sie rannte durch die Gartentür hinaus. Poirot folgte den beiden nachsichtig und leicht amüsiert.

»Ich wünsche mir viel, viel Geld«, rief Pilar. Sie hielt ihren Ballon hoch über den Kopf, und als ein Windstoß kam, ließ sie ihn los. Er wurde wirklich emporgetragen.

Stephen hatte weniger Glück. Kaum hatte er seinen Ballon losgelassen, als der Wind diesen seitlich abtrieb, worauf er in einen Stechpalmenbusch flog und dort zerplatzte.

Pilar lief sofort zu der Unglücksstätte.

»Kaputt«, verkündete sie betrübt. Sie stieß das geschrumpfte Häufchen Gummi mit dem Schuh an. »So etwas habe ich in Großvaters Zimmer vom Boden aufgehoben. Er hatte auch einen Ballon. Nur war seiner hellrot.«

Poirot schrie plötzlich auf. Pilar sah sich fragend nach ihm um.

»Nein, nein, es ist nichts«, versicherte er hastig. »Ich habe mir nur meine Fußspitze angeschlagen.«

Er drehte sich brüsk um und betrachtete das Haus.

»So viele Fenster! Ein Haus, Mademoiselle, hat Augen und Ohren. Und die Engländer lassen gerne die Fenster offen stehen.«

Lydia erschien auf der Terrasse.

»Das Mittagessen ist bereit. Pilar, es ist alles in Ordnung. Alfred wird es dir nach dem Essen eingehender erklären. Wollen wir zu Tisch gehen?«

Sie begaben sich alle miteinander ins Haus. Poirot kam als Letzter. Er sah sehr ernst aus.

Nach dem Mittagessen führte Alfred seine Nichte in sein Zimmer und schloss die Tür hinter sich zu. Die anderen gingen ins Wohnzimmer. Nur Hercule Poirot blieb in der Halle stehen und betrachtete nachdenklich die Tür des Arbeitszimmers. Plötzlich bemerkte er, dass der alte Butler sich ihm näherte.

»Ja, Tressilian? Was haben Sie auf dem Herzen?«

Der alte Mann schien verwirrt zu sein.

»Ich sollte – ich müsste mit Mr Lee sprechen, aber jetzt darf ich ihn wohl nicht stören, nicht wahr?«

»Ist etwas passiert?«

Langsam, als müsste er selber sich zwingen, seinen Worten Glauben zu schenken, antwortete Tressilian: »Es ist so eigentümlich. Vollkommen unbegreiflich …« Er zögerte. »Sie haben

vielleicht bemerkt, Sir, dass zu beiden Seiten der Hauptein-
gangstür eine Kanonenkugel angebracht ist – schwere, runde
Steine. Und jetzt ist einer fortgenommen worden, Sir!«

Hercule Poirot runzelte die Stirn. »Wann?«

»Heute Morgen waren sie noch beide dort, Sir. Darauf
kann ich einen Eid schwören.«

»Kommen Sie.«

Sie gingen zusammen zur Eingangstür. Poirot bückte sich
und betrachtete die eine Kanonenkugel von allen Seiten. Als
er sich wieder aufrichtete, war sein Gesicht todernst.

»Wer sollte ein solches Ding stehlen, Sir? Das ist doch sinnlos!«, stammelte der alte Diener.

»Das gefällt mir nicht«, murmelte Poirot, »das gefällt mir
ganz und gar nicht.«

Tressilian sah ihm ängstlich ins Gesicht.

»Was ist bloß über dieses Haus gekommen, Sir?«, fragte er
verzweifelt. »Seit der Herr ermordet worden ist, scheint es
vollkommen verändert zu sein. Mir ist immer, als würde ich
in einem Traum leben. Ich verwechsle Sachen und habe oft
das Gefühl, als könne ich meinen eigenen Augen nicht mehr
trauen.«

Hercule Poirot schüttelte den Kopf.

»Nein, das ist falsch. Just Ihren Augen müssen Sie Glauben
schenken, Tressilian!«

»Nein, nein, Sir! Meine Sehkraft lässt nach. Ich spüre es
doch ganz deutlich. Manchmal verwechsle ich sogar Leute
miteinander. Ich werde zu alt für meinen Beruf.«

Poirot klopfte ihm auf die Schulter. »Kopf hoch!«

»Danke, Sir. Sie meinen es gut, ich weiß. Aber so ist es nun
einmal: Ich bin zu alt. Immer wieder denke ich an die früheren
Zeiten und sehe Miss Jenny, Master Alfred und David als junge
Menschen. Seit jener Nacht, da Mr Harry heimkam …«

»Das ist es«, nickte Poirot. »Daran habe ich eben auch gedacht. Vorhin sagten Sie: ›Seit der Herr ermordet worden ist‹ – aber die Sache begann früher. Seit Mr Harry heimgekommen ist, hat sich hier alles verändert und scheint unwirklich geworden zu sein. Habe ich nicht Recht?«

»Doch, Sir. Mr Harry hat immer Unruhe ins Haus gebracht, schon in alten Zeiten.« Seine Augen schweiften zu dem leeren Steinsockel zurück. »Wer kann die Kugel weggenommen haben, Sir?«, flüsterte er. »Und weshalb? Ich komme mir vor wie in einem Irrenhaus.«

»Hier liegt nicht Irrsinn vor, fürchte ich«, antwortete Poirot bedrückt. »Im Gegenteil, jemand geht sehr klug und überlegt zu Werke. Und jemand, Tressilian, ist in großer Gefahr.«

Er wandte sich um und ging ins Haus zurück.

In diesem Augenblick kam Pilar aus dem Arbeitszimmer. Ihre Wangen hatten rote Flecken. Sie trug den Kopf sehr hoch, und ihre Augen funkelten.

Als Poirot auf sie zukam, stampfte sie plötzlich mit dem Fuß auf und sagte: »Ich werde es nie annehmen!«

Poirot hob die Augenbrauen. »Was denn, Mademoiselle?«

»Alfred hat mir eben mitgeteilt, dass ich den Anteil meiner Mutter aus der Erbschaft bekommen soll.«

»Und?«

»Rechtlich hätte ich keinen Anspruch darauf, hat er mir erklärt, aber er, Lydia und die anderen seien der Ansicht, dass dieser Anteil mir gehöre. Es sei eine Frage der Gerechtigkeit, und sie wollten mir das Geld also aushändigen.«

»Ja, und?«, fragte Poirot wieder.

Pilar sah ihn aufgebracht an.

»Verstehen Sie denn nicht? Sie wollen mir das Geld geben – *geben*!«

»Das kann doch Ihren Stolz nicht verletzen? Wenn es wirklich eine Frage der Gerechtigkeit ist, dass Sie diesen Anteil bekommen?«

Pilar seufzte auf. »Ach, Sie verstehen mich nicht.«

»Ich verstehe Sie im Gegenteil sehr gut«, sagte Poirot.

»Ach was«, stieß Pilar hervor und drehte sich ärgerlich um. Die Hausglocke läutete. Poirot sah über die Schulter zurück und erblickte die Silhouette von Inspektor Sugden durch die Milchglasscheibe. Hastig fragte er Pilar: »Wohin gehen Sie jetzt?«

»Ins Wohnzimmer, zu den anderen«, gab sie mürrisch zurück.

»Gut! Bleiben Sie dort! Gehen Sie nicht allein im Haus herum, vor allem nicht nach Einbruch der Dunkelheit. Seien Sie sehr vorsichtig. Sie sind in großer Gefahr, Mademoiselle, heute mehr denn je!«

Damit wandte er sich ab und ging Sugden entgegen.

Dieser wartete, bis Tressilian wieder in der Küche verschwunden war. Dann zog er ein Telegramm aus der Tasche.

»So, jetzt haben wir es!«, sagte er triumphierend. »Lesen Sie das. Kommt von der südafrikanischen Polizei.«

Das Kabel lautete: *Ebenezer Farrs Sohn vor zwei Jahren gestorben.*

»Nun wissen wir es!«, grinste Sugden. »Komisch! Ich habe eine ganz andere Spur verfolgt!«

Pilar trat hochaufgerichtet ins Wohnzimmer. Sie ging direkt auf Lydia zu, die strickend am Fenster saß.

»Lydia, ich möchte dir sagen, dass ich das Geld nicht annehmen werde. Und dass ich fortgehe – sofort…«

Lydia sah sie erstaunt an. Sie ließ ihre Strickerei in den Schoß fallen. »Mein liebes Kind, Alfred muss dir die Sache ungeschickt erklärt haben! Es handelt sich hier keineswegs um eine Mildtätigkeit, wenn du dir das vielleicht einbildest. Wir sind weder großzügig noch liebenswürdig, sondern kommen einfach einer als gerecht empfundenen Verpflichtung nach.

Unter normalen Umständen hätte deine Mutter dieses Geld geerbt und es voraussichtlich dir vermacht. Also steht dir diese Erbschaft zu – sie ist weder ein Gnadengeschenk noch ein Opfer unsererseits, sondern dein Recht!«

»Und gerade darum kann ich sie nicht annehmen«, schrie Pilar verzweifelt auf, »nicht, wenn du so mit mir sprichst! Nicht, wenn ihr alle so zu mir seid! Ich bin gerne gekommen. Es war lustig. Es war ein Abenteuer, aber jetzt habt ihr es mir verdorben! Ich will fort von hier – und ihr werdet euch nie wieder um mich zu kümmern haben ...«

Tränen erstickten ihre Stimme. Sie drehte sich um und rannte aus dem Zimmer. Lydia sah ihr hilflos nach.

»Was um Himmels willen kann sie so aufgeregt haben?«

George räusperte sich bedeutungsvoll und verkündete dann wichtigtuerisch: »Wie ich heute Morgen bereits bemerkte – hm –, geht ihr von ganz falschen Voraussetzungen aus. Pilar ist gescheit genug, das einzusehen. Sie lehnt euer Almosen ab –«

»Es ist kein Almosen«, fuhr Lydia ihn an. »Es ist ihr Recht!«

Inspektor Sugden und Poirot betraten den Raum. Sugden sah sich um und fragte dann sofort: »Wo ist Mr Farr? Ich muss ihn sprechen!«

Doch noch ehe jemand antworten konnte, fuhr Poirot dazwischen: »Wo ist Señorita Estravados?«

»Sie packt ihre Koffer, jedenfalls hatte sie das vor. Anscheinend hat sie bereits genug von ihren englischen Verwandten.« George Lee konnte seine schadenfrohe Genugtuung nur schwer verbergen. Poirot fuhr herum.

»Kommen Sie!«, rief er Sugden zu.

Kaum waren die beiden Männer in die Halle hinausgetreten, als ein schweres Poltern und ein Schrei ertönten.

»Schnell! Kommen Sie!« Poirot lief durch die Halle und keuchte die hintere Treppe hinauf. Die Tür zu Pilars Zimmer war weit offen, und ein Mann stand auf der Schwelle.

Er wandte den Kopf nach den beiden Männern um. Es war Stephen Farr.

»Sie lebt«, sagte er nur.

Pilar stand an die Wand ihres Zimmers gelehnt und starrte die große steinerne Kugel an, die auf dem Boden vor ihr lag.

»Das war auf meiner Zimmertür«, erzählte sie atemlos, »so platziert, dass es im Gleichgewicht blieb. Der Stein wäre auf meinen Kopf gefallen, wenn ich normal eingetreten wäre. Aber mein Rock hakte sich an einem Nagel fest, und das hielt mich ein wenig zurück.«

Poirot kniete nieder und untersuchte den Nagel, an dem ein Stückchen roter Wollstoff geblieben war. Er blickte auf und nickte vielsagend.

»Dieser Nagel, Mademoiselle, hat Ihnen das Leben gerettet.« Der Inspektor sah ihn fassungslos an.

»Hören Sie, was soll das alles bedeuten?«

»Jemand hat versucht, mich umzubringen«, sagte Pilar.

»Eine Falle«, stellte Sugden fest, nachdem er die Tür lange und aufmerksam betrachtet hatte, »eine ganz gewöhnliche Falle! – Das ist nun schon der zweite Mord, der in diesem Hause geplant wurde! Aber diesmal ist er nicht geglückt.«

Pilar warf fast flehend die Hände empor.

»*Madre de Dios!*«, rief sie. »Warum sollte mich jemand töten wollen? Was habe ich denn Böses getan?«

»Vielleicht sollten Sie sich eher fragen: Was weiß ich denn?«, entgegnete Poirot vielsagend.

»Wissen? Ich weiß nichts.« Sie sah ihn groß an.

»In diesem Punkt irren Sie, Mademoiselle. Sagen Sie mir jetzt, wo Sie zur Zeit des Mordes waren. Sie waren nicht in diesem Zimmer.«

»Doch! Das habe ich Ihnen doch gesagt.«

»Gewiss, aber da sagten Sie nicht die Wahrheit. Sie erzählten uns, dass Sie Ihren Großvater schreien hörten, nicht wahr?«

Sugdens Stimme klang trügerisch sanft. »Nun, Sie können den Schrei nicht gehört haben, wenn Sie hier drinnen gewesen sind. Das haben Mr Poirot und ich gestern ausprobiert!«

»Sie müssen also dem Zimmer Ihres Großvaters näher gewesen sein«, riss Poirot das Gespräch wieder an sich. »Soll ich Ihnen sagen, wo ich mir denke, dass Sie gewesen sein könnten? Sie standen in der Nische bei den Statuen, Mademoiselle!«

Pilar hielt den Atem an vor Staunen.

»Woher wissen Sie das?«

Poirot lächelte verstohlen. »Mr Farr hat Sie dort gesehen.«

»Das ist nicht wahr!«, fuhr Farr auf. »Das ist eine faule Lüge!«

»Verzeihen Sie, Mr Farr, aber Sie *haben* Miss Pilar dort gesehen«, sagte Poirot ruhig. »Erinnern Sie sich, dass Sie den Eindruck hatten, es stünden drei Statuen in jener Nische – nicht nur zwei? Nur eine der Damen trug am Mordabend ein weißes Kleid: Mademoiselle Estravados. *Sie* war die dritte Figur, die Sie sahen. Das stimmt doch, Mademoiselle?«

Pilar zögerte eine Sekunde, dann sagte sie: »Ja, das ist wahr.«

Poirot sah sie freundlich an.

»Sagen Sie uns nun die ganze Wahrheit, bitte! Warum standen Sie in der Nische?«

»Ich war nach dem Abendessen aus dem Speisezimmer gekommen und wollte meinem Großvater einen Besuch machen. Ich dachte, es freue ihn vielleicht. Aber als ich in den Korridor einbog, sah ich jemanden an seiner Tür stehen. Ich wollte nicht gesehen werden, weil ich genau wusste, dass Großvater sich für jenen Abend Besuche verbeten hatte. Deshalb schlüpfte ich in die Nische, für den Fall, dass die Person an der Tür sich umdrehen sollte.«

Sie rang die Hände. »Dann hörte ich plötzlich den entsetzlichen Lärm – umfallende Tische und Stühle, splitterndes Glas – alles schien umzustürzen. Ich bewegte mich nicht. Ich hatte Angst. Und dann ertönte der grauenhafte Schrei –« Sie bekreuzigte sich. »Mein Herz blieb stehen. ›Jemand ist tot!‹, sagte ich zu mir selber.«

»Weiter?«

»Dann kamen alle die Treppe heraufgerannt, an mir vorbei, durch den Korridor, und ich schloss mich den Leuten an.«

»Warum haben Sie uns von alldem nichts gesagt, als wir Sie das erste Mal verhörten?«, fragte Sugden bissig.

Pilar wiegte den Kopf hin und her. Altklug und überlegen antwortete sie: »Der Polizei soll man nicht zu viel sagen. Sehen Sie, ich nahm an, Sie würden mich verdächtigen, Großvater umgebracht zu haben, wenn ich zugeben würde, dass ich mich so nahe bei seinem Zimmer befand.«

»Wenn Sie leichthin Lügen erzählen, dann wird man Sie erst recht verdächtigen«, schimpfte Sugden.

»Pilar!« Stephen Farr sah das Mädchen beschwörend an. »*Wen* haben Sie an der Tür des alten Herrn stehen sehen? *Wen?* Sagen Sie uns das!«

»Jawohl, sagen Sie uns das!«, befahl Sugden.

Pilar stockte. Ihre Augen öffneten sich weit und verengten sich wieder. »Ich weiß nicht, wer es war«, murmelte sie langsam, »aber es war eine Frau.«

Inspektor Sugden sah sich in dem Kreis um. Mit einer ihm sonst ganz fremden Erregung sagte er:

»Das widerspricht allen Regeln und Vorschriften, Mr Poirot!«

»Ich weiß, Inspektor«, wandte Poirot begütigend ein. »Aber sehen Sie, ich möchte mein erworbenes Wissen mit allen hier Anwesenden teilen. Dann werde ich sie alle um ihre Mitarbeit bitten, und so werden wir die Wahrheit herausbekommen.«

»Affentheater!«, brummte Sugden vor sich hin. Er lehnte sich in seinem Stuhl zurück.

»Vor allen Dingen haben Sie, glaube ich, Mr Farr eine Frage zu stellen, nein?«, fuhr Poirot ungerührt fort.

Sugdens Mund wurde hart.

»Ich hätte mir dazu einen etwas weniger offiziellen Augenblick ausgesucht«, sagte er sarkastisch. »Aber wie Sie wollen.« Er reichte Stephen Farr das Telegramm. »Nun, Mr Farr – oder wie Sie sonst heißen mögen! –, können Sie uns das erklären?«

Stephen Farr hob die Augenbrauen und las die Meldung laut vor. Dann händigte er dem Inspektor das Papier wieder aus. »Ja, ziemlich scheußlich, nicht wahr?«

»Ist das alles, was Sie dazu zu sagen haben?«

»Lassen Sie nur, Inspektor, ich weiß, dass Sie auf eine Erklärung brennen. Sie sollen sie haben. Mag sie noch so fadenscheinig klingen – es ist die Wahrheit. Ich bin nicht Ebenezer Farrs Sohn, aber ich kannte Vater und Sohn Farr sehr gut. Versuchen Sie jetzt einmal, sich in meine Lage zu versetzen. (Ich heiße übrigens Stephen Grant.) Ich kam zum ersten Mal in meinem Leben in dieses Land und war enttäuscht. Dinge und Menschen kamen mir entsetzlich grau und leblos vor. Und plötzlich tauchte in einem Zug ein Mädchen auf, in das ich mich buchstäblich auf den ersten Blick verliebte. Sie war das reizendste und liebenswerteste Geschöpf der Welt. Wir sprachen miteinander, und immer mehr festigte sich mein Entschluss, sie nicht mehr aus den Augen zu verlieren. Zufällig sah ich die Adresse auf ihrem Koffer. Ihr Name war mir fremd, aber ihr Reiseziel nicht. Ich hatte viel von Gorston Hall gehört und wusste alles von seinem Besitzer. Der alte Simeon Lee war Eb Farrs ehemaliger Geschäftspartner, und Eb hatte mir oft erzählt, welch faszinierende Persönlichkeit er gewesen sei.

Nun, und da hatte ich die Idee, nach Gorston Hall zu fahren und dort vorzugeben, Ebenezer Farrs Sohn zu sein. Dieser ist, wie das Telegramm richtig feststellt, vor zwei Jahren gestorben; aber ich erinnerte mich, dass Eb mir erzählt hatte, er habe seit vielen Jahren nichts mehr von Simeon Lee gehört, und daraus schloss ich, dass vermutlich auch der alte Simeon Lee nichts vom Tod von Ebs Sohn wissen werde. Jedenfalls wollte ich es versuchen.«

»Doch Sie wagten den Versuch nicht sofort«, fiel Sugden hier ein. »Zuerst wohnten Sie zwei Tage lang im Gasthaus in Addlesfield.«

»Ja, weil ich mir die Sache noch überlegen wollte. Aber schließlich war ich dazu entschlossen. Es kam mir vor wie ein Abenteuer. Nun, und dann glückte die Sache ja großartig! Der alte Herr hieß mich herzlich willkommen und lud mich in sein Haus ein. Ich nahm seine Einladung an. Das, Herr Inspektor, ist meine Erklärung. Wenn sie Ihnen missfällt, dann denken Sie bitte eine Sekunde an die Zeit zurück, da Sie selber verliebt waren, und sagen Sie mir ehrlich, ob Sie damals nicht auch manchen Unsinn machten. Ich heiße, wie ich Ihnen schon sagte, Stephen Grant. Sie können nach Südafrika telegrafieren und meine Angaben überprüfen lassen. Jedenfalls versichere ich Ihnen, dass ich weder ein Mörder noch ein Juwelendieb bin, sondern ein achtbarer Bürger.«

»Daran habe ich nie gezweifelt«, sagte Poirot leise.

Inspektor Sugden strich sich nachdenklich übers Kinn. »Ich werde Ihre Aussage selbstverständlich überprüfen müssen«, sagte er vorsichtig. »Was ich noch wissen möchte, ist dies: Warum haben Sie, nachdem der Mord geschehen war, nicht sofort geredet, sondern uns noch weiterhin einen Haufen Lügen erzählt?«

Stephens Antwort war entwaffnend.

»Weil ich ein Idiot war! Weil ich wirklich glaubte, ich könnte diese Fiktion aufrechterhalten! Und dann fürchtete ich, dass gerade in jenem Augenblick mein Eingeständnis, unter falschem Namen hier zu sein, sich äußerst verdächtig ausgenommen hätte. Wenn ich nicht vollkommen verblödet gewesen wäre, hätte ich mir ja sagen müssen, dass Sie wahrscheinlich in Johannesburg meine Personalien prüfen lassen würden.«

»Also, Mr Farr – Mr Grant! –, ich sage nicht, dass ich Ihre Erzählung nicht glaube«, sagte Sugden. »Sie wird bald genug bestätigt oder widerlegt werden.«

Er sah Poirot fragend an. Und Poirot sah Pilar an.

»Ich vermute, dass auch Mademoiselle Estravados uns etwas zu sagen hat.«

Pilar war sehr blass geworden. Atemlos stieß sie hervor:

»Ja. Ich hätte nie davon gesprochen, wenn nicht Lydias und des Geldes wegen. Herzukommen und Theater zu spielen, zu lügen und zu schwindeln – das war lustig! Aber als dann Lydia sagte, das Geld gehöre mir *von Rechts wegen,* da war das etwas ganz anderes. Das war kein Spaß mehr.«

Alfred Lee fragte erstaunt: »Was war kein Spaß mehr, Pilar? Ich verstehe nicht, wovon du sprichst.«

»Du glaubst, ich sei deine Nichte, Pilar Estravados. Aber das ist nicht wahr! Pilar ist getötet worden, als wir zusammen in einem Auto durch Spanien fuhren. Eine Bombe fiel auf unseren Wagen – sie war sofort tot, ich wurde nicht getroffen. Ich kannte sie kaum, aber sie hatte mir viel erzählt von ihrem Großvater, der sie zu sich nach England eingeladen hatte und sehr, sehr reich sei. Und ich selber hatte gar kein Geld und wusste nicht, was ich tun oder wohin ich gehen sollte. Und da dachte ich plötzlich: Warum nicht Pilars Pass nehmen und nach England fahren und dort reich werden.« Ein Lächeln huschte plötzlich über ihre Züge. »Oh, es war ein Spaß, mir auszudenken, ob mir die Sache glücken würde! Auf den Passfotos sahen wir einander ziemlich ähnlich. Aber als man hier plötzlich meinen Pass haben wollte, warf ich ihn zum Fenster hinaus und rieb dann ein wenig Erde auf das Foto. Bei den

Grenzübergängen sehen sie ja nicht so genau auf die Bilder, aber hier hätte man den Unterschied doch bemerken können…«

Alfred Lee war zornig. »Dann heißt das also, dass du – dass Sie sich meinem Vater als Enkelin vorstellten und auf seine Liebe spekulierten?«

Pilar nickte. Sie antwortete unbefangen: »Ja, weil ich sofort merkte, dass er mich gernhatte.«

»Unglaublich, unerhört!«, brach nun George Lee aus. »Verbrecherisch! Sich unter falschen Angaben Geld erschwindeln zu wollen!«

»Von dir hat sie ja keines bekommen, Alter«, warf Harry hier ein. »Pilar, ich stehe treu und fest zu dir! Ich bewundere deinen Mut. Und Gott sei Dank bin ich ja jetzt nicht mehr dein Onkel! Das gibt mir viel mehr Freiheit!«

Pilar wandte sich Poirot zu. »Sie wussten es! Seit wann?«

»Mademoiselle, wenn Sie die mendelschen Gesetze studiert hätten, dann wüssten Sie, dass zwei blauäugige Menschen mit großer Wahrscheinlichkeit kein braunäugiges Kind haben. Ihre Mutter, überlegte ich, war bestimmt eine sehr züchtige und ehrbare Frau: Daraus folgerte ich, dass Sie also nicht Pilar Estravados sein können. Und als Sie dann noch das Manöver mit dem Pass vollführten, war ich meiner Sache ziemlich sicher. Es war alles recht klug ausgedacht, aber eben doch nicht klug genug, sehen Sie.«

Sugden lachte unangenehm. »Das ganze Theater war nicht sehr klug.«

Pilar starrte ihn an. »Ich verstehe nicht…«

»Sie haben uns jetzt eine Geschichte erzählt, aber es gibt noch allerhand, was Sie uns werden sagen müssen.«

»Lassen Sie sie in Ruhe!«, brauste Stephen auf.

Doch Sugden ließ sich nicht einschüchtern.

»Sie haben uns gesagt, dass Sie nach dem Nachtessen zu

Ihrem Großvater hinaufgingen – um ihm eine Freude zu machen, wie Sie sich ausdrückten –, aber ich glaube etwas ganz anderes. Sie haben die Diamanten gestohlen. Sie hatten sie in der Hand gehabt. Vielleicht haben Sie sie einmal in den Safe zurückgelegt, ohne dass der alte Herr Ihnen dabei zusah. Als er das Verschwinden der Steine bemerkte, wusste er, dass nur zwei Menschen sie fortgenommen haben konnten: Horbury, der sich das Kennwort irgendwie verschafft haben mochte und die Steine einmal nachts gestohlen haben konnte – oder Sie!

Nun hatte aber Mr Lee sofort reagiert. Er rief mich an und bat mich, zu ihm zu kommen. Dann ließ er Ihnen ausrichten, Sie möchten nach dem Abendessen unverzüglich zu ihm hinaufkommen. Und als Sie bei ihm erschienen, klagte er Sie des Diebstahls an. Sie stritten es ab. Er trieb Sie in die Enge. Was dann geschah, weiß ich nicht. Vielleicht war er auch bereits dahintergekommen, dass Sie nicht seine Enkeltochter waren, sondern eine Berufsdiebin. Jedenfalls sahen Sie sich mit einem Schlag entlarvt, und um der drohenden Bloßstellung zu entgehen, stachen Sie mit einem Messer nach ihm. Es entstand ein Kampf, und der alte Herr schrie. Nun rannten Sie aus dem Zimmer, drehten den Schlüssel von außen im Schloss um, und dann, wohl wissend, dass Sie nirgends mehr hinlaufen konnten, ehe die anderen Hausbewohner kamen, schlüpften Sie in die Nische mit den Statuen!«

»Das ist nicht wahr!«, schrie Pilar gellend auf. »Es ist nicht wahr! Ich habe die Diamanten nicht gestohlen! Das schwöre ich bei der heiligen Muttergottes!«

»Wer hat sie dann gestohlen?«, fragte Sugden scharf. »Sie behaupten, jemanden vor Mr Lees Zimmertür gesehen zu haben. Ihren Schilderungen zufolge müsste also jene Person der Mörder gewesen sein. Aber nichts und niemand erhärtet Ihre Behauptung, dass jemand dort gestanden hatte. Mit anderen Worten: Ich glaube, dass Sie diese Person nur erfunden haben, um sich selber zu entlasten!«

»Natürlich ist sie die Täterin!«, rief George Lee. »Das ist doch ganz klar! Ich habe ja immer gesagt, dass ein Außenstehender meinen Vater getötet haben muss! Unfasslicher Blödsinn, anzunehmen, dass jemand aus dem Familienkreis diese Tat hätte begehen können. Das wäre ja – das wäre unnatürlich.«

Poirot setzte sich plötzlich in seinem Stuhl auf.

»Da kann ich Ihnen nicht beistimmen. Angesichts des Charakters von Simeon Lee wäre das sogar sehr natürlich gewesen.« George Lee blieb der Mund offen, und er glotzte Poirot an. »Und meiner Ansicht nach«, fuhr er unbeirrt fort, »ist das auch tatsächlich geschehen. Simeon Lee wurde durch jemanden von seinem eigenen Fleisch und Blut umgebracht um einer Sache willen, die dem Mörder Grund genug für einen Mord schien.«

»Einer von uns?«, kreischte George auf. »Niemals! Ich –«

Poirot schnitt ihm das Wort ab. »Hier stehen alle unter Verdacht! Beginnen wir doch gleich mit Ihnen, Mr George Lee. Sie liebten Ihren Vater nicht. Wenn Sie sich trotzdem mit ihm gutstellten, geschah dies des Geldes wegen. An dem Tag, da er ermordet wurde, hatte er Ihnen gedroht, Ihren Zuschuss zu kürzen. Sie wussten, dass Sie nach seinem Tod eine nicht unerhebliche Summe erben würden. Damit wäre Ihr Motiv gegeben. Nach dem Abendessen telefonierten Sie. Das stimmt. Aber Ihr Anruf dauerte nur fünf Minuten. Sie konnten also mit Leichtigkeit nachher zu Ihrem Vater hinaufgegangen sein, mit ihm geplaudert, ihn angegriffen und getötet haben. Dann verließen Sie sein Zimmer, sperrten die Tür von außen ab und wiegten sich in der Hoffnung, dass man diesen Mord einem Einbrecher zur Last legen werde. Aber in Ihrer begreiflichen Erregung vergaßen Sie, das Fenster weit genug offen zu lassen, um diese Einbrechertheorie auch wirklich abzusichern.

Das war sehr dumm, aber Sie sind, wenn Sie meine Offenheit verzeihen wollen, ein ziemlich dummer Mensch.« Nach einer langen Pause, während welcher George Lee nach Luft schnappte und etwas zu sagen versuchte, was ihm aber nicht gelang, fügte Poirot noch hinzu:

»Immerhin waren viele Verbrecher sehr dumm.«

Nun richtete er das Wort an Magdalene.

»Auch Madame hatte ein Motiv. Sie ist verschuldet, und der Ton verschiedener Bemerkungen, die ihr Schwiegervater über sie machte, mochte ihr äußerst unangenehm in den Ohren geklungen haben. Auch sie hat kein Alibi. Sie ging zum Telefon, telefonierte aber nicht, und ihre Aussage wird von niemandem bestätigt …

Dann wäre da Mr David Lee. Wir haben nicht einmal, sondern x-mal gehört, wie viel Rachsucht im Blut der Lees kreist. Mr David Lee vergaß und verzieh nie, wie schlecht sein Vater seine Mutter behandelt hatte. Eine letzte Verunglimpfung der Verstorbenen kann das Maß zum Überlaufen gebracht haben. David Lee soll Klavier gespielt haben, als der Mord passierte. Zufälligerweise spielte er einen Trauermarsch. Aber es wäre doch möglich, dass jemand anderer diesen Trauermarsch spielte, jemand, der wusste, was David zu tun im Begriff war, und der diesen Schritt begrüßte.«

»Das ist eine infame Vermutung«, sagte Hilda Lee ruhig.

Poirot wandte sich ihr zu.

»Dann biete ich Ihnen eine andere, Madame. Es war *Ihre* Hand, die den Todesstoß führte. *Sie* schlichen die Treppe hinauf, um einen Menschen zu richten, der Ihrer Ansicht nach jenseits aller menschlichen Verzeihung stand. Sie gehören zu den Menschen, die sehr jähzornig werden können, Madame.«

Darauf antwortete Hilda nur: »Ich habe ihn nicht getötet.«

»Mr Poirot hat Recht«, sagte Sugden plötzlich. »Alle hier

Anwesenden könnten als Täter in Frage kommen – ausgenommen Mr und Mrs Alfred Lee und Mr Harry Lee.«

»Ich würde nicht einmal diese drei ausnehmen«, sagte Poirot.

Lydia lächelte ironisch. »Ach? Und wie würden Sie den Verdacht gegen mich begründen, Mr Poirot?«

»Ihren Beweggrund können wir beiseitelassen, Madame. Er ist offensichtlich. Ansonsten aber: Sie trugen an jenem Abend ein geblümtes Taftkleid von auffallend großem Muster und eine Jacke aus dem gleichen Stoff. Ich muss hier einflechten, dass Tressilian ziemlich kurzsichtig ist. Aus einer gewissen Entfernung sieht er die Dinge nur noch verschwommen. Ferner möchte ich festhalten, dass das Wohnzimmer sehr groß und eigentlich ziemlich spärlich erhellt ist. Nun kam also am Mordabend Tressilian ins Wohnzimmer – ungefähr zwei Minuten ehe der Schrei ertönte – und trug die Kaffeetassen hinaus. Er glaubte, Sie am Fenster stehen zu sehen, wie er Sie schon oft dort stehen sah – halb verdeckt durch die schweren Vorhänge.«

»Er hat mich gesehen«, bemerkte Lydia ruhig.

»Nun, ich möchte sagen, dass es möglich ist, dass Tressilian nicht Sie, sondern die Jacke Ihres Kleides sah, die Sie so beim Fenster hingehängt hatten, dass es aussehen sollte, als ob Sie selber dort stünden.«

»Wie dürfen Sie es wagen, so was zu sagen«, fuhr Alfred auf.

»Lass ihn«, unterbach ihn Harry. »Jetzt kommen wir dran. Wie wollen Sie nun erklären, dass Alfred seinen geliebten Vater umgebracht haben kann? Wir saßen nämlich beide zusammen im Speisezimmer, als der Schrei ertönte.«

»Das ist denkbar einfach! Ein Alibi erscheint immer glaubwürdiger, wenn es fast widerwillig bestätigt wird. Sie und Ihr Bruder verstehen sich nicht gut. Das ist allgemein bekannt. Sie machen ihn in aller Öffentlichkeit lächerlich, und er hat kein gutes Wort für Sie. Aber nehmen Sie einmal an, dass wir Zeugen eines raffinierten Komplotts gewesen sind. Dass Alfred Lee es sattbekommen hat, immer noch nach dem Taktstock eines anderen zu tanzen. Nehmen wir an, dass Sie sich vor einiger Zeit mit Ihrem Bruder getroffen haben und dass bei dieser Zusammenkunft ein Plan festgelegt wurde. Sie kommen nach Hause zurück. Alfred scheint darüber sehr erbost. Er ist eifersüchtig auf Sie und kann Sie offensichtlich nicht ausstehen. Sie wiederum verachten ihn. Und dann bricht endlich der Mordabend an, den Sie so genau geplant hatten. Einer von Ihnen bleibt im Speisezimmer und redet laut, um den Anschein zu erwecken, dass zwei Personen miteinander stritten. Der andere aber schleicht die Treppe hoch und begeht den Mord …«

Alfred sprang auf. »Sie Teufel!«, keuchte er.

Sugden sah Poirot an. »Glauben Sie wirklich, dass …«

Poirot erhob seine Stimme und sagte: »Ich musste Ihnen die Möglichkeiten zeigen! So hätten sich die Dinge abspielen können. Wie sie sich in Wirklichkeit abgespielt haben, das können wir nur herausfinden, indem wir vom äußeren Schein zur inneren Realität gelangen …«

Er sah eine Weile nachdenklich vor sich hin.

»Wir müssen, wie ich schon einmal sagte, auf den Charakter von Simeon Lee zurückkommen …«

Es entstand eine Stille. Alle Empörung, der erregte Widerspruch und der glimmende Hass schienen sich wundersamerweise gelegt zu haben. Aller Augen waren gespannt auf Poirot gerichtet, als er zu sprechen begann.

»Darin liegt der Schlüssel zu diesem ganzen Geheimnis. Wir müssen uns tief in Simeon Lees Fühlen und Denken vergraben und sehen, was wir dort finden. Denn ein Mensch lebt und stirbt nicht unabhängig von seiner Umgebung. Was in ihm liegt, gibt er denen weiter, die nach ihm kommen …

Was hatte nun Simeon Lee seinen Söhnen und Töchtern zu vererben? Stolz, zum Beispiel – jenen Stolz, in welchem er selber sich getroffen fühlte, weil seine Kinder ihn enttäuschten. Ferner Geduld – ein waches Wartenkönnen. Wir haben erfahren, dass Simeon Lee oft jahrelang geduldig wartete, ehe er sich für ein Unrecht rächte. Diesen Charakterzug hat derjenige seiner Söhne in hohem Maße geerbt, der ihm äußerlich am wenigsten zu gleichen scheint. David Lee konnte jahrelang nicht vergessen und Hass in seinem Herzen nähren. Rein äußerlich gleicht Harry Lee seinem Vater am meisten. Das fällt einem besonders dann auf, wenn man ein Bild von Simeon Lee aus seinen jungen Jahren betrachtet: die gleiche schmale Nase, das gleiche scharfe Profil und die gleiche Art, den Kopf hoch zu tragen. Und noch andere äußere Eigentümlichkeiten mag Harry von seinem Vater geerbt haben. So zum Beispiel die Art, wie er sich manchmal mit dem Zeigefinger übers Kinn fährt und wie er beim Lachen den Kopf zurückwirft.

Nachdem ich all diese Dinge beobachtet hatte und von der Überzeugung ausgehend, dass dieser Mord von jemandem begangen wurde, der mit dem alten Herrn in enger Verbindung stand, begann ich die einzelnen Familienmitglieder vom psychologischen Standpunkt aus zu studieren. Das heißt, ich versuchte herauszufinden, wer von ihnen nach psychologischen Gesichtspunkten ein Verbrecher sein *könnte*. Und wie ich die Dinge beurteilte, traf das nur auf zwei Personen zu, nämlich auf Alfred Lee und Hilda Lee. David schloss ich als möglichen Täter aus. Ich glaube nicht, dass ein Mensch von seiner überempfindsamen Veranlagung diesen grausigen, blutigen Mord hätte verüben können. Auch George Lee und seine Frau schloss ich von vornherein aus. Was immer sie sich wünschen mögen – sie hätten nicht den Mut, ein Risiko auf sich zu nehmen, dazu sind sie beide zu vorsichtig. Mrs Lydia Lee ist meiner Ansicht nach unfähig, gewalttätig zu werden. Davor bewahrt sie ihre ironische Art. Bezüglich Harry Lee war ich erst unsicher. Seine äußere Erscheinung lässt wohl auf eine ungebändigte, wilde Kraft schließen, und trotzdem wurde ich das Gefühl nicht los, dass dieses Kraftmeiertum eigentlich Fassade sei und Harry Lee im Grunde genommen ein Schwächling. Das war übrigens, wie ich hörte, auch die Ansicht seines Vaters, der von ihm sagte, Harry sei auch nicht mehr wert als seine übrigen Kinder.

Somit blieben mir also nur die beiden erwähnten Namen. Alfred Lee ist ein Mensch, der großer Hingabe und Selbstlosigkeit fähig ist. Er hatte sich viele Jahre lang immer dem Willen eines anderen beugen müssen. Solche fortgesetzte Unterdrückung kann sehr leicht zu einem Ausbruch führen. Außerdem mochte Alfred im Laufe dieser vielen Jahre manchen geheimen Groll gegen seinen Vater in sich verschlossen haben, obwohl er nie etwas davon sagte. Gerade die ruhigsten und sanftesten Menschen sind oft einer plötzlichen und unerwarteten Heftigkeit fähig, aus dem einfachen Grund, weil, *wenn* einmal etwas in ihnen einschnappt, es ganz und unwiderruflich einschnappt! Die andere Person, die in meinen Augen möglicherweise die Tat begangen haben konnte, war Hilda Lee. Sie ist der Typ, der gewohnt ist, ruhig abzuwägen, aber unter Umständen auch zu richten und zu strafen – wenn auch ganz gewiss nie aus selbstsüchtigen Beweggründen. Im Alten Testament finden wir zum Beispiel Jael und Judith.

Nach all diesen Überlegungen ging ich daran, die genauen Umstände des Verbrechens zu überprüfen, die äußerst ungewöhnlichen Umstände, unter welchen dieser Mord begangen wurde. Bitte, versetzen Sie sich wieder zurück in das Zimmer, in dem Simeon Lee tot auf dem Boden lag. Wenn Sie sich erinnern, dann lagen ein schwerer Tisch und ein ebenso schwerer Stuhl umgestürzt da, eine Lampe, Fayencen, Gläser usw. waren zersplittert. Aber Tisch und Stuhl waren besonders merkwürdig. Es waren massive Mahagonimöbel. Es ist schwer, sich vorzustellen, wie ein Streit zwischen dem gebrechlichen alten Herrn und seinem Gegner dazu geführt haben sollte, solche schwere Möbel über den Haufen zu werfen. Die ganze Sache kam mir unwirklich vor. Andererseits hätte niemand, der klar bei Sinnen war, dieses Durcheinander absichtlich arrangiert – es wäre denn, dass Simeon Lee von einem starken Mann getötet worden war und diese Zerstörungen vortäuschen sollten, dass der Angreifer körperlich schwach oder eine Frau gewesen sei.

Aber diese Vorstellung vermochte mich nicht zu überzeugen. Denn der Lärm der umstürzenden Möbel musste im Haus gehört werden, wie ein Alarm wirken und dem Täter kaum mehr Zeit lassen, das Zimmer ungesehen zu verlassen. Es konnte doch nur im Interesse des Mörders liegen, Simeon Lee die Kehle so lautlos wie nur möglich durchzuschneiden.

Ein weiterer unklarer Punkt war, dass der Schlüssel im Schloss umgedreht worden war. Auch das kam mir vollkommen überflüssig vor. Einen Selbstmord konnte man damit nicht gut vortäuschen wollen, denn nichts an diesem Tod ließ an einen Selbstmord glauben. Auch eine Flucht durch das Fenster konnte nicht glaubhaft gemacht werden, weil die Fenster alle geschlossen oder fixiert waren, so dass eine Flucht ganz unmöglich war. Und auch hierfür hätte der Mörder Zeit gebraucht! Und noch etwas war unbegreiflich: ein kleines Stück Gummi und ein kleiner Holznagel, die Inspektor Sugden mir zeigte. Der Gummi stammt von einer Toilettentasche Simeon Lees. Diese beiden Gegenstände wurden von einer Person vom Boden des Mordzimmers aufgehoben, die als eine der ersten den Raum betrat. Auch hier gilt wieder, was ich schon sagte: sinnlos! Nichts hatte irgendeine klare Bedeutung. Und trotzdem waren diese Dinge am Tatort gefunden worden. Dieses Verbrechen wurde immer undurchdringlicher. Es lag keine

Methode darin, keine Ordnung – *enfin,* es war vollkommen unbegreiflich.

Und schon tauchte eine neue Schwierigkeit auf: Der alte Herr hatte Inspektor Sugden zu sich kommen lassen, um ihm einen Diebstahl zu melden. Dann hatte er ihn gebeten, in einmeinhalb Stunden zurückzukommen. Warum? Warum? Wenn Simeon Lee jemanden seiner Familie verdächtigte, warum bat er dann Inspektor Sugden nicht, in der Halle unten zu warten, während er selber den Verdächtigen seine Vorhaltungen machte? Die Anwesenheit eines Polizeibeamten im Haus hätte doch den Schuldigen bestimmt eingeschüchtert. Und das war der Augenblick, wo mir nicht nur das Verhalten des Mörders, sondern auch dasjenige des Opfers unverständlich wurde!

Und da sagte ich mir, dass wir die Dinge von einem ganz falschen Standpunkt aus betrachteten, und zwar genau von dem Standpunkt aus, den der Mörder uns suggerieren will!

Drei Sachen ergeben keinen Sinn: der Kampf, der im Schloss umgedrehte Schlüssel und das Stückchen Gummi. Und ich machte mich daran, alles andere zu vergessen und nur diese drei Fragen, unabhängig von allem anderen, eingehend zu studieren. Ein Kampf. Was bedeutet das? Gewaltanwendung, Lärm, Krachen und Splittern. Der Schlüssel? Warum dreht man einen Schlüssel um? Damit niemand einen Raum betreten kann. Aber schließlich konnte die Tür ja aufgebrochen werden. Um jemanden einzusperren? Um jemanden auszusperren? Ein Stückchen Gummi aus einer Toilettentasche? Nein, das ist eben ein Stückchen Gummi, weiter nichts.

Also hat er nichts finden können!, werden Sie jetzt denken. Aber das stimmt nur bedingt, denn zurück blieben drei Empfindungen: Lärm – abgeschlossene Tür – nichts …

Wie passen nun diese Empfindungen zu meinen möglichen Mördern? Überhaupt nicht! Denn beiden, Alfred und Hilda Lee, müsste an einem geräuschlosen Mord unendlich viel gelegen haben, und Zeit, um einen Schlüssel mühsam von außen im Schloss zu drehen, hätten sie bestimmt beide nicht verschwendet. Das kleine Stück Gummi bedeutete hier, wie bei allen früheren Überlegungen, nichts, überhaupt nichts!

Und trotzdem hatte ich das Gefühl, dass bei diesem Mord nichts zufällig oder dumm sein könne, dass im Gegenteil alles sehr genau geplant und mit großem Erfolg durchgeführt worden war. Also musste jede Einzelheit bedeutungsvoll sein.

Und plötzlich begann etwas in mir zu dämmern …

Blut! – So viel Blut – frisches, feuchtes, glänzendes Blut. *Zu viel* Blut!

Ein zweiter Gedanke kam auf: Blutgericht – ein Gericht des Blutes. Simeon Lees eigenes Blut stand gegen ihn auf …«

Hercule Poirot beugte sich vor.

»Die beiden wertvollsten Anhaltspunkte in diesem Fall kamen von zwei verschiedenen Personen, die sie ganz unbewusst äußerten. Den ersten gab mir Mrs Alfred Lee, als sie einen Vers aus Macbeth zitierte: ›Wer konnte denken, dass der alte Mann noch so viel Blut in sich gehabt?‹ Und dann sagte Tressilian etwas Bedeutungsvolles. Er schilderte mir, wie benommen ihm immer zumute sei und dass alles sich zweimal abzuspielen scheine. Dieses Gefühl hatte er bekommen, als er am Tag vor dem Mord Harry Lee die Haustür öffnete und kurz danach Stephen Farr. Sehen Sie Harry Lee an, sehen Sie Stephen Farr an, und Sie werden erkennen, dass sich die beiden erstaunlich ähnlich sehen! Deshalb kam es Tressilian vor, als erlebte er die gleiche Situation zum zweiten Mal. Es hätte ja auch wirklich fast der gleiche Mann draußen stehen können. Tressilian klagte, dass er beginne, die Leute zu verwechseln. Kein Wunder! Stephen Farr hat eine schmale Nase, er pflegt den Kopf zurückzuwerfen, wenn er lacht, und er streicht sich oft mit dem Zeigefinger übers Kinn. Sehen Sie sich das Jugendporträt von Simeon Lee genau an, und Sie werden nicht nur Harry Lee, sondern auch Stephen Farr wieder-finden …«

Stephen Farr bewegte sich. Sein Stuhl knarrte.

»Erinnern Sie sich an den Ausbruch von Simeon Lee«, fuhr Poirot fort, »als er seine Familie beschimpfte? Damals sagte er, dass er schwören könnte, bessere Söhne zu haben, auch wenn sie vielleicht nicht im rechten Ehebett geboren worden seien. Und damit kommen wir wieder zu Simeon Lees Charakter zurück! Simeon Lee, der Frauenheld, der seiner Frau das Herz brach! Simeon Lee, der sich seiner Enkelin gegenüber damit brüstete, eine Leibgarde von fast gleichaltrigen Söhnen auf-stellen zu können. Daraus schloss ich Folgendes: Simeon Lee hatte nicht nur seine Familie um sich versammelt, sondern es befand sich unerkannt und nicht anerkannt noch ein Sohn von seinem Blut hier.«

Stephen stand auf. Poirot wandte sich ihm zu.

»Deshalb sind Sie hierhergekommen, nicht wahr? Nicht um des hübschen Mädchens willen, das Sie im Zug kennen lern-ten. Sie waren auf der Reise hierher, *bevor* Sie sie trafen. Sie wollten wissen, was Ihr Vater für ein Mensch sei.«

Stephen Farr sprach mit gebrochener, heiserer Stimme.

»Ja … Mutter sprach manchmal von ihm. Ich war besessen von dem Wunsch, ihn einmal zu sehen. Als ich mir etwas Geld verdient hatte, fuhr ich nach England. Er sollte nicht wissen, wer ich bin, deshalb gab ich vor, Ebs Sohn zu sein. Ich bin nur hierhergekommen, um den Mann kennen zu lernen, der mein Vater war …«

Inspektor Sugden sagte fast flüsternd: »Herrgott, ich muss blind gewesen sein! Jetzt sehe ich es ganz deutlich! Zweimal habe ich Sie mit Mr Harry Lee verwechselt und nichts ge-merkt.«

Er drehte sich nach Pilar um.

»Also *das* war es! Sie haben Stephen Farr an der Tür zum

266

Mordzimmer stehen sehen, nicht wahr? Sie haben merklich gezögert und Farr dabei angesehen, ehe Sie aussagten, es sei eine Frau gewesen. Sie haben Farr gesehen und wollten ihn nicht verraten!«

Hier fiel Hilda Lees dunkle Stimme ein.

»Nein, Sie irren sich. *Mich* hat Pilar dort gesehen.«

»Sie, Madame?«, fragte Poirot. »Eigentlich dachte ich es mir ...«

»Selbsterhaltungstrieb ist etwas Merkwürdiges«, fuhr sie ruhig fort. »Ich hätte nie gedacht, dass ich so feig sein könnte, aber ich schwieg, weil ich Angst hatte. Ich war mit David im Musikzimmer. Er spielte, aber er war in keiner guten Stimmung. Ich fühlte mich dafür verantwortlich, weil ich es war, die ihn zum Herkommen überredet hatte. David spielte die ersten Akkorde des Trauermarsches, und da fasste ich plötzlich einen Entschluss. So seltsam es Ihnen auch vorkommen mag – ich beschloss, dass wir abreisen würden, sofort, noch in jener Nacht. Ich schlich mich aus dem Zimmer und die Treppe hinauf, um dem alten Herrn ganz genau auseinanderzusetzen, warum wir gehen wollten. Ich ging durch den Korridor und klopfte an seine Tür. Keine Antwort. Ich klopfte noch einmal, ein wenig lauter. Wieder keine Antwort. Dann drückte ich die Klinke nieder, doch die Tür war abgeschlossen. Und während ich dort stand, hörte ich einen Laut im Inneren –«

Sie unterbrach sich.

»Sie werden mir nicht glauben, aber es ist die Wahrheit! Jemand war in dem Zimmer! Jemand griff Mr Lee an! Ich hörte Tische und Stühle umfallen, Glas und Porzellan zersplittern, und dann hörte ich jenen letzten, grauenvollen Schrei, der langsam erstarb. Und dann nichts mehr – Stille. Ich stand dort wie gelähmt. Ich hätte mich nicht rühren können. Dann kam Mr Farr gelaufen, dann Magdalene und all die anderen, und Mr Farr und Harry brachen die Tür auf. Wir traten ein, und es war niemand drin – außer Mr Lee, der in einer Blutlache lag.«

Plötzlich schrie sie: »Es war niemand in dem Zimmer, niemand, verstehen Sie! Und es war niemand herausgekommen!«

Inspektor Sugden holte tief Atem. Dann sagte er:

»Entweder werde ich verrückt, oder alle anderen sind es. Was Sie da eben erzählt haben, Mrs Lee, ist ganz einfach unmöglich! Wahnsinn!«

»Aber ich sage es Ihnen doch, dass ich den Kampf hörte!«, rief Hilda Lee. »Und dass ich den alten Mann schreien hörte, als ihm die Kehle durchgeschnitten wurde! Und niemand kam aus dem Zimmer, und niemand war drinnen!«

»Und über all das haben Sie geschwiegen«, sagte Poirot.

»Ja.« Hilda war sehr blass, aber sie schien sich gefasst zu haben. »Denn wenn ich Ihnen diese Situation geschildert hätte, dann wären Sie bestimmt zum Schluss gelangt, ich hätte den alten Mann ermordet ...«

Poirot schüttelte abwehrend den Kopf.

»Nein, Sie haben ihn nicht umgebracht. Sein Sohn hat ihn getötet.«

Stephen Farr fuhr auf »Ich schwöre vor Gott, dass ich ihn nicht angerührt habe!«

»Nicht Sie«, sagte Poirot. »Er hatte andere Söhne.«

»Was zum Teufel –«, stieß Harry hervor.

George starrte vor sich hin. David bedeckte die Augen mit der Hand, und Alfred zwinkerte nervös. Poirot fuhr fort:

»Am ersten Abend, den ich in diesem Haus verbrachte, also am Abend des Mordes, sah ich einen Geist. Den Geist des toten Mannes. Als ich Harry Lee zum ersten Mal begegnete, war ich sehr erstaunt. Mir war, als hätte ich ihn schon irgendwo gesehen. Dann realisierte ich, wie ähnlich er seinem

Vater sah. Diese Ähnlichkeit, sagte ich mir, hatte mich wohl dazu verführt, in seinen Gesichtszügen etwas Vertrautes wiederzufinden.

Aber gestern warf ein Mann, der mir gegenübersaß, lachend seinen Kopf zurück – und da wusste ich plötzlich, an wen Harry Lee mich erinnert hatte. Und wieder fand ich in einem Gesicht die Züge des toten Mannes.

Kein Wunder, dass der arme alte Tressilian seinen Augen nicht mehr traute, nachdem er drei Männern, die sich ungemein ähnlich sahen, nacheinander die Tür geöffnet hatte. Kein Wunder, dass er klagte, die Personen zu verwechseln, wenn drei Männer in diesem Hause herumgingen, die auf geringe Entfernung kaum zu unterscheiden waren. Die gleiche Figur, die gleichen Bewegungen – vor allem diejenige, sich mit dem Zeigefinger übers Kinn zu fahren –, die gleiche Gewohnheit, beim Lachen den Kopf zurückzuwerfen, und die gleiche lange, schmale Nase! Doch trat diese große Ähnlichkeit nicht immer deutlich hervor, denn der dritte Mann hatte einen Schnurrbart!«

Hercule Poirot richtete sich auf.

»Man vergisst manchmal, dass Polizisten auch Menschen sind, dass sie Frauen, Mütter, Kinder haben –« Nach einer kleinen Pause fügte er bei: »Und Väter!

Bedenken Sie Simeon Lees Ruf: ein Mann, der seiner Frau das Herz brach mit seinen Weiberaffären. Ein außerehelich geborener Sohn könnte manches von ihm geerbt haben. Seine Züge, zum Beispiel, und sogar seine Bewegungen. Er kann aber auch seinen Stolz und seine Rachsucht geerbt haben.«

Nun erhob Poirot seine Stimme.

»Ihr ganzes Leben lang, Sugden, haben Sie unter dem Unrecht gelitten, das Ihnen Ihr Vater angetan hatte. Sie waren seit langem entschlossen, ihn umzubringen. Sie kommen aus der nächsten Grafschaft. Zweifellos konnte Ihre Mutter dank des Geldes, das Simeon Lee ihr großzügig zur Verfügung stellte, einen Mann finden, der sie heiratete und ihrem Kind seinen Namen gab. So war es leicht für Sie, dem Polizeikorps von Middleshire beizutreten und auf Ihre große Gelegenheit zu warten. Ein Polizeiinspektor hat Chancen zu töten, ohne dafür zur Rechenschaft gezogen zu werden.«

Sugden war kreidebleich geworden.

»Sie sind ja wahnsinnig!« Seine Stimme war ein heiseres Flüstern. »Ich war außer Haus, als er getötet wurde!«

»Nein, Sie ermordeten ihn, *bevor* Sie das Haus verließen, nachdem Sie zum ersten Mal gekommen waren. Niemand hat Simeon Lee nachher mehr lebend gesehen. Es war alles so einfach für Sie. Wohl hatte der Verstorbene Ihren Besuch erwartet, aber nicht, weil er Sie hatte kommen lassen! *Sie* riefen ihn an und machten unklare Bemerkungen über einen möglichen Raub. *Sie* schlugen ihm vor, um acht Uhr unter dem Vorwand, für das Waisenhaus zu sammeln, bei ihm vorzusprechen. Simeon Lee war ahnungslos. Er wusste nicht, dass Sie sein Sohn waren. Sie kamen, erzählten ihm von Diamanten, die eventuell die seinigen sein könnten und die Sie irgendwo aufgestöbert hätten. Er öffnete den Safe, um Ihnen zu beweisen, dass seine Steine wohl verwahrt dort lägen. Sie entschuldigten sich, gingen mit ihm zurück zum Kamin, und dort packten Sie ihn von hinten, schnitten ihm die Kehle durch und hinderten ihn am Schreien, indem Sie ihm die Hand auf den Mund pressten. Ein Kinderspiel für einen Menschen von Ihrer Körperkraft. Dann begann Ihre Inszenierung. Zuerst nahmen Sie die Diamanten an sich. Dann stapelten Sie Tische, Stühle, Lampen, Vasen und Nippsachen aufeinander, und schließlich zogen Sie ein dünnes Seil, das Sie eigens dafür mitgebracht hatten, kreuz und quer durch diese Pyramide. Ferner hatten Sie eine Flasche mit frischem Tierblut mitgebracht, welchem Sie ein Quantum zitronensaures Natrium beigefügt hatten.

Dieses Blut verspritzten Sie über das ganze Zimmer, und in die Blutlache, die aus Simeon Lees Wunde geflossen war, schütteten Sie ebenfalls Natrium. Dann schürten Sie das Feuer, damit der Körper warm bleiben sollte. Die Enden des Seils schoben Sie durch den schmalen Spalt beim Fenster und ließen sie an der Hauswand herunterhängen. Sie schlossen die Tür von außen mit dem Schlüssel zu. Das war ein wesentlicher Punkt, damit ja niemand vielleicht zufällig das Zimmer betreten sollte.

Hierauf gingen Sie hinaus und versteckten die Diamanten in dem kleinen Ziergarten. Hätte man sie früher oder später gefunden, dann würde das den Verdacht nur noch mehr auf eines der Familienmitglieder gelenkt haben, und das war Ihre Absicht. Kurz vor neun Uhr fünfzehn schlichen Sie sich unter das Fenster und zogen an dem Seil. Dadurch geriet das sorgfältig errichtete Gebilde ins Wanken und stürzte schließlich krachend und splitternd zusammen. Sie nahmen das Ende des Seils und wickelten es unter der Jacke und dem Mantel um den Körper.

Aber Sie hatten noch an etwas anderes gedacht!«

Hercule Poirot wandte sich den anderen zu.

»Erinnern Sie sich, wie Sie alle den Schrei Mr Lees ganz verschieden schilderten? Mr Alfred Lee kam er vor wie der Schrei eines Menschen in Todesangst. Mrs Lydia und Mr David Lee sagten: ›Eine Seele im Fegefeuer.‹ Mrs Hilda Lee wiederum erklärte: ›Ein Schrei von jemandem, der keine Seele hat – unmenschlich, wie ein Tier.‹ Harry Lee kam der Sache weitaus am nächsten, als er feststellte, es habe geklungen, als würde man ein Schwein abstechen.

Kennen Sie diese hellroten Gummiblasen, die man auf Jahrmärkten verkauft und die man ›Sterbende Schweine‹ nennt? Sobald die Luft aus ihnen entweicht, ertönt ein schauerliches Geheul.

Das, Sugden, war Ihr krönender Einfall! Sie brachten eine

solche mit Luft gefüllte Gummiblase in dem Zimmer an. Sie war mit einem kleinen Holzdübel verstopft, und diesen Dübel verbanden Sie mit der Schnur. Sobald Sie an der Schnur zogen, wurde das Hölzchen herausgerissen, und die Blase entleerte sich. Und so ertönte also nach dem Krachen und Splittern der Schrei des ›Sterbenden Schweins‹.«

Er wandte sich wieder seinen übrigen Zuhörern zu.

»Verstehen Sie nun, was Pilar Estravados vom Boden aufhob? Inspektor Sugden hoffte, rechtzeitig am Tatort zu erscheinen, um das Stückchen Gummi aufheben zu können, ehe es jemand bemerkte. Er nahm es dann Pilar kraft seiner Eigenschaft als Polizeibeamter sehr rasch ab. Aber er hat niemandem von dieser Sache erzählt! Das allein war verdächtig. Ich erfuhr von diesem kleinen Vorkommnis durch Magdalene Lee und befragte dann Sugden darüber. Er war auf jede Eventualität vorbereitet. Er hatte ein Stück aus einem Toilettenbeutel des Verstorbenen herausgeschnitten und zeigte mir das, zusammen mit einem Holzstift. Oberflächlich betrachtet entsprachen diese beiden Gegenstände durchaus den authentischen: ein kleines Stück Gummi und ein kleines Hölzchen. Beides schien mir zu jenem Zeitpunkt vollkommen bedeutungslos zu sein. Aber statt mir zu sagen, diese Dinge ergeben keinen Sinn, also können sie nicht im Mordzimmer gefunden worden sein, also lügt Inspektor Sugden mich an – bemühte ich Narr mich, eine Erklärung für sie zu finden! Erst als Mademoiselle Estravados mit einem Ballon spielte, der dann zerplatzte, erst als sie ausrief, einen solchen zerplatzten Ballon habe sie in Simeon Lees Zimmer gefunden – erst da sah ich klar.

Bemerken Sie nun, wie sich alles ineinanderfügt? Der unbegreifliche Kampf, der nötig war, um eine falsche Todesstunde festzuhalten; die verschlossene Tür, die Unbefugte hindern sollte, den Leichnam vorzeitig zu entdecken; und der Schrei des Sterbenden. So gesehen, war dieses Verbrechen durchaus logisch und sinnvoll ausgedacht gewesen.

Aber von dem Augenblick an, da Pilar Estravados laut verkündet hatte, der zerplatzte Ballon gleiche dem Gummi im Zimmer des Toten, war sie dem Mörder ein Dorn im Auge. Und wenn er diese Bemerkung gehört hatte, was leicht möglich war, denn die Fenster des Hauses standen offen, dann befand sie sich sogar in großer Gefahr. Sie hatte nämlich dem Mörder schon früher einen argen Streich gespielt. Vom alten Herrn sprechend, hatte sie bemerkt: ›Er muss in jüngeren Jahren sehr gut ausgesehen haben.‹ Und zu Sugden gewandt, hatte sie erklärend noch beigefügt: ›So wie Sie!‹ Sugden wusste genau, dass sie das wörtlich gemeint hatte. Kein Wunder, dass er rot anlief und beinahe zu ersticken drohte. Diese Feststellung traf ihn unerwartet, und sie schien ihm äußerst gefährlich zu sein. Von diesem Augenblick an versuchte er Pilar zu verdächtigen; aber das war gar nicht so leicht, weil sie als Enkeltochter des alten Herrn nichts zu gewinnen hatte durch seinen Tod und ihr damit jeder vernünftige Mordgrund abgesprochen werden musste. Später, als er ihre Bemerkung wegen des Ballons hörte, entschloss er sich zu ernsteren Maßnahmen. Während wir beim Essen saßen, brachte er die Falle in Pilars Zimmer an. Glücklicherweise, fast wie durch ein Wunder, versagte sie.«

Sugden fragte ganz ruhig: »Seit wann wussten Sie es?«

»Ich war meiner Sache nicht ganz sicher, bis ich einen falschen Schnurrbart kaufte und ihn auf Simeon Lees Jugendbildnis ausprobierte. Da sah mir Ihr Gesicht aus dem Rahmen entgegen.«

»Mag seine Seele in der Hölle schmachten! Ich bin froh, dass ich ihn getötet habe!«

»Pilar, ich glaube, dass es das Beste ist, wenn du vorläufig bei uns bleibst, bis wir endgültig wissen, was mit dir geschehen soll«, sagte Lydia Lee.

»Du bist sehr gut zu mir, Lydia«, antwortete das Mädchen. »Du verzeihst einem, ohne viel Wesens davon zu machen.«

Lydia lächelte. »Ich nenne dich immer noch Pilar, obwohl du wahrscheinlich anders heißt.«

»Ich bin Conchita Lopez.«

»Conchita ist auch ein sehr hübscher Name.«

»Wirklich, du bist fast zu lieb, Lydia! Aber ihr müsst euch meinetwegen keine Sorgen mehr machen. Ich heirate Stephen, und dann fahren wir zusammen nach Südafrika.«

Lydia lächelte noch immer.

»Nun, dann wäre ja alles in schönster Ordnung.«

»Weil du so nett zu mir bist, Lydia«, sagte Pilar fast schüchtern, »glaubst du, werden wir dich einmal besuchen dürfen – vielleicht zu Weihnachten, und dann all die guten Sachen essen, brennende Rosinen und Plumpudding, und die glitzernden Kugeln an deinen Baum hängen und die kleinen Schneemänner aufstellen?«

»Natürlich müsst ihr einmal kommen und wirklich englische Weihnachten feiern!«

»Ich freue mich darauf! Weißt du, Lydia, dieses Jahr hatten wir gar keine richtigen Weihnachten.«

Lydia seufzte. »Nein, es waren keine richtigen Weihnachten.«

Harry sagte:

»Also denn, leb wohl, Alfred. Du wirst nicht mehr viel von mir zu sehen bekommen. Ich fahre nach Hawaii. Wollte mich schon immer dort niederlassen.«

»Leb wohl, Harry. Hoffentlich gefällt es dir dort.«

Harry sah leicht verlegen aus.

»Verzeih, dass ich dich oft gehänselt habe, Alter. Verdammter Zug an mir, diese Spottlust. Ich kann's mir nicht verkneifen, jemandem ein Bein zu stellen.«

Alfred versuchte ein Lächeln.

»Ich muss auch lernen, einen Spaß zu verstehen.«

»Also denn, leb wohl«, sagte Harry erleichtert.

»David«, sagte Alfred zu seinem Bruder, »Lydia und ich haben beschlossen, dieses Haus zu verkaufen. Nun dachte ich, dass du vielleicht gerne etwas von den Sachen mitgenommen hättest – Mutters Schemel zum Beispiel oder ihren Lehnstuhl. Du warst doch immer ihr Liebling.«

David zögerte eine Minute. Dann sagte er langsam:

»Danke, dass du daran gedacht hast, Alfred, aber ich glaube nicht. Ich will nichts aus diesem Haus mitnehmen. Es ist besser, ganz mit der Vergangenheit zu brechen.«

»Vielleicht hast du Recht«, stimmte Alfred ihm zu.

»Auf Wiedersehen, Alfred, auf Wiedersehen, Lydia«, sagte George. »Eine scheußliche Zeit war das! Jetzt kommen noch die Verhandlungen, und dann wird die ganze grässliche Sache publik gemacht. Sugden, mein – hm – meines Vaters Sohn! Könnte man nicht vielleicht versuchen, ihm einzureden, er solle aussagen, Kommunist zu sein und den Kapitalisten Lee gehasst zu haben – irgend so etwas?«

»Mein lieber George«, warf Lydia ein, »glaubst du wirklich, ein Mann wie Sugden werde lügen, nur um *unsere* Gefühle zu schonen?«

»Hm – nein – hm – wahrscheinlich nicht. Ich verstehe, was du meinst. Trotzdem muss der Mann verrückt gewesen sein. Also denn, lebt wohl.«

»Auf Wiedersehen! Nächstes Jahr sollten wir alle zusammen an der Riviera Weihnachten feiern oder sonst irgendwo, wo es fröhlich zugeht.«

»Das hängt ganz vom Wechselkurs ab«, sagte George.

»Liebling, sei doch nicht so kleinlich«, lachte Magdalene.

Alfred kam auf die Terrasse hinaus. Lydia bückte sich über ein Gartenbeet. Als sie ihn kommen sah, richtete sie sich auf.

»So – jetzt sind sie alle gegangen«, sagte er mit einem Seufzer.

»Ja, dem Himmel sei Dank.«

»Du wirst gerne hier fortgehen, nicht wahr?«, fragte er.

»Und du? Tut es dir leid?«

»Nein! Ich bin froh darüber. Wir können so viel Schönes zusammen unternehmen. Wenn wir hier wohnen bleiben, verfolgen uns die Angstträume unser Leben lang. Gott sei Dank, dass nun alles vorüber ist!«

»Dank Hercule Poirot!«

»Ja. Weißt du, es war erstaunlich, wie plötzlich alles zusammenpasste, als er es uns erklärte.«

»Mir kam es vor wie bei einem Puzzle. Wenn man es fast fertig hat, sind noch ein paar komplizierte Stücke übrig, von denen man denkt, dass sie unmöglich irgendwo hingehören können – und plötzlich finden sie ihren Platz ganz leicht.«

Alfred schwieg eine Weile. Dann sagte er nachdenklich: »Eine Sache ist unaufgeklärt geblieben. Was hat George nach seinem Telefongespräch getan? Warum wollte er das nicht sagen?«

»Das weißt du nicht? Lieber, mir ist das längst klar. Er stöberte in den Papieren auf dem Schreibtisch herum.«

»Nein, Lydia! So etwas tut doch kein Mensch!«

»George schon. Er ist schrecklich neugierig in Gelddingen. Aber das konnte er natürlich nicht zugeben. Wahrscheinlich hätte er erst im Zeugenstand und unter Eid davon gesprochen.«

»Machst du einen neuen Garten?«, fragte Alfred.

»Ja. Ich versuche, einen Garten Eden zu bilden. Eine persönliche, ganz neue Version: ohne Schlange, und Adam und Eva sind ein Paar mittleren Alters.«

»Liebe Lydia«, sagte Alfred weich, »du bist sehr geduldig und gut zu mir gewesen in all diesen Jahren.«

»Siehst du, Alfred, ich liebe dich eben …«

Colonel Johnson sagte: »Da hört denn doch alles auf!« Dann sagte er: »Das ist doch die Höhe!« Und schließlich wiederholte er: »Da hört denn doch alles auf!«

Er lehnte sich in seinem Stuhl zurück und sah Poirot Hilfe suchend an.

»Mein Bester! Wohin ist es mit der Polizei gekommen?«

»Auch Polizeibeamte haben ein Privatleben! Sugden war ein sehr stolzer Mensch.«

Colonel Johnson schüttelte verzweifelt den Kopf.

Um seinen Gefühlen ein wenig Luft zu machen, gab er den Buchenscheiten im Kamin einen Fußtritt. Dazu knurrte er:

»Ich sage es ja immer – es geht nichts über ein Kaminfeuer.«

Hercule Poirot, der im Nacken und über den Rücken einen kalten Zug verspürte, dachte bei sich:

Pour moi Zentralheizung, nur Zentralheizung …

Agatha Christie

Der vierte Mann

Aus dem Englischen von
Maria Berger

Der vierte Mann

Der Domherr Parfitt schnaufte ein wenig. Für einen Mann in seinem Alter wurde es langsam beschwerlich, Zügen nachrennen zu müssen. Einmal war seine Figur nicht mehr die alte, und mit dem Verlust seiner Schlankheit hatte sich gleichzeitig eine rasch eintretende Atemnot bemerkbar gemacht. Diese entschuldigte der Domherr, wie auch jetzt, stets würdevoll mit den Worten: »Mein Herz, verstehen Sie?«

Er sank mit einem Schnaufer der Erleichterung in die Ecke des Abteils erster Klasse. Die Wärme des geheizten Zuges empfand er als äußerst angenehm. Draußen fiel Schnee. Er hatte Glück gehabt, für die lange Nachtreise noch einen Eckplatz zu erwischen. Diese Reise war sowieso lästig.

Die anderen drei Eckplätze waren schon besetzt. Während er dies feststellte, bemerkte der Domherr Parfitt, dass ihn der Mann in der entfernten Ecke ihm gegenüber freundlich und erkennend anlächelte. Dieser Mann war glattrasiert, sein Gesichtsausdruck war leicht spöttisch, und die Haare an den Schläfen begannen grau zu werden. Auf den ersten Blick stand fest, dass sein Beruf mit dem Gesetz in Zusammenhang stehen musste. Niemand hätte ihn auch nur einen Moment lang einer anderen Berufsgruppe zugeteilt. Tatsächlich war Sir George Durand ein berühmter Rechtsanwalt.

»Guten Abend«, bemerkte er freundlich, »Sie mussten wohl ordentlich rennen, was?«

»Ist für mein Herz gar nicht gut, fürchte ich«, sagte der Domherr. »Welcher Zufall, Sie hier zu treffen, Sir George. Fahren Sie weit nach Norden?«

»Nach Newcastle«, sagte Sir George lakonisch. Dann fügte er hinzu: »Kennen Sie übrigens Dr. Campbell Clark?«

Der Mann, der auf derselben Seite des Abteils saß wie der Domherr, verbeugte sich höflich.

»Wir trafen uns auf dem Bahnsteig«, fuhr der Rechtsanwalt fort. »Ein zweiter Zufall.«

Parfitt musterte Dr. Campbell Clark mit deutlichem Interesse. Den Namen hatte er schon oft gehört. Dr. Clark war einer der ersten Nervenärzte und Spezialist für Geisteskrankheiten, sein letztes Buch *Das Problem des Unbewussten* gehörte zu den meistdiskutierten Büchern des Jahres.

Parfitt sah ein viereckiges Kinn, eindringliche blaue Augen und rötliches Haar, in dem noch kein grauer Schimmer zu bemerken war, das jedoch dünn zu werden schien. Er empfing auch den Eindruck einer starken Persönlichkeit.

Als wäre es das Natürlichste von der Welt, musterte der Domherr nun den Mann, der ihm gegenübersaß. Parfitt erwartete bereits, auch dort einem erkennenden Blick zu begegnen, doch der vierte Mitreisende erwies sich als ein völlig Fremder – ein Ausländer, wie der Domherr annahm. Er war dunkler im Typ, als Erscheinung unbedeutend. In einen dicken Mantel gemummt, schien er fast eingeschlafen zu sein..

»Der Domherr Parfitt aus Bradchester?« fragte Dr. Campbell Clark mit angenehmer Stimme.

Der Domherr sah geschmeichelt aus. Seine wissenschaftlichen Predigten waren zu einem Schlager geworden – besonders seitdem auch die Zeitungen sie druckten. Ja, das war es, was die Kirche brauchte – moderne, interessante Aussagen.

»Ich habe Ihr Buch mit großem Interesse gelesen, Dr. Campbell Clark«, sagte er. »Obwohl es wegen der fachlichen Diktion hier und da für mich ein wenig schwer verständlich war.«

Durand unterbrach sie: »Möchten Sie sich lieber unterhalten oder schlafen, Hochwürden? Ich muss zugeben, dass ich seit einiger Zeit an Schlaflosigkeit leide und dass mir persönlich das Erstere lieber wäre.«

»Ganz meine Meinung, auf jeden Fall«, sagte Parfitt. »Ich schlafe selten auf Nachtreisen, und das Buch, das ich mitgenommen habe, ist ziemlich langweilig.«

»Wir bilden jedenfalls eine vorbildliche Versammlung, in der alle Kräfte vertreten sind, die Kirche, das Gesetz und die Medizin«, bemerkte der Arzt lächelnd.

»Wir könnten also eine allumfassende Meinung über irgendein Problem bilden«, lachte Durand, »die Kirche vom geistlichen Blickwinkel her, ich für die rein weltlichen und rechtlichen Standpunkte, und Sie, Doktor, für das weite Feld vom pathologischen bis zum parapsychologischen Standpunkt. Ich denke, wir drei könnten jedwedes Problem erschöpfend behandeln.«

»Nicht so vollständig, wie Sie glauben«, widersprach Dr. Clark. »Es fehlte nämlich ein Standpunkt, den Sie ausgelassen haben und der ziemlich wichtig ist.«

»Nämlich?«

»Der Standpunkt des sogenannten Mannes auf der Straße.«

»Ist der so wichtig? Hat nicht der ›Mann auf der Straße‹ gewöhnlich Unrecht?«

»Fast immer. Aber er hat etwas, das bei der Meinung der Experten fehlt – den persönlichen Standpunkt. Denn schließlich geht nichts ohne persönliche Verbindungen, wissen Sie. Zu dieser Meinung bin ich durch meinen Beruf gekommen. Auf jeden Patienten, der zu mir kommt und wirklich krank ist, kommen wenigstens fünf, denen nichts anderes fehlt als die Fähigkeit, mit anderen harmonisch zusammenzuleben. Das äußert sich dann auf alle möglichen Arten, aber im Grunde ist es immer dasselbe: Eine raue Oberfläche erzeugt seelische Reibungen mit der Umwelt.«

»Ich stelle mir vor, eine Menge Ihrer Patienten hat es mit den Nerven«, bemerkte der Domherr verächtlich. Seine eigenen Nerven waren ausgezeichnet.

»Ach, was meinen Sie damit?« Der andere wandte sich ihm zu, schnell wie der Blitz. »Nerven! Die Leute gebrauchen dieses Wort und lachen darüber, wie Sie es jetzt tun. ›Ach, es ist nichts‹, sagen sie dann, ›es sind nur meine Nerven.‹ Aber mit diesem Wort haben sie dieses ungelöste und schwierigste Problem berührt. Sie können so ziemlich jedes x-beliebige körperliche Leiden haben und davon geheilt werden. Aber wir wissen noch heutzutage nur wenig mehr von den hundert und aber hundert Formen von Geisteskrankheiten als – nun, sagen wir – zur Zeit von Königin Elizabeth I.«

»Ach, du liebe Güte«, sagte der Domherr Parfitt, ein wenig beschämt über sein eigenes Lachen. »Ist das wirklich so?«

»Erinnern Sie sich doch, es ist eine Gnade Gottes«, fuhr Dr. Campbell Clark fort. »In früheren Zeiten betrachtete man den Menschen einfach als Tier: Körper und Seele – mit Schwerpunkt auf Ersterem.«

»Körper, Seele und Geist«, berichtigte der Geistliche sanft.

»Geist?« Der Arzt lächelte merkwürdig. »Was meint ihr Kleriker eigentlich mit Geist? Ihr habt das niemals klar definiert, wissen Sie. Durch die ganzen Jahrhunderte hindurch habt ihr euch um eine exakte Erklärung herumgedrückt.«

Der Domherr räusperte sich, um seine Antwort vorzubereiten, doch zu seinem Ärger wurde ihm keine Gelegenheit dazu gegeben.

Der Arzt fuhr fort: »Sind wir überhaupt sicher, dass es Geist und nicht vielmehr Geister heißen muss?«

»Geister?« fragte Sir George Durand mit hochgezogenen Augenbrauen.

»Ja.« Campbell Clark warf ihm unwillkürlich einen Blick zu. Er beugte sich vor und tippte dem anderen auf die Brust.

Er sagte ernst: »Sind Sie sicher, dass in dieser Struktur nur ein Einziger sitzt? Das ist doch der Körper, wie Sie wissen; eine begehrenswerte Residenz, die man möblieren muss – für sieben, einundzwanzig, einundvierzig, siebzig oder wie viel Jahre auch immer. Und am Ende schafft der Bewohner die Sachen hinaus – nach und nach –, dann geht alles aus dem Haus heraus … und das Haus verkommt, wird eine Stätte des Ruins, des Verfalls. Sie sind der Herr des Hauses – wir werden das zugeben. Aber waren Sie sich niemals der Anwesenheit anderer bewusst? Der leise auftretenden Diener, die man nur bemerkt an der Arbeit, die sie leisten – und deren Erledigung Ihnen niemals bewusst wurde? Oder der Freunde, mit ihren Stimmungen, die Sie für die Zeit ihrer Anwesenheit, wie man so sagt, zu einem anderen machten? Sie sind der König im Schloss, ganz richtig, aber seien Sie davon überzeugt, der Teufel ist auch drin.«

»Mein lieber Clark«, grunzte der Rechtsanwalt, »was Sie da sagen, verursacht mir ein äußerst unangenehmes Gefühl. Ist mein eigenes Wesen wirklich das Schlachtfeld einander bekämpfender Persönlichkeiten? Ist das der Wissenschaft letzter Schluss?«

Jetzt war es an dem Arzt, die Achseln zu zucken.

»Ihr Körper jedenfalls«, sagte er trocken. »Und wenn der Körper so ein Schlachtfeld ist, warum nicht auch der Geist?«

»Sehr interessant«, sagte der Domherr Parfitt, »eine großartige Wissenschaft.« Für sich dachte er, aus dem Gedanken kann ich eine aufsehenerregende Predigt machen …

Dr. Campbell Clark hatte sich in seine Polster zurückgelehnt, seine momentane Aufregung war verflogen. In trockenem Berufston bemerkte er: »Es ist jedenfalls eine Tatsache, dass ich heute Abend wegen eines Falles von Persönlichkeitsspaltung nach Newcastle fahre. Sehr interessanter Fall. Natürlich eine Art Nervenkrankheit, aber ziemlich ernst.«

»Persönlichkeitsspaltung«, wiederholte Sir George Durand

gedankenvoll. »Das ist nicht allzu selten, glaube ich. Es gibt auch so etwas wie Gedächtnisschwund, nicht wahr? Ich erinnere mich an einen Fall, den wir neulich im Erbschaftsgericht hatten.«

Dr. Clark nickte.

»Ein klassischer Fall dafür war der von Felicie Bault«, sagte er. »Sie werden bestimmt davon gehört haben.«

»Natürlich«, entgegnete der Domherr Parfitt. »Ich erinnere mich, in den Zeitungen darüber gelesen zu haben – aber das ist schon eine ganze Weile her, mindestens sieben Jahre.«

Dr. Clark nickte.

»Dieses Mädchen wurde in Frankreich sehr bekannt. Wissenschaftler aus der ganzen Welt kamen zu ihr, um sie zu sehen. Sie hatte nicht weniger als vier verschiedene Persönlichkeiten. Sie wurden bekannt als Felicie 1, Felicie 2, Felicie 3 und so weiter.«

»Nahm man nicht auch dabei vorsätzlichen Betrug an?« fragte Sir George lebhaft.

»Die Verschiedenartigkeit der Persönlichkeiten von Felicie 3 und Felicie 4 war ein bisschen anzweifelbar«, gab der Arzt zu. »Aber die wesentlichen Tatsachen bleiben. Felicie Bault war ein Bauernmädchen aus der Normandie. Sie war das dritte von fünf Kindern, die Tochter eines Säufers und einer geistig nicht gesunden Mutter. Während eines seiner Saufgelage erwürgte der Vater die Mutter und wurde daraufhin, soweit ich mich entsinnen kann, lebenslänglich eingesperrt. Felicie war damals fünf Jahre alt. Mitleidige Leute kümmerten sich um die Kinder, und Felicie wurde von einer unverheirateten englischen Adeligen aufgenommen und erzogen. Die Dame hatte eine Art Heim für notleidende Kinder. Sie konnte mit Felicie wenig anfangen. Sie beschrieb das Mädchen als anomal langsam und dumm, als jemand, dem man nur mit allergrößter Mühe Lesen und Schreiben beibringen konnte und dessen

Hände ungeschickt seien. Diese Dame, Miss Slater, versuchte, aus dem Mädchen eine Hausgehilfin zu machen. Sie fand auch einige Anstellungen für Felicie, als sie alt genug dazu war, diese Stellungen anzunehmen. Aber nirgendwo blieb sie lange, und zwar wegen ihrer Dummheit und ungewöhnlichen Faulheit.«

Der Arzt machte eine Pause, und der Domherr, der die Beine übereinanderschlug und sein Reisegepäck näher zusammenschob, bemerkte plötzlich, dass der Mann, der ihm gegenübersaß, sich leicht bewegte. Seine Augen, die er bisher geschlossen gehalten hatte, waren jetzt geöffnet, und sein Blick war mit spöttischem und undefinierbarem Ausdruck auf den würdigen Domherrn gerichtet. Es hatte den Anschein, als ob der Mann zugehört und sich heimlich über das amüsiert habe, was er gehört hatte.

»Es gibt da eine Fotografie, die Felicie Bault im Alter von siebzehn zeigt«, fuhr der Arzt fort. »Sie zeigt sie als ungeschlachtes Bauernmädchen von recht derbem Körperbau. Nichts auf dem Bild deutet darauf hin, dass sie bald eine der bekanntesten Persönlichkeiten in Frankreich werden würde. Fünf Jahre später, mit 22, hatte Felicie Bault eine schwere Nervenkrankheit, und bei der Genesung begann sich das seltsame Phänomen zu manifestieren. Das Folgende sind Tatsachen, die von vielen berühmten Wissenschaftlern bestätigt wurden. Die Persönlichkeit der Felicie 1 war nicht unterscheidbar von der Felicie Bault, die das Mädchen die zweiundzwanzig Jahre hindurch gewesen war. Felicie 1 schrieb Französisch nur schlecht und recht. Sie sprach keine Fremdsprachen und konnte nicht Klavier spielen. Felicie 2 dagegen sprach fließend Italienisch und sogar etwas Deutsch. Ihre Handschrift war der der Felicie 1 sehr unähnlich, sie schrieb fließend Französisch, und zwar mit gutem Ausdruck. Sie konnte über politische Fragen und Kunst diskutieren, und sie spielte leidenschaftlich gern Klavier. Felicie 3 hatte mit Felicie 2 viel gemeinsam. Sie war intelligent und offensichtlich gut erzogen, doch was Moral und Charakter anging, war sie das extreme Gegenteil. Sie schien ein äußerst verdorbenes Geschöpf zu sein – aber nur im pariserischen, nicht im provinziellen Sinne. Sie kannte alle Gaunerausdrücke von Paris und die Sprache der eleganten Halbwelt. Ihre Redewendungen waren unflätig, und sie schimpfte wüst auf die Religion und die sogenannten ›feinen Leute‹. Schließlich gab es noch Felicie 4 – ein verträumtes, dösiges, halbirres Geschöpf, besonders fromm und angeblich hellseherisch begabt. Diese vierte Persönlichkeit war unbefriedigend und wenig aufschlussreich. Man hat manchmal angenommen, sie sei ein vorsätzlicher Betrug auf Kosten von Felicie 3 – eine Art Scherz, den sie sich leichtgläubigen Zuhörern gegenüber erlaubte.«

Der Arzt machte eine kleine Pause.

»Hierzu muss ich sagen, allerdings muss ich Felicie 4 davon ausschließen, dass jede Persönlichkeit verschieden und völlig getrennt von jeder anderen war und von den anderen Persönlichkeiten keine Kenntnis hatte. Felicie 2 war unzweifelhaft die dominierende und blieb manchmal vierundzwanzig Stunden lang vorherrschend, dann mochte urplötzlich für ein oder zwei Tage wieder Felicie 1 erscheinen. Danach vielleicht Felicie 3 oder 4, aber die beiden letzteren blieben selten länger als ein paar Stunden bemerkbar. Jeder Wechsel wurde von heftigen Kopfschmerzen begleitet, von schwerem Schlaf, und jedes Mal trat ein absoluter Gedächtnisschwund der vorangegangenen Persönlichkeit ein. Die gerade herrschende Persönlichkeit nahm das Leben da wieder auf, wo sie es verlassen hatte, und war sich der Zeit, die dazwischenlag, nicht bewusst.«

»Bemerkenswert«, murmelte der Domherr, »sehr bemerkenswert. Wie wenig wir doch von den Wundern des Universums wissen!«

»Wir wissen, dass es darin ein paar sehr schlaue Betrüger gab«, bemerkte der Rechtsanwalt trocken.

»Der Fall der Felicie Bault wurde von Rechtsanwälten, Ärzten und Wissenschaftlern untersucht«, sagte Dr. Campbell Clark schnell. »Der bekannte Quimbellier, Sie werden sich erinnern, führte eingehende Untersuchungen durch und bestätigte die Ansichten der Wissenschaftler. Warum sollte uns das überhaupt so sehr überraschen? Wir finden doch häufig Eier mit zwei Dottern, oder etwa nicht? Oder Zwillingsbananen? Warum keine Doppelseele oder, wie in diesem Fall, eine vierfache Seele – in einem einzigen Körper?«

»Doppelseele?«, protestierte der Domherr.

Dr. Campbell Clark wandte ihm seinen durchdringenden blauen Blick zu.

»Wie sollen wir das anders bezeichnen? Vorausgesetzt, dass die Persönlichkeit überhaupt die Seele ist?«

»Es ist gut, dass so etwas nur selten als ›Laune der Natur‹ auftritt«, bemerkte Sir George. »Wenn dieser Fall normal wäre, würde das zu recht hübschen Komplikationen führen.«

»Dieser Fall ist allerdings ungewöhnlich«, stimmte der Arzt zu. »Es ist jammerschade, dass keine längeren Studien betrieben werden konnten. Durch Felicies unerwarteten Tod wurde allem ein rasches Ende gesetzt.«

»Dieser Tod war sonderbar, wenn ich mich recht erinnere«, sagte der Rechtsanwalt langsam.

Dr. Campbell Clark nickte.

»Eine völlig unerklärliche Geschichte. Das Mädchen wurde eines Morgens tot im Bett gefunden. Sie war offensichtlich erdrosselt worden. Aber zu jedermanns Überraschung konnte ohne jeden Zweifel bewiesen werden, dass sie sich selbst erdrosselt hatte. Die Male an ihrem Hals stammten von ihren eigenen Fingern. Eine Selbstmordart, die, obwohl körperlich nicht unmöglich, eine beachtliche Muskelkraft und große menschliche Willensstärke erfordert. Was das Mädchen zu einer solchen Wahnsinnsanstrengung getrieben hat, wurde nie herausgefunden. Ihr seelisches Gleichgewicht muss immer labil gewesen sein, aber damit endete alles. Der Vorhang fiel für immer über das Geheimnis der Felicie Bault.«

In diesem Moment lachte der Mann in der vierten Ecke auf.

Die drei anderen fuhren herum wie von der Tarantel gestochen. Sie hatten die Existenz des vierten vollkommen vergessen. Als sie auf den Platz starrten, auf dem er saß – noch immer eingemummt in seinen Mantel –, lachte er wieder.

»Sie müssen entschuldigen, Gentlemen«, sprach er in perfektem Englisch, das nichtsdestoweniger einen ausländischen Klang hatte.

Er setzte sich auf und entblößte ein blasses Gesicht mit kleinem, pechschwarzem Schnurrbart.

»Ja, Sie müssen entschuldigen«, sagte er und verbeugte sich spöttisch. »Aber wirklich! Wurde in der Wissenschaft jemals das letzte Wort gesprochen?«

»Wissen Sie etwas von dem Fall, über den wir sprechen?« fragte der Arzt höflich.

»Von dem Fall? Nein. Aber ich kannte sie.«

»Felicie Bault?«

»Ja. Und Annette Ravel auch. Sie haben niemals von Annette Ravel gehört, wie ich sehe? Die Geschichte der einen ist gleichzeitig die Geschichte der anderen. Glauben Sie mir, Sie wissen nichts von Felicie Bault, wenn Sie nicht auch die Geschichte der Annette Ravel kennen.«

Er zog seine Uhr hervor und sah darauf.

»Noch genau eine halbe Stunde bis zur nächsten Station. Ich habe Zeit, Ihnen die Geschichte zu erzählen – das heißt, wenn Sie sie hören wollen.«

»Bitte, erzählen Sie«, antwortete der Arzt ruhig.

»Herzlich gern«, sagte Parfitt. »Herzlich gern.«

Sir George Durand nahm nur eine Haltung gespannter Aufmerksamkeit an.

»Mein Name«, begann der fremde Reisegefährte, »ist Raoul Letardeau. Sie hatten von einer englischen Dame gesprochen, einer Miss Slater, die ihr Leben der Wohltätigkeit gewidmet hatte. Ich wurde in diesem Fischerdorf in der Bretagne geboren, und als meine Eltern bei einem Zugunglück ums Leben kamen, war es Miss Slater, die mir zu Hilfe kam und mich vor dem bewahrte, was ihr Engländer das Waisenhaus nennt. Sie hatte schon an die zwanzig Kinder unter ihrer Obhut, Mädchen und Jungen. Unter diesen Kindern waren auch Felicie Bault und Annette Ravel. Wenn es mir nicht gelingt, Ihnen die Persönlichkeit von Annette verständlich zu machen, Gentlemen, werden Sie nichts verstehen. Sie war das Kind einer, wie man bei uns sagt, *fille de joie*, eines Freudenmädchens, das, von seinem Liebhaber verlassen, an Tuberkulose gestorben war. Die Mutter war Tänzerin gewesen, und auch Annette hatte den Wunsch, zu tanzen. Als ich sie zum ersten Mal sah, war sie ein Kind von elf Jahren, ein kleines Ding mit Augen, die abwechselnd spotteten und versprachen – ein kleines Wesen, ganz Feuer und Leben. Auf einmal machte sie mich zu ihrem Sklaven. ›Raoul, tu dies für mich; Raoul, tu das für mich.‹ Und ich gehorchte. Ich betete sie an, und sie wusste es.

Manchmal gingen wir zum Strand hinunter, zu dritt – denn Felicie kam immer mit. Dann zog Annette Schuhe und Strümpfe aus und tanzte auf dem Sand. Und wenn sie atemlos niedersank, erzählte sie uns, was sie tun und was sie sein würde.

›Seht ihr, ich werde berühmt werden. Ja, ganz groß und berühmt. Ich werde Hunderte und Tausende von Seidenstrümpfen haben – die feinsten Seidenstrümpfe. Und ich werde ein wunderschönes Appartement haben. Alle meine Liebhaber werden jung und schön und auch reich sein. Und wenn ich tanze, wird ganz Paris kommen, mir zuzusehen. Sie werden staunen und schreien und rufen und ganz wahnsinnig werden, wenn ich tanze. Aber im Winter werde ich nicht tanzen. Da fahre ich in den Süden, in die Nähe der Sonne. Dort gibt es Villen mit Orangenbäumen. Eine davon wird mir gehören. Ich werde auf seidenen Kissen in der Sonne liegen und Orangen essen. Und dich, Raoul, werde ich nie vergessen, wenn ich auch noch so reich und berühmt bin. Ich werde dich beschützen und deine Karriere fördern. Felicie wird meine Zofe sein – nein, ihre Hände sind zu ungeschickt. Sieh sie dir nur an, wie groß und schwerfällig sie sind.‹

Felicie wurde dann böse. Aber Annette fuhr fort, sie aufzuziehen.

›Sie ist so damenhaft, Felicie – so elegant, so vornehm. Sie ist eine verkleidete Prinzessin – ha, ha.‹

›Mein Vater und meine Mutter waren verheiratet, das ist besser als bei deinen Eltern‹, zischte Felicie dann verächtlich.

›Ja, und dein Vater hat deine Mutter umgebracht. Eine feine Sache, die Tochter eines Mörders zu sein.‹

›Und dein Vater hat deine Mutter verfaulen lassen‹, entgegnete Felicie.

›Ach ja.‹ Annette wurde nachdenklich. ›Arme Mama. Man muss gesund und stark bleiben. Das ist das Wichtigste: Man muss gesund und stark bleiben.‹

›Ich bin stark wie ein Pferd‹, prahlte Felicie.

Das war sie wirklich. Sie hatte doppelt so viel Kraft wie jedes andere Mädchen im Heim. Und sie war niemals krank.

Aber sie war dumm, verstehen Sie, dumm wie ein blödes Tier. Ich wunderte mich oft, warum sie immer Annette nachlief, überallhin. Aber es ging von ihr eine Art Faszination aus. Manchmal hasste sie Annette, glaube ich, denn Annette war wirklich nicht nett zu ihr. Sie verhöhnte Felicies Langsamkeit und Dummheit und quälte sie in Gegenwart der anderen. Ich habe gesehen, wie Felicie ganz weiß vor Wut wurde. Manchmal habe ich gedacht, dass sie die Finger um Annettes Hals legen und ihr das Leben nehmen würde. Sie war nicht klug und nicht schnell genug, auf Annettes Beleidigungen die richtigen Antworten zu finden, aber sie erfasste mit der Zeit, dass sie ihr nur ganz Bestimmtes zu erwidern brauchte, das nie seine Wirkung verfehlte. Das war der Hinweis auf ihre Gesundheit und Stärke. Sie erfasste das, was ich schon wusste: Annette beneidete sie um ihre körperliche Stärke, und instinktiv traf Felicie damit die schwache Stelle ihrer Feindin.

Eines Tages kam Annette besonders fröhlich zu mir.

›Raoul‹, sagte sie, ›wir werden mit der dummen Felicie einen Scherz machen. Wir werden sterben vor Lachen.‹

›Was hast du vor?‹

›Komm hinter den Vorhang, dann erzähle ich es dir.‹

Wie es schien, hatte Annette irgendwo ein Buch aufgetrieben. Den größten Teil hatte sie nicht verstanden. Wahrscheinlich war alles ein bisschen zu hoch für sie. Es war ein frühes Werk über Hypnose.

›Es muss etwas Glänzendes sein, steht darin. Ich habe dazu die Messingkugel an meinem Bettgestell ausgesucht. Man kann sie drehen. Vergangene Nacht ließ ich Felicie sie ansehen. Sieh immer nur den Knopf an!, habe ich gesagt. Du darfst deinen Blick nicht wegnehmen! Dann drehte ich die Kugel. Raoul, ich habe richtig Angst bekommen. Ihre Augen sahen so komisch aus – wie wahnsinnig, schrecklich. Felicie, habe ich sie gefragt, wirst du alles tun, was ich sage? Ich werde alles tun, was du sagst, Annette, hat sie geantwortet. Und dann sagte ich: Morgen um zwölf Uhr wirst du eine weiße Wachskerze auf den Spielplatz mitbringen und sie dort aufessen. Wenn dich jemand fragt, sagst du, es sei die beste Zuckerstange, die du je gegessen hättest. Oh, Raoul, denk dir das bloß aus!‹

›So etwas wird sie nie wirklich tun‹, warf ich ein.

›In dem Buch steht aber, dass sie es doch tut. Ich kann es auch nicht glauben – aber, oh, Raoul, wenn das alles stimmt, was in dem Buch steht, was gäbe das für einen Spaß!‹

Ich selbst fand die Idee auch lustig. Wir erzählten es unseren Kameraden, und um zwölf waren wir alle auf dem Spielplatz. Pünktlich auf die Minute kam Felicie mit einer Kerze und begann feierlich, daran herumzuknabbern. Ja, meine Herren, wir waren alle ganz aus dem Häuschen! Jeden Augenblick ging ein anderes Kind zu Felicie und fragte sie, ob das gut schmecke, was sie da äße. Und Felicie antwortete jedes Mal, dass es die beste Zuckerstange sei, die sie je gegessen habe… Wir bogen uns vor Lachen. Wir lachten so laut, dass der Lärm Felicie aufzuwecken und in die Wirklichkeit zurückzurufen schien. Sie blinzelte erstaunt mit den Augen, starrte auf die Kerze, dann auf uns. Schließlich fuhr sie sich mit der Hand über die Stirn. ›Ja, was tue ich denn da?‹, murmelte sie.

›Du isst eine Kerze!‹, brüllten wir.

›Ich befahl dir das. Ich befahl dir das!‹, schrie Annette vor Freude und tanzte herum.

Felicie starrte sie einen Moment lang an. Dann ging sie langsam auf Annette zu.

›Dann bist du es, die mich lächerlich gemacht hat. Ich glaube, ich erinnere mich. Oh, ich werde dich dafür töten.‹

Sie hatte das sehr ruhig gesagt, so dass Annette plötzlich wegrannte und sich hinter mir versteckte.

›Rette mich, Raoul! Ich habe Angst vor Felicie. Es war doch nur ein Scherz, Felicie. Nur ein Scherz.‹

›Ich mag solche Scherze nicht‹, sagte Felicie. ›Versteht ihr? Ich hasse dich. Ich hasse euch alle!‹

Dann brach sie plötzlich in Tränen aus und rannte fort.

Annette war, glaube ich, über das Ergebnis ihres Experiments erschrocken und versuchte nicht, es zu wiederholen. Doch von diesem Tage an schien ihre Herrschaft über Felicie noch stärker geworden zu sein.

Ich glaube heute, Felicie hasste sie tödlich, aber sie konnte

Annette nicht mehr verlassen. Sie lief Annette überall nach wie ein Hund.

Tja, meine Herren, bald darauf nahm ich meine erste Stellung an. Ich besuchte das Heim nur noch während meiner Ferien. Annettes Wunsch, Tänzerin zu werden, war nicht ernst zu nehmen gewesen, aber als sie älter wurde, entwickelte sie eine hübsche Singstimme, und Miss Slater erklärte sich damit einverstanden, ihr Gesangsstunden geben zu lassen.

Annette war nicht faul. Sie arbeitete fieberhaft, ohne sich Ruhe zu gönnen. Miss Slater musste sie manchmal davon abhalten, sich zu überanstrengen. Einmal sprach sie mit mir über Annette.

›Du hast Annette doch immer gern gemocht. Rede auf sie ein, dass sie nicht zu viel arbeitet. Neulich hatte sie einen Husten, der mir gar nicht gefiel.‹

Durch meine Arbeit musste ich bald darauf weit fortfahren. Zuerst erhielt ich noch ein oder zwei Briefe von Annette, dann folgte Schweigen. Dann war ich fünf Jahre in Amerika.

Durch Zufall kam ich danach wieder nach Paris. Ich las ein Plakat, das eine Annette Ravelli ankündigte. Es war auch ein Bild der Dame darauf abgebildet. Ich erkannte sie sofort wieder. Am Abend ging ich in das bezeichnete Theater. Annette sang in französischer und italienischer Sprache. Auf der Bühne war sie großartig. Nachher ging ich in ihre Garderobe. Sie empfing mich sofort.

›Oh, Raoul!‹, rief sie aus und streckte mir ihre weißen Hände entgegen. ›Das ist wunderbar. Wo bist du in all den Jahren gewesen?‹

Ich erzählte es ihr, aber sie schien nicht richtig zuzuhören.

›Siehst du, jetzt habe ich es fast erreicht.‹

Triumphierend wies sie auf ihre Garderobe, die voll von Blumen war.

›Die gute Miss Slater muss sehr stolz sein auf deinen Erfolg.‹

›Die Alte? Nein, überhaupt nicht. Sie wollte doch, dass ich aufs Konservatorium gehe, weißt du nicht mehr? Ich sollte Konzertsängerin werden. Aber ich bin eine Künstlerin. Hier auf der Varietébühne kann ich mich am besten verwirklichen.‹

In dem Moment trat ein gut aussehender Mann im besten Alter ein. Sein Benehmen war vornehm und wohlerzogen. Bald entnahm ich seinen Gesprächen, dass er Annettes Manager war. Er sah zu mir hin, und Annette erklärte ihm, dass ich ein Freund aus ihrer Kinderzeit und gerade in Paris sei, hier ihr Bild auf dem Plakat gesehen hätte.

Daraufhin war der Herr sehr leutselig und freundlich zu mir. In meiner Gegenwart holte er ein Brillantarmband hervor und legte es um Annettes Handgelenk. Als ich mich erhob, um fortzugehen, wandte sie sich mir mit einem triumphierenden Blick zu.

Aber als ich ihre Garderobe verließ, hörte ich ihren Husten, einen scharfen, trockenen Husten. Ich wusste, was dieser Husten bedeutete. Er war das Erbe ihrer tuberkulösen Mutter.

Zwei Jahre darauf sah ich sie wieder. Sie hatte bei Miss Slater Zuflucht gesucht. Ihre Karriere war beendet. Ihre Krankheit war weit fortgeschritten, und die Ärzte sagten, dass man nichts mehr tun könne.

Ach, ich werde niemals vergessen, wie ich sie sah. Sie lag an einem geschützten Platz im Garten. Man hielt sie Tag und Nacht draußen. Ihre Wangen waren hohl und gerötet, ihre Augen glänzten fiebrig, und sie hustete sehr viel. Sie begrüßte mich mit einer Verzweiflung, die mich verblüffte.

›Es tut gut, dich zu sehen, Raoul. Du weißt, was sie sagen – dass es mit mir zu Ende geht. Sie sagen es hinter meinem Rücken, verstehst du? Wenn sie mit mir sprechen, sind sie zuversichtlich und trösten mich. Aber es ist nicht wahr, Raoul, es ist nicht wahr! Ich werde mir selbst nicht erlauben zu sterben.

Sterben? Jetzt, wo ein schönes Leben vor mir liegt. Es ist der Wille zu leben, darauf kommt es an. Das sagen alle berühmten Ärzte von heute. Ich gehöre nicht zu den Schwachen, die sich gehenlassen. Ich fühle mich schon viel besser – sehr viel besser, hörst du!‹

Sie richtete sich auf und stützte sich auf die Ellbogen, um ihren Worten Nachdruck zu verleihen, dann fiel sie zurück, von heftigem Husten geschüttelt, der ihren ausgezehrten dünnen Körper hin und her warf.

›Der Husten – das ist nichts‹, japste sie. ›Und die Blutstürze erschrecken mich nicht. Ich werde die Ärzte überraschen. Es ist der Wille, auf den es ankommt. Denk daran, Raoul, ich werde leben.‹

Es war entsetzlich, erbarmungswürdig, verstehen Sie?

Da kam Felicie Bault mit einem Tablett heraus, mit einem Glas heißer Milch. Sie reichte es Annette und sah ihr beim Trinken mit einem unergründlichen Ausdruck in den Augen zu. Irgendwie schien dieser Blick eine innere Befriedigung auszudrücken. Auch Annette fing den Blick auf. Sie schleuderte das Glas fort, dass es in Stücke zersprang.

›Siehst du, wie sie mich ansieht? So sieht sie mich jetzt immer an. Sie freut sich, dass ich bald sterbe. Ja, sie weidet sich daran. Sie, die so stark und gesund ist. Sieh sie nur an, keinen Tag war sie krank, nicht einen einzigen! Und alles für nichts. Was nützt ihr ihr starkes Gerippe? Was kann sie damit machen?‹

Felicie bückte sich und hob die Glassplitter auf.

›Ich mache mir nichts daraus, was sie sagt‹, bemerkte sie dabei mit einer singenden Stimme. ›Was macht das schon? Ich bin ein ehrbares Mädchen. Aber was sie betrifft, sie wird die Qualen des Fegefeuers bald kennenlernen. Ich bin eine Christin, ich sage nichts.‹

›Du hasst mich!‹, schrie Annette. ›Du hast mich immer gehasst. Aber ich kann dich verzaubern, trotz alledem. Ich kann dir befehlen, etwas zu tun, ganz egal was, und du wirst es tun. Siehst du, ich kann dir jetzt sagen, du sollst hier vor mir im Gras niederknien, und du wirst es tun.‹

›Das ist ja albern‹, sagte Felicie mit Unbehagen.

›Aber ja, du wirst es tun. Du wirst! Um mir zu Gefallen zu sein. Herunter auf deine Knie. Ich sage es dir, ich, Annette. Auf deine Knie, Felicie!‹

Ob es nun der besondere Ton war, der in Annettes Stimme schwang, oder ein tieferes Motiv – Felicie gehorchte. Sie sank langsam auf ihre Knie nieder, ihre Arme weit ausgestreckt, und ihr Gesichtsausdruck war leer und dumm.

Annette warf den Kopf zurück und lachte.

›Sieh nur, was für ein dummes Gesicht sie hat! Wie lächerlich sie aussieht … Du kannst jetzt wieder aufstehen, Felicie, danke. Es hat keinen Zweck, mich so böse anzusehen, ich bin deine Herrin. Du musst tun, was ich sage.‹

Erschöpft sank sie in die Kissen zurück. Felicie nahm das Tablett und ging langsam fort. Einmal sah sie noch über ihre Schulter zurück, und der schwelende Hass in ihrem Blick erschreckte mich.

Ich war nicht dabei, als Annette starb. Aber es muss schrecklich gewesen sein. Sie hing am Leben. Sie kämpfte gegen den Tod wie eine Wahnsinnige. Wieder und wieder soll sie geschrien haben: ›Ich will nicht sterben – hört ihr mich? Ich will nicht sterben, ich will leben – leben –‹

Miss Slater erzählte mir alles, als ich sie sechs Monate später wieder besuchte.

›Mein armer Raoul‹, sagte sie freundlich. ›Du hast sie immer geliebt, nicht wahr?‹

›Immer – immer. Aber was konnte ihr das nützen? Lassen Sie uns nicht mehr davon sprechen. Sie ist tot – sie, die so sprühend war, so voller Leben.‹

Miss Slater war eine mitfühlende Frau. Sie sprach von anderen Dingen. Sie mache sich um Felicie große Sorgen, sagte sie. Das Mädchen habe einen merkwürdigen Nervenzusammenbruch erlitten. Seitdem sei ihr Verhalten sehr seltsam.

›Wissen Sie‹, ergänzte Miss Slater nach einigem Zögern, ›sie lernt jetzt Klavier spielen.‹

Das wusste ich nicht, und es überraschte mich sehr. Felicie – und Klavier spielen lernen! Ich hätte sofort beschwören können, dass das Mädchen nicht eine Note von der anderen unterscheiden konnte.

›Sie hat Talent, sagt man‹, fuhr Miss Slater fort. ›Ich kann das nicht verstehen. Ich habe sie immer für – nun, Raoul, du weißt schon, sie war immer ein dummes Mädchen.‹

Ich nickte.

›Sie ist oft so seltsam – ich weiß dann wirklich nicht, wie ich alles verstehen soll.‹

Ein wenig danach betrat ich den Lesesaal. Felicie spielte Klavier. Sie spielte eine Melodie, die ich Annette in Paris hatte singen hören. Verstehen Sie, meine Herren? Es versetzte mir einen ordentlichen Schock. Als sie mich hörte, brach sie ab und wandte sich mir zu, ihre Augen voller Spott und Intelligenz. Einen Moment lang dachte ich – nun, ich will nicht sagen, was ich dachte.

›*Tiens*‹, sagte sie. ›Da sind Sie ja, Monsieur Raoul.‹

Ich kann die Art, wie sie das sagte, nicht beschreiben. Für Annette hatte ich nie aufgehört, Raoul zu sein. Aber Felicie hatte mich, seit wir uns als Erwachsene wiedergetroffen hatten, immer mit ›Monsieur Raoul‹ angeredet. Aber die Art, wie sie es jetzt sagte, war ganz anders – so, als ob das ›Monsieur‹, leicht übertrieben ausgesprochen, sie irgendwie amüsierte.

›Ach, Felicie‹, stammelte ich. ›Sie sehen heute ganz anders aus. Woher kommt das?‹

›So? Tue ich das?‹, fragte sie nachdenklich. ›Das ist komisch. Aber seien Sie nicht so feierlich, ich werde Sie wieder Raoul nennen. Spielten wir nicht als Kinder zusammen? Damals war das Leben noch freundlicher. Lassen Sie uns von der armen Annette sprechen – sie ist tot und begraben. Wo mag sie nur sein, ob im Fegefeuer oder wo, ich möchte es zu gern wissen.‹

Und sie trällerte etwas von einem Lied, nicht sehr deutlich, aber die Worte ließen mich aufhorchen.

›Felicie‹, rief ich aus. ›Sie sprechen Italienisch?‹

›Warum denn nicht, Raoul? Ich bin gar nicht so dumm, wie ich immer tue.‹ Sie lachte über meine Verwunderung.

›Ich verstehe nicht –‹

›Dann will ich es Ihnen erzählen. Ich bin eine sehr gute Schauspielerin, obwohl das niemand vermutet. Ich kann viele Rollen spielen – und ich spiele sie gut.‹ Wieder lachte sie und lief rasch aus dem Zimmer, bevor ich sie aufhalten konnte.

Ehe ich abfuhr, sah ich sie wieder. Sie war in einem großen Sessel eingeschlafen. Sie schnarchte laut. Ich blieb stehen und beobachtete sie, fasziniert, doch innerlich abgestoßen. Plötzlich wachte sie auf und fuhr hoch. Ihr Blick, stumpf und leblos, traf den meinen.

›Monsieur Raoul‹, stammelte sie mechanisch.

›Ja, Felicie, ich muss jetzt gehen. Möchten Sie mir nicht noch einmal etwas vorspielen, bevor ich gehe?‹

›Ich? Spielen? Sie machen sich über mich lustig, Monsieur Raoul.‹

›Aber Sie haben mir doch heute morgen etwas vorgespielt. Erinnern Sie sich nicht mehr?‹

Sie schüttelte den Kopf.

›Ich, gespielt? Wie kann ein armes Mädchen wie ich Klavier spielen?‹

Sie hielt einen Moment inne, als ob sie über etwas nachdächte. Dann winkte sie mich näher zu sich heran.

›Monsieur Raoul, hier in diesem Haus geschehen merkwürdige Dinge. Sie denken sich Betrügereien und üble Scherze aus. Sie verstellen ihre Uhren. Ja, ja, ich weiß genau, was ich sage. Und alles ist ihr Werk.‹

›Wessen Werk?‹, fragte ich verblüfft.

›Das von Annette – dieser bösen Hexe! Als sie noch lebte, hat sie mich immer gequält. Jetzt, da sie tot ist, kommt sie von den Toten zurück, um mich zu quälen. Sie war schlecht, durch und durch schlecht, glauben Sie mir!‹

Ich starrte Felicie an und konnte sehen, dass sie entsetzliche Angst hatte. Ihre Augen traten aus dem Kopf hervor.

›Sie war schlecht. Sie würde Ihnen das Brot vom Mund wegreißen und die Kleider vom Körper – und die Seele aus dem Leib …‹

Sie presste mich plötzlich an sich.

›Ich habe Angst, hören Sie – Angst! Ich höre ihre Stimme, nicht in meinen Ohren – nein, hier in meinem Kopf!‹ Sie tippte sich an die Stirn. ›Sie will mich aus mir selber vertreiben – mich ganz aus mir selber vertreiben, was soll dann aus mir werden?‹

Ihre Stimme hatte sich fast zum Schreien erhoben. Aus ihren Augen starrte die animalische Angst eines todwunden Tieres … Plötzlich lächelte sie, ein freundliches Lächeln voller Schlauheit, aber etwas war an diesem Lächeln, das mich erschauern ließ.

›Wenn es einmal so weit kommt … Ich bin sehr stark mit den Händen – ich habe sehr starke Hände …‹

Ich hatte niemals vorher mit Bewusstsein ihre Hände angesehen. Ich sah sie jetzt an und erschrak gegen meinen Willen. Untersetzte, gedrungene, brutale Hände und – wie Felicie gesagt hatte – ungewöhnlich kräftig … Ich kann Ihnen die Übelkeit nicht beschreiben, die ich empfand. Mit Händen wie diesen musste ihr Vater ihre Mutter erwürgt haben … Das war das letzte Mal, dass ich Felicie sah.

Anschließend musste ich nach Südamerika fahren. Ich kehrte erst zwei Jahre nach ihrem Tod wieder zurück. Ich hatte in den

Zeitungen über ihr Leben und von ihrem plötzlichen Tod gelesen. Dann habe ich noch einige Einzelheiten mehr erfahren – heute Abend, von Ihnen, meine Herren. Felicie 3 und Felicie 4, wie Sie sagten. Sie war eine gute Schauspielerin, wissen Sie.«

Der Zug verlor langsam an Geschwindigkeit. Der Mann in der Ecke setzte sich aufrecht und knöpfte seinen Mantel zu.

»Was ist Ihre Theorie dazu?«, fragte der Rechtsanwalt und beugte sich vor.

»Ich kann kaum glauben –«, begann der Domherr Parfitt und hielt inne.

Der Arzt sagte nichts. Er starrte unverwandt auf Raoul Letardeau.

»Die Kleider von ihrem Körper – und die Seele aus ihrem Leib …«, wiederholte der Franzose leichthin. Er stand auf. »Ich sage Ihnen, Messieurs, die Geschichte von Felicie Bault ist die Geschichte von Annette Ravel. Sie kannten sie nicht, Gentlemen. Ich kannte sie. Sie liebte das Leben allzu sehr …«

Er hatte schon den Türgriff in der Hand – bereit, auszusteigen, als er sich noch einmal umdrehte und dem Domherrn Parfitt auf die Brust tippte.

»*Monsieur le docteur* dort drüben sagte vorhin, dass all das« – seine Hand legte sich auf den Magen des Domherrn, und der Domherr stöhnte – »nur eine Residenz ist. Sagen Sie, wenn Sie in Ihrem Haus einen Einbrecher vorfinden, was würden Sie tun? Ihn erschießen, oder etwa nicht?«

»Nein!«, schrie der Domherr. »Nein, natürlich nicht! Ich meine – nicht in diesem Land.«

Doch die letzten Worte hatte er in die Luft gesprochen, die Tür des Abteils knallte zu.

Der Geistliche, der Rechtsanwalt und der Arzt waren allein.

Die vierte Ecke im Abteil war frei.

Agatha Christie

Die Pralinenschachtel

Aus dem Englischen von
Adi Oes, Edith Walter, Felix von Poelheim
und Sabine Reinhart-Jost

Die Pralinenschachtel

Es war eine schlimme Nacht. Der Wind heulte bösartig, und Regenböen peitschten an die Fensterscheiben.

Poirot und ich saßen am Kamin und streckten die Beine dem prasselnden Feuer entgegen. Zwischen uns stand ein kleiner Tisch. Auf meiner Seite dampfte ein sorgfältig zubereiteter Grog, neben Poirot eine Tasse mit dicker, gesüßter Schokolade, die ich für hundert Pfund nicht getrunken hätte. Poirot schlürfte an dem dicken braunen Gebräu in der rosafarbenen Porzellantasse und seufzte vor Zufriedenheit.

»*Quelle belle vie!*«, murmelte er.

»Ja, die gute, alte Welt ist in Ordnung«, stimmte ich zu. »Da bin ich, habe eine Stellung – und eine gute Stellung dazu. Und da sind Sie, berühmt …«

»Oh, *mon ami!*«, protestierte er.

»Aber Sie sind es! Und das mit gutem Recht! Wenn ich an die lange Reihe Ihrer Erfolge zurückdenke, muss ich wirklich staunen. Ich glaube, Sie wissen nicht einmal, was Misserfolg ist.«

»Wer das von sich behauptet, muss schon ein merkwürdiger Kauz sein!«

»Nein, im Ernst – haben Sie je versagt?«

»Unzählige Male, mein Freund. Was wollen Sie? *La bonne chance* – das Glück, es kann nicht immer auf Ihrer Seite sein. Ich wurde zu spät gerufen. Sehr oft erreichte ein anderer, der demselben Ziel zustrebte, dieses Ziel vor mir. Zweimal wurde ich ausgerechnet in dem Augenblick krank, in dem ich kurz vor der Lösung stand. Man muss die Tiefen wie die Höhen hinnehmen, mein Freund.«

»Das habe ich eigentlich nicht gemeint«, sagte ich. »Ich meinte, ob es je einen Fall gab, bei dem Sie sich durch Ihre eigene Schuld völlig geschlagen geben mussten.«

»Ah, ich verstehe. Sie möchten wissen, ob ich mich einmal bis auf die Knochen blamiert habe, wie man so schön sagt? Einmal, mein Freund…« Ein leises, nachdenkliches Lächeln huschte über sein Gesicht. »Ja, einmal habe ich mich zum Narren gemacht.«

Plötzlich richtete er sich in seinem Sessel auf.

»Ich weiß, mein Freund, dass Sie über meine kleinen Erfolge Buch geführt haben. Jetzt können Sie Ihrer Sammlung eine weitere Geschichte hinzufügen – die Geschichte eines Misserfolgs.«

Er beugte sich vor und legte ein Scheit auf das Feuer. Nachdem er sich mit einem kleinen Tuch, das neben dem Kamin an einem Nagel hing, sorgfältig die Hände abgewischt hatte, lehnte er sich zurück und begann mit seiner Erzählung.

»Was ich Ihnen jetzt berichte« – sagte Monsieur Poirot –, »trug sich vor vielen Jahren in Belgien zu. Und zwar zu jener Zeit, als sich in Frankreich Kirche und Staat heftig bekämpften. Paul Déroulard war ein prominenter französischer Abgeordneter. Es war ein offenes Geheimnis, dass ein Ministersessel auf ihn wartete. Er gehörte zu den bittersten Gegnern der katholischen Kirche, und es war sicher, dass er, sobald er an die Macht kam, stark angefeindet werden würde. Er war in mancher Beziehung ein merkwürdiger Mann. Obwohl er weder trank noch rauchte, war er in anderen Dingen nicht so zurückhaltend. Sie verstehen, Hastings, *c'etait des femmes – toujours des femmes!*

Einige Jahre zuvor hatte er eine junge Dame aus Brüssel geheiratet, die eine ansehnliche Mitgift in die Ehe mitgebracht hatte. Zweifellos war ihm das Geld bei seiner Karriere sehr nützlich, da seine Familie nicht reich war, auch wenn er das Recht hatte, sich Baron zu nennen. Die Ehe blieb kinderlos, und seine Frau starb nach zwei Jahren an den Folgen eines Treppensturzes. Zu dem Besitz, den sie ihm hinterließ, gehörte auch ein Haus in der Avenue Louise in Brüssel.

Und dieses Haus war es, in dem er völlig unerwartet starb. Zufällig fiel sein Ableben mit dem Rücktritt jenes Ministers zusammen, dessen Amt er übernehmen sollte. Alle Zeitungen brachten lange Nachrufe auf ihn und seine Karriere. Man führte seinen plötzlichen Tod nach dem Abendessen auf Herzversagen zurück.

Damals war ich, wie Sie ja wissen, *mon ami,* bei der belgischen Kriminalpolizei. Paul Déroulards Tod interessierte mich nicht sonderlich. Ich bin, wie Sie ebenfalls wissen, *bon catholique,* und mir kam sein Hinscheiden wie ein rechter Glücksfall vor.

Etwa drei Tage später, ich hatte eben meinen Urlaub angetreten, suchte mich eine dicht verschleierte Dame in meiner Wohnung auf. Sie war offensichtlich noch jung und, wie ich sofort bemerkte, *jeune fille tout à fait comme il faut.*

›Sind Sie Monsieur Poirot?‹, fragte sie mich mit einer leisen, bezaubernd klingenden Stimme.

Ich verbeugte mich.

›Von der Kriminalpolizei?‹

Wieder verbeugte ich mich. ›Nehmen Sie bitte Platz, Mademoiselle.‹

Sie nahm den angebotenen Stuhl und lüftete ihren Schleier. Ihr Gesicht war reizend, wenn auch von Tränen entstellt, und es sah aus, als habe sie entsetzliche Angst. ›Monsieur‹, sagte sie, ›soviel ich weiß, nehmen Sie jetzt Urlaub und haben daher Zeit, einen privaten Fall zu untersuchen. Sie verstehen, dass ich die Polizei nicht hinzuziehen möchte.‹

Ich schüttelte den Kopf. ›Ich fürchte, Sie verlangen Unmögliches von mir, Mademoiselle. Denn auch im Urlaub gehöre ich noch zur Polizei.‹

Sie beugte sich vor. ›*Ecoutez*, Monsieur! Ich bitte Sie nur darum, ein paar Ermittlungen anzustellen. Über das Ergebnis dieser Ermittlungen können Sie die Polizei ruhig informieren. Wenn das, was ich vermute, wahr ist, werden wir den gesamten Polizeiapparat sogar dringend brauchen.‹

Jetzt sah die Sache schon wesentlich anders aus, und ich erklärte mich bereit, für sie zu arbeiten.

Leichte Röte stieg ihr in die Wangen. ›Danke, Monsieur. Ich bitte Sie, Paul Déroulards Tod zu untersuchen.‹

›*Comment?*‹, rief ich überrascht.

›Monsieur, ich habe nichts, worauf ich mich stützen könnte – nichts als meinen weiblichen Instinkt, aber ich bin überzeugt – wirklich überzeugt, sage ich! –, dass Paul Déroulard keines natürlichen Todes gestorben ist.‹

›Aber gewiss haben die Ärzte …‹

›Ärzte können sich irren. Er war so robust, so kräftig. Ich flehe Sie an, mir zu helfen, Monsieur Poirot!‹

Das arme Kind war beinahe außer sich. Um ein Haar wäre sie vor mir auf die Knie gefallen. Ich beschwichtigte sie, so gut ich konnte.

›Ich will Ihnen ja helfen, Mademoiselle. Zwar bin ich fast sicher, dass Ihre Befürchtungen unbegründet sind, aber wir werden sehen. Als Erstes bitte ich Sie, mir genaue Angaben über die Hausbewohner zu machen.‹

›Da ist zuerst natürlich das Personal: Jeanette, Félicie und Denise, die Köchin. Sie ist seit vielen Jahren im Haus. Die beiden andern sind einfache Mädchen vom Land. Dann gibt es noch François, aber auch er ist bei den Déroulards alt geworden. Außer den Angestellten sind da noch Pauls Mutter, die bei ihm lebte, und ich. Ich heiße Virginie Mesnard und bin eine mittellose Kusine der verstorbenen Madame Déroulard,

Pauls Frau. Ich gehöre seit mehr als drei Jahren zum Haushalt, dessen Mitglieder ich Ihnen jetzt aufgezählt habe. An jenem Abend waren allerdings auch noch zwei Hausgäste da.‹

›Wer?‹

›Monsieur de Saint Alard, der in Frankreich Pauls Nachbar war. Und ein englischer Freund: John Wilson.‹

›Sind die beiden noch hier?‹

›Wilson – ja, aber Saint Alard ist gestern abgereist.‹

›Und wie sieht Ihr Plan aus, Mademoiselle Mesnard?‹

›Wenn Sie etwa in einer halben Stunde zu uns kämen, hätte ich mir inzwischen eine Geschichte zurechtgelegt, um Ihre Anwesenheit zu erklären. Am besten wäre wohl, wenn ich behauptete, Sie hätten irgendetwas mit der Zeitung zu tun. Ich werde sagen, Sie kämen aus Paris und hätten ein Empfehlungsschreiben von Monsieur de Saint Alard gehabt. Madame Déroulards Gesundheit ist stark angegriffen. Sie wird kaum auf Einzelheiten achten.‹

Unter dem von Mademoiselle wirklich geschickt ausgedachten Vorwand gelangte ich also ins Haus, in dem ich mich nach einem kurzen Gespräch mit der Mutter des verstorbenen Abgeordneten, einer imposanten, aristokratischen Frau, die offensichtlich sehr krank war, frei und unbeobachtet bewegen konnte.

Ich frage mich, mein Freund (fuhr Poirot fort), ob Sie sich auch nur annähernd vorstellen können, wie schwierig meine Aufgabe war? Ein Mann war drei Tage zuvor plötzlich gestorben. War es bei diesem Tod nicht mit rechten Dingen zugegangen, so schien nur eine einzige Möglichkeit denkbar – Gift. Doch ich hatte keine Gelegenheit gehabt, die Leiche zu sehen, und es war mir auch nicht möglich zu untersuchen oder zu analysieren, wie ihm das Gift gegebenenfalls verabreicht worden war. Es gab keine Spuren, an die ich mich halten konnte – weder falsche noch andere. War der Mann vergiftet worden? War er eines natürlichen Todes gestorben? Ich, Hercule Poirot, musste das entscheiden, und ich hatte nichts, was mir dabei helfen konnte.

Zuerst unterhielt ich mich mit den Hausangestellten und konstruierte mit ihrer Hilfe den betreffenden Abend. Besonderes Augenmerk legte ich auf das Essen und die Art, wie es serviert worden war. Die Suppe hatte Déroulard persönlich aus der Terrine ausgeschenkt. Danach hatte es Koteletts und Huhn gegeben, zum Schluss Kompott. Und alles war von Monsieur selbst ausgeteilt worden. Der Kaffee kam in einer großen Kanne. Kein einziger Hinweis, *mon ami*! Unmöglich, einen einzelnen Esser zu vergiften, man hätte unweigerlich alle getötet!

Nach dem Essen zog sich Madame Déroulard in ihre Räume zurück, Mademoiselle Virginie begleitete sie. Die drei Männer gingen in Déroulards Arbeitszimmer. Dort unterhielten sie sich eine Zeit lang angeregt, bis der Abgeordnete plötzlich zu Boden stürzte. Saint Alard lief hinaus und bat François, sofort einen Arzt zu rufen. Er habe gesagt, es sei zweifellos ein Schlaganfall, erzählte mir der Diener. Aber als der Arzt kam, war dem Patienten nicht mehr zu helfen.

John Wilson, dem ich von Mademoiselle Mesnard vorgestellt wurde, war ein typischer Engländer, mittleren Alters und sehr stämmig. Sein Bericht in einem sehr britischen Französisch deckte sich im Wesentlichen mit dem des Dieners.

›Déroulard wurde sehr rot, dann fiel er um.‹

Mehr war von ihm nicht zu erfahren. Als Nächstes suchte ich den Ort der Tragödie auf, das Arbeitszimmer, in dem man mich allein ließ, weil ich darum ersuchte. Bisher hatte ich nichts entdeckt, was Mademoiselle Mesnards Theorie erhärtet hätte. Ich konnte daher nur annehmen, dass sie sich täuschte. Offenbar war sie in Déroulard verliebt gewesen und nicht imstande, die Ereignisse unvoreingenommen zu sehen.

Trotzdem durchsuchte ich das Arbeitszimmer peinlich genau. Es war durchaus möglich, dass jemand eine Injektionsspritze in Déroulards Sessel versteckt hatte und das tödliche Gift auf diese Weise in seinen Körper gelangt war. Der winzige Einstich wäre gewiss unentdeckt geblieben. Doch ich fand nichts, was diese Theorie unterstützt hätte. Mit einer verzweifelten Geste ließ ich mich in den Sessel fallen.

›*Enfin*, ich gebe auf‹, sagte ich laut. ›Es gibt keine einzige Spur. Alles ist völlig normal.‹

Noch während ich das sagte, fiel mein Blick auf einen Tisch in der Nähe, auf dem eine große Pralinenschachtel lag, und mein Herz machte einen Sprung. Möglicherweise war sie kein Hinweis auf Déroulards Tod, aber wenigstens hatte ich jetzt etwas, das mir nicht normal zu sein schien. Ich nahm den Deckel ab. Die Schachtel war voll, unberührt. Keine Praline fehlte, aber das machte meine Entdeckung noch ungewöhnlicher. Denn, sehen Sie, Hastings, obwohl die Schachtel selbst rosafarben war, war der Deckel blau. Zwar sieht man oft eine blaue Schleife auf einer rosa Schachtel oder umgekehrt, aber dass Schachtel und Deckel verschiedene Farben haben – nein, wirklich –, *ça ne se voit jamais!*

Ich wusste nicht, was dieses belanglose Detail mir nützen sollte, doch ich war entschlossen, es näher zu untersuchen, weil es aus dem Rahmen fiel. Ich klingelte nach François und fragte ihn, ob Déroulard gern Süßigkeiten gegessen hätte. Ein wehmütiges Lächeln erschien auf seinem Gesicht.

›Er aß sie sogar für sein Leben gern und hatte immer eine Schachtel Pralinen im Haus. Wissen Sie, er trank keinen Wein oder so was.‹

›Und doch ist diese Schachtel noch voll?‹ Ich nahm den Deckel ab und zeigte sie ihm.

›Pardon, Monsieur, aber das war eine neue Schachtel. Sie wurde am Tag seines Todes gekauft, da die alte fast leer war.‹

›Dann hat er also an dem Tag, an dem er starb, die letzten Pralinen aus der anderen Schachtel gegessen?‹

›Ja, Monsieur, sie war leer, als ich sie am nächsten Morgen fand, und da warf ich sie weg.‹

›Hat Monsieur Déroulard zu jeder Tageszeit Süßigkeiten gegessen?‹

›Gewöhnlich nach dem Abendessen, Monsieur.‹ Ich sah allmählich klarer.

›François‹, sagte ich, ›können Sie schweigen?‹

›Wenn es nötig ist, Monsieur.‹

›*Bon*. Dann will ich Ihnen anvertrauen, dass ich Kriminalbeamter bin. Glauben Sie, dass Sie die andere Schachtel noch finden können?‹

›Aber gewiss, Monsieur. Sie liegt im Mülleimer.‹

Er verschwand und kehrte ein paar Minuten später mit der staubbedeckten Schachtel zurück, einem Duplikat derjenigen, die ich in der Hand hielt. Nur war die andere Schachtel blau und der Deckel rosa. Ich bedankte mich bei François, erinnerte ihn noch einmal daran, dass er schweigen müsse, und verließ dann unauffällig das Haus in der Avenue Louise.

Ich suchte den Arzt auf, der zu Déroulard gerufen worden war. Er machte es mir schwer, denn er verschanzte sich hinter einer Mauer gelehrter Phrasen. Ich spürte jedoch, dass er im Hinblick auf diesen Fall nicht ganz so sicher war, wie er es gern gewesen wäre.

›So etwas kommt häufig vor‹, stellte er fest, nachdem es mir gelungen war, ihn ein bisschen hinter seiner Mauer hervorzulocken. ›Ein plötzlicher Wutanfall, eine heftige Gemütsbewegung – nach einem schweren Essen, *c'est entendu* –, der Zorn treibt das Blut in den Kopf und schon ist es passiert.‹

›Aber Déroulard hatte sich nicht aufgeregt.‹

›Nein? Ich habe gehört, dass er eine stürmische Auseinandersetzung mit Saint Alard hatte.‹

›Warum sollte er?‹

›*C'est evident.*‹ Der Arzt zuckte mit den Schultern. ›Ist Saint Alard nicht Katholik, einer von der fanatischen Sorte? Ihre Freundschaft zerbrach an diesem Streit zwischen Kirche und Staat. Kein Tag verging ohne Diskussionen. In Saint Alards Augen war Déroulard beinahe so etwas wie der Antichrist.‹

Das kam überraschend und gab mir viel Stoff zum Nachdenken.

›Noch eine Frage, Doktor. Wäre es möglich, eine tödliche Dosis Gift in eine Praline zu praktizieren?‹

›Ich glaube schon‹, antwortete der Arzt bedächtig. ›Reine Blausäure wäre am besten geeignet, wenn sie nicht verdunsten kann. Ein winziges Quantum eines jeden beliebigen Giftes könnte unbemerkt geschluckt werden, aber diese Theorie kommt mir höchst unwahrscheinlich vor. Eine mit Morphium oder Strychnin gefüllte Praline …‹ Er verzog das Gesicht. ›Sie verstehen, Monsieur Poirot, ein Bissen würde genügen. Ein ahnungsloser Mensch würde vorher ja nicht vorsichtig kosten.‹

›Besten Dank, Monsieur.‹

Ich ging. Als Nächstes nahm ich mir die Apotheken vor, besonders die in der näheren Umgebung der Avenue Louise. Es ist eine gute Sache, zur Polizei zu gehören. Ich bekam die Information, die ich brauchte, ganz ohne Schwierigkeiten. Nur eine Apotheke hatte, wie ich erfuhr, eine giftige Substanz in das betreffende Haus geliefert, und zwar Augentropfen aus Atropinsulfat für Madame Déroulard. Atropin ist ein hochwirksames Gift, und im ersten Moment glaubte ich mich am Ziel, aber die Symptome einer Atropinvergiftung sind jenen einer Fleischvergiftung zu ähnlich und ganz anders als die, die ich zu untersuchen hatte. Außerdem bekam Madame Déroulard das Medikament schon seit vielen Jahren, da sie auf beiden Augen grauen Star hatte.

Entmutigt wandte ich mich ab, da rief mich der Apotheker zurück.

›*Un moment*, Monsieur Poirot! Mir fällt eben etwas ein. Das Mädchen, das das Rezept brachte, erwähnte nebenbei, es müsse noch in die englische Apotheke. Versuchen Sie's doch dort einmal.‹

Das tat ich auch. Wieder berief ich mich auf meine Zugehörigkeit zur Kriminalpolizei und bekam die Information, die ich wollte. Einen Tag vor Déroulards Tod war ein Rezept für John Wilson gebracht worden. Nicht dass etwas Besonderes daran gewesen wäre. Es war nur eine Verordnung für kleine Trinitrintabletten. Ich fragte, ob ich ein paar sehen könne. Der Apotheker zeigte sie mir, und mein Herz begann schneller zu schlagen – denn die winzigen Tabletten waren aus Schokolade.

›Ist das ein Gift?‹ fragte ich.

›Nein, Monsieur.‹

›Können Sie mir die Wirkung beschreiben?‹

›Die Tabletten senken den Blutdruck. Man verschreibt sie bei bestimmten Herzfehlern – bei Angina Pectoris, zum Beispiel. Sie senken den arteriellen Bluthochdruck. Bei Arteriosklerose …‹

Ich unterbrach ihn. ›*Ma foi!* Dieses medizinische Kauderwelsch sagt mir gar nichts. Bekommt man ein rotes Gesicht, wenn man das Mittel einnimmt?‹

›Aber gewiss.‹

›Und angenommen, ich nehme zehn – zwanzig von Ihren kleinen Tabletten auf einmal. Was dann?‹

›Ich würde Ihnen nicht raten, es zu versuchen‹, erwiderte er trocken.

›Und trotzdem sagen Sie, es sei kein Gift?‹

›Es gibt viele Stoffe, die man nicht als Gift bezeichnet und die einen Menschen dennoch töten können.‹

Ich verließ die Apotheke in bester Laune. Endlich waren die Dinge in Bewegung gekommen.

Ich wusste jetzt, dass John Wilson ein Mittel gehabt hatte, um den Mord zu begehen, doch wie stand es mit dem Motiv? Er war geschäftlich nach Brüssel gekommen und hatte Déroulard, den er flüchtig kannte, gebeten, ihn bei sich aufzunehmen. Deroulards Tod brachte ihm scheinbar nicht den geringsten Nutzen. Außerdem zog ich in England Erkundigungen ein und erfuhr, dass er seit einigen Jahren an der als Angina Pectoris bekannten, sehr schmerzhaften Herzerkrankung litt. Er war also durchaus berechtigt, diese Tabletten zu besitzen. Trotzdem war ich überzeugt, dass sich jemand für die Pralinenschachteln interessiert und irrtümlich die volle zuerst geöffnet hatte. Dann hatte der Unbekannte die Füllung aus der letzten Praline in der andern Schachtel entfernt und den Schokolademantel mit so vielen kleinen Trinitrintabletten voll gestopft, wie hineinpassten. Es waren große Pralinen. Ich schätzte, dass gut und gern zwanzig bis dreißig Tabletten Platz hatten. Aber wer konnte es getan haben?

Es waren zwei Gäste im Haus gewesen. John Wilson hatte das Mittel, Saint Alard das Motiv. Vergessen Sie nicht, Hastings, er war ein Fanatiker, und die religiösen sind die schlimmsten. Könnte er sich auf irgendeine Weise John Wilsons Trinitrin angeeignet haben?

Mir kam noch eine kleine Idee. Ah, Sie lächeln über meine kleinen Ideen, Hastings. Wieso hatte Wilson kein Trinitrin mehr? Er hatte bestimmt einen ausreichenden Vorrat aus England mitgebracht. Ich suchte noch einmal das Haus in der Avenue Louise auf. Wilson war nicht da, ich sprach mit Felicie, dem Mädchen, das die Zimmer aufräumte. Ich fragte sie ohne Umschweife, ob es zutreffe, dass vor ein paar Tagen von Wilsons Waschtisch ein Fläschchen verschwunden sei. Das Mädchen antwortete sehr lebhaft. Ja, es sei eins verschwunden. Und ihr habe man die Schuld gegeben. Der englische Monsieur habe offenbar geglaubt, sie habe es zerbrochen und wolle es nicht zugeben. Dabei hatte sie es nicht einmal angerührt. Das sei ganz bestimmt Jeanette gewesen, die immer herumschnüffelte, wo sie nichts verloren hatte.

Ich unterbrach die Wortflut und ging. Ich wusste alles, was ich wissen wollte. Jetzt brauchte ich meine Theorie nur noch zu beweisen. Das würde nicht leicht sein. Ich mochte ja überzeugt sein, dass Saint Alard das Fläschchen mit dem Trinitrin von John Wilsons Waschtisch genommen hatte, aber um auch andere zu überzeugen, musste ich Beweise vorlegen. Und ich hatte keine.

Doch das machte nichts. Ich wusste alles, das war das Wichtigste. Erinnern Sie sich an unsere Schwierigkeiten im Fall Styles, Hastings? Auch dieser Fall war für mich sonnenklar, aber ich brauchte lange, bis ich das letzte Glied fand, das meine Beweiskette gegen den Mörder vollständig machte.

Ich bat Mademoiselle Mesnard um eine Unterredung. Sie kam sofort, und ich fragte sie nach Saint Alards Adresse. Virginie sah plötzlich bekümmert aus.

›Wozu brauchen Sie sie, Monsieur?‹

›Ich muss sie haben, Mademoiselle.‹

Sie schien zu zweifeln, war beunruhigt.

›Er kann Ihnen gar nichts sagen. Die Gedanken dieses Mannes sind nicht von dieser Welt. Er merkt kaum, was um ihn herum vorgeht.‹

›Möglich, Mademoiselle. Trotzdem war er ein alter Freund von Déroulard. Es ist durchaus möglich, dass er mir eine Menge erzählen kann – Dinge aus der Vergangenheit, alte Zwistigkeiten, alte Liebesgeschichten.‹

Virginie errötete und biss sich auf die Unterlippe. ›Wie Sie wünschen, aber – aber – ich bin jetzt überzeugt, dass ich mich geirrt habe. Es war sehr freundlich von Ihnen, meiner

Bitte nachzukommen, doch ich war so aufgeregt und mit den Nerven am Ende. Ich sehe jetzt, dass es kein Rätsel gibt, das gelöst werden müsste. Geben Sie auf, ich bitte Sie, Monsieur!‹

Ich sah sie sehr eindringlich an.

›Mademoiselle‹, sagte ich, ›es ist für einen Hund manchmal sehr schwer, eine Spur aufzunehmen, doch hat er sie einmal gefunden, kann nichts auf der Welt ihn davon abbringen. Das heißt, wenn er ein guter Hund ist. Und ich, Mademoiselle, ich, Hercule Poirot, bin ein sehr guter Hund.‹

Wortlos wandte sie sich ab. Ein paar Minuten später brachte sie mir einen Zettel mit der Adresse. Ich verließ das Haus. Draußen wartete François auf mich. Er sah mich besorgt an.

›Gibt es nichts Neues, Monsieur?‹

›Noch nicht, mein Freund.‹

›Der arme Monsieur Déroulard!‹ Er seufzte. ›Ich hatte dieselbe Überzeugung wie er, habe für Priester auch nichts übrig. Das würde ich im Haus natürlich nie sagen. Die Frauen sind alle religiös – was vielleicht gar nicht so schlecht ist. Madame *est très pieuse* und Mademoiselle Virginie ebenfalls.‹

Mademoiselle Virginie? War sie wirklich *tres pieuse*? Wenn ich an das verweinte, leidenschaftliche Gesicht dachte, mit dem sie am ersten Tag zu mir gekommen war, überfielen mich Zweifel.

Sobald ich Saint Alards Adresse hatte, vergeudete ich keine Zeit mehr. Ich reiste in die Ardennen, wo ich mich in der Nähe seines Schlosses ein paar Tage aufhielt, bevor ich mir unter einem Vorwand Zutritt verschaffte. Als Installateur, stellen Sie sich das vor, *mon ami!* Es dauerte nur eine Sekunde, die Gasleitung in seinem Schlafzimmer ein bisschen undicht zu machen. Dann ging ich wieder, angeblich um mein Werkzeug zu holen, kam jedoch zu einer Zeit zurück, in der ich, wie ich wusste, das Feld so ziemlich für mich allein haben würde. Was ich eigentlich suchte, wusste ich selbst kaum. Das Einzige, was mir etwas genützt hätte, würde ich bestimmt nicht finden. Er hätte nie riskiert, das Fläschchen aufzuheben. Als ich über dem Waschtisch ein kleines Schränkchen entdeckte, konnte ich aber trotzdem nicht widerstehen und blickte hinein. Das Schloss ließ sich leicht öffnen, die Tür schwang auf. Im Schränkchen standen lauter alte Flaschen. Meine Hand zitterte, als ich eine nach der andern herausnahm. Plötzlich schrie ich laut auf. Überlegen Sie einmal, mein Freund, wie mir zumute war: Ich hielt ein Fläschchen mit dem Etikett einer englischen Apotheke in der Hand. Auf dem Etikett stand: ›Trinitrin-Tabletten. Eine Tablette nach Bedarf. Für Mr John Wilson.‹

Ich unterdrückte meine Erregung, schloss das Schränkchen, steckte die Flasche in die Tasche und reparierte die undichte Stelle in der Gasleitung. Dann verließ ich das Schloss und fuhr mit dem nächsten Zug nach Hause. Spät nachts traf ich in Brüssel ein. Am nächsten Morgen war ich gerade dabei, den Bericht für den Polizeipräsidenten zu schreiben, als man mir eine Nachricht brachte. Sie stammte von der alten Madame Déroulard und enthielt die Aufforderung, sofort in das Haus in der Avenue Louise zu kommen.

François öffnete mir.

›Die Baronin erwartet Sie.‹

Er führte mich in ihre Räume. Sie saß in einem großen Lehnsessel und machte auf mich einen sehr erregten Eindruck. Mademoiselle Virginie war nicht zu sehen.

›Monsieur Poirot‹, sagte die alte Dame, ›ich habe eben erfahren, dass Sie nicht sind, was Sie vorgeben. Sie sind Polizeibeamter.‹

›Das ist zutreffend, Madame.‹

›Sie sind hergekommen, um die Umstände näher zu untersuchen, unter denen mein Sohn gestorben ist?‹

›Auch das ist zutreffend.‹

›Ich wäre froh, wenn Sie mir sagen würden, welche Fort-schritte Sie gemacht haben.‹

Ich zögerte.

›Zuerst möchte ich wissen, wie Sie das alles erfahren haben, Madame.‹

›Von jemand, der nicht mehr von dieser Welt ist.‹

Bei ihren Worten und dem unheilvollen Tonfall, in dem sie sie gesagt hatte, breitete sich eisige Kälte in mir aus. Ich war nicht im Stande zu antworten.

›Ich bitte Sie daher dringend, mir genau zu berichten, was Sie entdeckt haben‹, fuhr sie fort.

›Meine Untersuchung ist beendet, Madame.‹

›Mein Sohn?‹

›Wurde vorsätzlich getötet.‹

›Sie wissen von wem?‹

›Ja, Madame.‹

›Und wer war es?‹

›Monsieur de Saint Alard.‹

Die alte Dame schüttelte den Kopf.

›Sie irren sich. Monsieur de Saint Alard wäre eines solchen Verbrechens nie fähig.‹

›Ich habe den Beweis …‹

›Noch einmal bitte ich Sie, mir alles zu sagen.‹

Diesmal kam ich ihrem Wunsch nach und schilderte ihr jeden einzelnen Schritt, der mich zur Wahrheit geführt hatte. Sie hörte aufmerksam zu. Schließlich nickte sie.

›Ja, ja, es war alles so, wie Sie sagen, bis auf eins. Es war nicht Monsieur de Saint Alard, der meinen Sohn tötete. Ich war es selbst, seine Mutter.‹

Ich starrte sie an. Sie nickte immer noch langsam vor sich hin.

›Es ist gut, dass ich Sie rufen ließ. Die Güte Gottes muss Virginie bewogen haben, mir vor ihrer Abreise ins Kloster zu beichten, was sie getan hatte. Hören Sie, Monsieur Poirot! Mein Sohn war ein schlechter Mensch. Er verfolgte die Kirche. Er lebte in Todsünde. Er zerrte außer seiner eigenen Seele auch noch andere Seelen in den Schmutz. Aber da war noch etwas Schlimmeres. Als ich eines Morgens aus meinem Zimmer trat, stand meine Schwiegertochter auf der obersten Treppenstufe. Sie las einen Brief. Mein Sohn schlich sich hinter sie. Ein rascher Stoß, sie stürzte und schlug mit dem Kopf auf den marmornen Stufen auf. Als man sie aufhob, war sie tot. Mein Sohn war ein Mörder, und nur ich, seine Mutter, wusste es.‹

Sie schloss einen Herzschlag lang die Augen. ›Sie können sich meinen Kummer und meine Verzweiflung nicht vorstellen, Monsieur. Was sollte ich tun? Ihn bei der Polizei denunzieren? Ich brachte es nicht fertig. Es war meine Pflicht, aber mein Fleisch war schwach. Mein Augenlicht wurde seit einiger Zeit immer schwächer, man würde sagen, ich hätte mich geirrt. Ich schwieg. Doch mein Gewissen ließ mir keine Ruhe. Indem ich schwieg, wurde auch ich zur Mörderin. Mein Sohn erbte das Geld seiner Frau. Es ging ihm gut, er hatte Erfolg. Und jetzt sollte er einen Ministerposten bekommen. Dann hätte er die Kirche zweifellos noch heftiger verfolgt. Und dann Virginie… Dieses arme Kind, schön, von Natur aus liebevoll und fromm, war von ihm fasziniert. Er hatte eine merkwürdige, eine schreckliche Macht über Frauen. Ich sah es kommen und war hilflos, konnte es nicht verhindern. Er hatte nicht die Absicht, sie zu heiraten. Und eines Tages war es so weit – sie war bereit, ihm alles zu geben.

Da sah ich meinen Weg klar vor mir. Er war mein Sohn. Ich hatte ihm das Leben geschenkt. Ich war für ihn verantwortlich. Er hatte den Körper einer Frau getötet, jetzt wollte er die *Seele* einer anderen morden. Ich ging in Wilsons Zimmer und holte das Fläschchen mit den Tabletten. Er hatte einmal lachend gesagt, es seien genug darin, um jemand umzubringen. Im Arbeitszimmer öffnete ich die große Pralinenschachtel, die immer auf dem Tisch lag. Irrtümlich öffnete ich zuerst eine neue Packung. Die andere war auch auf dem Tisch. Sie enthielt nur noch eine einzige Praline. Das vereinfachte die Dinge. Außer meinem Sohn und Virginie aß niemand Schokolade. Und Virginie wollte ich an diesem Abend bei mir behalten. Alles spielte sich so ab, wie ich es geplant hatte …‹

Sie unterbrach sich, schloss wie schon einmal kurz die Augen und öffnete sie dann wieder.

›Monsieur Poirot, Sie haben mich in der Hand. Man sagt mir, ich hätte nicht mehr lange zu leben. Ich bin bereit, mich vor Gott für meine Tat zu verantworten. Muss ich es auf Erden auch tun?‹

Ich zögerte. ›Aber die leere Flasche, Madame‹, sagte ich, um Zeit zu gewinnen. ›Wie ist sie in Monsieur de Saint Alards Besitz gelangt?‹

›Als er sich von mir verabschiedete, habe ich sie ihm in die Tasche gesteckt. Ich wusste nicht, wie ich sie loswerden sollte. Ich bin so schwach, dass ich ohne Hilfe nicht viel umhergehen kann. Und wenn man die leere Flasche in meinen Räumen gefunden hätte, wäre das vielleicht verdächtig gewesen. Monsieur‹, sie richtete sich auf, ›ich wollte keinesfalls den Verdacht auf Saint Alard lenken. Das wäre mir nicht einmal im Traum eingefallen. Ich dachte, sein Diener würde die leere Flasche finden und wegwerfen, ohne zu fragen.‹

Ich neigte den Kopf. ›Ich verstehe, Madame.‹

›Und Ihre Entscheidung, Monsieur Poirot?‹

Ihre Stimme klang fest, verriet nicht die geringste Unsicherheit. Sie hielt den Kopf so hoch wie immer.

Ich stand auf.

›Madame‹, sagte ich, ›ich habe die Ehre, Ihnen einen guten Tag zu wünschen. Ich habe Ermittlungen angestellt – leider ohne Erfolg. Der Fall ist abgeschlossen.‹«

Poirot schwieg einen Augenblick und fügte dann ruhig hinzu: »Sie starb eine Woche später. Mademoiselle Mesnard brachte ihre Novizenzeit hinter sich und nahm den Schleier. Das, mein Freund, ist die Geschichte. Ich muss zugeben, dass ich darin keine sehr gute Figur mache.«

»Aber das kann man wohl kaum einen Misserfolg nennen«, warf ich ein. »Was hätten Sie unter den gegebenen Umständen tun sollen?«

»Ah, sacré, mon ami!«, rief Poirot plötzlich lebhaft. »Ist es denn möglich, dass Sie es nicht begreifen? Ich war ein sechsunddreißigfacher Idiot! Meine grauen Zellen funktionierten überhaupt nicht. Dabei hatte ich die ganze Zeit den entscheidenden Hinweis vor Augen.«

»Welchen Hinweis?«

»Die Pralinenschachtel! Verstehen Sie denn nicht? Würde jemand, der gut sieht, einen solchen Fehler machen? Ich wusste, dass Madame Déroulard am grauen Star litt, das hatten mir die Atropintropfen verraten. Es gab im ganzen Haus nur einen Menschen, der nicht sehen konnte, welcher Deckel auf welche Schachtel gehörte! Es war die Pralinenschachtel, die mich auf die richtige Spur brachte, aber am Ende übersah ich ihre wirkliche Bedeutung.

Auch meine Psychologie ließ mich im Stich. Wäre Saint Alard der Täter gewesen, hätte er das belastende Fläschchen nie behalten. Dass ich es bei ihm fand, war ein Beweis für seine Schuldlosigkeit. Ich hatte schon von Mademoiselle Mesnard erfahren, wie zerstreut er war. Im Großen und Ganzen war es eine unglückselige Geschichte, die ich Ihnen da erzählt habe. Und ich habe sie nur *Ihnen* erzählt. Sie verstehen, ich spiele eine eher klägliche Rolle darin. Eine alte Dame begeht ein Verbrechen, und das auf eine so einfache und raffinierte Weise, dass ich, Hercule Poirot, mich täuschen lasse. *Sapristi!* Nicht einmal daran denken mag ich! Vergessen Sie sie. Oder nein – behalten Sie sie im Gedächtnis, und wenn Sie je der Meinung sein sollten, ich würde eitel – was zwar nicht wahrscheinlich ist, aber immerhin sein könnte, dann …«

Ich unterdrückte ein Lächeln.

»*Eh bien,* mein Freund, dann sagen Sie einfach ›Pralinenschachtel‹. Abgemacht?«

»Abgemacht.«

»Trotzdem«, sagte Poirot nachdenklich, »es war eine Erfahrung. Ich, der ich im Augenblick zweifellos das klügste Gehirn von ganz Europa habe, kann es mir leisten, großmütig zu sein.«

»Pralinenschachtel«, sagte ich leise.

»*Pardon, mon ami?*«

Ich sah Poirot an, der sich mit unschuldigem Gesicht fragend vorbeugte, und mein Herz schmolz. Ich hatte wegen ihm schon viel gelitten, aber auch ich konnte, obwohl ich nicht das klügste Gehirn von ganz Europa besaß, großmütig sein.

»Nichts«, log ich und zündete mir, in mich hineinlächelnd, noch eine Pfeife an. »Es ist nichts.«

Agatha Christie

Der Traum vom Glück

Aus dem Englischen von
Hella von Brackel und Günter Eichel

Der Traum vom Glück

»Bill umschlang sie mit seinen muskulösen Armen und presste sie an seine Brust. Mit einem tiefen Seufzer bot sie ihm die Lippen zu einem leidenschaftlichen Kuss …«

Seufzend ließ Edward Robinson den Roman *Sieg der Liebe* sinken und starrte durch die Fensterscheibe der Untergrundbahn. Sie fuhren gerade durch Stamford Brook. Edward Robinson dachte an Bill. Das war der hundertprozentig virile Mann, wie ihn Romanschriftstellerinnen sehen. Edward beneidete ihn um seine Muskeln, sein männliches Äußeres und seine phantastische Leidenschaftlichkeit. Er nahm das Buch wieder auf und las noch einmal die Beschreibung der stolzen Marchesa Bianca (derjenigen, die ihre Lippen dargeboten hatte). Ihre Schönheit war so hinreißend, ihr Zauber so berauschend, dass starke Männer von Liebe übermannt vor ihr hinsanken wie Kegel auf einer Kegelbahn.

Natürlich, dachte Edward, ist das alles dummes Zeug. Alles dummes Zeug. Und trotzdem möchte ich mal wissen …

Seine Augen bekamen einen träumerischen Glanz. Gab es vielleicht doch irgendwo eine Welt voll Romantik und Abenteuer? Gab es Frauen, deren Schönheit einem berauschend zu Kopf stieg? Gab es Liebe, die einen verzehrte wie eine Flamme?

Das hier ist das wirkliche Leben, dachte Edward resigniert. So ist es nun einmal. Man muss sich einfach darein schicken, wie alle anderen Menschen auch.

Im Großen und Ganzen musste er sich wohl als einen vom Schicksal begünstigten jungen Mann betrachten. Er hatte einen ausgezeichneten Posten als kaufmännischer Angestellter in einem florierenden Unternehmen. Er war gesund, er brauchte für niemanden zu sorgen, und er war mit Maude verlobt.

Bei dem bloßen Gedanken an Maude jedoch flog ein Schatten über sein Gesicht. Zwar hätte er es nie zugegeben, aber er fürchtete sich etwas vor ihr. Er liebte sie, das schon – noch immer erinnerte er sich, mit welchem Schauder des Entzückens er bei ihrer ersten Begegnung auf Maudes Nacken geblickt hatte, der schlank und weiß aus dem Kragen der billigen Bluse emporragte. Er hatte im Kino hinter ihr gesessen, und der Freund, mit dem er dort war, hatte sie gekannt und sie beide einander vorgestellt. Ganz ohne Zweifel, Maude war eine fabelhafte Person. Sie sah gut aus, war intelligent und sehr damenhaft, und sie hatte immer recht, in allen Dingen. Genau der Typ von Mädchen, wie alle Welt ihm versicherte, der eine ausgezeichnete Ehefrau abgeben würde.

Edward überlegte, ob wohl die Marchesa Bianca eine ausgezeichnete Ehefrau abgegeben hätte. Irgendwie bezweifelte er das. Er konnte sich die sinnliche Bianca mit ihren roten Lippen und ihren schwellenden Rundungen nicht vorstellen, wie sie beispielsweise für den maskulinen Bill die Hemdenknöpfe annähte. Nein, Bianca war eine romantische Phantasiegestalt, dieses hier war das wirkliche Leben. Er und Maude würden bestimmt sehr glücklich miteinander werden. Sie war so praktisch und vernünftig ...

Aber trotzdem wünschte er manchmal, sie wäre nicht so – nun, so kategorisch in ihrer Art. So schnell bereit, ihm »über den Schnabel zu fahren«.

Das lag natürlich an ihrem vorausschauenden, praktischen Wesen. Maude war sehr vernünftig. Und Edward war für gewöhnlich ebenfalls sehr vernünftig, aber manchmal ... Er hatte zum Beispiel schon dieses Jahr zu Weihnachten heiraten wollen. Maude dagegen hatte ihm erklärt, wie viel vernünftiger es doch sei, noch ein Weilchen zu warten – ein Jahr oder auch zwei vielleicht. Sein Gehalt war nicht sehr hoch. Er hatte ihr einen teuren Ring schenken wollen – sie war entsetzt gewesen und hatte ihn gezwungen, den Ring zurückzubringen und gegen einen billigeren einzutauschen. Sie besaß nur Qualitäten, aber Edward wünschte manchmal, sie hätte mehr Fehler und weniger Tugenden. Es war ihre Vortrefflichkeit, die ihn manchmal zu verzweifelten Entschlüssen trieb.

Zum Beispiel ...

Schuldbewusste Röte überzog sein Gesicht. Er musste es ihr sagen – und zwar bald. Sein schlechtes Gewissen bewirkte bereits, dass er sich seltsam benahm. Morgen war Heiligabend, der erste von drei Feiertagen. Maude hatte ihm vorgeschlagen, den Tag mit ihr und ihrer Familie zu verbringen, und auf eine plumpe, dumme Art, eine Art, die fast zwangsläufig ihr Misstrauen erregen musste, hatte er sich herausgeredet – hatte ihr eine langatmige Geschichte von einem Freund aufgetischt, der auf dem Land lebe und den zu besuchen er fest versprochen habe.

Es gab gar keinen Freund auf dem Land. Es gab nur sein schlechtes Gewissen.

Vor drei Monaten hatte Edward Robinson sich zusammen mit ein paar Hunderttausend anderen jungen Männern an einem Zeitungspreisausschreiben beteiligt. Zwölf Mädchennamen sollten in der Reihenfolge ihrer Beliebtheit angeordnet werden. Und da hatte Edward einen glänzenden Einfall gehabt. Sein eigenes Urteil war mit Sicherheit falsch – diese Erfahrung hatte er bei ähnlichen Wettbewerben schon oft gemacht. Er hatte also die Namen zuerst in der Reihenfolge aufgeschrieben, die seinem eigenen Geschmack entsprach, und sie sodann ein zweites Mal notiert, wobei er jeweils zwischen den ersten und den letztplazierten Namen seiner ursprünglichen Liste abwechselte. Als das Ergebnis verkündet wurde, hatte Edward von den zwölf Namen acht richtig getroffen und erhielt den ersten Preis von fünfhundert Pfund. Er ließ es sich nicht nehmen, dieses Resultat, das man ohne weiteres einem glücklichen Zufall hätte zuschreiben können, als direktes Ergebnis seines »Systems« zu betrachten, und war außerordentlich stolz auf sich.

Das nächste Problem war: Was sollte er mit den fünfhundert Pfund anfangen? Er wusste sehr gut, was Maude sagen würde. Lege es an – als Startkapital für unsere Zukunft. Und Maude hätte natürlich ganz Recht, das war ihm klar. Doch Geld, das man in einem Preisausschreiben gewonnen hatte, das war seinem Gefühl nach etwas Besonderes.

Hätte er das Geld durch eine Erbschaft erhalten, so würde er es selbstverständlich bis auf den letzten Penny in Staatsanleihen oder Sparbriefen angelegt haben. Aber ein Glückstreffer, den man durch ein paar Federstriche erzielt hatte, gehörte für Edward ungefähr in die gleiche Kategorie wie der Sixpence, den man einem Kind zusteckte, damit es sich »etwas Schönes« dafür kaufe.

Und in einem bestimmten Schaufenster, an dem er tagtäglich auf dem Weg ins Büro vorbeiging, befand sich »etwas Schönes«, der Traum aller Träume, ein kleiner Zweisitzer mit langer, spiegelblanker Kühlerhaube und darauf in dicken Ziffern der Preis: 465 Pfund.

»Wenn ich reich wäre«, hatte Edward Tag für Tag zu dem Auto gesagt, »wenn ich reich wäre, dann gehörtest du mir.«

Und nun war er – wenn schon nicht reich, so doch im Besitz einer Summe, die es ihm erlaubte, seinen Traum zu verwirklichen. Der Wagen, dieses wunderschöne, chromglänzende Prachtstück, war sein, er brauchte ihn nur zu bezahlen.

Er hatte vorgehabt, Maude von dem Geld zu erzählen. Damit wäre er vor jeder Versuchung gefeit gewesen. Angesichts ihrer Missbilligung, ja, ihres Entsetzens, hätte er niemals den Mut aufgebracht, seine verrückte Idee in die Tat umzusetzen. Aber zufällig war es dann Maude selber, die die Entscheidung herbeiführte. Er hatte sie ins Kino eingeladen – auf die besten Plätze. Darauf hatte sie ihm freundlich, aber bestimmt die verwerfliche Torheit seines Benehmens vor Augen geführt – drei Shilling und sechs Pence gegenüber zwei Shilling und vier Pence, wo man von den hinteren Plätzen doch genauso gut sehen konnte!

Edward nahm die Vorwürfe mit verbissenem Schweigen entgegen. Maude hatte das befriedigende Gefühl, dass ihre Worte Eindruck auf ihn machten. Man durfte nicht zulassen, dass Edward seinen extravaganten Lebensstil beibehielt. Maude liebte Edward, aber sie wusste, er war schwach, und so oblag es ihr, ihm stets zur Seite zu stehen und ihn auf den rechten Weg zu geleiten. Sie beobachtete sein demütiges Verhalten mit innerer Genugtuung.

Edward benahm sich in der Tat wie ein getretener Wurm. Er krümmte sich. Zwar hatten ihn ihre Vorwürfe tief getroffen, doch genau in diesem Augenblick fasste er den Entschluss, den Wagen zu kaufen.

»Verdammt!« sagte er zu sich selbst. »Einmal in meinem Leben werde ich tun, was mir passt. Da kann sich Maude auf den Kopf stellen!«

Und so geschah es, dass er am folgenden Morgen jenen gläsernen Palast mit seinen chromblitzenden, lackglänzenden Herrlichkeiten betrat und mit einer Nonchalance, die ihn selbst erstaunte, sein Traumauto kaufte. Es war wirklich das Einfachste auf der Welt, sich ein Auto zu kaufen!

Das war vor vier Tagen gewesen. Seither ging er, obzwar er sich nach außen hin nichts anmerken ließ, innerlich wie auf Wolken. Und Maude hatte er noch keine Silbe davon gesagt. Täglich benutzte er seine Mittagspause, um Unterricht im

Gebrauch des Prachtvehikels zu nehmen, und er erwies sich dabei als überaus gelehriger Schüler.

Morgen, an Heiligabend, würde er seine erste Ausfahrt aufs Land machen. Er hatte Maude belogen, und er würde sie, wenn es sein musste, wieder belügen. Er stand mit Leib und Seele im Bann seines neuen Besitztums. Es verkörperte für ihn Romantik und Abenteuer, all die Dinge, nach denen er sich immer vergeblich gesehnt hatte. Morgen würden sich er und seine neue Geliebte zusammen auf den Weg machen. Sie würden durch die kalte Winterluft brausen und, das nervenaufreibende Getümmel von London weit hinter sich lassend, in die menschenleere Welt entschwinden…

In diesem Augenblick war Edward, ohne es selbst zu wissen, fast ein Poet.

Morgen…

Er blickte auf das Buch in seiner Hand – *Sieg der Liebe*. Lachend steckte er es in die Tasche. Der Wagen, die roten Lippen der Marchesa Bianca und die erstaunlichen Heldentaten von Bill, all dies schien irgendwie miteinander verwoben. Morgen…

Das Wetter, das für gewöhnlich optimistische Erwartungen zu enttäuschen pflegte, war Edward wohlgesinnt. Es lieferte ihm einen Tag, wie er ihn sich erträumt hatte, einen Tag mit glitzerndem Raureif, blaßblauem Himmel und einer primelgelben Sonne.

So fuhr Edward denn, die Brust von Abenteuerlust und Wagemut geschwellt, zur Stadt hinaus. Es gab kleinere Schwierigkeiten am Hyde Park Corner und eine betrübliche Panne bei Putney Bridge, es krachte öfters mal im Getriebe, die Bremsen quietschten häufig, und zahlreiche andere Autofahrer überschütteten Edward mit Verwünschungen, doch für einen Anfänger machte er seine Sache nicht schlecht. Schließlich erreichte er eine jener geraden, breiten Straßen, die das

Herz jedes Autofahrers höher schlagen lassen. An diesem Tag herrschte wenig Verkehr. Edward fuhr dahin, immer weiter und weiter; trunken von seiner Herrschaft über dieses Gefährt mit den schimmernden Flanken raste er durch die kalte, weiße Welt wie in einem göttlichen Rausch.

Es war ein phantastischer Tag. Er machte einmal Rast, um in einem altmodischen Gasthof zu Mittag zu essen, und legte danach nur noch einmal eine kurze Teepause ein. Endlich trat er widerwillig die Heimfahrt an – zurück nach London, zurück zu Maude, zu den unvermeidlichen Erklärungen, den Vorwürfen…

Er schob den Gedanken seufzend von sich. Das hatte Zeit bis morgen. Heute war heute. Und was konnte faszinierender sein als diese schnelle Fahrt durch die Nacht, während die Scheinwerfer sich voraus ins Dunkle bohrten. Das war überhaupt das Beste von allem!

Nach seiner Rechnung blieb ihm keine Zeit mehr, um irgendwo zum Abendessen einzukehren. Dieses Fahren bei Dunkelheit war eine knifflige Sache. Er würde länger zurück nach London brauchen, als er gedacht hatte. Es war gerade acht Uhr, als er durch Hindhead kam und zum Rand der Devil's Punch Bowl gelangte. Der Mond schien, und der Schnee von vorgestern war noch nicht geschmolzen.

Er hielt an und blickte sich staunend um. Was machte es, wenn er nicht vor Mitternacht nach London zurückkam? Was machte es, wenn er überhaupt nicht zurückkam? Von dem hier würde er sich nicht so schnell losreißen.

Er stieg aus dem Wagen und trat an den Rand des Abhangs. In verführerischer Nähe sah er einen gewundenen Pfad, der ins Tal führte. Edward gab der Versuchung nach und wanderte die nächste halbe Stunde wie berauscht durch eine verschneite Wunderwelt. Niemals hatte er sich vorgestellt, dass es dergleichen geben könnte. Und all dieses gehörte ihm, ihm allein,

ein Geschenk seiner strahlenden Geliebten, die oben auf der Straße getreulich seiner harrte.

Endlich kletterte er wieder bergauf, stieg in sein Auto und fuhr weiter, noch immer ein wenig benommen von der Entdeckung einer Schönheit, die er eben erlebt hatte und die selbst dem prosaischsten Menschen zuweilen widerfährt.

Mit einem Seufzer kam er dann wieder zu sich und streckte die Hand in das Seitenfach des Wagens, in das er irgendwann im Lauf des Tages einen Wollschal gestopft hatte.

Aber der Schal war nicht mehr da. Das Fach war leer. Nein, doch nicht – es steckte etwas Kratziges, Hartes darin, wie ein Haufen Kieselsteine.

Edward griff mit der Hand tiefer hinein. Einen Augenblick später starrte er entgeistert auf das Ding, das zwischen seinen Fingern baumelte und im Mondlicht in hundert Feuern funkelte. Es war ein Brillanthalsband.

Edward starrte es minutenlang an, aber es war kein Zweifel möglich. Ein Brillanthalsband im Wert von wahrscheinlich Tausenden von Pfund hatte da einfach so im Seitenfach seines Autos gelegen!

Aber wer hatte es dort hineingetan? Als er aus der Stadt wegfuhr, war es mit Sicherheit noch nicht dagewesen. Während er im Schnee spazierenging, musste jemand vorbeigekommen sein und das Ding absichtlich ins Auto gelegt haben. Aber warum? Hatte der Besitzer des Halsbands sich geirrt? Oder – war es möglicherweise gestohlen?

Noch während ihm alle diese Gedanken durch den Kopf schossen, zuckte Edward plötzlich zusammen, und es überlief ihn eiskalt. *Dies war gar nicht sein Wagen.*

Er war sehr ähnlich, gewiss. Er war vom gleichen leuchtenden Rot – rot wie die Lippen der Marchesa Bianca –, er besaß die gleiche lange, glänzende Kühlerhaube, aber an tausend Kleinigkeiten erkannte Edward, dass es sich nicht um sein eigenes Auto handelte. Die glänzende Lackierung wies hier und dort kleine Kratzer auf, der ganze Wagen zeigte unverkennbar Spuren eines längeren Gebrauchs. In dem Fall...

Ohne länger zu zögern, setzte Edward zum Wenden an. Dieses war jedoch nicht seine starke Seite. Sobald er den Rückwärtsgang einlegte, verlor er unweigerlich den Kopf und drehte das Lenkrad in die falsche Richtung. Außerdem verirrte sich sein Fuß häufig zwischen Gaspedal und Bremse, was fatale Folgen zeitigte. Schließlich jedoch gelang ihm das Manöver, und der Wagen brummte gehorsam wieder den Berg hinauf.

Edward entsann sich, vorhin in einiger Entfernung einen anderen Wagen bemerkt zu haben, dem er zu der Zeit jedoch keine sonderliche Beachtung geschenkt hatte. Auf dem Rückweg von seinem Spaziergang war er aus dem Tal über einen anderen Pfad heraufgeklettert und oben, wie er gemeint hatte, direkt hinter seinem Auto angekommen. Tatsächlich musste es aber das fremde Auto gewesen sein.

Etwa zehn Minuten später befand er sich wieder an der Stelle, wo er vorhin geparkt hatte. Aber jetzt stand überhaupt kein Auto mehr am Straßenrand. Der Eigentümer dieses Wagens musste in dem von Edward davongefahren sein – vielleicht auch er irregeführt durch die Ähnlichkeit. Edward holte das Brillanthalsband aus der Tasche und ließ es ratlos durch die Finger gleiten.

Was sollte er jetzt tun? Zum nächsten Polizeirevier laufen? Die Begleitumstände erklären, das Halsband abliefern und die Nummer seines eigenen Wagens angeben.

Übrigens, wie lautete eigentlich seine Wagennummer? Edward zerbrach sich den Kopf, doch sie wollte ihm auf den Tod nicht einfallen. Ihm wurde unbehaglich zumute. Er würde sich bei der Polizei reichlich lächerlich machen. Es war eine Acht in der Nummer, das war alles, woran er sich erinnern konnte. Natürlich kam es im Grunde nicht darauf an – zumindest… Er warf einen beklommenen Blick auf die Brillanten. Womöglich würden die glauben – ach nein, das war ja ausgeschlossen… oder etwa doch nicht… dass er den Wagen und die Brillanten gestohlen hatte. Denn schließlich, wenn man sich's genau überlegte, würde wohl irgendein Mensch bei rechtem Verstand ein wertvolles Brillanthalsband nachlässig in das offene Seitenfach eines Autos stopfen?

Edward stieg aus und ging um den Wagen herum. Die Nummer war XRJ 0061. Abgesehen von der Tatsache, dass es sich dabei mit Sicherheit nicht um seine eigene Autonummer handelte, sagte ihm das gar nichts. Er ging nun daran, systematisch sämtliche Ablagefächer des Wagens zu untersuchen. Dort, wo er die Brillanten gefunden hatte, machte er eine weitere Entdeckung – einen kleinen Papierzettel, auf den in Bleistift ein paar Worte gekritzelt waren. Im Licht der Scheinwerfer konnte Edward sie leicht entziffern.

»Treffpunkt: Graene, Ecke Salter's Lane, zehn Uhr.«

Der Name Graene kam ihm bekannt vor. Er hatte ihn unterwegs auf einem Ortsschild gelesen. Eine Minute später stand sein Entschluss fest. Er würde zu dieser Ortschaft Graene fahren, die Salter's Lane suchen, dort auf die Person, die den Zettel geschrieben hatte, warten und die Situation erklären. Das wäre weitaus besser, als sich auf dem nächsten Polizeirevier unsterblich zu blamieren.

Fast vergnügt fuhr er los. Schließlich war dies ein Abenteuer, etwas, das nicht alle Tage passierte. Das Brillanthalsband machte das Ganze spannend und geheimnisvoll.

Er hatte einige Schwierigkeiten, bis er Graene und dort die Salter's Lane fand, aber nachdem er in zwei Häusern nach dem Weg gefragt hatte, gelang es ihm schließlich.

Dennoch war es ein paar Minuten nach der angegebenen Zeit, als er vorsichtig eine enge Straße entlangfuhr und scharf nach links Ausschau hielt, wo, wie man ihm beschrieben hatte, die Salter's Lane abzweigen sollte.

Nach einer Straßenbiegung stieß er tatsächlich auf die Abzweigung, und schon als er stoppte, eilte eine Gestalt aus der Dunkelheit auf ihn zu.

»Endlich!« rief eine Frauenstimme. »Das hat ja eine Ewigkeit gedauert, Gerald!«

Während die Frau sprach, trat sie mitten in das grelle Scheinwerferlicht, und Edward stockte der Atem. Sie war das schönste Geschöpf, das er je gesehen hatte.

Sie war noch ganz jung, mit nachtschwarzem Haar und wundervollen roten Lippen. Der schwere Pelzmantel, der sie umhüllte, klaffte vorne auseinander, und Edward sah, dass sie in großer Abendtoilette war – das enganliegende, feuerrote Kleid betonte ihre makellose Figur. Um ihren Hals schloss sich eine Kette ausgesucht schöner Perlen.

Plötzlich fuhr die junge Frau erschrocken zusammen.

»Oh!« rief sie aus. »Sie sind ja gar nicht Gerald.«

»Nein«, sagte Edward hastig. »Ich möchte die Sache erklären.« Er zog das Brillanthalsband aus der Tasche und hielt es ihr entgegen. »Mein Name ist Edward …«

Weiter kam er nicht, denn das Mädchen klatschte in die Hände und fiel ihm ins Wort.

»Edward, ach, natürlich! Ich freue mich ja so. Aber Jimmy, dieser Idiot, hat mir am Telefon gesagt, er würde Gerald mit dem Wagen herüberschicken. Ich finde es wirklich fabelhaft anständig von dir, dass du gekommen bist. Vergiss nicht, ich habe dich zum letzten Mal gesehen, als ich sechs Jahre alt war. Aha, da hast du ja das Halsband. Steck's wieder ein. Der Dorfpolizist könnte vorbeikommen und es sehen. Brr, es ist eiskalt hier draußen! Lass mich rein.«

Wie im Traum öffnete Edward die Tür, und sie kletterte leichtfüßig zu ihm in den Wagen. Ihr Pelz streifte seine Wange, und ein flüchtiger Duft wie von regenfeuchten Veilchen stieg ihm in die Nase.

Er hatte keinen Plan, nicht einmal einen festen Gedanken. Ohne eine bewusste Entscheidung hatte er sich von der ersten Minute an mit Leib und Seele dem Abenteuer verschrieben. Die junge Frau hatte ihn Edward genannt – was tat es, dass er der falsche Edward war? Sie würde es schnell genug herausfinden. Er nahm den Fuß von der Kupplung, und sie fuhren los.

Nach kurzer Zeit fing die junge Frau an zu lachen. Ihr Lachen war genauso wunderbar wie alles übrige an ihr.

»Man merkt, dass du nicht viel von Autos verstehst. Es gibt wohl keine da draußen?«

Was mochte mit »da draußen« gemeint sein, fragte sich Edward. Laut sagte er: »Nicht viele.«

»Lass lieber mich fahren«, schlug sie vor. »Es ist ziemlich kompliziert, sich in diesen engen Gassen zurechtzufinden, bis man wieder auf die Hauptstraße kommt.«

Er überließ ihr nur allzu gerne seinen Platz. Bald brausten sie mit einer halsbrecherischen Geschwindigkeit, die Edward insgeheim schaudern machte, durch die Nacht. Sie sah ihn von der Seite an.

»Ich fahre gern schnell. Du auch? Weiß du, du siehst Gerald kein bisschen ähnlich. Kein Mensch würde euch für Brüder halten. Du bist überhaupt ganz anders, als ich dich mir vorgestellt habe.«

»Zu gewöhnlich wohl, stimmt's?«

»Nicht gewöhnlich – anders. Ich werde nicht recht klug aus dir. Was macht unser armer Jimmy? Hat das Ganze wahrscheinlich tüchtig satt, wie?«

»Ach, Jimmy geht's ganz gut«, entgegnete Edward aufs Geratewohl.

»Das sagt sich so leicht – dabei ist so ein verstauchter Knöchel schon ein gemeines Pech. Hat er dir die ganze Geschichte erzählt?«

»Kein Wort. Ich tappe völlig im Dunkeln. Wie ist es denn passiert?«

»Oh, das Ganze hat fabelhaft geklappt. Jimmy, schön herausstaffiert in seinen Frauenklamotten, ging zur Haustür hinein, und zwei Minuten später kletterte ich dann die Wand hinauf zum Fenster. Drinnen war die Zofe von Agnes Larella gerade dabei, ihr Kleid und ihren Schmuck herauszulegen. Dann gab's unten plötzlich großes Geschrei, der Knallfrosch ging los, und alle schrien Feuer. Das Mädchen raste hinaus, ich sprang hinein, packte das Halsband und war im Nu wieder unten. Dann rannte ich durch die Gartenpforte auf der Rückseite, nahm die Abkürzung durch die *Punch Bowl* und stopfte im Vorbeilaufen schnell das Halsband und die Nachricht mit unserem Teffpunkt ins Autofach. Und dann ging ich wieder ins Hotel zu Louise – nachdem ich erst die Pelzstiefel ausgezogen hatte, natürlich. Sie hatte überhaupt nicht gemerkt, dass ich fort gewesen war. Ein perfektes Alibi.«

»Und was passierte mit Jimmy?«

»Na, davon weißt du bestimmt mehr als ich.«

»Er hat mir kein Wort gesagt«, erklärte Edward leichthin.

»Ach, in dem ganzen Durcheinander hat er sich doch tatsächlich mit dem Fuß in seinem Rock verheddert und sich den Knöchel verstaucht. Man hat ihn zu seinem Wagen tragen müssen, und der Chauffeur von den Larellas fuhr ihn heim. Stell dir bloß vor, der Chauffeur hätte zufällig mit der Hand in das Seitenfach gefasst!«

Edward stimmte in ihr Gelächter ein, doch seine Gedanken arbeiteten emsig. Er verstand die Geschichte jetzt so ungefähr. Den Namen Larella hatte er schon gehört – es war ein Name, der gleichbedeutend mit Reichtum war. Das Mädchen hier und ein unbekannter Mann namens Jimmy hatten gemeinsam einen Plan ausgeheckt, um das Halsband zu stehlen, und es war ihnen geglückt. Wegen seines verstauchten Knöchels und der Anwesenheit des Chauffeurs der Larellas war Jimmy nicht in der Lage gewesen, in das Seitenfach des Wagens zu schauen, ehe er das Mädchen anrief – wahrscheinlich hatte er auch gar nicht die Absicht gehabt, es zu tun. Aber es war nahezu sicher, dass der andere Unbekannte namens Gerald dies bei nächster Gelegenheit nachholen würde. Und er würde darin Edwards Schal finden!

»Schnell gegangen«, bemerkte das Mädchen.

Eine hellerleuchtete Trambahn ratterte vorbei – sie befanden sich bereits in den Außenbezirken von London. Der Wagen schlängelte sich durch den Verkehr, dass Edward das Herz bis in den Hals hinauf schlug. Sie fuhr ausgezeichnet, diese junge Frau, aber wie riskant!

Eine Viertelstunde später hielten sie vor einem imposanten Haus an einem vornehmen kleinen Platz an.

»Wir können ein paar von unseren Klamotten hierlassen«, sagte das Mädchen, »ehe wir weiterfahren zu ›Ritson's‹.«

»›Ritson's‹?« Edward wiederholte fast ehrfürchtig den Namen des berühmten Nachtclubs.

»Ja, hat Gerald dir das nicht gesagt?«

»Das hat er nicht«, erwiderte Edward streng. »Was soll ich anziehen?«

Sie runzelte die Stirn. »Hat man dir denn gar nichts gesagt? Wir werden dich irgendwie ausstaffieren. Wir müssen die Sache durchziehen.«

Ein würdevoller Butler öffnete ihnen die Tür und trat beiseite, um sie hereinzulassen.

»Mr Gerald Champneys hat angerufen, Mylady. Er wollte Sie dringend sprechen, hat aber keine Nachricht hinterlassen wollen.«

Kein Wunder, dass er sie dringend sprechen wollte, dachte

Edward. Auf jeden Fall kenne ich jetzt meinen vollen Namen. Edward Champneys. Aber wer ist sie? Der Butler hat sie mit Mylady angeredet. Wozu braucht sie dann ein Halsband zu klauen? Bridgeschulden?

In den Romanheften, die er gelegentlich las, wurde die schöne, adelige Heldin stets von Bridgeschulden zur Verzweiflung getrieben.

Edward wurde von dem würdigen Butler fortgeführt und einem geschniegelten Kammerdiener übergeben. Eine Viertelstunde später gesellte er sich wieder zu seiner Gastgeberin, angetan mit einem wundervoll sitzenden Abendanzug, der einem bekannten Schneideratelier in der Savile Row entstammte.

Herrgott, was für eine Nacht!

Sie fuhren mit dem Auto zum berühmten »Ritson's«. Wie alle, hatte auch Edward schon unzählige skandalträchtige Zeitungsgeschichten über das »Ritson's« gelesen. Jeder, der einen Namen hatte, kreuzte früher oder später im »Ritson's« auf. Edwards einzige Sorge war, dass jemand, der den echten Edward Champneys kannte, auftauchen würde. Er tröstete sich mit der Überlegung, dass der echte Edward offensichtlich seit einigen Jahren außerhalb von England gelebt hatte.

Sie saßen an einem kleinen Tisch an der Wand und tranken Cocktails. Cocktails! Für Edwards schlichtes Gemüt war dies die Quintessenz mondänen Lebens. Die junge Frau, die einen wundervollen bestickten Schal um sich geschlungen hatte, nippte lässig an ihrem Glas. Plötzlich ließ sie den Schal von ihren Schultern gleiten und stand auf.

»Wir wollen tanzen.«

Nun war Tanzen das Einzige, was Edward wirklich zur Vollkommenheit beherrschte. Wenn er und Maude auf der Tanzfläche im Palais de Danse erschienen, blieben die übrigen Paare stehen und schauten ihnen bewundernd zu.

»Beinahe hätte ich's vergessen«, sagte die junge Frau plötzlich. »Das Halsband.«

Sie streckte die Hand aus. Völlig verdattert zog Edward das Schmuckstück aus der Tasche und gab es ihr. Zu seinem fassungslosen Erstaunen legte sie es sich ungerührt um den Hals. Dann lächelte sie ihm berückend zu.

»Jetzt wollen wir tanzen«, sagte sie leise.

Sie tanzten. Und im ganzen »Ritson's« gab es kein vollkommeneres Paar.

Als sie schließlich an ihren Tisch zurückkehrten, trat ein dandyhafter alter Herr auf Edwards Begleiterin zu.

»Ah, Lady Noreen – die unermüdliche Tänzerin! Ja, ja. Ist Captain Folliot heute Abend hier?«

»Jimmy ist gestürzt – hat sich den Knöchel verstaucht.«

»Was Sie nicht sagen! Wie ist das passiert?«

»Weiß noch nichts Genaueres.«

Sie lachte und ging weiter.

Edward folgte ihr. In seinem Kopf drehte sich alles. Jetzt wusste er Bescheid. Lady Noreen Eliot, die berühmte Lady Noreen persönlich, wahrscheinlich die Frau in England, von der man am meisten sprach. Eine gefeierte Schönheit, berühmt für ihren Wagemut – Anführerin der Clique, die man die »Jungen Mondänen« nannte. Ihre Verlobung mit Captain James Folliot, V. C., von der Household Cavalry, war erst kürzlich bekanntgegeben worden.

Aber das Halsband? Das mit dem Halsband verstand er noch immer nicht. Selbst auf die Gefahr hin, sich zu verraten, das musste er unbedingt herausfinden.

Als sie sich wieder an ihrem Tisch niederließen, deutete er darauf.

»Warum, Noreen?« fragte er. »Das würde ich gern wissen.«

Sie lächelte träumerisch, noch immer unter dem Zauber ihres Tanzes stehend.

»Wahrscheinlich ist das für dich schwer zu verstehen, aber man wird es so leid – immer das Gleiche, immer und ewig das Gleiche. Treasure Hunts waren ja ganz nett für eine Weile, aber man gewöhnt sich an alles. Das ›Einbruch-Spiel‹ war meine Idee. Fünfzig Pfund Einsatz, und es wird gelost. Das ist unser dritter. Jimmy und ich haben Agnes Larella gezogen. Du kennst die Spielregeln? Der Einbruch ist innerhalb von drei Tagen auszuführen und die Beute mindestens eine Stunde lang in der Öffentlichkeit zu tragen, andernfalls muss man hundert Pfund Strafe zahlen. Pech für Jimmy, dass er sich den Knöchel verstaucht hat, aber wir holen uns den Gewinn, das steht fest.«

»Ach so.« Edward holte tief Luft. »Ich verstehe.«

Noreen erhob sich plötzlich und legte ihren Schal um.

»Fahr mich mit dem Auto irgendwohin. Hinunter zu den Docks. Irgendwohin, wo es scheußlich aufregend ist. Warte einen Moment…« Sie nahm die Brillanten vom Hals. »Hier, steck du das lieber wieder ein. Ich möchte nicht deswegen ermordet werden.«

Gemeinsam verließen sie das »Ritson's«. Der Wagen stand in einer engen dunklen Seitengasse. Als sie auf dem Weg dorthin um die Ecke bogen, hielt neben ihnen ein anderes Auto, und ein junger Mann sprang heraus.

»Gott sei Dank, Noreen, dass ich dich endlich finde«, rief der junge Mann. »Alles ist schiefgelaufen. Dieser Esel Jimmy ist mit dem falschen Wagen davongefahren, und kein Mensch weiß, wo diese verflixten Brillanten jetzt stecken. Wir sitzen ganz schön in der Tinte.«

Lady Noreen starrte den jungen Mann an.

»Wie meinst du das? Wir haben die Brillanten – das heißt, Edward hat sie.«

»Edward?«

»Ja.« Sie deutete mit einer knappen Bewegung auf ihren Begleiter.

Jetzt bin ich derjenige, der in der Tinte sitzt, dachte Edward. Ich wette zehn zu eins, das hier ist Bruder Gerald. Der junge Mann starrte ihn an.

»Was soll das heißen?« sagte er langsam. »Edward ist in Schottland.«

»Oh!« stieß Noreen hervor. Sie blickte Edward mit weit aufgerissenen Augen an. »Oh!«

Ihr Gesicht wurde abwechselnd rot und blass.

»Dann sind Sie also echt?«, flüsterte sie.

Edward brauchte nur einen Augenblick, um die Situation zu erfassen. Im Blick der jungen Frau lag Ehrfurcht – ja, etwas wie Bewunderung. Sollte er alles erklären? Nein, das wäre langweilig! Er würde das Spiel zu Ende spielen.

Er verneigte sich förmlich. »Ich danke Ihnen, Lady Noreen«, sagte er in schönster Raubrittermanier, »für diesen bezaubernden Abend.«

Dabei warf er einen schnellen Blick auf den Wagen, aus dem der andere soeben ausgestiegen war. Ein knallroter Wagen mit glänzender Motorhaube. Sein Wagen!

»Und damit möchte ich mich von Ihnen verabschieden!«

Ein rascher Satz, und er saß im Auto, den Fuß auf der Kupplung. Der Wagen setzte sich in Bewegung. Gerald stand wie gelähmt da, doch Noreen war schneller. Als der Wagen an ihr vorbeiglitt, schwang sie sich blitzschnell auf das Trittbrett.

Der Wagen geriet ins Schleudern, schoss blindlings um die Ecke und stoppte. Außer Atem von der Anstrengung ihres Sprungs, legte Noreen die Hand auf Edwards Arm.

»Sie müssen es mir wiedergeben – oh, bitte, geben Sie es mir. Ich muss es Agnes Larella zurückgeben. Seien Sie nett – wir hatten doch einen schönen Abend zusammen – wir haben getanzt – wir waren… Freunde. Sie geben es mir doch, ja? Bitte… für mich.«

Eine Frau, deren Schönheit einen berauschte. Es gab also wirklich solche Frauen …

Im Übrigen war Edward selbst brennend daran interessiert, das Halsband loszuwerden. Eine gottgesandte Gelegenheit für eine elegante Geste.

Er nahm das Halsband aus der Tasche und ließ es in Noreens ausgestreckte Hand gleiten.

»Wir waren … Freunde«, sagte er.

Ihre Augen leuchteten auf. Dann neigte sie sich unerwartet über ihn. Für einen Augenblick hielt er sie in den Armen, spürte ihre Lippen auf den seinen …

Dann sprang sie ab. Der rote Wagen tat einen Satz nach vorn und raste davon.

Romantik!

Abenteuer!

Am ersten Weihnachtstag um zwölf Uhr mittags betrat Edward Robinson das kleine Wohnzimmer eines Hauses in Clapham mit dem herkömmlichen Gruß: »Fröhliche Weihnachten.«

Maude, die damit beschäftigt war, einen Stechpalmenzweig neu aufzuhängen, empfing ihn kühl.

»Hast du einen angenehmen Tag auf dem Land verlebt, mit diesem Freund von dir?« erkundigte sie sich.

»Hör zu«, sagte Edward. »Das war alles gelogen. Ich habe ein Preisausschreiben gewonnen – fünfhundert Pfund, und mir ein Auto davon gekauft. Ich hab dir nichts davon gesagt, weil ich wusste, dass du ein Mordstheater machen würdest. Das ist Punkt eins. Ich habe ein Auto gekauft, und damit ist jede weitere Diskussion überflüssig. Und der zweite Punkt wäre – ich gedenke nicht noch jahrelang zu warten. Meine beruflichen Aussichten sind durchaus zufriedenstellend, und ich beabsichtige, dich nächsten Monat zu heiraten. Hast du verstanden?«

»Oh«, hauchte Maude.

War das – konnte das Edward sein, der in diesem herrischen Ton zu ihr sprach?

»Willst du?«, fragte Edward. »Ja oder nein?«

Sie starrte ihn fasziniert an. In ihren Augen standen Ehrfurcht und Bewunderung, und als Edward diesen Blick sah, fühlte er sich wie berauscht. Verschwunden war jene mütterliche Nachsicht, die ihn immer so in Rage gebracht hatte.

Genauso hatte ihn Lady Noreen gestern Abend angeblickt. Aber Lady Noreens Gestalt war in weite Ferne gerückt, entschwunden ins Reich der Romantik, wo sie Seite an Seite mit der Marchesa Bianca weilte. Dies hier war die Wirklichkeit. Dies hier war sein Weib.

»Ja oder nein?«, wiederholte er und trat einen Schritt näher.

»J-ja«, stotterte Maude. »Aber, Edward, was ist bloß mit dir geschehen? Du bist heute so ganz anders.«

»Ja«, sagte Edward. »Vierundzwanzig Stunden lang war ich ein Mann an Stelle eines Wurmes – und, bei Gott, das hat sich gelohnt!«

Er schloss sie in die Arme, beinahe so, wie Bill, der Supermann, es getan haben könnte.

»Liebst du mich, Maude? Sag mir, liebst du mich?«

»Oh, Edward!«, hauchte Maude. »Ich bete dich an …«

Agatha Christie

Die Mausefalle

Aus dem Englischen von
Pieke Biermann

Die Mausefalle

Drei blinde Mäuse,
Drei blinde Mäuse,
Ha, wie sie rennen!
Ha, wie sie rennen!
Sie rannten zur Bäuerin unverwandt.
Die nahm ein großes Messer zur Hand
Und schnitt sogleich –
  schnipp, schnapp!
  schnipp, schnapp! –
Den armen Mäusen die Schwänze ab.
Oh, was für ein schrecklich grausamer Schwapp
Für drei blinde Mäuse.

Es herrschte eisige Kälte, und schwere, schneebeladene Wolken verdüsterten den Himmel.

Ein Mann, der einen dunklen Überzieher trug und dessen Gesicht durch den tief in die Stirn gezogenen Hut und den hochgewickelten Schal fast gänzlich verhüllt war, kam die Culver Street entlang und stieg die Stufen zu Nr. 74 hinauf. Er drückte auf die Klingel, die er unten im Souterrain schrillen hörte.

Mrs Casey, die gerade beim Geschirrspülen war, murrte: »Diese verfluchte Glocke! Nie lässt sie einen in Frieden.«

Ein wenig schnaufend schleppte sie sich die Treppe hinauf und öffnete die Tür.

Der Mann, dessen Silhouette sich von dem finsteren Himmel abhob, fragte im Flüsterton: »Mrs Lyon?«

»Zweiter Stock«, erwiderte Mrs Casey. »Sie können hinaufgehen. Werden Sie erwartet?« Der Mann schüttelte langsam
den Kopf. »Na, gehen Sie nur ruhig nach oben, und klopfen
Sie an.«

Sie blickte ihm nach, als er die mit einem schäbigen Läufer
belegte Treppe hochstieg. Später erklärte sie, er habe ihr »ein
komisches Gefühl eingeflößt«. In Wirklichkeit jedoch dachte
sie nur: Er muss ziemlich stark erkältet sein, dass er nur noch
flüstern kann.

Sobald der Fremde hinter der Treppenbiegung den Blicken
der Wirtin entschwunden war, begann er leise zu pfeifen.
Seltsamerweise war es ein Kinderlied, das er pfiff: *Drei blinde
Mäuse*.

Molly Davis trat einen Schritt zurück auf die Straße und betrachtete das frischgemalte Schild neben dem Tor.

Monkswell Manor

Pension

Sie nickte wohlgefällig. Es erweckte tatsächlich den Eindruck, als sei es von fachkundiger Hand geschaffen worden.
Na, objektiv gesehen vielleicht nicht ganz fachkundig. Das *s*
in *Pension* kletterte ein wenig nach oben, und die letzten Buchstaben in *Manor* waren etwas zusammengedrängt, aber im
großen ganzen konnte Giles auf diese wunderbare Leistung
stolz sein. Giles war doch eigentlich sehr begabt. Er verstand
sich auf so viele Dinge. Sie machte ständig neue Entdeckun-
gen an ihrem Ehemann. Er sprach so wenig von sich selbst,
dass sie erst nach und nach dahinterkam, über wie viele verschiedene Talente er verfügte. Ein ehemaliger Marinesoldat
hatte immer geschickte Hände, sagten die Leute.

Nun, bei ihrem neuen Unternehmen würden Giles seine
praktischen Fähigkeiten gut zustatten kommen; denn es gab
wohl kaum jemanden, der in der Leitung einer Pension un-

erfahrener war als sie beide. Aber sie versprach sich viel Spaß davon, und außerdem war das Wohnungsproblem auf diese Weise gelöst.

Es war Mollys Idee gewesen. Als Miss Emory starb und die Rechtsanwälte Molly davon in Kenntnis setzten, dass ihre Tante ihr Monkswell Manor hinterlassen habe, fassten die jungen Leute zunächst den verständlichen Entschluss, das Haus zu verkaufen. Giles hatte gefragt: »Wie sieht es denn eigentlich aus?« Und Molly hatte geantwortet: »Ach, ein so großer, verschachtelter alter Kasten, vollgestopft mit moderigen, altmodischen, viktorianischen Möbeln, umgeben von einem sehr schönen Garten, der aber seit dem Krieg schrecklich verwahrlost ist, weil es nur noch einen alten Gärtner gab.«

Also beschlossen sie, das Besitztum zu verkaufen und nur so viele von den Möbeln zu behalten, um damit ein Häuschen oder eine kleine Wohnung für sich selbst ausstatten zu können.

Aber sofort ergaben sich zwei Schwierigkeiten. Einmal waren keine Häuschen oder Wohnungen zu finden, und zum anderen hatten alle Möbelstücke riesige Ausmaße.

»Na«, meinte Molly, »dann müssen wir eben *alles* verkaufen. Wir werden es ja wohl los, nicht wahr?«

Der Rechtsanwalt versicherte ihr, dass man heutzutage *alles* loswerde.

»Höchstwahrscheinlich«, meinte er, »macht jemand ein Hotel oder eine Pension daraus, und in diesem Falle übernimmt der Käufer sicher gern das gesamte Mobiliar. Zum Glück befindet sich das Haus in sehr gutem Zustand. Die verstorbene Miss Emory hat noch kurz vor dem Krieg umfassende Reparaturen und Modernisierungen ausführen lassen, und es ist seitdem sehr wenig verwohnt worden. O ja, alles ist sehr gut erhalten.«

Und in diesem Moment war Molly der Gedanke gekommen.

»Giles«, hatte sie vorgeschlagen, »warum sollen wir es nicht selbst als Pension übernehmen?«

Zuerst hatte Giles über die Idee gespottet, doch Molly war beharrlich geblieben.

»Wir brauchen ja nicht zu viele Gäste zu nehmen – wenigstens nicht am Anfang. Das Haus ist leicht zu führen – es gibt heißes und kaltes Wasser in den Schlafzimmern, Zentralheizung und einen Gasherd. Außerdem können wir Hühner und Enten halten. Dann haben wir selbst Eier und Gemüse.«

»Und wer soll die ganze Arbeit besorgen? Ist es nicht sehr schwierig, Dienstboten zu bekommen?«

»Wir müssten natürlich die Arbeit selber tun. Aber das bliebe uns auch nicht erspart, wenn wir woanders lebten. Ein paar Menschen mehr – das würde nicht so viel ausmachen. Und später, wenn der Betrieb richtig läuft, könnten wir wahrscheinlich eine Hilfe bekommen. Wenn wir fünf Gäste hätten und jeder sieben Pfund die Woche zahlte ...« Molly verlor sich in den Regionen einer etwas optimistischen Arithmetik.

»Und stell dir vor, Giles«, schloss sie, »wir würden in unserem eigenen Haus leben. In unseren eigenen Sachen. Unter den jetzigen Verhältnissen können noch Jahre darüber hingehen, bis wir eine eigene Wohnung finden.«

Darin musste Giles ihr recht geben. Seit ihrer überstürzten Heirat hatten sie so wenig Zeit zusammen verbracht, dass sie sich beide nach einem eigenen Heim sehnten.

Und so wurde das große Wagnis gestartet. Sie ließen Anzeigen in die Lokalzeitung und in die *Times* einrücken, die verschiedene Antworten brachten.

Heute sollte nun der erste Gast eintreffen. Giles war schon früh mit seinem Wagen aufgebrochen, um Drahtnetz aus Heeresbeständen zu kaufen, das am anderen Ende der Grafschaft angeboten wurde. Und Molly hatte verkündet, dass sie einen Gang ins Dorf unternehmen müsse, um einige letzte Einkäufe zu tätigen.

Nur mit dem Wetter haperte es. In den letzten beiden Tagen war es bitter kalt gewesen, und jetzt begann es auch noch zu schneien. Als Molly den Fahrweg zum Haus hinaufeilte, fielen dichte, flaumige Flocken auf den Kragen ihres Regenmantels und ihr helles, lockiges Haar. Die Wettervorhersagen waren recht düster gewesen. Schwerer Schneefall war zu erwarten.

Sie hoffte ängstlich, dass nicht alle Rohre einfrieren würden. Es wäre bedauerlich, wenn gleich zu Anfang alles schiefginge. Sie warf einen Blick auf ihre Uhr. Teezeit schon vorbei. Ob Giles wohl schon zurück war? Würde er sich im Stillen wundern, wo sie steckte?

»Ich musste noch einmal ins Dorf, weil ich etwas vergessen hatte«, würde sie sagen, und er würde lachend fragen: »Noch mehr Konserven?«

Das Wort »Konserven« wirkte auf beide als Stichwort für Gelächter; denn sie hatten ihre Vorratskammer damit aufgefüllt wie für einen Belagerungszustand.

Und es sah ganz danach aus, dachte Molly mit einem schiefen Blick auf den schneeverhangenen Himmel, als ob ein solcher Belagerungszustand in Kürze eintreten würde.

Das Haus war leer. Giles war noch nicht zurück. Molly ging zunächst in die Küche und dann ins Obergeschoß, wo sie einen Rundgang durch die neuhergerichteten Gästezimmer machte. Mrs Boyle bekam das Südzimmer mit den Mahagonimöbeln und dem Himmelbett, Major Metcalf das blaue Zimmer mit den Eichenmöbeln und Mr Wren das Ostzimmer mit dem Erkerfenster. Alle Zimmer machten einen netten Eindruck – und was für ein Segen, dass ihre Tante einen so herrlichen Wäschevorrat besessen hatte. Molly zupfte eine Bettdecke zurecht und ging wieder nach unten. Es war jetzt fast dunkel. Das Haus kam ihr plötzlich unheimlich still und verlassen vor.

Es lag ganz abgelegen, drei Kilometer vom nächsten Dorf entfernt. Am Ende der Welt, wie Molly sich ausdrückte.

Sie hatte früher schon öfter allein in diesem Haus geweilt, aber nie zuvor war sie sich der Einsamkeit so bewusst gewesen.

Der Schnee trieb in weichen Stößen gegen die Fensterscheiben – ein wisperndes, beunruhigendes Geräusch. Wenn Giles nun nicht zurückkehrte, wenn der Schnee so dick lag, dass der Wagen steckenblieb? Dann säße sie hier mutterseelenallein – vielleicht tagelang.

Sie ließ ihren Blick durch die Küche schweifen – eine große, behagliche Küche, in die eine dicke, gemütliche Köchin gehörte, die am Küchentisch präsidierte und mit rhythmischen Bewegungen ihrer Kiefer ihre Korinthenbrötchen kaute und schwarzen Tee dazu trank. Und auf der einen Seite müsste ein großes, älteres Stubenmädchen und auf der anderen ein molliges, pausbäckiges Hausmädchen sitzen und am unteren Ende des Tisches eine Küchenhilfe, die die Höhergestellten in der Dienstbotenhierarchie mit ängstlichen Blicken betrachtete. Stattdessen war sie, Molly Davis, Mädchen für alles; sie musste eine Rolle ausfüllen, in die sie sich noch gar nicht eingelebt hatte. Ihr ganzes Leben erschien ihr im Augenblick unwirklich. Sie spielte eine Rolle – weiter nichts.

Ein Schatten glitt am Fenster vorbei und ließ sie zusammenfahren – ein fremder Mann kam durch den Schnee. Sie hörte das Knarren der Seitentür. Der Fremde stand unversehens im Türrahmen und schüttelte den Schnee ab, ein fremder Mann, der einfach in das leere Haus eindrang.

Und dann schwand das Trugbild plötzlich.

»O Giles«, rief sie, »ich bin ja so froh, dass du wieder da bist!«

»Hallo, Liebling! Was für ein schauderhaftes Wetter! Mein Gott, ich bin halb erfroren.«

Er stampfte mit den Füßen und hauchte in seine Hände.

Mechanisch nahm Molly den Mantel auf, den er – typisch Giles – auf die Eichentruhe geworfen hatte. Sie hängte ihn auf einen Kleiderbügel und zog aus den vollgestopften Taschen einen Schal, eine Zeitung, ein Bindfadenknäuel und die Morgenpost, die er bunt durcheinander hineingezwängt hatte. Dann ging sie in die Küche, legte alle diese Dinge auf die Anrichte und setzte den Kessel auf.

»Hast du das Drahtnetz bekommen?«, erkundigte sie sich. »Es hat ja eine Ewigkeit gedauert.«

»Es war nicht die richtige Sorte. Wir hätten es nicht gebrauchen können. Ich bin dann zu einem anderen Abladeplatz gefahren, aber dort gab's auch nichts Geeignetes. Und was hast du angefangen? Es ist wohl noch niemand aufgekreuzt, wie?«

»Mrs Boyle soll ja sowieso erst morgen kommen.«

»Aber Major Metcalf und Mr Wren waren für heute angemeldet.«

»Major Metcalf schrieb eine Karte, dass er erst morgen eintreffen würde.«

»Dann haben wir nur Mr Wren zum Abendessen da. Was für ein Bild machst du dir von ihm? Ich stelle ihn mir als einen korrekten, pensionierten Beamten vor.«

»Nein, ich glaube, er ist ein Künstler.«

»In diesem Falle«, meinte Giles, »lassen wir uns am besten eine Woche im Voraus zahlen.«

»O nein, Giles, Gäste haben doch Gepäck. Wenn sie nicht zahlen, belegen wir es mit Beschlag.«

»Und wenn ihre Koffer in Zeitungspapier gewickelte Steine enthalten? Ehrlich gesagt, Molly, haben wir nicht die geringste Ahnung, was uns bei diesem Unternehmen noch alles blühen kann. Hoffentlich entdecken sie nicht sofort, was für blutige Anfänger wir sind.«

»Mrs Boyle wird bestimmt dahinterkommen«, meinte Molly. »Sie ist der Typ, der einen Riecher dafür hat.«

»Woher weißt du das? Hast du sie etwa schon gesehen?«

Molly wandte sich ab. Sie breitete eine Zeitung auf dem Tisch aus, holte etwas Käse und machte sich daran, ihn zu reiben.

»Was soll das werden?«, erkundigte sich der Gemahl.

»Käseschnitzel«, belehrte ihn Molly. »Brotkrumen, Kartoffelbrei und ein Hauch von Käse, um den Namen zu rechtfertigen.«

»Du scheinst ja eine raffinierte Köchin zu sein«, bemerkte ihr bewundernder Gatte.

»Das möchte ich nicht behaupten. Ich kann immer nur eine Sache auf einmal machen. Mehrere Dinge nebeneinander zu erledigen, das erfordert so viel Übung. Das Frühstück ist am schlimmsten.«

»Warum?«

»Weil man so vieles gleichzeitig im Auge haben muss – Eier und Speck und heiße Milch und Kaffee und Toast. Die Milch kocht über, oder der Toast wird schwarz, oder der Speck verbrutzelt, oder die Eier werden hart. Man muss so rührig sein wie eine verbrühte Katze, wenn man alles kontrollieren will.«

»Da muss ich morgen früh doch mal Mäuschen spielen, um mir diese herumflitzende verbrühte Katze anzusehen.«

»Das Wasser kocht«, bemerkte Molly. »Sollen wir das Tablett in die Bibliothek tragen und beim Essen Radio hören? Es ist beinahe Zeit für die Nachrichten.«

»Da wir offenbar den größten Teil des Tages in der Küche verbringen werden, sollten wir eigentlich hier auch ein Radio haben.«

»Ja. Wie gemütlich Küchen doch sind! Ich liebe diese Küche. Meiner Ansicht nach ist sie bei weitem der hübscheste Raum im ganzen Haus. Mir gefällt die Anrichte mit den Tellern, und ich schwelge geradezu in dem verschwenderischen Gefühl, das einem so ein gewaltig großer Küchenherd einflößt – obgleich ich natürlich dankbar bin, dass ich nicht darauf zu kochen brauche.«

»Eine einzige Mahlzeit würde wohl unsere ganze Jahresbrennstoffration verschlingen, nicht wahr?«

»Das möchte ich fast annehmen. Aber denke nur an die riesigen Hammel- und Rinderbraten, die darin schmorten, an die kolossalen Kupfertöpfe mit selbsteingemachter Stachelbeermarmelade, die ungeheure Mengen von Zucker verschlang. Wie wunderbar und behaglich die viktorianische Epoche doch war! Man braucht nur einen Blick auf die Möbel oben zu werfen: groß, solide und allerdings reichlich verziert, aber – oh! – diese himmlische Bequemlichkeit und der viele Platz, den sie für ihre Kleider hatten, und die Leichtigkeit, mit der Schubladen sich öffnen und schließen ließen. Erinnerst du dich noch an die elegante, moderne Wohnung, die man uns geliehen hatte? Lauter eingebaute Schränke mit Gleittüren – nur glitten sie nicht, sondern verklemmten sich dauernd.«

»Ja, das ist das Schlimmste an diesen modernen Vorrichtungen. Wenn sie nicht funktionieren, ist man erledigt.«

»Komm, lass uns die Nachrichten hören.«

Die Nachrichten bestanden in der Hauptsache aus düsteren Wetterwarnungen, den üblichen Stockungen in auswärtigen Angelegenheiten, lebhaften Kabbeleien im Parlament und einem Mord in der Culver Street, Paddington.

»Hu«, sagte Molly und schaltete den Apparat aus. »Nichts als Trübsal. Ich habe keine Lust, mir noch einmal einen Aufruf zur Brennstoffersparnis anzuhören. Was erwarten sie eigentlich von uns? Sollen wir etwa im Kalten sitzen? Vielleicht hätten wir unsere Pension nicht im Winter eröffnen sollen. Es wäre besser gewesen, wenn wir bis zum Frühling gewartet hätten.« Mit veränderter Stimme setzte sie hinzu: »Ich möchte gern wissen, was für ein Mensch diese Frau war, die da ermordet worden ist.«

»Mrs Lyon?«

»War das ihr Name? Wer hat sie wohl umgebracht, und warum?«

»Vielleicht hatte sie ein Vermögen unter den Dielen versteckt.«

»Wenn es heißt, die Polizei fahndet nach einem Mann, der ›in der Nähe des Tatortes gesehen‹ wurde, bedeutet dies, dass er der Mörder ist?«

»Gewöhnlich ja. Es ist nur eine höfliche Umschreibung.«

Der schrille Klang einer Glocke ließ sie beide zusammenfahren.

»Das ist die Haustür«, erklärte Giles. »Eintritt – der Mörder«, fügte er scherzhaft hinzu.

»In einem Theaterstück wäre es vielleicht so. Beeile dich. Es ist sicher Mr Wren. Nun werden wir ja sehen, wer mit seiner Prophezeiung recht hat, du oder ich.«

Gleichzeitig mit Mr Wren wirbelte ein kleines Schneegestöber ins Haus. Molly, die in der Tür zur Bibliothek stand, konnte von dem Ankömmling nur die Silhouette sehen, die sich von der weißen Welt draußen abhob.

Wie sehr, dachte sie, ähnelten sich doch alle Männer in ihrer zivilen Uniform. Dunkler Mantel, grauer Hut, ein um den Hals gewickelter Schal.

Im nächsten Augenblick hatte Giles die Haustür vor den Elementen verschlossen. Mr Wren schälte sich aus seinem Halstuch, schleuderte seinen Hut beiseite und stellte seinen Koffer ab – alles mit einer Bewegung, wie es schien, wobei er ständig redete. Er hatte eine hohe, etwas nörglerische Stimme, und im Lichtschein der Halle entpuppte er sich als ein junger Mann mit einem zottigen, von der Sonne verblichenen Haarschopf und hellen, ruhelosen Augen.

»Einfach grauenhaft«, sprudelte er hervor. »Der englische Winter in seiner schlimmsten Form – Rückkehr zu Dickens: Scrooge und Tiny Tim und so weiter. Man muss fürchterlich gesund sein, um das alles auszuhalten. Meinen Sie nicht auch? Und ich habe eine entsetzliche Reise quer durchs Land hinter mir. Ich komme nämlich aus Wales. Sind Sie Mrs Davis? Ach, nein, wie reizend!« Mollys Finger wurden von einem knöchernen Händedruck umklammert.

»Ganz und gar nicht, wie ich Sie mir vorgestellt habe. Sie schwebten mir nämlich als Witwe eines Generals der indischen Armee vor. Schrecklich grimmig – eine ausgesprochene *mem-sahib* mit Messinggerät aus Benares. Dabei haben Sie hier ein richtiges viktorianisches Ziertischchen. Himmlisch, einfach himmlisch – haben Sie auch noch Wachsblumen? Oder Paradiesvögel? Oh, ich werde mich in dieses Haus geradezu verlieben. Ich befürchtete nämlich schon, dass es sehr *old-fashioned*, sehr auf ›alter Herrensitz‹ aufgemacht sein würde – in Ermangelung von benarischem Kitsch, meine ich. Stattdessen ist es wunderbar – echte viktorianische Biederkeit! Sagen Sie mal, besitzen Sie auch noch eine dieser schönen Anrichten aus Mahagoni – pflaumenrotem Mahagoni mit großen, geschnitzten Früchten?«

»Ja«, erwiderte Molly, der unter diesem Wortschwall fast der Atem verging, »die haben wir allerdings.«

»Nein! Kann ich sie sehen? Sofort? Wo ist sie? Hier?«

Seine Schnelligkeit war fast verwirrend. Im Nu hatte er die Esszimmertür aufgestoßen und das Licht angedreht. Molly folgte ihm, gewahrend, dass das Profil ihres Gemahls zu ihrer Linken tiefste Missbilligung zum Ausdruck brachte.

Mr Wren ließ seine langen, knochigen Finger über die prächtige Schnitzerei des massiven Buffets gleiten, wobei er hin und wieder kurze Freudenlaute ausstieß. Dann richtete er einen vorwurfsvollen Blick auf seine Wirtin.

»Kein großer Esstisch aus Mahagoni? Stattdessen nur diese kleinen, verstreuten Tische?«

»Wir nahmen an, dass es den Gästen so besser gefallen würde«, erklärte Molly.

»Sie haben natürlich durchaus recht, Liebste. Ich ließ mich durch mein *Faible* für den viktorianischen Stil hinreißen. Wenn Sie einen solchen Tisch besäßen, müssten Sie selbstverständlich auch die dazu passende Familie haben; den gestrengen, stattlichen Vater mit Vollbart, die fruchtbare, verwelkte Mutter, elf Kinder, eine tyrannische Gouvernante und – nicht zu vergessen – die arme Verwandte, die überall aushilft und so überaus dankbar ist für das traute Heim, das man ihr bietet …«

»Ich werde jetzt Ihren Koffer nach oben bringen«, unterbrach Giles diesen Redestrom. »Ostzimmer?«

»Ja«, bestätigte Molly.

Mr Wren schoss wieder in die Halle, als Giles nach oben ging.

»Gibt es ein Himmelbett mit kleinen Chintzrosen?«, fragte er.

»Nein«, entgegnete Giles kurz, ehe er um die Treppenbiegung verschwand.

»Ich glaube, Ihr Gatte mag mich nicht«, meinte Mr Wren. »Wo hat er gedient? Bei der Marine?«

»Ja.«

»Das habe ich mir gedacht. Man ist dort viel weniger tolerant als bei der Armee und bei der Luftwaffe. Wie lange sind Sie schon verheiratet? Sind Sie sehr in ihn verliebt?«

»Vielleicht möchten Sie auch hinaufgehen und sich Ihr Zimmer ansehen?«

»Meine Frage war natürlich impertinent. Aber ich wollte es tatsächlich gern wissen. Es ist so interessant, wenn man über die Menschen Bescheid weiß. Meinen Sie nicht auch? Was sie denken und fühlen, meine ich, nicht nur, wer sie sind und was sie tun.«

»Ich nehme an«, sagte Molly ein wenig ironisch, »dass Sie Mr Wren sind.«

Der junge Mann blieb stehen und raufte sich das Haar mit beiden Händen.

»Aber nein, wie schrecklich – niemals denke ich an das Nächstliegende. Ja, ich bin Christopher Wren. Lachen Sie bitte nicht. Meine Eltern waren romantisch angehaucht. Sie hofften, ich würde Architekt werden, und hielten es daher für eine glänzende Idee, mich Christopher zu taufen – als Vorgabe sozusagen.«

»Und sind Sie nun Architekt?«, fragte Molly, die sich das Lachen nicht verbeißen konnte.

»Allerdings«, erwiderte Mr Wren triumphierend. »Oder zumindest beinahe. Ich bin noch nicht ganz fertig. Aber es ist wirklich ein bemerkenwertes Beispiel für das alte Sprichwort: ›Der Wunsch ist der Vater des Gedankens.‹ Wohlgemerkt, in Wirklichkeit ist der Name ein Nachteil für mich. Ich werde niemals *der* Christopher Wren sein. Dennoch mögen Chris Wrens ›Fertignester‹ noch Ruhm erlangen.«

Giles kam die Treppe wieder herab. »Ich werde Ihnen jetzt Ihr Zimmer zeigen«, schlug Molly vor.

Als sie kurz darauf wieder unten erschien, fragte Giles: »Na, gefielen ihm die hübschen Eichenmöbel?«

»Er war ganz darauf versessen, ein Himmelbett zu haben. Ich habe ihm daher das Rosenzimmer gegeben.«

Giles knurrte und murmelte etwas vor sich hin, das mit den Worten endete: »... der junge Lackaffe.«

Molly setzte eine strenge Miene auf. »Hör mal zu, Giles, dies sind keine privaten Hausgäste, die wir bewirten, sondern unsere zahlenden Kunden. Ob du Christopher Wren magst oder nicht...«

»Ich mag ihn nicht«, warf Giles dazwischen.

»… spielt gar keine Rolle. Er zahlt sieben Pfund die Woche, und das ist für uns die Hauptsache.«

»Vorausgesetzt, *dass* er zahlt.«

»Er hat sich damit einverstanden erklärt. Wir haben seinen Brief.«

»Hast du seinen Koffer in das Rosenzimmer geschafft?«

»Er hat ihn natürlich selbst getragen.«

»Sehr galant. Aber du hättest dich auch nicht dabei verhoben. Er enthält bestimmt keine in Zeitungspapier gewickelten Steine, sondern ist so leicht, dass ich den Eindruck habe, dass überhaupt nichts darin ist.«

»Still! Er kommt«, warnte Molly.

Sie führten Christopher Wren in die Bibliothek, die mit ihren tiefen Sesseln und ihrem Holzfeuer für Mollys Empfinden sehr behaglich wirkte. Das Essen, erklärte sie ihm, würde in einer halben Stunde fertig sein, und im Augenblick sei er der einzige Gast. In diesem Falle, meinte Christopher, könne er ja mit in die Küche gehen und helfen.

»Wenn Sie wollen, kann ich Ihnen eine Omelette machen«, sagte er mit gewinnendem Lächeln.

Alles Weitere spielte sich in der Küche ab, und Christopher half sogar beim Abwaschen.

Irgendwie, fand Molly, war dies nicht ganz der richtige Start für eine konventionelle Fremdenpension – und Giles war das Ganze im höchsten Grade peinlich gewesen. Na ja, dachte Molly kurz vor dem Einschlafen, morgen, wenn die anderen kämen, ginge es anders zu.

Der Morgen zog herauf mit düsterem Himmel und Schneegestöber. Giles setzte eine besorgte Miene auf, und Molly verlor ein wenig den Mut. Das Wetter würde alles sehr erschweren.

Mrs Boyle fuhr in dem mit Schneeketten ausgerüsteten

dörflichen Taxi vor, und der Fahrer lieferte einen pessimistischen Bericht über den Zustand der Straße.

»Schneewehen, noch bevor die Nacht hereinbricht«, prophezeite er.

Mrs Boyle selbst wirkte auch nicht gerade erheiternd auf die in finstere Stimmung versunkenen Gemüter ihrer Umgebung. Sie war eine kompakte, grimmig aussehende Frau mit schallender Stimme und herrschsüchtigem Wesen. Ihre angeborene Streitlust war durch ihren Kriegseinsatz, in dem sie sich hartnäckig und draufgängerisch nützlich machte, noch erheblich gesteigert worden.

»Wenn ich nicht angenommen hätte, dass dies ein eingefahrener Betrieb sei, wäre ich überhaupt nicht gekommen«, erklärte sie. »Ich glaubte natürlich, eine wohlgegründete, nach wissenschaftlichen Grundsätzen geleitete Pension vorzufinden.«

»Sie sind durchaus nicht verpflichtet zu bleiben, wenn Sie nicht zufrieden sind, Mrs Boyle«, entgegnete Giles.

»Ganz recht, und es wird mir auch im Traum nicht einfallen.«

»Soll ich Ihnen ein Taxi bestellen, Mrs Boyle? Noch sind die Straßen offen. Wenn ein Missverständnis vorliegt, wäre es empfehlenswert, wenn Sie sich eine andere Pension aussuchten«, schlug Giles vor und setzte hinzu: »Wir haben so viele Anfragen, dass wir Ihr Zimmer mit Kusshand loswerden. Außerdem müssen wir in Zukunft einen höheren Pensionspreis verlangen.«

Mrs Boyle warf ihm einen scharfen Blick zu. »Selbstverständlich werde ich keinen Platzwechsel vornehmen, ehe ich mich nicht persönlich von der Qualität Ihres Hauses überzeugt habe. Vielleicht können Sie mir ein ziemlich großes Badetuch geben, Mrs Davis. Ich bin nicht gewohnt, mich mit einem Taschentuch abzutrocknen.«

Giles grinste Molly an, sobald Mrs Boyle ihnen den Rücken wandte und davonschritt.

»Liebling, du warst einfach wundervoll«, lobte Molly. »Herrlich, wie du ihr die Zähne gezeigt hast!«

»Maulhelden werden sehr rasch kleinlaut, wenn man ihnen mit gleicher Münze heimzahlt«, meinte Giles.

»Du liebe Güte, wie wird sie sich bloß mit Christopher Wren vertragen?«

»Wie Katze und Hund.«

Und tatsächlich bemerkte Mrs Boyle noch am selben Nachmittag Molly gegenüber mit deutlichem Missfallen in ihrer Stimme: »Das ist aber ein sonderbarer junger Mann.«

Der Bäcker erschien vermummt wie ein Polarforscher und lieferte sein Brot mit der Warnung ab, dass sein nächster Besuch, der in zwei Tagen fällig war, vielleicht ins Wasser oder vielmehr in den Schnee fallen würde.

»Überall Verkehrsstockungen«, verkündete er. »Sie sind hoffentlich gut eingedeckt, wie?«

»O ja«, erwiderte Molly. »Wir haben einen großen Vorrat an Konserven. Aber ich nehme am besten noch etwas mehr Mehl.«

Sie dachte an eine gewisse Brotsorte, die die Iren backten. Schlimmstenfalls konnte auch sie ihr Heil damit versuchen. Der Bäcker hatte die Zeitungen mitgebracht, und sie breitete sie auf dem Tisch in der Halle aus. Die Politik war an die zweite Stelle gerückt. Das Wetter und der Mord an Mrs Lyon nahmen die erste Seite ein.

Sie betrachtete gerade das verschwommene Foto der Toten, als Christopher Wrens Stimme hinter ihr ertönte: »Ein ziemlich ordinärer Mord. Finden Sie nicht auch? Eine so uninteressante Frau und eine so öde Straße. Man kann sich gar nicht vorstellen, dass eine aufregende Geschichte dahintersteckt, nicht wahr?«

»Zweifellos«, bemerkte Mrs Boyle verächtlich, »hat diese Kreatur ihren verdienten Lohn erhalten.«

»Oh!« Mr Wren wandte sich ihr mit gewinnender Lebhaftigkeit zu. »Sie halten es also für ein Sexualverbrechen?«

»Davon habe ich nichts gesagt, Mr Wren.«

»Aber sie wurde erwürgt, nicht wahr? Ich wüsste zu gerne« – er streckte seine langen, weißen Hände aus –, »was für ein Gefühl das ist, wenn man jemanden erwürgt.«

»Aber ich bitte Sie, Mr Wren!«

Christopher bewegte sich langsam auf sie zu und fragte mit gesenkter Stimme: »Haben Sie sich schon mal vorgestellt, Mrs Boyle, wie es ist, wenn man erdrosselt wird?«

»Aber ich bitte Sie, Mr Wren!«, wiederholte Mrs Boyle mit noch größerer Empörung.

Hastig las Molly laut ein paar Sätze aus der Zeitung vor: »Der Mann, nach dem die Polizei fahndet, trug einen dunklen Überzieher und einen hellen Filzhut. Er war von mittlerer Größe und trug einen wollenen Schal.«

»Mit anderen Worten«, meinte Christopher Wren, »er sah genauso aus wie jeder andere.«

»Ja«, stimmte Molly zu. »Genau wie jeder andere.«

In seinem Büro in Scotland Yard sagte Inspektor Parminter zu Sergeant Kane: »Führen Sie jetzt diese beiden Leute zu mir herein.«

»Ja, Sir.«

»Können Sie sie ein wenig beschreiben?«

»Es sind ganz ehrbare Arbeiter. Reagieren etwas langsam. Sind aber zuverlässig.«

»Also gut.«

Inspektor Parminter nickte.

Kurz darauf wurden zwei verlegene Männer in ihrem Sonntagsstaat ins Zimmer geführt. Parminter schätzte sie mit raschem Blick ab. Er verstand sich vorzüglich darauf, Menschen von ihrer Schüchternheit zu befreien.

»Sie glauben also, Informationen zu besitzen, die uns in der Mordsache Lyon nützlich sein könnten«, sagte er. »Nett von Ihnen, dass Sie sich herbemüht haben. Nehmen Sie doch Platz. Zigarette?«

Er wartete, bis sie sich bedient und die Zigaretten angezündet hatten.

»Schauderhaftes Wetter.«

»Das kann man wohl sagen, Sir.«

»Na, dann legen Sie mal los.«

Jetzt, wo die Schwierigkeiten der Schilderung vor ihnen auftauchten, kehrte ihre Befangenheit zurück.

»Nun zier dich nicht, Joe«, ermunterte der größere der beiden seinen Gefährten.

Und Joe zierte sich auch nicht. »Es verhält sich folgendermaßen. Wir hatten kein Streichholz.«

»Wo war das?«

»Jarman Street; wir waren mit Straßenarbeiten beschäftigt – Gasrohre.«

Inspektor Parminter nickte. Auf Einzelheiten würde er später eingehen. Die Jarman Street, das wusste er, lag ganz in der Nähe der Culver Street, wo die Tragödie sich ereignet hatte.

»Sie hatten also kein Streichholz«, wiederholte er aufmunternd.

»Nein, meine Schachtel war leer, und Bills Feuerzeug funktionierte nicht. Also redete ich einen Mann an, der gerade vorbeikam. ›Können Sie uns ein Streichholz geben, Mister?‹, sagte ich. Dachte mir weiter nichts. Nein, da noch nicht. Er war einfach einer von vielen Passanten, und es war reiner Zufall, dass ich gerade ihn fragte.«

Parminter nickte wieder.

»Nun, er gab uns seine Streichhölzer, ohne einen Ton zu sagen. ›Lausig kalt‹, bemerkte Bill, und der Mann antwortete im Flüsterton: ›Ja, wirklich.‹ Hat 'ne tüchtige Erkältung, dachte ich. Er war auch bis zur Nasenspitze eingewickelt. ›Danke, Mister‹, sagte ich und gab ihm die Schachtel zurück. Er ging schnell davon, so schnell, dass es fast zu spät war, um ihn zurückzurufen, als ich sah, dass er etwas fallen gelassen hatte. Es war ein kleines Notizbuch, das er vielleicht mit den Streichhölzern aus der Tasche gezogen hatte. ›He, Mister‹, rief ich ihm nach, ›Sie haben was fallen lassen!‹ Aber er schien mich nicht zu hören – er beschleunigte seine Schritte und schoss um die Ecke, nicht wahr, Bill?«

»Stimmt«, pflichtete ihm Bill bei. »Wie ein geölter Blitz.«

»Er sauste in die Harrow Road, und es sah nicht so aus, als ob wir ihn einholen könnten, nicht bei dem Tempo, das er vorlegte. Es war auch schon ziemlich spät, und außerdem handelte es sich nur um ein kleines Notizbuch, keine Brieftasche oder so was. Vielleicht war es nicht so wichtig. ›Komischer Kauz‹, sagte ich noch. ›Den Hut bis über die Ohren gezogen und bis oben hin zugeknöpft – wie ein Gauner im Kintopp‹, sagte ich zu Bill. Nicht wahr, Bill?«

»Genau das hast du gesagt«, bestätigte Bill.

»Komisch, dass ich das gesagt habe. Nicht, dass ich mir irgendwas dabei gedacht habe. Hat's eilig, nach Hause zu kommen, das war mein Gedanke, und ich konnte es ihm nicht verargen – es war verdammt kalt!«

»Verdammt kalt«, echote Bill.

»Also sagte ich zu Bill: ›Wir wollen uns das Büchlein mal angucken und sehen, ob es wichtig ist.‹ Gesagt, getan, Sir. ›Nur ein paar Adressen‹, sagte ich zu Bill, Culver Street Nummer vierundsiebzig und irgend so 'n blödes Herrenhaus.«

»Protzig«, bemerkte Bill voller Missfallen.

Joe war allmählich in Schwung geraten und setzte seine Erzählung mit einer gewissen Begeisterung fort.

»Culver Street Nummer vierundsiebzig‹, sagte ich zu Bill, ›das ist gerade um die Ecke. Nach Feierabend bringen wir es hin.‹ Und dann sah ich oben auf der Seite etwas Geschriebenes. ›Was ist das?‹, fragte ich Bill. Er nahm das Buch und las es vor. ›*Drei blinde Mäuse* – muss wohl plemplem sein‹, meinte er. Und gerade in diesem Augenblick – ja, Sir, genau in diesem Augenblick hörten wir ein paar Häuser weiter eine Frau schreien: ›Mord! Zu Hilfe!‹«

Joe flocht hier eine dramatische Pause ein.

»Und wie sie schrie!«, fuhr er fort. »›Du‹, sagte ich zu Bill, ›lauf doch mal eben hin.‹ Eine Weile später kam er zurück und sagte ganz aufgeregt: ›Da ist ein Menschenauflauf, und die Polizei ist da, einer Frau ist die Kehle durchgeschnitten worden, oder man hat sie erwürgt, und die Frau, die nach der Polizei geschrien hat, das war die Wirtin, die die Leiche gefunden hat.‹ – ›Wo war das?‹, sagte ich zu ihm. ›In der Culver Street‹, antwortete er. ›Welche Nummer?‹, fragte ich, und er sagte, er hätte nicht darauf geachtet.«

Bill räusperte sich und schurrte verlegen mit den Füßen wie jemand, der sich nicht mit Ruhm bekleckert hat.

»Also sagte ich: ›Lass uns hinlaufen, um sicher zu sein.‹ Und als wir entdeckten, dass es Nummer vierundsiebzig war, haben wir uns besprochen. ›Vielleicht‹, sagte Bill, ›hat die Adresse im Notizbuch gar nichts damit zu tun‹, und ich sagte: ›Vielleicht doch.‹ – Na, als wir dann hörten, dass die Polizei nach einem Mann sucht, der um diese Zeit das Haus verlassen hatte, sind wir hierhergekommen und haben nach dem Herrn gefragt, der diesen Fall bearbeitet, und ich hoffe nur, dass wir Ihre Zeit nicht umsonst gestohlen haben.«

»Sie haben sehr richtig gehandelt«, lobte Parminter. »Haben Sie das Notizbuch bei sich? Danke vielmals. Nun …«

Er stellte seine Fragen rasch und sachlich und holte alle Einzelheiten aus den beiden heraus. Nur eines gelang ihm nicht:

eine genaue Beschreibung des Mannes zu bekommen, der das Notizbuch verloren hatte. Stattdessen erhielt er denselben Steckbrief, den ihm bereits eine hysterische Wirtin gegeben hatte: Hut tief ins Gesicht gezogen, Mantel bis oben zugeknöpft, Schal, der die untere Gesichtshälfte verdeckte, eine Flüsterstimme, behandschuhte Hände.

Als die Männer gegangen waren, blieb Parminter an seinem Tisch sitzen und starrte unentwegt auf das offen vor ihm liegende Notizbuch. Nach einer Weile würde er damit in die zuständige Abteilung gehen, um festzustellen, ob Fingerabdrücke vorhanden waren. Doch im Augenblick richtete er seine volle Aufmerksamkeit auf die beiden Adressen und die kleingeschriebene Zeile oben auf der ersten Seite.

Er wandte den Kopf, als Sergeant Kane den Raum betrat.

»Kommen Sie her, Kane, und sehen Sie sich das einmal an.«

Kane stellte sich hinter den Inspektor und pfiff leise vor sich hin. »*Drei blinde Mäuse!* Nun bin ich aber platt!«

»Ja.« Parminter öffnete eine Schublade und nahm einen halben Briefbogen heraus, den er neben das Notizbuch legte. Man hatte ihn, sorgfältig am Kleid der Ermordeten befestigt, gefunden.

Auf diesem Bogen stand geschrieben: *Dies ist die erste.* Darunter befanden sich eine kindliche Zeichnung von drei Mäusen und einige Notentakte.

Leise pfiff Kane die Melodie: *Drei blinde Mäuse, ha, wie sie rennen ...*

»Richtig. Das ist das Leitmotiv.«

»Verrückt, nicht wahr, Sir?«

»Ja.« Parminter runzelte die Stirn. »Die Identifizierung dieser Frau war doch eindeutig, wie?«

»Ja, Sir. Hier ist der Bericht der Abteilung für Fingerabdrücke. Mrs Lyon, wie sie sich nannte, hieß in Wirklichkeit Maureen Gregg. Sie wurde vor zwei Monaten nach Verbüßung ihrer Strafe aus dem Gefängnis Holloway entlassen.«

Nachdenklich sagte Parminter: »Sie zog in die Culver Street und nannte sich Maureen Lyon. Hin und wieder trank sie ein bisschen, und es war bekannt, dass sie ein paar Mal einen Mann mit nach Hause brachte. Sie legte keinerlei Furcht an den Tag. Es besteht kein Grund zu der Annahme, dass sie sich in Gefahr wähnte. Dieser Fremde klingelt, fragt nach ihr und wird von der Wirtin in den zweiten Stock geschickt. Die Wirtin kann ihn nicht beschreiben, erwähnt nur, dass er mittelgroß war und in Folge einer starken Erkältung seine Stimme verloren zu haben schien. Sie kehrte dann wieder ins Souterrain zurück und vernahm keinerlei verdächtige Geräusche. Auch hörte sie den Mann nicht fortgehen. Als sie etwa zehn Minuten später ihrer Mieterin den Tee brachte, fand sie sie erdrosselt vor.

Dies war kein Gelegenheitsmord, Kane. Er war sorgfältig geplant.« Er hielt inne und setzte dann unvermittelt hinzu: »Wie viele Häuser gibt es wohl in England, die den Namen Monkswell Manor führen?«

»Vielleicht gibt es nur eins, Sir.«

»Das wäre ein zu unverschämtes Glück. Aber stellen Sie Nachforschungen an.«

Der Blick des Sergeants ruhte abwägend auf den beiden Eintragungen des Notizbuches: *74, Culver Street; Monkswell Manor.*

Schließlich meinte er: »Sie glauben also …«

Rasch fiel ihm Parminter ins Wort: »Ja. Sie etwa nicht?«

»Möglich. Monkswell Manor … ich könnte fast schwören, dass ich den Namen erst kürzlich gelesen habe.«

»Wo?«

»Das versuche ich mir gerade ins Gedächtnis zurückzurufen. Einen Augenblick … Zeitung … *Times!* Letzte Seite. Warten Sie mal … ›Hotels und Pensionen‹ … Eine Sekunde, Sir, ich löste das Kreuzworträtsel der Nummer.«

Er eilte aus dem Zimmer und kam triumphierend zurück. »Ich hab's Sir. Sehen Sie nur.«

Der Inspektor las die angedeutete Stelle.

Monkswell Manor, Harpleden, Berks. Er zog das Telefon zu sich heran. »Verbinden Sie mich mit der Polizei der Grafschaft Berkshire.«

Mit der Ankunft Major Metcalfs kam richtig Schwung in die Pension Monkswell Manor. Major Metcalf war weder furchterregend wie Mrs Boyle noch auf die Nerven gehend wie Christopher Wren, sondern ein phlegmatischer Mann in mittleren Jahren, der einen sauberen, militärischen Eindruck machte und den größten Teil seiner Dienstzeit in Indien verbracht hatte. Er schien mit seinem Zimmer und dessen Möblierung durchaus zufrieden zu sein, und wenn er und Mrs Boyle auch keine gemeinsamen Freunde entdecken konnten, so hatte er doch Vettern ihrer Freunde, *die Yorkshire-Linie,* drüben in Poonah gekannt. Sein Gepäck jedoch – zwei schwere schweinslederne Koffer – besänftigte sogar Giles' misstrauische Natur.

Offen gestanden hatten Molly und Giles nicht viel Zeit, um sich in Spekulationen über ihre Gäste zu ergehen. Das Zubereiten und Servieren des Abendessens und das nachfolgende Geschirrspülen nahmen sie völlig in Anspruch. Major Metcalf pries den Kaffee, und Giles und Molly suchten müde, aber triumphierend ihre Lagerstätte auf, von der sie jedoch gegen zwei Uhr morgens durch das beharrliche Klingeln einer Glocke wieder aufgescheucht wurden.

Giles fluchte. »Es ist die Haustür. Wer kann das nur sein?«

»Beeil dich«, sagte Molly. »Um so eher wirst du es wissen.«

Mit einem vorwurfsvollen Blick auf Molly hüllte sich Giles in seinen Schlafrock und stieg die Treppe hinab. Molly hörte, wie der Riegel zurückgeschoben wurde, und dann ein Stimmengemurmel in der Halle. Von Neugierde getrieben, kroch sie aus dem. Bett, um durch das Treppengeländer zu lugen. Unten in der Halle half Giles einem bärtigen Fremden aus einem schneebedeckten Mantel. Abgerissene Sätze drangen zu ihr herauf.

»Brrr.« Seine Stimme klang irgendwie fremdländisch. »Meine Finger sind fast abgestorben. Und meine Füße ...« Ein heftiges Stampfen wurde hörbar.

»Kommen Sie herein«, sagte Giles und öffnete die Tür der Bibliothek. »Hier ist es warm. Am besten warten Sie hier, während ich ein Zimmer herrichte.«

»Ich habe wirklich Glück gehabt«, bemerkte der Fremde höflich.

Molly spähte emsig durch das Geländer. Sie sah einen älteren Mann mit einem spitzen schwarzen Bärtchen und teuflischen Augenbrauen. Einen Mann, der sich trotz seiner ergrauten Schläfen mit jugendlichen, elastischen Schritten bewegte.

Giles schloss die Tür der Bibliothek und kam rasch die Treppe herauf. Molly erhob sich aus ihrer zusammengekauerten Stellung.

»Wer ist das?«, fragte sie.

Giles grinste. »Ein neuer Gast. Sein Wagen hat sich in einer Schneewehe überschlagen. Es gelang ihm, sich daraus zu befreien, und dann ist er in dem wirbelnden Schneesturm – horch nur, wie es draußen heult! – die Straße entlanggestolpert, bis er unser Schild sah, das ihm, so sagt er, wie die Erfüllung eines Gebetes erschien.«

»Glaubst du, wir können es riskieren?«

»Aber Liebling, ein Einbrecher sucht sich gewiss nicht eine solche Nacht für seine Runden aus.«

»Er ist ein Ausländer, nicht wahr?«

»Ja. Sein Name ist Paravicini. Ich habe seine Brieftasche gesehen, die er, wie ich stark annehme, absichtlich gezeigt hat, und sie strotzte von Geldscheinen. Welches Zimmer sollen wir ihm geben?«

»Das grüne Zimmer. Es ist aufgeräumt und so weit fertig. Wir brauchen nur das Bett herzurichten.«

»Ich werde ihm einen Pyjama leihen müssen. Sein Gepäck ist noch im Auto. Er erzählte mir, er habe durchs Fenster klettern müssen.«

Molly holte Laken, Kopfkissenbezüge und Handtücher.

Während sie eilig das Bett bezogen, bemerkte Giles: »Es schneit, was das Zeug hält. Wir werden völlig von der Außenwelt abgeschnitten sein, Molly. Eigentlich ganz spannend, nicht wahr?«

»Ich weiß nicht recht«, meinte Molly voller Zweifel. »Glaubst du, dass ich Brot backen kann, Giles?«

»Natürlich. Du bringst alles fertig«, beruhigte sie ihr treuer Gatte.

»Ich habe es noch nie versucht. Brot gehört zu den Dingen, die man als selbstverständlich hinnimmt. Ob frisch oder alt, es wird vom Bäcker gebracht. Aber wenn wir eingeschneit sind, kommt kein Bäcker.«

»Auch kein Schlachter, kein Postbote, keine Zeitung, und wahrscheinlich werden wir auch ohne Telefon dasitzen.«

»Dann sind wir also nur auf das Radio angewiesen, das uns Verhaltensmaßregeln gibt?«

»Jedenfalls produzieren wir selbst unser elektrisches Licht.«

»Du musst morgen wieder den Generator laufen lassen, und wir müssen die Heizung gut versorgen.«

»Die nächste Koksladung dürfte jetzt ausbleiben. Und unser Vorrat ist ziemlich erschöpft.«

»Lieber Himmel! Giles, ich fürchte, es steht uns eine schlimme Zeit bevor. Nun schnell, hole diesen Mr Soundso. Ich krieche wieder ins Bett.«

Der Morgen bestätigte Giles' Prophezeiungen. Der Schnee

türmte sich anderthalb Meter hoch vor Türen und Fenstern, und es schneite immer noch. Die Welt sah weiß, schweigend und – auf undefinierbare Art – drohend aus.

Mrs Boyle saß am Frühstückstisch. Sonst befand sich niemand im Esszimmer. Major Metcalfs Gedeck am Nebentisch war bereits abgeräumt worden, und Mr Wren war noch nicht erschienen. Ein Frühaufsteher – anscheinend – und ein Langschläfer. Mrs Boyle wusste mit Sicherheit, dass es nur eine richtige Frühstückszeit gab, und zwar neun Uhr.

Sie hatte ihre ausgezeichnete Omelette verzehrt und war nun damit beschäftigt, den Toast zwischen ihren starken weißen Zähnen zu zermalmen. Sie fand sich in einer grollenden, unentschlossenen Stimmung. Monkswell Manor entsprach ganz und gar nicht ihren Erwartungen. Sie hatte mit Bridge-Partnern gerechnet und gehofft, verwelkte alte Jungfern vorzufinden, die sie mit ihrer gesellschaftlichen Stellung und ihren Verbindungen beeindrucken und denen sie geheimnisvolle Andeutungen über die Wichtigkeit ihres Kriegsdienstes machen konnte.

Bei Kriegsende war Mrs Boyle gleichsam an einer öden Küste gestrandet. Stets war sie eine geschäftige Frau gewesen, die die Worte »Tüchtigkeit« und »Organisation« beredt im Munde führte. Ihre kraftvolle Energie hatte die Leute davon abgehalten, zu fragen, ob sie tatsächlich eine gute und tüchtige Organisatorin war. Der Kriegsdienst war ihr auf den Leib geschrieben. Sie hatte die Menschen drangsaliert und tyrannisiert, die Leiter der verschiedenen Abteilungen gepiesackt und sich selbst – man muss ihr Gerechtigkeit widerfahren lassen – niemals geschont. Aus Angst vor ihrer leisesten Ungnade rannten unterwürfige Frauen, um ihre Befehle auszuführen. Und nun war dieses erregende, geschäftige Dasein vorüber. Sie stand wieder im Privatleben, aber ihr früheres Privatleben gab es nicht mehr. Ihr von der Armee requiriertes Haus musste gründlich überholt werden, ehe sie es wieder beziehen konnte, und angesichts der herrschenden Dienstbotennot schien eine Rückkehr sowieso unpraktisch. Außerdem waren ihre Freunde in alle Winde zerstreut. Zweifellos würde sie bald wieder einen Platz an der Sonne finden, aber vorläufig hieß die Parole: abwarten. Ein Hotel oder eine Pension schien die beste Lösung zu sein, und sie hatte sich Monkswell Manor ausgesucht.

Geringschätzig ließ sie ihren Blick durch den Raum schweifen.

Höchst unaufrichtig von diesen Leuten, sagte sie sich, mir nicht mitzuteilen, dass sie das Haus eben erst eröffnet haben.

Sie schob ihren Teller noch weiter von sich fort. Dass ihr Frühstück ausgezeichnet zubereitet und serviert worden war, mit gutem Kaffee und selbstgemachter Marmelade, brachte sie seltsamerweise noch mehr in Wallung. Denn dadurch war ihr ein berechtigter Grund zur Klage genommen. Ihr Bett mit den gestickten Laken und einem weichen Kopfkissen war ebenfalls komfortabel gewesen. Mrs Boyle schätzte Komfort, aber nicht minder schätzte sie eine Gelegenheit, etwas aussetzen zu können. Vielleicht überwog die letztere Leidenschaft sogar.

Mrs Boyle erhob sich majestätisch und verließ das Esszimmer, wobei sie an der Tür dem höchst ungewöhnlichen jungen Mann mit dem rötlichen Haar begegnete, der an diesem Morgen einen knallgrünen, karierten Schlips trug – und noch dazu einen wollenen Schlips.

Unmöglich, sagte Mrs Boyle im Stillen. Einfach unmöglich.

Und dann die Art und Weise, wie er sie mit seinen hellen Augen so von der Seite ansah – nein, das gefiel ihr ganz und gar nicht. Es lag etwas Beunruhigendes, Ungewöhnliches in diesem ein wenig höhnischen Blick.

Höchstwahrscheinlich geistig nicht ganz auf Draht, dachte Mrs Boyle bei sich.

Sie erwiderte seine schwungvolle Verbeugung mit einem leichten Kopfnicken und marschierte in den großen Salon. Bequeme Sessel hier, besonders der große rosenfarbige. Am besten stellte sie von vornherein klar, das dies *ihr* Sessel war. Der Sicherheit halber legte sie ihr Strickzeug hinein und ging zu dem Heizkörper hinüber, den sie mit der Hand abtastete. Wie sie schon vermutet hatte, waren die Röhren nur warm, nicht etwa heiß. Ihre Augen blitzten kampflustig. *Hierüber* konnte sie ein paar Worte verlieren.

Sie blickte zum Fenster hinaus. Schauderhaftes Wetter – ganz schauderhaft. Nun, sie würde hier nicht lange bleiben – höchstens, wenn mehr Gäste kamen und den Aufenthalt etwas amüsanter gestalteten.

Mit sanftem Rauschen glitt etwas Schnee vom Dach. Mrs Boyle schreckte zusammen. »Nein«, sagte sie laut, »ich werde nicht lange bleiben.«

Irgend jemand lachte – es war ein dünnes, hohes Kichern. Sie wandte scharf den Kopf. Der junge Wren stand im Türrahmen und betrachtete sie mit seinem seltsamen Ausdruck.

»Nein«, meinte er, »das glaube ich auch nicht.«

Major Metcalf half Giles, den Schnee von der Hintertür wegzuschaufeln. Er war ein tüchtiger Arbeiter, und Giles erging sich in lauten Dankesbezeugungen.

»Gesunde Gymnastik«, erklärte Major Metcalf. »Man muss jeden Tag Gymnastik treiben, wenn man in Form bleiben will.«

Der Major war also ein Körperertüchtigungsfanatiker, wie Giles befürchtet hatte. Das passte zu seinem Verlangen, um halb acht zu frühstücken.

Als habe er Giles' Gedanken gelesen, sagte der Major plötzlich: »Sehr nett von Ihrer Frau, mir das Frühstück so zeitig zu richten. Auch über das frischgelegte Ei habe ich mich sehr gefreut.«

Die dringenden Pflichten eines Pensionsinhabers hatten auch Giles schon vor sieben aus dem Bett getrieben. Molly und er hatten rasch etwas Tee getrunken und ein paar weiche Eier gegessen und dann die Wohnräume in Ordnung gebracht. Alles war jetzt pieksauber. Aber Giles dachte unwillkürlich, wäre *er* Gast in Monkswell Manor, könnten ihn keine zehn Pferde an einem solchen Morgen eine Minute früher als unbedingt notwendig aus den Federn bringen.

Der Major war jedoch schon früh auf den Beinen gewesen und hatte nach dem Frühstück das Haus durchstreift, ohne recht zu wissen, was er mit seiner überschäumenden Energie anfangen sollte.

Na, dachte Giles, er kann sich ja nun austoben, indem er Schnee schaufelt.

Er sah seinen Gefährten verstohlen von der Seite an. Es war wirklich nicht leicht, diesen Mann einzustufen. Unnachgiebig, in fortgeschrittenen Jahren, ein merkwürdig beobachtender Blick. Ein Mann, der nichts verriet. Giles fragte sich im Stillen, warum er wohl nach Monkswell Manor gekommen war. Wahrscheinlich pensioniert und keine andere Beschäftigung.

Mr Paravicini kam spät nach unten. Er verzehrte ein einfaches kontinentales Frühstück: Kaffee und Toast.

Als Molly es ihm servierte, brachte er sie ein wenig aus der Fassung, indem er aufsprang, eine übertriebene Verbeugung machte und ausrief: »Ah, meine reizende Wirtin, nicht wahr?«

Molly nickte kurz. Um diese Stunde war sie nicht aufgelegt, Komplimente zu empfangen.

»Ich möchte mal wissen«, sagte sie, als sie das Geschirr, ohne Rücksicht auf Verluste, im Spülbecken auftürmte, »warum alle ihr Frühstück zu verschiedenen Zeiten haben müssen. Eine ziemliche Zumutung.«

Sie schleuderte die Teller in das Trockengestell und eilte nach oben, um sich über die Betten herzumachen. An diesem Morgen konnte sie keine Hilfe von Giles erwarten. Er musste den Weg zum Boilerhaus und zum Hühnerstall freischaufeln.

Molly warf die Betten in höchster Eile zusammen, wobei sie eingestandenermaßen keinen allzu großen Wert auf Sorgfalt legte. Sie war gerade dabei, eines der Badezimmer zu säubern, als das Telefon läutete.

Zuerst verwünschte Molly diese Unterbrechung, dann aber spürte sie auf dem Wege nach unten eine gewisse Erleichterung darüber, dass wenigstens das Telefon noch in Betrieb war.

Ein wenig atemlos betrat sie die Bibliothek und nahm den Hörer von der Gabel.

»Ja, wer ist dort?«

Eine herzhafte Stimme mit einem leichten, aber angenehmen Dialekt fragte: »Ist Monkswell Manor am Apparat?«

»Ja, Pension Monkswell Manor.«

»Kann ich wohl mit Mr Davis sprechen?«

»Er kann leider im Augenblick nicht an den Apparat kommen«, erwiderte Molly. »Ich bin Mrs Davis. Mit wem spreche ich, bitte?«

»Inspektor Hogben von der Berkshire-Polizei.«

Molly rang nach Luft und stammelte: »O ja … hm … ja?«

»Mrs Davis, es handelt sich um eine ziemlich dringliche Angelegenheit. Ich möchte mich am Telefon nicht weiter darüber auslassen. Aber ich habe Wachtmeister Trotter zu Ihnen geschickt – er muss jeden Augenblick eintreffen.«

»Aber das wird nicht möglich sein. Wir sind nämlich eingeschneit – vollständig eingeschneit. Die Straßen sind unpassierbar.«

Die Stimme am anderen Ende der Leitung verlor nicht eine Sekunde lang ihre Zuversicht.

»Trotter wird Sie schon erreichen. Und bitte, Mrs Davis, bestellen Sie Ihrem Gatten ausdrücklich, er möchte sich genau anhören, was Trotter zu berichten hat, und blindlings seine Instruktionen befolgen. Das wäre alles.«

»Aber, Inspektor Hogben, was …«

Doch sie hörte nur noch ein scharfes Knacken. Hogben hatte offenbar das letzte Wort gesprochen und den Hörer aufgelegt. Molly rappelte ein paar Mal an der Gabel und ließ den Hörer sinken. Als sie sich umdrehte, öffnete sich die Tür.

»O Giles, mein Liebling, da bist du ja.«

Giles hatte Schnee im Haar und ziemlich viel Kohlenruß im Gesicht. Er schien sehr erhitzt zu sein.

»Was gibt's denn, Liebes? Ich habe die Kohleneimer gefüllt und das Holz hereingebracht. Jetzt kommen die Hühner an die Reihe, und dann sehe ich mir den Boiler an. Einverstanden? Was hast du denn, Molly? Du siehst ja ganz verängstigt aus!«

»Giles, die *Polizei* war am Apparat.«

»Die Polizei?«, fragte Giles ungläubig.

»Ja, sie schicken uns einen Inspektor oder einen Wachtmeister oder dergleichen.«

»Aber warum? Was haben wir denn verbrochen?«

»Ich weiß es nicht. Glaubst du, dass es sich um die zwei Pfund Butter handelt, die wir aus Irland bekamen?«

Giles runzelte die Stirn. »Die Rundfunkgebühr habe ich doch bezahlt, nicht wahr?«

»Ja, die Quittung liegt im Schreibtisch. Giles, die alte Mrs Bidlock hat mir fünf Kleiderabschnitte für meinen alten Tweedmantel gegeben. Das ist wahrscheinlich verboten – aber meines Erachtens ist es durchaus gerecht. Ich habe einen Mantel weniger und dafür die Abschnitte. Lieber Himmel, was haben wir uns sonst noch zuschulden kommen lassen?«

»Ich hätte neulich beinahe Pech mit dem Wagen gehabt. Aber der andere hatte Schuld. Ganz entschieden.«

»Irgendetwas müssen wir auf dem Kerbholz haben«, jammerte Molly.

»Leider ist ja praktisch alles, was man heutzutage tut, illegal«, meinte Giles verdrießlich. »Daher dieses dauernde Schuldgefühl. Wahrscheinlich dreht es sich um diesen Laden. Die Eröffnung einer Fremdenpension ist sicherlich mit tausend Fragen verbunden, von denen wir keine Ahnung haben.«

»Ich dachte, man braucht nur die Alkoholvorschriften zu beachten. Wir haben niemandem etwas zu trinken gegeben, und im Übrigen können wir mit unserem eigenen Haus ja wohl anfangen, was wir wollen.«

»Ich weiß. Es klingt alles ganz richtig. Aber wie gesagt, heutzutage ist alles mehr oder weniger ungesetzlich.«

»Herrje«, seufzte Molly, »ich wollte, wir hätten die Finger davon gelassen. Wir werden tagelang eingeschneit sein. Die Gäste werden unwirsch und essen alle unsere Konserven auf.«

»Kopf hoch, Liebes«, ermunterte sie Giles. »Im Augenblick haben wir zwar eine Pechsträhne, aber es wird alles wieder gut werden.«

Etwas zerstreut gab er ihr einen Kuss auf den Kopf, und als er sie losließ, fügte er mit veränderter Stimme hinzu: »Weißt du, Molly, wenn man es sich richtig überlegt, muss es sich um eine ziemlich ernsthafte Sache handeln. Sonst würde man keinen Polizeibeamten bei solchem Unwetter zu uns herausschicken.« Er deutete mit der Hand auf die sich draußen türmenden Schneemassen. »Es muss wirklich sehr dringend sein ...«

Bei diesen Worten öffnete sich die Tür, und Mrs Boyle kam herein.

»Ach, hier sind Sie, Mr Davis«, sagte Mrs Boyle. »Wissen Sie, dass die Heizung im Salon praktisch eiskalt ist?«

»Tut mir leid, Mrs Boyle. Aber unser Koksvorrat ist etwas knapp und …«

Mrs Boyle fiel ihm rücksichtslos ins Wort. »Ich zahle hier sieben Pfund die Woche – *sieben* Pfund. Und ich bin *nicht* gewillt zu frieren.«

Giles errötete und sagte kurz: »Ich werde etwas mehr auflegen.«

Er verließ das Zimmer, und Mrs Boyle wandte sich an Molly.

»Ich will mich ja nicht einmischen, Mrs Davis, aber es ist doch ein sehr merkwürdiger junger Mann, den Sie hier aufgenommen haben. Seine Manieren – und seine Schlipse … Bürstet er sich eigentlich niemals das Haar?«

»Er ist ein äußerst tüchtiger Architekt«, erklärte Molly.

»Wie bitte?«

»Christopher Wren ist Architekt und …«

»Meine liebe junge Frau«, versetzte Mrs Boyle schnippisch, »auch ich habe von *Sir Christopher Wren* gehört. Selbstredend war er ein Architekt. Er hat die St.-Pauls-Kathedrale gebaut. Die jungen Leute heutzutage scheinen anzunehmen, dass die ältere Generation keine Bildung genossen hat.«

»Ich meinte *unseren* Wren. Er heißt auch Christopher. Seine Eltern haben ihn so getauft, weil sie hofften, er würde Architekt werden. Und er ist tatsächlich einer – oder jedenfalls beinahe. Also hat sich die Hoffnung erfüllt.«

»Ha!«, schnaubte Mrs Boyle. »Das scheint mir eine höchst verdächtige Geschichte zu sein. An Ihrer Stelle würde ich Erkundigungen über ihn einziehen. Was wissen Sie eigentlich von ihm?«

»Genauso viel wie von Ihnen, Mrs Boyle: nämlich, dass er uns sieben Pfund die Woche zahlt. Das ist alles, was ich zu wissen brauche, nicht wahr? Das andere geht mich nichts an.

Es ist mir gleichgültig, ob ich meine Gäste gern habe oder ob« – Molly blickte Mrs Boyle fest in die Augen – »ich sie nicht ausstehen kann.«

Mrs Boyle errötete vor Zorn. »Sie sind noch jung und unerfahren und sollten froh sein, wenn Ihnen jemand, der weiser ist als Sie, einen Rat erteilt. Und dann dieser merkwürdige Ausländer. Wann ist er denn eingetroffen?«

»Mitten in der Nacht.«

»Ach, wie seltsam! Nicht gerade die üblichste Zeit.«

»Ehrliche Reisende von der Tür zu weisen verstößt gegen das Gesetz, Mrs Boyle.« Süßlich fügte Molly hinzu: »Das dürfte Ihnen vielleicht unbekannt sein.«

»Ich kann nur sagen, dass mir dieser Paravicini, oder wie der Mensch sich nennt…«

»Vorsicht, Vorsicht, meine Dame. Wenn man vom Teufel spricht, dann kommt er.«

Mrs Boyle fuhr zusammen, als ob der Leibhaftige sie persönlich angesprochen habe. Mr Paravicini, der leise hereingetrippelt war, rieb sich mit satanischer Heiterkeit die Hände.

»Sie haben mich erschreckt«, sagte Mrs Boyle. »Ich habe Sie nicht kommen hören.«

»Ich schleiche auf Zehenspitzen«, erklärte Mr Paravicini. »Niemand hört mich jemals kommen oder gehen. Das finde ich amüsant. Manchmal erlausche ich zufällig etwas dabei. Auch das amüsiert mich.« Leise setzte er hinzu: »Aber was ich gehört habe, vergesse ich nicht.«

Mrs Boyle erwiderte ziemlich kleinlaut: »Wirklich? Ich muss mein Strickzeug holen – ich habe es im Salon liegen gelassen.«

Sie verließ eilends das Zimmer. Molly betrachtete Mr Paravicini mit einem verdutzten Ausdruck. Er kam tänzelnd auf sie zu.

»Meine bezaubernde Wirtin scheint beunruhigt zu sein.«

Ehe sie es verhindern konnte, hatte er ihr die Hand geküsst. »Was ist geschehen, Teuerste?«

Molly trat einen Schritt zurück. Im Augenblick war ihr Mr Paravicini nicht allzu sympathisch. Er blinzelte sie an wie ein Satyr.

»Heute morgen ist alles ein bisschen kompliziert«, bemerkte sie leichthin. »Das liegt wohl an dem Schnee.«

»Ja.« Mr Paravicini wandte den Kopf zum Fenster. »Der Schnee macht alles sehr schwierig, nicht wahr? Unter Umständen aber auch sehr leicht.«

»Ich weiß nicht, was Sie damit sagen wollen.«

»Nein«, meinte er nachdenklich. »Es gibt sehr vieles, das Sie nicht wissen. Ich glaube zum Beispiel, dass Sie von der Leitung einer Pension nicht viel verstehen.«

Molly schob kampflustig das Kinn vor. »Das mag sein. Aber wir lassen uns nicht unterkriegen.«

«Bravo, bravo.«

»Schließlich«, Mollys Stimme verriet eine leise Besorgnis, »bin ich keine allzu schlechte Köchin …«

»Sie sind zweifellos eine bezaubernde Köchin«, versicherte ihr Mr Paravicini.

Wie lästig doch diese Ausländer waren, dachte Molly.

Es war, als habe Mr Paravicini ihre Gedanken gelesen. Auf jeden Fall änderte sich sein Wesen. Er sprach jetzt ruhig und durchaus ernsthaft:

»Darf ich Ihnen einen kleinen Rat geben, Mrs Davis? Sie und Ihr Gatte sollten nicht so vertrauensselig sein. Haben Sie über Ihre Gäste Auskünfte eingeholt?«

»Ist das üblich?« Molly schien schon wieder ängstlich. »Ich dachte, man nähme sie einfach auf.«

»Es ist stets vorteilhaft, etwas über die Menschen zu wissen, die unter Ihrem Dach schlafen.« Er beugte sich vor und klopfte ihr etwas bedrohlich auf die Schulter. »Sehen Sie mich an. Ich komme mitten in der Nacht hereingeschneit, im wahrsten Sinne des Wortes, und behaupte, mein Wagen habe sich in einer Schneewehe überschlagen. Was wissen Sie von mir? Überhaupt nichts. Vielleicht wissen Sie ebenso wenig von Ihren anderen Gästen.«

»Mrs Boyle …«, begann Molly und hielt inne, als diese Dame mit ihrem Strickzeug in der Hand wieder ins Zimmer trat.

»Der Salon ist zu kalt. Ich werde mich hier aufhalten.« Mit diesen Worten schritt sie auf den Kamin zu.

Mr Paravicini wirbelte vor ihr her. »Gestatten Sie, dass ich das Feuer für Sie schüre.«

Wie schon in der vergangenen Nacht war Molly von seinem jugendlichen, behänden Gang beeindruckt. Auch war ihr nicht entgangen, dass er stets darauf bedacht war, dem Licht den Rücken zu kehren, und jetzt, als er vor dem Feuer kniete, glaubte sie, den Grund dafür entdeckt zu haben. Mr Paravicini war, wenn auch sehr geschickt, so doch ganz offensichtlich geschminkt.

Der alte Idiot versuchte also, jünger zu erscheinen, als er in Wirklichkeit war, dachte sie. Na, das war ihm nicht gelungen. Er sah eher noch älter aus. Nur der jugendliche Gang passte nicht zu ihm. Aber vielleicht war auch der sorgfältig einstudiert.

Sie wurde aus ihren Grübeleien aufgescheucht und wieder in die raue Wirklichkeit zurückversetzt durch das plötzliche Erscheinen von Major Metcalf.

»Mrs Davis, ich fürchte, die Rohre in der … hm« – er senkte seine Stimme züchtig – »unteren Toilette sind eingefroren.«

»Herrjemine!«, stöhnte Molly. »Was für ein schrecklicher Tag! Erst die Polizei und nun die Rohre.«

Mr Paravicini ließ das Schüreisen klirrend in den Kamin fallen, und Mrs Boyle hörte mit dem Stricken auf. Molly, die Major Metcalf anblickte, war über seine plötzliche steife Haltung und seinen schwer zu beschreibenden Gesichtsausdruck verdutzt – ein Ausdruck, den sie sich nicht zu erklären vermochte: als sei jegliches Gefühl aus seinen Zügen gewichen und habe eine aus Holz geschnitzte Maske zurückgelassen.

»Die *Polizei*, sagten Sie?«, stieß er abrupt hervor.

Sie spürte jetzt, dass es trotz seiner äußeren Gefasstheit in seinem Innern gärte. Irgendeine heftige Gemütsbewegung – Furcht oder Wachsamkeit oder Erregung – schien ihn zu beherrschen. *Dieser Mann*, sagte sich Molly, *könnte gefährlich sein.*

Er hob wieder an, und diesmal lag nur eine milde Neugierde in seiner Stimme. »Was für ein Bewenden hat es mit der Polizei?«

»Man hat angerufen«, erwiderte Molly. »Gerade eben. Um uns mitzuteilen, dass man einen Wachtmeister zu uns herausschicken will.« Sie blickte aus dem Fenster und setzte hoffnungsvoll hinzu: »Aber ich glaube nicht, dass er es schaffen wird.«

»Warum schickt man einen Polizisten?« Er kam einen Schritt auf sie zu, aber ehe sie antworten konnte, öffnete sich die Tür, und Giles trat ein.

»Dieser verdammte Koks besteht zur Hälfte aus Steinen«, schimpfte er. Dann fügte er scharf hinzu: »Ist irgendwas passiert?«

Major Metcalf wandte sich zu ihm um: »Wie ich höre, soll die Polizei erscheinen. Warum eigentlich?«

»Oh, keine Sorge«, entgegnete Giles. »In diesem Wetter kommt niemand durch. Herrje, die Schneewehen sind über anderthalb Meter hoch. Die Straße ist völlig blockiert. Keine Menschenseele wird heute hier auftauchen.«

Im selben Augenblick vernahm man deutlich, wie dreimal ans Fenster geklopft wurde.

Alle fuhren erschreckt zusammen. Im ersten Augenblick wusste niemand, woher der Laut kam, der wie eine drohende, gespenstische Warnung klang. Dann deutete Molly mit einem Aufschrei auf die ins Freie führende Glastür. Draußen stand ein Mann und pochte an die Scheiben. Das Mysterium seiner Ankunft erklärte sich aus der Tatsache, dass er Ski trug.

Mit einem Ausruf des Erstaunens durcheilte Giles das Zimmer, machte sich am Schloss zu schaffen und öffnete die Glastür.

»Vielen Dank, Sir«, sagte der Neuankömmling, der eine heitere Stimme und ein tiefgebräuntes Gesicht besaß.

»Wachtmeister Trotter«, stellte er sich vor.

Mrs Boyle nahm ihn über ihr Strickzeug hinweg missbilligend aufs Korn. »Sie können noch kein Wachtmeister sein«, verkündete sie geringschätzig. »Dafür sind Sie zu jung.«

Der junge Mann, der in der Tat noch sehr jung war, antwortete in etwas verärgertem Ton: »Ich bin nicht ganz so jung, wie ich aussehe, meine Gnädigste.«

Sein Blick wanderte über die Gruppe und blieb auf Giles haften.

»Sind Sie Mr Davis? Könnte ich wohl diese Ski ablegen und irgendwo verstauen?«

»Selbstverständlich. Kommen Sie nur mit.«

Sobald die Tür zur Halle sich hinter den beiden geschlossen hatte, bemerkte Mrs Boyle giftig: »Anscheinend zahlen wir heutzutage die vielen Steuern, damit die Polizei sich beim Wintersport amüsieren kann.«

Paravicini war inzwischen dicht an Molly herangetreten. Zischelnd raunte er ihr ins Ohr: »Warum haben Sie die Polizei gerufen, Mrs Davis?«

Vor der brennenden Feindseligkeit seines Blickes wich sie ein wenig zurück. *Dieser* Mr Paravicini war ihr ganz neu. Einen Augenblick lang spürte sie Furcht und erwiderte ratlos: »*Ich* habe sie doch nicht gerufen, ganz bestimmt nicht!«

Dann stürzte Christopher Wren aufgeregt ins Zimmer und

flüsterte mit hoher, durchdringender Stimme: »Wer ist dieser Mann in der Halle? Wo kommt er her? Geradezu unanständig gesund – und ganz voll Schnee!«

Mrs Boyles Stimme überdröhnte das Geklapper ihrer Stricknadeln. »Sie mögen es glauben oder nicht, aber der Mann ist ein Polizist. Ein skilaufender Polizist!«

Es gab keinerlei Privileg für die bessere Gesellschaft mehr – das schien aus ihren Worten zu klingen.

Major Metcalf flüsterte Molly zu: »Entschuldigen Sie, Mrs Davis, darf ich Ihr Telefon benutzen?«

»Natürlich, Major Metcalf.«

Während er an den Apparat trat, ließ sich Christopher Wrens schrilles Organ vernehmen: »Er sieht blendend aus. Finden Sie nicht auch? Für mein Empfinden sind Polizisten schrecklich attraktiv.«

»Hallo, hallo …« Major Metcalf rappelte gereizt an der Gabel und wandte sich an Molly. »Mrs Davis, dieses Telefon gibt überhaupt keinen Ton von sich.«

»Eben war es doch noch in Ordnung. Ich …«

Sie wurde von Christopher Wren unterbrochen, der in ein fast hysterisches Gelächter verfiel. »Aha, wir sind jetzt völlig abgeschnitten. Völlig abgeschnitten. Komisch, nicht wahr?«

»Das kann ich nicht lächerlich finden«, bemerkte Major Metcalf gezwungen.

»Ich auch nicht«, stimmte Mrs Boyle zu.

Christopher schüttelten immer noch Lachkrämpfe. »Nur ein kleiner Scherz von mir«, erklärte er. »Pst!« – er legte den Finger an die Lippen –, »der Spürhund naht.«

Giles und Wachtmeister Trotter traten zusammen ins Zimmer. Trotter, der seine Ski abgeschnallt und den Schnee von seinem Anzug gebürstet hatte, trug ein großes Notizbuch und einen Bleistift in der Hand. Er brachte die Atmosphäre eines langwierigen Gerichtsverfahrens mit sich.

»Molly«, sagte Giles, »Wachtmeister Trotter möchte ein Wort mit uns allein reden.«

Molly folgte den beiden aus dem Zimmer.

»Wir gehen am besten ins Studierzimmer«, schlug Giles vor.

Sie gingen in das kleine Kabinett am Ende der Halle, das diesen würdigen Namen trug, und Wachtmeister Trotter schloss sorgfältig die Tür hinter sich.

»Was haben wir verbrochen, Wachtmeister?«, fragte Molly kläglich.

»Verbrochen?« Wachtmeister Trotter starrte sie an. Dann lächelte er über das ganze Gesicht. »Aber darum handelt es sich doch gar nicht. Es tut mir leid, wenn ein Missverständnis aufgekommen ist. Nein, Mrs Davis, es geht um etwas ganz anderes – eher um polizeilichen Schutz, wenn Sie mich recht verstehen.«

Da sie ihn nicht im geringsten verstanden, blickten beide ihn fragend an.

Wachtmeister Trotter fuhr beredt fort. »Mein Anliegen hat etwas mit Mrs Lyon zu tun, Mrs Maureen Lyon, die vor zwei Tagen in London ermordet wurde. Sie haben vielleicht davon in der Zeitung gelesen.«

»Ja«, sagte Molly.

»Als Erstes möchte ich wissen, ob Sie mit dieser Mrs Lyon bekannt waren.«

»Hab nie was von ihr gehört«, erklärte Giles, und Molly stimmte ihm murmelnd zu.

»Nun, das haben wir uns schon gedacht. Aber in Wirklichkeit hieß die Ermordete nicht Lyon. Sie wurde in den Polizeiakten geführt und an Hand der vorhandenen Fingerabdrücke ohne Schwierigkeiten identifiziert. Ihr eigentlicher Name lautete Gregg, Maureen Gregg. John Gregg, ihr verstorbener Mann, war Landwirt und wohnte auf der Longridge-Farm unweit von hier. Vielleicht haben Sie gehört, was sich seinerzeit zugetragen hat?«

Im Raum herrschte Totenstille. Nur ein einziger Laut unterbrach das Schweigen: ein dumpfer, unerwarteter Aufprall, als Schnee vom Dach rutschte. Es war ein geheimnisvolles, fast unheimliches Geräusch.

Trotter fuhr fort. »Im Jahr 1940 wurden drei evakuierte Kinder bei den Greggs auf der Longridge-Farm einquartiert. Eines dieser Kinder starb später infolge der sträflichen Vernachlässigung und der Misshandlungen, die sie dort erlitten hatten. Der Fall erregte ziemliches Aufsehen, und beide Greggs wurden zu Gefängnisstrafen verurteilt. Gregg gelang es, auf dem Wege zum Gefängnis zu entkommen. Er stahl ein Auto und stieß auf der Flucht mit einem anderen Wagen zusammen. Er war sofort tot. Mrs Gregg hat ihre Zeit abgesessen und wurde vor zwei Monaten entlassen.«

»Und nun ist sie ermordet worden«, murmelte Giles. »Wen hat man in Verdacht?«

Doch Wachtmeister Trotter ließ sich nicht zur Eile antreiben. »Erinnern Sie sich an den Fall, Sir?«, fragte er.

Giles schüttelte den Kopf. »Im Jahr 1940 diente ich als Marineoffizier im Mittelmeer.«

Trotter ließ seinen Blick zu Molly gleiten.

»Ich … ich erinnere mich tatsächlich, etwas davon gehört zu haben«, gestand Molly ein wenig keuchend. »Aber warum kommen Sie zu uns? Was haben *wir* damit zu tun?«

»Die Sache ist die: Sie schweben in Gefahr, Mrs Davis.«

»Gefahr?«, wiederholte Giles ungläubig.

»Es verhält sich folgendermaßen, Sir. In der Nähe des Tatortes fand man ein Notizbuch, das zwei Adressen enthielt. Die erste war Culver Street vierundsiebzig.«

»Wo die Frau ermordet wurde?«, warf Molly ein.

»Ja, Mrs Davis. Die andere Adresse war Monkswell Manor.«

»Was sagen Sie da?« Mollys Ton klang ungläubig. »Aber wie seltsam!«

»Ja. Aus diesem Grunde hielt Inspektor Hogben es für ungeheuer wichtig, ausfindig zu machen, ob irgendeine Verbindung zwischen Ihnen oder diesem Haus und der Geschichte mit der Longridge-Farm besteht.«

»Nein, nicht die geringste«, versicherte ihm Giles. »Es muss purer Zufall sein.«

Wachtmeister Trotter entgegnete sanft: »Inspektor Hogben hält es aber nicht für einen Zufall. Er wäre selbst gekommen, wenn es irgend möglich gewesen wäre. Aber bei diesem Wetter schickte er mich, da ich ein erfahrener Skiläufer bin. Er gab mir die Anweisung, mich umgehend über jede im Haus befindliche Person zu informieren, ihm telefonisch Bericht zu erstatten und alle Maßnahmen zu treffen, die ich für die Sicherheit des Haushaltes für notwendig halte.«

»Sicherheit?«, wiederholte Giles in scharfem Ton. »Mein Gott, Sie nehmen doch nicht etwa an, dass jemand hier im Haus umgebracht werden soll?«

»Ich wollte die Dame nicht beunruhigen«, erklärte Trotter, »aber gerade das ist es, was Inspektor Hogben befürchtet.«

»Aber um Himmels willen, aus welchem Grunde …«

Trotter fiel ihm ins Wort. »Um das zu entdecken, bin ich ja hier.«

»Aber das Ganze ist total verrückt.«

»Ja, Sir. Und eben deswegen so gefährlich.«

Molly mischte sich ein. »Ich habe den Eindruck, dass Sie uns noch nicht alles gesagt haben. Stimmt's, Wachtmeister?«

»Ja, Madam. Über der Seite in dem bewussten Notizbuch standen die Worte: *Drei blinde Mäuse.* An das Kleid der Ermordeten war ein Zettel geheftet mit der Anschrift: *Dies ist die* erste. Darunter befanden sich eine Zeichnung von drei Mäusen und ein paar Notentakte, die die Melodie des Kinderliedes angaben.«

Molly sang leise vor sich hin:

Drei blinde Mäuse,
Ha, wie sie rennen …

Sie brach ab. »Oh, es ist grässlich – schauderhaft. Drei Kinder waren damals auf der Farm, nicht wahr?«

»Ja, Mrs Davis. Ein fünfzehnjähriger Junge, ein vierzehnjähriges Mädchen und der zwölfjährige Junge, der später starb.«

»Was ist aus den zwei anderen geworden?«

»Das Mädchen wurde, soviel ich weiß, von einer Familie adoptiert. Es ist uns nicht gelungen, sie ausfindig zu machen. Der Junge müsste jetzt etwa dreiundzwanzig sein. Wir haben ihn aus den Augen verloren. Er soll immer ein wenig – sonderbar gewesen sein. Mit achtzehn Jahren trat er ins Heer ein und ist später fahnenflüchtig geworden. Seitdem ist er verschwunden. Der Militärpsychiater behauptet steif und fest, dass er nicht normal gewesen sei.«

»Sie nehmen also an, dass *er* es war, der Mrs Lyon umgebracht hat?«, fragte Giles. »Dass es sich also um einen mordsüchtigen Irren handelt, der aus unbekannten Gründen hier auftauchen mag?«

»Wir vermuten, dass irgend jemand in diesem Haus etwas mit den Vorgängen auf der Longridge-Farm zu tun hatte. Sobald wir einen solchen Zusammenhang festgestellt haben, sind wir im Voraus gewappnet. Sie, Sir, behaupten also, dass Sie in keiner Weise in diesen Fall verwickelt waren. Gilt das auch für Sie, Mrs Davis?«

»Ich … ja, natürlich.«

»Wollen Sie mir bitte alle Personen nennen, die sich bei Ihnen aufhalten?«

Sie gaben ihm die Namen: Mrs Boyle; Major Metcalf; Mr Christopher Wren; Mr Paravicini. Er schrieb sie in sein Notizbuch.

»Und wie steht's mit dem Hauspersonal?«

»Wir haben kein Personal«, erwiderte Molly. »Dabei fällt mir ein, dass ich unbedingt die Kartoffeln aufsetzen muss.«

Mit diesen Worte eilte sie aus dem Zimmer.

Trotter wandte sich an Giles. »Was wissen Sie über die Leute, Sir?«

»Ich – wir …« Giles stotterte. Doch dann fuhr er gelassen fort: »Eigentlich gar nichts, Wachtmeister. Mrs Boyle schrieb uns von einem Hotel in Bournemouth, Major Metcalf aus Leamington, Mr Wren von einem Privathotel in South Kensington. Mr Paravicini schneite buchstäblich mitten in der Nacht herein, da sein Wagen sich hier in der Nähe in einer Schneewehe überschlagen hatte. Ich nehme jedoch an, dass alle Personalausweise, Lebensmittelkarten und dergleichen besitzen.«

»Das werde ich natürlich noch prüfen.«

»In gewisser Hinsicht ist es ja günstig, dass das Wetter so schauderhaft ist«, meinte Giles. »Unter diesen Umständen kann der Mörder unmöglich bis zu uns vordringen, nicht wahr?«

»Vielleicht braucht er das nicht einmal, Mr Davis?«

»Was soll das heißen?«

Wachtmeister Trotter zögerte eine Sekunde. Dann sagte er: »Sie müssen die Möglichkeit ins Auge fassen, Sir, dass er *vielleicht schon hier ist*.«

Giles starrte ihn verdutzt an.

»Wie soll ich das verstehen?«

»Mrs Gregg wurde vor zwei Tagen umgebracht. *Alle Ihre Gäste sind erst nach diesem Zeitpunkt hier eingetroffen. Mr Davis*.«

»Ja, allerdings, aber sie hatten ihre Zimmer sämtlich im Voraus bestellt – eine ganze Weile im Voraus –, außer Paravicini.«

Wachtmeister Trotter seufzte, und seine Stimme klang müde. »Diese Verbrechen sind im Voraus geplant.«

»Diese Verbrechen? Bisher ist doch nur eins begangen worden. Warum sind Sie so sicher, dass ein weiteres folgen wird?«

»Dass es ausgeführt wird – dessen bin ich nicht sicher. Das hoffe ich zu verhindern. Dass es versucht wird, davon bin ich überzeugt.«

»Wenn Ihre Ansicht richtig ist«, sprudelte Giles erregt hervor, »dann käme nur eine Person in Frage – die einzige Person, die das passende Alter hat. *Christopher Wren!*«

Wachtmeister Trotter hatte Molly in der Küche aufgesucht.

»Ich würde es sehr begrüßen, Mrs Davis, wenn Sie mit mir in die Bibliothek kommen würden. Dort möchte ich für alle ein paar grundsätzliche Bemerkungen machen. Mr Davis hat Ihre Leute freundlicherweise schon darauf vorbereitet.«

»Gern – lassen Sie mich eben die Kartoffeln fertig schälen. Manchmal wünsche ich, Sir Walter Raleigh hätte diese vertrackten Dinger gar nicht entdeckt.«

Wachtmeister Trotter bewahrte ein missbilligendes Schweigen, das von Molly unterbrochen wurde. »Ich kann es einfach nicht glauben, was Sie uns da erzählt haben. Es ist so – phantastisch!«

»Es ist durchaus nicht phantastisch, Madam. Es handelt sich um nackte Tatsachen.«

»Haben Sie eine Beschreibung dieses Mannes?«, fragte Molly neugierig.

»Mittelgroß, schmächtig gebaut, trug einen dunklen Mantel und einen hellen Hut, sprach im Flüsterton, sein Gesicht war durch einen Schal verhüllt. Wie Sie sehen, trifft das auf Hinz und Kunz zu.« Nach einer kleinen Pause fuhr er fort: »Drei dunkle Mäntel und helle Hüte hängen auch in Ihrer Halle, Mrs Davis.«

»Ich glaube nicht, dass einer von den Gästen aus London kam.«

»Wirklich nicht, Mrs Davis?« Mit affenartiger Geschwindigkeit bewegte sich Wachtmeister Trotter auf die Anrichte zu und ergriff die dort liegende Zeitung.

»Der *Evening Standard* vom 19. Februar. Zwei Tage alt. Irgend jemand hat die Zeitung mitgebracht, Mrs Davis!«

»Wie merkwürdig!« Molly starrte auf die Zeitung, und eine schwache Saite vibrierte in ihrem Gedächtnis. »Woher mag sie nur stammen?«

»Sie dürfen die Menschen nicht nur nach ihrem Äußeren beurteilen, Mrs Davis. Sie wissen im Grunde gar nichts von diesen Leuten, die Sie in Ihr Haus aufgenommen haben.« Er setzte hinzu: »Ich nehme an, dass Sie und Mr Davis noch nicht lange mit der Leitung einer Pension vertraut sind.«

»Das stimmt«, gab Molly zu. Sie kam sich auf einmal recht jung, töricht und kindisch vor.

»Wahrscheinlich sind Sie auch noch gar nicht lange verheiratet, wie?«

»Gerade ein Jahr.« Sie errötete ein wenig. »Es kam alles ziemlich plötzlich.«

»Liebe auf den ersten Blick«, meinte Wachtmeister Trotter verständnisinnig.

Molly fühlte sich nicht imstande, ihn kühl abblitzen zu lassen. »Ja«, erwiderte sie und fügte in plötzlicher Vertrauensseligkeit hinzu: »Wir hatten uns nur vierzehn Tage lang gekannt.«

Ihre Gedanken eilten zurück zu jenen stürmischen zwei Wochen ihrer jungen Liebe. Es hatte keinen Zweifel gegeben – sie hatten beide gewusst, dass sie einander gehörten. In einer gequälten, nervösen Welt hatten sie das Wunder der Liebe gefunden. Ein leises Lächeln umspielte ihre Lippen.

Sie kehrte wieder in die Wirklichkeit zurück und spürte, wie Wachtmeister Trotters Blick nachsichtig auf ihr ruhte.

»Ihr Gatte stammt wohl nicht aus dieser Gegend, wie?«

»Nein«, erwiderte Molly zerstreut. »Er kommt aus Lincolnshire.«

Von Giles' Vergangenheit wusste sie eigentlich fast nichts. Seine Eltern waren tot, und er vermied jedes Gespräch über

seine Jugend. Wahrscheinlich hatte er eine unglückliche Kindheit verlebt.

»Sie sind beide noch sehr jung für die Leitung eines solchen Unternehmens, wenn ich mir die Bemerkung gestatten
darf.«

»Das will ich nicht sagen. Ich bin zweiundzwanzig und...«

Molly brach ab, als sich die Tür öffnete und Giles erschien.

»Sie sind alle versammelt«, verkündete er, »und ich habe
ihnen die Situation in groben Umrissen skizziert. Sie haben
hoffentlich nichts dagegen, Wachtmeister.«

»Nein, damit haben Sie mir viel Zeit erspart«, sagte Trotter.
»Sind Sie bereit, Mrs Davis?«

Vier Stimmen erhoben sich gleichzeitig, als Wachtmeister
Trotter die Bibliothek betrat.

Die höchste und schrillste war die von Christopher Wren.
Er verkündete der Umwelt, dass dies alles maßlos aufregend
sei und er in der kommenden Nacht kein Auge schließen
werde und ob man nicht, *bitte,* alle die blutigen Einzelheiten
erfahren könnte?

Mrs Boyle lieferte dazu die Kontrabassbegleitung. »Eine
unglaubliche Schande – die reinste Unfähigkeit – unerhört,
dass die Polizei Mörder frei herumstromern lässt!«

Mr Paravicini redete hauptsächlich mit den Händen. Seine
Gesten waren beredter als seine Worte, die von Mrs Boyles
Kontrabass übertönt wurden. Gelegentlich drang Major Met-
calfs schroffes, abgerissenes Bellen durch das Stimmengewirr.
Er verlangte nach Tatsachen.

Trotter wartete eine Weile. Dann hob er gebieterisch die
Hand, und erstaunlicherweise trat Ruhe ein.

»Ich danke Ihnen, meine Herrschaften«, sagte er. »Nun, Mr
Davis hat Ihnen bereits die Gründe für meine Anwesenheit
auseinandergesetzt. Ich möchte nur eines wissen, mehr nicht,

aber ich möchte es sehr rasch wissen. *Wer von Ihnen hat etwas mit den Vorkommnissen auf der Longridge-Farm zu tun?*«

Eisiges Schweigen folgte diesen Worten. Vier ausdruckslose Gesichter starrten Wachtmeister Trotter an. Die eben noch zum Ausdruck gebrachten Gefühle – Erregung, Empörung, Hysterie, Neugierde – waren wie ausgelöscht, als sei jemand mit einem Schwamm über eine Schiefertafel gefahren.

Wachtmeister Trotter begann von neuem, diesmal etwas eindringlicher. »Bitte, verstehen Sie mich doch. Wir haben Grund zu der Annahme, dass einer von Ihnen in Gefahr – in *Lebensgefahr* – schwebt. Ich muss unbedingt wissen, wer von Ihnen das ist!«

Und immer noch rührte sich keiner.

Trotters Stimme klang jetzt ein wenig zornig. »Na schön – ich werde jetzt alle der Reihe nach fragen. Mr Paravicini?«

Ein schwaches Lächeln breitete sich über Mr Paravicinis Züge. Er hob die Hände in einer protestierenden, theatralischen Geste.

»Aber ich bin doch fremd in dieser Gegend, Inspektor. Ich weiß nichts, aber auch gar nichts von diesen lokalen Angelegenheiten vergangener Tage.«

Trotter verschwendete keine Zeit, sondern sagte scharf:

»Mrs Boyle?«

»Ich sehe tatsächlich nicht ein, warum… Ich meine – warum sollte ausgerechnet *ich* mit einer so peinlichen Angelegenheit zu schaffen haben?«

»Mr Wren?«

Christopher schrillte: »Ich war ja damals noch ein Kind. Ich kann mich nicht einmal daran erinnern, etwas davon gehört zu haben.«

»Major Metcalf?«

Der Major entgegnete schroff: »Las davon in der Zeitung. War seinerzeit in Edinburgh stationiert.«

»Und das ist alles, was Sie mir zu sagen haben – Sie alle miteinander?«

Wieder herrschte Schweigen.

Trotter stieß einen Seufzer der Verzweiflung aus. »Nun gut, wenn einer von Ihnen ermordet wird, dann hat er es sich selbst zuzuschreiben.«

Er wandte sich unvermittelt ab und verließ das Zimmer.

»Herrje«, äußerte sich Christopher, »wie melodramatisch!« Er setzte hinzu: »Er sieht sehr gut aus, nicht wahr? Ich bewundere die Polizei. So streng und so abgebrüht. Ein ziemlicher Nervenkitzel, diese ganze Geschichte. *Drei blinde Mäuse.* Wie geht doch noch die Melodie?«

Er pfiff die Weise vor sich hin, und Molly rief: »Bitte, nicht!«

Er wirbelte herum und betrachtete sie lachend. »Aber, meine Liebe, es ist doch mein Leitmotiv. Ich bin noch nie zuvor für einen Mörder gehalten worden, und es macht mir ungeheuren Spaß!«

»Überspannter Unsinn«, erklärte Mrs Boyle. »Ich glaube kein Wort davon.«

In Christophers blassen Augen flackerte es spitzbübisch auf. »Warten Sie nur, Mrs Boyle«, sagte er mit gesenkter Stimme, »bis ich mich von hinten an Sie heranschleiche und Sie meine Hände an Ihrer Kehle spüren.«

Molly zuckte zusammen.

Giles wurde zornig. »Sie machen meine Frau ganz nervös, Wren. Nebenbei gesagt, war es ein verdammt taktloser Witz.«

»Das Ganze ist wahrhaftig kein Scherz«, ließ sich der Major vernehmen.

»Im Gegenteil«, protestierte Christopher. »Das ist es ja gerade – der Scherz eines Verrückten. Dadurch wird die Situation so wundervoll makaber.«

Lachend blickte er alle der Reihe nach an. »Wenn Sie nur Ihre Gesichter sehen könnten«, meinte er.

Dann verließ er rasch das Zimmer.

Mrs Boyle erlangte zuerst die Sprache wieder. »Ein selten ungezogener und neurotischer junger Mann«, bemerkte sie. »Wahrscheinlich ein Kriegsdienstverweigerer.«

»Er erzählte mir, dass er während eines Luftangriffs achtundvierzig Stunden unter Trümmern begraben lag, ehe man ihn ausbuddelte«, erwähnte Major Metcalf. »Dadurch lässt sich wohl manches erklären.«

»Die Leute haben tausend Entschuldigungen, wenn sie sich von ihren Nerven unterkriegen lassen«, versetzte Mrs Boyle bissig. »Ich habe im Krieg bestimmt ebenso viel durchgemacht wie jeder andere, aber *meine* Nerven sind völlig in Ordnung.«

»Das kommt Ihnen vielleicht noch einmal gut zustatten, Mrs Boyle«, meinte Metcalf.

»Was soll das heißen?«

Major Metcalf erwiderte gemessen: »Ich glaube, Sie waren im Jahre 1940 Quartiermacherin für diesen Bezirk, Mrs Boyle.« Er blickte zu Molly hinüber, die ernst nickte. »Ich habe doch recht, nicht wahr?«

Zornesröte stieg Mrs Boyle in die Wangen. »Na, und was besagt das schon?«, fragte sie schroff.

»*Sie* waren für die Unterbringung der drei Kinder auf der Longridge-Farm verantwortlich«, lautete die ernste Antwort.

»Hören Sie, Major, es ist mir wirklich schleierhaft, wie man mich für dieses Geschehen verantwortlich machen kann. Die Leute auf der Farm schienen sehr nett zu sein und wollten die Kinder unbedingt aufnehmen. Ich finde wirklich nicht, dass mich irgendeine Schuld trifft – oder dass man mir die Verantwortung in die Schuhe schieben könnte.«

Giles fragte scharf: »Warum haben Sie das nicht Wachtmeister Trotter erzählt?«

»Weil es die Polizei nichts angeht«, erwiderte Mrs Boyle schroff. »Ich kann auf mich selbst aufpassen.«

»Ich würde Ihnen raten, auf der Hut zu sein«, warnte Major Metcalf.

Damit verließ auch er das Zimmer.

Molly murmelte: »Sie waren tatsächlich die Quartiermacherin. Ich entsinne mich jetzt ganz gut.«

Giles starrte sie an. »Molly, wusstest du darüber Bescheid?«

»Ihnen gehörte das große Haus am Gemeindeplatz, nicht wahr?«

»Es wurde requiriert«, entgegnete Mrs Boyle. »Und nun ist es vollständig ruiniert«, fügte sie bitter hinzu. »Verwüstet. Ein Skandal.«

Hier begann Mr Paravicini leise vor sich hin zu kichern. Dann warf er den Kopf zurück und brach in ein schallendes Gelächter aus.

»Sie müssen mir verzeihen«, ächzte er. »Aber ich finde dies alles höchst amüsant. Ja, es macht mir Spaß – riesigen Spaß.«

In diesem Augenblick betrat Wachtmeister Trotter wieder das Zimmer und warf Mr Paravicini einen missbilligenden Blick zu. »Es freut mich«, sagte er ironisch, »dass Sie die Sache so belustigend finden.«

»Ich bitte vielmals um Entschuldigung, Inspektor, dass ich die Wirkung Ihrer feierlichen Warnung verdorben habe.«

Wachtmeister Trotter zuckte die Achseln. »Ich habe mein Bestes getan, um Ihnen die Situation zu erläutern. Außerdem bin ich kein Inspektor, sondern nur Wachtmeister. Bitte, Mrs Davis, ich möchte gern das Telefon benutzen.«

»Ich krieche zu Kreuze«, erklärte Mr Paravicini, »und schleiche mich davon.«

Mit diesen Worten ging er hinaus, aber durchaus nicht schleichend, sondern mit dem jugendlich elastischen Schritt, den Molly schon vorher an ihm bemerkt hatte.

»Merkwürdiger Kauz«, meinte Giles.

»Verbrechertyp«, erklärte Trotter. »Würde ihm nicht über den Weg trauen.«

»Oh«, warf Molly dazwischen. »Denken Sie etwa, dass *er* …? Aber er ist ja viel zu alt. Oder ist er vielleicht gar nicht alt? Er gebraucht Make-up, eine ganze Menge sogar. Und er hat einen jugendlichen Gang. Vielleicht hat er sich so zurechtgemacht, um alt zu wirken? Wachtmeister Trotter, glauben Sie …«

Der Wachtmeister erteilte ihr einen strengen Verweis. »Nutzlose Spekulationen bringen uns keinen Schritt weiter, Mrs Davis, und jetzt muss ich Inspektor Hogben Bericht erstatten.«

Er durchquerte den Raum, um zum Telefon zu gelangen.

»Sie können nicht telefonieren«, sagte Molly, »der Apparat ist tot.«

»Was sagen Sie da?« Trotter drehte sich blitzschnell um. Der scharfe, besorgte Ton seiner Stimme beeindruckte alle. »Tot? Seit wann?«

»Major Metcalf versuchte kurz nach Ihrer Ankunft zu telefonieren.«

»Aber davor muss es noch in Ordnung gewesen sein. Sie haben doch Inspektor Hogbens Botschaft bekommen, nicht wahr?«

»Ja. Aber ich glaube, dass die Drähte seit etwa zehn Uhr am Boden liegen – infolge der Schneemassen.«

Trotters Miene blieb ernst. »Wer weiß«, sagte er. »Die Drähte können auch durchgeschnitten sein.«

Molly starrte ihn ungläubig an. »Glauben Sie wirklich?«

»Ich werde mich davon überzeugen.«

Er eilte aus dem Zimmer, und nach kurzem Zaudern folgte Giles.

»Gütiger Himmel!«, rief Molly. »Es ist ja beinahe Essenszeit. Da muss ich mich aber sputen – oder wir haben nichts auf dem Tisch.«

Als auch sie hinausstürzte, murmelte Mrs Boyle: »Unfähiges Ding! Was für ein Haus! Na, *ich* werde nicht sieben Pfund für eine solche Schlamperei bezahlen.«

Wachtmeister Trotter beugte sich prüfend über die Drähte. »Existiert ein Nebenanschluss?«, erkundigte er sich bei Giles.

»Ja, oben in unserem Schlafzimmer. Soll ich dort einmal nachsehen?«

»Ja, bitte.«

Trotter öffnete das Fenster und lehnte sich hinaus, wobei er den Schnee von der Fensterbank fegte. Giles eilte, zwei Stufen auf einmal nehmend, die Treppe hinauf. –

Mr Paravicini war im großen Salon. Er trat an den Flügel und öffnete ihn. Dann setzte er sich auf den Klavierschemel und klimperte mit einem Finger leise eine Melodie.

Drei blinde Mäuse …

Christopher Wren war in seinem Schlafzimmer. Munter pfeifend, schritt er auf und ab. Plötzlich wurde das Pfeifen zaghaft und erstarb. Er setzte sich auf den Rand seines Bettes, vergrub das Gesicht in den Händen und begann zu schluchzen. Wie ein Kind murmelte er: »Ich kann nicht mehr.«

Dann wechselte seine Stimmung. Er stand auf und warf sich in die Brust. »Ich *muss* weitermachen«, sagte er sich. »Ich muss es *zu Ende* führen.« –

Giles stand in dem Schlafzimmer, das er mit Molly teilte, am Telefon. Dann bückte er sich und hob einen Handschuh von Molly auf. Ein Londoner Busfahrschein flatterte daraus zu Boden. Während Giles dem Billett nachblickte, änderte sich sein Gesichtsausdruck. Es hätte ebenso gut ein anderer Mann sein können, der – wie im Traum – langsam zur Tür schritt, sie öffnete und eine Weile den Korridor hinab zum Kopf der Treppe blickte. –

Molly schälte die Kartoffeln zu Ende, schüttete sie in den Topf und setzte ihn aufs Feuer. Dann warf sie einen Blick in den Backofen. Alles war so weit in Ordnung, alles ging genau nach Plan.

Auf dem Küchentisch lag die zwei Tage alte Nummer des *Evening Standard,* die sie stirnrunzelnd betrachtete. Wenn sie sich doch nur entsinnen könnte …

Plötzlich schlug sie die Hände vors Gesicht. »O nein«, jammerte sie. »O nein!«

Langsam ließ sie die Hände sinken und blickte sich wie eine Fremde in der Küche um, die so warm, so behaglich, so geräumig und von einem schwachen, leckeren Geruch durchzogen war.

»O nein«, flüsterte sie noch einmal.

Wie eine Schlafwandlerin bewegte sie sich langsam auf die Tür zu, die in die Halle führte, und öffnete sie. Irgendwo pfiff jemand. Sonst herrschte tiefe Stille.

Oh, diese Melodie!

Molly trat schaudernd zurück. Sie wartete noch eine Weile, während sie sich in der vertrauten Küche umblickte. Ja, alles war in Ordnung und ging seinen gewohnten Gang. Wieder schritt sie auf die Küchentür zu. –

Major Metcalf stieg ruhig die Hintertreppe hinab. Er blieb eine Weile in der Halle stehen, ehe er den Verschlag unter der Treppe öffnete und prüfend hineinblickte. Alles schien ruhig zu sein. Ein günstiger Augenblick, um das zu tun, was er sich vorgenommen hatte. –

Mrs Boyle, die in der Bibliothek saß, drehte ziemlich gereizt an den Knöpfen des Radios.

Mit ihrem ersten Versuch war sie mitten in einem Vortrag über den Ursprung und die Bedeutung der Kinderlieder gelandet. Das war wirklich das Allerletzte, was sie zu hören wünschte. Sie drehte ungeduldig weiter, und eine kultivierte

Stimme informierte sie: »Die Psychologie der Furcht muss gründlich verstanden werden. Nehmen wir einmal an, Sie befinden sich allein im Zimmer, und hinter Ihnen öffnet sich leise eine Tür …«

Und eine Tür öffnete sich auch tatsächlich.

Mrs Boyle fuhr heftig zusammen und wandte sich ruckartig um. »Ach, Sie sind es«, rief sie erleichtert. »Idiotische Programme senden sie hier. Ich kann überhaupt nichts finden, das ich mir gern anhören möchte!«

»Ich würde mir an Ihrer Stelle auch keine Mühe mehr geben, Mrs Boyle.«

Mrs Boyle schnaubte. »Was soll ich denn sonst hier anfangen?«, fragte sie unwirsch. »Mit einem potentiellen Mörder in ein Haus eingesperrt – nicht, dass ich dieser melodramatischen Geschichte den geringsten Glauben schenke …«

»Wirklich nicht, Mrs Boyle?«

»Was soll dieser merkwürdige Tonfall …?«

Der Gürtel des Regenmantels wurde ihr so rasch um den Hals gelegt, dass sie sich nicht mehr darüber klarwerden konnte, was das zu bedeuten hatte. Gleichzeitig wurde das Radio lauter eingestellt. Der Vortragende, der über die Psychologie der Furcht redete, schrie seine gelehrten Bemerkungen in den Raum und übertönte etwaige Geräusche, die mit Mrs Boyles Hinscheiden verknüpft sein mochten.

Aber ihr Tod verursachte nicht viel Lärm.

Der Mörder war zu gewandt.

Sie hockten alle miteinander in der Küche. Auf dem Gasherd brodelten lustig die Kartoffeln. Das aus dem Ofen dringende appetitliche Aroma der Fleischpastete war stärker denn je.

Vier erschütterte Personen starrten einander an. Die fünfte, Molly, nippte bleich und zitternd an einem Glas Whisky, das ihr die sechste, Wachtmeister Trotter, aufgezwungen hatte.

Wachtmeister Trotter musterte die Versammlung mit ernster, grimmiger Miene. Knapp fünf Minuten waren verstrichen, seitdem Mollys Angstschrei ihn und die anderen im Laufschritt zur Bibliothek gejagt hatte.

»Sie war eben erst erwürgt worden, als Sie die Bibliothek betraten, Mrs Davis«, wandte er sich an Molly. »Sind Sie ganz sicher, dass Sie niemand gesehen oder gehört haben, als Sie durch die Halle kamen?«

»Ich hörte jemanden pfeifen«, erwiderte Molly mit schwacher Stimme. »Aber das war früher. Ich glaube ... Ich bin nicht sicher, aber ich meine, ich hätte gehört, wie irgendwo leise eine Tür geschlossen wurde, gerade als ich – als ich in die Bibliothek ging.«

»Welche Tür?«

»Ich weiß es nicht.«

»Versuchen Sie einmal, scharf nachzudenken, Mrs Davis. War es oben, unten, rechts oder links?«

»Ich habe Ihnen doch gesagt, ich weiß es nicht. Ich bin nicht einmal ganz sicher, ob ich überhaupt etwas gehört habe.«

»Wollen Sie nicht endlich aufhören, meiner Frau so zuzusetzen?«, sagte Giles voller Zorn. »Sehen Sie denn nicht, dass sie völlig erschöpft ist?«

»Ich bin damit beschäftigt, einen Mord zu untersuchen, Mr Davis. Bisher hat niemand von Ihnen das Ganze ernst genommen. Mrs Boyle schon gar nicht. Sie hat mir wichtige Informationen vorenthalten. Alle anderen ebenfalls. Nun, Mrs Boyle ist tot. Wenn wir der Sache jetzt nicht auf den Grund kommen, und zwar schleunigst, haben wir vielleicht noch einen Mord am Halse.«

»Noch einen? Unsinn. Warum denn?«

»Weil«, antwortete Trotter ernst, »von *drei* kleinen blinden Mäusen die Rede ist.«

Ungläubig meinte Giles: »Ein Mord für jede Maus? Aber da

404

müsste ja noch jemand in enger Beziehung zu diesem Fall stehen.«

»Ja, das ist natürlich die Voraussetzung.«

»Aber warum sollte dieser Mord ausgerechnet hier stattfinden?«

»Weil das Notizbuch nur zwei Adressen enthielt. Im Haus Culver Street vierundsiebzig wohnte nur ein in Frage kommendes Opfer, und das ist erledigt. Monkswell Manor bietet einen größeren Spielraum.«

»Unsinn, Trotter. Es wäre ein höchst unwahrscheinliches Zusammentreffen, wenn der Zufall *zwei* Menschen hierhergeführt hätte, die alle beide in die Affäre von der Longridge-Farm verwickelt sind.«

»Unter gewissen Umständen gar kein so merkwürdiges Zusammentreffen. Denken Sie mal darüber nach, Mr Davis.« Trotter wandte sich den anderen zu. »Sie haben mir zwar schon gesagt, wo Sie sich alle befanden, als Mrs Boyle ermordet wurde. Aber ich möchte noch einmal darauf zurückkommen. Sie waren also in Ihrem Zimmer, Mr Wren, als Sie Mrs Davis schreien hörten?«

»Ja, Wachtmeister.«

»Und Sie, Mr Davis, waren oben in Ihrem Schlafzimmer, um die Telefonleitung zu prüfen?«

»Ja«, bestätigte Giles.

»Mr Paravicini hielt sich im Salon auf und spielte auf dem Flügel. Übrigens hat niemand Ihr Spiel gehört, Mr Paravicini.«

»Ich spielte sehr, sehr leise, Wachtmeister, nur mit einem Finger.«

»Welche Melodie?«

»*Drei blinde Mäuse,* Wachtmeister.« Mr Paravicini lächelte. »Dieselbe Melodie, die Mr Wren oben pfiff. Die Melodie, die uns allen im Kopf herumschwirrt.«

»Eine grässliche Melodie«, sagte Molly.

»Wie verhielt es sich mit der Telefonleitung?«, fragte Metcalf. »War sie vorsätzlich zerstört worden?«

»Ja, Major. Unmittelbar vor dem Esszimmerfenster war ein Stück herausgeschnitten. Ich hatte gerade die Stelle gefunden, als Mrs Davis schrie.«

»Aber das ist doch völlig verrückt. Wie kann der Mörder hoffen, unentdeckt zu entkommen?«, fragte Christopher schrill.

Der Wachtmeister nahm ihn sorgfältig aufs Korn.

»Vielleicht ist ihm nicht viel daran gelegen«, entgegnete er. »Vielleicht ist er aber auch davon überzeugt, dass er zu schlau für uns ist. Mörder werden oft so.« Er fügte hinzu: »Unsere Ausbildung schließt nämlich auch einen Kursus für Psychologie ein. Die Mentalität eines Schizophrenen ist sehr interessant.«

»Sollten wir nicht lieber diese langen Fremdwörter vermeiden?«, schlug Giles vor.

»Gewiss, Mr Davis. Im Augenblick interessieren uns nur zwei kurze Wörter. *Mord* ist das eine, und das andere *Gefahr*. Darauf müssen wir uns konzentrieren. Nun, Major Metcalf, ich möchte mir Ihre Bewegungen noch einmal deutlich vor Augen führen. Wie Sie sagten, waren Sie also im Keller. Warum eigentlich?«

»Nur eine kleine Besichtigungstour«, erwiderte der Major. »Ich warf einen Blick in den Verschlag unter der Treppe und entdeckte dort eine Tür. Als ich sie öffnete, sah ich weitere Stufen und bin nach unten gestiegen. Schöne Kellerräume haben Sie da«, wandte er sich an Giles. »Wahrscheinlich die Krypta eines alten Klosters.«

»Wir befassen uns hier nicht mit Altertumsforschung, Major Metcalf, sondern mit der Untersuchung eines Mordes. Wollen Sie einen Augenblick horchen, Mrs Davis? Ich lasse die Küchentür offen.« Der Wachtmeister ging hinaus, und bald darauf hörte man, wie eine Tür mit leisem Knacken geschlossen wurde. »War dies das Geräusch, das Sie hörten, Mrs Davis?«, fragte er, als er wieder im Türrahmen erschien.

»Ich … ja, es klang so ähnlich.«

»Das war die Tür unter der Hintertreppe. Es wäre nicht ausgeschlossen, dass der Mörder, als er sich nach der Tat durch die Halle zurückzog, Sie aus der Küche kommen hörte und rasch in diesen Verschlag schlüpfte.«

»Dann wird die Tür seine Fingerabdrücke aufweisen«, rief Christopher.

»Meine sind schon da«, warf Major Metcalf dazwischen.

»Ganz recht«, sagte Wachtmeister Trotter. »Aber dafür haben wir ja eine befriedigende Erklärung, nicht wahr?«, fügte er aalglatt hinzu.

»Hören Sie mal, Wachtmeister«, ließ sich Giles vernehmen. »Ich gebe zu, dass Sie in dieser Angelegenheit das Kommando haben. Aber immerhin ist es mein Haus, und bis zu einem gewissen Grade fühle ich mich für die darin lebenden Menschen verantwortlich. Sollten wir nicht einige Vorsichtsmaßregeln treffen?«

»Zum Beispiel, Mr Davis?«

»Nun, ich würde vorschlagen, die Person in Haft zu nehmen, auf die alle Verdachtsmomente ziemlich deutlich hinzuweisen scheinen.«

Bei diesen Worten blickte er Christopher Wren fest ins Auge.

Christopher Wren sprang einen Schritt vor, und seine Stimme klang schrill und hysterisch: »Es ist nicht wahr! Sie irren sich! Sie sind alle gegen mich. Jeder ist gegen mich. Sie wollen mir diesen Mord in die Schuhe schieben. Es ist eine regelrechte Verfolgung – ja, eine Verfolgung!«

»Ruhig Blut, meine Junge«, sagte Major Metcalf.

»Schon gut, Chris.« Molly trat zu ihm hin und legte ihm die Hand auf den Arm. »Niemand hat etwas gegen Sie.« Sie wandte sich an Trotter: »Sagen Sie ihm doch, dass er nichts zu befürchten hat.«

»Wir schieben niemandem etwas in die Schuhe«, erklärte Wachtmeister Trotter.

»Sagen Sie ihm, dass Sie ihn nicht verhaften werden.«

»Ich verhafte vorläufig noch niemanden. Dazu brauche ich genügende Beweise – und die sind im Augenblick noch nicht vorhanden.« Giles rief laut: »Ich glaube, du bist verrückt, Molly. Und Sie ebenfalls, Wachtmeister. Es gibt hier nur einen einzigen Menschen, der für diese Rolle passt, und…«

»Einen Augenblick, Giles«, fiel ihm Molly ins Wort. »Sei bitte mal ruhig. Wachtmeister Trotter, kann ich… kann ich Sie einen Moment allein sprechen?«

»Ich bleibe hier«, erklärte Giles.

»Nein, Giles, auch du darfst nicht dabeisein.«

Giles' Gesicht verfinsterte sich, als er sagte: »Ich verstehe nicht, was über dich gekommen ist, Molly.«

Er folgte den anderen aus dem Zimmer und ließ die Tür hinter sich zuknallen.

»Nun, Mrs Davis, wo drückt Sie denn der Schuh?«

»Herr Wachtmeister, als Sie uns die Geschichte von der Longridge-Farm erzählten, schienen Sie der Ansicht zu sein, dass der älteste Junge hinter dieser ganzen Sache stecke. Aber Sie wissen es nicht mit aller Bestimmtheit, nicht wahr?«

»Da haben Sie durchaus Recht, Madam. Aber die Wahrscheinlichkeit spricht dafür: seelische Labilität, Fahnenflucht, das Gutachten des Psychiaters.«

»O ja, ich weiß, und deshalb scheint alles auf Christopher hinzudeuten. Aber ich glaube nicht, dass Christopher der Täter ist. Es muss noch andere Verdächtige geben. Hatten diese drei Kinder keine Verwandten – Eltern, zum Beispiel?«

»Doch. Aber die Mutter war tot, und der Vater befand sich als Soldat auf einem der Kriegsschauplätze.«

»Nun, und wo lebt er jetzt?«

»Darüber sind wir nicht informiert. Wir wissen nur, dass er im vergangenen Jahr aus der Armee entlassen wurde.«

»Wenn der Sohn seelisch labil war, mag der Vater es auch gewesen sein.«

»Allerdings.«

»Der Mörder könnte also durchaus auch ein älterer Mann sein. Sie müssen nämlich wissen, dass Major Metcalf sich entsetzlich aufgeregt hat, als ich erwähnte, dass die Polizei angerufen habe. Das war keine Einbildung.«

»Bitte, glauben Sie mir, Mrs Davis«, lautete die ruhige Antwort, »ich habe von Anfang an alle Möglichkeiten ins Auge gefasst. Den Jungen, Jim, den Vater, sogar die Schwester. Den Mord hätte nämlich auch eine Frau begehen können. Nein, ich habe nichts übersehen. Aber wenn ich auch persönlich davon überzeugt bin, so weiß ich es noch nicht mit positiver Sicherheit. Es ist wirklich schwer, sich ein zutreffendes Urteil über Menschen und Dinge zu bilden – besonders heutzutage. Sie würden staunen, wenn Sie wüssten, was wir Polizisten zu sehen bekommen. Besonders in den Ehen. Alle diese übereilten Kriegsheiraten – ohne jede solide Grundlage. Man kennt die Verhältnisse, die Familie des Partners nicht. Man verlässt sich einfach auf das Wort des anderen. Ein Bursche braucht nur vorzugeben, dass er Kampfflieger oder Marineleutnant sei – das Mädchen wird ihm blindlings glauben. Ein, zwei Jahre können vergehen, ehe sie entdeckt, dass sie einen durchgebrannten Bankbeamten, der irgendwo schon Frau und Kinder sitzen hat, oder sonst einen Schurken geheiratet hat.«

Er ließ eine kleine Pause eintreten und fuhr dann fort.

»Ich weiß ganz gut, womit sich Ihre Gedanken beschäftigen, Mrs Davis. Eins möchte ich Ihnen nur noch verraten: *Der Mörder amüsiert sich königlich. Das ist das Einzige, was ich mit absoluter Sicherheit weiß.*«

Mit diesen Worten schritt er zur Tür.

Molly stand wie eine Salzsäule, während ihr eine flammende Röte in die Wangen stieg. Nach einer Weile, als sich ihre Starrheit löste, ging sie langsam zum Herd, wo sie niederkniete und die Klappe öffnete. Appetitliche Düfte strömten ihr entgegen. Ihr Herz wurde leichter. Ihr war, als sei sie plötzlich wieder in die warme, vertraute Welt des Alltags zurückversetzt. Kochen, Hausarbeit, prosaisches Leben.

So hatten Frauen seit undenklichen Zeiten für ihre Männer gekocht. Die Welt der Gefahren – des Wahnsinns – wurde ausgesperrt. In ihrer Küche war eine Frau sicher – bis in alle Ewigkeit.

Die Küchentür öffnete sich, und Molly wandte den Kopf, als Christopher Wren ein wenig atemlos auftauchte.

»Meine Teuerste«, rief er. »Ein toller Klamauk! Irgend jemand hat dem Wachtmeister die Ski gestohlen!«

»Dem Wachtmeister die Ski gestohlen? Aus welchem Grund sollte das jemand tun?«

»Das ist ja das Unerklärliche. Ich meine, wenn der Wachtmeister sich entschließen würde, uns zu verlassen, so könnte das – wenigstens für mein Empfinden – dem Mörder doch nur höchst angenehm sein. Ich meine, es ist ziemlich sinnlos, nicht wahr?«

»Giles hat sie doch in den Verschlag unter der Treppe gestellt.«

»Dort stehen sie aber nicht mehr. Mysteriös, nicht wahr?« Er grinste über das ganze Gesicht. »Der Wachtmeister ist fuchsteufelswild. Bissig wie eine Schildkröte. Er hat dem armen Major Metcalf ordentlich die Hölle heißgemacht. Aber der alte Knabe behauptet steif und fest, nicht darauf geachtet zu haben, als er, kurz vor dem Mord an Mrs Boyle, in den Verschlag gelugt hat. Trotter dagegen beharrt darauf, dass er die Ski bemerkt haben müsse. Im Vertrauen gesagt« – Christopher senkte die Stimme und beugte sich zu Molly hinüber –, »diese ganze Geschichte geht Trotter allmählich auf die Nerven.«

»Sie geht uns allen auf die Nerven«, sagte Molly.

»Mir nicht, ich finde dies alles überaus anregend. Es besitzt den Reiz des Unwirklichen.«

Molly fuhr ihn scharf an: »Das würden Sie bestimmt nicht sagen, wenn *Sie* sie gefunden hätten – Mrs Boyle, meine ich. Das Bild schwebt mir dauernd vor Augen – ich kann es einfach nicht vergessen. Ihr Gesicht – ganz geschwollen und bläulichrot ...«

Sie erschauerte. Christopher trat näher an sie heran und legte ihr die Hand auf die Schulter.

»Ich weiß, Molly. Ich bin ein Idiot. Bitte verzeihen Sie mir. Ich habe gedankenlos drauflosgeschwatzt.«

Ein trockener Schluchzer entrang sich Mollys Kehle. »Eben noch schien alles in Ordnung – das Kochen – die Küche ...«

Ihre Worte klangen verwirrt, zusammenhanglos. »Und dann auf einmal – war alles wieder da – wie ein Alptraum ...«

Ein eigenartiger Ausdruck trat in Christophers Gesicht, als er so vor ihr stand und auf ihren gesenkten Scheitel hinabblickte.

»Ach so«, sagte er. »Ich verstehe.« Er wich langsam zurück. »Nun, es ist wohl besser, wenn ich mich aus dem Staube mache und Sie nicht länger – störe.«

»Gehen Sie nicht fort«, rief Molly, als seine Hand schon auf dem Türgriff lag.

Er fuhr herum und warf ihr einen forschenden Blick zu. Dann kam er langsam zurück.

»Meinen Sie das im Ernst?«

»Wovon sprechen Sie?«

»Sie wünschen wirklich nicht, dass ich – fortgehe?«

»Aber nein, gewiss nicht. Ich möchte nicht allein sein. Ich habe Angst vor dem Alleinsein.«

Christopher ließ sich am Tisch nieder. Molly schob die Pastete auf einen höheren Rost und schloss die Herdklappe. Dann gesellte sie sich zu ihm.

»Das ist sehr interessant«, sagte Christopher mit gepresster Stimme.

»Was ist interessant?«

»Dass Sie sich nicht davor fürchten, mit *mir* – allein zu sein. Sie fürchten sich doch nicht, oder?«

Sie schüttelte den Kopf. »Nein, ich fürchte mich nicht.«

»Warum nicht, Molly?«

»Ich weiß nicht. Es ist nun mal so.«

»Und doch bin ich der Einzige, der für die Rolle des Täters passt. Ein Mörder nach Maß.«

»Nein«, erklärte Molly. »Es gibt noch andere Möglichkeiten. Ich habe mit Wachtmeister Trotter darüber gesprochen.«

»War er der gleichen Ansicht?«

»Er hat es nicht abgestritten«, erwiderte Molly langsam.

Gewisse Worte gingen ihr nicht aus dem Kopf. Besonders der Satz: *Ich weiß genau, womit sich Ihre Gedanken beschäftigen, Mrs Davis.* Aber wusste er es wirklich? War das möglich? Auch war er davon überzeugt, dass der Mörder sich königlich amüsiere. Stimmte das?

Sie wandte sich wieder an Christopher. »*Sie* amüsieren sich doch nicht gerade königlich, nicht wahr? Trotz allem, was Sie so dahergeredet haben.«

»Mein Gott, nein«, erwiderte Christopher mit entsetztem Blick. »Was für eine merkwürdige Ausdrucksweise!«

»Oh, sie stammt nicht von mir, sondern von Wachtmeister Trotter. Der Mann ist mir verhasst. Er … er setzt einem Grillen in den Kopf – Ideen, die nicht wahr sind, die überhaupt nicht wahr sein können.«

Sie verbarg ihr Gesicht in den Händen; Christopher zog ihre Hände mit einer behutsamen Gebärde fort.

»Nun erklären Sie, Molly, wovon reden Sie da eigentlich?«

Ohne Widerstreben ließ sie sich auf dem Stuhl nieder, den er ihr mit sanftem Zwang hinschob. Er hatte sein kindisches hysterisches Wesen völlig abgestreift.

»Was ist los, Molly?«, fragte er noch einmal.

Molly warf ihm einen Blick zu – einen langen, abschätzenden Blick. Sie überhörte seine Frage und sagte statt dessen: »Wie lange kennen wir uns eigentlich, Christopher? Zwei Tage?«

»Ungefähr. Sie denken gewiss, dass wir uns trotz dieser kurzen Spanne anscheinend ziemlich gut kennen.«

»Ja. Seltsam, nicht wahr!«

»Vielleicht auch nicht. Wir fühlen eben eine gewisse Sympathie füreinander, und das mag daran liegen, dass wir beide – etwas Schweres durchgemacht haben.«

Molly ließ diese kühne Behauptung auf sich beruhen und stellte ihrerseits eine andere auf: »Sie heißen in Wirklichkeit gar nicht Christopher Wren.«

»Nein.«

»Warum haben Sie …«

»… diesen Namen gewählt? Oh, es war ein launiger Einfall. In der Schule nannten mich die andern so, um mich zu hänseln.«

»Wie lautet Ihr wirklicher Name?«

Christopher erwiderte gelassen: »Darauf möchte ich nicht näher eingehen. Der Name würde Ihnen auch nichts sagen. Ich bin gar kein Architekt: Ich bin ein Deserteur.«

Sekundenlang spiegelte sich ängstliche Bestürzung in Mollys Augen.

Christopher bemerkte es. »Ja«, meinte er, »genau wie unser unbekannter Mörder. Ich sagte Ihnen ja schon, dass ich der Einzige bin, auf den der Steckbrief passt.«

»Unsinn«, erklärte Molly. »Ich habe Ihnen doch schon versichert, dass ich Sie nicht für den Mörder halte. Bitte, erzählen

Sie mir mehr von sich. Was hat Sie zur Fahnenflucht getrieben – die Nerven?«

»Ob ich Angst hatte, meinen Sie? Nein, so seltsam es klingen mag. Angst spürte ich nie. Jedenfalls nicht mehr als alle anderen auch. Ich stand sogar im Ruf, unter Feuer ziemlich kühl zu bleiben. Nein, der Grund lag ganz woanders. Es hatte etwas mit meiner Mutter zu tun.«

»Mit Ihrer Mutter?«

»Ja. Sie ist nämlich ums Leben gekommen, bei einem Luftangriff. Sie wurde unter Trümmern verschüttet. Man .. man musste sie ausgraben. Ich weiß nicht, was mit mir geschah, als ich davon erfuhr… Wahrscheinlich verlor ich ein wenig den Verstand. Ich bildete mir nämlich ein, es sei *mir* passiert. Ich hatte die fixe Idee, ich müsste so schnell wie möglich nach Hause, um… um mich auszugraben. Ich kann es nicht näher erklären – es war alles so konfus.« Er vergrub seinen Kopf in den Händen und sprach mit gedämpfter Stimme. »Lange wanderte ich umher, um sie zu suchen – oder mich selbst – ich weiß es nicht genau. Und als dann mein Verstand wieder klar war, wagte ich nicht mehr, mich zurückzumelden. Ich wusste genau, dass ich es niemandem begreiflich machen konnte. Seitdem habe ich mich planlos treiben lassen.«

Er starrte sie an. Verzweiflung ließ sein junges Gesicht verhärmt erscheinen.

»Sie dürfen sich nicht unterkriegen lassen«, sagte Molly sanft. »Sie können ein neues Leben beginnen.«

»Ist das überhaupt möglich?«

»Natürlich. Sie sind ja noch so jung.«

»Ja, aber sehen Sie … Ich bin mit meinem Latein am Ende.«

»Nein, das stimmt nicht. Das bilden Sie sich nur ein. Ich glaube, jeder Mensch hat mindestens einmal im Leben dieses Gefühl – dass alles zu Ende ist, dass es einfach nicht mehr weitergeht.«

»Sie kennen es, nicht wahr, Molly? Sie müssen es selbst erfahren haben, um so sprechen zu können.«

»Ja.«

»Und was war bei Ihnen die Ursache?«

»Mein Los habe ich mit vielen anderen geteilt. Ich war mit einem jungen Kampfflieger verlobt – der dann ums Leben kam.«

»Steckte nicht noch mehr dahinter?«

»Wahrscheinlich. Ich erlitt einen schweren Schock, als ich jünger war. Es war ein sehr bedrückendes Erlebnis, das mir ein Vorurteil gegen das Leben einflößte, so dass ich glauben musste, es sei immer – grässlich. Jacks Tod bestätigte dann meine Überzeugung, dass das ganze Leben grausam und trügerisch sei.«

»Ich verstehe. Und dann«, sagte Christopher, während er sie scharf beobachtete, »trat vermutlich Giles auf den Plan.«

»Ja.« Er sah das zärtliche, fast scheue Lächeln, das um ihre Lippen spielte. »Giles erschien – und alles war wieder gut; ich fühlte mich geborgen und glücklich – Giles!«

Das Lächeln schwand, und ihr Gesicht nahm plötzlich einen bekümmerten Ausdruck an. Sie zitterte vor Kälte.

»Was ist Ihnen, Molly? Was ängstigt Sie? Sie fürchten sich doch auf einmal, nicht wahr?«

Sie nickte.

»Hängt es etwa mit Giles zusammen? Hat er irgend etwas gesagt oder getan?«

»Nicht mit Giles, sondern mit diesem schrecklichen Menschen!«

»Mit welchem schrecklichen Menschen?« Christopher war erstaunt. »Paravicini?«

»Nein, nein. Wachtmeister Trotter.«

»Wachtmeister Trotter?«

»Mit seinem Gemunkel und seinen versteckten Andeutungen setzt er einem schreckliche Gedanken in den Kopf – Gedanken über Giles –, Gedanken, von deren Existenz ich keine Ahnung hatte. Ich hasse diesen Mann – ich hasse ihn!«

In langsamem Erstaunen zog Christopher die Augenbrauen hoch. »Giles? *Giles!* Ja, natürlich, wir beide sind so ziemlich im gleichen Alter. Er kommt mir allerdings älter vor als ich – aber das mag auf Täuschung beruhen. Ja, Giles könnte ebenso gut in die Rolle passen. Aber hören Sie, Molly, das ist doch alles Unsinn. Giles war doch bei Ihnen – hier – an dem Tage, als diese Frau in London ermordet wurde?«

Molly schwieg.

Christopher blickte sie scharf an. »Oder etwa nicht?«

Molly sprach wie gehetzt, die Worte in wirrem Durcheinander hervorsprudelnd. »Er war den ganzen Tag außer Haus – im Wagen –, er fuhr zu einem entlegenen Ort, um Drahtnetz zu kaufen – das hat er mir wenigstens gesagt –, und das habe ich auch angenommen, bis – bis…«

»Bis?«

Langsam streckte Molly ihre Hand aus und zeigte auf das Datum des *Evening Standard,* der ausgebreitet auf dem Küchentisch lag.

Christopher warf einen Blick darauf und sagte: »Londoner Ausgabe – zwei Tage alt.«

»Die Zeitung steckte in Giles' Tasche, als er zurückkehrte. Er… er muss also in London gewesen sein.«

Christopher starrte. Er starrte abwechselnd auf die Zeitung und auf Molly. Er spitzte die Lippen und begann zu pfeifen, hörte aber sofort wieder auf. Es war nicht angebracht, ausgerechnet jetzt *diese* Melodie zu pfeifen.

Er wählte seine Worte sehr sorgfältig und vermied es, ihr in die Augen zu sehen. »Was wissen Sie eigentlich, genaugenommen, über Giles?«

»Nicht doch«, rief Molly. »Nun fangen Sie nicht auch noch

damit an. Das ist es ja gerade, was Trotter, dieser Schuft, sagte, oder vielmehr andeutete. Nämlich, dass Frauen oft nichts von den Männern wüssten, die sie heirateten – besonders in Kriegszeiten. Dass sie sich nur auf die Worte des Mannes verließen.«

»Das hat wohl seine Richtigkeit.«

»Nun hauen Sie in dieselbe Kerbe. Ich ertrage das nicht. Und nur, weil wir alle uns in einem so hysterischen Zustand befinden, dass wir jeder noch so phantastischen Andeutung Glauben schenken. Es ist aber nicht wahr. Ich …«

Sie brach plötzlich ab. Die Küchentür hatte sich geöffnet.

Giles erschien im Türrahmen. »Unterbreche ich eine interessante Unterhaltung?«, fragte er.

Christopher glitt vom Tisch mit den Worten: »Ich nehme gerade etwas Kochunterricht.«

»Was Sie nicht sagen! Sperren Sie die Ohren auf, Wren, ein Tête-à-tête ist momentan nicht angebracht. Bleiben Sie gefälligst aus der Küche heraus, verstanden?«

»Na, hören Sie mal …«

»Lassen Sie meine Frau in Ruhe, Wren. Sie soll nicht das nächste Opfer werden.«

»Eben das«, meinte Christopher, »ist meine größte Sorge.«

Wenn Giles eine tiefere Bedeutung in diesen Worten entdeckte, so ließ er es sich nicht anmerken. Nur die Röte in seinem Gesicht vertiefte sich um eine Schattierung. »Diese Sorge überlassen Sie getrost mir«, warnte er. »Ich kann selbst auf meine Frau achtgeben. Nun machen Sie, dass Sie hinauskommen.«

»Bitte, gehen Sie«, ertönte Mollys Stimme. »Ja – wirklich.«

Christopher bewegte sich langsam auf die Tür zu. »Ich werde nicht weit gehen«, sagte er zu Molly gewandt, und die Worte enthielten eine ganz bestimmte Bedeutung.

»Wollen Sie endlich verschwinden?«

Ein hohes, kindisches Kichern war die Antwort. »Zu Befehl, Herr Leutnant«, sagte Christopher.

Sobald sich die Tür hinter ihm schloss, wandte sich Giles an Molly.

»Um Himmels willen, Molly, hast du denn gar keinen Verstand? Allein unter vier Augen mit einem gefährlichen, mordsüchtigen Irren!«

»Er ist nicht der …« – sie bog den Satz rasch ab –, »er ist bestimmt nicht gefährlich. Außerdem bin ich auf der Hut. Ich kann selber auf mich aufpassen.«

Giles stieß ein unangenehmes Lachen aus. »Das hat Mrs Boyle auch behauptet.«

»O Giles, bitte nicht!«

»Verzeihung, Liebling. Aber ich bin ganz außer mir. Dieser elende Kerl! Was du an ihm findest, kann ich nicht verstehen.«

»Ich habe Mitleid mit ihm«, sagte Molly langsam.

»Mitleid mit einem mordsüchtigen Irren?«

Molly bedachte ihn mit einem merkwürdigen Blick. »Ich könnte mit einem mordsüchtigen Irren Mitleid haben.«

»Du nennst ihn auch noch Christopher. Seit wann redet ihr euch mit Vornamen an?«

»O Giles, sei nicht albern. Heutzutage nennt sich jedermann beim Vornamen. Das weißt du ganz gut.«

»Schon nach so kurzer Zeit? Aber vielleicht steckt mehr dahinter. Vielleicht kanntest du Mr Christopher Wren, diesen angeblichen Architekten, bereits, ehe er hierherkam? Vielleicht hast du ihm sogar den Vorschlag gemacht, hierherzukommen? Vielleicht war es überhaupt ein abgekartetes Spiel?«

Molly starrte ihn fassungslos an. »Giles, bist du denn ganz von Sinnen? Um Himmels willen, was willst du damit sagen?«

»Ich will damit sagen, dass Christopher Wren ein alter Freund von dir ist und dass du in engeren Beziehungen zu ihm stehst, als du mir eingestehen willst.«

»Giles, ich glaube, du bist verrückt geworden!«

»Vermutlich wirst du darauf beharren, dass du ihn nie gesehen hast, bevor er hier aufkreuzte. Eigentlich ziemlich merkwürdig, sich eine so abgelegene Pension auszusuchen, nicht wahr?«

»Merkwürdiger als im Fall von Major Metcalf und – und Mrs Boyle?«

»Ja, ich glaube schon. Übrigens habe ich gelesen, dass diese mordsüchtigen Irren einen besonderen Reiz auf Frauen ausüben sollen. Das scheint in der Tat wahr zu sein. Wo hast du ihn kennen gelernt? Und wie lange dauert das schon?«

»Du machst dich geradezu lächerlich, Giles. Ich habe Christopher Wren niemals zuvor gesehen.«

»Du bist also nicht vor zwei Tagen nach London gefahren, um ihn zu treffen und mit ihm zu vereinbaren, dass ihr euch hier als Fremde begegnen wollt?«

»Du weißt sehr gut, Giles, dass ich seit Wochen nicht mehr in London war.«

»Wirklich nicht? Das ist ja interessant.« Er fischte einen pelzgefütterten Handschuh aus der Tasche und hielt ihn in die Höhe. »Dies ist einer der Handschuhe, die du vorgestern getragen hast, nicht wahr? An dem Tag, als ich drüben in Sailham war, um das Drahtnetz zu kaufen.«

»An dem Tage, als *du* drüben in Sailham warst, um das Drahtnetz zu kaufen«, wiederholte Molly und blickte ihm fest in die Augen. »Ja, ich habe diese Handschuhe getragen, als ich ausging.«

»Du wolltest angeblich ins Dorf. Wenn du nur ins Dorf gegangen bist, willst du mir bitte erklären, wie dies in deinen Handschuh geraten ist?«

Anklagend hielt er einen rosa Omnibusfahrschein in die Höhe.

Es folgte abgrundtiefes Schweigen.

»Du warst in London«, behauptete Giles.

»Na schön«, gab Molly zu und schob trotzig das Kinn vor. »Ich war in London.«

»Um diesen Burschen, diesen Christopher Wren, zu treffen.«

»Nein, nicht um mich mit Christopher zu treffen.«

»Aus welchem anderen Grund, wenn ich fragen darf?«

»Das möchte ich dir gerade in diesem Augenblick nicht verraten.«

»Mit anderen Worten: Du willst dir nur Zeit lassen, um eine plausible Geschichte zu erfinden!«

»Ich glaube fast«, erklärte Molly, »ich hasse dich.«

»Ich hasse dich nicht«, sagte Giles gemessenen Tones. »Aber ich wünschte beinahe, es wäre so. Ich habe einfach das Gefühl, dich nicht mehr zu kennen, überhaupt nichts von dir zu wissen.«

»Mir geht es ebenso«, gestand Molly. »Du – du bist ein Fremder für mich. Ein Mann, der mich belügt …«

»Wann habe ich dich je belogen?«

Molly lachte. »Denkst du etwa, ich hätte dir die Ausrede mit dem Drahtnetz geglaubt? *Du* warst an dem Tag auch in London.«

»Du hast mich dort wohl gesehen«, meinte Giles. »Und hast mir nicht genug Vertrauen geschenkt …«

»Dir Vertrauen schenken? Dass ich nicht lache! Ich werde nie wieder einem Menschen Vertrauen schenken – nie wieder!«

Keiner von beiden merkte, dass sich die Küchentür leise geöffnet hatte. Mr Paravicini räusperte sich taktvoll.

»Zu peinlich«, murmelte er. »Ich hoffe aufrichtig, dass ihr jungen Leute euch nichts an den Kopf werft, das euch später gereut. Das geschieht so leicht, wenn zwei Liebende sich streiten.«

»Wenn zwei Liebende sich streiten«, wiederholte Giles spöttisch. »*Liebende* ist gut.«

»Ja, ja«, sagte Mr Paravicini. »Ich weiß genau, wie Ihnen zu Mute ist. Das alles habe ich als junger Mann selbst durchgemacht. Aber weshalb ich hier eingedrungen bin: Dieser Polizeimensch besteht hartnäckig darauf, dass wir uns alle im Salon versammeln. Er scheint eine Idee zu haben.« Mr Paravicini kicherte. »Dass die Polizei einen Anhaltspunkt hat – nun ja, das soll vorkommen. Aber eine *Idee?* Ich möchte es bezweifeln. Sicherlich ein eifriger, fleißiger Beamter, unser Wachtmeister Trotter, aber meines Erachtens nicht übermäßig mit Geistesgaben ausgestattet.«

»Geh nur hin, Giles«, sagte Molly. »Ich muss kochen und hier in der Küche nach dem Rechten sehen. Wachtmeister Trotter kann auch ohne mich auskommen.«

»Apropos Kochen«, bemerkte Mr Paravicini und tänzelte auf Molly zu, »haben Sie je folgendes Gericht versucht: Gänseleber auf dick mit *foie gras* belegtem Toast, dazu eine hauchdünne, mit französischem Senf bestrichene Speckscheibe?«

»Unsereiner sieht heutzutage nicht viel Gänseleberpastete«, meinte Giles. »Kommen Sie, Mr Paravicini.«

»Soll ich hierbliben und Ihnen helfen, meine Verehrteste?«

»Sie kommen hübsch brav mit in den Salon, Paravicini«, erklärte Giles.

Mr Paravicini lachte belustigt auf.

»Ihr Gatte hat Angst um Sie. Ganz natürlich. Der Gedanke, Sie mit *mir* allein zu lassen, findet nicht seinen Beifall. Und zwar fürchtet er meine sadistischen Neigungen – nicht etwa meine Verführungkunst. Ich beuge mich der Gewalt.« Er verneigte sich graziös und warf Molly eine Kusshand zu.

Molly fühlte sich recht unbehaglich. »Oh, Mr Paravicini, ich bin überzeugt …«

Mr Paravicini schüttelte den Kopf und wandte sich an Giles:

»Sie handeln klug, junger Mann. Nehmen Sie ja kein Risiko auf sich. Kann ich Ihnen oder dem Wachtmeister beweisen, dass ich kein pathologischer Mörder bin? Nein, das kann ich nicht. Negatives lässt sich schwer nachweisen.«

Er summte heiter vor sich hin.

Molly zuckte zusammen. »Bitte, Mr Paravicini – nicht *diese* schreckliche Melodie.«

»*Drei blinde Mäuse* – ach ja! Diese Melodie schwirrt mir immer im Kopf herum. Wenn man richtig darüber nachdenkt, ist es ein gruseliges Lied. Durchaus kein nettes Kinderlied. Aber Kinder haben eine Vorliebe für Schauriges. Das haben Sie sicher schon bemerkt. Das Lied ist typisch englisch – das rohe ländliche England. *Die nahm ein großes Messer zur Hand und schnitt sogleich – schnipp, schnapp! schnipp, schnapp! – den armen Mäusen die Schwänze ab.* Ein Kind hätte natürlich Spaß daran. Ich könnte Ihnen überhaupt Geschichten von Kindern erzählen …«

»Bitte, hören Sie auf«, bat Molly mit schwacher Stimme. »Ich glaube, Sie sind auch grausam.« Ihr Tonfall nahm eine hysterische Färbung an. »Sie spotten und grinsen! Sie sind wie eine Katze, die mit der Maus spielt – die mit einer …«

Sie begann zu lachen.

»Ruhig Blut, Molly«, mahnte Giles. »Komm, wir gehen alle miteinander in den Salon. Trotter wird sicher schon ungeduldig. Lass das Kochen nur sein. Mord ist wichtiger als dein Essen.«

»Ich weiß nicht, ob ich Ihnen da Recht geben kann«, sagte Mr Paravicini, als er den beiden mit zierlichen Schritten folgte. »Der Verurteilte nahm ein kräftiges Frühstück zu sich – heißt es doch immer.«

In der Halle gesellte sich Christopher Wren zu ihnen und wurde von Giles mit einem finsteren Blick bedacht. Er sah rasch und besorgt zu Molly hinüber, aber Molly rauschte hocherhobenen Hauptes, ohne nach rechts oder links zu schauen, an ihm vorbei. Fast wie eine Prozession marschierten sie in den Salon, wobei Mr Paravicini mit seinem tänzelnden Gang den Abschluß bildete.

Wachtmeister Trotter und Major Metcalf standen bereits wartend da – der Major recht verdrießlich und Wachtmeister Trotter krebsrot und energiegeladen.

»Gut«, rief Trotter, als sie eintraten. »Jetzt sind wir alle versammelt. Ich möchte gern ein gewisses Experiment anstellen, und dazu benötige ich Ihre Mithilfe.«

»Wird es viel Zeit in Anspruch nehmen?«, erkundigte sich Molly. »Ich habe allerlei in der Küche zu tun. Schließlich müssen wir ja irgendwann mal eine Mahlzeit zu uns nehmen.«

»Ich habe Verständnis für Ihre Unruhe, Mrs Davis«, pflichtete ihr Trotter bei, »aber, wenn ich mir die Bemerkung erlauben darf, es gibt wichtigere Dinge als Mahlzeiten. Mrs Boyle, zum Beispiel, braucht keine Mahlzeit mehr.«

»Aber, Wachtmeister«, empörte sich Major Metcalf, »das ist eine außerordentliche Taktlosigkeit!««

»Verzeihung, Major, aber ich möchte, dass jeder sich an diesem Experiment beteiligt.«

»Haben Sie Ihre Ski wiedergefunden, Herr Wachtmeister?«, fragte Molly.

Der junge Mann errötete noch tiefer. »Nein, leider nicht, Madam. Aber ich darf gestehen, dass ich ziemlich sicher bin, wer sie genommen hat. Und auch, aus welchem Grunde. Im Augenblick will ich mich nicht weiter dazu äußern.«

»Ja nicht!«, rief Mr Paravicini. »Erklärungen sollte man immer bis zum Ende aufsparen – bis zum spannenden letzten Kapitel, wissen Sie.«

»Dies ist kein Spiel, Sir.«

»Nein? Nun, da befinden Sie sich wohl im Irrtum. Ich glaube, es ist ein Spiel – für eine gewisse Person.«

»*Der Mörder amüsiert sich königlich*«, murmelte Molly vor sich hin.

Die anderen blickten sie erstaunt an. Sie biss sich auf die Lippen. »Ich zitiere nur, was Wachtmeister Trotter zu mir sagte.«

Wachtmeister Trotter schien wenig davon erbaut zu sein. »Mr Paravicini, man kann gut vom letzten Kapitel reden und so tun, als ob es sich um einen Schauerroman handle. Aber wir haben es hier mit der Wirklichkeit zu tun. Mit Dingen, die tatsächlich passieren.«

»Wenn es nur mir nicht passiert«, meinte Christopher Wren, wobei er sorgfältig seinen Hals betastete.

»Na, na«, brummte Major Metcalf. »Malen Sie nicht den Teufel an die Wand, junger Mann. Der Wachtmeister wird uns jetzt seine Instruktionen erteilen.«

Wachtmeister Trotter räusperte sich, und seine Stimme nahm einen offiziellen Ton an.

»Vor einer Weile notierte ich mir die Aussagen, aus denen hervorging, wo Sie sich zu dem Zeitpunkt aufhielten, als Mrs Boyle ermordet wurde. Demnach waren Mr Wren und Mr Davis in ihren Schlafzimmern, Mrs Davis in der Küche, Major Metcalf im Keller und Mr Paravicini hier im Salon.«

Er hielt einen Augenblick inne und fuhr dann fort:

»So lauten die von Ihnen gemachten Aussagen. Ich habe keine Möglichkeit, sie nachzuprüfen. Sie mögen wahr sein – oder auch nicht. Um mich ganz deutlich auszudrücken: Vier dieser Aussagen stimmen – aber *eine ist falsch*. Welche?«

Er blickte allen der Reihe nach ins Gesicht. Doch niemand äußerte sich dazu.

»Vier von Ihnen haben die Wahrheit gesprochen – einer hat gelogen. Ich habe einen Plan, der mir vielleicht hilft, den Lügner zu entlarven. Wenn mir das gelingt, weiß ich auch, wer der Mörder ist.«

»Nicht ohne weiteres«, widersprach Giles scharf. »Jemand mag aus einem anderen Grund gelogen haben.«

»Das möchte ich bezweifeln, Mr Davis.«

»Was haben Sie eigentlich für Hintergedanken? Sie haben doch eben noch betont, dass Sie keine Möglichkeit hätten, unsere Aussagen nachzuprüfen.«

»Nein, aber ich möchte, dass alle noch einmal das wiederholen, was sie in dem kritischen Moment getan haben.«

»Pah«, sagte der Major geringschätzig. »Rekonstruktion des Verbrechens. Abgeschmackte Idee.«

»Nicht eine Rekonstruktion des *Verbrechens,* Major, sondern eine Rekonstruktion der Handlungen scheinbar unschuldiger Personen.«

»Und was versprechen Sie sich davon?«

»Sie werden mir verzeihen, wenn ich im Augenblick nicht näher darauf eingehe.«

»Sie wünschen also eine Wiederholungsvorstellung?« fragte Molly.

»Mehr oder weniger, Mrs Davis.«

Stille trat ein – eine etwas beklemmende Stille.

Es ist eine Falle, dachte Molly. *Es ist eine Falle, aber ich verstehe nicht, wie . . .*

Man hätte den Eindruck gewinnen können, *fünf* Schuldige seien im Zimmer und nicht vier Unschuldige und ein Schuldiger. Alle miteinander warfen unsichere, verstohlene Blicke auf den selbstsicher lächelnden jungen Mann, der dieses anscheinend harmlose Manöver vorgeschlagen hatte.

Christopher sprudelte schrill hervor: »Es will mir nicht einleuchten – einfach nicht einleuchten, dass Sie etwas damit erreichen können, wenn Sie uns unsere früheren Handlungen wiederholen lassen. Das ist in meinen Augen blühender Unsinn.«

»Wirklich, Mr Wren?«

»Was Sie anordnen, Wachtmeister«, sagte Giles langsam, »wird natürlich geschehen. Wir machen alle mit. Müssen wir genau dasselbe tun wie vorher?«

»*Genau die gleichen Handlungen* werden ausgeführt.«

Eine leise Zweideutigkeit in diesem Satz ließ Major Metcalf aufhorchen. Wachtmeister Trotter fuhr fort:

»Mr Paravicini erzählte uns, dass er am Flügel saß und eine gewisse Melodie spielte. Vielleicht sind Sie so gut, Mr Paravicini, uns das noch einmal vorzuführen?«

»Mit dem größten Vergnügen, mein lieber Wachtmeister.«

Mr Paravicini hüpfte behände durch das Zimmer und ließ sich auf dem Klavierschemel nieder.

»Der Maestro intoniert jetzt das Leitmotiv eines Mordes«, verkündete er theatralisch.

Grinsend und betont affektiert schlug er mit einem Finger die Tasten an: *Drei blinde Mäuse …*

Er amüsiert sich königlich, dachte Molly. Er amüsiert sich königlich.

In dem großen Raum übten die sanften, gedämpften Töne eine fast unheimliche Wirkung aus.

»Vielen Dank, Mr Paravicini«, sagte Wachtmeister Trotter. »Ich nehme an, dass Sie die Melodie in genau der gleichen Weise spielen wie bei der – früheren Gelegenheit.«

»Ganz recht, Wachtmeister. Ich habe sie dreimal wiederholt.«

Wachtmeister Trotter wandte sich an Molly. »Spielen Sie auch Klavier, Mrs Davis?«

»Ja.«

»Sind Sie imstande, die Melodie in derselben Weise wiederzugeben wie Mr Paravicini?«

»Aber selbstverständlich.«

»Wollen Sie sich dann bitte an den Flügel setzen und beginnen, sobald ich Ihnen das Zeichen gebe?«

Molly machte einen etwas verdutzten Eindruck, ging aber langsam zum Flügel hinüber.

Mr Paravicini erhob sich protestierend. »Aber Wachtmeister, es war doch ausgemacht, dass jeder seine frühere Rolle wiederholen sollte, und *ich* war doch hier am Flügel.«

»Dieselben Handlungen wie zum Zeitpunkt des Mordes werden ausgeführt – *aber nicht unbedingt von denselben Personen.*«

»Was Sie mit diesem Plan bezwecken, ist mir nicht ganz klar«, warf Giles ein.

»Er hat schon seinen Zweck, Mr Davis. Er ist ein Mittel, die ursprünglichen Aussagen zu überprüfen – vielleicht *eine* Aussage im Besonderen. Also bitte. Ich werde Ihnen jetzt Ihre verschiedenen Plätze anweisen. Mrs Davis wird hier am Flügel sitzen. Mr Wren, wollen Sie bitte in die Küche gehen? Sie dürfen gerne nach Mrs Davis' Essen sehen. Mr Paravicini, Sie werden sich in Mr Wrens Schlafzimmer begeben. Dort können Sie Ihre musikalischen Talente unter Beweis stellen, indem Sie, wie er, *Drei blinde Mäuse* pfeifen. Major Metcalf, Sie möchte ich bitten, nach oben in Mr Davis' Schlafzimmer zu steigen und das Telefon zu untersuchen. Und Sie, Mr Davis, wollen Sie einen Blick in den Verschlag unter der Treppe werfen und dann in den Keller gehen?«

Ein kurzes Schweigen folgte diesen Worten. Dann bewegten sich vier Menschen langsam auf die Tür zu. Trotter ging ihnen nach. Mit einem Blick über die Schulter sagte er:

»Zählen Sie bis fünfzig, und fangen Sie dann an zu spielen, Mrs Davis.«

Ehe die Tür sich hinter den anderen schloss, hörte Molly Mr Paravicinis geschmeidige Stimme: »Ich hätte es nie für möglich gehalten, dass die Polizei so viel Freude an Gesellschaftsspielen hat.«

»Achtundvierzig, neunundvierzig, fünfzig…«

Molly begann gehorsam zu spielen. Wiederum zogen leise Töne der grausamen kleinen Melodie durch den großen, hallenden Raum.

Drei blinde Mäuse
Ha wie sie rennen …

Mollys Herz klopfte zum Zerspringen. Wie Paravicini schon geäußert hatte, war es ein seltsam fesselndes, gruseliges Liedchen. Es drückte den typisch kindlichen Mangel an Mitleid aus, der so erschreckend ist, wenn man ihm bei einem Erwachsenen begegnet.

Schwach nur drangen aus dem über ihr liegenden Schlafzimmer die Töne derselben Melodie – gepfiffen von Paravicini, der Christopher Wrens Rolle spielte.

Plötzlich wurde nebenan in der Bibliothek das Radio hörbar. Wachtmeister Trotter musste es angestellt haben. Er übernahm also wohl Mrs Boyles Rolle.

Warum aber nur? Was für einen Sinn hatte dies alles? Wo steckte die Falle? Dass eine Falle vorhanden war, davon war sie felsenfest überzeugt.

Ein kalter Luftzug wehte ihr über den Nacken. Sicherlich hatte sich die Tür geöffnet, und jemand war ins Zimmer getreten. Sie wandte rasch den Kopf. Nein, das Zimmer war leer. Aber plötzlich befiel sie Nervosität – panische Furcht … Wenn nun tatsächlich jemand hereinkäme? Wenn Paravicini, zum Beispiel, um die Tür tänzeln und zum Flügel hüpfen sollte – mit seinen spitzen, sich krallenden Fingern …

So, Sie spielen also Ihren eigenen Trauermarsch, meine Gnädigste, eine treffliche Idee …

Unsinn, rief sie sich zu, sei nicht töricht – fort mit diesen Hirngespinsten. Außerdem kannst du ihn über deinem Kopf pfeifen hören. Ebenso, wie er dich hören kann.

Fast hätte sie die Finger von den Tasten genommen bei dem Gedanken, der ihr plötzlich kam. Niemand hatte Paravicini spielen hören! War *das* die Falle? War es vielleicht möglich, dass Mr Paravicini überhaupt nicht gespielt hatte? Dass er nicht im Salon, sondern in der Bibliothek gewesen war? In der Bibliothek, damit beschäftigt, Mrs Boyle zu erwürgen?

Er war verärgert gewesen, sehr sogar, als Trotter angeordnet hatte, dass *sie* spielen sollte. Er hatte immer betont, dass er sehr leise gespielt habe. Natürlich hatte er das Leisespielen hervorgehoben in der Hoffnung, dass es zu leise sein würde, um außerhalb des Raumes gehört zu werden. Denn wenn jemand, der es das letzte Mal nicht vernommen hatte, es diesmal hörte – nun, dann hätte Trotter ja gefunden, wonach er suchte: die Person, die *gelogen* hatte.

Die Tür des Salons öffnete sich. Molly, ganz in Gedanken an Paravicini befangen, hätte beinahe aufgeschrien. Aber es war nur Wachtmeister Trotter, der gerade in dem Augenblick eintrat, als sie die dritte Wiederholung der Melodie beendete.

»Besten Dank, Mrs Davis«, sagte er.

Er schien mit sich selbst äußerst zufrieden zu sein und trug ein energisches, zuversichtliches Wesen zur Schau.

Molly nahm die Hände von den Tasten. »Haben Sie erreicht, was Sie bezweckten?«, erkundigte sie sich.

»Allerdings.« Seine Stimme klang frohlockend. »Ich habe genau das erreicht, was ich beabsichtigt hatte.«

»Und wer ist es?«

»Wissen Sie das wirklich nicht, Mrs Davis? Nanu – das ist doch nicht so schwierig. Übrigens sind Sie – wenn ich mir die Bemerkung gestatten darf – äußerst töricht gewesen. Sie haben mich nach dem dritten Opfer suchen lassen. Infolgedessen schwebten Sie in Lebensgefahr.«

»Ich? Sie sprechen in Rätseln!«

»Sie sind mir gegenüber nicht aufrichtig gewesen, Mrs Davis,

Sie haben mir etwas verheimlicht. Mrs Boyle beging denselben Fehler.«

»Ich verstehe Sie immer noch nicht.«

»O ja, Sie verstehen mich ganz gut. Als ich zum ersten Mal die Geschichte von der Longridge-Farm erwähnte, wussten Sie genau darüber Bescheid. Sie waren ganz erregt. Und Sie haben auch bestätigt, dass Mrs Boyle die Quartiermacherin für diesen Bezirk war. Außerdem stammen Sie beide aus dieser Gegend. Als ich darüber nachzudenken begann, wer wohl das dritte Opfer werden könnte, fiel daher meine Wahl sofort auf Sie. Dann Sie besaßen unmittelbare Kenntnis von den Ereignissen auf der Longridge-Farm. Wir Polizisten sind nämlich nur halb so dumm, wie wir aussehen.«

Molly erwiderte mit leiser Stimme: »Bitte begreifen Sie doch… Ich… wollte nicht daran zurückdenken.«

»Das kann ich mir lebhaft vorstellen.« Seine Stimme nahm plötzlich eine andere Färbung an. »Ihr Mädchenname ist Wainwright, nicht wahr?«

»Ja.«

»Und Sie sind ein wenig älter, als Sie vorgeben. Im Jahre 1940, als der Fall sich ereignete, waren Sie Lehrerin an der Abbeyvale-Schule.«

»Nein!«

»O doch, Mrs Davis.«

»Das stimmt nicht. Lassen Sie es sich doch gesagt sein!«

»Der Junge, der später gestorben ist, brachte es fertig, einen Brief an Sie abzusenden. Er stahl eine Briefmarke. In diesem Brief bettelte er um Hilfe – flehte er seine freundliche Lehrerin an, ihm und seinen Geschwistern beizustehen. Es ist die Pflicht eines Lehrers, ausfindig zu machen, warum ein Kind nicht zur Schule kommt. Sie haben sich dieser Pflicht entzogen und den Brief des armen kleinen Teufels unbeachtet gelassen.«

»Hören Sie auf!« Mollys Wangen glühten. »Sie reden da von meiner Schwester. *Sie* war diese Lehrerin. Aber sie hat seinen Brief nicht ignoriert. Sie war damals krank – hatte Lungenentzündung. Sie hat den Brief erst nach dem Tode des Kindes zu sehen bekommen. Es hat sie schrecklich mitgenommen – ganz furchtbar. Sie war äußerst sensibel. Aber es war nicht ihre Schuld. Und eben weil sie es sich so sehr zu Herzen nahm, habe ich es nie ertragen können, daran erinnert zu werden. Es hat stets wie ein Alpdruck auf mir gelastet.«

Molly hielt sich die Hände vor die Augen. Als sie wieder aufblickte, sah sie, dass Trotter sie anstarrte.

Leise sagte er: »Es war also Ihre Schwester. Nun, schließlich …« Ein seltsames Lächeln huschte plötzlich über sein Gesicht. »Schließlich ist es kein großer Unterschied, nicht wahr? *Ihre* Schwester – *mein* Bruder.« Er nahm etwas aus der Tasche und lächelte jetzt ganz glücklich.

Molly starrte entsetzt auf den Gegenstand in seiner Hand. »Ich habe immer geglaubt, die Polizei trage keine Revolver.«

»Da haben Sie ganz recht«, erwiderte der junge Mann. »Aber sehen Sie, Mrs Davis, *ich bin kein Polizist*. Ich bin Jim – Georgies Bruder. Sie hielten mich für einen Polizisten, weil ich von der Telefonzelle im Dorf aus anrief und Ihnen sagte, Wachtmeister Trotter sei auf dem Weg zu Ihnen. Als ich dann hier ankam, zerschnitt ich die Telefondrähte vor dem Haus, damit Sie nicht bei der Polizeiwache anrufen konnten.«

Fassungslos blickte Molly ihn an. Der Revolver war jetzt auf sie gerichtet.

»Rühren Sie sich nicht, Mrs Davis – und schreien Sie vor allen Dingen nicht –, sonst drücke ich sofort ab.«

Er lächelte immer noch. Es war, wie Molly mit Entsetzen erkannte, das Lächeln eines Kindes. Und als er sprach, verwandelte sich seine Stimme ebenfalls in eine Kinderstimme.

»Ja«, sagte er. »Ich bin Georgies Bruder. Georgie starb auf der Longridge-Farm. Diese grässliche Mrs Boyle hat uns dorthin geschickt, und die Bäuerin hat uns grausam gequält, und *Sie* wollten uns nicht helfen – uns drei kleinen, blinden Mäusen. Damals habe ich mir geschworen, Sie alle zu töten, wenn ich erst groß wäre. Es war mein voller Ernst. Seitdem habe ich unablässig an meine Rache gedacht.« Er runzelte plötzlich die Stirn. »Beim Militär haben sie mich zu oft belästigt – der Arzt stellte ständig Fragen –, ich musste unbedingt fort. Ich fürchtete, sie würden mich sonst an meinem Vorhaben hindern. Aber ich bin jetzt erwachsen, und Erwachsene können tun, was sie wollen.«

Molly riss sich zusammen. *Rede mit ihm,* befahl sie sich. *Du musst ihn ablenken.*

»Hören Sie, Jim«, sagte sie, »nehmen Sie Vernunft an – Sie kommen hier nicht ungeschoren raus!«

Seine Stirn umwölkte sich. »Irgend jemand hat meine Ski versteckt. Ich kann sie nicht finden.« Er lachte. »Aber es wird wohl nichts ausmachen. Dies ist der Revolver Ihres Mannes, ich habe ihn aus seiner Schublade genommen. Wahrscheinlich wird man annehmen, dass *er* Sie erschossen hat. Und außerdem ist es mir gleichgültig. Es hat mir so viel Spaß gemacht – diese ganze Komödie. Die Alte da in London, mein Gott, ihr Gesicht, als sie mich erkannte! Und diese einfältige Frau heute morgen!«

Er nickte langsam vor sich hin.

Plötzlich ließ sich – ganz deutlich – ein unheimliches Pfeifen vernehmen. Irgend jemand pfiff *Drei blinde Mäuse …*

Trotter fuhr zusammen, so dass der Revolver ins Schwanken geriet. Gleichzeitig rief eine Stimme: »Hinlegen, Mrs Davis!« Molly sank zu Boden, als Major Metcalf, der aus seinem Versteck hinter dem Sofa hervorgekommen war, sich auf Trotter stürzte. Der Revolver entlud sich, und die Kugel bohrte sich in eins der ziemlich mittelmäßigen, dem Herzen der verstorbenen Miss Emory so teuren Ölgemälde.

Im nächsten Augenblick brach ein regelrechter Tumult aus. Giles stürzte ins Zimmer. Dicht hinter ihm tauchten Christopher und Mr Paravicini auf.

Major Metcalf, der sich Trotters bemächtigt hatte, sprach in kurzen, aberissenen Sätzen.

»Kam ins Zimmer, während Sie klimperten – schlüpfte hinters Sofa – habe ihn von Anfang an in Verdacht gehabt – wusste, dass er kein Polizeibeamter war. Ich bin nämlich Polizeibeamter – Inspektor Tanner von Scotland Yard. Habe mit Metcalf ausgemacht, dass ich seinen Platz einnehme. Hielten es für ratsam, jemanden an Ort und Stelle zu haben.« Dann redete er sanft auf den jetzt fügsamen Trotter ein: »Nun, mein Junge, Sie kommen jetzt mit mir. Niemand tut Ihnen etwas zu Leide. Es wird Ihnen nichts geschehen. Wir werden für Sie sorgen.«

Mit einer jämmerlich kindlichen Stimme fragte der braungebrannte junge Mann: »Und Georgie wird mir nicht böse sein?«

»Nein, Georgie wird Ihnen nicht böse sein«, beruhigte ihn Metcalf.

Im Vorbeigehen flüsterte er Giles zu: »Völlig durchgedreht, der arme Kerl.«

Metcalf verließ mit Trotter das Zimmer, und Mr Paravicini legte Christopher Wren die Hand auf den Arm.

»Und Sie, mein Freund«, sagte er, »kommen mit mir.«

Giles und Molly blieben allein zurück und blickten sich stumm an. Im nächsten Augenblick lagen sie sich in den Armen.

»Liebling«, flüsterte Giles, »hat er dich auch ganz gewiss nicht verletzt?«

»Nein, nein, mir ist gar nichts passiert, Giles. Ich war so

schrecklich verwirrt. Ich habe beinahe geglaubt, du … Warum bist du eigentlich an dem bewussten Tag nach London gefahren?«

»Liebling, ich wollte dir ein Geschenk für unseren morgigen Hochzeitstag kaufen – es sollte eine Überraschung werden.«

»Wie merkwürdig! Auch ich war in London, um ein Geschenk für *dich* auszusuchen; ich wollte es ebenfalls vor dir geheim halten.«

»Ich war irrsinnig eifersüchtig auf Christopher, diesen neurotischen Esel. Ich muss völlig von Sinnen gewesen sein. Verzeih mir, Liebling.«

Die Tür öffnete sich, und Mr Paravicini hüpfte wie ein Ziegenbock herein. Er strahlte über das ganze Gesicht.

»Ich unterbreche wohl den Versöhnungsakt – eine so reizende Szene. Aber leider muss ich mich von Ihnen verabschieden. Einem Polizei-Jeep ist es gelungen, bis hierher durchzukommen, und ich werde die Leute überreden, mich mitzunehmen.« Er beugte sich herab und flüsterte Molly geheimnisvoll ins Ohr: »Mich erwarten demnächst vielleicht einige Unannehmlichkeiten, aber ich bin fest davon überzeugt, dass sich alles arrangieren lässt, und wenn Sie eine Kiste erhalten sollten – sagen wir mal: mit einer Gans, einem Puter, einigen Dosen Gänseleberpastete, einem Schinken und Nylonstrümpfen, ja? –, nun, dann nehmen Sie alles an mit einer Empfehlung von mir an eine sehr charmante Dame. Mr Davis, mein Scheck liegt auf dem Tisch in der Halle.«

Er küsste Molly die Hand und tänzelte zur Tür.

»Nylonstrümpfe?«, murmelte Molly. »Gänseleberpastete? Wer ist dieser Mr Paravicini eigentlich? Der Weihnachtsmann in eigener Person?«

»Schwarzmarkthändler, nehme ich an«, sagte Giles.

Christopher Wren steckte schüchtern den Kopf durch die

Tür. »Ihr lieben Leutchen, ich störe hoffentlich nicht, aber aus der Küche dringt ein schrecklicher Brandgeruch. Könnte ich da irgendetwas unternehmen?«

»Oh, meine Pastete!« Mit diesem gequälten Aufschrei stürzte Molly davon.

Agatha Christie

Hercule Poirot und der Plumpudding

Variation 1

Aus dem Englischen von
Maria Berger

Hercule Poirot und der Plumpudding

(Variation 1)

»Ich bedauere außerordentlich –«, sagte Hercule Poirot.

Man unterbrach ihn; allerdings nicht grob, sondern zuvorkommend liebenswürdig, geschickt. Man versuchte ihn eher zu überreden, als ihm zu widersprechen.

»Bitte, lehnen Sie nicht von vornherein ab, Monsieur Poirot. Es geht hier um wichtige Staatsangelegenheiten. Ihre Mitarbeit wird in höchsten Kreisen Anerkennung finden.«

»Sie sind zu gütig«, winkte Hercule Poirot ab, »aber ich kann Ihrer Bitte auf keinen Fall Folge leisten. Während dieser Jahreszeit –«

Mr Jesmond unterbrach ihn wieder. »Während der Weihnachtszeit…« Er suchte nach einem Köder. »Während eines traditionellen Weihnachtsfestes auf dem Lande –«

Hercule Poirot schüttelte sich. Die Vorstellung, die Weihnachtszeit in England auf dem Lande verbringen zu müssen, reizte ihn gar nicht.

»Ein schönes, geruhsames Weihnachtsfest«, wiederholte Jesmond noch einmal mit Nachdruck.

»Ich – ich bin kein Engländer«, antwortete Hercule Poirot. »Weihnachten ist in meiner Heimat ein Fest für Kinder. Wir Erwachsenen feiern hauptsächlich den Jahreswechsel.«

»Aha«, sagte Jesmond. »In England ist Weihnachten etwas ganz Besonderes. Ich verspreche Ihnen, Sie werden in Kings Lacey ein so schönes Weihnachtsfest erleben, wie Sie es noch nirgends besser erlebt haben. Wissen Sie, in einem wundervollen, alten Haus – ein Flügel des Hauses stammt sogar aus dem 14. Jahrhundert.«

Poirot schüttelte sich abermals. Der Gedanke an ein englisches Herrenhaus aus dieser Zeit weckte unangenehme Erinnerungen in ihm. Er hatte zu oft in alten englischen Landhäusern gefroren. Er sah sich dankbar in seiner modern eingerichteten, gemütlichen Wohnung um. Hier gab es Heizöfen und die neuesten technischen Errungenschaften, die jegliche Zugluft verbannten.

»Im Winter«, sagte er fest entschlossen, »bleibe ich in London.«

»Ich glaube, Sie sind sich nicht darüber im Klaren, dass es sich um eine sehr wichtige Angelegenheit handelt, Monsieur Poirot.«

Jesmond sah seinen Begleiter an. Dann wandte er sich wieder Poirot zu. Dessen zweiter Besucher hatte bisher nur zwei höfliche, alltägliche Begrüßungsworte gemurmelt: »Guten Tag.« Er saß da und starrte auf seine gut geputzten Schuhe. Äußerste Niedergeschlagenheit zeichnete sein kaffeebraunes Gesicht. Er war noch jung, nicht älter als dreiundzwanzig Jahre. Man sah ihm deutlich an, dass er sich elend fühlte.

»Ja, ja«, sagte Hercule Poirot. »Natürlich handelt es sich um eine ernste Sache. Ich beurteile die Lage durchaus richtig. Seine Hoheit können meines aufrichtigen Mitgefühls versichert sein.«

»Die Lage ist mehr als heikel.«

Poirot wandte seinen Blick von dem jungen Mann ab und blickte wieder dessen älteren Begleiter an. Hätte man Jesmond mit einem Wort charakterisieren wollen, dann mit der Bezeichnung »zurückhaltend«. Alles an Jesmond war zurückhaltend – seine gut geschnittene, unauffällige Kleidung; seine angenehm disziplinierte, geschulte Stimme, die selten ihren wohltuend-monotonen Klang veränderte; sein hellbraunes

Haar, das sich an den Schläfen schon etwas lichtete; sein blasses, ernstes Gesicht.

»Wie Sie wissen«, erläuterte Poirot, »kann die Polizei sehr verschwiegen sein.«

Jesmond schüttelte energisch den Kopf.

»Nein, die Polizei auf keinen Fall! Um das – um das, was wir wiederhaben wollen, zurückzubekommen, wird es wohl unvermeidlich sein, Prozesse zu führen. Doch wir haben noch keine Handhabe. Wir hegen zwar einen bestimmten Verdacht, wissen aber nichts Genaues.«

»Seien Sie meines Mitgefühls versichert«, sagte Hercule Poirot noch einmal.

Wenn er annahm, dass sich seine beiden Besucher damit zufriedengeben würden, täuschte er sich. Sie wollten kein Mitgefühl, sie wollten praktische Hilfe. Jesmond begann erneut die Vorzüge eines englischen Weihnachtsfestes aufzuzählen.

»Ein wirklich traditionelles Weihnachtsfest wird nur noch selten gefeiert. Heute begehen viele Leute das Fest in Hotels. Ein Weihnachten aber – mit versammelter Familie, mit den Kindern, die sich mit ihren Strümpfen voller Geschenke beschäftigen, mit dem Christbaum, mit Truthahn und Plumpudding, den Weihnachtsplätzchen und dem Schneemann draußen vor dem Fenster…«

Hercule Poirot unterbrach ihn. Er liebte Genauigkeit.

»Um einen Schneemann zu bauen, braucht man Schnee«, sagte er mit ernster Miene. »Man kann selbst für ein wirklich englisches Weihnachtsfest keinen Schnee bestellen.«

»Ich sprach heute Vormittag mit einem meiner Freunde aus dem meteorologischen Institut. Er erzählte mir, dass wir Weihnachten wahrscheinlich Schnee haben werden.«

Das hätte er nicht sagen sollen. Es schauderte Hercule Poirot noch heftiger als zuvor.

»Schnee auf dem Land! Das wäre ja furchtbar. Und dann noch in einem großen, uralten Herrenhaus aus Stein.«

»Das ist nicht schlimm. Es hat Zentralheizung. Man heizt mit Öl.«

»Es gibt in Kings Lacey eine Zentralheizung?«, fragte Poirot.

Jesmond nutzte die Gelegenheit. »Ja, bestimmt, es ist eine ausgezeichnete Warmwasserheizung. In jedem Schlafzimmer stehen Heizkörper. Ich versichere Ihnen, mein lieber Monsieur Poirot, Kings Lacey ist der Komfort schlechthin für den Winter. Es könnte sogar sein, dass es Ihnen zu warm wird.«

»Das ist unwahrscheinlich.«

Jesmond änderte das Thema. Erfahrung hatte ihn klug gemacht. In vertraulichem Ton fuhr er fort: »Sie können sicherlich verstehen, in welchem Dilemma wir uns befinden.«

Hercule Poirot nickte. Es war tatsächlich kein leichtes Problem… Ein junger Thronanwärter war vor einigen Wochen nach London gekommen. Er war der einzige Sohn. Sein Vater regierte ein reiches, politisch wichtiges Land, in dem zur Zeit Unruhe und Unzufriedenheit herrschten. Obwohl die Untertanen dem Vater, der seine orientalischen Lebensgewohnheiten nicht ablegen konnte, die Treue hielten, hegten sie dem Sohn gegenüber ein gewisses Misstrauen. Die Dummheiten, die er beging, waren kennzeichnend für seine westliche Erziehung und erregten öffentliches Missfallen.

Vor einiger Zeit hatte man seine Vermählung angekündigt. Er sollte eine Kusine heiraten. Sie war jung. Obwohl sie in Cambridge studiert hatte, vermied sie es, in ihrer Heimat westliche Einflüsse in ihrem Benehmen zu zeigen.

Nachdem der Tag der Hochzeit bekannt gegeben worden war, reiste der junge Prinz nach England. Er nahm einige berühmte Juwelen seines Hauses mit, um sie von der Firma Cartier umarbeiten zu lassen. Die Edelsteine sollten eine geeignete, moderne Fassung erhalten. Unter diesen Steinen be-

442

fand sich auch ein sehr berühmter Rubin, den man aus einer schwerfälligen, altmodischen Halskette gelöst hatte. Durch die Kunst der Juweliere sollte der Stein ein völlig neues Aussehen erhalten. So weit war alles in Ordnung. Schwierigkeiten traten erst später auf …

Dass sich ein reicher, fröhlicher, junger Mann ein paar amüsante Abenteuer leisten würde, hätte man sich denken können. Niemand hätte ihm das verübelt. Es wäre als natürlich und normal empfunden worden, wenn der Prinz mit einer Freundin die Bond Street entlanggebummelt wäre und ihr für die Freuden, die sie ihm gewährte, ein Smaragdarmband oder eine Brillantbrosche geschenkt hätte. Das entsprach den Cadillacs, die sein Vater jeweils seinen Geliebten schenkte.

Der junge Prinz handelte aber viel unüberlegter. Er zeigte einer Dame, deren Interesse ihm schmeichelte, den Rubin in seiner neuen Fassung. Und der Prinz war so unklug, ihr die Bitte zu erfüllen, einen Abend lang das Schmuckstück tragen zu dürfen. Das Nachspiel war vorauszusehen und folgenschwer. Die Dame war während des Abendessens aufgestanden und hatte den Raum verlassen. Sie wollte sich angeblich nur die Nase pudern. Zeit war verstrichen, aber sie war nicht zurückgekommen. Sie hatte das Gebäude durch eine Hintertür verlassen. Seitdem war sie verschwunden – und mit ihr der Rubin.

Auf keinen Fall durfte die Öffentlichkeit davon erfahren. Der Rubin war nicht nur ein kostbares Schmuckstück, sondern besaß zusätzlich großen historischen Wert. Außerdem verlangten die Umstände, die zum Verlust des Schmuckstückes geführt hatten, dass jedes unnötige Aufsehen vermieden wurde, damit die Affäre nicht politisch schwerwiegende Konsequenzen nach sich zog.

Jesmond war nicht der Mann, der diese Tatsache kurz und bündig berichten konnte. Er packte sie in einen großen Wortschwall ein. Hercule Poirot wusste nicht, wer dieser Jesmond eigentlich war. Er erklärte auch nicht näher, ob er mit dem Innenministerium, dem Foreign Office oder irgendeinem Zweig des Staatssicherheitsdienstes in Verbindung stand. Er handelte im Interesse des Commonwealth… Kurzum – der Rubin musste gefunden werden!

Und Monsieur Poirot sei der einzige Mann, der ihn wieder finden könne, erklärte Jesmond höflich und entschieden.

»Vielleicht«, gab Hercule Poirot zu, »doch die Tatsachen, die Sie mir nennen, sind nicht aufschlussreich. Mit Vermutungen oder Verdächtigungen kann ich nichts anfangen.«

»Ich bitte Sie, Monsieur Poirot, solche Umstände sind doch für Sie kein unüberwindliches Hindernis.«

»Ich habe nicht immer Erfolg.«

Diese Bescheidenheit war nur gespielt. Poirots Stimme verriet deutlich, dass die Annahme eines Auftrags für ihn auch den erfolgreichen Abschluss eines Falles bedeutete.

»Seine Hoheit sind noch sehr jung«, sagte Jesmond. »Es wäre traurig, wenn eine einzige unüberlegte Tat in der Jugend dessen ganze Zukunft zerstören würde.«

Poirot betrachtete den deprimierten jungen Mann freundlich.

»In der Jugend macht man manche Dummheit«, meinte er ermutigend. »Für einen x-beliebigen jungen Mann ist dies nicht so ausschlaggebend. Der gute Vater zahlt; ein Rechtsanwalt klärt das Missgeschick. Der junge Mann lernt aus seinen Erfahrungen, und alles führt schließlich zum Guten. Ihre Lage ist allerdings wesentlich anders. Der Termin Ihrer Vermählung steht fest…«

»Das stimmt, das stimmt genau.« Zum ersten Mal redete der junge Mann. »Sie nimmt alles sehr, sehr ernst, müssen Sie wissen. Sie nimmt das Leben sehr ernst. Sie hat große Pläne in Cambridge gefasst. Das Erziehungswesen soll in unserem

Land verbessert, Schulen sollen gebaut werden. Alles soll im Namen des Fortschritts und der Demokratie geschehen, müssen Sie wissen. Sie sagt, es soll nicht so wie zu Zeiten meines Vaters bleiben. Natürlich weiß sie, dass ich mich in London vergnüge, aber sie ahnt nichts von dieser skandalösen Geschichte. Ein Skandal – und es wäre alles aus. Der Rubin ist nämlich sehr, sehr berühmt. An ihm hängt eine lange Geschichte … viel Blutvergießen … viele Tote!«

»Tote«, wiederholte Hercule Poirot nachdenklich. Er schaute Jesmond an. »Ich hoffe, es wird nicht dazu kommen.«

»Nein, nein, durchaus nicht«, sagte Jesmond. Seine Stimme klang reichlich unnatürlich. »Davon kann keine Rede sein, natürlich nicht.«

»Ganz sicher kann man nie sein«, antwortete Hercule Poirot. »Wer jetzt den Rubin auch immer besitzen mag – so kann es doch andere geben, die ihn haben möchten und vielleicht vor nichts zurückschrecken, mein Freund.«

Jesmonds Stimme klang jetzt noch unnatürlicher als zuvor: »Ich glaube wirklich nicht, dass wir uns darüber Gedanken zu machen brauchen. Es führt ja zu nichts.«

Hercule Poirot wurde plötzlich reserviert.

»Ich«, sagte er, »ich mache es immer wie die Politiker. Ich versuche alle Möglichkeiten zu durchdenken.«

Jesmond sah ihn zweifelnd an, riss sich auf einmal zusammen und fragte: »Darf ich annehmen, dass wir uns einig sind, Monsieur Poirot? Sie werden nach Kings Lacey kommen?«

»Welche Gründe sollte ich dort für einen Aufenthalt angeben?«, fragte Poirot.

Jesmond lächelte zuversichtlich.

»Das ist meiner Meinung nach ein sehr einfaches Problem. Ich versichere Ihnen, man wird keinen Verdacht schöpfen. Die Laceys werden Ihnen gut gefallen. Es sind ganz reizende Menschen.«

»Sie haben mich nicht belogen? Es gibt wirklich eine Ölzentralheizung?«

»Ja, bestimmt«, antwortete Jesmond, und seine Stimme klang erleichtert. »Sie werden jeglichen Komfort finden.«

»*Tout confort moderne*«, murmelte Poirot vor sich hin. »*Eh bien*, ich nehme den Auftrag an.«

Der langgestreckte Salon in Kings Lacey war angenehm warm, die Temperatur betrug zwanzig Grad Celsius. Hercule Poirot saß an einem der großen Fenster und unterhielt sich mit Mrs Lacey. Sie war mit einer Handarbeit beschäftigt. Während sie nähte, sprach sie leise und nachdenklich. Poirot war von ihrer Stimme entzückt.

»Ich hoffe, dass Sie sich über Weihnachten bei uns wohl fühlen, Monsieur Poirot. Sie werden hier meine Familie und einige Freunde kennen lernen: meine Enkelin, meinen Enkel und dessen Freund, Bridget – sie ist meine Großnichte – und Diana, eine Kusine von mir, ferner David Welwyn, einen alten Freund von uns. Es ist ein Familienfest. Aber Edwina Morecombe sagte mir, dass Sie sich gerade das wünschen: ein altmodisches Weihnachtsfest. Niemand könnte altmodischer sein als wir. Mein Mann lebt völlig in der Vergangenheit. Er wünscht, dass alles genauso bleibt wie früher, als er zwölf Jahre alt war und seine Ferien hier verbrachte.«

Sie lächelte vor sich hin.

»All die alten Dinge müssen da sein: der Weihnachtsbaum, die Strümpfe, die Austernsuppe und der Truthahn, pardon – zwei Truthähne, ein gekochter und ein gegrillter, und der Plumpudding mit dem Ring und dem Junggesellenknopf und all die anderen Sachen. Wir können heute kein Sixpencestück mehr verwenden, weil es nicht mehr aus reinem Silber ist. Aber die alten Desserts wird es geben, zum Beispiel Elvas-Pflaumen, Karlsbader Pflaumen, Mandeln, Rosinen, kandierte

Früchte und Ingwer. Du liebe Güte, ich rede wie ein Katalog von Fortnum & Mason.«

»Mir läuft schon bei Ihrer Aufzählung das Wasser im Munde zusammen, Madame.«

»Ich fürchte, wir werden uns bis morgen Abend alle den Magen verdorben haben«, meinte Mrs Lacey. »Heute ist man es nicht mehr gewohnt, viel zu essen, nicht wahr?«

Sie wurde durch lautes Rufen und Gelächter draußen vor dem Fenster unterbrochen. Sie schaute hinaus.

»Ich weiß nicht, was sie da draußen treiben – sicherlich irgendein Spiel oder so etwas. Wissen Sie, ich habe immer befürchtet, dass unsere Weihnachtsfeier diese jungen Leute langweilt, aber das stimmt nicht. Genau das Gegenteil ist eingetroffen. Mein Sohn, meine Tochter und deren Freunde sagen, alles andere sei Unsinn und wäre nicht so schön. Außerdem«, bemerkte Mrs Lacey sachlich, »sind Kinder immer hungrig, besonders wenn sie zur Schule gehen, oder? Schließlich weiß man doch, dass jedes Kind in diesem Alter genauso viel isst wie drei starke Männer.«

Poirot lachte und sagte: »Es ist sehr liebenswürdig von Ihnen und Ihrem Mann, Madame, dass Sie mich in Ihren Kreis eingeladen haben.«

»Oh, wir freuen uns beide wirklich über Ihren Besuch. Und wenn Sie feststellen sollten, dass Horace ein bisschen mürrisch ist«, fuhr sie fort, »dann beachten Sie es einfach nicht. Das ist nun einmal seine Art.«

In Wirklichkeit hatte Oberst Lacey, ihr Mann, gesagt: »Ich kann dich einfach nicht verstehen. Warum willst du, dass einer dieser verdammten Ausländer unser Weihnachtsfest stört? Warum kann er nicht zu einer anderen Zeit kommen? Ich kann Ausländer sowieso nicht ausstehen! Schon gut, schon gut, Edwina Morecombe hat ihn uns also ins Haus geschickt. Ich möchte wissen, warum *sie* sich eigentlich einmischt? Warum hat sie ihn nicht zu *ihrem* Weihnachtsfest eingeladen?«

»Weil Edwina immer zu den Claridges geht, das weißt du doch ganz genau«, hatte Mrs Lacey geantwortet.

Ihr Mann hatte sie prüfend angesehen und gefragt: »Du planst doch wohl nicht irgendetwas, Em, oder?«

»Ich – und irgendetwas planen?« Em hatte ihn mit ihren großen blauen Augen angesehen. »Natürlich nicht. Was sollte ich denn planen?«

Der alte Oberst hatte tief und dröhnend gelacht. »Ich traue es dir glatt zu, Em. Wenn du am unschuldigsten aussiehst, hast du bestimmt etwas vor.«

Mrs Lacey dachte an dieses Gespräch und fuhr jetzt fort: »Edwina meinte, dass Sie uns vielleicht helfen könnten … Ich kann mir das zwar nicht vorstellen, aber Edwina erzählte, dass Sie einmal ihren Freunden in einem ähnlichen Fall geholfen haben. Ich – nun ja, Sie wissen vielleicht gar nicht, wovon ich rede?«

Poirot sah sie ermutigend an. »Wenn ich Ihnen irgendwie helfen kann, werde ich es mit Freude tun. Wenn ich Sie recht verstehe, handelt es sich um eine recht bedauerliche Angelegenheit, um die Schwärmerei eines jungen Mädchens.«

Mrs Lacey nickte. »Ja. Sie wundern sich vielleicht, dass ich – nun ja, mit Ihnen darüber spreche. Schließlich kenne ich Sie überhaupt nicht …«

»Und ich bin sogar noch Ausländer«, ergänzte Poirot.

»Ja«, antwortete Mrs Lacey, »aber vielleicht macht das die Dinge leichter. Jedenfalls schien Edwina zu glauben, dass Sie möglicherweise – wie soll ich sagen – irgendwelche nützlichen Auskünfte über diesen jungen Desmond Lee-Wortley geben könnten.«

Poirot antwortete nicht sofort. Er bewunderte insgeheim

Mr Jesmond, der Lady Morecombe geschickt und mühelos für seine Ziele eingespannt hatte.

»Soweit ich weiß, hat dieser junge Mann keinen guten Ruf«, meinte er taktvoll.

»Das stimmt wirklich. Er hat einen geradezu schlechten Ruf! Das hilft uns aber in Sarahs Fall nicht weiter. Es hat keinen Sinn, einem jungen Mädchen zu sagen, dass der betreffende junge Mann einen schlechten Ruf habe, stimmt das etwa nicht? Er würde nur noch interessanter werden.«

»Sie haben völlig Recht.«

»Als ich jung war«, fuhr Mrs Lacey fort, »– du liebe Güte, wie lange ist das schon her! –, wurden wir stets vor gewissen jungen Männern gewarnt, und wir interessierten uns dann natürlich noch mehr für sie …« Sie lachte leise.

»Was macht Ihnen Sorgen?«

»Unser Sohn fiel im Krieg«, antwortete Mrs Lacey. »Meine Schwiegertochter starb bei Sarahs Geburt. Sarah hat immer bei uns gelebt. Wir haben sie erzogen. Vielleicht haben wir sie falsch erzogen – ich weiß es nicht. Aber wir waren stets der Ansicht, dass wir ihr so viel Freiheit wie möglich lassen sollten.«

»Das ist eine lobenswerte Einstellung. Man kann nicht gegen den Strom der Zeit schwimmen.«

»Ja, so ist es. Ich habe dasselbe gedacht. Aber leider machen die Mädchen heutzutage solche Dinge mit.«

Poirot schaute sie fragend an.

»Ich glaube«, sagte Mrs Lacey, »man kann es so bezeichnen: Sarah ist in eine Gruppe von jungen Leuten hineingeraten, die ständig in Cafés und Bars herumhocken. Sarah will weder zu Tanzveranstaltungen gehen noch in die Gesellschaft eingeführt werden noch Debütantin oder irgendetwas in dieser Art sein. Stattdessen wohnt sie in zwei hässlichen Zimmern in Chelsea, unten am Fluss, und trägt jene merkwürdigen Kleider, die diese Leute bevorzugen, und schwarze oder knallgrüne Strümpfe dazu – sehr dicke Strümpfe. Sie müssen furchtbar kratzen, denke ich immer. Außerdem läuft sie mit schmutzigen, ungepflegten Haaren herum.«

»Das ist heute modern. Das wird sich schon wieder geben.«

»Ja, ich weiß«, antwortete Mrs Lacey. »Ich hätte mir darüber auch keine Sorgen gemacht, aber jetzt hat sie sich mit diesem Desmond LeeWortley eingelassen. Er hat einen ganz schlechten Ruf. Er lebt mehr oder weniger von reichen Mädchen. Anscheinend sind sie völlig verrückt nach ihm. Er hätte beinahe die Tochter der Hopes geheiratet, aber ihre Familie ließ sie unter Amtsvormundschaft stellen. Und Horace will jetzt dasselbe tun. Aber ich halte das für keine gute Idee. Sie werden lediglich einfach nach Schottland, Irland, Argentinien und sonst wohin fliehen und dort entweder heiraten oder eine wilde Ehe führen. Das ist keine Lösung des Problems – und erst recht nicht, wenn ein Baby erwartet wird. Gibt man aber nach und die Einwilligung zur Heirat, folgt mit Sicherheit nach ein, zwei Jahren die Scheidung. Dann kommt das Mädchen wieder nach Hause, und einige Zeit später heiratet es ein zweites Mal – dann einen Mann, der so lieb ist, dass er einen langweilt. Das Mädchen kommt schließlich zur Ruhe. Aber nach meiner Meinung sind solche Fälle besonders traurig, wenn ein Kind da ist und wenn ein Stiefvater dessen Erziehung übernimmt, mag er noch so nett sein. Nein, ich glaube, es wäre viel besser, wenn man so handeln würde, wie man es in meiner Jugend tat.«

»Man glaubt immer, dass die Zeiten früher besser waren«, sagte Poirot leicht dozierend.

»Natürlich. Ich langweile Sie mit langen Reden, nicht wahr? Das sollte mir eigentlich nicht passieren. Aber trotzdem wünsche ich nicht, dass Sarah – sie ist wirklich ein liebes und gutes Mädchen – diesen Desmond Lee-Wortley heiratet. Sie und

David Welwyn – er ist auch hier – waren immer gute Freunde. Sie hatten sich sehr gern. Horace und ich hofften, dass sie heiraten würden, wenn sie das Alter dazu hätten. Leider ist er jetzt völlig Luft für sie, weil sie eben in ihren Desmond verliebt ist.«

»Madame, wenn ich Sie recht verstanden habe, ist dieser Desmond Lee-Wortley hier. Er wohnt hier?«

»Ja, das war meine Idee. Horace wollte ihr verbieten, ihn wieder zu sehen und so weiter. Am liebsten hätte er wie früher der Vater oder der Vormund mit einer Reitpeitsche bei dem jungen Mann einen Besuch gemacht. Ich sagte ihm aber, dass dies grundverkehrt sei. ›Nein‹, habe ich gesagt, ›lade ihn zu uns ein. Er soll Weihnachten hier in unserer Familie verbringen.‹ Natürlich meinte mein Mann, dass ich verrückt sei. Aber ich habe ihm geantwortet: ›Liebling, wir können es jedenfalls einmal versuchen. Sie soll ihn hier in *unserem* Kreis und in *unserem* Haus erleben. Wir werden sehr nett und sehr höflich zu ihm sein. Vielleicht erscheint er ihr dann weniger interessant.«

»Madame, ich glaube, Sie haben den Stein der Weisen entdeckt, wie man so sagt. Ihre Einstellung ist sehr klug, davon bin ich überzeugt, jedenfalls klüger als die Ihres Mannes.«

»Hoffentlich«, entgegnete Mrs Lacey zweifelnd. »Bis jetzt steht der Beweis aus. Aber er ist ja erst seit ein paar Tagen hier.« Plötzlich lächelte sie, und ein Grübchen zeigte sich in ihrer Wange. »Ich muss Ihnen etwas gestehen, Monsieur Poirot. Ich kann mir nicht helfen, er gefällt mir. Damit will ich nicht sagen, dass mir mein Verstand dasselbe sagt, aber ich spüre sehr wohl, dass er Charme hat. O ja, ich verstehe, was Sarah an ihm findet. Aber ich bin alt genug und habe genügend Erfahrung, um zu wissen, dass er nichts taugt. Trotzdem glaube ich, dass er auch ein paar gute Seiten hat«, fügte Mrs Lacey nachdenklich hinzu. »Er bat uns nämlich, seine Schwester mitbringen zu dürfen. Sie ist operiert worden und lag im Krankenhaus. Es sei so traurig für sie, wenn sie über Weihnachten in der Klinik bleiben müsse, meinte er. Er fragte, ob es zu viel Umstände machen würde, wenn sie mit bei uns wäre, und versprach, ihr alle Mahlzeiten selbst hochzutragen. Das finde ich zweifellos nett von ihm. Meinen Sie nicht auch, Monsieur Poirot?«

»Diese Besorgnis«, erwiderte dieser nachdenklich, »passt kaum zu seinem Charakter.«

»Oh, ich weiß nicht. Man kann doch sehr an der Familie hängen und andererseits den Wunsch haben, ein junges reiches Mädchen zu heiraten. Sie müssen wissen, dass Sarah einmal sehr reich sein wird. Sie wird nicht nur das Geld erben, das wir ihr hinterlassen. Das wird nicht allzu viel sein, weil der größte Teil des Geldes zusammen mit diesem Besitz hier unserem Enkel Colin vermacht wird, aber Sarah wird das außerordentlich große Vermögen ihrer Mutter erben, wenn sie volljährig wird. Sie ist jetzt zwanzig Jahre alt… Nein, ich finde es wirklich nett von Desmond, dass er an seine Schwester gedacht hat. Er gab auch nicht vor, dass sie etwas Außergewöhnliches sei. Ich vermute, sie ist Stenotypistin. Außerdem hat er sein Wort gehalten. Er trägt stets das Essen zu ihr hoch, natürlich nicht immer, aber doch meistens. Daher glaube ich, dass er auch seine guten Seiten hat. Trotzdem will ich nicht, dass Sarah ihn heiratet.«

»Nach dem, was ich gehört habe und was mir berichtet worden ist, wäre es tatsächlich ein Unglück«, meinte Poirot.

»Glauben Sie, dass Sie uns helfen können?«

»Ich denke schon, aber ich will nicht zu viel versprechen, denn Leute wie Lee-Wortley gehen bestimmt raffiniert vor, Madame. Verzweifeln Sie nicht. Vielleicht lässt sich etwas machen. Auf alle Fälle werde ich mein Bestes versuchen, schon aus Dankbarkeit. Sie waren so liebenswürdig, mir zu erlauben, das Weihnachtsfest bei Ihnen zu verbringen.« Er sah sich um. »Hoffentlich wird die Festtagsstimmung nicht beeinträchtigt.«

»Ja«, seufzte Mrs Lacey und beugte sich vor. »Wissen Sie, Monsieur Poirot, wovon ich schon lange träume – ich meine, was ich mir wünsche?«

»Es würde mich interessieren, Madame.«

»Ich wünsche mir einen Bungalow, so ein kleines, modernes Haus, das leicht in Ordnung zu halten ist und hier im Park steht, das eine moderne Küche und keine langen Korridore hat, in dem alles bequem und einfach ist.«

»Das ist eine gute Idee, Madame.«

»Nein, für mich nicht. Mein Mann liebt unser Haus über alles. Er lebt ausgesprochen gern hier. Ihm macht es nichts aus, wenn es für ihn unbequem und unpraktisch ist. Er fände es abscheulich, in einem Bungalow leben zu müssen.«

»Sie ordnen sich also seinen Wünschen unter?«

Mrs Lacey richtete sich auf.

»Ich ordne mich nicht unter, Monsieur Poirot. Ich habe meinen Mann mit dem Wunsch geheiratet, ihn glücklich zu machen. Er war mir immer ein guter Ehemann und hat mich all die Jahre hindurch glücklich gemacht.«

»Sie werden also weiter hier wohnen bleiben?«

»So ungemütlich ist es nun auch wieder nicht.«

»Nein, nein«, sagte Poirot hastig. »Im Gegenteil, es ist sehr gemütlich hier. Ich bin ganz begeistert von Ihrer Zentralheizung und dem warmen Wasser im Bad.«

»Wir haben eine Menge Geld ausgegeben, um dieses Haus gemütlich zu machen. Wir haben ein Stück Land verkauft. Es war baureif und brachte einen guten Erlös.«

»Aber woher nehmen Sie das Personal, Madame?«

»Das Problem ist leichter zu lösen, als Sie glauben. Natürlich wurde man früher besser bedient als heute. Aber aus dem Dorf kommen verschiedene Leute, die mir helfen. Zwei Frauen kommen morgens, zwei kochen das Mittagessen und waschen ab, und ein paar andere sind abends da. Die Frauen kommen gern, weil sie nur ein paar Stunden am Tag arbeiten. Zu Weihnachten haben wir besonderes Glück. Meine liebe Mrs Ross kommt jedes Jahr und hilft uns. Sie ist eine großartige Köchin – sie kocht ganz erstklassig. Vor zehn Jahren gab sie ihre Stelle bei uns auf, aber sie hilft weiterhin aus. Und dann haben wir das Prachtstück Peverell.«

»Ihren Butler?«

»Ja. Er ist pensioniert und wohnt in dem kleinen Häuschen in der Nähe der Portierwohnung. Er liebt uns so, dass er uns zu Weihnachten regelmäßig bedient. Er besteht darauf. Dabei ist er schon alt und gebrechlich. Ich bilde mir immer ein, dass er einmal alles, was er gerade trägt, fallen lässt. Es ist eine Qual, ihm zusehen zu müssen …« Sie lächelte Poirot zu. »Sie sehen also, wir sind alle bereit, ein schönes Weihnachtsfest zu verleben. Ein weißes Weihnachten sogar«, fügte sie hinzu, als sie zum Fenster hinausschaute. »Sehen Sie! Es beginnt zu schneien. Ah, die Kinder kommen herein. Sie müssen sie kennen lernen, Monsieur Poirot.«

Ihm wurde mit angemessener Höflichkeit zuerst Colin, dann Michael vorgestellt. Colin war der Enkel, er ging noch zur Schule, und Michael war sein Freund. Der Erstere war dunkel, der Zweite blond; beide waren höfliche, fünfzehnjährige Burschen. Dann wurde er Bridget, der schwarzhaarigen Kusine, vorgestellt. Sie war ungefähr genauso alt wie die beiden Jungen und strotzte vor Vitalität.

»Und dies ist meine Enkelin Sarah«, sagte Mrs Lacey.

Poirot betrachtete Sarah interessiert. Sie war attraktiv mit ihrem dichten roten Haarschopf. Er hatte den Eindruck, dass sie frech und ein bisschen trotzig war, aber gleichzeitig spürte man auch, dass sie ihre Großmutter sehr gern hatte.

»Und dies ist Mr Lee-Wortley.«

Lee-Wortley trug eine Anglerjacke und enge schwarze Jeans.

Sein Haar war ziemlich lang. Man konnte nicht mit Bestimmtheit sagen, ob er sich morgens rasiert hatte. Im Gegensatz zu Lee-Wortley sah der stille junge Mann, der als David Welwyn vorgestellt wurde, solide aus. Er lächelte freundlich und schien offensichtlich der Seife und dem Wasser sehr zugetan zu sein. Außerdem gehörte zu der Gruppe noch ein hübsches, etwas exaltiertes Mädchen, Diana Middleton.

Der Tee wurde aufgetragen, dazu eine Menge Teegebäck, Teekuchen, belegte Brote und drei verschiedene Kuchensorten. Die jüngere Generation bediente sich ungeniert. Oberst Lacey kam als Erster herein.

Seine Frau reichte ihm eine Tasse. Er nahm sich zwei Teekuchen, warf Desmond Lee-Wortley einen Blick zu, der seine Abneigung keineswegs verhehlte, und setzte sich so weit wie möglich von ihm fort. Der Oberst war ein stattlicher Mann. Seine Augenbrauen waren buschig und sein Gesicht verwittert. Man hätte ihn eher für einen Bauern als für den Herrn dieses Landgutes gehalten.

»Hat zu schneien angefangen«, murmelte er. »Wir werden voraussichtlich weiße Weihnachten bekommen.«

Nach der Teestunde ging die Gesellschaft auseinander.

»Sie werden sich jetzt mit ihren Schallplatten beschäftigen, vermute ich«, sagte Mrs Lacey zu Poirot. Voller Nachsicht blickte sie ihrem Enkel nach, als er aus dem Zimmer ging.

»Sie interessieren sich nur noch für technische Dinge«, fuhr sie fort.

Die Jungen und Bridget beschlossen aber, zum See zu gehen. Sie wollten feststellen, ob die Eisdecke schon zum Schlittschuhlaufen taugte.

»Wir wollten schon heute Morgen Schlittschuh laufen«, sagte Colin, »aber der alte Hodgkins verbot es. Der ist immer so schrecklich vorsichtig.«

»Komm, David, gehen wir spazieren«, schlug Diana Middleton mit sanfter Stimme vor. David zögerte. Seine Blicke hingen an Sarahs rotem Haar. Sie stand bei Desmond Lee-Wortley. Ihre Hand lag auf seinem Arm, sie sah zu ihm auf.

»Gut!«, antwortete David Welwyn. »Ja, gehen wir!«

Diana hakte sich schnell bei ihm unter. Beide gingen auf die Tür zu, die in den Garten führte.

Sarah fragte: »Sollen wir auch gehen, Desmond? Es ist im Hause ziemlich stickig.«

»Wer will schon spazieren gehen? Ich hole das Auto. Wir fahren zum Gasthaus *Speckled Boar* und trinken etwas.« Desmond hob fragend den Kopf.

»Lass uns lieber nach Market Ledbury in die Bar vom ›White Hart‹ fahren. Da ist es viel lustiger«, antwortete Sarah.

Mit Desmond in der Dorfwirtschaft gesehen zu werden gefiel Sarah instinktiv nicht, obwohl sie das auf keinen Fall laut ausgesprochen hätte. Die Tradition von Kings Lacey erlaubte es nicht. Sie würde die beiden Alten sehr enttäuschen, wenn sie trotzdem dorthin ginge. Es war schon großzügig von ihnen, dass sie ihr eigenes Leben führen durfte, obwohl beide nicht im Geringsten verstanden, warum sie in diesem Stil in Chelsea leben wollte. Aber sie akzeptierten es. Das lag natürlich an Em. Der Großvater hätte von sich aus kurzen Prozess gemacht.

Sarah machte sich über dessen Einstellung keine Illusionen. Es war auch nicht seine Idee gewesen, Desmond nach Kings Lacey einzuladen, sondern Ems.

Während Desmond das Auto holte, informierte Sarah Mrs Lacey: »Wir fahren nach Market Ledbury. Wir möchten gern im ›White Hart‹ etwas trinken.«

Ein Anflug von Trotz lag in ihrer Stimme, aber Mrs Lacey bemerkte es scheinbar nicht.

»Gut, Liebling«, sagte sie. »Das wird sicherlich nett werden. David und Diana sind, soviel ich weiß, spazieren gegangen.

Ich bin recht froh darüber. Ich glaube, das war ein Geistesblitz, als ich auf die Idee kam, Diana einzuladen. Wie traurig, dass sie schon mit einundzwanzig Witwe geworden ist. Hoffentlich heiratet sie bald wieder.«

Sarah sah sie mit einem durchdringenden Blick an.

»Was ist los, Em?«

»Ich habe einen kleinen Plan«, antwortete Mrs Lacey fröhlich. »Ich glaube, sie passt genau zu David. Ich weiß natürlich, dass er fürchterlich in dich verliebt gewesen ist, liebe Sarah, aber du kannst ja nichts mehr mit ihm anfangen, weil er nun einmal nicht dein Typ ist. Ich möchte ihn gern wieder glücklich sehen, und ich glaube, Diana passt gut zu ihm.«

»Was bist du für eine Kupplerin, Em!«

»Ich weiß. Alte Frauen sind das immer. Mir scheint, Diana hat schon ein Auge auf ihn geworfen. Glaubst du nicht auch, dass sie genau die Richtige für ihn ist?«

»Ich würde das nicht behaupten. Diana ist viel zu – nun ja, zu exaltiert, viel zu humorlos. Wenn er mit ihr verheiratet ist, wird er sich meiner Meinung nach schrecklich langweilen.«

»Na ja, wir werden es ja sehen. Du willst ihn doch auf keinen Fall mehr, Liebling, oder?«

»Nein, wirklich nicht«, gab Sarah schnell zur Antwort. Dann fragte sie plötzlich unvermittelt: »Desmond gefällt dir doch, nicht wahr, Em?«

»Er ist charmant, ja, ja«, antwortete Mrs Lacey.

»Großvater mag ihn nicht.«

»Nein, das kannst du wohl kaum von ihm erwarten. Aber er wird sich ändern, wenn er sich erst einmal an die Tatsache gewöhnt hat. Du darfst ihn nur nicht drängen, meine liebe Sarah. Alte Leute ändern ihre Meinung nur langsam, und dein Großvater ist dazu noch halsstarrig.«

»Was Großvater denkt oder sagt, ist mir egal. Ich heirate Desmond, wenn es mir gefällt.«

»Ich weiß, Liebes, ich weiß … Aber sei doch einmal realistisch! Dein Großvater könnte dir viele Steine aus dem Weg räumen, das weißt du ja wohl. Außerdem bist du noch nicht volljährig. In einem Jahr kannst du erst tun und lassen, was du willst. Dann hat auch Horace nichts mehr dagegen.«

»Du bist auf meiner Seite, nicht wahr?«, fragte Sarah.

»Ich möchte, dass du glücklich wirst«, entgegnete Mrs Lacey. »Ah, da kommt ja der junge Mann mit dem Auto. Weißt du, ich mag diese engen Hosen, die die Männer heutzutage tragen. Sie sehen sehr schick aus – aber sie betonen natürlich auch X-Beine.« Ja, erschrak Sarah, Desmond hatte ja X-Beine. Sie hatte es bisher noch nicht bemerkt.

»Geh nun, Liebling, und amüsiere dich gut!«

Mrs Lacey blickte Sarah nach, wie sie zum Auto ging. Dann erinnerte sie sich an ihren Gast aus dem Ausland und ging in die Bibliothek.

Als sie zur Tür hineinschaute, sah sie allerdings, dass Hercule Poirot eingeschlummert war. Sie lächelte vor sich hin, während sie durch die Halle in die Küche ging, um noch einiges mit Mrs Ross zu besprechen.

»Komm, Süße!«, sagte Desmond. »Macht deine Familie Theater, weil du mit mir in ein Lokal gehen willst? Die sind hier Jahre zurück, was?«

»Nein, sie machen kein Theater«, antwortete Sarah gereizt, während sie ins Auto stieg.

»Was will dieser Ausländer hier? Er ist Detektiv, nicht wahr? Was will ein Detektiv hier?«

»Er ist nicht beruflich hier. Edwina Morecombe, meine Patentante, hat uns gebeten, ihn aufzunehmen. Ich glaube, er hat sich schon lange von seinem Beruf zurückgezogen.«

»Klingt, als ob er ein ausgedienter alter Droschkengaul wäre.«

»Ich glaube, er möchte ein altenglisches Weihnachtsfest miterleben«, erklärte Sarah nicht gerade überzeugend.

Desmond lachte verächtlich. »So ein Quatsch! Ich frage mich nur, wie du so ein Weihnachten aushalten kannst.«

Sarah warf ihr rotes Haar zurück, und ihr energisches Kinn schob sich vor.

»Mir gefällt es!« Trotzig stieß sie die Worte hervor.

»Nein, Baby, es kann dir nicht gefallen. Morgen machen wir Schluss. Wir fahren nach Scarborough oder sonst wohin.«

»Unmöglich.«

»Warum denn?«

»Ich würde sie verletzen.«

»Fauler Zauber! Dir macht doch dieser kindische, sentimentale Blödsinn im Grunde auch keinen Spaß.«

»Nun ja, im Grunde vielleicht nicht, aber ...«

Sie fühlte sich schuldig, weil ihr bewusst wurde, dass sie Weihnachten aufrichtig herbeisehnte. Es war ein schönes Fest, aber sie schämte sich, es Desmond gegenüber einzugestehen. Mit diesem Schuldgefühl konnte sie das Fest und das Familienleben nicht genießen. Einen Augenblick lang wünschte sie, Desmond wäre jetzt nicht hier. Sie wünschte sich tatsächlich, dass Desmond niemals hergekommen wäre. Es war für sie schöner, Desmond in London zu sehen, nicht aber hier zu Hause.

Inzwischen waren die Jungen und Bridget wieder vom See zurückgekehrt. Sie diskutierten noch ernsthaft über die Probleme, die das Schlittschuhlaufen mit sich brachte. Ab und zu hatte es geschneit.

»Es wird die ganze Nacht schneien«, prophezeite Colin. »Ich wette, der Schnee wird bis zum Weihnachtsmorgen viele Zentimeter hoch liegen.«

Das war eine erfreuliche Aussicht.

»Wir bauen einen Schneemann«, schlug Michael vor.

»Guter Gott«, antwortete Colin, »ich habe zum letzten Mal einen Schneemann gebaut, als ich vier Jahre alt war.«

»Ich fürchte, das ist ziemlich schwierig«, meinte Bridget.

»Wir könnten Monsieur Poirot kopieren«, schlug Colin vor. »Einen schwarzen Schnurrbart bekommt er. In der Frisierkommode ist einer.«

»Weißt du, ich kann mir nicht vorstellen, dass Monsieur Poirot mal Detektiv gewesen ist. Ich kann mir überhaupt nicht vorstellen, dass er sich verkleiden könnte«, sagte Michael nachdenklich.

»Das stimmt«, pflichtete Bridget bei, »man kann sich nicht vorstellen, dass er mit einem Mikroskop herumläuft, Spuren sucht oder Fußabdrücke ausmisst.«

»Ich habe eine Idee«, sagte Colin. »Wir könnten für ihn eine Schau abziehen.«

»Was willst du damit sagen?«, fragte Bridget.

»Wir inszenieren einen Mord für ihn.«

»Das ist eine großartige Idee!«, rief Bridget aus. »Meinst du eine Leiche im Schnee oder so etwas Ähnliches?«

»Ja. Er würde sich dann bei uns wie zu Hause fühlen, oder?« Bridget kicherte.

»Ich weiß nicht, ob ich es so weit treiben würde.«

»Wenn es schneit«, sagte Colin, »haben wir einen idealen Rahmen für das Ganze. Eine Leiche und Fußspuren … Wir müssen uns alles sorgfältig überlegen. Wir müssen einen Dolch aus Großvaters Sammlung stehlen und ein bisschen Blut herbeischaffen.«

Sie blieben stehen und begannen hitzig zu diskutieren. Sie bemerkten dabei gar nicht, dass es heftig zu schneien anfing.

»Im alten Klassenzimmer liegt noch ein Farbkasten. Damit könnten wir Blut mischen; am besten mit Karmesinrot.«

»Ich glaube, dass Karmesinrot zu hell ist«, meinte Bridget. »Die Farbe müsste dunkler sein.«

»Wer will die Leiche sein?«, fragte Michael.

»Ich bin die Leiche«, antwortete Bridget schnell.

»Hör mal zu«, sagte Colin, »ich bin die Leiche.«

»Nein, auf keinen Fall. Ich bin richtig dafür. Es muss ein Mädchen sein… Ein schönes Mädchen liegt leblos im Schnee!«

»Ein schönes Mädchen! Ha-ha«, lachte Michael spöttisch.

»Ich habe sogar schwarzes Haar.«

»Was hat das damit zu tun?«

»Nun ja, das sieht im Schnee besonders gut aus, und ich werde meinen roten Schlafanzug anziehen.«

»Wenn du einen roten Schlafanzug anhast, kann man die Blutflecken nicht sehen«, widersprach Michael.

»Aber der Anzug hat weiße Aufschläge, darauf könnte doch das Blut sein. Wäre das nicht großartig? Glaubst du wirklich, dass er darauf hereinfällt?«

»Er fällt darauf herein, wenn wir es richtig machen«, antwortete Michael. »Deine Fußspuren werden im Schnee sein und die einer anderen Person. Die Spuren führen bis zur Leiche, dann zweigen sie ab – natürlich sind das die Spuren eines Mannes. Poirot wird die Spuren nicht verwischen wollen, deshalb wird er auch nicht merken, dass du gar nicht tot bist. Glaubt ihr das etwa nicht?« Abrupt unterbrach er sich. Ihm war plötzlich etwas eingefallen. Die anderen schauten ihn an. »Glaubt ihr, dass er sich darüber ärgern wird?«

»Oh, das glaube ich nicht«, sagte Bridget unbekümmert und optimistisch. »Er wird es nicht falsch auffassen, bestimmt nicht. Wir haben es halt getan, um ihn zu unterhalten. Es ist für ihn eine Weihnachtsüberraschung.«

»Ich meine aber, wir sollten uns nicht gerade den ersten Weihnachtstag aussuchen«, sagte Colin nachdenklich.

»Dann machen wir es also am zweiten Weihnachtsfeiertag«, schlug Bridget vor.

»Der Tag ist genau richtig«, stimmte Michael zu.

»Dann haben wir auch mehr Zeit«, fuhr Bridget fort. »Schließlich müssen wir doch eine Menge vorbereiten. Kommt, gehen wir und schauen wir uns mal das nötige Zubehör an.«

Sie liefen ins Haus.

Am Weihnachtsabend ging es geschäftig zu. Man hatte große Mengen von Stechpalmenzweigen und Mistelzweigen ins Haus gebracht. Der Weihnachtsbaum stand in der Ecke des Esszimmers. Jeder half beim Schmücken. Die Stechpalmenzweige wurden hinter die Gemälde gesteckt und die Mistelzweige an den passenden Stellen in der Vorhalle aufgehängt.

»Ich wusste gar nicht, dass man noch so albern sein kann«, murmelte Desmond verächtlich.

»Wir haben es immer so gemacht«, verteidigte Sarah sich.

»Was heißt das schon.«

»Sei nicht so garstig, Desmond. Mir macht es Spaß.«

»Sarah, meine Süße, das meinst du doch nicht im Ernst.«

»Doch, vielleicht – vielleicht nicht ganz im Ernst, aber irgendwie ein bisschen schon.«

»Wer will trotz des Schnees zur Mitternachtsmette gehen?«, fragte Mrs Lacey zwanzig Minuten vor zwölf.

»Ich nicht«, antwortete Desmond. »Komm, Sarah!«

Er legte seine Hand auf ihren Arm und führte sie in die Bibliothek zum Plattenspieler.

»Alles hat seine Grenzen, Liebling«, sagte Desmond. »Mitternachtsmette!«

»Du hast Recht. Ja, da hast du Recht.«

Fast alle anderen machten sich zum Kirchgang fertig. Unter lautem Gelächter und mit viel Getrampel zogen sie sich die

Mäntel an und verließen das Haus. Bridget, David und Diana gingen zu Fuß zur Kirche, die zehn Minuten entfernt lag. Es schneite. Ihr Lachen verklang in der Ferne.

»Mitternachtsmette!«, schnaubte Oberst Lacey verächtlich. »Bin niemals in meiner Jugend zur Mitternachtsmette gegangen. Alles Mist! Pfaffenzeug! Entschuldigen Sie bitte, Monsieur Poirot.«

Poirot winkte ab.

»Das ist ganz in Ordnung. Auf mich brauchen Sie keine Rücksicht zu nehmen.«

»Ich meine, die Frühmette ist genug für alle«, fuhr der Oberst fort. »Ein ordentlicher Gottesdienst am Weihnachtsmorgen und dann zurück zum Essen. Das ist das einzig Wahre, stimmt's, Em?«

»Ja, Liebling. Wir halten es so, aber der jungen Generation gefällt eben die Mitternachtsmette. Ich finde es schön, wenn sie hingehen.«

»Sarah und dieser Bursche wollen nicht gehen.«

»Mein Bester, ich glaube, da täuschst du dich. Sarah würde schon gehen, das weißt du ganz genau, aber sie traut sich nicht, es zuzugeben.«

»Ihr könnt mich schlagen; ich verstehe trotzdem nicht, warum sie etwas auf die Meinung dieses Burschen gibt.«

»Sie ist noch jung«, antwortete Mrs Lacey besänftigend. »Sie wollen schlafen gehen, Monsieur Poirot? Gute Nacht. Ich hoffe, Sie werden gut schlafen.«

»Und Sie, Madame, gehen Sie noch nicht zu Bett?«

»Noch nicht. Wissen Sie, ich muss noch die Weihnachtsstrümpfe füllen. Die Kinder sind zwar schon erwachsen, ihre Strümpfe wollen sie aber nicht missen.«

»Sie geben sich wirklich viel Mühe, damit zu Weihnachten alle glücklich sind. Ich bewundere Sie.« Poirot küsste ihr höflich die Hand.

»Hm«, brummte Oberst Lacey, als Poirot gegangen war. »Liebt galante Gesten. Immerhin – er verehrt dich.«

Mrs Lacey schaute ihn kokett an. »Merkst du nicht, dass ich unter einem Mistelzweig stehe?«, fragte sie mit der scheuen Zurückhaltung eines neunzehnjährigen Mädchens.

Hercule Poirot betrat sein Schlafzimmer. Es war groß und gut geheizt. Als er auf das große Himmelbett zuging, sah er auf dem Kissen einen Briefumschlag liegen. Er öffnete ihn und zog ein Stück Papier heraus. In krakeliger Schrift und großen Buchstaben stand darauf:

ESSEN SIE NICHTS VON DEM PLUMPUDDING!
JEMAND, DER ES GUT MIT IHNEN MEINT.

Hercule Poirot starrte auf den Zettel. Er zog die Augenbrauen hoch. »Seltsam«, stammelte er, »damit habe ich nicht gerechnet.«

Um zwei begann das Weihnachtsessen. Es war ein festliches Mahl. Riesige Holzscheite knisterten im großen Kamin. Alle sprachen gleichzeitig. Von der Austernsuppe blieb nichts übrig. Zwei riesige Truthähne wurden als Gerippe wieder abserviert. Und dann – der Höhepunkt des Festessens! Der wunderbar garnierte Weihnachtspudding wurde hereingetragen …

Dem alten, achtzigjährigen Peverell zitterten Hände und Knie vor Altersschwäche, aber er erlaubte niemand anderem, den Pudding zu servieren. Das war sein Privileg! Mrs Lacey saß nervös mit ängstlich zusammengepressten Händen da.

Der Weihnachtspudding ruhte wie ein großer Fußball in seiner ganzen Herrlichkeit auf einer Silberplatte. Ein kleiner Mistelzweig steckte, einer Siegesfahne gleich, oben in dem Pudding. Wunderbar rote und blaue Flämmchen züngelten an ihm empor.

Mrs Lacey hatte eins erreicht: Peverell durfte den Plumpudding nicht mehr herumreichen, sondern musste ihn vor ihr niedersetzen, so dass sie ihn selbst austeilen konnte. Erleichtert seufzte sie auf, als die Platte sicher vor ihr stand. Schnell wurden die Teller gefüllt und weitergereicht.

»Wünschen Sie sich was, Monsieur Poirot«, rief Bridget. »Wünsch dir was, bevor die Flämmchen ausgehen – schnell, Opa, schnell!«

Mrs Lacey lehnte sich zufrieden zurück. Das Unternehmen »Pudding« war ein voller Erfolg. Vor jedem stand eine Portion Plumpudding, an dem die Flämmchen noch leckten. Stille herrschte einen Augenblick lang am Tisch, weil sich jeder intensiv etwas wünschte. Niemand nahm Poirots seltsamen Gesichtsausdruck wahr, als er seine Portion auf dem Teller betrachtete. »Essen Sie nichts von dem Pudding!« Was um alles in der Welt sollte diese unheilvolle Warnung bedeuten? Seine Portion sah genauso wie die anderen Portionen aus. Mit einem Seufzer griff er zu Löffel und Gabel. Obwohl Hercule Poirot sich eine Verwirrung niemals gern eingestand, musste er es diesmal tun. Er war tatsächlich verwirrt.

»Mögen Sie steife Creme, Monsieur Poirot?«

Poirot bediente sich reichlich.

»Hast mir wieder meinen guten Kognak stibitzt, Em?«, fragte der Oberst gut gelaunt vom anderen Ende des Tisches her. Mrs Lacey zwinkerte ihm zu.

»Mrs Ross will nur besten Branntwein verwenden, Liebling. Sie sagt, davon hängt alles ab.«

»Ist schon gut. Es ist nur einmal im Jahr Weihnachten, und Mrs Ross ist eine hervorragende Köchin.«

»Das stimmt wirklich«, sagte Colin. »Der Plumpudding schmeckt wundervoll – hm.« Er stopfte sich genießerisch ein neues Stück Pudding in den Mund.

Zaghaft, fast zimperlich, nahm Poirot seinen Pudding in Angriff. Er aß einen Löffel voll. Es schmeckte herrlich! Er aß einen zweiten Löffel voll. Leise klappernd fiel etwas auf seinen Teller. Er untersuchte es mit der Gabel. Bridget – sie saß links von ihm – half ihm dabei.

»Sie haben da etwas, Monsieur Poirot«, sagte sie. »Ich bin gespannt, was es ist.«

Poirot löste etwas Kleines, Silbernes aus den Rosinen heraus, die daran klebten.

»Monsieur Poirot hat den Junggesellenknopf.«, rief Bridget.

Hercule Poirot tauchte den kleinen Silberknopf in das Wasserschälchen, das neben seinem Teller stand, und wusch die Krumen ab. »Der Knopf ist sehr hübsch«, stellte er fest.

»Das bedeutet, dass Sie Junggeselle bleiben, Monsieur Poirot«, erklärte ihm Colin hilfsbereit.

»Ich habe auch nichts anderes vor«, antwortete Poirot ernst. »Seit vielen langen Jahren bin ich Junggeselle, und es ist unwahrscheinlich, dass sich dieser Zustand ändern wird.«

»Nur nicht verzweifeln«, erklärte Michael. »Ich habe in der Zeitung gelesen, dass neulich ein Fünfundneunzigjähriger ein zweiundzwanzigjähriges Mädchen geheiratet hat.«

»Du machst mir Mut.«

Plötzlich schrie Oberst Lacey auf. Sein Gesicht lief dunkelrot an. Er griff sich an den Mund.

»Verdammt noch mal, Emmeline!«, brüllte er. »Warum, zum Donnerwetter, erlaubst du der Köchin, Glas in meine Portion zu tun?«

»Glas?«, rief Mrs Lacey erstaunt aus.

Oberst Lacey holte den Gegenstand seines Ärgers aus dem Mund.

»Hätte mir einen Zahn ausbrechen können«, schnauzte er. »Oder hätte das verdammte Ding verschlucken und eine Blinddarmentzündung bekommen können.«

Er ließ das Glasstück in sein Wasserschälchen fallen, spülte es ab und hielt es hoch.

»Es ist ein roter Stein aus einem Knallbonbon.«

»Erlauben Sie?«

Monsieur Poirot beugte sich sehr geschickt an seinem Nachbarn vorbei, nahm Oberst Lacey den Stein aus der Hand und untersuchte ihn aufmerksam. Es stimmte, was der Hausherr gesagt hatte. Der Stein war ziemlich groß und rot. Er hatte die Farbe eines Rubins. Während Poirot ihn herumdrehte, reflektierte der Stein funkelnd das Licht. Ein Stuhl wurde irgendwo am Tisch hart zurückgestoßen und dann wieder herangezogen.

»Puh!«, rief Michael aus. »Wär das prima, wenn der Stein echt wäre.«

»Vielleicht ist er echt«, antwortete Bridget hoffnungsvoll.

»Sei kein Esel, Bridget. Ein Rubin in dieser Größe würde viele Tausend Pfund kosten, nicht wahr, Monsieur Poirot?«

»Ja, das stimmt.«

»Aber ich kann wirklich nicht begreifen, wie der Stein in den Pudding gekommen ist«, erregte sich Mrs Lacey.

»Ach«, rief Colin aus, den sein letztes Stück Pudding ablenkte. »Ich habe das Schwein bekommen. Das ist nicht fair.«

Bridget sang sofort los: »Colin hat das Schwein bekommen. Colin hat das Schwein bekommen. Colin ist ein gieriges, verfressenes Schwein!«

»Ich habe den Ring«, rief Diana. Ihre Stimme war hoch und hell.

»Du hast Glück, Diana. Du wirst also als Erste von uns heiraten.«

»Und ich habe den Fingerhut«, jammerte Bridget.

»Bridget wird eine alte Jungfer«, sangen die beiden Jungen. »Hoho, Bridget wird eine alte Jungfer!«

»Wer hat das Geld bekommen?«, fragte David. »Ein echtes

Zehnshillinggoldstück ist im Pudding. Ich weiß es ganz genau, Mrs Ross hat es mir erzählt.«

»Ich glaube, ich bin der Glückliche«, sagte Desmond Lee-Wortley.

Die beiden Tischnachbarn von Oberst Lacey hörten ihn murmeln: »Ja, das bist du.«

»Ich habe auch einen Ring«, erklärte David. Er schaute zu Diana hinüber. »Ist das nicht ein Zufall?«

Das Lachen hörte nicht auf. Niemand bemerkte, dass Monsieur Poirot unbekümmert und scheinbar gedankenlos den roten Stein in seine Tasche gleiten ließ. Nach dem Pudding gab es einen festlichen Nachtisch und mehrere süße Fleischpasteten. Danach zog sich die ältere Generation zurück, um ihr Ruhestündchen zu halten, bevor alle zum Tee gebeten und die Christbaumkerzen angezündet wurden. Hercule Poirot hielt keinen Mittagsschlaf, stattdessen stattete er der riesigen altmodischen Küche einen Besuch ab.

»Ist es erlaubt«, fragte er, während er strahlend umherschaute, »der Köchin zu diesem ausgezeichneten Mahl, das ich soeben genossen habe, zu gratulieren?«

Einen Augenblick lang geschah gar nichts. Dann kam Mrs Ross und begrüßte ihn würdevoll. Sie war groß und stattlich.

»Ich freue mich, dass es Ihnen geschmeckt hat«, sagte sie wohlwollend.

»Und wie ausgezeichnet!«, rief Hercule Poirot aus. »Sie sind tatsächlich ein Genie, Mrs Ross. Ein Genie! Ich habe noch niemals ein solch wunderbares Essen gegessen. Die Austernsuppe –«, seine Lippen formten einen Laut der Anerkennung, »– und die Füllung. Die Kastanienfüllung in dem Truthahn war einzigartig, geradezu ein Erlebnis.«

»Ich freue mich, dass gcradc Sie das sagen«, erklärte Mrs Ross freundlich. »Die Füllung ist nach einem besonderen Rezept gemacht. Ein österreichischer Chefkoch, mit dem ich viele Jahre zusammengearbeitet habe, hat mir dieses Rezept verraten. Aber alles andere«, fügte sie hinzu, »ist alte englische Küche.«

»Gibt es überhaupt etwas Besseres?«

»Nun ja, dass Sie das sagen, ist sehr nett von Ihnen. Sie sind Ausländer, vielleicht hätten Sie kontinentale Küche vorgezogen. Derartige Gerichte gelingen mir allerdings nicht recht.«

»Ich bin sicher, Mrs Ross, dass Ihnen alles gelingt. Sie wissen doch, dass die gute englische Küche, wie man sie in erstklassigen Restaurants findet, von Feinschmeckern auf dem Kontinent sehr geschätzt wird. Und der Plumpudding, den ich heute gegessen habe, war wirklich einmalig. Sie haben ihn selbst gemacht, nicht wahr? Er ist doch nicht etwa gekauft worden?«

»Natürlich nicht. Ich habe ihn allein gemacht nach meinem eigenen Rezept. Ich mache ihn schon seit vielen Jahren so. Als ich kam, sagte Mrs Lacey, dass sie in einem Londoner Geschäft einen Pudding bestellt hätte, um mir die Mühe zu ersparen. ›Aber nein, Madame‹, habe ich damals gesagt, ›das ist zwar sehr freundlich von Ihnen gemeint, aber es geht nichts über einen hausgemachten Plumpudding.‹ Wohlgemerkt, der Pudding wurde zu spät vor dem Fest zubereitet«, erläuterte Mrs Ross, die sich als wahre Künstlerin auf diesem Gebiet immer mehr über diese Frage verbreitete. »Ein guter Pudding sollte schon Wochen vor dem Fest fertig sein. Je älter er ist, umso besser. In diesem Jahr hätte es genauso sein sollen. Der Pudding wurde aber in Wirklichkeit erst drei Tage vor dem Fest gemacht – genau einen Tag, bevor Sie zu uns kamen. Ich hielt mich jedoch an den alten Brauch. Jeder musste in die Küche kommen, den Teig einmal umrühren und sich dabei etwas wünschen.«

»Sehr interessant«, sagte Poirot, »sehr interessant! Es kam also jeder in die Küche?«

»Ja, der junge Herr und Bridget und der junge Herr aus

London, der jetzt hier wohnt, auch seine Schwester und Mr David und Miss Diana – Mrs Middleton, wollte ich sagen. Und alle rührten.«

»Wie viele Puddings haben Sie zubereitet? Ist das der einzige?«

»Nein, ich habe vier gemacht: zwei große und zwei kleinere. Den anderen großen Pudding gibt es zu Neujahr, und die zwei kleineren sind für Oberst Lacey und seine Frau, wenn sie wieder allein sind und die Familie wieder kleiner geworden ist.«

»Ich verstehe.«

»Sie haben übrigens heute beim Mittagessen den falschen Pudding bekommen.«

»Den falschen Pudding?« Poirot runzelte die Stirn. »Wieso das?«

»Ja – wir bewahren den Weihnachtspudding in einer großen Kuchenform aus Porzellan auf. Obendrauf ist ein Stechpalmen- und Mistelzweigmotiv. Der Weihnachtspudding wird immer in dieser Form gekocht, aber heute morgen passierte ein Unglück. Als Annie die Form vom Bord in der Vorratskammer holte, rutschte sie aus. Sie ließ die Form fallen, und die Schüssel zerbrach. Ich konnte natürlich den Pudding nicht servieren lassen, es hätten ja Splitter darin sein können. Also mussten wir den anderen Pudding nehmen – den für Neujahr, der in einer ganz normalen Schüssel lag. Die Schüssel gibt dem Pudding eine schöne runde Form, aber sie ist nicht so dekorativ wie die Weihnachtspuddingform. Ich weiß wirklich nicht, wo wir eine ähnliche Form wieder kaufen können. Diese Größen werden heute nicht mehr hergestellt. Alles ist winzig klein. Man kann ja heute nicht einmal mehr eine Frühstücksschüssel bekommen, die acht bis zehn Eier mit Schinken fasst. Es ist leider alles nicht mehr so, wie es früher war.«

»Da haben Sie Recht«, ergänzte Poirot. »Der heutige Tag

bildet aber eine Ausnahme. Dieses Weihnachtsfest ist doch wie in alten Tagen, oder nicht?«

Mrs Ross seufzte. »Ja, ja, ich freue mich, dass Sie das sagen, aber ich habe nicht mehr so gute Hilfen wie früher. Es fehlt an gelernten Hausgehilfinnen. Die Mädchen von heute –«, sie senkte die Stimme ein wenig, »– geben ja ihr Bestes. Sie haben viel guten Willen, aber keine Erfahrung, wenn Sie verstehen, was ich meine.«

»Die Zeiten ändern sich«, sagte Poirot. »Es stimmt mich selber manchmal traurig.«

»Wissen Sie, dieses Haus ist für die Herrin und den Oberst zu groß. Die Herrin weiß das genau. Wenn beide nur in einem Flügel des Hauses leben, so ist das nicht das Richtige. Das Haus wird erst lebendig, wenn die ganze Familie zu Weihnachten versammelt ist.«

»Ich glaube, Mr Lee-Wortley und seine Schwester sind zum ersten Mal hier?«

»Ja.« Die Stimme von Mrs Ross klang plötzlich reserviert. »Er ist nett, wirklich, aber – nun ja, er passt nicht zu Miss Sarah; nach unserer Meinung. Aber dort, in London, denkt man anders. Leider geht es seiner Schwester so schlecht. Sie wurde operiert. Einen Tag nach ihrer Ankunft hier ging es ihr ganz gut, so schien es wenigstens. Nachdem sie aber den Pudding umgerührt hatte, ging es ihr wieder schlechter. Seit diesem Tag hat sie das Bett nicht mehr verlassen. Ich glaube, sie ist zu früh nach der Operation aufgestanden. Ach, die heutigen Ärzte! Sie entlassen einen aus dem Krankenhaus, wenn man sich noch gar nicht auf den Beinen halten kann. Die Frau meines Neffen …«

Mrs Ross begann langatmig und voller Begeisterung von den Krankenhausbehandlungen zu erzählen, denen sich ihre Verwandten einmal unterzogen hatten. Da die Pflege in den früheren Zeiten besser als heute gewesen sei, fiel ihr Vergleich negativ aus. Poirot sprach ihr gebührend sein Mitempfinden aus.

»Ich muss Ihnen zuletzt noch einmal für das ausgezeichnete und üppige Mahl danken. Sie erlauben doch, dass ich mich ein wenig erkenntlich zeige?«

Eine neue Fünfpfundnote wanderte in Mrs Ross' Hand.

Mechanisch antwortete sie: »Das ist aber wirklich nicht nötig.«

»Ich bestehe darauf, ich bestehe aber darauf.«

»Das ist sehr liebenswürdig von Ihnen, besten Dank.« Mrs Ross nahm die Anerkennung als selbstverständlich hin. »Ich wünsche Ihnen ein fröhliches Weihnachtsfest und ein erfolgreiches neues Jahr.«

Der erste Weihnachtstag endete, wie die meisten Weihnachtstage zu enden pflegen. Am Baum wurden die Kerzen angezündet. Ein herrlicher Weihnachtskuchen wurde zum Tee hereingetragen. Man bewunderte den Kuchen, aber es wurde nur wenig gegessen. Am Abend gab es kalte Platte.

Sowohl Poirot als auch die Gastgeberin und der Gastgeber gingen zeitig zu Bett.

»Gute Nacht, Monsieur Poirot«, sagte Mrs Lacey. »Ich hoffe, der Tag hat Ihnen gefallen.«

»Es war ein wundervoller Tag, Madame, einfach wundervoll.«

»Sie sehen so nachdenklich aus.«

»Ich denke über den englischen Pudding nach.«

»War er Ihnen zu schwer?«, fragte sie besorgt.

»Nein, nein. Davon kann keine Rede sein. Ich denke über seine Bedeutung nach.«

»Die Bedeutung liegt allein in der Tradition«, bemerkte Mrs Lacey. »Nun gute Nacht, Monsieur Poirot, träumen Sie nicht zu viel von Rumpasteten und Weihnachtsplumpudding.«

»Ja«, murmelte Poirot vor sich hin, als er sich auszog. »Dieser Weihnachtsplumpudding ist ein Problem. Irgendetwas verstehe ich daran nicht.«

Nachdem Poirot einige Vorbereitungen getroffen hatte, legte er sich ins Bett, allerdings nicht, um zu schlafen. Nach ungefähr zwei Stunden wurde seine Geduld belohnt.

Die Tür seines Schlafzimmers öffnete sich vorsichtig. Er lächelte vor sich hin. Genau das hatte er erwartet. Er stellte sich noch einmal vor, wie Desmond Lee-Wortley ihm höflich eine Tasse Kaffee gereicht hatte. Ein wenig später, als Desmond mit dem Rücken zu ihm stand, hatte er für ein paar Sekunden die Tasse auf dem Tisch abgesetzt. Dann hatte er sie offensichtlich wieder aufgenommen. Zu Desmonds Befriedigung – wenn man das so nennen kann – hatte er den Kaffee bis zum letzten Tropfen getrunken. Ein Lächeln hob Poirots Schnurrbart, als er sich vorstellte, dass jetzt nicht er, sondern ein anderer in einem besonders tiefen Schlaf lag.

»Dieser nette, junge David«, sprach Poirot zu sich selbst. »Ihn bedrückte etwas, er ist unglücklich. Es wird ihm nichts schaden, wenn er einmal eine Nacht lang tief schläft. Aber jetzt wollen wir mal sehen, was passiert.«

Poirot lag ganz still, atmete tief und regelmäßig, nur gelegentlich hörte man ihn ein wenig, aber wirklich nur ein wenig schnarchen.

Jemand trat an sein Bett und beugte sich über ihn. Dann wandte sich dieser Jemand zufrieden ab und ging zum Ankleidetisch hinüber. Beim Licht einer winzigen Taschenlampe durchsuchte er Poirots Habseligkeiten, die säuberlich auf dem Ankleidetisch abgelegt waren. Finger durchwühlten die Brieftasche, zogen die Schubladen des Ankleidetisches auf, suchten in Poirots Anzugtaschen. Schließlich näherte sich der Besucher wieder dem Bett und fuhr mit größter Behutsamkeit unter das Kopfkissen. Nachdem er die Hand wieder zurückgezogen hatte, blieb er einen Moment lang stehen – unschlüssig, was er als Nächstes tun sollte. Er schlich im Zimmer umher und durchsuchte alles, was zur Zierde dastand. Er ging in das angrenzende Badezimmer, aus dem er aber gleich wieder zurückkam. Dann verließ er das Zimmer mit einem halblaut ausgestoßenen Fluch.

»Ha«, flüsterte Poirot. »Jetzt bist du aber enttäuscht, was? Ja, ja, schwer enttäuscht. Wie konntest du nur annehmen, dass Hercule Poirot etwas dort versteckt, wo du es finden könntest.«

Dann drehte er sich auf die andere Seite und schlief sofort ein. Am nächsten Morgen wurde er durch beharrliches Klopfen an der Tür geweckt.

»*Qui est à?* Herein, herein.«

Die Tür öffnete sich. Atemlos, mit gerötetem Gesicht, stand Colin auf der Schwelle – hinter ihm Michael.

»Monsieur Poirot, Monsieur Poirot!«

»Aber ja, was ist denn?« Poirot setzte sich im Bett auf. »Gibt es schon den Morgentee? Ach nein, du bist es, Colin. Was ist los?«

Colin war einen Augenblick lang sprachlos. Er schien sehr erregt zu sein. In Wirklichkeit war es aber die Schlafmütze, die Hercule Poirot trug und die Colin einen Moment lang die Sprache verschlug. Als er sich wieder gefangen hatte, stotterte er: »Ich glaube – Monsieur Poirot, können Sie uns helfen? Es ist etwas Schreckliches passiert.«

»Was denn?«

»Es ist – es ist Bridget. Sie liegt draußen im Schnee. Ich glaube – sie regt sich nicht mehr und spricht auch nicht. Sie müssen sie sich sofort ansehen. Ich habe furchtbare Angst. Vielleicht ist sie – tot.«

»Was?« Poirot warf die Bettdecke zur Seite. »Mademoiselle Bridget – tot?«

»Ich glaube, jemand hat sie getötet. Sie blutet und – oh, kommen Sie doch!«

Mit großem Geschick schlüpfte Poirot in seine Schuhe und zog seinen pelzgefütterten Mantel über den Schlafanzug.

»Hast du schon alle im Haus alarmiert?«

»Nein, nein, ich habe es bis jetzt nur Ihnen gesagt. Ich dachte, es wäre besser so. Großvater und Großmutter sind noch nicht auf. Unten wird erst der Frühstückstisch gedeckt, aber ich habe Peverell nichts gesagt. Sie liegt hinter dem Haus nahe beim Fenster der Bibliothek – an der Terrasse.«

»Führt mich hin!«

Colin wandte sich schnell ab, damit ihn sein freudiges Grinsen nicht verriet. Er führte Poirot die Treppen hinunter. Sie traten durch eine Nebentür ins Freie. Es war ein klarer Morgen. Die Sonne war gerade aufgegangen. Es schneite nicht mehr, aber es hatte während der Nacht stark geschneit, und ein makelloser, dichter Schneeteppich deckte alles zu. Die Welt sah sehr rein, weiß und schön aus.

»Dort!«, sagte Colin atemlos. Er zeigte aufgeregt an die Stelle.

Das Bild, das sich ihnen bot, wirkte tatsächlich dramatisch. Wenige Meter entfernt lag Bridget im Schnee. Sie trug einen scharlachroten Schlafanzug. Um ihre Schultern schlang sich ein weißer Schal, den ein blutroter Fleck verunzierte. Ihr Kopf lag auf der Seite. Ihr üppiges schwarzes Haar verdeckte das Gesicht. Ein Arm lag unter dem Körper, der andere war weit weggestreckt, die Hand zur Faust geballt. Mitten in dem hochroten Fleck stak aufrecht der Griff eines großen, geschwungenen kurdischen Dolches, den Oberst Lacey gestern Abend den Gästen gezeigt hatte.

»Mon Dieu!«, rief Monsieur Poirot aus. »Das sieht ja wie im Film aus.«

Michael gab einen erstickten Laut von sich. Colin lenkte die Aufmerksamkeit schnell auf sich.

»Das stimmt«, sagte er. »Es sieht aus, als ob es nicht echt wäre. Sehen Sie die Fußspuren? Man darf sie nicht verwischen.«

»Nein. Die Fußspuren dürfen nicht zertrampelt werden.«

»Das habe ich auch gedacht«, bestätigte Colin. »Deshalb habe ich niemanden an Bridget herangelassen. Ich dachte, Sie wüssten am besten Bescheid.«

»Ja«, sagte Poirot unvermittelt, »zuerst wollen wir feststellen, ob sie noch lebt.«

»Ja – natürlich«, sagte Michael zögernd, »aber wissen Sie, wir dachten – ich meine, wir wollten nicht …«

»Ach, was wolltet ihr nicht? Ihr habt sicher Kriminalromane gelesen. Natürlich ist es wichtig, dass ihr nichts angerührt habt – auch die Leiche nicht. Aber bis jetzt wissen wir noch gar nicht, ob es sich überhaupt um eine Leiche handelt, oder? An erster Stelle steht schließlich der Mensch. Wir müssen zunächst an den Arzt denken, dann erst an die Polizei, meint ihr nicht auch?«

»Ja, selbstverständlich«, antwortete Colin hilflos.

»Wir dachten nur – ich meine, wir dachten, es wäre besser, zuerst Sie zu holen«, ergänzte Michael hastig.

»Ihr bleibt hier stehen! Ich gehe von der anderen Seite an sie heran, damit die Fußspuren nicht verwischt werden. Mein Gott, sind das schöne Fußspuren – ganz deutlich, nicht wahr? Die Fußspuren eines Mannes und eines Mädchens laufen auf die Stelle zu. Die Fußspuren des Mannes führen zurück, die des Mädchens aber – nicht.«

»Das müssen die Fußspuren des Mörders sein«, antwortete Colin. Vor lauter Erregung atmete er kaum.

»Sehr richtig! Ein langer schmaler Fuß mit einem ziemlich seltenen Profil. Sehr interessant. Meiner Meinung nach leicht zu erkennen. Ja, die Fußspuren werden sehr wichtig sein.«

In diesem Augenblick trat Desmond Lee-Wortley mit Sarah

aus dem Haus. Sie kamen auf sie zu. »Was, um alles in der Welt, macht ihr denn hier?«, fragte er aufgeregt. »Ich habe euch von meinem Schlafzimmer aus beobachtet. Was ist denn los? Großer Gott, das sieht ja – es sieht ja nach …«

»Sehr richtig«, antwortete Hercule Poirot. »Es sieht nach Mord aus, nicht wahr?«

Sarah holte tief Luft, dann blickte sie plötzlich die beiden Jungen misstrauisch an.

»Sie meinen, irgendjemand hätte das Mädchen – wie heißt sie doch –, Bridget, umgebracht?«, fragte Desmond. »Wer hätte sie denn töten wollen? Das kann man ja nicht glauben.«

»Es gibt viele Dinge, die man nicht für möglich hält«, sagte Poirot, »besonders wenn sie vor dem Frühstück geschehen. Das hat doch einer eurer Klassiker gesagt: ›Es gibt sechs Dinge, die unmöglich vor dem Frühstück geschehen können.‹« Er fügte hinzu: »Bleiben Sie bitte alle hier stehen!«

Vorsichtig ging er um Bridget herum, trat dann an sie heran und beugte sich über sie.

Colin und Michael wurden von unterdrücktem Lachen geschüttelt. Sarah erging es ähnlich. Sie kannte den Übermut der beiden.

»Die gute Bridget!«, flüsterte Colin. »Ist sie nicht herrlich? Kein Muckser bisher.«

»Noch nie habe ich jemanden so tot gesehen wie Bridget«, flüsterte Michael.

Hercule Poirot richtete sich auf.

»Das ist ja furchtbar«, flüsterte er. Seine Stimme klang tonlos, vollkommen verändert.

Aus Angst, laut herauszuplatzen, mussten sich Michael und Colin rasch umdrehen. Mit erstickter Stimme fragte Michael: »Was – was sollen wir nur machen?«

»Uns bleibt nur eins übrig«, antwortete Poirot. »Wir müssen sofort die Polizei holen. Will einer von euch anrufen?«

»Ich glaube, ich glaube – was meinst du, Michael?«, fragte Colin.

»Ja, ich meine, der Spaß hat jetzt lange genug gedauert.« Er trat einen Schritt vor. Zum ersten Mal schien er ein wenig unsicher zu sein. »Es tut uns sehr leid. Hoffentlich nehmen Sie es uns nicht übel. Sie müssen nämlich wissen, es – äh – es war eine Art Weihnachtsscherz, Monsieur Poirot. Wir dachten – nun ja, wir wollten einen Mord für Sie inszenieren…«

»Ihr wolltet einen Mord für mich inszenieren?«

»Es ist nur Theater«, erklärte Colin. »Wir haben es nur gemacht, damit Sie sich wie zu Hause fühlen.«

»Aha! Ich verstehe; ihr wolltet mich in den April schicken, nicht wahr? Aber heute ist nicht der erste April, sondern der sechsundzwanzigste Dezember!«

»Ich glaube, wir hätten es doch nicht tun sollen«, befürchtete Colin, »bitte, seien Sie uns deswegen nicht böse, Monsieur Poirot. Komm, Bridget! Bridget, steh auf! Du musst ja schon halb erfroren sein.«

Die Gestalt im Schnee rührte sich jedoch nicht.

»Das ist aber merkwürdig«, sagte Poirot, »sie scheint euch nicht zu hören.« Er blickte alle nachdenklich an. »Und es soll ein Scherz sein, sagt ihr? Seid ihr auch sicher, dass es nur ein Scherz ist?«

»Ja, natürlich«, antwortete Colin. Er fühlte sich in seiner Haut nicht mehr wohl. »Wir – wir haben doch nichts Böses beabsichtigt.«

»Und warum steht dann Mademoiselle Bridget nicht auf?«

»Ich weiß es nicht«, erwiderte Colin. »Komm, Bridget«, rief er ungeduldig, »steh doch auf, lass die Dummheiten! Es tut uns wirklich sehr Leid, Monsieur Poirot«, sagte Colin verängstigt. »Wir müssen uns bei Ihnen entschuldigen.«

»Sie brauchen sich nicht mehr zu entschuldigen.« Poirots Stimme klang merkwürdig steif.

»Was meinen Sie damit?« Colin starrte ihn an. Er drehte sich noch einmal um. »Bridget, Bridget! Was ist los? Warum stehst du nicht auf? Warum bleibst du denn liegen?«

Poirot winkte Desmond zu.

»Kommen Sie, Mr Lee-Wortley, kommen Sie her –«

Desmond trat zu ihm.

»Fühlen Sie ihren Puls!«

Desmond Lee-Wortley beugte sich zu dem Mädchen hinunter. Er ergriff den Arm – das Handgelenk.

»Ich fühle keinen Pulsschlag –« Er starrte Poirot an. »Der Arm ist steif. Großer Gott, sie ist tatsächlich tot.«

Poirot nickte. »Ja, sie ist tot«, bestätigte er. »Jemand hat aus der Komödie eine Tragödie gemacht. Hier sind Spuren, die her- und zurücklaufen. Und diese Fußspuren gleichen genau den Ihrigen, die Sie vom Haus bis hierher im Schnee hinterlassen haben, Mr Lee-Wortley!«

Desmond Lee-Wortley fuhr blitzschnell herum und starrte auf die Spur.

»Was … Beschuldigen Sie etwa mich? Sind Sie verrückt? Warum hätte ich denn dieses Mädchen töten sollen?«

»Tja – warum? Das frage ich Sie auch.«

Poirot beugte sich hinunter und löste sehr sanft ihre steifen Finger.

Desmond atmete schwer. Er traute seinen Augen nicht, als er sah, dass in der Handfläche des toten Mädchens ein großer Edelstein lag. Es schien ein Rubin zu sein. »Das ist ja der verdammte Stein aus dem Pudding!«, rief er aus.

»Stimmt das?«, fragte Poirot. »Sind Sie sicher?«

»Natürlich ist das der Stein!« Schnell bückte er sich und nahm den roten Stein aus Bridgets Hand.

»Das hätten Sie nicht tun sollen«, sagte Poirot vorwurfsvoll. »Sie durften doch nichts verändern.«

»Ich habe nichts an der Leiche verändert! Aber dieses Ding

könnte vielleicht verloren gehen, und es ist doch ein Beweisstück. Das Wichtigste ist jetzt, die Polizei zu holen – so schnell wie möglich. Ich werde anrufen.«

Lee-Wortley drehte sich um und rannte auf das Haus zu. Sarah trat zu Poirot.

»Ich *verstehe* das nicht«, flüsterte sie. Ihr Gesicht war leichenblass. »Ich verstehe das wirklich nicht.« Sie umklammerte ängstlich Poirots Arm. »Was haben Sie mit – mit den Fußspuren gemeint?«

»Sehen Sie selbst, Mademoiselle.«

Die Fußspuren, die zur Leiche und wieder zurück führten, waren die gleichen, die Desmond im Schnee hinterlassen hatte, als er, vom Haus kommend, mit Poirot an die Leiche des Mädchens herangegangen und wieder zurückgetreten war.

»Sie meinen, es war Desmond?«

Das Aufheulen eines Automotors zerriss plötzlich die Stille. Schnell drehten sich alle um. Sie sahen deutlich, wie ein Auto in rasender Fahrt die Auffahrt hinunterjagte. Sarah erkannte, wem das Auto gehörte. »Desmond!«, rief sie. »Es ist Desmond. Sicher fährt er zur Polizei, anstatt zu telefonieren.«

Diana Middleton stürmte aus dem Haus auf sie zu.

»Was ist los?«, schrie sie atemlos. »Desmond rannte gerade herein. Er redete etwas von einem Mord und rüttelte am Telefon, aber es war tot. Er bekam keine Verbindung. Er sagte, das Kabel sei durchgeschnitten, und es bliebe nichts anderes übrig, als das Auto zu nehmen und zur Polizei zu fahren. Warum denn die Polizei?« Sie starrte Poirot an. »Bridget? Aber das ist doch – ist das nicht ein Scherz? Ich hörte gestern Abend so etwas. Ich dachte, man wollte Ihnen einen Streich spielen, Monsieur Poirot?«

»Ja«, sagte Poirot, »das hatte man vor. Sie wollten mir einen Streich spielen. Aber jetzt kommen Sie bitte alle mit ins Haus.

Wir holen uns hier draußen nur den Tod. Wir können sowieso nichts tun, bis Mr Lee Wortley mit der Polizei zurück ist.«

»Hören Sie«, sagte Colin, »wir können doch Bridget nicht hier allein lassen.«

»Es hilft nichts mehr, wenn ihr bei ihr bleibt«, sagte Poirot. »Wir können Mademoiselle Bridget nicht wieder zum Leben erwecken. Gehen wir also hinein und wärmen wir uns auf. Vielleicht sollten wir eine Tasse heißen Tee oder eine Tasse Kaffee trinken.«

Sie folgten ihm gehorsam ins Haus. Peverell wollte gerade den Gong schlagen. Selbst wenn Peverell es für merkwürdig gehalten hatte, dass die meisten Hausbewohner schon draußen im Schnee waren und Monsieur Poirot in Schlafanzug und Mantel herumlief, so ließ er sich nichts anmerken. Peverell war trotz seines Alters ein perfekter Butler. Er bemerkte nichts, was er nicht bemerken sollte. So gingen sie ins Esszimmer und setzten sich. Als der Kaffee gebracht war und alle tranken, begann Poirot mit seiner Erklärung.

»Ich muss Ihnen eine Geschichte erzählen, die ich zwar nicht in allen Einzelheiten schildern kann, aber doch in groben Umrissen. Sie handelt von einem jungen Prinzen, der dieses Land besuchte. Er brachte einen berühmten Edelstein mit, den er für seine zukünftige Frau umarbeiten lassen sollte. Das Unglück wollte es, dass er eine sehr hübsche junge Dame kennen lernte. Diese junge Dame interessierte sich weniger für den Prinzen, aber sie hatte sich in seinen Edelstein verliebt – und zwar so sehr, dass sie eines Tages mit ihm verschwand. Dieser Stein ist historisch wertvoll, er ist seit Generationen im Besitz der Familie. Wie man sich vorstellen kann, befand sich der Prinz nun in einer verzwickten Lage. Ein Skandal durfte auf keinen Fall entstehen. Es war nicht ratsam, die Polizei zu alarmieren. Daher kam der Prinz zu mir, zu Hercule Poirot. ›Bringen Sie mir den historischen Rubin zurück‹, bat er. Nun hatte besagte junge Dame einen Freund, der bislang in mehrere zwielichtige Geschäfte verwickelt war. Sein Name wurde im Zusammenhang mit Erpressung und Verkauf von Schmuck im Ausland genannt. Jedes Mal handelte er sehr geschickt, und man konnte ihm niemals etwas nachweisen. Ich erfuhr, dass dieser schlaue Herr das Weihnachtsfest in diesem Haus verbringen würde. Wichtig war ihm dabei, dass die hübsche junge Dame eine Zeit lang nicht gesehen werden durfte, nachdem sie sich den Edelstein verschafft hatte, damit niemand sie unter Druck setzen und niemand ihr Fragen stellen konnte. So kam sie nach Kings Lacey – angeblich als Schwester dieses sauberen Herrn.«

Sarah holte tief Luft.

»Nein! Das kann nicht wahr sein.«

»Doch! Genau das. Mit Hilfe einiger Tricks wurde auch ich zum Weihnachtsfest eingeladen. Angeblich sollte die junge Dame gerade aus dem Krankenhaus entlassen worden sein. Als sie hier ankam, ging es ihr schon besser. Da erfuhr sie, dass auch ich, ein Detektiv, ein sehr bekannter Detektiv, hierherkommen würde. Sofort fiel ihr das Herz in die Hose, so sagt man doch. Sie versteckte den Rubin an der erstbesten Stelle, die ihr einfiel. Dann hatte sie schnell einen Rückfall und hütete seitdem das Bett. Sie wollte nicht von mir gesehen werden, denn zweifelsohne würde ich eine Fotografie von ihr haben und sie sofort wiedererkennen. Sie langweilte sich natürlich sehr, musste aber in ihrem Zimmer bleiben. Der Bruder brachte ihr sogar das Essen nach oben.«

»Und der Rubin?«, fragte Michael.

»Ich glaube, die junge Dame war mit euch allen in der Küche, als man meine Ankunft erwähnte. Alles lachte, redete und rührte den Pudding um. Der wurde in die Schüsseln verteilt, und die junge Dame versteckte den Rubin, indem sie ihn in eine der Puddingschüsseln fallen ließ – und zwar in die

Schüssel, die nicht für das Weihnachtsfest bestimmt war. Sie wusste genau, dass der Weihnachtspudding in einer besonderen Form aufbewahrt wurde. Sie presste den Stein in den anderen Pudding – in denjenigen, der zu Neujahr gegessen werden sollte. Bis dahin hatte sie genügend Zeit, ihre Abreise vorzubereiten. Wenn sie ging, wollte sie natürlich den Neujahrspudding mitnehmen. Am Morgen des Weihnachtstages passierte dann ein Unglück. Der Pudding in der phantasievoll verzierten Weihnachtsform wurde fallen gelassen. Die Form zersprang auf dem Steinfußboden in viele Stücke. Was sollte man tun? Die gute Mrs Ross nahm also den Neujahrspudding und ließ ihn servieren.«

»Guter Gott!«, rief Colin aus. »Wollen Sie damit sagen, dass der Rubin echt war, den Großvater, als er seinen Pudding aß, aus dem Mund holte?«

»Genau! Und du kannst dir vorstellen, was in Mr Lee-Wortley vorging, als er es bemerkte. *Eh bien,* was geschah als Nächstes? Der Rubin wurde herumgereicht. Ich prüfte ihn. Es gelang mir, ihn unauffällig in meine Tasche gleiten zu lassen. Ich machte es ganz unauffällig, als geschähe es ganz aus Versehen. Ein bestimmter Jemand beobachtete allerdings genau, was ich tat. Als ich im Bett lag, durchsuchte er mein Zimmer. Er tastete mich sogar ab, aber er fand den Rubin nicht.«

»Weil Sie ihn Bridget gegeben hatten«, vermutete Michael atemlos. »Das meinen Sie doch, das ist also der Grund. Aber ich verstehe nicht ganz – ich meine … Hören Sie, was geschah dann?«

Poirot lächelte ihn an. »Kommt in die Bibliothek und schaut zum Fenster hinaus! Ich werde euch dort etwas zeigen, was das Geheimnis aufklärt.« Er ging voraus, und sie folgten ihm. »Denkt noch einmal an den Schauplatz des Verbrechens!«

Er zeigte zum Fenster hinaus, und alle hielten zur gleichen Zeit die Luft an. Im Schnee lag keine Leiche mehr! Nichts deutete mehr auf eine Tragödie, nur eine Menge zertrampelten Schnees war zu sehen.

»Ich habe das doch nicht geträumt«, murmelte Colin fast unhörbar. »Hat jemand die Leiche weggeschafft?«

»Ah«, sagte Poirot. »Das Geheimnis der verschwundenen Leiche!« Er nickte mit dem Kopf und zwinkerte mit den Augen.

»Monsieur Poirot« , rief Michael, »haben Sie uns vielleicht die ganze Zeit an der Nase herumgeführt?«

Poirot lächelte verschmitzt.

»Es ist wahr, Kinder, ich habe mir einen kleinen Spaß erlaubt. Ich wusste nämlich von eurem Plan und bereitete einen Gegenplan vor ... *Ah, voilà*, Mademoiselle Bridget! Hoffentlich stellen sich keine schlimmen Folgen ein, weil Sie lange im Schnee gelegen haben. Ich würde mir nie verzeihen, wenn Sie sich eine Erkältung zugezogen hätten.«

Bridget hatte gerade das Zimmer betreten. Sie trug einen dicken Rock und einen Wollpullover. Sie lachte.

»Ich habe Ihnen einen Kräutertee bringen lassen«, sagte Poirot ernst. »Haben Sie ihn schon getrunken?«

»Nur einen Schluck. Mir fehlt nichts. War ich gut, Monsieur Poirot? Du liebe Güte, mir tut noch alles weh von dem Stangenkreuz, auf das ich mich legen musste, weil Sie es so wollten.«

»Sie waren großartig, mein Kind, einfach großartig. Aber die anderen wissen noch nicht Bescheid ... Letzte Nacht ging ich also zu Mademoiselle Bridget. Ich erzählte ihr, dass ich von eurer kleinen Verschwörung wusste, und ich fragte sie, ob sie für mich eine Rolle spielen würde. Sie war sehr geschickt. Für die Fußspuren benutzte sie ein Paar Schuhe von Mr Lee-Wortley.«

Sarah fragte barsch dazwischen: »Was soll das, Monsieur Poirot? Was hat das für einen Sinn, wenn Sie Desmond wegschicken, damit er die Polizei holt? Sie wird wütend sein, wenn sie erfährt, dass alles nur ein Scherz war.«

Poirot schüttelte leicht den Kopf.

»Aber ich glaube nicht eine Sekunde lang, dass Mr Lee-Wortley die Polizei holt. Er will mit einem Mord nichts zu tun haben. Er verlor völlig die Nerven. Er dachte nur noch an eines: den Rubin zu bekommen. Er griff sich den Stein, gab vor, dass das Telefon kaputt wäre, und raste unter dem Vorwand, die Polizei zu holen, in seinem Auto davon. Ich bin überzeugt, dass er sich nicht wieder sehen lassen wird. Wie ich weiß, verfügt er über ein schnelles Mittel, aus England fliehen zu können. Er besitzt doch ein Flugzeug, nicht wahr, Mademoiselle?«

Sarah nickte.

»Ja«, sagte sie. »Wir dachten daran …« Sie sprach nicht weiter.

»Er wollte Sie damit entführen, nicht wahr? *Eh bien,* das ist eine ausgezeichnete Methode, um Edelsteine aus dem Land zu schmuggeln. Wenn man ein Mädchen entführt, und die Öffentlichkeit erfährt etwas davon, dann wird keiner auf den Gedanken kommen, dass auch ein historisch wertvoller Rubin mit aus dem Land geschmuggelt wird. Das wäre eine gute Tarnung gewesen.«

»Ich glaube das nicht, ich glaube Ihnen kein Wort.«

»Fragen Sie seine Schwester!« Poirot nickte jemandem über Sarahs Schulter hinweg zu. Diese drehte sich schnell um.

Eine Platinblonde stand im Türrahmen. Sie trug einen Pelzmantel und blickte prüfend um sich. Sie war offensichtlich fassungslos.

»Ich und seine Schwester! So ein Unsinn!«, lachte sie laut und unsympathisch auf. »Der Kerl ist nicht mein Bruder! Er hat sich also aus dem Staub gemacht, und ich soll nun die Suppe auslöffeln. Das Ganze war *seine* Idee. *Er* hat mich dazu überredet. Er sagte, dass das gestohlene Zeug viel Geld bringen würde und dass wegen des Skandals nie Nachforschungen angestellt würden. Ich könnte Ali immer erpressen, wenn ich verraten wollte, dass *er* mir den wertvollen Stein gegeben habe. In Paris wollten wir uns die Beute teilen… Und jetzt lässt mich der Drecksskerl im Stich. Ich könnte ihn umbringen!« Sie wandte sich mit einem Ruck um. »Je eher ich verschwinde… Bestellt mir jemand ein Taxi?«

»Das Auto wartet schon vor der Haustür auf Sie. Es bringt Sie zum Bahnhof, Mademoiselle«, schnarrte Poirot.

»Sie denken an alles, oder?«

»Fast an alles«, lächelte Poirot selbstzufrieden. Er sollte jedoch noch nicht entlassen sein.

Als er das Esszimmer betrat, nachdem er die angebliche Miss LeeWortley zum wartenden Auto begleitet hatte, wartete Colin auf ihn. Ein finsterer Ausdruck lag auf seinem jungen Gesicht. »Jetzt hören Sie mir mal zu, Monsieur Poirot! Was ist denn mit dem Rubin? Soll das heißen, dass er mit dem Rubin entwischt ist?«

Poirot machte ein langes Gesicht. Er drehte an seinem Schnurrbart. Er fühlte sich nicht wohl in seiner Haut. So schien es wenigstens.

»Ich werde ihn wiederbekommen«, sagte er schwach. »Es gibt noch andere Wege. Ich werde …«

»Hm«, ließ sich Michael vernehmen. »Wenn ich bedenke, dass Sie den Gauner mit dem Rubin entwischen ließen –«

Bridget war schlauer.

»Er zieht uns wieder auf«, sagte sie. »Inzwischen kenne ich Sie, nicht wahr, Monsieur Poirot?«

»Wollen wir zum Schluss noch ein Zauberkunststückchen vorführen, Mademoiselle? Greifen Sie in meine linke Tasche!«

Bridget griff hinein. Mit einem Freudenschrei zog sie die Hand wieder heraus. Sie hielt den großen Rubin hoch, der prachtvoll und blutrot funkelte.

»Jetzt wissen Sie also«, sagte Poirot, »dass der Stein, den Sie mit Ihrer Hand fest umklammerten, eine Nachahmung ist. Ich brachte sie für den Fall aus London mit, dass ich Ersatz brauchen würde. Verstehen Sie nun? Wir wollten keinen Skandal. Monsieur Desmond wird versuchen, die Imitation in Paris oder Brüssel oder in irgendeiner anderen Stadt, wo er Verbindungen hat, zu verkaufen. Dort wird man dann feststellen, dass der Rubin nicht echt ist. Hauptsache: wir haben den richtigen. Was können wir uns Besseres wünschen? Alles endet zu unserer Zufriedenheit. Der Skandal ist vermieden worden, mein Prinzensöhnchen bekommt seinen Rubin wieder, er kehrt in sein Land zurück und geht, um eine Erfahrung reicher, eine hoffentlich gute Ehe ein. Ende gut – alles gut.«

»Abgesehen von mir«, murmelte Sarah fast unhörbar.

Sie sprach so leise, dass Poirot als Einziger ihren Einwand hörte. Er sah sie freundlich an und schüttelte den Kopf.

»Sie täuschen sich, Mademoiselle Sarah. Sie haben auch dazugelernt. Jede Erfahrung ist wertvoll, und eine glückliche Zeit liegt vor Ihnen. Das prophezeie ich Ihnen.«

»Das sagen *Sie*«, entgegnete Sarah.

»Aber hören Sie, Monsieur Poirot«, Colin blickte finster drein, »wie haben Sie unseren Plan erfahren?«

»Meine Aufgabe ist es, alles zu wissen«, antwortete Monsieur Poirot. Er drehte an seinem Schnurrbart.

»Ja, gut, aber ich kann mir nicht vorstellen, wie Sie das geschafft haben. Hat uns jemand verpfiffen? Ist jemand zu Ihnen gekommen und hat es erzählt?«

»Nein, das nicht.«

»Wie haben Sie es dann erfahren?«

Alle baten im Chor: »Ja, erzählen Sie!«

»Aber nein«, protestierte Poirot. »Wenn ich verrate, wie ich es erfahren habe, werdet ihr enttäuscht sein. Es ist wie bei einem Zauberkünstler, der verrät, wie er seine Kunststücke macht.«

»Erzählen Sie doch, Monsieur Poirot, bitte! Erzählen Sie!«

»Ihr wollt wirklich, dass ich dieses letzte Geheimnis aufdecke?«

»Ja, erzählen Sie!«

»Ach, ich glaube, ich kann es nicht. Ihr werdet sehr enttäuscht sein.«

»Ach, bitte doch, Monsieur Poirot, erzählen Sie. Wie haben Sie es erfahren?«

»Nun gut. Ich saß, müsst ihr wissen, vorgestern nach dem Tee in der Bibliothek am Fenster und ruhte mich in einem Sessel aus. Dabei schlief ich ein. Als ich aufwachte, spracht ihr ganz in meiner Nähe über euren Plan – nur draußen vor dem Fenster. Und dieses stand offen.«

»Das ist alles?«, fragte Colin. Er ärgerte sich. »So einfach!«

»Nicht wahr?«, sagte Poirot lächelnd. »Seht ihr, nun seid ihr enttäuscht.«

»Na gut«, erwiderte Michael. »Jedenfalls wissen wir jetzt alles.«

»Stimmt das tatsächlich?«, murmelte Poirot vor sich hin. »Ich weiß jedenfalls noch *nicht* alles, obwohl es doch meine Aufgabe wäre, über alles Bescheid zu wissen.«

Er trat in die Vorhalle hinaus und schüttelte den Kopf. Wohl zum zwanzigsten Mal zog er aus seiner Tasche ein ziemlich schmutziges Blatt Papier hervor und las: ESSEN SIE NICHTS VON DEM PLUMPUDDING! JEMAND, DER ES GUT MIT IHNEN MEINT.

Hercule Poirot schüttelte nachdenklich den Kopf. Er, der sich alles erklären konnte, fand für diese Warnung keine Erklärung. Was für eine Demütigung! Wer hatte den Zettel geschrieben? Aus welchem Grund war er geschrieben worden? Er wusste, er würde erst wieder Ruhe finden, wenn er dieses Rätsel gelöst hatte. Plötzlich schrak er aus seinen Überlegungen auf und hörte seltsam keuchende Laute. Aufmerksam sah er auf den Boden. Dort machte sich ein mit Schaufel und Besen bewaffnetes flachsblondes Wesen zu schaffen. Es starrte mit großen runden Augen auf den Zettel in seiner Hand.

»Oh!«, rief die Erscheinung. »Oh! Bitte sehr!«

»Wer sind Sie denn, *mon enfant?*«, fragte Poirot freundlich.

»Annie Bates, bitte sehr. Ich helfe Mrs Ross. Ich wollte, ich wollte nichts – nichts Unrechtes tun. Ich habe es nur gut gemeint. Ich meine, ich wollte nur Ihr Bestes.«

Poirot ging ein Licht auf. Er hielt ihr den schmutzigen Zettel hin. »Haben Sie das geschrieben, Annie?«

»Ich wollte nichts Böses anrichten. Wirklich nicht, glauben Sie mir.«

»Natürlich wollten Sie das nicht, Annie.« Er lächelte sie an. »Aber erzählen Sie mir bitte, warum Sie diesen Zettel geschrieben haben?«

»Nun, da waren die zwei, Mr Lee-Wortley und seine Schwester. Ich wusste, dass sie in Wirklichkeit nicht seine Schwester war. Keiner von uns hat das geglaubt. Sie war auch kein bisschen krank. Das haben wir alle gewusst. Wir haben geglaubt, dass etwas nicht stimmt. Ich sage es Ihnen rundheraus. Ich war in ihrem Badezimmer, um saubere Handtücher hinzulegen, und habe an der Tür gehorcht. ›Dieser Detektiv‹, hat er gesagt, ›dieser Kerl, der Poirot, kommt hierher. Wir müssen irgendwas unternehmen. Wir müssen ihn so rasch wie möglich aus dem Weg räumen.‹ Dann hat er leiser gesprochen und sie in einem bösartigen Ton gefragt: ›Wo hast du das hingetan?‹ Und sie antwortete ihm: ›In den Pudding.‹ Ich bekam einen furchtbaren Schreck. Ich habe gedacht, mir würde das Herz aussetzen. Ich habe gedacht, dass die beiden Sie mit dem Weihnachtspudding vergiften wollten. ich habe nicht gewusst, was ich tun sollte. Mrs Ross hätte auf jemanden wie mich nicht gehört. Da bin ich auf die Idee gekommen, Ihnen einen Zettel zu schreiben, um Sie zu warnen. Ich legte ihn auf das Kissen. Dort würden

Sie ihn finden.« Annie konnte vor Atemlosigkeit nicht weiterreden. Poirot sah sie einige Minuten lang an.

»Sie sehen zu viele Gangsterfilme, glaube ich, Annie«, sagte er schließlich. »Oder vielleicht ist das Fernsehen daran schuld. Das Wichtigste ist aber, dass Sie eine gute Seele sind und eine gewisse Phantasie haben. Wenn ich wieder in London bin, werde ich Ihnen ein Geschenk schicken.«

»Oh, danke, recht herzlichen Dank!«

»Was möchten Sie gern haben, Annie?«

»Kriege ich alles, was ich mir wünsche? Kriege ich wirklich das, was ich mir wünsche?«

»Ja. Es muss sich natürlich in Grenzen halten«, antwortete Poirot vorsichtig.

»Oh, könnte ich ein Kosmetiktäschchen bekommen? So ein wirklich todschickes, piekfeines Kosmetiktäschchen wie das von Mr Lee-Wortleys Schwester?«

»Das ist interessant«, redete er leise und versonnen vor sich hin. »Vor einiger Zeit war ich im Museum und sah mir mehr als tausend Jahre alte Funde aus Babylon und ähnlichen Orten an – darunter waren auch Kosmetikschachteln. Die Frauen ändern sich im Grunde nicht.«

»Wie bitte?«

»Es war nicht wichtig«, antwortete Poirot. »Ich dachte nur nach. Sie werden Ihr Kosmetiktäschchen bekommen.«

»Oh, danke schön, vielen herzlichen Dank.« Annie ging froh davon. Poirot sah ihr nach und nickte zufrieden mit dem Kopf.

»Tja«, sagte er zu sich selbst. »Und jetzt gehe ich. Ich habe meine Aufgabe hier erfüllt.« Unerwartet legten sich in diesem Augenblick von hinten zwei Arme um seine Schultern.

»Da Sie gerade unter dem Mistelzweig stehen –«

Es war Bridget. Hercule Poirot genoss es, er genoss es sehr. Er sagte sich, dass es ein sehr schönes Weihnachtsfest sei …

Agatha Christie

Aufregung an Weihnachten

Aus dem Englischen von
Ursula Maria Mössner

Aufregung an Weihnachten

(Hercule Poirot und der Plumpudding, Variation 2)

Die großen Holzscheite prasselten fröhlich in dem mächtigen offenen Kamin, doch ihr Prasseln wurde von dem Stimmengewirr der sechs jungen Leute übertönt, die lebhaft miteinander schwatzten. Die Jugend unter den Hausgästen hatte offenbar ihren Spaß an diesem Weihnachtstag.

Die alte Miss Endicott, den meisten Anwesenden als Tante Emily bekannt, lächelte nachsichtig über das muntere Geplapper.

»Jede Wette, dass du keine sechs Törtchen essen kannst, Jean.«

»Kann ich doch.«

»Nein, kannst du nicht.«

»Du bekommst die Münze aus dem Trifle, wenn du es schaffst.«

»Ja, *und* drei Portionen Trifle *und* zwei Portionen Plumpudding.«

»Ich hoffe nur, dass der Plumpudding gut ist«, sagte Miss Endicott besorgt. »Er wurde erst vor drei Tagen gemacht. Dabei sollten die Plumpuddings für Weihnachten lange *vor* dem Fest zubereitet werden. Ich weiß noch, dass ich als Kind immer dachte, die letzte Kollekte vor dem ersten Adventssonntag – das Gebet ›Rühr an, o Herr, wir bitten dich‹ – bezöge sich auf das Rühren der Weihnachtspuddings!«

Es herrschte höfliche Stille, während Miss Endicott sprach. Nicht, weil sich die jungen Leute auch nur im Mindesten für ihre Reminiszenzen an frühere Zeiten interessiert hätten, sondern weil sie fanden, dass es der Anstand gebot, ihrer Gastgeberin Aufmerksamkeit zu zollen. Sobald sie geendet hatte, setzte das laute Stimmengewirr wieder ein. Miss Endicott seufzte und warf, wie auf der Suche nach einem Gleichgesinnten, einen Blick auf das einzige Mitglied der Gesellschaft, das ihr an Jahren nahekam – einen kleinen Mann mit einem merkwürdigen eiförmigen Kopf und einem stattlichen kräftigen Schnurrbart. Junge Leute waren auch nicht mehr, was sie früher waren, dachte Miss Endicott. In der guten alten Zeit hätten sie stumm und respektvoll den weisen Worten gelauscht, die die Älteren wie Perlen vor ihnen ausbreiteten. Stattdessen nun dieses alberne Geplapper, das noch dazu meist völlig unverständlich war. Gleichviel, es waren liebe Kinder! Ihre Augen wurden sanft, als sie sie der Reihe nach betrachtete – die hoch gewachsene, sommersprossige Jean; die kleine Nancy Cardell, dunkelhaarig und von zigeunerhafter Schönheit; die beiden jüngeren Buben, Johnnie und Eric, die für die Feiertage aus dem Internat nach Hause gekommen waren, und ihr Freund Charlie Pease; und die schöne blonde Evelyn Haworth … Bei dem Gedanken an Letztere zogen sich ihre Brauen ein wenig zusammen, und ihre Augen wanderten hinüber zu ihrem ältesten Neffen, Roger, der mürrisch schweigend dasaß, ohne sich an der fröhlichen Unterhaltung zu beteiligen, den Blick unverwandt auf die hinreißende nordische Blondheit des jungen Mädchens geheftet.

»Ist der Schnee nicht toll?«, rief Johnnie und trat ans Fenster. »Richtiges Weihnachtswetter! Kommt, wir machen eine Schneeballschlacht. Es ist doch noch viel Zeit bis zum Essen, nicht wahr, Tante Emily?«

»Aber ja. Wir speisen erst um zwei Uhr. Dabei fällt mir ein, dass ich mich noch um den Tisch kümmern muss.«

Sie eilte aus dem Zimmer.

»Wisst ihr, was? Wir bauen einen Schneemann!«, kreischte Jean.

»Au ja, das wird lustig! Wir machen eine Schneeskulptur von Monsieur Poirot! Haben Sie gehört, Monsieur Poirot? Eine Statue des Meisterdetektivs Hercule Poirot, aus Schnee geformt von sechs berühmten Künstlern!«

Der kleine Mann im Sessel verbeugte sich verbindlich und zwinkerte verschmitzt.

»Aber er muss sehr stattlich werden, *mes enfants*«, sagte er mit Nachdruck. »Ich bestehe darauf.«

»Und ob!«

Die ganze Bande lief wie ein Wirbelwind hinaus, wobei sie unter der Tür mit einem würdevollen Butler kollidierte, der soeben mit einem Brief auf einem silbernen Tablett eintrat. Nachdem der Butler seine Fassung wiedergewonnen hatte, ging er auf Poirot zu.

Poirot nahm den Brief entgegen und riss ihn auf. Der Butler zog sich zurück. Zweimal las der kleine Mann den Brief, faltete ihn dann zusammen und steckte ihn ein. In seinem Gesicht hatte sich kein Muskel bewegt, obgleich der Inhalt des Schreibens höchst erstaunlich war. Mit ungelenker Hand waren die Worte gekritzelt: *»Essen Sie keinen Plumpudding.«*

»Sehr interessant«, murmelte Poirot bei sich. »Und völlig unerwartet.«

Er sah hinüber zum Kamin. Evelyn Haworth war nicht mit den anderen hinausgegangen. Sie starrte, in Gedanken versunken, ins Feuer und spielte nervös an dem Ring am vierten Finger ihrer linken Hand herum.

»Sie sind in einen Traum vertieft, Mademoiselle«, sagte der kleine Mann schließlich. »Und der Traum ist kein glücklicher, habe ich Recht?«

Sie zuckte zusammen und sah unsicher zu ihm hinüber.

Er nickte aufmunternd. »Es gehört zu meinem Beruf, dergleichen zu wissen. Nein, Sie sind nicht glücklich. Auch ich bin nicht sehr glücklich. Wollen wir uns einander anvertrauen? Sehen Sie, ich habe einen großen Kummer, denn ein Freund von mir, ein Freund seit vielen Jahren, ist fortgegangen über das Meer nach Südamerika. Manchmal, wenn wir zusammen waren, machte mich dieser Freund ungeduldig, seine Stupidität brachte mich auf; aber nun, da er fort ist, erinnere ich mich nur an seine guten Eigenschaften. So ist das Leben, habe ich Recht? Und nun, Mademoiselle, was ist Ihr Problem? Sie sind nicht wie ich alt und allein – Sie sind jung und sehr schön; und der Mann, den Sie lieben, liebt Sie – o ja, ganz gewiss: Ich habe ihn während der letzten halben Stunde beobachtet.«

Das junge Mädchen errötete.

»Sprechen Sie von Roger Endicott? Oh, Sie irren sich; Roger ist nicht mein Verlobter.«

»Nein, Sie sind mit Mister Oscar Levering verlobt. Ich weiß das sehr wohl. Aber warum sind Sie mit ihm verlobt, wenn Sie einen anderen Mann lieben?«

Das junge Mädchen schien ihm die Frage nicht zu verübeln; etwas in seiner Art machte es ihr unmöglich. Er sprach mit einer Mischung aus Güte und Autorität, die unwiderstehlich war.

»Erzählen Sie mir alles«, sagte Poirot sanft; und er fügte den Satz hinzu, den er schon zuvor benutzt hatte und der für das junge Mädchen seltsam tröstlich klang. »Es gehört zu meinem Beruf, dergleichen zu wissen.«

»Ich bin ja so unglücklich, Monsieur Poirot – so schrecklich unglücklich. Wissen Sie, wir waren früher sehr wohlhabend. Ich galt als reiche Erbin, und Roger war nur ein jüngerer Sohn; und – und obwohl ich überzeugt bin, dass er etwas für mich empfand, sagte er nie ein Wort, sondern ging nach Australien.«

»Es ist sehr eigenartig, wie man hier bei Ihnen Ehen arrangiert«, warf Poirot ein. »Kein System. Keine Methode. Alles bleibt dem Zufall überlassen.«

Evelyn sprach weiter.

»Dann verloren wir plötzlich unser ganzes Geld. Meine Mutter und ich standen praktisch mittellos da. Wir zogen in ein kleines Häuschen und schlugen uns mühsam durch. Doch dann wurde meine Mutter sehr krank. Ihre einzige Chance war eine schwere Operation und ein Aufenthalt in einem warmen Klima. Aber wir hatten doch kein Geld, Monsieur Poirot – wir hatten kein Geld! Und das bedeutete, dass sie sterben musste. Mr Levering hatte mir bereits ein- oder zweimal einen Antrag gemacht. Nun bat er mich erneut, ihn zu heiraten, und versprach, alles für meine Mutter zu tun, was getan werden konnte. Ich sagte ja – was hätte ich anderes tun können? Er hielt Wort. Die Operation wurde von der größten Kapazität unserer Zeit durchgeführt, und wir verbrachten den Winter in Ägypten. Das war vor einem Jahr. Meine Mutter ist wieder gesund und bei Kräften; und ich – ich soll nach den Feiertagen Mr Levering heiraten.«

»Ich verstehe«, sagte Poirot. »Und in der Zwischenzeit ist Monsieur Rogers älterer Bruder gestorben, und er ist nach Hause gekommen – und findet seinen Traum zerstört. Gleichviel, Mademoiselle, Sie sind noch nicht verheiratet.«

»Eine Haworth bricht ihr Wort nicht, Monsieur Poirot«, sagte das junge Mädchen stolz.

Sie hatte kaum ausgeredet, als die Tür aufging und ein kräftiger Mann mit rötlicher Gesichtsfarbe, kleinen, verschlagenen Augen und kahlem Schädel auf der Schwelle erschien.

»Was bläst du hier drinnen Trübsal, Evelyn? Mach lieber einen Spaziergang mit mir.«

»Wie du meinst, Oscar.«

Sie stand lustlos auf. Poirot erhob sich ebenfalls und erkundigte sich höflich:

»Mademoiselle Levering ist noch immer indisponiert?«

»Ja, ich bedaure sagen zu müssen, dass meine Schwester noch immer das Bett hüten muss. Zu schade, ausgerechnet an Weihnachten krank zu sein.«

»In der Tat«, stimmte ihm der Detektiv höflich zu.

Einige Minuten genügten Evelyn, um ihre Schneestiefel und warme Sachen anzuziehen, und dann gingen sie und ihr Verlobter hinaus in den verschneiten Park. Es war ein idealer Weihnachtstag, kalt und sonnig. Die übrigen Hausgäste waren mit der Errichtung des Schneemannes beschäftigt. Levering und Evelyn blieben stehen, um ihnen zuzusehen.

»Muss Liebe schön sein!«, rief Johnnie und warf einen Schneeball nach ihnen.

»Wie gefällt dir unser Werk, Evelyn?«, rief Jean. »Monsieur Hercule Poirot, der Meisterdetektiv.«

»Wartet, bis er erst seinen Schnurrbart hat!«, sagte Eric. »Nancy will sich dafür extra ein bisschen Haar abschneiden. *Vivent les braves Belges!* Päng, päng!«

»Einfach riesig, einen leibhaftigen Detektiv im Haus zu haben!«, meinte Charlie. »Jetzt müsste es nur noch einen Mord geben.«

»Ja, ja, ja!«, rief Jean und begann herumzutanzen. »Ich habe eine prima Idee. Lasst uns einen Mord begehen – einen vorgetäuschten natürlich. Und den Meisterdetektiv verkohlen. Kommt schon, das wird ein Heidenspaß!«

Fünf Stimmen begannen durcheinanderzureden.

»Wie soll das gehen?«

»Grässliches Gestöhne!«

»Nein, du Dummkopf, hier draußen.«

»Fußspuren im Schnee natürlich.«

»Jean im Nachthemd.«

»Man nimmt dazu rote Farbe.«

»Ja, auf die Hand – und klatscht sie sich dann auf den Kopf.«

»Wenn wir doch bloß einen Revolver hätten.«

»Glaubt mir, Vater und Tante Em werden nichts hören. Ihre Zimmer liegen auf der anderen Seite des Hauses.«

»Nein, er nimmt es bestimmt nicht übel; der Mann hat jede Menge Sinn für Humor.«

»Gut, aber was für Farbe? Nagellack?«

»Wir könnten uns welchen im Dorf besorgen.«

»Doch nicht an Weihnachten, du Blödmann.«

»Nein, Wasserfarbe. Karmesinrot.«

»Jean kann die Leiche sein.«

»Na und? Dann frierst du eben ein bisschen. Es ist ja nicht für lange.«

»Nein, nehmen wir lieber Nancy, die hat doch diesen schicken Pyjama.«

»Mal sehen, oh Graves weiß, wo es Farbe hat.«

Alle stürmten ins Haus.

»So selbstvergessen, Endicott?«, erkundigte sich Levering mit einem unangenehmen Lachen.

Roger kam mit einem Ruck zu sich. Er hatte wenig von dem gehört, was um ihn herum vorgegangen war.

»Ich habe nur nachgedacht», sagte er ruhig.

»Nachgedacht?«

»Nachgedacht, warum eigentlich Monsieur Poirot hier ist.«

Levering schien bestürzt zu sein; doch in dem Moment ertönte der große Gong, und alle gingen hinein zum Weihnachtsessen. Im Esszimmer waren die Vorhänge zugezogen und die Lampen an, die den langen, mit Knallbonbons und anderen Dekorationen üppig geschmückten Tisch beleuchteten. Es war ein richtiges altmodisches Weihnachtsessen. Am einen Ende der Tafel saß der Hausherr, rotgesichtig und jovial; ihm gegenüber, am anderen Ende, saß seine Schwester. Poirot hatte zu Ehren des festlichen Anlasses eine rote Weste angelegt, und seine Rundlichkeit sowie die Art, wie er den Kopf schief hielt, ließen einen unwillkürlich an ein Rotkehlchen denken.

Der Hausherr tranchierte gekonnt, und alle machten sich an den Truthahn. Die Gerippe der beiden Truthähne wurden abgetragen, und es trat gespannte Stille ein. Dann erschien Graves, der feierlich den Plumpudding hereintrug – einen gigantischen, von Flammen umzüngelten Plumpudding. Woraufhin ein gewaltiges Getöse ausbrach.

»Schnell! Oh, mein Stück geht schon aus. Beeilen Sie sich, Graves! Wenn er nicht mehr brennt, geht mein Wunsch nicht in Erfüllung.«

Niemand hatte Muße, den eigenartigen Ausdruck auf Poirots Gesicht zu beobachten, als dieser die Portion auf seinem Teller inspizierte. Niemand bemerkte den Blick, den er blitzschnell in die Runde warf. Mit leicht gerunzelter Stirn begann er vorsichtig seinen Plumpudding zu essen. Alle begannen ihren Plumpudding zu essen. Die Unterhaltung war gedämpfter. Plötzlich stieß der Hausherr einen Schrei aus. Sein Gesicht lief violett an, und er hielt sich die Hand vor den Mund.

»Zum Henker, Emily!«, brüllte er. »Wie kannst du die Köchin Glas in die Puddings tun lassen?«

»Glas?«, rief Miss Endicott erstaunt aus.

Der Hausherr entfernte den Fremdkörper aus seinem Mund.

»Hätte mir glatt einen Zahn abbrechen können«, schimpfte er. »Oder das Ding verschlucken und Blinddarmentzündung bekommen können.«

Vor jedem am Tisch stand eine kleine Fingerschale mit Wasser für die Münzen und die anderen Überraschungen, die im Dessert versteckt waren. Mr Endicott ließ das Stück Glas in sein Schälchen fallen, spülte es ab und hielt es hoch.

»Allmächtiger!«, stieß er hervor. »Ein roter Stein aus einer Knallbonbon-Brosche!«

»Sie gestatten?« Rasch und geschickt nahm Poirot ihm den besagten Gegenstand aus der Hand und betrachtete ihn eingehend. Wie der Hausherr gesagt hatte, handelte es sich um einen großen roten Stein, der die Farbe eines Rubins hatte. An seinen Facetten brach sich funkelnd das Licht, als Poirot ihn hin und her drehte.

»Mann!«, rief Eric. »Vielleicht ist er echt!«

»Sei nicht albern«, sagte Jean vorwurfsvoll. »Ein Rubin von dieser Größe wäre Tausende und Abertausende wert – stimmt's, Monsieur Poirot?«

»Wirklich erstaunlich, wie echt die Sachen aus den Knallbonbons heutzutage aussehen«, murmelte Miss Endicott. *»Aber wie ist er in den Pudding gekommen?«*

Das war zweifellos die große Frage. Jede Hypothese wurde erschöpfend behandelt. Lediglich Poirot äußerte sich nicht, sondern ließ nur achtlos, wie in Gedanken woanders, den Stein in seine Rocktasche gleiten.

Nach dem Essen stattete er der Küche einen Besuch ab.

Die Köchin war ziemlich aufgeregt. Von einem der Hausgäste befragt zu werden, noch dazu von dem ausländischen Gentleman! Aber sie bemühte sich redlich, seine Fragen zu beantworten. Die Puddings waren vor drei Tagen zubereitet worden – »An dem Tag, an dem Sie angekommen sind, Sir.« Alle hatten sich kurz bei ihr in der Küche eingefunden, um zu rühren und sich dabei etwas zu wünschen. Ein alter Brauch – den man im Ausland wohl nicht kannte? Anschließend wurden die Puddings gekocht und dann in der Speisekammer nebeneinander auf das oberste Regal gestellt. Ob sich dieser Pudding in irgendeiner Weise von den anderen unterschied? Nein, das glaube sie nicht. Außer dass er in einer Puddingform aus Aluminium gewesen sei, die anderen dagegen in Porzellanformen. Ob dieser Pudding von Anfang an für den Weihnachtstag bestimmt gewesen sei? Merkwürdig, dass der Herr danach frage. Das sei er nämlich *nicht* gewesen! Der Weihnachtspudding wurde immer in einer großen weißen Porzellanform mit einem Muster aus Stechpalmblättern gekocht. Aber heute Morgen (das rote Gesicht der Köchin wurde grimmig) habe Gladys, das Küchenmädchen, die ihn zum Erhitzen habe holen sollen, es doch tatsächlich fertiggebracht, ihn fallen zu lassen. »Und weil Scherben hätten drin sein können, hab ich ihn natürlich nicht auftragen lassen, sondern hab stattdessen den aus der großen Aluminiumform genommen.«

Poirot dankte ihr für diese Auskünfte. Er verließ die Küche mit einem leisen Lächeln auf den Lippen. Und die Finger seiner rechten Hand spielten mit etwas in seiner Tasche.

»Monsieur Poirot! Monsieur Poirot! Wachen Sie auf! Es ist etwas Schreckliches passiert!«

So Johnnie in den frühen Stunden des darauf folgenden Morgens. Poirot setzte sich im Bett auf. Er trug eine Nachtmütze. Der Gegensatz zwischen seiner würdevollen Miene und dem kessen Winkel der auf seinem Kopf thronenden Nachtmütze war zwar komisch, aber die Wirkung auf Johnnie schien doch etwas übertrieben. Wenn seine Worte nicht gewesen wären, hätte man annehmen können, der Junge amüsiere sich köstlich. Auch draußen vom Flur kamen eigenartige Geräusche, die an explodierende Sodawasserflaschen erinnerten.

»Bitte kommen Sie gleich mit hinunter«, fuhr Johnnie mit leicht bebender Stimme fort. »Es ist jemand ermordet worden.« Er wandte sich ab.

»Oh, das ist allerdings etwas Ernstes!«, sagte Poirot.

Er stand auf und machte, ohne sich übermäßig zu beeilen, die unbedingt erforderliche Toilette. Dann folgte er Johnnie nach unten. Die Hausgäste drängten sich an der Tür zum Garten. Ihre Gesichter drückten allesamt starke Gefühlsregungen aus. Beim Anblick von Poirot erlitt Eric einen heftigen Erstickungsanfall.

Jean trat vor und legte die Hand auf Poirots Arm.

»Dort! Sehen Sie!«, sagte sie und deutete pathetisch durch die offene Tür.

»*Mon Dieu!*«, stieß Poirot hervor. »Das ist ja wie im Theater.«

Seine Bemerkung war keineswegs unpassend. Während der Nacht hatte es wieder geschneit, und im fahlen Licht der Morgendämmerung sah die Welt weiß und gespenstisch aus. Nichts unterbrach die weite weiße Fläche bis auf etwas, das wie ein leuchtend scharlachroter Fleck aussah.

Nancy Cardell lag regungslos im Schnee. Sie war mit einem scharlachroten Seidenpyjama bekleidet, ihre kleinen Füße waren nackt und ihre Arme ausgestreckt. Ihr Gesicht war zur Seite gedreht und unter der Fülle ihres lockigen schwarzen Haares verborgen. Totenstill lag sie da, und aus ihrer linken Seite ragte der Griff eines Dolches, während sich im Schnee ein ständig größer werdender karmesinroter Fleck ausbreitete.

Poirot ging hinaus in den Schnee. Er begab sich nicht an die Stelle, wo das Mädchen lag, sondern blieb auf dem Weg. Zwei Fußspuren, die eines Mannes und einer Frau, führten zu dem Ort, an dem sich der tragische Vorfall ereignet hatte. Die Spuren des Mannes gingen in der entgegengesetzten Richtung weiter, allein. Poirot blieb auf dem Weg stehen und strich sich nachdenklich über das Kinn.

Plötzlich kam Oscar Levering aus dem Haus gestürzt.

»Großer Gott!«, rief er. »Was ist passiert?«

Seine Erregung stand in krassem Gegensatz zu Poirots Gelassenheit.

»Mir scheint«, sagte Poirot bedächtig, »ein Mord.«

Eric bekam erneut einen heftigen Hustenanfall.

»Aber wir müssen doch etwas tun!«, rief der andere. »Was machen wir denn jetzt?«

»Da gibt es nur eins«, sagte Poirot. »Wir müssen die Polizei holen.«

»Oh!«, sagten alle gleichzeitig.

Poirot blickte forschend in die Runde.

»Aber ja« sagte er. »Etwas anderes kommt nicht in Frage. Wer von Ihnen geht?«

Es herrschte Schweigen, doch dann trat Johnnie vor.

»Der Spaß ist zu Ende«, verkündete er. »Ich kann nur hoffen, Monsieur Poirot, dass Sie uns nicht allzu böse sind. Das Ganze war nämlich ein Jux, den wir uns ausgedacht haben – um Sie auf den Arm zu nehmen. Nancy simuliert bloß.«

Poirot betrachtete ihn ohne sichtliche Gemütsbewegung, außer dass seine Augen einen Moment lang funkelten.

»Sie machen sich über mich lustig, ist es so?«, erkundigte er sich ruhig.

»Es tut mir wirklich furchtbar leid. Ehrlich! Wir hätten das nicht tun sollen. Grässlich geschmacklos. Ich möchte mich bei Ihnen entschuldigen, ganz ehrlich.«

»Sie brauchen sich nicht zu entschuldigen«, sagte der andere in einem sonderbaren Ton.

Johnnie drehte sich um.

»He, Nancy, steh auf!«, rief er. »Oder willst du den ganzen Tag da liegen bleiben?«

Aber die Gestalt im Schnee rührte sich nicht.

»Steh schon auf!«, rief Johnnie noch einmal.

Doch Nancy bewegte sich nicht, und plötzlich ergriff namenlose Furcht den Jungen. Er drehte sich zu Poirot um.

»Was – was ist denn los? Warum steht sie nicht auf?«

»Kommen Sie mit«, sagte Poirot barsch.

Er stapfte durch den Schnee. Er hatte die anderen mit einer Handbewegung angewiesen zurückzubleiben und achtete darauf, die vorhandenen Fußspuren nicht zu zerstören. Der Junge folgte ihm. Poirot kniete neben dem Mädchen nieder und winkte Johnnie näher.

»Fühlen Sie ihre Hand und ihren Puls.«

Verwundert bückte sich der Junge und sprang dann mit einem Schrei zurück. Die Hand und der Arm waren steif und kalt, und es war keinerlei Pulsschlag zu fühlen.

»Sie ist tot!«, ächzte er. »Aber wie? Warum?«

Poirot überging den ersten Teil der Frage.

»Warum?«, sagte er sinnend. »Das frage ich mich auch.« Dann beugte er sich unvermittelt über die Leiche des Mädchens und bog die Finger ihrer anderen Hand zurück, die etwas fest umklammerten. Sowohl er als auch der Junge stießen einen Schrei aus. In Nancys Hand lag ein roter Stein, der funkelte und Feuer versprühte.

»Aha!«, rief Poirot. Seine Hand verschwand blitzschnell in seiner Hosentasche und kam leer wieder heraus.

»Der Rubin aus dem Knallbonbon«, sagte Johnnie verwundert. Als sich sein Begleiter dann vorbeugte, um den Dolch und den blutgetränkten Schnee zu untersuchen, stieß er hervor: »Das kann kein Blut sein, Monsieur Poirot. Das ist Farbe. Das ist doch nur Farbe.«

Poirot richtete sich auf.

»Ja«, sagte er ruhig. »Sie haben Recht. Es ist nur Farbe.«

»Aber wie …« Der Junge brach ab. Poirot beendete den Satz für ihn.

»Wie wurde sie getötet? Das müssen wir herausfinden. Hat sie heute Morgen etwas gegessen oder getrunken?«

Während er sprach, ging er zurück zum Weg, wo die anderen warteten. Johnnie folgte dicht hinter ihm.

»Sie hat eine Tasse Tee getrunken«, sagte der Junge. »Mr Levering hat sie ihr gemacht. Er hat eine Spirituslampe in seinem Zimmer.«

Johnnies Stimme war laut und klar. Levering hörte die Worte.

»Habe immer eine Spirituslampe bei mir, wenn ich unterwegs bin«, verkündete er. »Das Nützlichste, was es gibt. Meine

Schwester war in den letzten Tagen sehr froh darüber – wollte ja nicht ständig das Personal belästigen.«

Poirot senkte den Blick, fast entschuldigend, wie es schien, auf Mr Leverings Füße, die in Pantoffeln steckten.

»Sie haben die Schuhe gewechselt, wie ich sehe«, murmelte er freundlich.

Levering starrte ihn an.

»Aber, Monsieur Poirot«, rief Jean, »was sollen wir denn jetzt tun?«

»Da gibt es nur eins zu tun, wie ich bereits sagte, Mademoiselle. Wir müssen die Polizei holen.«

»Ich gehe!«, rief Levering. »Ich brauche nur einen Moment, um meine Stiefel anzuziehen. Aber Sie sollten nicht länger hier draußen in der Kälte bleiben.«

Er verschwand im Haus.

»Er ist sehr rücksichtsvoll, dieser Mr Levering«, murmelte Poirot leise. »Wollen wir seinen Rat annehmen?«

»Sollten wir nicht Vater wecken – und die anderen?«

»Nein«, sagte Poirot scharf. »Das ist absolut nicht erforderlich. Bis die Polizei eintrifft, darf hier draußen nichts angerührt werden. Wollen wir nicht hineingehen? In die Bibliothek? Ich habe Ihnen eine kleine Geschichte zu erzählen, die Sie vielleicht von diesem traurigen und tragischen Vorfall ablenken wird.«

Er ging voran, und alle folgten ihm.

»Die Geschichte handelt von einem Rubin«, sagte Poirot, während er es sich in einem bequemen Sessel gemütlich machte. »Einem sehr berühmten Rubin, der einem sehr berühmten Mann gehörte. Ich werde Ihnen nicht seinen Namen nennen – aber er ist einer der Großen dieser Erde. *Eh bien,* dieser große Mann, er kam nach London, incognito. Und da er nicht nur ein großer Mann war, sondern auch ein junger und leichtsinniger Mann, ließ er sich mit einer hübschen jungen Dame ein. Die hübsche junge Dame, sie machte sich nicht viel aus dem Mann, aber sie machte sich sehr viel aus seinem Besitz – so viel, dass sie eines Tages mit dem historischen Rubin verschwand, der seit Generationen seiner Familie gehört hatte. Der arme junge Mann, er befand sich in einem großen Dilemma. Er soll in Kürze eine edle Prinzessin heiraten, und er wünscht keinen Skandal. Er kann unmöglich zur Polizei gehen, also kommt er stattdessen zu mir. Er sagt: ›Bringen Sie mir meinen Rubin zurück.‹ *Eh bien,* ich weiß einiges über diese junge Dame. Sie hat einen Bruder, und die beiden haben so manchen raffinierten *coup* ausgeführt. Es trifft sich, dass ich weiß, wo sie Weihnachten verbringen. Mr Endicott, den ich zufällig kenne, hat die Liebenswürdigkeit, mich ebenfalls einzuladen. Aber als die hübsche junge Dame hört, dass ich eintreffe, ist sie sehr alarmiert. Sie ist intelligent, und sie weiß, dass ich hinter dem Rubin her bin. Sie muss ihn unverzüglich an einem sicheren Ort verstecken; und nun raten Sie, wo sie ihn versteckt – in einem Plumpudding! Ja, Sie sind zu Recht überrascht. Die hübsche junge Dame rührt mit den anderen, und sie wirft ihn in eine Puddingschüssel aus Aluminium, die sich von den anderen unterscheidet. Durch einen seltsamen Zufall wurde dieser Pudding am Weihnachtstag serviert.«

Die Tragödie war für einen Moment vergessen, und alle starrten Poirot mit offenem Mund an.

»Danach«, fuhr der kleine Mann fort, »begab sie sich krank zu Bett.« Er zog seine Taschenuhr hervor und warf einen Blick darauf. »Das Haus ist erwacht. Mr Levering braucht sehr lange, um die Polizei zu holen, nicht wahr? Ich glaube, seine Schwester ist mit ihm gegangen.«

Evelyn erhob sich mit einem Schrei, den Blick auf Poirot geheftet.

»Und ich glaube, sie werden nicht zurückkommen. Oscar Levering bewegt sich schon seit langem hart an der Grenze des Erlaubten, und das ist das Ende. Er und seine Schwester werden ihre Aktivitäten eine Zeit lang im Ausland fortsetzen, unter einem anderen Namen. Heute Morgen habe ich ihn abwechselnd gereizt und erschreckt. Indem er seine Maske fallen ließ, konnte er den Rubin in seinen Besitz bringen, während wir im Haus waren und er angeblich die Polizei holte. Doch das bedeutete, alle Brücken hinter sich abbrechen. Aber da ihm ein Mord in die Schuhe geschoben werden sollte, schien es ihm geboten, die Flucht zu ergreifen.«

»Hat er Nancy getötet?«, flüsterte Jean.

Poirot erhob sich.

»Ich schlage vor, wir begeben uns noch einmal zum Tatort«, sagte er.

Er ging voran, und alle folgten ihm. Aber als sie aus dem Haus traten, verschlug es allen gleichzeitig den Atem. Nichts deutete mehr auf das tragische Ereignis hin; der Schnee war glatt und unberührt.

»Mann, o Mann!«, sagte Eric und sank auf die Stufen. »Das Ganze war doch kein Traum, oder?«

»Höchst mysteriös«, sagte Poirot. »Das Geheimnis der verschwundenen Leiche.« Seine Augen funkelten verschmitzt.

Jean trat näher an ihn heran, da ein jäher Verdacht in ihr aufstieg.

»Monsieur Poirot, Sie haben doch nicht – Sie sind doch nicht – ich meine, Sie haben uns doch nicht die ganze Zeit an der Nase herumgeführt? Oh, ich glaube, das haben Sie wirklich!«

»So ist es, meine Kinder. Ich wusste von Ihrem kleinen Komplott, und darum habe ich arrangiert ein kleines Gegenkomplott. Ah, da ist Mademoiselle Nancy – unbeschadet, wie ich hoffe, nach ihrer hervorragenden schauspielerischen Leistung in meiner kleinen Komödie.«

Es war tatsächlich Nancy Cardell, wie sie leibte und lebte.

Ihre Augen glänzten, und das ganze Persönchen strahlte Gesundheit und Vitalität aus.

»Sie haben sich doch nicht erkältet? Sie haben den Lindenblütentee getrunken, den ich Ihnen auf Ihr Zimmer schickte?«, erkundigte sich Poirot vorwurfsvoll.

»Ein einziger Schluck davon hat mir genügt. Es geht mir prima. Habe ich meine Sache gut gemacht, Monsieur Poirot? Aber mein Arm tut ganz schön weh von der Aderpresse!«

»Sie waren großartig, *ma petite*. Aber wollen wir die anderen nicht aufklären? Sie tappen noch immer im Dunkeln, wie ich sehe. Nun, *mes enfants*, ich ging zu Mademoiselle Nancy, sagte ihr, dass ich über Ihr kleines Komplott Bescheid wusste, und fragte sie, ob sie würde für mich eine Rolle spielen. Sie ging sehr geschickt vor. Sie veranlasste Mr Levering, ihr eine Tasse Tee zu machen, und es gelang ihr außerdem, dass er derjenige war, der die Fußspuren im Schnee zurückließ. Als der Augenblick gekommen war und er dachte, sie sei durch einen unglücklichen Zufall tatsächlich tot, hatte ich alle Indizien, um ihm Angst zu machen. Was geschah, nachdem wir ins Haus gegangen waren, Mademoiselle?«

»Er kam mit seiner Schwester herunter, riss mir den Rubin aus der Hand, und dann machten sie sich Hals über Kopf aus dem Staub.«

»Aber, Monsieur Poirot, was ist mit dem Rubin?«, rief Eric. »Heißt das, dass Sie die beiden mit dem Rubin haben entwischen lassen?«

Poirot machte ein langes Gesicht, als er dem Kreis vorwurfsvoller Blicke begegnete.

»Ich werde ihn wieder herbeischaffen«, sagte er matt; aber er spürte, dass er in ihrer Achtung gesunken war.

»Das will ich auch schwer hoffen!«, begann Johnnie. »Die beiden mit dem Rubin abhauen zu lassen!«

Aber Jean war scharfsinniger.

»Er nimmt uns schon wieder auf den Arm!«, rief sie aus. »Habe ich Recht?«

»Greifen Sie in meine linke Rocktasche, Mademoiselle.«

Jean schob eifrig die Hand hinein und zog sie mit einem triumphierenden Schrei wieder heraus. Sie hielt den großen Rubin in all seiner funkelnden Pracht in die Höhe.

»Sie müssen wissen«, erläuterte Poirot, »der andere war nur eine wertlose Nachbildung, die ich aus London mitgebracht hatte.«

»Ist er nicht raffiniert?«, fragte Jean begeistert.

»Eins haben Sie uns aber noch nicht verraten«, sagte Johnnie unvermittelt. »Woher wussten Sie von dem Jux? Hat Nancy es Ihnen erzählt?«

Poirot schüttelte den Kopf.

»Aber woher wussten Sie es dann?«

»Es gehört zu meinem Beruf, dergleichen zu wissen«, sagte Poirot leise lächelnd, als er Evelyn Haworth und Roger Endicott zusammen den Weg hinuntergehen sah.

»Ja, ja, aber verraten Sie es uns doch! Ach, bitte, bitte! *Lieber* Monsieur Poirot, bitte verraten Sie es uns.«

Er war von einem Kreis aufgeregter, begieriger Gesichter umringt.

»Sie wollen wirklich, dass ich das Rätsel für Sie löse?«

»Ja!«

»Ich glaube nicht, dass ich das kann.«

»Warum nicht?«

»*Ma foi,* Sie werden sehr enttäuscht sein.«

»Ach, bitte! Sie müssen es uns verraten! Woher *wussten* Sie es?«

»Nun ja, ich war in der Bibliothek –«

»Und?«

»Und Sie haben draußen über Ihr Vorhaben gesprochen – und das Fenster stand offen.«

»Das ist alles?«, fragte Eric empört. »Na, dann war's keine Kunst!«

»Nicht wahr?«, sagte Poirot lächelnd.

»Jedenfalls wissen wir jetzt alles«, sagte Jean mit Befriedigung in der Stimme.

»Tatsächlich?«, murmelte Poirot bei sich, als er ins Haus ging. »*Ich weiß nicht* alles – ich, zu dessen Beruf es gehört, dergleichen zu wissen.«

Und er zog, wohl zum zwanzigsten Mal, ein ziemlich schmutziges Blatt Papier aus der Rocktasche.

»*Essen Sie keinen Plumpudding.*«

Poirot schüttelte verwirrt den Kopf. Im gleichen Moment wurde er sich eines merkwürdigen Keuchens in unmittelbarer Nähe seiner Füße bewusst. Er blickte zu Boden und erspähte ein schmächtiges Mädchen in einem geblümten Kleid. In der linken Hand hatte sie eine Kehrschaufel und in der rechten einen Besen.

»Wen haben wir denn hier?«, erkundigte sich Poirot.

»Annie Hicks, wenn's recht ist, Sir. Ich helf der Köchin und dem Stubenmädchen.«

Poirot hatte einen Geistesblitz. Er reichte ihr den Zettel.

»Haben Sie das geschrieben, Annie?«

»Ich hab's nur gut gemeint, Sir.«

Er lächelte sie an.

»Aber natürlich. Wollen Sie mir nicht alles erzählen?«

»Es war bloß wegen den beiden, Sir – dem Mr Levering und seiner Schwester. Von uns kann die keiner leiden; und dass *sie* überhaupt nicht krank war, das haben wir gleich gemerkt. Ich hab mir gleich gedacht, dass da was faul ist, und ich sag's Ihnen frei heraus, Sir, ich hab an der Tür gelauscht, und ich hab ihn klipp und klar sagen hören: ›Dieser Poirot muss schleunigst aus dem Weg geräumt werden.‹ Und dann sagt er zu ihr, so richtig vielsagend: ›Wo hast du es hingetan?‹ Und sie antwortet: ›In den Pudding.‹ Und da war mir klar, dass die Sie mit dem Weihnachtspudding vergiften wollten, aber ich hab nicht gewusst, was ich machen soll. Die Köchin tät einer wie mir ja doch nicht glauben. Und da hab ich gedacht, ich schreib Ihnen, um Sie zu warnen, und hab den Brief in die Halle gelegt, damit der Mr Graves ihn auch ganz bestimmt sieht und Ihnen bringt.«

Annie hielt atemlos inne. Poirot musterte sie längere Zeit.

»Sie lesen zu viele Unterhaltungsromane, Annie«, sagte er schließlich. »Aber Sie haben ein gutes Herz, und Sie sind nicht dumm. Wenn ich wieder in London bin, ich werde Ihnen schicken ein ausgezeichnetes Buch über *le ménage* sowie das Leben der Heiligen und ein Werk über die ökonomische Stellung der Frau.«

Er ließ die völlig verdutzte Annie stehen und durchquerte die Halle. Er hatte in die Bibliothek gehen wollen, doch durch die offene Tür sah er, dicht nebeneinander, einen dunkelhaarigen Kopf und einen blonden, und so hielt er inne, wo er war. Plötzlich schlangen sich zwei Arme um seinen Hals.

»Was bleiben Sie auch ausgerechnet unter dem *Mistelzweig* stehen!«, sagte Jean.

»Ich auch!«, rief Nancy

Poirot genoss das Ganze – genoss es in der Tat ganz ungemein.